方正书版排版基础教程

崔文国　编著

清华大学出版社

北　京

内 容 简 介

方正书版是目前国内最为常用的排版软件之一,其影响力最大的版本是方正书版排版系统,在出版行业具有广泛的应用。

本书编写结构清晰、语言简洁,范例均与实际工作和教学相结合,内容包括方正书版基本知识、排版文件编辑与实例应用、注解命令与上机指导、新女娲补字、PSP PRO 2.3 打印系统运用。并在附录中主要列出了花边、底纹样张及排版常识等其他知识,以方便用户学习和参考。

本书内容结构符合初学者以及广大工作者的认知规律,既体现了易学,又做到了实用。因而,既适合作到个人的自学用书,也适合作职业培训学校教材。

方正书版排版基础教程/崔文国编著. ——北京:清华大学出版社,2011.11
ISBN978-7-302-26964-9
Ⅰ.①方… Ⅱ.①崔… Ⅲ.①排版—应用软件,方正书版—教材 Ⅳ.①TS803.23
中国版本图书馆 CIP 数据核字(2011)第 193185 号

责任编辑:黄 飞
封面设计:杨玉兰
版式设计:崔文国
责任校对:王 晖
责任印制:王秀菊

出版发行:清华大学出版社   地 址:北京清华大学学研大厦 A 座
http://www.tup.com.cn   邮 编:100084
社 总 机:010-62770175   邮 购:010-62786544
投稿与读者服务:010-62776969,c-service@tup.tsinghua.edu.cn
质 量 反 馈:010-62772015,zhiliang@tup.tsinghua.edu.cn

印 刷 者:北京密云胶印厂
装 订 者:三河市溧源装订厂
经 销:全国新华书店
开 本:185×260 印 张:26.75 字 数:646 千字
版 次:2011 年 11 月第 1 版 印 次:2011 年 11 月第 1 次印刷
印 数:1~4000
定 价:46.00 元

产品编号:041237-01

前　言

　　方正书版是目前国内出版界最为常见也常用的排版软件之一。北大方正集团推出的方正书版改正了旧版本的一些错误,增加了将 RTF 文件转方正书版小样的功能,将方正书版小样转 HTML 文件的功能, 自动排版工具、由模板创建小样文件和大样文件直接打印的功能,增强排序和生成索引功能,增加自动提取文中页码的参照注解功能……

　　本书共 16 章,9 个附录。

　　第 1 章介绍方正书版的安装与卸载以及如何运行和退出该系统。

　　第 2 章介绍方正书版的一些基础知识。

　　第 3 章介绍配置文件和网络组版的使用方法。

　　第 4 章介绍小样文件的编辑窗口以及编辑窗口中的工具。

　　第 5 章介绍方正书版系统中排版参数文件的使用和编辑, 以及如何通过排版参数文件管理整本书的发排流程。

　　第 6 章介绍如何设置 PRO 文件。

　　第 7 章介绍发排和输出 PS 或 EPS 文件的操作方法。

　　第 8 章介绍利用字符类注解来设置文字的格式。

　　第 9 章介绍 PRO 文件相关注解的用法和各注解的功能、参数意义及书写格式与作用。

　　第 10 章介绍各注解的书写格式和参数使用的顺序以及作用。

　　第 11 章介绍表格的结构与类型和表格注解的功能、参数及书写格式。

　　第 12 章介绍数学公式相关的注解,难度较大。

　　第 13 章介绍化学公式的排法以及与之相关的各种注解。

　　第 14 章介绍方正书版 10.0 提供了两种不同的补字方法。

　　第 15 章介绍 PSP Pro 2.3 输出系统。

　　第 16 章主要以范例的形式巩固本书的知识点。

　　在本书最后附加了 9 个附录,主要罗列了参考答案、常用字体样例、常用字号样例、常用花边样例、常用底纹样例、方正书版注解索引、排版常识、编辑校对符号一览表、方正书版动态键盘码表。

　　本书结构清晰、内容翔实、实例丰富、图文并茂。每部分中均设有一章综合练习及上机操作题,通过练习达到巩固每章所学知识的目的。

　　作者综合了多年的教学经验和实际应用,对排版语言的命令进行了充分的分析,力求符合初学者以及广大工作者的认知规律,从常用到一般,再到提高,逐步积累知识,加强应用。既体现了易学,又做到了实用。因而,本书既是计算机职业培训学校的理想教材。

　　由于编者水平有限,书中难免有疏漏之处,恳请各位专家及广大读者予以批评、指正。

编　者

目 录

第1章
安装与卸载方正书版 10.0

教学提示:在安装方正书版系统前,需要了解当前计算机的配置是否符合该系统的配置要求;另外,在安装前应关闭所有应用程序。否则,在安装的过程中会出现一些问题,如提示安装失败等。

教学目标:重点掌握方正书版 10.0 主程序的安装。

1.1 安装方正书版系统所需配置

在安装前,应确认当前计算机硬件满足以下所列的最低配置要求。

- 主机:采用 IBM PC 及 586 以上兼容机。
- 内存:512MB(若大于 512MB,运行速度则会提高)。
- 显示器:Windows 支持的显示器。
- 显卡:真彩色显示卡,颜色数在 16 位以上。
- 硬盘空间:600GB 以上。
- 操作系统:中文 Windows 98/2000/NT/XP/Vista。
- 输出系统:推荐使用 PSP Pro 或 PSP NT 输出系统。

1.2 方正书版主程序的安装与卸载

在了解了方正书版 10.0 所需的硬件配置和操作系统后,便可进行主程序的安装。在安装前,须关闭其他应用程序。

1.2.1 安装主程序

安装方正书版 10.0 主程序的操作步骤如下。

(1) 将安装光盘放入光驱,安装程序会自动运行,出现一个安装界面,如图 1.1 所示。若 Windows 系统没有设置插入光盘时的自动运行功能,可直接双击光盘中的 AutoRun.exe 文件进行安装。

(2) 单击图 1.1 安装指南界面中的【安装书版(GBK)10.0】选项,安装程序会自动加载方正书版 10.0 的安装向导,如图 1.2 所示。

图 1.1　方正书版 10.0 安装界面　　　　图 1.2　方正书版 10.0 安装向导

(3) 安装向导加载完毕后,弹出一个【欢迎使用方正书版(GBK)10.0 专业版 InstallShield Wizard】向导页,如图 1.3 所示。

(4) 单击图 1.3 对话框中的【下一步】按钮,弹出【许可证协议】向导页,如图 1.4 所示。接受协议,即单击【是】按钮,将继续安装;单击【否】按钮,则退出安装。

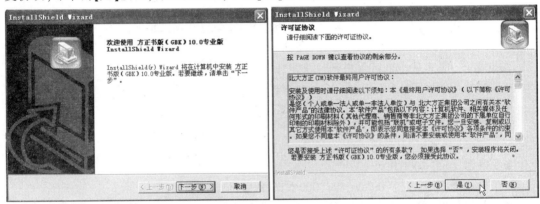

图 1.3　【欢迎使用方正书版(GBK)10.0 专业版　　图 1.4　【许可证协议】向导页
　　　　　InstallShield Wizard】向导页

(5) 单击图 1.4 对话框中的【是】按钮,弹出【客户信息】向导页。提示输入用户名和所在公司的名称,如图 1.5 所示。

(6) 单击图 1.5 对话框中的【下一步】按钮,弹出【选择目的地位置】向导页,如图 1.6 所示。

如果想改变安装路径,单击【浏览】按钮,会弹出【选择文件夹】对话框,如图 1.7 所示。在该对话框的【目录】下拉列表框中选择要安装的路径,然后单击【确定】按钮,安装程序则自动返回到图 1.6 所示对话框。

(7) 如果不改变默认的安装目标路径,则单击图 1.6 对话框中的【下一步】按钮,这时会弹出【安装类型】向导页,如图 1.8 所示。

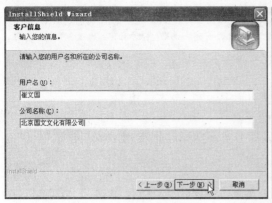

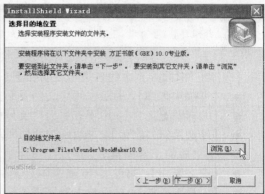

图 1.5 【客户信息】向导页　　　　图 1.6 【选择目的地位置】向导页

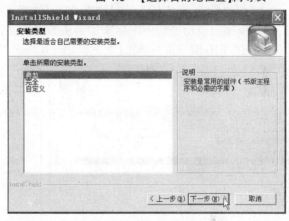

图 1.7 【选择文件夹】对话框　　　　图 1.8 【安装类型】向导页

【安装类型】向导页中3种选项的说明如下。

- 【典型】：安装最常用的组件,包括书版主程序、外文及符号字库和最常用的4套中文字库(宋体、楷体、黑体、仿宋体)。
- 【完全】：安装全部组件,包括书版主程序、大样预览工具、外文及符号字库、中文字库、校对组件、大易输入法(可用来输入繁体字)和五笔字型输入法等。
- 【自定义】：操作者可任意选择安装所需的组件，还可决定是否安装字库或程序。

对于【典型】安装或【完全】安装,只需选中后单击【下一步】按钮即可。在这里以【自定义】安装为例来说明安装过程。

(8) 选择【自定义】选项,单击【下一步】按钮,则弹出【选择组件】向导页,如图1.9所示。

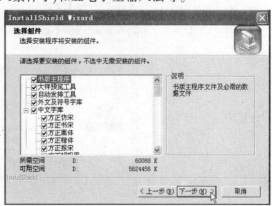

图 1.9 【选择组件】向导页

在【选择组件】向导页中，可选中所需的组件。如果单击组件前的"+"号，可打开下拉选项，再单击组件前的"-"号，可隐藏下拉选项。

【选择组件】向导页中的各选项说明如下。

- 【书版主程序】：书版主程序文件及必需的数据文件、动态链接等。
- 【大样预览工具】：用于查看大样文件的工具。
- 【外文及符号字库】：书版所需的外文及符号显示字库。此处，建议安装该选项，以确保书版的正常编辑。
- 【中文字库】：共包括 46 款字体。
- 【大易输入法】：可以输入繁体字的输入法。
- 【五笔字型输入法】：适合于使用五笔字型输入法的用户。

(9) 选择组件后，单击【下一步】按钮，弹出【选择程序文件夹】向导页，如图 1.10 所示。这时，安装程序会自动把程序图标添加到所给出的文件夹中。

(10) 在图 1.10 向导页中单击【下一步】按钮，弹出【开始复制文件】向导页，如图 1.11 所示。

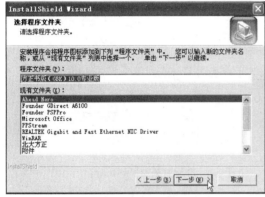

图1.10 【选择程序文件夹】向导页　　　　图 1.11 【开始复制文件】向导页

在图 1.11 向导页中，安装程序列出了操作后的安装选择信息，确认无误后，单击【下一步】按钮；如果需要查看或更改设置，则单击【上一步】按钮即可返回进行修改。

(11) 单击图 1.11 中的【下一步】按钮后，弹出【安装状态】向导页，如图 1.12 所示。

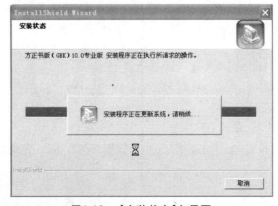

图1.12 【安装状态】向导页

图 1.12 中,安装程序正在将用户所选择的组件安装到计算机上,如果在安装过程中要停止安装,单击【取消】按钮就可以了。

(12) 相关数据复制完毕以及安装程序自动更新系统后,会弹出【信息】对话框,如图 1.13 所示。

(13) 在图 1.13 所示对话框中单击【确定】按钮,会弹出【InstallShield Wizard 完】向导页,如图 1.14 所示。

图 1.13 【信息】对话框

提 示

【信息】对话框是提醒用户不要忘记安装后端输出字库,避免在打印文件时会出现缺字体等相关的错误信息。

(14) 在图 1.14 所示对话框中单击【完成】按钮,会弹出【重新启动 Windows】对话框,如图 1.15 所示。

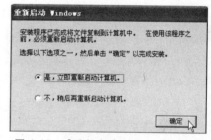

图 1.14 【InstallShield Wizard 完】向导页　　　图 1.15 【重新启动 Windows】对话框

(15) 在图 1.15 中,选中【是,立即重新启动计算机】单选按钮,再单击【确定】按钮,系统就会重新启动计算机。至此,方正书版 10.0 主程序的安装已完成。

1.2.2 安装后端字库

符号库的安装只针对 PSP3.0 和 PSPNT1.0 以上版本以及方正文杰打印机,而其他厂商的 RIP 上是不能进行安装的。方正书版 10.0 在以前版本的基础上又新增加了一些符号库,这些符号库必须正确地安装到后端的 RIP 上才能被打印出来。

具体安装过程如下。

(1) 单击图 1.1 中的【安装后端符号字库】选项,则弹出 Please Select Language 对话框,如图 1.16 所示。

若当前的操作平台是中文平台,单击【中文界面】按钮;如果不是,单击 English 按钮。如果在英文平台下单击了【中文界面】按钮,安装程序会显示为乱码。

(2) 单击【中文界面】按钮,这时,会弹出【安装

图1.16 Please Select Language 对话框

字体】对话框;若单击 English 按钮,可弹出 Install fonts 对话框。如图 1.17 所示。

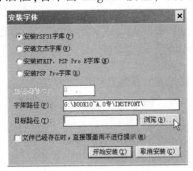
中文界面

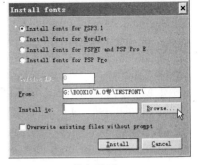
英文界面

图1.17 【安装字体】对话框

在此,我们以中文平台为例,对【安装字体】对话框中的各选项进行简要说明如下。

● 【安装 PSP31 字库】:安装供 PSP3.1 使用的后端符号字库。

● 【安装文杰字库】:安装供文杰打印机使用的后端符号字库。

● 【安装 NTRIP、PSP Pro E 字库】:安装供 PSPNT 使用的后端符号字库。

● 【安装 PSP Pro 字库】:安装供 PSPNT 使用的后端符号字库。

● 【加密狗号】:若操作者选择安装到 PSPNT 上,则加密狗号变为可选状态,可在对应的文本框中输入加密狗序列号。

注 意

在输入加密狗序列号时,所输入的数据必须是正确的,即为 PSPNT 的加密狗上的 9 位数字。如果输入错误,安装的字库将不能使用。不过,对于 PSP3.1 和文杰,则不需要输入加密狗序列号。

● 【字库路径】:设置安装字库的源路径,默认路径为光盘中的 INSTFONT 目录,操作者无需更改。

● 【目标路径】:设置安装字库的目标路径,根据安装选项来选择目标路径。

● 【文件已经存在时,直接覆盖而不进行提示】:选中此复选框,则系统会提示操作者是否覆盖。

(3) 选择或输入正确的字库安装路径,否则安装程序会弹出提示【安装字体】对话框,如图 1.18 所示。

(4) 在图 1.18 所示对话框中单击【确定】按钮,这时可直接输入安装路径。如果要单击【浏览】按钮来选择安装路径,则会弹出【选择安装路径】对话框,如图 1.19 所示。

(5) 选项设置完毕后,单击【开始安装】按钮,系统会自动执行安装。如果想退出字体安装,单击【取消安装】按钮即可。

(6) 安装完成后,会弹出【安装字体】对话框,提示安装成功,如图 1.20 所示。

(7) 单击【确定】按钮,后端字库的安装就顺利完成了。

提 示

对于 PSP、PSPNT 和 PSP Pro 系统,需要使用它们内部的重要字体功能来重置安装上去的字体;对于文杰打印机,只需要重新启动计算机即可。

图1.18 【安装字体】对话框　　图1.19 【选择安装路径】对话框　　图1.20 【安装字体】对话框

1.2.3 卸载及重新安装主程序

卸载方正书版 10.0 软件有两种方法：一是利用方正书版 10.0 软件中的卸载程序；二是利用【控制面板】|【添加/删除程序】功能，即可把该软件从当前的平台中删除。下面对这两种卸载方法的操作步骤做详细的说明。

第一种方法：利用方正书版 10.0 软件中的卸载程序。

在安装方正书版 10.0 软件时，安装程序会把它的卸载程序也安装到当前的平台上。用自身的卸载程序来删除方正书版 10.0 软件的具体操作步骤如下。

(1) 选择【开始】|【所有程序】|Founder|【方正书版 10.0】|【卸载方正书版 10.0】命令，将弹出 InstallShield Wizard 向导，如图 1.2 所示。该向导将指导操作者完成设置安装或卸载程序。

(2) 在安装向导完成设置安装程序后，又会弹出【欢迎】向导页，如图 1.21 所示。

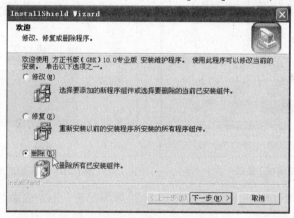

图 1.21 【欢迎】向导页

【欢迎】向导页中的 3 个选项说明如下。

● 【修改】：添加或删除部分组件。
● 【修复】：把上次安装的组件重新安装。
● 【删除】：卸载方正书版 10.0。

(3) 选中图 1.21 对话框中的【删除】单选按钮，会弹出【确认文件删除】对话框，提醒是否要完全删除所选应用程序及其所有的组件，如图 1.22 所示。

(4) 确认要删除的程序及其所有的组件后，单击图 1.22 所示对话框中的【确定】按钮，卸载程序会弹出【维护完成】向导页，如图 1.23 所示。

图 1.22　【确认文件删除】对话框　　　　图 1.23　【维护完成】向导页

(5) 操作者只要在如图 1.23 所示的对话框中单击【完成】按钮,方正书版 10.0 软件就会从当前的平台中删除。

第二种方法:利用当前平台(Windows XP)的【控制面板】|【添加/删除程序】功能。

(1) 选择【开始】|【控制面板】命令,弹出【控制面板】窗口,如图 1.24 所示。

(2) 在如图 1.24 所示的窗口中双击【添加或删除程序】图标,打开【添加或删除程序】窗口,如图 1.25 所示。

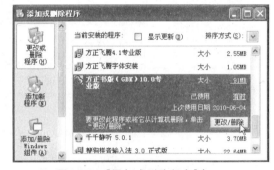

图 1.24　【控制面板】窗口　　　　图1.25　【添加或删除程序】窗口

(3) 选择要删除的程序——方正书版 10.0,然后再单击【更改/删除】按钮。操作系统即可弹出如图 1.21 所示的对话框。接下来的操作步骤与第一种方法相同。

至此,本节内容就已介绍完。在后面的章节中学习难度会逐渐加大,因此,需掌握以上基础知识。

1.3　新女娲补字 2.02 的安装与卸载

安装新女娲补字与安装书版主程序大同小异,以下详细介绍。

1.3.1　新女娲补字的安装

安装新女娲补字(NewNW)的操作步骤如下。

(1) 单击图 1.1 中的【安装新女娲 2.02】选项,即可弹出【选择设置语言】对话框,如图 1.26 所示。

(2) 选择【中文】选项,单击【确定】按钮,会提示 NewNW 正准备 InstallShiield(R)向导,如图 1.27 所示。

图 1.26 【选择设置语言】对话框

图 1.27 安装向导

(3) 安装向导结束后,会弹出一个安装向导页,如图 1.28 所示。

(4) 单击该对话框中的【下一步】按钮,弹出【许可证协议】向导页,如图 1.29 所示。

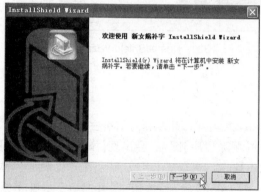

图 1.28 安装向导页

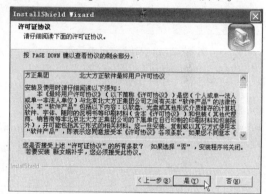

图 1.29 【许可证协议】向导页

(5) 单击图 1.29 所示对话框中的【是(Y)】按钮,会弹出【选择目的地位置】向导页,如图 1.30 所示。

(6) 默认的目标文件夹在 C:\Program Files\ 北大方正 \ 新女娲补字。若需要更改目标位置,单击【浏览】按钮,更改安装路径。如果不需要更改目标路径,单击【下一步】按钮即可。这时,会弹出【开始复制文件】向导页,如图 1.31 所示。

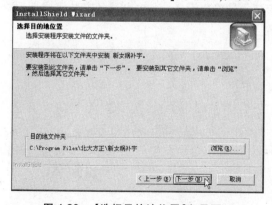

图 1.30 【选择目的地位置】向导页

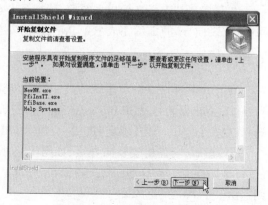

图 1.31 【开始复制文件】向导页

(7) 单击图 1.36 所示对话框中的【下一步】按钮,会弹出【安装状态】向导页。这时,程序进入安装状态,并开始复制系统文件,如图 1.32 所示。

(8) 安装完成后,会弹出如图 1.33 所示的向导页,单击【完成】按钮,即可完成新女娲补字软件的安装。

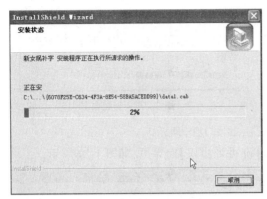

图 1.32　【安装状态】向导页

图 1.33　【InstallShield Wizard 完】向导页

1.3.2　新女娲补字的卸载

以下提供两种卸载新女娲补字的方法。

第一种:双击【开始】菜单|新女娲补字|Uninstall 命令,即可卸载新女娲补字系统。

第二种:单击【开始】菜单|【控制面板】|【添加或删除程序】图标,会出现【添加或删除程序】列表,然后在该列表中选择【新女娲补字 Uninstall】选项,再单击【更改/删除】按钮,系统会弹出对话框询问是否确认要删除,选择【是】按钮,最后单击【确定】按钮,即可把新女娲补字系统删除。

具体步骤参见 1.2.3 节,在此不再详述。

1.4　PSP Pro 2.3 的安装与卸载

在安装 PSP Pro 2.3 输出系统前,请先至少安装一种输出设备。当输出设备安装完成后,方可按"安装向导"的提示完成 PSP Pro 2.3 的安装。

1.4.1　安装 PSP Pro 2.3 输出系统

安装 PSP Pro 2.3 输出系统的具体操作步骤如下。

(1) 双击安装盘 \PSP Pro 2.3\setup.exe 安装文件,系统即可弹出【选择设置语言】对话框。选择【中文】选项,单击【确定】按钮,会提示 PSP Pro 正准备 InstallShield(R)向导。

(2) 然后,会弹出安装向导页,如图 1.34 所示。单击该向导页中的【下一步】按钮,会弹出【许可证协议】向导页,如图 1.35 所示。单击【是(Y)】按钮,进入下一步;如果单击【否(N)】按钮,则退出 PSP Pro 2.3 的安装。

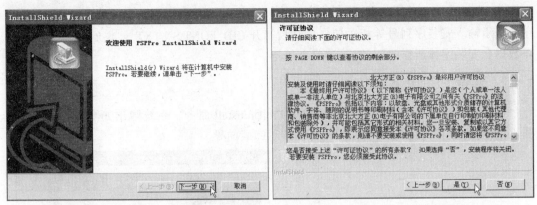

图 1.34 PSP Pro 2.3 安装向导　　　　　　　　图 1.35 许可证协议

(3) 单击【是(Y)】按钮,弹出【选择目的地位置】向导页,如图 1.36 所示。默认的目标文件夹在 C:\Program Files\Founder\PSP Pro;若需要更改目标位置,单击【浏览】按钮。如果不需要更改目标路径,单击【下一步】即可。这时,会弹出【选择程序文件夹】向导页,如图 1.37 所示。

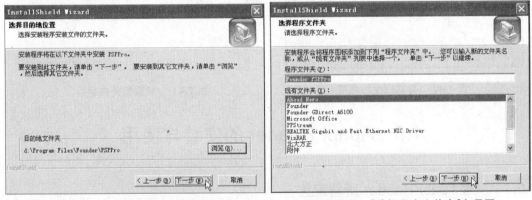

图 1.36 【选择目的地位置】向导页　　　　　图 1.37 【选择程序文件夹】向导页

(4) 图 1.38 即为执行文件的安装,当文件复制完成后,安装程序弹出【维护完成】向导页,如图 1.39 所示。单击【完成】按钮,即可完成 PSP Pro 2.3 系统主程序的安装。

图 1.38 【安装状态】向导页　　　　　　　　图 1.39 【维护完成】向导页

(5) 单击安装盘中 CID_FONT\CIDInstall.exe 程序，可安装字库。但安装字库时，安装程序会提示输入安装序列号等相关信息，此时，打开 CID_FONT\SN.TXT 文本文件，即可找到所需数据。安装字体所需时间较长，请耐心等待。

1.4.2 卸载 PSP Pro 2.3

单击【开始】|【所有程序】|Founder PSP Pro|Uninstall 命令，系统弹出如图 1.40 所示对话框。单击【确定】按钮，系统弹出如图 1.41 所示卸载向导。

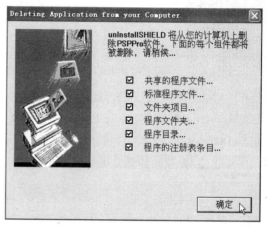

图 1.40　卸载提示对话框　　　　　图 1.41　卸载组件向导

1.5　Apabi Reader 的安装与使用

1.5.1 安装 Apabi Reader 所需配置

1)　硬件环境

CPU：Pentium，Pentium Ⅱ 或以上

内存：32MB 以上

硬盘：剩余空间 100MB 以上

显卡：支持真彩，显存 8MB 以上

2)　软件环境

Windows 98 第一版或第二版（建议使用第二版），Windows 2000，Windows NT 4.0 SP4 以上，Windows 95 IE 5.0 以上，Windows XP，以上任一系统。

> **提　示**
>
> 以上操作系统中，使用 IE5.5 时，必须安装 SP1。界面分辨率要求为 800×600 像素或更高。

1.5.2 Apabi Reader 的安装

安装 Apabi Reader 的具体操作步骤如下。

(1) 单击图 1.1 所示安装指南窗口中的【安装 Apabi Reader】按钮，安装程序自动加载

Apabi Reader 的安装向导，同时，弹出【欢迎使用 Apabi Reader InstallShield Wizard】向导页，如图 1.42 所示。

　　(2) 单击图 1.42 所示对话框中的【下一步】按钮，弹出【许可证协议】向导页，如图 1.43 所示。该向导页询问用户是否接受"北大方正 Apabi Reader 软件最终用户许可协议"，若接受"协议"，单击【是(Y)】按钮，将继续安装；若不接受"协议"，则退出安装。

图 1.42　【欢迎使用 Apabi Reader
InstallShield Wizard】向导页

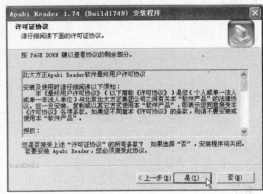

图 1.43　【许可证协议】向导页

　　(3) 单击【是(Y)】按钮，将弹出【选择目的地位置】向导页，如图 1.44 所示。系统默认的安装路径为 C:\Program Files\Founder\Apabi Reader；若需要更改安装路径，则单击【浏览】按钮，修改目标文件夹的位置。

　　(4) 如果不需要更改安装路径，单击【下一步】按钮，弹出【选择程序文件夹】向导页，如图 1.45 所示。

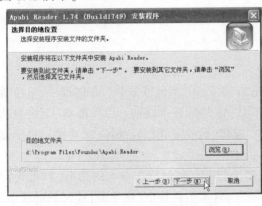

图 1.44　【选择目的地位置】向导页

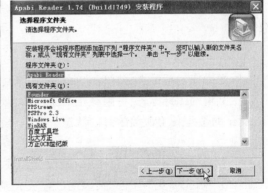

图 1.45　【选择程序文件夹】向导页

　　(5) 单击【下一步】按钮，弹出【安装状态】向导页，如图 1.46 所示。这时安装程序开始复制 Apabi Reader 程序文件。

　　(6) 程序文件复制完成后，安装程序将弹出【InstallShield Wizard 完】向导页，如图 1.47 所示。单击该对话框中的【完成】按钮，即可完成 Apabi Reader 软件的安装。

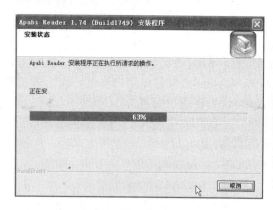

图 1.46 【安装状态】向导页   图 1.47   【InstallShield Wizard 完】向导页

1.5.3 Apabi Reader 的使用说明

1. 注册图书馆

请进入要借阅电子书的数字图书馆,首次使用时单击"在图书馆注册"进行注册。

2. 启动一本书

(1) 将图书或文件添加到藏书阁内:使用 Apabi Reader 可以阅读 CEB、PDF、HTML、TXT 或 XEB 格式的文件。目前可以借阅 CEB、XEB 等格式的文件。在藏书阁中,单击"添加新书"按钮,选择相应书籍,点击【打开】,完成图书添加,或在资源管理器中选定书籍,用键盘键 Ctrl+C 复制,Ctrl+V 粘贴到藏书阁里;更简便的操作是将选定的书直接拖到藏书阁。

(2) 打开一本书:在藏书阁中,双击要阅读的书籍,即可打开。或在资源管理器中,右键单击书名,在菜单中选择【用 Apabi Reader 阅读】。

(3) 显示图书目录:按 C 键,或者把鼠标移到没有工具栏一侧的上端时,可弹出本书的目录窗口。

3. 版面操作

版面操作包括翻页、放缩、全页翻/半页翻、书签、旋转、撤销与恢复等。在阅读中,单击工具条左上角的图钉标志,可隐藏工具条;并可根据个人习惯,在页面左右边界挪动。下次启动 Reader 时会记住上次关闭时的状态。单击界面上的按钮可完成相应操作,或者使用快捷键来实现。

(1) 放大与缩小:在阅读中,单击【放大】或【缩小】按钮,鼠标变为放大镜形状,即可进行放缩操作。当光标变为空心时,表明已经放大到最大,或缩小到最小。再单击【放大】或【缩小】按钮,完成放大或缩小操作。随意放缩:选中【放大】或【缩小】按钮,按住鼠标左键在页面上画出放大或缩小的区域,随所画区域的大小,放大或缩小到一定的尺寸。

(2) 翻页:①前翻/后翻:把鼠标移到页面的边缘(左右边都可),待鼠标指针变成书的形状,单击左键实现后翻,单击右键实现前翻。或者直接单击【向前翻页】和【向后翻页】按钮。②翻到首/末页、最近打开页:单击藏书阁中的书,在右键菜单中选择【最近打开】或【首/末页打开】。也可以用 Home/End 键来实现翻到首/末页。③全/半页翻的切换:单击【全页翻/半页翻】按钮即可进行切换。④跳转到所需页面:将鼠标放在界面最下端页面选择区,左右移动鼠标,

【换至第几页】位置上的页码将随之变化。到达适当位置,单击即可跳入。或者按 J 键,在弹出的跳转对话框中,输入页码号,单击【翻到】按钮。

> **提 示**
>
> 使用按钮切换到半页翻,阅读窗口自动变为最大化;快捷键全/半页翻切换不能改变阅读窗口的大小。页面跳转只支持 CEB 和 PDF 两种格式;输入的页码号和【换至第几页】的页码数是一致的。

(3) 移动页面:在阅读中按住鼠标右键随意拖动,可实现页面的移动。

(4) 书签的操作:单击【书签】按钮,选择【添加书签】。可以选择【显示/隐藏书签】实现书签的隐藏和显示,也可以用【删除书签】按钮删除书签。或在【标注】菜单中进行【书签】操作。

(5) 旋转、撤销与恢复操作:选择【菜单】||【旋转窗口】命令,可将页面选择 90 度。此项功能方便阅读某些表格,也可以使笔记本电脑用户随意选择阅读角度。选择【菜单】||【撤销】或【恢复】命令,可回到上一个窗口。

> **提 示**
>
> 阅读中按 F1 键可弹出快速帮助。

4. 标注功能

按下鼠标左键选中文字并松开鼠标后,在弹出的菜单中选择相应命令,可实现画线、批注、查找、书签、加亮、圈注、拷贝文字等功能。取消标注的步骤与添加相同,定义后即可弹出取消项的菜单。

(1) 批注功能:添加批注时,在标注菜单中选择【批注】,打开【批注信息】框添加内容,单击【保存】按钮确定,完成后文中会出现黄色批注标记。修改、取消批注时,双击所做的黄色标记,弹出【批注信息】框。若修改批注,改动后单击【确定】按钮;若取消批注,单击【删除】按钮。

(2) 查找功能:在标注菜单中选择【查找】(快捷键 Ctrl+F 键),或者选择【菜单】||【查找】,都可以进入查找对话框。输入要查找的内容,点击【查找下一个】按钮,即可看到标有黑色标记查找到的文字。如继续查找,则单击【查找下一个】按钮。

(3) 拷贝文字功能:选中要拷贝的文字,在标注菜单中选择【拷贝文字】;然后,打开要写入的文档或程序,选择好位置,按 Ctrl+V 键粘贴即可。注意,每次拷贝不能超过 200 个汉字。

> **提 示**
>
> 标注功能只对 CEB、PDF 格式的文件有效,对 TXT、HTML 格式的文件无效。XEB 格式的文件不可以圈注。

5. 翻译功能

先启动翻译软件,再打开 Apabi Reader,将鼠标放在需要翻译的地方,翻译软件中的即指即译功能将对其进行翻译。

> **提 示**
>
> 请在计算机中预先安装好翻译软件。如有些字词的翻译没有显示,可能是因为这些字被下载,编码已丢失。

6. 备份与恢复证书

(1) 备份：选择【菜单】||【备份】命令，弹出【备份证书文件】对话框，选择保存路径、填写文件名后，单击【保存】按钮，生成的.bak 文件将保存到此路径下。

(2) 恢复备份的证书：如果下载图书不能正常阅读，请选择菜单中的【恢复备份】命令，打开【恢复备份的证书文件】对话框，选择您所备份的.bak 文件，单击【打开】按钮后即可将证书文件自动恢复。

7. 打印功能

在阅读中，选择【菜单】||【打印】命令，进入打印对话框。可以打印未加密的 CEB、PDF 格式的文件。如果是已加密的文件，【打印】命令会变灰，表明该文件不可打印。

8. 图书类别操作

(1) 显示各类书目：单击藏书阁界面上端的【×××（注册名）的书架】按钮，可显示未分类的全部书目。单击界面右侧的两个按钮，分别表示藏书阁中的图书图标显示和列表显示。在藏书阁中，单击【图书分类】按钮，选择【类别导航】选项，如图 1.48 所示。选择指定的图书类别，单击【确定】按钮，可显示该类别的书籍。在藏书阁中，单击某一类别时，显示该类别的书，双击某一类别显示子类。

(2) 新建图书类别：在【图书分类】中选择【新建类别】选项，如图 1.49 所示。在【名称】文本框中输入类别，单击【添加】按钮，再单击【确定】按钮。或右键单击已建立的类别，在弹出的快捷菜单中选择【新建】命令，直接输入类别名，并单击【添加】按钮。

(3) 图书分类及删除：选中【藏书阁】中需要归类的书目，单击【图书分类】按钮，即可弹出【图书分类】对话框，如图 1.50 所示。既可直接将书拖动到已建立的分类中，也可以在某本书右键菜单中选择【图书分类】选项。如果要删除在藏书阁中的图书分类，可用右键单击要删除的类别名，选择【删除】命令即可。

图 1.48　类别导航

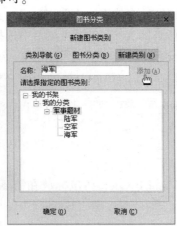

图 1.49　新建类别

图 1.50　图书分类

(4) 藏书阁中类别名称的重命名：右键单击类别名称，在菜单中选择【重命名】命令，可以重新命名该类别名称。

9. 图书管理

(1) 图书查询：当藏书阁的书目较多时，可使用搜索功能查找书目。按全部图书、显示名、作者、出版社、书名或书号进行搜索，并输入关键字，单击【搜索】按钮。同时还可显示藏书阁显示类别下的书目数量，以及当前所在的页数位置。单击藏书阁的页码号，直接输入要翻到的页码号，按 Enter 键确认，可直接翻到该页藏书阁。

(2) 删除图书：选定要删除的书，按 Delete 键；或者右键选中该书，在菜单中选择【删除图书】命令。

提 示

在图书馆借的图书过期时，藏书阁中的封面图片将改变以提示过期。此时可选择【菜单】|【删除过期书】命令来删除。如果是在图书馆阅览室借阅的图书，在 Apabi Reader 启动时，会自动检查是否过期，如果过期会自动删除。

(3) 查看书目相关信息及更改书名：在藏书阁中选中该书，在右键菜单中选择【图书信息】命令，可以查看书目的相关信息。在【显示名】处可更改书名。

(4) 借阅信息：从图书馆借的未到期图书，用右键菜单可选择查看【借阅信息】即可。查看书目的借阅信息。选择右键菜单中的【归还此书】和【续借此书】命令可以主动还书和续借。

10. 书店操作

单击【书店】按钮，进入书店界面，其中包括【eBook 体验（免费）】、【eBook 书店】、【eBook 出版社专卖店】、【eBook 其他网站】等链接。在【eBook 其他网站】中单击右键弹出菜单，选择【添加、删除或修改】命令，输入名称和网址，可完成网站添加，双击可进入该网站。

11. 环境设置与帮助

选择【菜单】|【设置环境】命令，可看到【选项列表】中分为基本设置、字体设置、图书馆和阅读页面背景等内容。

(1) 基本设置：在【路径设置】中，输入路径名称或单击右侧的文件夹选择路径，指定下载的 CEB 文件放置的位置。在【阅读设置】中，选择【设置半页标志】选项，则 Apabi Reader 在半页翻状态中显示出蓝色标志线。默认采用【平滑字体】，文字显示清晰无矩齿。在【文件设置】中，选择【使用网络文件】，可在线阅读比较大的 CEB 文件（支持 HTTP 和 FTP 协议），也可自行设定网络文件的最小尺寸（若文件小于该尺寸，则不采用网络文件方式；且最小尺寸必须是整数）。在【打印设置】中，选择【按实际尺寸打印】选项，则按页面的实际版心尺寸打印，否则将按打印纸张的页面大小打印。在【窗口设置】中，选择【动画显示窗口】按钮，信息窗弹出为动画状态。全部设置完成，单击【确定】按钮。

(2) 字体设置：如果阅读器找不到对应的字体，将使用默认字体。也可在下拉列表中选择简体和繁体文字为默认字体。简体文字的默认字体为宋体，繁体文字的默认字体为 MingLiu。

(3) 图书馆：显示图书馆名称和网址，以及是否注册。

(4) 阅读页面背景：可以在选项中进行设置，也可以单击色块部分，在出现的【颜色】对话框中，根据需要进行改变。但是如果图书原本设有底色，则此操作不起作用。

(5) 帮助的使用：选择【菜单】|【帮助】命令，系统将调出说明书，对使用中的疑难之处进行指导。

1.6 习　　题

填空题

【安装类型】向导页中安装方正书版10.0的3种类型如下。

(1) 【典型】为安装最常用的组件,包括书版＿＿＿、外文及符号字库和最常用的4套中文字库(＿＿＿、楷体、＿＿＿、仿宋体)。

(2) 【完全】为安装全部组件,包括书版＿＿＿、大样预览工具、＿＿＿及符号字库、全部＿＿＿字库、＿＿＿组件、大易输入法(可用来输入＿＿＿)和五笔字型输入法等。

(3) 【自定义】为允许操作者有选择地安装所需的组件,操作者可决定是否安装＿＿＿或＿＿＿。

【安装字体】对话框中各选项的说明如下。

(4) 【安装PSP Pro字库】是指安装供PSPNT使用的＿＿＿字库。

(5) 【字库路径】是指设置安装字库的＿＿＿路径;【目标路径】是指设置安装字库的＿＿＿路径。

选择题

(1) 【典型】类型安装包括书版主程序、外文及符号字库和最常用的＿＿＿套中文字库。

    A. 1　　　　　　B. 2　　　　　　C. 3　　　　　　D. 4

(2) 安装方正书版10.0时,所需的硬盘空间最好是在＿＿＿MB以上。

    A. 100　　　　　B. 200　　　　　C. 300　　　　　D. 都不对

(3) 在【选择组件】对话框中,单击组件前的＿＿＿号,可打开下拉选项,再单击组件前的＿＿＿号,可隐藏下拉选项。

    A. −;+　　　　　B. +;−　　　　　C. +;×　　　　　D. ×;−

(4) 【中文字库】共包括＿＿＿款字体。

    A. 46　　　　　B. 26　　　　　C. 88　　　　　D. 106

判断题

(1) 对于PSP、PSPNT和PSP Pro 2.3系统,不需要使用它们内部的重要字体功能来重置安装上去的字体。　　　　　　　　　　　　　　　　　　　　　　　（　　）

(2) 【信息】对话框是提醒操作者不要忘记安装后端输出字库,避免在打印文件时会出现缺字体等相关的错误信息。　　　　　　　　　　　　　　　　　　　（　　）

(3) 符号库的安装只针对PSP 3.0以上版本、PSPNT 1.0以上版本,以及方正文杰打印机。而其他厂商的RIP上也能进行安装。　　　　　　　　　　　　　　　（　　）

(4) 方正书版10.0在以前版本的基础上又新增加了一些符号库,这些符号库必须正确地安装到后端的RIP上才能被打印出来。　　　　　　　　　　　　　　　（　　）

简答题

(1) 卸载方正书版10.0软件有几种方法?

(2) 请简述卸载方正书版10.0软件的方法。

操作题

试安装方正书版10.0软件。(提示:详见1.2节)

方正书版 10.0 概述

教学提示: 方正书版 10.0 集成了小样编辑、排版、预览和输出等一系列流程,在兼容 BD 语言原有注解的基础上,扩充和增强了一些注解,可使版式更加灵活多样;大样预览可直接看到字体、彩色、底纹、图片等效果,校稿更直观、快捷、准确;输出标准的 PS,支持 PSP NT、PSP PRO 和文杰打印机。

教学目标: 了解方正书版 10.0 的最新功能,掌握方正书版 10.0 相对于方正书版 9.11 的功能修改说明。

2.1 版 本 简 介

方正书版 10.0 是继书版 6.x、7.x、9.x 之后,运行于 Windows 98/NT/2000/XP 平台上采用 32 位批处理排版方式的全新书刊组版软件,更加突出规范、快捷、专业的优势,工作效率也有明显提高。而且方正书版 10.0 增加了一系列适应网络出版,制作电子图书的新需求。同时,对编辑器、注解命令和大样显示都做了功能上的改进。方正书版 10.0 具有很强的稳定性、开放性和兼容性,是适用于期刊、一般图书、辞书、典籍、科技类和文艺类等书刊制作,以及办公文印的编辑、排版和网络发布的首选专业排版软件。

2.2 功 能 特 点

2.2.1 版本更新介绍

方正书版 10.0 的更新是相对书版 9.11 而言的,主要在编辑功能、大样预览、排版功能、输出功能和新增功能等几个方面进行了改进。

1. 编辑功能

编辑功能的改进如下。

- 在【插入】菜单下增加【插入自定义宏】命令,通过列表选择某个用户自定义宏,插入编辑窗口。
- 修改查找";"时,会将"["一起查出来;查找":"时,会将"Z"一起查出来。

- 修改动态键盘的字符在书版小样中显示不正确的问题。
- 支持新增的 GBK 字体。
- 增加简单的插件支持。
- 增加功能:优先使用与小样同名的 PRO 文件发排。
- 修改 AutoPass 不能生成 PS 文件的错误。
- 解决将 RTF 文件内容转换到 Fbd、Pro 文件时的死机问题。

2. 大样预览

修改了 NPS 格式的添线注解的大括号显示问题。

3. 排版功能

排版功能的改进如下。

- 修正希腊文字母基线位置,主要是 ψ、ρ、φ、η、ζ、χ、ξ、β、μ、φ 几个字母。
- 修改整体居中、居右注解(〖JZ(Z〗、〖JY(Z〗)中换行符的作用不正确问题。
- 修改边文注解(BW)中边码(BM)如果是多位码而且竖排时的数字重叠问题。
- 修改边码与边文内容之间的距离不正确问题。
- 修改排上、下角标时,发 NPS 不正确,角标发生重叠现象等问题。
- 修改发 NPS 时割注注解(GZ)内容第一排未显示的问题。
- 修改繁简转换注解〖FJJ〗不起作用问题。
- 修改繁简转换注解〖FJF〗后面如果排"/"且发 S10 时,"/"会与后面汉字发生重叠的问题。
- 修改 KM 注解不能控制 BW 内容的问题。
- 修改排词条时词条提取不正确的问题。
- 修改词条格式与书眉格式冲突的问题。
- 修改界标不居中的问题。
- 修改竖排英文字母和数字时发生的重叠问题。
- 修改竖排英文字母和数字时不随字体而变化的问题。
- 修改表格中 BS 内字符丢失的问题。
- 修改俄文半字线位置较高,与拆音节符号不一致的问题。
- 修改外挂字体换行后首字符超出版心的问题。
- 修改底纹位置不随外层注解位置变化而变化的问题。
- 修改使用 S10 格式阿克生符,当符号采用斜体、字号小于 5 号时,阿克生符的位置不正确,即偏向一边的问题。
- 修改表格中对于数字、字母 GP 后发生重叠现象。
- 修改有些字符在对开和全身注解中的问题,去除排出版心、排得太紧等现象。
- 修改对开和全身注解第一种注解形式交互使用时的问题。
- 修改边文中 JD 注解的问题。
- 修改排外文内容发生拆音节后下一行首字符超出版心的问题。
- 修改注文注解连排时下一行与第一行注解序号未对齐的问题。

- 修改 PN 注解影响拆页后第一行(必须是拆行下去的)的拼音字母字体的问题。
- 修改排 Oxa1fe(中文空格,像等号的)后再排边注后拼音字体无效的问题。
- 修改对照拆页颜色错位的问题。
- 校正在修改目录发排中,MD、MZ 注解生成的目录小样和大样错误,页码多次出现等问题。
- 修改着重底纹注解一行内不能出现两种颜色底纹的问题。

4. 输出功能

输出功能改进如下。

- 解决 STACK 注解不匹配导致大样预览、输出 PS 死机(数组越界访问)的问题。
- 修改脚注线为花边线时,转 PS 时线段丢失的问题。

2.2.2 新增功能介绍

(1) 着重注解(ZZ)。

增加注解参数 L,表示三连点着重符;增加注解底纹参数,可以排能够拆行的底纹。

注解格式:〖ZZ<字数>〔<底纹说明>〕〔<着重符>〕〔#〕〔,<附加距离>〕〗

　　　　　〖ZZ(〔<底纹说明>〕〔<着重符>〕〔#〕〔,<附加距离>〕〗<着重内容>〖ZZ)〗

<底纹说明>:B<底纹编号>〔D〕〔H〕

<底纹编号>:<深浅度><编号>

<深浅度>:0-8

<编号>:<数字><数字><数字>

D:本方框底纹代替外层底纹;H:底纹用阴图;

<着重符>:Z|F|D|S|Q|L|=|。〔!〕|〔!〕

(2) 添加嵌套着重注解。

(3) 注文注解(ZW)。

增加注解参数 #,表示注文对齐方式。

- 注文注解遇到拆行时,下一行注文内容起始点与上一行起始点(或注文注序号)对齐。
- 排下一条注文时,如果上一条注文恰好排成一行,则下一条注文注序号起始点与上一行起始点(或注文注序号)对齐。

增加注解参数 W,表示数字码注序号。

注解格式:〖ZW(〔DY〕〔<脚注形式>〕〔<序号>〕〔B〕〔P|L〔#〕〔<字距>〕〕〔Z〕〔,<字号>〕

　　　　　〔<序号换页方式>〕〗<注文内容>〖ZW)〗

<脚注形式>:F|O|Y|K|*|W

(4) 版心说明(BX)。在版心说明中增加外文字体和数字字体设置。

注解格式:〖BX<版心字号><版心汉字字体>〔&<版心外文字体>〕〔&<版心数字字体>〕

　　　　　〔《H<汉字外挂字体名>》〕〔《W<外文外挂字体名>》〕〔<颜色>〕,<版心高>。

　　　　　<版心宽>,<行距>〔!〕〔B〕〔D〕〗

(5) 书眉说明(MS)。在书眉说明中增加外文字体和数字字体设置。

注解格式：〖MS〔X〕〔C<格式>〕<字号><汉字字体>〔&<外文字体>〕〔&<数字字体>〕
〔《H<汉字外挂字体名>》〕〔《W<外文外挂字体名>》〕〔,L〕〔,W〕〔,<书眉线>〕
〔字颜色〕〔线颜色〕〔。<行距>〕〔,<行距>〕〔<书眉线调整>〕〗

(6) 脚注说明(ZS)。在脚注说明中增加外文字体和数字字体设置。

注解格式：〖ZS<字号><汉字字体>〔&<外文字体>〕〔&<数字字体>〕〔《H<汉字外挂字体名>》〕〔《W<外文外挂字体名>》〕〔<字颜色>〕〔<线颜色>〕〔,<脚注符形式>〔<字号>〕,<字号>〕〔,X<注线长>〕〔,S<注线始点>〕〔,L<注线线型>〕〔,<注文行宽>〕〔,<注文行距>〕〔,<格式说明>〕〔#〕〔%〕〔。〕〗

(7) 标题定义(BD)。在标题定义中增加外文字体和数字字体设置。

注解格式：〖BD<级号><字号><汉字字体>〔&<外文字体>〕〔&<数字字体>〕〔《H<汉字外挂字体名>》〕〔《W<外文外挂字体名>》〕〔<颜色>〕,<标题行数>〔<格式>〕〗

(8) 在 Pro 文件设置界面中增加图文说明设置,有"汉字字体"、"外文字体"、"数字字体"、"外挂汉字字体"、"外挂外文字体"、"纵向字号"、"横向字号"、"文字颜色"、"图说位置"、"图说高度"、"横、竖排"共 11 项,用来设置图说(TS)注解中内容的字体、字号等。

注解格式：〖TW<字号><汉字字体>&<外文字体>&<数字字体>〔《H<汉字外挂字体名>》〕〔《W<外文外挂字体名>》〕〔<颜色>〕<,图说位置><,图说高度>〔!〕〗

(9) 在 Pro 文件设置界面中增加边边说明设置,有"汉字字体"、"外文字体"、"数字字体"、"外挂汉字字体"、"外挂外文字体"、"纵向字号"、"横向字号"、"文字颜色"共 8 项。该注解只能用于 Pro 文件中,用来设置边注(BZ)注解中边注内容的字体、字号。

注解格式：〖BB<字号><汉字字体><& 外文字体><& 数字字体>〔《H<汉字外挂字体名>》〕〔《W<外文外挂字体名>》〕〔<颜色>〕〗

(10) 拼音注解(PY):该注解不但可以设置拼音与汉字之间的高度,还可以设置横向字距;在拼音与汉字之间加一条正线,这条线位于拼音与汉字中间,长度为拼音的长度;在排拼音时默认汉字位于拼音的中间(横向方向),现提供一个参数用来设置拼音与汉字之间的相对位置关系,即汉字靠左、居中或靠右排。

注解格式：〖PY〔<横向字号>〔,<纵向字号>〕〕〔<颜色>〕〔K<字距>〕〔G<字距>〕〔S|L|X〕〔N|M|R〕〔Z〕〗

<横向字号>:表示拼音字母的横向字号,有双向字号时是长扁字,全默认时字号为汉字 1/2 大小。

<纵向字号>:同上。

<颜色>:@〔%〕(C 值,M 值,Y 值,K 值)。

%:表示按百分比设颜色值。

C 值,M 值,Y 值,K 值:0~255 或 0~100。

K<字距>:表示拼音与拼音之间的距离,默认时距离为当前汉字的 1/8 字宽。

G<字距>:表示拼音与汉字之间的距离,默认时距离为当前汉字的 1/4 字高。

S|L|X:默认值为 X。

S:表示横排时拼音排在汉字之上,竖排时拼音排在汉字之右。

L:表示拼音直立排在汉字之右。

X:表示横排时拼音排在汉字之下,竖排时拼音排在汉字之左。

N|M|R 默认值为 M;Z。

N 表示横排时汉字靠左边排,竖排时汉字靠上排。

M 表示汉字居中排。

R 表示横排时汉字靠右边排,竖排时汉字靠下排。

Z 表示在拼音与汉字之间加一正线,默认不加正线。

(11) 增加数字竖排方式:当选择小样竖排时,数字的排版方式是在横排的基础上右转 90 度,同时提供另两种排版方式,一是数字在竖排时直立排;二是数字仍横排,但此时数字不能多于 3 位。

新增的注解格式:〔 SZ〔H|D〔B〕〕〕

默认情况为数字右转 90 度;H 表示 2 位或 3 位数字并列排,此时数字不能多于 3 位;D 表示数字单个单个直立排;B 表示当标点符号不禁排时,一串数字不能拆行,默认本参数时表示可拆行。

(12) 增加外文竖排方式:当选择小样竖排时,外文字母的排版方式是在横排的基础上右转 90 度,同时提供另一种排版方式,外文在竖排时单个单个直立排。

新增的注解格式:〔 WP〔D〕〕

默认情况为外文字母右转 90 度;D 表示外文字母单个单个直立排。

(13) 提供 CEB 插件功能,它能把书版 PS 文件转换成 CEB 文件。在转换过程中可以设置 CEB 文件图像路径、图像分辨率。

(14) 提供 CEB 插件功能,它可以把书版小样文件直接转换成 CEB 文件。

(15) 增加新功能,生成目录定位关联文件,把该文件和书版对应的 PS 文件一起生成 CEB 文件,生成的 CEB 文件用 Apabi Reader 阅读时,可利用生成的目录树结构定位,即通过单击目录树中的目录可直接跳转到正文对应位置。

转换过程如下:书版小样(必须有 MD、MZ 目录注解,否则程序会提示用户无法生成目录定位关联文件) 利用书版 10.0 中生成目录定位关联文件功能生成目录定位关联文件,该文件名为书版小样名+"-exp.pef",然后把该书版小样生成 PS 文件,PS 文件名为"书版小样名+.PS",但 PS 文件必须与目录定位关联文件位于同一个目录下,最后利用书版 10.0 提供的"选择 PS 文件生成 CEB 文件"功能,选择该 PS 文件生成 CEB 文件,此时生成的 CEB 文件就带有目录树结构。由于一本书常常带有封面、前言、目录等内容,为了使目录准确定位,在书版 10.0 CEB 转换参数设置中提供设置这些封面、前言、目录等内容所占的页数的功能,只有正确设置好该参数,才能正确生成 CEB 文件目录定位信息。

2.3　排　版　要　素

2.3.1　书版 10.0 的排版文件

1. 小样文件

小样文件是包含 BD 排版语言注解信息的文本文件。方正书版 10.0 同书版 9.11 一样,允许使用任一符合 Windows 系统约定的文件名,约定的小样文件名带扩展名".FBD"。

另外,小样文件的相关操作,如创建、打开、关闭等各种编排流程均与方正书版 9.11 相同,在此不再赘述。

2. PRO 文件

PRO 文件中包含对全书整体说明性注解,这些注解是版心说明(BX)、书眉说明(MS)、标题定义(BD)、注文说明(ZS)、页码说明(YM)、书版注解(SB)和外挂字体定义注解(KD)。系统约定的 PRO 文件带扩展名".PRO"。

书版 10.0 同书版 9.11 一样,允许用户在排版参数文件窗口中,设置排版参数的属性。这些总体格式参数如表 2.1 所示。

表 2.1　总体格式参数

排版参数	注解名称	说　　明
排版文件	书版注解(SB)	指定本次排版的小样文件,如一本书按章节分为多个小样
版心说明	版心注解(BX)	指定全书正文的版面格式,即字体号、每行字数、每页行数等
页码说明	页码注解(YM)	指定本次排版对页码的各种要求,如字体号、位置及格式等
书眉说明	书眉说明注解(MS)	指定全书正文的书眉格式,即字体号、眉线类型等要求
脚注说明	注文说明注解(ZS)	指定本次排版的脚注序号及注文的排版格式
外挂字体定义	外挂字体定义注解(KD)	定义本次排版所使用的外挂字体的别名
标题定义(1-8)	标题定义注解(BD)	定义全书正文各级标题的排版格式
图文说明	图文说明注解(TW)	定义全书图说的排版格式
边边说明	边边说明注解(BB)	定义全书边注的排版格式

PRO 文件的相关参数文件的设置方法和运用与方正书版 9.11 相同。

3. 大样预览文件

大样文件是排版的中间结果文件,主要供显示和输出用。方正书版 10.0 同方正书版 9.11 一样,可产生两种符号风格的大样文件,后缀分别为.S10 和.NPS。编辑好的小样文件和 PRO 文件经过系统的语法、语义检查,确认正确无误后,即可排版生成方正书版 10.0 的大样文件。

S10 后缀的大样文件与老版本的 S72 大样文件的符号风格相近,并吸收了 S72 中的一些符号。使用此种大样格式非常适合排数学、物理、化学等学科的公式。

NPS 大样文件与老版本的 PS2 符号风格相近,适合排一些外文书。NPS 实际是从老版本的 PS2 格式发展过来的。不过,就汉字而言,无论使用 NPS 或 S10 的大样格式都没有差别。

大样预览是在屏幕上显示大样文件所排的版式,判断是否符合排版要求,如果不符合,就要重新编辑修改和发排。方正书版 10.0 使用 46 种汉字字体进行预览,可以满足大多数情况的需要。

方正书版 10.0 的大样预览可以显示字符的字体字号变化、颜色、旋转、倾斜、空心、勾边、立体等字体效果,还能显示花边、底纹、图片等效果。对于底纹,在放大显示比例的时候显示更清晰。

大样预览只是对大样文件的一个粗略的显示,要查看排版的确切结果,还应该在激光印字机上输出 PS 样张。

> **提　示**
>
> 利用书版 10.0 大样预览工具可浏览“.S10”、“.NPS”“.S92”和“.MPS”四种格式的大样文件,但书版 9.x 的大样预览工具只可以浏览后缀名为“.S92”和“.MPS”的大样文件。

4. 输出文件

方正书版 10.0 生成的最终排版结果文件有两种形式:一种是 PS 文件,可以在后端输出;一种是 EPS 文件,既可以被插入到其他排版软件(如方正飞腾)中,又可以单独输出。这两种文件分别以扩展名.PS 和.EPS 加以区别。用户可直接在方正文杰打印机上将其打印成纸样,也可通过 PSP3.1、PSPNT 或 PSPPRO 在后端的激光印字机或照排机上输出纸样或胶片。

排版结果输出是方正书版 10.0 改动较大的一部分,较之低版本,方正书版 10.0 不再将大样文件交给 RIP 转换,而是直接转成标准的 PS 文件输出。方正书版 10.0 可以下载前端的 TrueType 字体,并支持方正文杰打印机;可将排好版的大样通过网络或并口直接输出到文杰打印机上,并可设置打印输出时的各种参数。方正书版 10.0 可以自由设置页面尺寸(分左右页、设置左右边空等);还可以将任意页面生成 EPS 文件,并为 EPS 文件生成预览图,从而轻易将排版结果插入到其他排版软件中。另外,方正书版 10.0 还可将小样文件和 PS 文件转换为电子文档 CEB 文件。CEB 文件虽有原文件不可更改性、压缩比例大等特点,但可以实现远程传递、校样、打印、批阅等功能。总之,方正书版 10.0 可以更灵活、更有效地控制输出效果,使其通用性更强。

2.3.2　认识排版注解

注解就是排版命令,每个注解可完成一种排版格式。在 BD 排版语言中,注解分两类:一类是单字符注解;另一类是一般注解,这类注解由注解名和若干个参数组成,用注解符号“〔”和“〕”括起来,完成某种排版功能。

注解名用两个大写英文字母表示,是每个注解名汉语拼音的首字母。例如:↙、Ω 等属于单字符注解;而〔FK(〕内容〔FK)〕(此为方框注解)、〔JZ〕(居中注解)等属于以特殊括号“〔〕”对括起来的注解。

方正排版注解出现的字母,全部是汉语拼音的首字母,且为大写,掌握这个规律后,可使对注解的认识和记忆变得简单。

> **注　意**
>
> 小样文件中所输入的注解字母必须以大写的形式出现,单位制(如 mm、cm 等)、文件名(如 cwg、msf 等)除外。否则,在排版扫描时,系统会自动报“注解名”非法的错误信息,如:居右注解〔HT〕不能输入〔ht〕。

注解的格式可简单地写为〔注解名+参数〕,注解名取两个汉字拼音的首字母大写,参数是数字、字母或其他符号。“< >”之间是一项参数,写注解时不用写出“< >”。“〔〕”之间的参数是可以选择的,如果不选择会有一个约定值,这个值称为默认值。两项之间需用","或"。"作分隔符,且不可省略。

2.3.3　排版注解格式

排版注解即排版公式。为了准确地说明每个参数的使用方法,公式需使用规定的符号。对于初学者,为更准确地使用每个参数,首先要弄清这些符号的意义。

下面对一些符号进行简单的说明。

- 〖 〗:注解符号。表示一个排版注解,可使计算机执行某种排版功能而非排版内容。
- <>:表示一项参数。此符号在录入时切记不要输入。
- 〔〕:表示括号内的参数为可选参数。在使用时可选用或不用,但选用和不选用所排出的版面效果是不同的。我们将在介绍注解时分别介绍可选参数的不同使用效果。
- {}:表示多个类型、相同的项或参数的使用范围。此符号在录入时不要输入。
- —:"或"的意思。表示有几种方式,但只能任选其一。

除了上述符号,在注解中能用到的其他符号还有:英文字母、标点符号、减号"–"、叹号"!"、等号"="和小括号"()"等,都要按标准进行录入。

2.3.4　文件名的使用规则

小样文件可以是中文 Windows 9x/2000/NT/XP 允许的文件名,一般在使用时以字符和数字给出,长度不超过 8 个字符。小样文件不允许有任何扩展名(即后缀)。

大样文件同小样文件的文件名区别是大样文件在小样文件名后加一个扩展名.PS、.S92 或.MPS。在主系统上显示或发排时,必须生成大样文件,其他任何文件都不能显示或发排。

整体说明文件的文件名是在其小样文件的文件名后加一个扩展名.PRO。初学者一定要重视.PRO 文件在排版中的作用,它能简化小样文件中的注解,保证全书的格式一致,因此拷盘留版时一定要注意保留。

小样文件的备份文件:每次对文件进行修改存盘时,系统都会自动将改动前的文件复制到它的备份文件中,再将改动的文件以原文件名存盘。备份文件的文件名是在其小样文件的文件名后加一个扩展名.BAK。

大样文件名和小样备份文件名都由系统自动生成。

例如,在对一份稿件进行录入、排版、修改等一系列的操作后,所生成的文件名有:

崔文国	小样文件名(也称原文件)
崔文国.PRO	整体说明文件名(.PRO 文件)
崔文国.NPS(.N10)	小样文件名(排版后系统自动生成的结果文件)
崔文国.BAK	小样备份文件名(排版后系统自动生成的备份文件)

2.3.5　排版流程

掌握方正书版 10.0 的工作流程,对于初学者来说很重要。通过对工作流程的了解和熟知,使用起来才能得心应手。利用方正书版 10.0 编排一本书,通常需要经过录排、编校、输出等一系列相关工作。

方正书版 10.0 排版的具体过程大致为:

- 启动方正书版 10.0,并建立一个小样文件,在小样文件中录入并保存相关内容,同时在该小样文件中加入相应的注解,最后在文章结尾处加入文件结束符标记 Ω。此过程为编辑小样文件。

- 创建一个与小样文件同名的 PRO 文件,根据要求设置好排版参数并保存。
- 接下来对小样文件进行【一扫查错】命令,系统会自动对小样文件中的语法进行查错处理。如果小样文件有错误,将在【一扫查错】窗口中显示出来,用户便可以对小样文件中的错误进行修改。
- 在语法正确无误后,选择菜单【排版】|【正文发排】命令,系统将自动生成与之对应的 S10 或 NPS 大样文件,同时系统会将排版结果显示在大样文件预览窗口中。再选择菜单【排版】|【正文发排结果输出】命令,生成 PS 文件,这时该 PS 文件就可以在打印机上打印或可用激光照排机输出胶片。以上为方正书版 10.0 排版的过程。

2.4　启动和退出书版系统

安装方正书版 10.0 后,系统会自动将其运行程序放在【开始】菜单中。同时,方正书版 10.0 快捷图标会显示在当前的桌面上。

2.4.1　启动书版系统

选择【开始】|【程序】|Founder|【方正书版(GBK)10.0 专业版】|【方正书版(GBK)10.0 专业版】命令;或者双击桌面上的图标启动方正书版 10.0 排版软件。

方正书版 10.0 软件启动后,屏幕首先出现如图 2.1 所示的启动画面,之后进入方正书版 10.0 窗口,如图 2.2 所示。

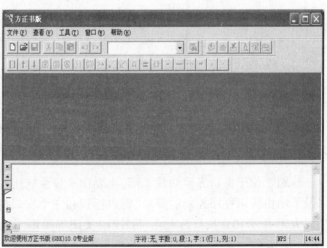

图 2.1　方正书版10.0 启动画面　　　　图 2.2　方正书版 10.0 窗口

2.4.2　退出书版系统

退出方正书版 10.0 的方式与其他应用程序一样,单击窗口右上角的 ⊠ 按钮即可。操作者还可以选择【文件】|【退出】命令来实现该软件的退出。

技 巧

按快捷键 Alt+F4 或双击方正书版 10.0 窗口左上角的 图标,即可快速退出系统。

2.5　窗口界面简介

方正书版 10.0 的窗口界面与其他软件相似,由标题栏、菜单栏、工具栏、编辑窗口、消息窗口、状态栏组成。根据工作的需要可同时打开多个小样文件。特殊工具栏则是用于输入一些常用的注解和符号。

2.5.1　窗口界面

双击 图标,即可出现方正书版 10.0 的启动画面,如图 2.1 所示。

在启动画面出现之后,系统会自动进入方正书版 10.0 的窗口界面,如图 2.3 所示。

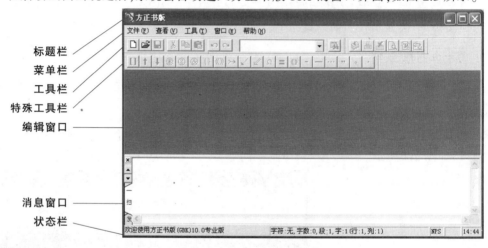

图 2.3　方正书版 10.0 的窗口界面

在下面的小节中,将介绍各个窗口和功能栏的功能与应用。

2.5.2　标题栏

标题栏位于窗口界面的最上部,主要用来显示应用程序的标题和正在编辑的文件名称,以及显示由应用程序控制的菜单、窗口标识和三个窗口控制按钮。通过这些菜单、按钮,可轻松对方正书版 10.0 执行最大化、最小化、关闭等操作,以及重新设置窗口的大小和位置等。

1.标题栏的窗口标识

窗口标识位于标题栏的最左侧,主要用来显示应用程序的名称以及当前正在编辑的文件名称,如图 2.4 左侧所示。

2. 标题栏的窗口控制按钮

窗口控制按钮位于标题栏的最右侧,主要用来改变窗口大小,如图 2.4 右侧所示。

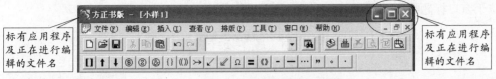

图2.4 标题栏的窗口标识

表示最小化;表示还原;表示最大化;表示关闭。

书版 10.0 的窗口可以在最大化、最小化、常规与关闭 4 种状态之间切换。其中常规窗口为最大化与最小化窗口之间的过渡状态。

当鼠标指针移至常规窗口边框的上方或下方时,指针的形状就会变成垂直双向箭头$\updownarrow$,这时按住鼠标左键就可改变常规窗口的垂直方向的大小;当把指针移动到常规窗口边框的左边或右边时,指针的形状会变成水平的双向箭头$\leftrightarrow$,这时按住鼠标左键就可以改变常规窗口的水平方向的大小;当指针移至常规窗口边框的 4 个边角的任一处时,指针的形状就会变成双斜向箭头$\nearrow$,这时按住鼠标左键可同时改变常规窗口的水平和垂直方向的大小。

提示

双击窗口界面最上部的蓝色条区域,能让窗口界面切换至常规或最大状态;如果常规窗口的大小发生变化,就会成为下一次还原操作窗口的默认大小。

3. 标题栏的窗口控制菜单

单击窗口标题栏最左端的 图标,即可打开窗口控制菜单,如图 2.5 所示。

窗口控制菜单的各选项功能说明如下。

- 【还原】:此命令只有在编辑窗口最大化时才能使用,其作用是将最大化的窗口恢复到最大化前的大小。
- 【移动】:单击此命令,指针就会变成双向十字箭头的形状,此时按左键拖动鼠标可改变编辑窗口的位置。
- 【大小】:单击此命令,指针就会变成双向箭头的形状,按住左键拖动鼠标即可改变编辑窗口的大小。
- 【最小化】:将编辑窗口最小化。
- 【最大化】:将编辑窗口最大化。
- 【关闭】:退出方正书版系统。

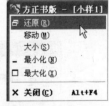

图 2.5 窗口控制菜单

提示

在窗口界面最上部的蓝色条区域,单击鼠标左键,也可调出窗口控制菜单。

双击控制菜单按钮 ,就会退出书版 10.0 的编辑环境,按 Alt+F4 键可退出方正书版 10.0。在退出过程中,如果打开的文件正在进行排版工作,且没有保存,系统会提示是否存盘。

2.5.3 菜单栏

菜单栏共有【文件】、【编辑】、【插入】、【查看】、【排版】、【工具】、【窗口】和【帮助】8个菜单,它位于窗口标题栏的下方,如图2.6所示。

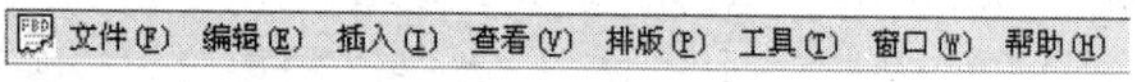

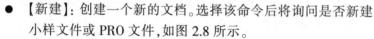

图2.6 菜单栏

书版10.0的菜单栏与操作系统中其他应用程序的菜单栏一样,每个菜单下都对应一个下拉菜单选项,其中有些下拉菜单还有一级子菜单。下面介绍各个菜单的功能。

1.【文件】菜单

【文件】菜单包括了文件管理中常用的【打开】、【保存】和【关闭】等命令,可在该菜单下看到最近使用的文档,以便调用,如图2.7所示。各命令的功能说明如下。

- 【新建】:创建一个新的文档。选择该命令后将询问是否新建小样文件或PRO文件,如图2.8所示。

图2.7 【文件】菜单

- 【打开】:打开一个已经存在的小样文件或PRO文件。"以只读方式打开"的文档在编辑器中不能进行修改;选中"书版7.0或8.0版本小样文件"单选按钮,打开低版本书版软件生成的小样文件可以避免其在书版10.0编辑器中出现乱码或黑块。【打开】对话框如图2.9所示。

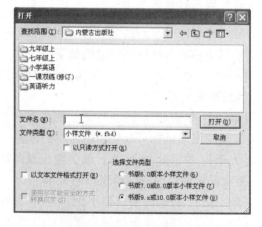

图2.8 新建文档　　　　　**图2.9 【打开】对话框**

- 【关闭】:关闭当前打开的所有窗口,提示保存修改的内容。
- 【关闭全部窗口】:关闭当前打开的所有窗口,提示保存修改的内容。
- 【保存】:保存当前活动文档。
- 【另存为】:重新命名并保存当前活动文档。
- 【全部保存】:保存全部打开的文档。
- 【版本】:弹出【版本控制】对话框,可以保存版本、获得历史文件信息。

- 【在文件中查找】：在多个文件中查找字符串。可以指定在某一文件夹范围内的某些文件类型中，搜索指定的文字。
- 【导入/导出 FE 改稿小样】：该命令下的子菜单，如图 2.10 所示。
  - ◆ 【导出 FE 改稿小样】：将书版 10.0 小样转换成用 FE 编辑软件改稿的小样。
  - ◆ 【导入 FE 改稿小样】：将 FE 编辑软件改稿后的小样转成书版 10.0 的小样。
- 【小样打印】：该命令下的子菜单如图 2.11 所示。

图 2.10 　【导入/导出 FE 改稿小样】子菜单 　　　　　图 2.11 　【小样打印】子菜单

  - ◆ 【打印小样】：打印当前活动的小样文件。
  - ◆ 【打印预览】：预览当前小样文件的打印效果。
  - ◆ 【打印设置】：选择用于打印小样文件的打印机或者修改设置。
- 【退出】：退出系统，提示用户保存修改的内容。

2.【编辑】菜单

【编辑】菜单中的操作命令有【重作】、【恢复】、【拷贝】、【粘贴】、【查找】、【替换】和【定位】等，如图 2.12 所示。

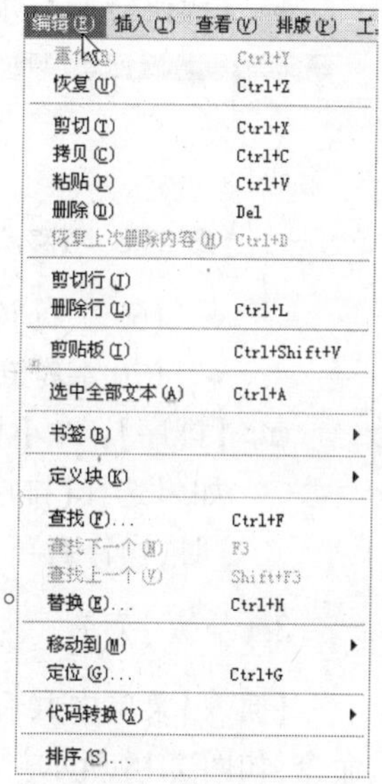

各命令的功能说明如下。

- 【重作】：重作上一次取消的操作。
- 【恢复】：取消上一次操作。
- 【剪切】：将当前选中文字剪切到剪贴板。
- 【拷贝】：将当前选中文字复制到剪贴板。
- 【粘贴】：将剪贴板的内容插入当前光标位置。
- 【删除】：删除当前选中文字。
- 【恢复上次删除内容】：将上次删除的内容恢复到当前光标位置。
- 【剪切行】：将当前选中的行剪切到剪贴板。
- 【删除行】：删除当前选中的行。
- 【选中全部文本】：选中小样文件中的全部文字。
- 【书签】：该命令的子菜单如图 2.13 所示。
  - ◆ 【切换书签标记】：在当前位置设置书签，或清除当前位置已设置的书签。
  - ◆ 【跳转至下一个】：跳转到下一个已设置书签的位置。
  - ◆ 【跳转至上一个】：跳转到上一个已设置书签的位置。
  - ◆ 【清除所有书签标记】：清除当前小样文件中的所有书签。
- 【定义块】：该命令的子菜单如图 2.14 所示。

图 2.12 　【编辑】菜单

图 2.13 　【书签】子菜单 　　　　　　　图 2.14 　【定义块】子菜单

◆ 【定义块】：定义下一个块。

◆ 【切换块始点】：将块始点标志移动到当前光标位置。

◆ 【跳到块始点处】：跳转到块始点所在位置。

◆ 【清除块始点】：清除当前小样文件中的块始点标点。

● 【查找】：在当前小样文件中从当前位置开始查找指定的文字。

● 【查找上一个】：在当前小样文件中从当前位置开始向前查找最近一次查找过的文字。

● 【查找下一个】：在当前小样文件中从当前位置开始向后查找最近一次查找过的文字。

● 【替换】：在当前小样文件中查找指定文字，并用另外指定的文字替换。

● 【移动到】：该命令的子菜单如图 2.15 所示。

◆ 【上一个扫描错误】：将当前位置移动到上一个扫描错误的位置。

◆ 【下一个扫描错误】：将当前位置移动到下一个扫描错误的位置。

◆ 【版本比较/上一处修改】：版本比较时，将当前位置移到上一个修改位置。

◆ 【版本比较/下一处修改】：版本比较时，将当前位置移到下一个修改位置。

● 【定位】：将当前位置移动到用户指定的第几段第几字或第几行第几列。

● 【代码转换】：该命令下的子菜单如图 2.16 所示。

图 2.15　【移动到】子菜单　　　　　　　　　图 2.16　【代码转换】子菜单

◆ 【60 字符转换 10 字符】：将选中文本 6.0 的编码字符转换成 10.0 编码字符。

◆ 【70 字符转换 10 字符】：将选中文本 7.0 的编码字符转换成 10.0 编码字符。

● 【排序】：对小样各段进行排序。段与段之间以硬回车符分隔。

如果选择【排序】命令，会弹出【排序】对话框，如图 2.17 所示。

这时，操作者可根据实际情况对【排序】对话框中的各选项进行选择与否定。

3.【插入】菜单

【插入】菜单中共有【插入文件】、【插入外挂字体名】、【插入符号】和【插入注解模板】4 个命令，如图 2.18 所示。

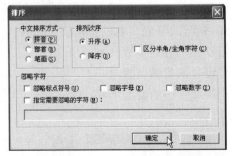

图 2.17　【排序】对话框

图 2.18　【插入】菜单

各命令的功能说明如下。

- 【插入文件】：选择一个小样或文本文件，并将其内容插入到当前光标位置。
- 【插入外挂字体名】：弹出【插入外挂字体名】对话框，提示用户选择并插入外挂字体名到当前光标位置。
- 【插入符号】：弹出【插入符号】对话框，提示输入一个 A 库或 B 库的符号编号，并将该符号插入到当前光标位置。
- 【插入注解模板】：在当前光标位置插入示例用的注解文字串，供学习、熟悉书版常用注解，并便于快速生成一些常用的版式。可供选择插入的模板有：表格、子表、无线表、分栏、对照、方程、行列、目录、背景、边文、图片、方框、分区和化学，如图 2.19 所示。
- 【插入自定义宏】：将定义的宏插入当前光标位置。该对话框如图 2.20 所示。【自定义宏】将在后面的章节中介绍。

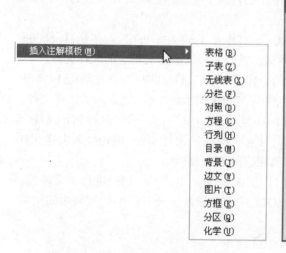

图 2.19 【插入注解模板】子菜单

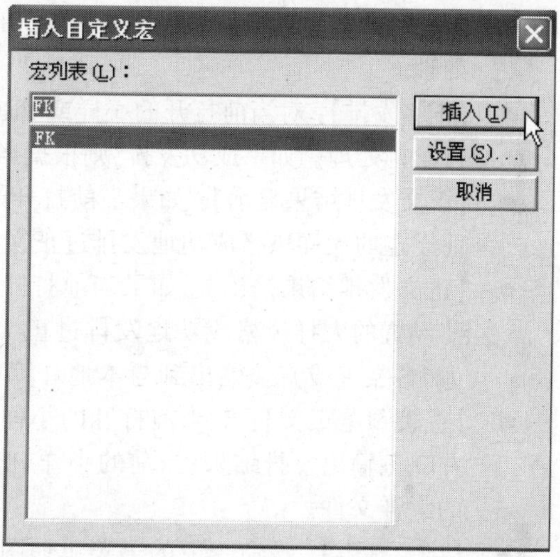

图 2.20 【插入自定义宏】子菜单

4.【查看】菜单

【查看】菜单命令主要包括【标准工具栏】、【排版工具栏】、【特殊字符条】、【状态栏】、【消息窗口】和【动态键盘】等，如图 2.21 所示。

各命令的功能说明如下。

- 【标准工具栏】：显示或隐藏标准工具栏。
- 【排版工具栏】：显示或隐藏排版工具栏。
- 【特殊字符条】：显示或隐藏特殊字符条。
- 【状态栏】：显示或隐藏状态栏。
- 【消息窗口】：显示或隐藏消息窗口。
- 【动态键盘】：显示或隐藏动态键盘。
- 【大样预览窗口】：显示大样预览窗口。
- 【全屏幕】：切换全屏幕编辑状态。

图 2.21 【查看】菜单

5.【排版】菜单

【排版】菜单命令有【排版参数】、【一扫查错】、【正文发排结果显示】、【直接预览正文】和【目录排版】等,如图2.22所示。

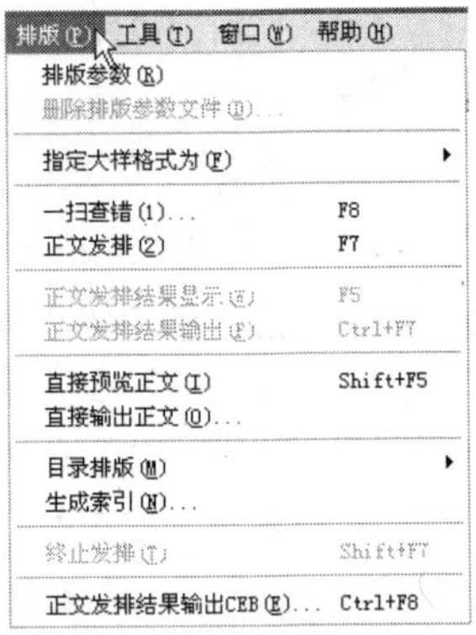

各命令的功能说明如下。

- 【排版参数】:打开与当前小样对应的排版参数(PRO)文件,如果此文件不存在,则提示是否新建一个。

- 【删除排版参数文件】:如果当前打开的小样有对应的排版参数(PRO)文件,则从磁盘上永久删除该文件。

- 【指定大样格式为】:指定当前要生成、显示或输出的是S92风格的大样还是MPS风格的大样,如图2.23所示。

图2.22 【排版】菜单

- 【一扫查错】:对当前打开的小样或PRO文件(其中有SB注解)的正文进行一扫查错处理。

- 【正文发排】:对当前打开的小样或PRO文件(其中有SB注解)的正文(包括目录区)进行发排处理。如果成功发排,则根据当前设置的大样风格生成相应的大样文件。

- 【正文发排结果显示】:如果当前打开的小样或PRO文件(其中有SB注解)已根据当前设定的大样风格成功地发排过正文,并存在相应的大样文件,则显示该大样文件。

- 【正文发排结果输出】:如果当前打开的小样或PRO文件(其中有SB注解)已根据当前设置的大样风格成功地发排过正文,并存在相应的大样文件,则转换该大样文件为PS文件或直接输出到与本地计算机相连的PS打印机。

- 【直接预览正文】:对当前打开的小样或PRO文件(其中有SB注解)进行正文发排,并立刻输出发排结果;当前的小样PRO文件所在磁盘目录下不生成任何中间结果的大样文件。

- 【目录排版】:该命令下的子菜单如图2.24所示。

图2.23 【指定大样格式为】子菜单　　　　　　图2.24 【目录排版】子菜单

- 【目录发排】:对当前打开的小样或PRS文件(其中有SB注解)的目录区进行发排处理。如果成功发排,则根据当前设置的大样风格生成相应的大样文件。该大样文件只包含目录区的内容。

- 【目录发排结果显示】:对当前打开的小样或PRS文件(其中有SB注解)已根据当前设置的大样风格成功地发排过目录,并存在相应的大样文件,则显示该大样文件。

- 【目录发排结果输出】:如果当前打开的小样或PRS文件(其中有SB注解)已根据当前设定的大样风格成功地发排过目录,并存在相应的大样文件,则转换该大样文件为PS文件或直接输出到与本计算机相连的PS打印机。

- 【直接预览目录】:对当前打开的小样或PRO文件(其中有SB注解)进行目录发

排,并立刻显示发排结果;当前的小样或 PRO 文件所在磁盘目录下不生成任何中间结果的大样文件。

◆ 【直接输出目录】:对当前打开的小样或 PRO 文件(其中有 SB 注解)进行目录发排,并立刻输出发排结果;当前的小样或 PRO 文件所在磁盘目录下不生成任何中间结果的大样文件。

◆ 【导出目录小样】:对当前打开的小样或 PRO 文件(其中有 SB 注解)进行目录发排,发排结果按照用户指定的路径生成结果文件。

- 【生成索引】:弹出【生成索引】对话框,在用户对索引选项和索引结果文件做出设置后,对当前打开的小样或 PRO 文件(其中有 SB 注解)进行提取索引的操作,生成指定的索引结果文件。

- 【终止发排】:如果当前正在进行正文发排或目录发排,则终止该操作。

6.【工具】菜单

【工具】菜单命令有【自定义热键】、【DOC 文件转换】、【繁到简转换】、【简到繁转换】和【选择大样文件显示】等,如图 2.25 所示。各命令的功能说明如下。

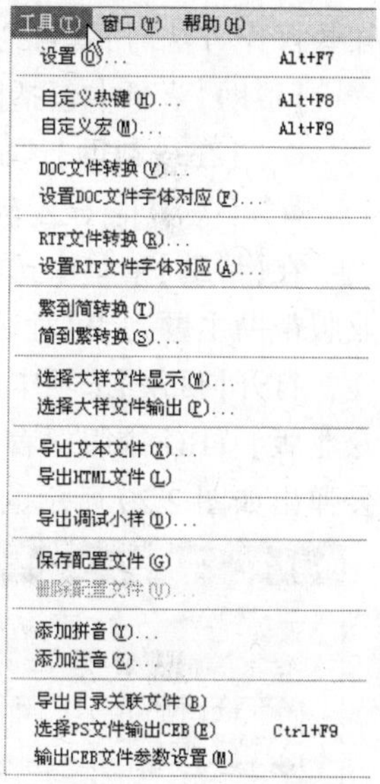

图 2.25 【工具】菜单

- 【设置】:该命令可以对发排、编辑等操作的总体参数进行设置。

- 【自定义热键】:该命令供用户选择、修改某一菜单命令对应的热键。

- 【自定义宏】:该命令供用户增加、删除、修改宏信息。

- 【DOC 文件转换】:选择一个 DOC 文件转换为方正书版小样文件。

- 【设置 DOC 文件字体对应】:设置 DOC 文件和方正书版小样的字体对照关系。

- 【RTF 文件转换】:将 RTF 文件转换为方正书版小样文件。

- 【设置 RTF 文件字体对应】:设置 RTF 文件和方正书版小样的字体对照关系。

- 【繁到简转换】:将当前选中文本由繁体字到简体字进行转换。

- 【简到繁转换】:将当前选中文本由简体字到繁体字进行转换。

- 【选择大样文件显示】:选择任意一个大样文件显示。

- 【选择大样文件输出】:选择任意一个大样文件输出。

- 【导出文本文件】:过滤书版小样文件中的 BD 语言注解,导出文本文件。

- 【导出 HTML 文件】:将方正书版小样文件导出为 HTML 文件。

- 【导出调试小样】:将方正书版 10.0 小样中的全部汉字替换成某个指定的汉字。

- 【保存配置文件】:保存当前文档的配置文件(*.CFG)。

- 【删除配置文件】:删除当前文档的配置文件(*.CFG)。

- 【添加拼音】:给选中的文字添加拼音。

- 【添加注音】:给选中的文字添加注音。

7.【窗口】菜单

该菜单中主要包括【叠层式窗口】、【并列式窗口】和【重排图标】等命令。在【窗口】菜单的底部,显示当前编辑窗口中打开的小样文件的名称,单击小样文件的名称,就会在前面出现一个选择的标记"√",如图 2.26 所示。

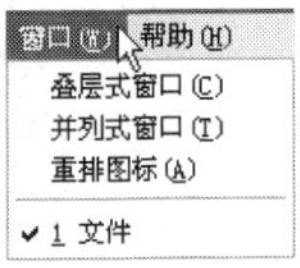

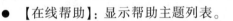

各命令的功能说明如下。

- 【叠层式窗口】:层叠所有打开的窗口。
- 【并列式窗口】:平铺所有打开的窗口。
- 【重排图标】:重新排列窗口下的图标。

图 2.26 【窗口】菜单

8.【帮助】菜单

方正书版 10.0 提供了很多的帮助信息,如果不了解方正书版 10.0 中某些操作方法时,就可通过该菜单信息获得帮助。

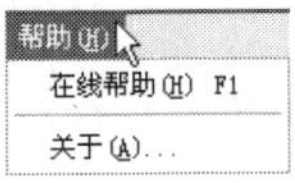

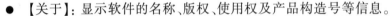

【帮助】菜单中包括【在线帮助】和【关于】两个命令,如图 2.27 所示。

- 【在线帮助】:显示帮助主题列表。
- 【关于】:显示软件的名称、版权、使用权及产品构造号等信息。

图 2.27 【帮助】菜单

在【帮助】菜单中选择【在线帮助】命令(快捷键为 F1),弹出【帮助主题:方正书版 10.0 专业版帮助主题列表】对话框,该对话框中有【目录】和【索引】两个选项卡。

打开【目录】选项卡,将会显示如图 2.28 所示的 3 项内容提要,即为【使用方正书版 10.0 专业版】、【BD 排版语言】和【北大方正软件最终用户许可协议书】;而打开【索引】选项卡,则会弹出如图 2.29 所示的方正书版 10.0 中所有的排版注解的名称。

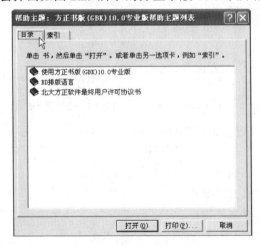

图 2.28 【目录】选项卡

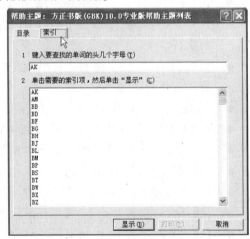

图 2.29 【索引】选项卡

选择【使用方正书版(GBK)10.0 专业版】选项,会出现 8 个菜单选项,即【文件】、【编辑】、【插入】、【查看】、【排版】、【工具】、【窗口】和【帮助】。若要了解菜单中的内容,只要选中该菜单,双击鼠标即可显示具体内容。

在【索引】选项卡中,选择 BD(即标题定义注解),并双击鼠标左键或单击【显示】按钮,就会显示该注解格式及其详细的内容介绍。使用【索引】选项卡,可以帮助用户有目的地搜索帮助主题。只需在【索引】选项卡中输入帮助的主题的第一个字符,系统就会将以该字符开头的帮助主题全部显示在当前列表框中,提高了获取帮助信息的效率。

在【帮助】菜单中,如果选择【关于】命令,系统会自动弹出【关于方正书版】版本信息框,显示该软件的名称、版权、使用权以及产品构造号等信息。

2.5.4　工具栏

要执行某项操作时,只需用鼠标单击相应的按钮即可。这些按钮主要有【新建】、【打开】、【保存】、【剪切】、【复制】、【粘贴】和【扫描】等,如图 2.30 所示。这些命令大多可以在【文件】菜单中找到。

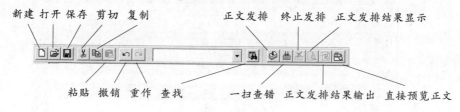

图 2.30　工具栏

工具栏上的每个按钮都设置了"工具提示"说明信息,只需将鼠标在某个按钮处稍停片刻,该按钮的下方就会自动显示该工具的名称,提示信息如图 2.30 所示。

2.5.5　编辑窗口

可以根据需要对编辑窗口中注解字串的颜色、显示字体和制表符的长度等进行定义。编辑窗口是方正书版 10.0 界面中最大的一部分,同时也是系统主要的工作区域。

编辑窗口可自动对小样文件进行语法分色,即以不同的文本颜色显示文档中不同类型的字符串。语法分色功能可方便用户区分字符串的类型,以更好地对文件进行修改与编辑。例如,选择【工具】|【设置】命令,在弹出的【设置】对话框中切换到【编辑设置】选项卡,如图 2.31 所示。

该选项卡中的部分选项介绍如下。

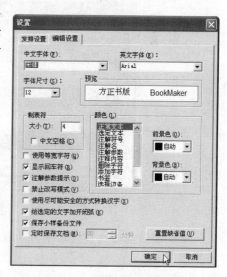

图 2.31　【编辑设置】选项卡

- 【中文字体】下拉列表框:用来设置汉字字体的显示字体。
- 【英文字体】下拉列表框:用来设置编辑器 ASCII 码字符的显示字体。
- 【字体尺寸】下拉列表框:用来设置编辑器显示字符大小。
- 【中文空格】复选框:用来指定采用中文制表符,即制表符空一个中文汉字的宽度。
- 【颜色】列表框:列出了编辑窗口中的可分色的文本类型,其中包括正常文件、选定文件、注解符号、注解名、注解参数、注释内容、删除字符、添加字符、确定错误、怀疑错误、标签、选择边条、回车符和注解提示等。

● 【前景色】下拉列表框：用来输入指定文本所显示的前景色。

● 【背景色】下拉列表框：用来输入指定文本所显示的背景色。

● 【显示回车符】复选框：设置是否在段末显示回车符标记。

● 【注解参数提示】复选框：设置用户录入注解过程中是否即时给出注解的参数提示。

● 【重置缺省值】按钮：把上面的字体、字号、颜色等重新恢复为默认的选项。

在编辑窗口中，可同时打开多个小样文件。选择【窗口】‖【叠层式窗口】命令后，系统就会将所有打开的小样文件以叠层的方式排列在编辑窗口中，如图 2.32 所示。

图 2.32　叠层式窗口

当选择【窗口】菜单中的【并列式窗口】命令时，系统就会将所有打开的文件并列在编辑窗口中，如图 2.33 所示。

图 2.33　并列式窗口

如果编辑窗口垂直或水平拼贴排列时，可以通过操作垂直或水平滚动条来浏览当前的编辑内容。

2.5.6　消息窗口

消息窗口用来提示已执行的或正在执行的任务。通过拖动该窗口左侧的上下箭头按钮，可以发现 4 种类型的提示选项菜单：【一扫】、【发排】、【查找】和【输出】。选择不同的提示类型选项菜单,就可查看到不同类型的操作提示。消息窗口除提供相应的操作提示外,还有一个作用就是可以通过消息窗口来确定文件中具体的出错位置。

通过消息窗口查找错误信息的操作步骤如下。

(1) 编辑完一个小样文件后,从菜单栏选择【排版】|【一扫查错】命令,对小样文件中加入的 BD 语言注解字符串进行语法查错。

如果所编辑的小样文件中的一些注解参数有语法错误,那么消息窗口提示在小样文件的出错位置,并对错误信息自动编号,如图 2.34 所示。

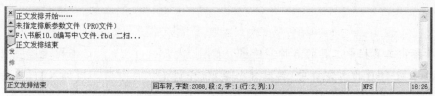

图 2.34　消息窗口中的提示

(2) 双击消息窗口中的错误信息,光标就会自动在小样文件中查找该信息的具体位置,可以方便、快速地在小样文件中进行修改。修改完成之后,可再执行【一扫查错】命令,直到将所有的错误修改完毕为止。

在对小样文件执行发排操作时,发现小样文件出错,那么系统就会弹出如图 2.35 所示的提示对话框。

图 2.35　提示对话框

提　示

在发现小样文件出错的情况下,如果出现的是"缺少文件结束符"、"缺闭弧注释"等,则不允许发排,此时就单击【否】按钮。如果出现的是"表格内容超高"、"项数太多"、"图片不能后移"等错误时,则允许发排,此时可单击【是】按钮。

2.5.7　状态栏

状态栏中有提示窗口、文件状态和书版状态 3 项内容。在默认情况下,提示窗口显示为"欢迎使用方正书版(GBK)10.0 专业版",如图 2.36 所示。

图 2.36　默认的状态栏

当鼠标指针指向某个菜单命令时,状态栏将显示当前菜单命令的功能。例如,选择菜单【排版】|【排版参数】命令,在该消息窗口的最下方的左侧就显示"定义版心尺寸、书眉、页码、注文等的全局参数"提示,如图 2.37 所示。

图 2.37　状态栏下显示当前菜单命令的功能

状态栏也可以显示当前正在编辑的小样状态及光标的位置。从图 2.37 还可以看出,当前文件状态窗口中显示的是"A 库字符:B3CC,字数:750,段:5,字:20(行:5,列:20)",表示字符为 A 库,其编码为 B3CC,当前总字数为 750,光标位置是第 5 段,第 20 字后的回车符

上。状态栏还能显示当前排版中所指定的大样格式及当前系统的工作时间。选择大样格式时,可选择菜单栏中的【排版】|【指定大样格式为】|S10/NPS 命令。

2.6 习　　题

填空题

(1) 请标出工具栏中工具的名称 ▢▢▢ ✂▢▢ ▢▢ ▢ ▢▢▢▢▢▢▢。

(2) 在书版 10.0 的主窗口中,共有 8 个菜单,分别是_____、_____、【插入】、【查看】、

_____、_____、【窗口】、【帮助】,它们位于窗口标题栏的下方。

选择题

(1) 在下列所示的图标中,【新建】按钮是_____。

A. ▢　　　B. ▢　　　C. ▢　　　D. ▢

(2) 在【插入】|【插入注解模板】中,可选择插入的模板最全面的一项是_____。

A. 表格、无线表、分栏、对照、方程、目录、背景、分栏

B. 表格、分栏、分区、方框、边文、背景

C. 表格、子表、无线表、分栏、对照、方程、行列、目录、背景、边文、图片、方框、分区、化学

D. 以上选项均不正确

(3) 在菜单栏中,【帮助】菜单的快捷键为_____。

A. F1　　　　B. Ctrl+F2　　　　C. F3　　　　D. Ctrl+F4

判断题

(1) 消息窗口除了提供相应的操作提示外,还有一个作用是可以通过该窗口来确定小样文件中具体的出错位置。(　　)

(2) 在书版 10.0 中,▢为【复制】按钮。(　　)

简答题

在书版 10.0 的主窗口中共有多少个菜单?它们分别是什么?

操作题

通过消息窗口进行查找错误信息的操作。

(提示:在小样文件中输入一段文字内容,然后选择菜单栏中的【排版】|【一扫查错】命令,即可对该文件进行扫描。如果该小样文件有错误,系统会自动在消息窗口中显示出来,然后双击消息窗口中的错误,光标即可被定位在编辑窗口中的错误之处。)

第3章

使用配置文件及网络组版功能

教学提示：了解使用配置文件和网络组版功能的好处，以及这两者对提高排版效率的作用。

教学目标：掌握配置文件和网络组版的使用方法。

3.1 使用配置文件

通常情况下，一本书一般由多个排版人员录排。在录入排版时，他们相互之间要统一设置，需要打开多个对话框，并一项一项去比对，效率低下且容易遗漏。这时，利用配置文件可以保证排版规格的一致性。

3.1.1 使用配置文件的好处

使用配置文件可以保证在任何时间、任何地点、任何人输出同一个小样时的一致性。具体说就是：使用配置文件，可以保证排版人员之间设置的一致性、与历史记录设置的一致性，以及用户与书版维护人员设置的一致性。

3.1.2 配置文件保存的信息

1. 排版参数

- 大样格式(S10/NPS)：见【排版/指定大样格式为】菜单项。
- 是否包含大小样对照信息：见【设置】|【发排设置】选项卡。
- 是否将小样中的"~"处理为软连字符：见【设置】|【发排设置】选项卡。
- 是否将小样中的转义字符"〖""〗"、"\"处理为普通字符：见【设置】|【发排设置】选项卡。
- 默认图片文件路径：见【设置】|【发排设置】选项卡。
- 默认 PRO 文件名：见【设置】|【发排设置】选项卡。

2. 页面尺寸

页面尺寸包括宽度、高度、纸张大小等内容,见【输出选项】|【页面设置】选项卡。

3. 边空

边空包括上空、下空、左空、右空,见【输出选项】|【页面设置】选项卡。

4. 页面校正

页面校正包括水平方面偏移、竖直方向偏移,见【输出选项】|【页面设置】选项卡。

5. 页面设置

页面设置包括页面方向(水平/竖直)、是否自动设置页面边空、是否区分左右页、是否第一页为右页、是否版心居中、是否设置页面尺寸,见【输出选项】|【页面设置】选项卡。

6. 外挂字体

有是否下载字体选项,见【输出选项】|【外挂字体】选项卡。

7. GBK 字库

有是否下载字库选项,见【输出选项】|【GBK 字库】选项卡。GBK 字库在后端的安装状态由于与系统设置相关,没有记录在配置文件中,而是写入了系统注册表中。

8. 图片的输出路径

图片的输出路径包括:

- 是否忽略所有图片。
- 如果不忽略图片,则设置图片输出选项:不包含图片路径,包含大样中指定的图片路径,重新指定路径,包含图片数据。
- 重新指定的图片路径。

以上详见【输出选项】|【其他】选项卡。

9. 输出页面

输出页面包括是否输出 C 页面、是否输出 Y 页面、是否输出 M 页面、是否输出 K 页面。见【输出选项】|【其他】选项卡。

10. 页号标记

页号标记包括:

- 是否在纸张上方增加页号标记。
- 页号标记水平方向位置。
- 页号标记竖直方向位置。

以上详见【输出选项】|【其他】选项卡。

11. 其他输出选项

其他输出选项有:

- 字心字身比：自动，92.5％，98％。
- 底纹输出方式：是否兼容 6.0、7.0 的输出方式。
- 符号字体是否下载。

以上详见【输出选项】|【其他】选项卡。

3.1.3 配置文件的使用方法

使用配置文件的具体方法如下。

(1) 打开一个小样文件或 PRO 文件。

(2) 选择【工具】|【保存配置文件】命令。此时在当前小样文件或 PRO 文件所在的目录下将生成一个与小样或 PRO 文件同名、但扩展名为".CFG"的文件，这个文件记录了当前使用的排版和输出参数。配置文件的状态标志如图 3.1 所示。

A库字符:A1BC, 字数:750, 段:2, 字:12 (行:2, 列:12)　　　　CFG　NPS　　　　20:10

图 3.1 配置文件的状态标志

(3) 在打开某个小样或 PRO 文件时，如果该文件所在目录下有对应的".CFG"文件，系统将自动打开该配置文件并设置相应的排版和输出参数。此时书版右下角的状态栏将显示"CGF"标志，表明当前小样或 PRO 文件有对应的配置文件且排版和输出参数将根据配置文件进行设置。如果没有找到对应的配置文件，系统将使用默认参数进行设置，此时状态栏不会有"CGF"标志。

(4) 如果同时打开了多个小样或 PRO 文件，则系统会根据当前激活的小样或 PRO 文件自动切换对应的配置文件并设置排版和输出参数。

(5) 在对排版或输出参数进行了修改后，若当前的小样或 PRO 有对应的配置文件，系统将自动把所做的改动保存到配置文件中。若当前目录不可写或对应的配置文件具有只读属性，则状态栏的"CGF"标志会变成灰色，表明无法更新配置文件。

(6) 如果使用默认的排版和输出参数而不是配置文件中记录的参数，可以选择【工具】|【删除配置文件】命令。注意配置文件被删除后将无法恢复。

(7) 如果需要在其他地方排版时排版、输出设置和原来保持一致，请注意将小样文件、和对应的 PRO 文件一同复制。

3.2 使用网络组版

书版 10.0 支持编辑、查看、发排局域网上的文件，可以对局域网内不同机器上的文件使用 SB 注解进行组版、发排。如果将用户的每台计算机联网，书版 10.0 会使排版工作更加轻松简单。

下面我们将以科技类图书为例说明基于网上文件的排版方法。

(1) 我们在网络上新建一个文件夹，用来存放本书的相关文件，如小样文件、排版参数文件、图片文件和 PS 文件等。

(2) 在【排版参数文件】目录下新建一个排版参数文件(如"国标版数学.pro")，定义全书的版心字体号、书眉、页码格式等,暂时不加入组版文件。

(3) 把书的每一章或连续几章作为一个小样,交给不同的人去录入、排版。选择【工具】|【设置】命令,系统即可弹出【设置】对话框,如图 3.2 所示。在该对话框中的【发排设置】选项卡下的【始终使用该 PRO 文件发排正文】编辑框内,输入"国标版数学.pro"在网络上的文件路径,见图 3.2,这样可保证在排版中版式的一致性。

(4) 对每个小样进行发排、检查和修改,直到校改合格,这时可以进行全书组版。打开排版参数文件(PRO),加入各章的小样,将这些小样分别放在网络上的 cgw、msf、cy 机器上。然后,在 PRO 文件中加入这些文件的完整网络路径名,如图 3.3 所示。

(5) 执行发排命令,即可排版全书内容。

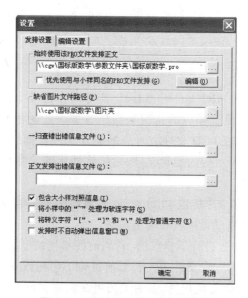

图 3.2 《国标版数学》的发排设置

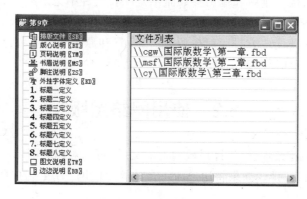

图 3.3 组版网络文件

第4章

编辑小样文件

教学提示：小样文件是方正书版 10.0 文件的重要组成部分，它是集录入、改校、排版于一体的编辑文件，因此掌握好小样的操作技巧对排版工作是非常重要的。

教学目标：了解小样文件的编辑窗口；掌握编辑窗口中的工具；掌握对内容的相关操作，如复制、发排等。

4.1 小样文件简介

方正书版 10.0 的小样文件是该系统非常重要的排版文件，它是集录入、改校、排版于一体的编辑文件。或者可以将小样文件理解为包含 BD 排版语言注解信息的文本文件。与低版本的小样文件相比，方正书版 10.0 的小样文件常有一个扩展名——FBD，在 Windows 操作系统下，该小样文件所显示的图标为 ▤ 。

方正书版 10.0 系统可以打开低版本(如 6.0、7.0、9.X)的小样文件，同时还可以把 Word 文件转换成方正书版 10.0 小样文件的功能，因此它的兼容性很强。

4.2 小样文件的基本操作

小样编辑在方正书版中很重要，熟练掌握小样文件的相关操作，可以提高工作效率。

4.2.1 建立小样文件

创建小样文件的具体操作步骤如下。

(1) 选择【文件】|【新建】命令，会弹出【新建】对话框，如图 4.1 所示。

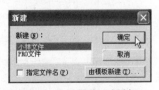

图 4.1 【新建】对话框

(2) 在【新建】对话框中，选择【小样文件】选项，单击【确定】按钮，或直接双击【小样文件】选项，即可创建一个小样文件，如图 4.2 所示。

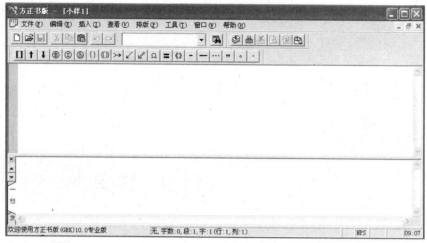

图 4.2 新建的小样文件

(3) 如果在建立小样文件的同时,要确定小样的文件名,可选中【指定文件名】复选框,这时会弹出【新建文件-选择文件名】对话框,如图 4.3 所示。新建文件时,若要设定文件名称,在【文件名】文本框中直接输入,然后单击【保存】按钮,即可设定要编辑文件的文件名称,如图 4.4 所示。

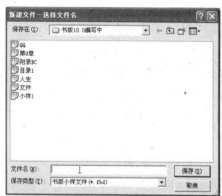

图 4.3 【新建文件—选择文件名】对话框

图 4.4 新建一个指定文件名的小样文件

提 示

小样的文件名可以用英文字母、数字或字母混合命名文件。只有建立小样文件后,才可以在小样窗口中进行文件或书稿的录入和排版工作。

另外,如果要将小样文件变为并列或叠层的状态,可选择【窗口】|【并列式窗口】命令或【叠层式窗口】命令,请参阅第 2 章中的图 2.32 和图 2.33。

技 巧

建立小样文件的快捷键为 Ctrl+N;在标准工具栏中单击【新建小样】按钮 □,也可创建小样文件。

4.2.2 打开小样文件

选择【文件】|【打开】命令,将弹出【打开】对话框,如图 4.5 所示。

此对话框中,可选以下几种打开方式。

- 【以只读方式打开】:表示打开的文件不能在编辑窗口中进行修改,只允许查看。

- 【以文本文件格式打开】:表示文件以文本文件方式打开。对于通常的小样文件,该选项不起作用。但该选项可以将PRO文件作为通常的小样文件打开。

- 【书版6.0版本小样文件】:指定打开的文件是方正6.0版本所生成的小样文件。当打开较大的方正6.0的小样文件时,系统将自动进行编码转换,这时可能要等待一段时间,属正常现象。

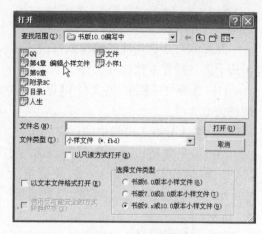

图4.5 【打开】对话框

- 【书版7.0或8.0版本小样文件】:选中该单选按钮表示打开的文件是方正书版7.0或8.0生成小样文件。

- 【书版9.x或10.0版本小样文件】:这是方正书版10.0的默认选项,选中该单选按钮可以打开书版10.0的小样文件。

- 【文件类型】:文件类型有3种,即小样文件(*.fbd)、PRO文件(*.pro)及所有文件(*.*),如图4.6所示。

图4.6 文件类型

- 【小样文件(*.fbd)】:表示在文件列表框中会列出所有扩展名为.fbd的小样文件。

- 【PRO文件(*.pro)】:表示在文件列表框中列出所有的扩展名为.pro的文件。

- 【所有文件(*.*)】:由于方正6.0、7.0和8.0的小样文件没有扩展名,因此选择小样文件时,不会列出不带文件扩展名的小样文件;选择所有文件时,才能找到不带文件扩展名的小样文件。

技巧

在Windows的资源管理器中,双击扩展名为fbd的文件,也可以启动方正书版10.0,并自动打开该文件。方正书版10.0同时能打开多个文件,并且每个文件都显示在同一窗口中。

另外,由于方正低版本的小样编码格式和方正书版10.0的小样编码相比有所变化,因此打开方正低版本的小样文件时,必须选择【文件类型】中的任意一项,否则可能会出现乱码或小黑块,以及字符和低版本显示不一致等情况。

在打开旧版本的小样文件后,应先使用【另存为】命令将小样保存为另一个文件,以免覆盖旧的小样文件。对于已经是10.0版本的小样文件,不要选择6.0、7.0、8.0或9.x版本的文件,否则会出现乱码现象。

4.2.3 保存小样文件

在完成对小样文件的编辑或修改之后,可以采用下面的操作方法保存文件。

(1) 选择菜单栏中的【文件】|【保存】命令,快捷键为 Ctrl+S。

(2) 单击标准工具栏中的【保存】按钮。

(3) 如果要使用新名称保存当前的小样文件,选择【文件】|【另存为】命令(快捷键为 Ctrl+W),此时系统就会弹出【另存为】对话框,如图4.7 所示。

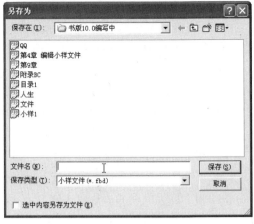

图4.7 【另存为】对话框

(4) 在【文件名】文本框中输入新文件名,并单击【保存】按钮即可。

(5) 如果输入的文件名没有扩展名,保存时系统会自动附加扩展名 fbd。

(6) 选择【文件】|【全部保存】命令,可保存当前打开的所有文档。

4.2.4 关闭小样文件

对小样文件编辑或修改完成后,需要关闭小样文件以便进行其他相关操作。

关闭小样文件的方法一般有以下两种。

方法 1:选择【文件】|【关闭】命令(快捷键为 Ctrl+F4),可关闭小样文件。

图4.8 提示框

方法 2:单击工具栏上的【关闭】按钮⊠,可关闭小样文件。如果对当前的小样文件进行了修改,单击【关闭】按钮⊠时,会出现一个提示框,如图4.8 所示。此时可根据需要单击【是(Y)】、【否(N)】或【取消】按钮。

4.2.5 导入/导出小样文件

方正书版 10.0 所提供的导入/导出小样文件功能用于低版本与高版本小样文件之间的互相转换。通过导入操作,可将低版本编辑的小样文件转换成书版 10.0 的小样文件;通过导出操作,可将书版 10.0 的小样文件转换成低版本小样文件。在转换时,系统会对书版 10.0 中录入的超大字符集字符、GBK 的 B 库符号、TAB 符号等编码进行处理,将其转换成固定格式的字符串,可以被低版本的软件读入。

导出小样文件的具体操作方法及步骤如下。

(1) 选择【文件】|【导入/导出 FE 改稿小样】|【导出 FE 改稿小样】命令,将弹出【导出 FE 改稿小样】对话框,如图 4.9 所示。

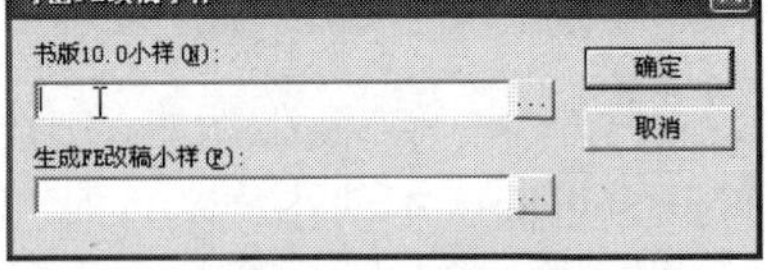

图4.9 【导出 FE 改稿小样】对话框

(2) 在【书版 10.0 小样】文本框中输入要导出的小样文件名,或单击文本右边的【浏览】按钮…,会弹出【打开】对话框,如图4.5 所示。此时,用户可选择要导出的小样文件。

(3) 选定要导出的小样文件名后,在【生成 FE 改稿小样】文本框中自动显示与要导出的小样文件同名且带扩展名的 FE 改稿小样文件名。如果不想使用此文件名,可采用步骤(2)的方法来选定要生成的 FE 改稿小样。

(4) 单击【确定】按钮,导出执行完毕后,系统会弹出一个提示"导出 FE 改稿小样成功!"的消息框,如图 4.10 所示。

图 4.10 【导出 FE 改稿小样成功】消息框

4.2.6 导出调试小样

用户在某些情况下需要将小样的排版格式与他人共享,但又不希望对方知道小样的内容。为此书版 10.0 提供了【导出调试小样】功能,可将小样中的全部汉字用指定汉字替换,而版式不发生改变,以便用户使用。具体操作步骤如下。

(1) 选择【工具】|【导出调试小样】命令,弹出【导出调试用小样】对话框,如图 4.11 所示。

(2) 在【书版 10.0 小样文件名】文本框中输入要转换的小样文件名,【调试小样的文件名】文本框会自动显示要转换小样文件的文件名。

打开需导出调试小样的文件,选择【工具】|【导出调试小样】命令,在弹出的对话框中系统会自动将该文件的路径及文件名添加到如图 4.11 所示的文本框中。如果导出的调试小样文件已存在,则系统会弹出如图 4.12 所示的提示对话框,询问用户是否覆盖。

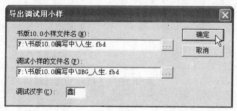

图 4.11 【导出调试用小样】对话框

图 4.12 是否覆盖已有的调试小样文件

调试小样不能与原文件保存在同一路径下或使用相同的文件名称,否则系统会弹出如图 4.13 所示的提示框。

(3) 在【调试汉字】文本框中输入一个汉字,这个汉字将替换小样文件中的所有汉字,如输入"鑫",单击【确定】按钮,会弹出如图 4.14 所示的信息框。

图 4.13 警示框

图 4.14 调试小样成功

(4) 调试成功后,小样文件如图 4.15 所示,可以看出原小样文件的所有汉字均被"鑫"字所代替。

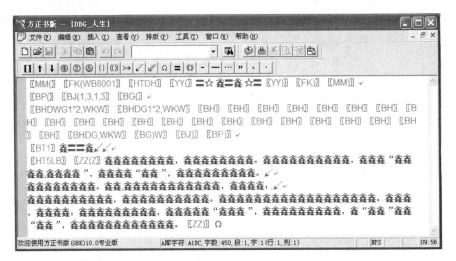

图 4.15   小样文件中的全部汉字用指定汉字"鑫"代替

4.2.7   小样文件的打印

用户可将排版后的小样文件直接打印出来。操作方法是:选择菜单栏中的【文件】|【小样打印】|【小样打印】命令,即可打印小样。若需要重新设置打印机的属性,需选择【打印设置】命令,弹出【打印设置】对话框,如图 4.16所示。该对话框与其他打印机的设置相同,在此不再详述。

图 4.16   【打印设置】对话框

技 巧

按快捷键 Ctrl+P,同样可弹出如图 4.16 所示的【打印设置】对话框。

在打印前,选择【预览打印小样】命令,即可预览打印小样之前的效果,如图 4.17 所示。

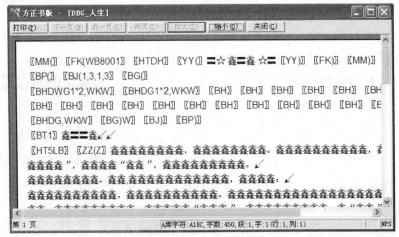

图 4.17   预览打印小样

用户可放大或缩小显示打印效果,或者单击【下一页】或【前一页】按钮进行翻页。单击【关闭】按钮则返回小样编辑窗口。

> **提 示**
>
> 在预览窗口中单击【打印】按钮,可直接进入【打印设置】对话框打印小样文件。

4.3 输 入 字 符

4.3.1 五笔字型和英文输入

书版10.0的五笔字型和英文输入很简单,它同其他软件一样利用中文 Windows 98 系统中的输入方法。例如,在方正书版 10.0 的小样窗口中,用五笔字型输入字符,只需调出 Windows 98 的输入法,选择【极品型五笔输入法 86 版】选项即可,如图 4.18 所示。

图 4.18 输入法选项

4.3.2 动态键盘的输入

方正书版10.0的动态键盘与其他版本基本一致,码位并没有改变。但在原来的基础上又增加了 4 个动态键盘。

- 增补了一部分 7.0 所没有的逻辑、数学和科技符号。
- 增补了一部分 7.0 所没有的多国外文和国际音标符号。
- 增补了常用的八卦字符。
- 增补了一些 6.0 的动态键盘的相关知识。

下面简单介绍方正书版 10.0 动态键盘的相关知识。

选择【查看】|【动态键盘】命令(快捷键为 Ctrl+K),即可弹出动态键盘中的一个键盘表,如图 4.19 所示。

打开动态键盘,既可通过该键盘输入,也可通过鼠标单击相应的符号来输入字符,如果按住 Shift 键单击,就可选择输入同一个键位上两个字符中的任意一个。

图 4.19 键盘表

如果打开的动态键盘太大,不便于编辑,可通过快捷键 Ctrl+Alt+/或把鼠标的指针放在动态键盘的最上方并双击鼠标的左键,将其折叠起来。再次按 Ctrl+Alt+/快捷键可以展开动态键盘。折叠的动态键盘如图 4.20 所示。

图 4.20 折叠的动态键盘

动态键盘各按钮的功能如表 4.1 所示。

表 4.1　　动态键盘的快捷键及其功能

快捷图标	名　称	功　能	快捷键
⊖	缩小	动态键盘缩小一半	Ctrl+Alt+.
⊕	放大	动态键盘放大一倍	Ctrl+Alt+,
◀◀	第一页	到动态键盘的第 1 页	Ctrl+Alt+Home
◀	上一页	向前翻一页	Ctrl+Alt+Page Up
▶	下一页	向后翻一页	Ctrl+Alt+Page Down
▶▶	最后一页	到动态键盘的末页	Ctrl+Alt+End
▣	选择码表	选择不同种类的符号	
⊠	选项	动态键盘菜单设置	
▱	最小化或最大化	最大化动态键盘	Ctrl+Alt+/
✕	关闭	关闭动态键盘	

26 种码表项及其快捷键如表 4.2 所示。

表4.2　　26 种码表项及其快捷键

码 表 项	快 捷 键	码 表 项	快 捷 键	码 表 项	快 捷 键
控制、标点	Ctrl+Alt+A	箭头、三角形	Ctrl+Alt+J	多国外文和国际音标增补	Ctrl+Alt+S
数学符号	Ctrl+Alt+B	希腊字母	Ctrl+Alt+K	括号、注音符	Ctrl+Alt+T
科技符号	Ctrl+Alt+C	俄文、新蒙文	Ctrl+Alt+L	日文片假名	Ctrl+Alt+U
逻辑符号	Ctrl+Alt+D	多国外文(一)	Ctrl+Alt+M	日文平假名	Ctrl+Alt+V
增补符号	Ctrl+Alt+E	多国外文(二)	Ctrl+Alt+N	制表符	Ctrl+Alt+W
汉语拼音	Ctrl+Alt+F	多国外文(三)	Ctrl+Alt+O	八卦符号	Ctrl+Alt+X
数学(一)	Ctrl+Alt+G	国际音标(一)	Ctrl+Alt+P	其他符号	Ctrl+Alt+Y
数学(二)	Ctrl+Alt+H	国际音标(二)	Ctrl+Alt+Q	书版 6.0 补充	Ctrl+Alt+Z
数学(三)	Ctrl+Alt+I	国际音标(三)	Ctrl+Alt+R		

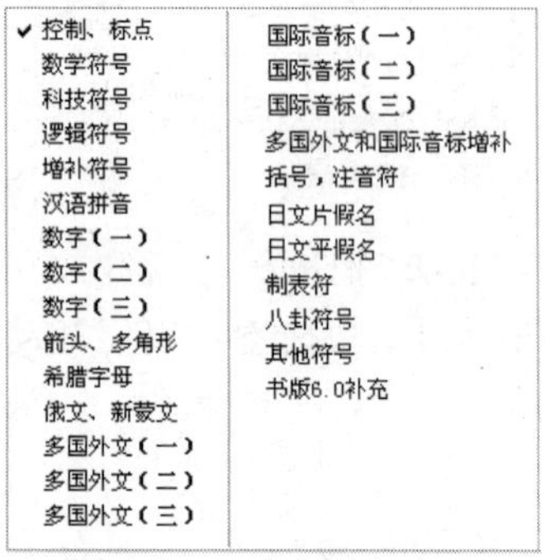

图 4.21　动态键盘列表

如果要查看所有不同种类的动态键盘，单击动态键盘上的 ▣ 按钮，系统会出现如图 4.21 所示的动态键盘列表。在该列表中选择不同的键盘名称，就可调出相应的动态键盘。

自定义码表在动态键盘上也有一个菜单，通过该菜单可以对动态键盘进行设置。如单击动态键盘上的 ⊠ 按钮，出现如图 4.22 所示的动态键盘菜单。

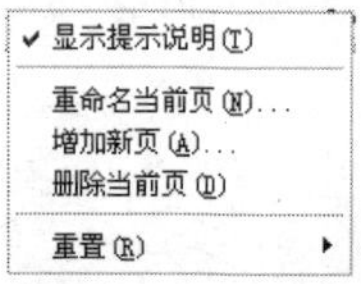

图 4.22　动态键盘菜单

动态键盘菜单各命令的功能如下。

● 【显示提示说明】：表示选择时是否在键位上出现提示说明。

- 【重命名当前页】：表示将当前键盘页的标题更改掉，如图4.23所示。
- 【增加新页】：表示增加新的动态键盘页(页数不限)，如图4.24所示。

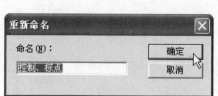

图4.23 【重新命名】对话框

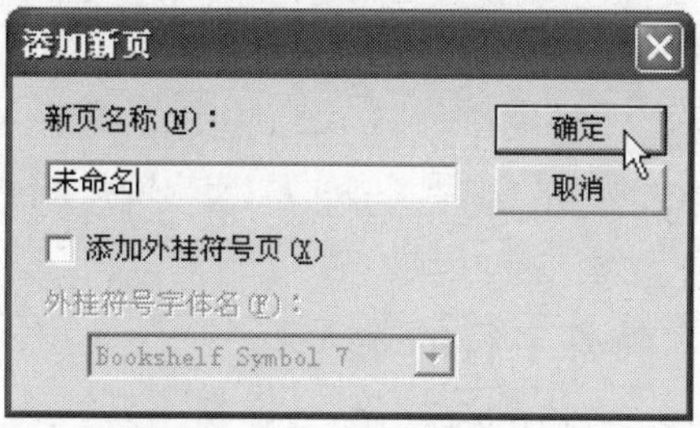

图4.24 【添加新页】对话框

- 【删除当前页】：表示删除当前的动态键盘页，如图4.25所示。
- 【重置】：该命令下还有一个子菜单，主要是用来恢复动态键盘的初始状态。同时所有定义的键位符号信息将丢失，如图4.26所示。

图4.25 删除提示对话框

图4.26 【重置】子菜单

动态键盘的每一个键位都提供了相应的提示说明，只要将鼠标指针停留在某一键位上，就会出现关于该键位可输入的两个符号的提示、它们的方正内码以及它们属于A库或B库的信息，如图4.27所示。

另外，右击动态键盘中的键位，可弹出一个快捷菜单，如图4.28所示。

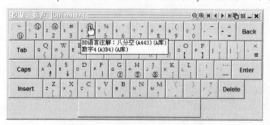

图4.27 动态键盘的键位提示

图4.28 动态键盘快捷菜单

选择【修改】命令，弹出【修改键定义信息】对话框，如图4.29所示。在该对话框中重新设置该键位所对应的上档键和下档键。在【编码】文本框中输入符号的方正内码值，并选择是在【A库】、【B库】还是【外挂符号】。如果选择【外挂符号】单选按钮，就可将【外挂符号字体名】下拉列表框激活，可从中选择外挂字符。如果选择的是【A库】或【B库】单选按钮，就只能在【提示说明】文本框内修改符号的提示信息。所有修改完成后，单击【确定】按钮。

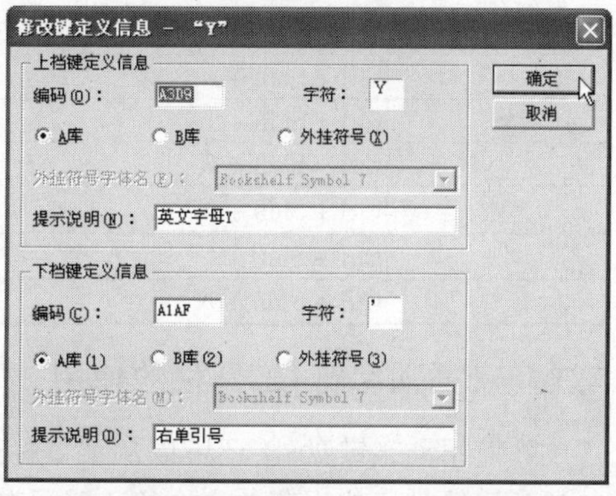

图4.29 【修改键定义信息-"Y"】对话框

技 巧

如果要移动动态键盘,可以选择该键盘上没有键位的地方,按下鼠标并拖动,可改变动态键盘所在位置。

注 意

选择动态键盘快捷菜单中的【删除键定义】命令后,可将当前键位上定义的符号清除,所输入的即为键盘上的真实字符了。

4.3.3 特殊字符的输入

在系统默认的情况下,【特殊字符】工具栏位于工具栏的下方,若工具栏下没有显示【特殊字符】工具栏,可选择【查看】‖【特殊字符条】命令。【特殊字符】工具栏如图 4.30 所示。

图 4.30 【特殊字符】工具栏

【特殊字符】工具栏中列出了 12 种控制类字符及 8 种标点符号,【特殊字符】工具栏的按钮、意义和快捷键如表 4.3 所示。

表 4.3 【特殊字符】工具栏

按 钮	快 捷 键	字 符	说 明
〖〗	Ctrl + Shift + [	〔 〕	注解括弧
↑	Ctrl + Shift + I	⇑	上角标
↓	Ctrl + Shift + M	⇓	下角标
⑤	Ctrl + Shift + ;	Ⓢ	数学状态切换符
②	Ctrl + Shift + '	Ⓩ	转字体符
⑧	Ctrl + Shift + ?	⑧	页码目录替换符
〔〕	Ctrl + Shift +]	⦃ ⦄	盒组括弧
(())	Ctrl + Shift + (	(( ))	盘外符括弧
⇀	Ctrl + Shift +)	⇀	转义符
↙	Ctrl + Enter	↙	换段符
⫽	Shift + Enter	⫽	换行符
Ω	Ctrl + Shift + O	Ω	文件结束符
＝	Ctrl + Shift + Space	＝	中文空格
《》	Ctrl + Shift + <	《》	外挂字体名括弧对
－	Ctrl + Shift + –	—	软连字符
──	Ctrl + Shift + J	——	破折号
⋯	Ctrl + Shift + K	……	省略号
”	Ctrl + Shift + N	”	右双引号
◦	Ctrl + Shift + U	。	句号
·	Ctrl + Shift + H	.	小数点

4.3.4 【插入字符】工具栏的使用

除使用动态键盘外,还可以从菜单栏选择【插入】‖【插入字符】命令,在小样文件中输入各类常用符号。使用菜单命令输入符号的步骤如下。

(1) 从菜单栏选择【插入】|【插入字符】命令,弹出如图 4.31 所示的对话框。

(2) 在【字符编码】文本框中,输入需要插入的方正字符编码,如"A444"。

(3) 在【选择符号类型】选项组中,选择该符号是属于 A 库或 B 库,此时相应的符号就会在【字符编码】文本框中显示出来,可以看到 A444 属于 A 库时的相应符号是⟡。

图 4.31 【插入符号】对话框

(4) 确认无误后单击【确定】按钮,该符号就插入到小样文件的相应位置中。

4.4 小样文件的编辑

4.4.1 删除文字

删除文字的操作方法有多种,下面介绍 3 种最常用的方法。

方法 1:在小样文件中,选中要删除的文字或文字块时,被选中的内容则为反白状态,此时从菜单栏选择【编辑】|【删除】命令即可删除所选的文字。

方法 2:选中要删除的文字或文字块后,按 Delete 键,即可删除所选文字或文字块。在没有选中文字块的情况下按 Delete 键,删除的就是光标后的文字。

方法 3:将光标置于要删除的文字后,然后按 BackSpace 键也可删除。

4.4.2 复制文字

复制文字的操作方法也有多种,下面介绍 3 种最常用的方法。

方法 1:选中要复制的文字后,选择【编辑】|【拷贝】命令。

方法 2:选中要复制的文字后,单击工具栏上的【复制】按钮▣,快捷键为 Ctrl+C。

方法 3:选中要复制的文字后,单击工具栏上的【剪切】按钮✂,快捷键为 Ctrl+X。

提　示

用【剪切】命令复制文字时,应恢复一次操作,否则,原有的文字将被剪切掉。

4.4.3 粘贴文字

文字的粘贴就是将所复制好的文字插入当前光标处。

粘贴文字的操作步骤如下。

(1) 复制文字之后,将光标置于要粘贴的地方。

(2) 选择【编辑】|【粘贴】命令(快捷键为 Ctrl+V)。

4.4.4 选择文字块

在小样文件中,可通过鼠标来选择文字块,也可通过快捷键选择文档。利用鼠标选择文字块很方便;利用快捷键选择文字块,对习惯使用键盘的用户来说较为方便。

下面就针对利用鼠标和键盘选择文档的方法进行介绍。

利用鼠标选择内容的方法如表 4.4 所示。

表 4.4　利用鼠标选择内容的方法

被选对象	选择方法
一个单字或词语	用鼠标双击即可
一行文字	将鼠标指针置于左行首,待指针变成 I 状态时,然后单击即可选定该行
多行文字	将鼠标指针置于欲选行的行首,然后拖动鼠标即可选择多行
一个段落	将鼠标指针置于该段段首,待指针变成 I 状态时,双击即可选定该段

利用键盘选择内容的快捷键如表 4.5 所示。

表 4.5　利用键盘选择内容的快捷键

被选对象	快捷键
左边一个字符	Shift+←
右边一个字符	Shift+→
从当前插入点到行首	Shift+Home
从当前插入点到行尾	Shift+End
从当前插入点向前(向后)选择一行的内容	Shift+↑
从当前插入点至段尾	Ctrl+Shift+↓
整个文件	Ctrl+A

4.4.5　移动文字块

在小样文件中,移动文字块的方法有多种,如通过鼠标、剪贴等方法移动文字。【剪贴】的功能及用法在前面已经介绍,下面介绍通过鼠标移动文字块的方法。

用鼠标移动文字块的操作步骤如下。

(1)　选中要移动的文字块。

(2)　将鼠标的指针放在被选中的文字块中,按住鼠标左键,不要松开,当鼠标的指针变为 状态时,再拖动被选中的文字块,将其放在要放的位置,松开鼠标左键即可完成文字块的移动操作。

4.4.6　查找文字

在编辑或修改小样文件时要经常用到【查找】命令,使用【查找】命令不仅可以查找到文件,还可以查找一些特殊的标记,同时还能快速地确定位置。

查找文字的操作步骤如下。

(1)　选择【编辑】|【查找】命令(快捷键为 Ctrl+F),系统出现如图 4.32 所示的【查找】对话框。

(2)　在【查找内容】下拉列表框中输入要查找的内容,例如,输入"承诺",单击【查找】按钮。

(3)　单击【查找】按钮后,在小样文件中就会查找到"承诺"二字。此时"承诺"二字为反白状态。

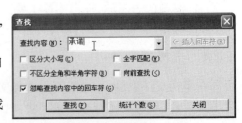

图 4.32　【查找】对话框

(4) 在【查找】对话框中,可根据需要选中不同的复选框。

● 【区分大小写】复选框:若选中该复选框,则要求查找的字符串大小写须严格匹配。该复选框一般用于查找英文字符串,通常情况下,在查找时不区分大小写。

● 【不区分全角和半角字符】复选框:如果选中该复选框,系统将查找全角与半角所匹配的文字。

● 【忽略查找内容中的回车符】复选框:该复选框在系统中是默认选中的。

● 【全字匹配】复选框:如果选中该复选框,系统将查找该字符串作为一个独立单词而非单词的一部分。一般用于英文字符串的查找。

● 【向前查找】复选框:如果选中该复选框,系统将向前查找需要查找的内容。

(5) 若需要查找下一个文字串的位置,则选择【编辑】|【查找下一个】命令或按快捷键F3即可。

(6) 如果单击【统计个数】按钮,系统将会统计出要查找的内容在小样文件中的个数,如图4.33所示。

图4.33 统计个数信息框

技 巧

若在选中文字的状态下,打开【查找】对话框,则【查找内容】会自动设置为选中的字符。另外,也可使用快捷键Ctrl+C(复制)、Ctrl+V(粘贴)直接将文本粘贴到【查找内容】文本框中。所有被查找过的文字串都会列在【查找内容】列表框中,再次查找时,可以直接用鼠标选择要查找的文字串。

4.4.7 替换文字

替换是把要查找的字符串替换成指定的字符串。【替换】命令与【查找】命令类似。

替换文字的操作步骤如下。

(1) 选择【编辑】|【替换】命令,弹出【替换】对话框。

(2) 在【查找内容】下拉列表框中输入要被替换的文字,然后在【替换为】下拉列表框中输入替换的指定文字。例如,在【查找内容】下拉列表框中输入"承诺",在【替换为】下拉列表框中输入"誓言",如图4.34所示。

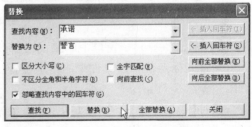

图4.34 【替换】对话框

(3) 单击【替换】按钮,系统将自动查找到要被替换的"承诺",同时将其替换成所指定的"誓言"。

(4) 单击【全部替换】按钮,则当前文件中所有匹配字符串都将被替换成指定的文字。【替换】对话框下的各选项与【查找】对话框下的各选项相同。

提 示

查找快捷键为Ctrl+F,按F3键可继续查找下一个相同内容;替换快捷键为Ctrl+H。

4.4.8 恢复与撤销操作

方正书版 10.0 提供了恢复和撤销操作功能,可进行多次恢复或撤销操作。如果要撤销上次操作,则单击标准工具栏上的【撤销】按钮 ↰,也可从菜单栏中选择【编辑】|【撤销】命令。

如果要恢复撤销操作,则单击标准工具栏上的【恢复】按钮 ↱ 来实现,或从菜单栏选择【编辑】|【重作】命令。在进行恢复或撤销操作时,如果相应的命令按钮或菜单变成了灰色,则表明不能进行恢复或撤销操作。

提 示

撤销(恢复)的快捷键为 Ctrl+Z,此功能可恢复或撤销先前的多次操作。

4.4.9 一扫查错功能

【一扫查错】命令用来判断在排版时所输入的注解参数是否有语法错误,如果存在错误,系统就会在【一扫】子窗口中将其显示出来。

一扫查错的操作步骤如下。

(1) 选择菜单中的【排版】|【一扫查错】命令,或单击【一扫查错】按钮 📚(快捷键 F8)。

(2) 执行该命令后,系统便开始对小样文件进行语法查错处理。如果文件中存在错误,则会显示在消息窗口中的【一扫】子窗口中,如图 4.35 所示。

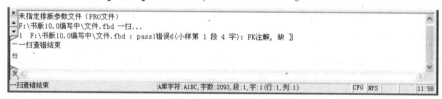

图 4.35 【一扫】子窗口

(3) 双击【一扫】子窗口中的错误,光标就会自动定位到小样文件中相应的错误处,此时就可通过光标定位小样文件中的指定位置,再对小样文件中的语法和语义错误进行相应的修改。

通过【一扫查错】命令可以迅速地查找错误所在位置并对其进行修改。

4.4.10 正文发排、终止发排及错误定位

【正文发排】是用来对小样文件中加的注解及字符串进行语义检查,判断参数是否有错,并生成大样文件,供显示和输出使用。一扫查错则只进行查错处理,正文发排则一并完成查错和排版处理。

同样,如果当前打开的是 PRO 文件,其中包含书版注解(SB),也可对该 PRO 文件执行正文发排操作,即对 PRO 文件的书版注解(SB)中指定的小样文件进行正文发排操作。如成功发排,则可根据当前设定的大样格式生成相应的大样文件。

1. 正文发排

进行正文发排的操作步骤如下。

(1) 在编辑窗口中,打开需要进行正文发排的小样文件,从菜单栏选择【排版】|【正文发

排}命令或单击工具栏上的{正文发排}按钮 ,也可按快捷键 F7。

(2) 执行{正文发排}命令后,系统将对指定的排版文件进行一扫查错处理。如果系统检查到错误,会出现如图 4.36 所示的对话框。该对话框提示是否处理语法检查的错误信息,或继续进行排版。

图 4.36　正文发排提示框

(3) 单击{是}按钮,系统将继续对小样文件执行排版处理。之后,系统将生成大样文件,并显示在消息窗口的{发排}子窗口中,如图 4.37 所示。

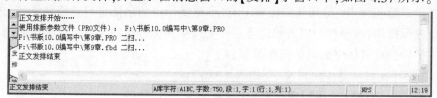

图 4.37　正文发排信息框

在这个窗口中,提示小样文件的出错位置,双击小样文件中的某个提示行,可以定位该语义错误并对其进行修改。

另外,选择{排版}||{指定大样格式为}命令,可以设定发排成哪一种格式的大样文件。当前指定的格式在窗口底部右边的状态栏上会随时显示。

2. 终止发排

在执行{正文发排}时,若有语法检查或发排过程陷入长时间等待,此时若不想继续执行这项操作,可以选择{终止发排}命令来中断文章的发排。

终止发排的操作步骤如下。

(1) 选择{排版}||{终止发排}命令、单击工具栏上{终止发排}按钮 或按快捷键 Shift+F7,系统将停止正在执行的语法检查或发排过程。

(2) 正在发排正文时,{终止发排}命令处于可用状态,选择它就可以终止当前文章的发排。

3. 定位错误参数

对编辑好的小样文件进行语法检查和发排后,如果小样文件中有语法或语义上的错误,系统将在消息窗口的相应子窗口中提示错误信息。用户通过提示,可以定位到小样中的指定位置,修改小样文件。

错误信息定位的操作步骤如下。

(1) 在消息窗口左端的选项条中,单击需要查看的错误信息窗口。

(2) 双击需要查看的错误信息行,打开出错的小样文件,会将插入光标自动移到该错误信息指定的位置上。

(3) 也可通过键盘操作或选择菜单栏中的{编辑}||{移动到}命令,移动窗口中所有的错误信息。

注 意

【一扫】子窗口中所显示的是语法检查过程中一扫查错的错误信息。【发排】子窗口中提示的则是发排过程中的错误信息。

4.4.11 繁简字体的转换

繁简转换主要是针对 GBK 中的字符进行的,故转换的是 GBK 编码的汉字。在转换过程中,小样文件中的无关注解将被忽略。

在方正书版 10.0 中,除用繁简注解(FJ)将小样文件中的字体进行繁简转换外,还可通过菜单命令进行操作,该操作可以直观地将小样文件中简体或繁体字转换成繁体或简体字。

简体字转换成繁体字的具体操作步骤如下。

(1) 在小样文件中选中一段文字,如图 4.38 所示。

(2) 从菜单栏选择【工具】|【简到繁转换】命令,则出现如图 4.39 所示的对话框。

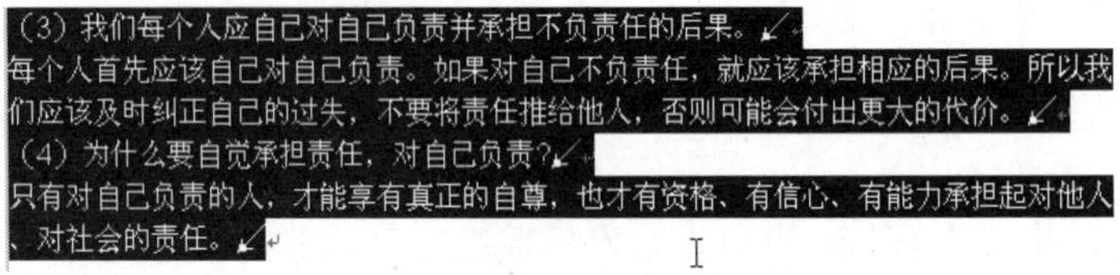

图 4.38　选中要转换的内容　　　　图4.39　【简到繁转换设置】对话框

(3) 在图 4.39 所示对话框中,根据情况可选中【自动匹配】和【转为旧笔形】复选框。

- 【自动匹配】:表示当一个简体字对应多个繁体字时,系统就根据上下文环境自动选择一个繁体字。
- 【转为旧笔形】:表示当一个字有新旧两种笔形时,应转换成哪种笔形。

(4) 选中后,单击【确定】按钮,字体就从简体字转换成繁体字,如图 4.40 所示。

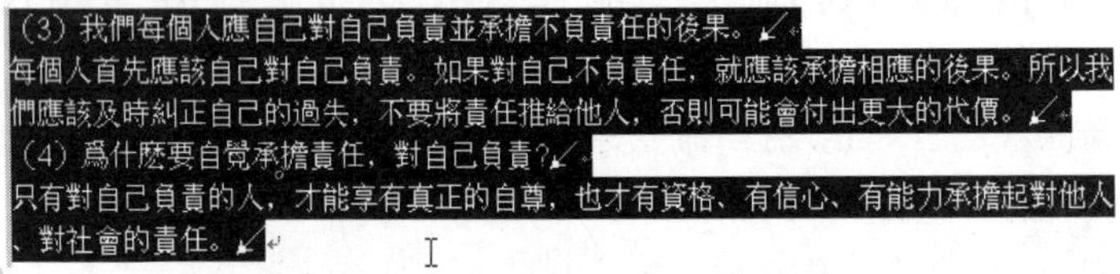

图 4.40　转换后的繁体字效果

(5) 如果未选中【简到繁转换设置】|【自动匹配】复选框,那么当系统在文档中发现某个简体字有两个或两个以上的繁体字时,会弹出一个对话框,如图 4.41 所示。

在【当前的上下文】中列出了待转换字所在正文中的位置;在【候选字】列表框中,允许选择该简体字应转换的繁体字。如果单击【中止转换】按钮,系统会立刻停止转换,该对话框也随之消失,但在当前简体字之前所进行的转换仍有效。

一般从简体到繁体的转换,要选中【自动匹配】和【转为旧笔形】两个复选框,此时系统会自动给出转换结果,既方便快捷,又准确无误。因此,建议用户使用此种方法。

繁体字转换成简体字也较为方便,且无任何附加条件,只需选中要转换的文档,再选择【工具】|【繁到简转换】命令即可。

图 4.41　【选择繁体字】对话框

4.4.12 自定义热键

通过【自定义热键】功能,用户可以对菜单命令的热键进行重新定义,从而选择一套更适合自己、更便于操作、更易于记忆的热键方案。用户对菜单命令定义的热键将显示在菜单中对应菜单项的后面。

自定义快捷键的操作步骤如下。

(1) 选择【工具】|【自定义热键】命令或按快捷键 Alt+F8,系统会出现【自定义热键】对话框,如图 4.42 所示。

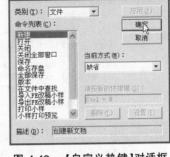

图 4.42 【自定义热键】对话框

- 【类别】:供用户选择需要重新定义的菜单命令所属的类别,包括【文件】、【编辑】、【插入】、【查看】、【排版】、【窗口】和【帮助】。用户对类别作出选择后,下面的【命令列表】框将列出属于该类别的所有菜单命令。

- 【命令列表】:供用户选择需要重新定义的菜单命令。

- 【当前方式】:供用户选择当前的热键方案。选择【自定义】方式时,可以对菜单命令的热键进行重新定义;选择【缺省】方式时,将恢复所有热键为初始设置,此时不能对菜单命令的热键进行重新定义。

- 【请按新的快捷键】:显示/定义当前选中的菜单命令的热键。用户可以把输入焦点移动到该编辑框中并按下新的组合键,替换编辑框中显示的热键。

> **注 意**
> 如新设置的热键和已定义过的热键发生冲突,系统会提示并询问用户是否对原有热键进行替换。如选择替换,原有热键将失效。

- 【删除】按钮:清空编辑框中的热键信息。

- 【设置】按钮:将当前选中的菜单命令的热键设置为编辑框中显示的热键。用户在选择另一个菜单命令之前,应单击设置按钮保存当前的操作。

- 【描述】编辑框:显示对当前选中的菜单命令的简要介绍。

- 【应用】按钮:保存用户对热键定义的修改,但是不关闭对话框。

- 【确定】按钮:保存用户对热键定义的修改,然后关闭对话框。

- 【取消】按钮:放弃用户对热键定义的修改,同时关闭对话框。

> **注 意**
> 如果用户在单击【取消】按钮前已单击过【应用】按钮,则不会取消单击【应用】按钮时所做的设定。

(2) 在【自定义热键】对话框的【类别】下拉列表框中,选择当前需要重新定义的菜单项。此处以【编辑】菜单为例说明,如图 4.43 所示。

(3) 选择【编辑】菜单后,仍在【命令列表】框中选择要重新定义的快捷键命令,然后,在【当前方式】下拉列表框中选择【自定义】选项,如图 4.44 所示,最后在【请按新的快捷键】文本框中输入新的快捷键。

图 4.43　选择【编辑】菜单

图 4.44　　选择【自定义】选项

(4) 所有选项设置完毕后,单击【确定】按钮就可完成自定义快捷键的设置。

> **注　意**
>
> 如果所定义的快捷键和其他快捷键发生冲突,系统就会提示"是否替换原有热键",如果替换,则单击【是】按钮,这时原有的快捷键将被替换。

4.4.13　自定义宏

自定义宏是指把一些常用的文字自定成"宏",再通过其对应的快捷键输入到文件中。这样可以大大提高了录入效率。

自定义宏的操作步骤如下。

(1) 选择【工具】|【自定义】命令或按快捷键 Alt+F9,出现【自定义宏】对话框,如图 4.45 所示。

- 【宏名】编辑框:为用户将要进行定义的宏取一个便于记忆和查找的名字。名字中不能有空格,长度没有限制。

- 【宏串一】编辑框:输入需要定义成宏的文字串。文字串可以包含任意多行文字。可以选择旁边的"<"按钮输入 BD 语言中常用的符号。此项为必填内容,不能为空。

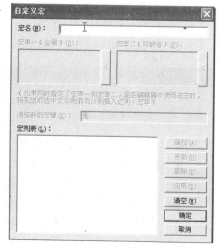

图 4.45　【自定义宏】对话框

- 【宏串二】编辑框:如果同时指定了【宏串一】和【宏串二】,则在编辑器中使用该宏时,将在当前选中文本的前后分别插入两个宏串。此项可缺省,即可以为空。

- 【请按新的宏键】编辑框:把输入焦点移动到该编辑框后,按下新的组合键。

- 【宏列表】框:列出已经定义过的所有宏(以宏名作为标识)。选中其中的一项后,【宏名】、【宏串】和【宏键】将显示对应的信息。

- 【添加】按钮:将当前的【宏名】、【宏串】和【宏键】信息添加到宏列表中。

- 【更新】按钮:更新当前选中的宏对应的【宏串】和【宏键】信息,对【宏串】和【宏键】信息修改前必须先单击【更新】按钮,否则修改无效。

- 【删除】按钮:删除当前选中的宏定义。

- 【应用】按钮：保存用户对宏定义的修改，但不关闭对话框。
- 【清空】按钮：清空【宏名】、【宏串】和【宏键】编辑框中的内容，准备添加新的宏定义。
- 【确定】按钮：保存用户对宏定义的修改，然后关闭对话框。
- 【取消】按钮：放弃用户对宏定义的修改，同时关闭对话框。

注 意

当宏定义使用的热键和其他已经定义过的热键发生冲突时，会显示提示信息并询问用户是否进行替换。如果选择替换，则原有热键将失效；如果用户在单击【取消】按钮前已单击过【应用】按钮，则不会取消单击【应用】按钮时所做的设定。

(2) 在【宏名】文本框中输入一个所定义的名称。

(3) 在【宏串一】的文本框中输入需要定义成宏的字符串。然后，单击右侧的<按钮，系统会自动打开其下拉菜单。这时，可在下拉菜单中选择一些常用的BD语言中的符号，如图4.46所示。

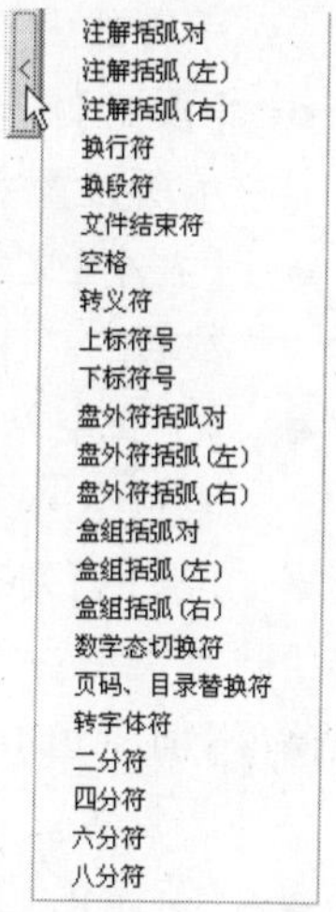
注解括弧对
注解括弧(左)
注解括弧(右)
换行符
换段符
文件结束符
空格
转义符
上标符号
下标符号
盘外符括弧对
盘外符括弧(左)
盘外符括弧(右)
盒组括弧对
盒组括弧(左)
盒组括弧(右)
数学态切换符
页码、目录替换符
转字体符
二分符
四分符
六分符
八分符

图4.46 【宏串一】下拉菜单

若单击【宏串二】的<按钮，也可出现如图4.46所示的下拉菜单。

提 示

宏名中不允许出现空格；另外，若同时指定了【宏串一】和【宏串二】，则在编辑器中使用该宏时，将在当前选中文本的前后分别插入这两个宏串。

(4) 在【请按新的宏键】文本框内，输入新的快捷键，然后单击【添加】按钮就可以了。

注 意

如果所输入的快捷键与其他的快捷键冲突，系统将自动出现一个提示对话框，如图4.47所示。

方正书版(GBK)10.0专业版
该快捷键已经用于：帮助 / 在线帮助，请重新输入！
确定

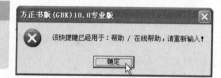

图4.47 冲突提示

4.4.14 自定义编辑窗口属性

通过自定义编辑窗口属性，可以设置喜欢的文字字体、字号以及用不同的颜色来显示注解符号、注解名、注解内容和回车符等，更方便用户编辑或修改小样文件的各注解控制符。

自定义编辑窗口属性的具体操作步骤如下。

(1) 从菜单栏选择【工具】|【设置】命令，系统会出现【设置】对话框。在该对话框中，选择【编辑设置】选项卡，如图4.48所示。

- 【禁止改写模式】选项：设置是否允许使用改写模式，即是否可以用Insert键切换改写模式。
- 【使用尽可能安全的方式转换汉字】选项：设置使用尽可能安全的方式转换汉字。
- 【定时保存文档】选项：设置是否定时保存文档，若选中，还可以设置定时保存的间隔为多少分钟(范围在0~120分钟)。
- 【重置缺省值】选项：把上面的字体、颜色等各项设置恢复为系统默认值。
- 【中文字体】下拉列表框：设置编辑器中汉字字符的显示字体。
- 【英文字体】下拉列表框：设置编辑器中ASCII字符的显示字体。

- 【字体尺寸】下拉列表框:设置编辑器中显示字符的大小。
- 【预览】框:以【方正书版 Book Maker】字样显示所设置字体的效果。
- 【大小】文本框:输入制表符代表的空格字符数目。
- 【中文空格】选项:指定采用中文制表符,即制表符空一个中文汉字的宽度。
- 【颜色】列表框:列出编辑窗口中可分色的文本类型。
- 【前景色】下拉列表框:输入指定文本的显示前景色。
- 【背景色】下拉列表框:输入指定文本的显示背景色。

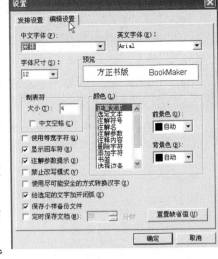

图 4.48 【编辑设置】选项卡

- 【使用等宽字符】选项:设置是否使用等宽字符。
- 【显示回车符】选项:设置是否在段末显示回车符标记。每按一次 Enter 键产生一段。
- 【注解参数提示】选项:设置是否在录入注解过程中即时给出注解的参数提示。

(2) 在【中文字体】和【英文字体】下拉列表框中,分别选择编辑窗口中的汉字字符和英文字符显示字体。这样,所设置的汉英字体就会在【预览】选项组的预览框中显示出来,而字体尺寸不允许"预览"。

(3) 没有选中【中文空格】复选框时,可在【制表符】选项组的【大小】文本框内设置制表符代表的空格字符数目。如果选中【中文空格】复选框,则表示制表符的空格是以一个中文汉字的宽度为准的。

(4) 在【颜色】列表框中选择需要改变颜色的字串类型。之后,分别单击【前景色】和【背景色】下拉列表框,在其中任意选择前景色和背景色。此时,【预览】选项组的预览框中的内容将随选择颜色的不同而变化。

(5) 【使用等宽字符】、【显示回车符】、【注解参数提示】、【禁止改写模式】、【使用尽可能安全的方式转换汉字】和【定时保存文档】复选框可根据实际情况进行设置。

(6) 所有设置完毕后,单击【确定】按钮,完成自定义编辑窗口属性的设置。

注　意

若想取消以上设置效果,可单击【重置缺省值】按钮清除所有的设置。

4.4.15　书签与定位

1. 书签

书签是在小样编辑窗口中标记的特定位置,以方便快速定位。每一个书签与文档中的一个位置关联。带有【书签】的文本行会在编辑窗口左边的灰条中显示特殊的书签标记。书签功能如表 4.6 所示。

表 4.6　书签功能表

菜单命令	快捷键	功能说明
【编辑】|【书签】|【切换书签标记】命令	Ctrl+F2	在当前的插入光标位置设置或删除书签
【编辑】|【书签】|【跳转至下一个】命令	F2	插入光标向后移动到下一个书签处
【编辑】|【书签】|【跳转至上一个】命令	Shift+F2	插入光标向前移动到上一个书签处
【编辑】|【书签】|【清除所有标志】命令	Ctrl+Shift+F2	清除当前打开文档中的所有书签

2. 定位

通过定位操作可以把插入光标定位到指定的位置。

选择【编辑】|【定位】命令(快捷键 Ctrl+G),弹出【定位】对话框,
如图 4.49 所示。

图 4.49　【定位】对话框

- 【段】、【字】微调框:允许用户设定要定位到第几段第几
字。每一段是通过一个回车符来标记的,两个回车符之间
的内容为一段。

- 【行】、【列】微调框:允许用户设定要定位到第几行第几列。无论是由于回车符导致
的换行,还是因为字符过多而导致的拆行,都算一行。当编辑窗口宽度改变时,总的
行数会发生改变。

- 【按段字】单选按钮:指定按段字进行定位。此时【行】、【列】编辑框失效。

4.4.16　代码转换

用于将选中的小样文本中的 6.0 字符或 7.0 字符转换成 10.0 字符。

代码转换的操作方法如下。

(1) 选中一段文字(使用块选中或者按下鼠标左键拖动等方法),这段文字就以黑底白字
显示出来。

(2) 打开【编辑】|【代码转换】子菜单,单击【60 字符转换 10 字符】命令就把其中的 6.0 字
符转换成 10.0 字符,单击【70 字符转换 10 字符】命令把其中的 7.0 字符转换成 10.0 字符。

4.4.17　字符信息提示

编辑窗口的状态栏中还可以显示字符的提示信息。具体的操作方法如下。

将光标移动到某个字符前, 状态栏的中间部分会显示这个字符的信息:是 ASCII 码、A
库字符还是 B 库字符, 以及编码。另外还可显示当前文档的总字数以及当前字符的其他信
息,如位于第几段的第几个字和第几行中的第几列。

4.4.18　注解参数提示

编辑窗口还可以显示BD 注解参数提示。具体操作方法如下。

(1) 将光标移动到注解中,例如,汉字字体注解[HT]中的字母 T 后,按 F2 键。

(2) 系统将弹出注解参数提示窗口,显示当前插入光标处的注解参数说明,如图 4.50 所示。

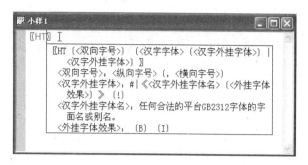

图 4.50　注解参数提示

(3)　按 Esc 键或用↑、↓、←、→箭头键将插入光标移出注解,提示窗口会自动关闭。

(4)　如果执行【工具】|【设置】|【编辑设置】|【注解参数提示】命令后,当用户连续输入形如 [HT]一类的字符时,也会在屏幕上弹出如图 4.50 所示的注解参数提示窗口。

4.4.19　获得 BD 语言注解帮助信息

用户还可以在编辑窗口中直接获得 BD 注解帮助信息。具体的操作方法为:将光标移动 到某个 BD 语言注解中,例如,汉字字体注解[HT]中的字母 T 后,按下 F1 键。系统会弹出有关 该 BD 语言注解详尽的帮助信息,如上述的[HT],将显示汉字字体注解的详细说明。

4.5　添加拼音和注音

方正书版 10.0 提供了添加拼音和注音功能,可以为选中的文字自动添加拼音或注音。

4.5.1　添加拼音

有关给文字添加拼音的操作步骤如下。

(1)　在当前小样文件中选中需添加拼音的文字,如"海阔凭鱼跃,天高任鸟飞"。

(2)　选择【工具】|【添加拼音】命令,弹出【添加拼音】对话框,如图 4.51 所示。

(3)　在【大小写处理】选项组中有 3 个选项: 【全部小写】、【全部大写】和【首字母大写】。如果选 择【全部小写】单选按钮,则拼音带声母;选择【全 部大写】单选按钮,则所有的拼音都会转化成不带 声母的大写拼音;选择【首字母大写】单选按钮,则 拼音的第一个字母会被转化为不带声母的大写拼 音。在此选择【全部小写】选项。

(4)　在【放置顺序】选项组中有两个选项:【一 字一音】和【字音分开】。如果选择【一字一音】单选 按钮, 则在每个字的后面跟随该字的拼音;选择

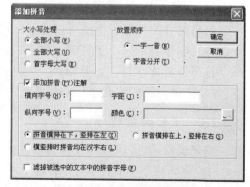

图 4.51　【添加拼音】对话框

【字音分开】单选按钮,则所有的拼音都放在被选中的最后一个字母的后面。在此选择【一字

一音】单选按钮。

(5) 选中【添加拼音(PY)注解】复选框,则下边的选项为可选状态。其选项说明如下。

● 【横向字号】:指拼音字母的横向字号。

● 【纵向字号】:指拼音字母的纵向字号。

● 【字距】:指拼音与汉字之间的距离。

● 【颜色】:指拼音的颜色。

● 【拼音横排在下,竖排在左】:指横排时拼音排在汉字下面,竖排时拼音右转排在汉字左边。

● 【拼音横排在上,竖排在右】:指横排时拼音排在汉字上面,竖排时拼音右转排在汉字右边。

(6) 选中【滤掉被选中的文本中的拼音字母】复选框,则被选中的文本中的拼音字母将被过滤掉。

(7) 设置好参数选项后,单击【确定】按钮,则在小样文件中自动添加被选中的文字的拼音,如下所示。

欢huān迎yíng使shǐ用yòng方fāng正zhèng书shū版bǎn10.0专zhuān业yè版bǎn

(8) 在添加拼音的过程中,如果遇到一字多音,则会弹出一个【选择多音字】对话框,如图4.52所示。

(9) 选择正确的读音,单击【确定】按钮,该拼音会被添加到小样文件中;如果单击【取消】按钮,则系统会将第一个拼音作为默认的拼音添加到小样文件中。

> **提 示**
>
> 　如果能确认一个字其后的拼音都是用的最常见的发音,则可以单击【始终选择第一个】按钮,不过建议尽量不使用该选项。操作者还可单击【终止添加】按钮,则该字以后的文字将不再添加拼音。当系统遇到不能识别的汉字时,会给出【定义拼音】对话框,如图4.53所示。

图4.52 【选择多音字】对话框

图4.53 【定义拼音】对话框

在【定义拼音】对话框中输入拼音字母,用动态键盘直接输入拼音,或者输入小写英文字母,用数字来表示声调。如“北”的拼音可以输入“be3i”。单击【确定】按钮后,自定义的拼音会添加到小样文件中。单击【终止添加】按钮,则该字之后的文字将不再添加拼音。

4.5.2 添加注音

添加注音的操作方法与添加拼音的操作方法基本一致,只是注音不存在大小写,即在【添加注音】对话框中不存在添加大写注音的情况。

自动加拼音注音的功能对于G内码和N内码还不能识别,亦即在添加拼音的时候不会把它们的整体当成一个汉字,这时需要用户手动添加。

另外,在【添加拼音】和【添加注音】对话框中不会检查对话框数据的合法性,数据的合法性将留到第一次扫描时检查。

4.6 插入功能

4.6.1 插入文件

在编辑或修改文章时,系统允许在当前打开的小样文件中插入另一个小样文件或文本文件的内容。插入文件的操作步骤如下。

(1) 选择【插入】|【插入文件】命令,弹出【插入文件】对话框,如图 4.54 所示。然后选择需要插入的文件名称。

● 【书版 6.0 版本小样文件】选项:指定待插入文件是书版 6.0 版本录入的文件,系统在插入文件过程中将自动将其转换成书版 10.0 可接受的文件。

● 【书版 7.0 或 8.0 版本小样文件】选项:指定待插入文件是书版 7.0 或 8.0 版本录入的文件,系统在插入文件过程中将自动将其转换成书版 10.0 可接受的文件。

● 【书版 9.x 或 10.0 版本小样文件】选项:指定待插入文件是书版 9.x 或 10.0 版本录入的文件。这是书版10.0 的默认选项,指定要插入文件是书版 9.0 的小样文件 *.fbd。

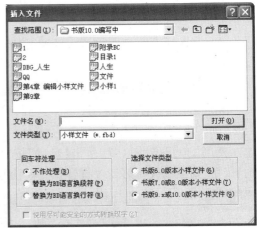

图 4.54 【插入文件】对话框

● 【使用尽可能安全的方式转换汉字】选项:用于转换书版 6.x 和 7.x 的汉字。只有文件类型选择了【书版 6.0 版本小样文件】或者【书版 7.0 或 8.0 版本小样文件】,此选项才有效。

(2) 在【回车符处理】选项组中选择一个选项。

● 【不作处理】选项:指定不处理插入文件中的回车符。

● 【替换为 BD 语言换行符】选项:指定把插入文件中的回车符替换为 BD 语言换行符。

● 【替换为 BD 语言换段符】选项:指定把插入文件中的回车符替换为 BD 语言换段符。

(3) 在【选择文件类型】选项组中选择插入书版 6.0、7.0、9.x 或 10.0 版本的小样文件。

(4) 单击【打开】按钮,系统在插入文件过程中将自动将其转换成书版 10.0 可接受的文件。

4.6.2 插入外挂字体名

外挂字体包括 Windows 系统上的标准 TTF 字体以及打印驱动程序在 Windows 系统上装入的打印字体。由于这些字体很多且不易录入,方正书版 10.0 系统提供以对话框的形式在编辑窗口中插入外挂字体名的功能。

插入外挂字体名的操作步骤如下。

(1) 选择【插入】|【插入外挂字体名】命令,弹出【外挂字体名】对话框。如图 4.55 所示。

- 【字体名】编辑框:选择要插入的外挂字件名。

- 【字体预览】框:用来显示所选外挂字体的效果。以【方正书版 Founder】字串为例来预览效果。

- 【加粗】复选框:使选择的要插入的外挂字体名后带加粗效果说明。

- 【倾斜】复选框:使选择的要插入的外挂字体名后带倾斜效果说明。

- 【插入左右书名号"《》"】复选框:使插入的外挂字体名带左右书名号。

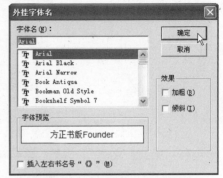

图 4.55 【外挂字体名】对话框

提 示

列表框中的字体名前有图标 T 的字体是真实的 True Type 字体。选择这类字体时,既能在屏幕上显示,也能下载输出。字体名前有图标的字体是书版 10.0 运行的系统中的默认打印机的字体,这类字体在前端显示时没有字体变化,输出时也不能下载,且只有输出到缺省打印机上时才能正确输出。

(2) 在【字体名】列表框中,选择需要插入的外挂字体名称,同时选中的字体将会在【字体预览】框内显示。

(3) 如果让外挂字体变粗或倾斜,可选中【效果】|【加粗】或【倾斜】复选框来实现。

(4) 所需设置完成之后,单击【确定】按钮。

4.6.3　插入符号

除使用动态键盘外,还可选择【插入】|【插入符号】命令(快捷键 Ctrl+T)在小样文件中输入各类常用符号。具体的操作步骤如下。

(1) 选择【插入】|【插入符号】命令,弹出如图 4.31 所示的【插入符号】对话框。

(2) 在【字符编码】文本框中,输入需要插入的方正字符编码,如"A444"。

(3) 在【选择符号类型】选项组中,选择该符号是属于 A 库或 B 库,此时相应的符号就会在【字符编码】文本框中显示出来,可以看到 A444 属于 A 库时的相应符号是✿。

(4) 确认无误后单击【确定】按钮,该符号就插入到小样文件的相应位置中。

4.6.4　插入注解模板

注解模板主要是在小样文件中插入一些较复杂的注解范例,如表格、边文、分区、分栏、图片、方程和化学等。在插入的范例基础上,可进行简单的修改以生成新的小样文件。插入注解模板的操作步骤如下。

(1) 选择【插入】|【插入注解模板】命令,如图 4.56 所示。

图 4.56 【插入注解模板】子菜单

(2) 在弹出的子菜单中,选择要插入的模板。例如,在此选择"化学"注解模板,则该注解模板就会出现在当前小样文件的光标处,如图 4.57 所示。

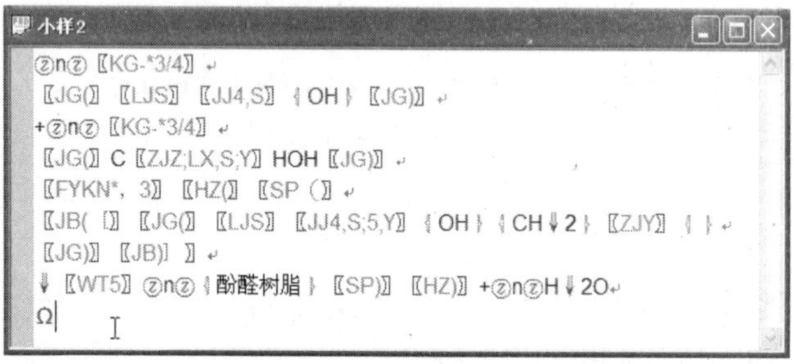

```
②n② 【KG-*3/4】↵
〖JG(〗 〖LJS〗 〖JJ4,S〗 ｛OH｝ 〖JG)〗↵
+②n② 【KG-*3/4】↵
〖JG(〗 C 〖ZJZ;LX,S;Y〗 HOH 〖JG)〗↵
〖FYKN*，3〗 〖HZ(〗 〖SP （〗↵
〖JB( 〖 〗 〖JG(〗 〖LJS〗 〖JJ4,S;5,Y〗 ｛OH｝ ｛CH↓2｝ 〖ZJY〗 ｜ ｝↵
〖JG)〗 〖JB)〗↵
↓〖WT5〗 ②n② ｛酚醛树脂｝ 〖SP)〗〖HZ)〗 +②n②H↓2O↵
Ω|        I
```

图 4.57 在小样文件中插入"化学"注解模板

(3) 选择【排版】|【直接预览正文】命令,就可以在大样文件中直接看到"化学"注解模板的效果,如图 4.58 所示。

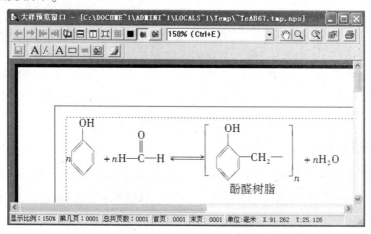

图 4.58 直接预览"化学"注解模板

4.6.5　插入自定义宏

自定义宏是指把一些常用的文字自定成"宏",再通过其对应的快捷键输入到文件中。这样可以大大提高录入效率,详见 4.4.13 小节。插入自定义宏则是将已定义好的宏插入到当前光标处,如图4.59 所示。

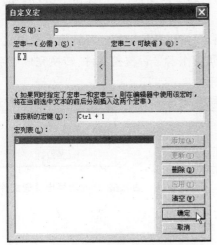

【自定义宏】对话框　　　　　　　　　　　　　　　插入自定义宏

图 4.59　插入自定义宏

4.7　文 件 转 换

4.7.1　小样文件转换成文本文件

在与其他软件交换的过程中,需要将带有注解的小样文件转换成不带注解的文本文件。具体操作步骤如下。

(1) 选择 【工具】|【导出文本文件】命令(如果小样文件修改后未保存,系统会提示是否保存文件),会弹出【书版小样文件转换成普通文本文件】对话框,如图4.60 所示。

(2) 在【被转换的 FBD 文件名】文本框中显示的是当前小样文件的文件名;在【转换生成的文件名】文本框中显示的与【被转换的 FBD 文件名】文本框中的文件同名,但扩展名为.txt。

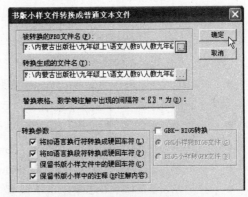

图 4.60　【书版小样文件转换成普通文本文件】对话框

> **提　示**
>
> 单击文本框右边的【浏览】按钮，在【打开】对话框中输入文件名。

(3) 【转换参数】包含 4 个选项,操作者可根据各选项的功能进行选择。

● 【将 BD 语言换行符转换成硬回车符】:选中该复选框,则将 BD 语言换行符转换成硬回车。

● 【将 BD 语言换段符转换成硬回车符】:选中该复选框,则将 BD 语言换段符转换成硬回车。

● 【保留书版小样文件中的硬回车符】:选中该复选框,则保留小样文件中的硬回车符。

● 【保留书版小样中的注释(BP 注解内容)】:选中该复选框,则保留 ﹝ BP(﹞ 与 ﹝ BP) ﹞ 注解间的内容。

(4) 根据转换的要求设置好选项后,单击【确定】按钮开始转换。若转换生成的文件名已经存在,系统会弹出如图 4.61 所示的提示框,询问操作者是否覆盖文件,转换完成后系统会给出成功信息,提示转换成功,如图 4.62 所示。

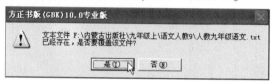

图 4.61　覆盖提示框　　　　　　　　　图 4.62　成功导出普通文件提示框

4.7.2　转换 Word 文件

1. 转换为书版小样文件

方正书版 10.0 可以将 Word 不同版本所生成的后缀为 doc 的文件转换成小样文件,对 Word 中的字体、字号、段落居中、缩进、段间距、上标、下标、阴影、空心、加粗、倾斜、着重、公式等正文属性在基本保持不变的前提下,对表格及图像等格式也做了兼容处理,并收集了 Word 中使用的图像文件。方正书版系统实现了软件的互换,一定程度上避免了文件在转换过程中的重新录入,极大地提高了排版的工作效率。

注　意

书版不能直接转换 Word 6.0/7.0 生成的.doc 文件,必须先将其转换成 Word 97 或更高的版本。

在转换 Word 文件前,用户需要以下的配置组件。

● Word 兼容组件:运行书版安装程序,选择【安装 Word 兼容组成】即可。安装此插件后,所有低版本 Word 软件都可打开高版本的 Word 文件。

● MathType:如果需要转换公式,请安装 MathType 软件。书版安装盘未提供此插件。安装 MathType 软件的说明如下。

● 若是 Word 2007,无论操作系统是哪个版本,均需安装 MathType 6.0 版本。

● 若是 Word 2003,操作系统是 Windows XP,均需安装 MathType 5.2C 版本。

● 若是 Word 2003,操作系统是 Windows 2000,均需安装 MathType 5.0 以上版本。

● 若是 Word 2000,无论操作系统是哪个版本,均需安装 MathType 5.0 以上版本。

Word 文件转换成小样文件的操作步骤如下。

(1) 选择【工具】|【DOC 文件转换】命令,弹出【DOC 文件转换】对话框,如图 4.63 所示。

(2) 在【被转换的 DOC 文件名】文本框中输入要被转换的.DOC 文件,则系统自动在【转换生成的文件名】文本框中生成对应的.FBD 小样文件名,可单击文本框右边的 … 按钮,从

【打开】对话框中选择需转换的 Word 文件。

图 4.63 【DOC 文件转换】对话框

(3) 在【要转换的属性】中有 5 个复选框:【换行符,空格】、【上下标】、【字体字号】、【字符属性】和【其他属性】。这些复选框在默认的情况下都被选中,若未被选中将在转换时忽略。

(4) 设置好选项后,单击【确定】按钮开始转换。

(5) 文件在转换过程中,如果遇到不能识别的字体,就会弹出如图 4.64 所示的【字体转换设置】对话框。

用户可设置与 Word 字体对应的中文字体和外文字体,选中其中一项双击,则弹出如图 4.65 所示的下拉列表框,列出用户机器上所带有的方正中文字体或外文字体名让用户选择,完成 Word 字体的对应设置后,单击【确定】按钮,Word 文件将被转换成小样文件。

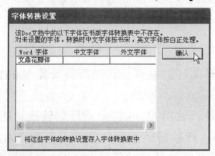

图 4.64 【字体转换设置】对话框

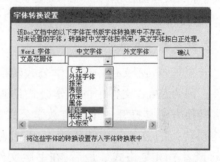

图 4.65 设置对应的字体

提 示

弹出【字体转换设置】对话框时,可以不选择要转换的字体,直接按回车键即可,系统会默认把这些字体按照外挂字体处理,即在小样中使用汉体注解或外挂注解的外形说明这些字体。

在【字体转换设置】对话框的最下边有一个【将这些字体的转换设置存入字体转换表中】复选框,选中该复选框,系统会把列表框中的设置存入书版内置的字体转换表中,以后在转换过程中遇到这些 DOC 字体时将不再提问。

在将 Word 文件转换成小样文件之前,先进行 DOC 文件字体与小样文件字体的对应操作。具体操作步骤如下。

(1) 选择【工具】|【设置 DOC 文件字体】命令,弹出如图 4.66 所示的【修改字体转换表】对话框。

图 4.66　【修改字体转换表】对话框

(2) 第一次使用 DOC 转小样工具时,【修改字体转换表】对话框中列出的字体对应关系是系统给出的默认转换设置。如果不满意这个转换表中的对应关系设置, 可以对其进行修改,修改的方法与【字体转换设置】相同,但不能设为空白。

(3) 单击【导入】按钮,可以将导出字体的对应关系导入。单击【导出】按钮可以将当前设置字体的对应关系导出到文件中, 利用这两个按钮可以实现不同计算机之间的字体转换关系设置。

(4) 单击【恢复默认值】按钮,可以将字体转换表恢复为方正书版 10.0 的默认设置。

> **提　示**
>
> Word文件转换成小样文件的功能还不是很成熟,能转换的格式也有限,其转换后的结果需要用户做细微的版面位置调整和部分 BD 语言的改动,以使小样文件顺利排版和输出。

2. 转换数学公式

若要把 Word 文件中的数学公式转换为书版小样文件的格式,首先需要安装 MathType 软件。因为 Word 文件中的数学公式是通过 MathType 软件编写的。

转换方法是打开一个含有数学公式的 Word 文件,使用 MarthType 程序的转换功能,预先将要转换的数学公式转化为 MathMl 格式的文件, 然后将转换后的文档另存为 Word 的 DOC 或者 DOCX 格式。最后,在书版文件里使用 DOC 文件转换功能将 Word 文件转换为书版小样文件。

4.7.3　RTF 文件转换成小样文件

RTF 是专门为了不同系统之间交换数据而设计的通用文件格式。很多常用软件,如 Word、WPS 等,都可以将自有文件转存为 RTF 文件格式。为将更多的文件格式接纳到书版文件中。书版提供了 RTF 转换书版小样(.fbd)的功能。RTF 文件转成小样文件格式后,基本可保持原文件中的属性不变。

另外,RTF 转换功能增加了文件中插入图片的处理。在转换过程中,系统自动将 RTF 文件中的图片提取出来,转换成"bmp"的图片格式,再按照 RTF 文件转换对话框中给出的路径, 找到 FBD 文件所在的目录, 然后在该目录下建立一个与目标文件名称相同且后缀为". files"的目录,将转换后的 bmp 图片保存,以备书版小样排版时使用。一般情况下,由系统转换后的图片格式是没有问题的。若转换后的图片格式出现问题,请手工从 RTF 中提取图片所在位置(用 Word 打开 RTF 文件),选中图片并进行复制,然后再粘贴到 Photoshop 中进行处理后保存。

将 RTF 文件转换成书版小样文件的操作步骤如下。

(1) 选择【工具】|【RTF 文件转换】命令，会弹出【RTF 文件转换】对话框，如图 4.67 所示。

(2) 在【被转换的 RTF 文件名】文本框中输入要转换的 RTF 文件。系统会自动在【转换生成的 FBD 文件名】和【转换生成的 PRO 文件名】文本框中生成对应的小样及 PRO 文件名。当然，用户还可以自行修改小样文件名称，不过一旦修改 RTF 文件名，书版小样的文件名称会发生相应变化。

(3) 根据需要设置好【RTF 文件转换】对话框中要转换的属性要求后，单击【确定】按钮即可开始转换。

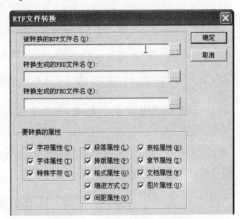

图 4.67 【RTF 文件转换】对话框

(4) 在转换过程中，若 RTF 文件中存在系统不能识别的字体，会弹出【字体转换设置】对话框，参见图 4.65。在该对话框中，可以设置如何将 RTF 文件中的字体转换成小样文件中的 HT、WT 注解。

(5) 如图 4.65 所示，在列表框最左一列是该 RTF 文件中用到的字体，中间一列表示该字体如何转换成 HT 注解，最右一列表示该字体如何转换成 WT 注解。在默认的情况下，所有的字体都将转为 HT 和 WT 的外挂字体形式。

(6) 列表框最下边有【将这些字体的转换设置存入字体转换表中】复选框。选中该项，可以把在列表框中的设置存入书版内置的字体转换表中，当再次遇到 RTF 字体时将不会提问；如果不选中该项，则以后转换时遇到这些字体仍会提问。

(7) 对已经设置过的字体转换，若需要修改 RTF 字体到小样注解的对应，还可选择【工具】|【设置 RTF 文件字体对应】命令。这时，会弹出【修改字体转换表】对话框，如图 4.66 所示。

(8) 该对话框左边的列表框中为已被设置过的 RTF 字体对应关系。即使没有转换过任何 RTF 文件，书版也会包含一些默认的转换。设置对应关系的方法同【字体转换设置】对话框，但不能为空白。

> **提 示**
> 【导出】按钮可以将当前设置的字体对应导出到文件中。【导入】按钮则可以将导出的字体对应关系装入。利用这两个按钮可以实现将一台机器上设置的字体转换关系复制到另一台机器上。【恢复默认值】按钮可以将字体转换表恢复成书版的默认设置。

(9) RTF 文件转小样文件的功能不是一个很成熟的功能，能转换的格式也有所限制。某些转换后的结果需要用户做一些版面位置调整或部分排版注解的改动。

(10) 转换完成后，系统会弹出一个转换完成提示框，如图 4.68 所示。单击【确定】按钮，就可以进行书版小样的编辑、排版工作。

图 4.68　RTF 文件转换完成提示

4.7.4　小样文件转换成 HTML 文件

方正书版提供了小样文件转换成 HTML 文件的功能。通过转换可以将小样文件中的注解格式去掉,使其变为 HTML 文件格式,再用浏览器打开。书版小样转 HTML 格式的功能目前还不完善,转出的 HTML 格式较为简单,仅有普通的段落和标题。【小样文件转 HTML 文件】对话框如图 4.69 所示。

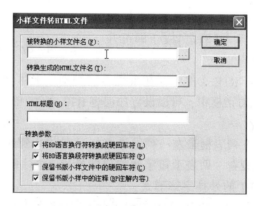

图 4.69　【小样文件转 HTML 文件】对话框

4.8　版 本 保 存

版本保存能使您保存小样文件的当前版本,便于对该小样进行修改之后仍能取得以前保存的某个版本或比较不同版本之间的差异。对办公通知类的简单文档的编号保存和查阅也同样适用。版本保存操作方法如下。

(1) 选择【文件】|【版本】命令,弹出【版本控制】对话框,如图 4.70 所示。

(2) 单击【保存版本】按钮。

● 【保存版本】按钮:单击【保存版本】按钮,系统为当前的小样文档保存一个版本记录。系统显示【版本信息】对话框(见图 4.71),提示保存版本的时间,并允许用户输入该版本的修改人、说明信息等。系统在保存文件版本之前,将首先存储当前打开的小样文件。

● 【原有版本】列表框:系统在【原有版本】列表框中显示为该小样文件保存过的所有版本,每执行一次【保存版本】操作,就会在【原有版本】列表框中对应一项,而每一项都对应着执行【保存版本】操作时的小样。

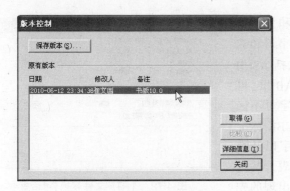

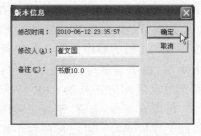

图 4.70　【版本控制】对话框　　　　图 4.71　【版本信息】对话框

- 【取得】按钮：获取当前选中的版本，并生成一个新的编辑窗口，在其中显示取到版本对应的小样。
- 【详细信息】按钮：系统在【版本信息】对话框中显示当前选中的版本信息，如保存版本的时间、修改人、说明信息等。

(3) 在比较两个版本时，可以通过【编辑】|【移动到→版本比较/上一处修改】(Shift+Fll)和【移动到→版本比较/下一处修改】(F11)命令浏览所有的修改。

另外，随着编辑次数的增多，所占用的磁盘空间会不断增加。因此在使用版本保存功能时，应确保磁盘存在足够的空间。和小样有关的版本信息会以扩展名为 HIS 和 HII 的形式保存，文件与小样同名。有时还会临时生成一个扩展名为 HI2 的文件。用户可以检查这些文件的大小，以确定保存版本所占用的磁盘空间。如果删除某个小样对应的 HIS 和 HII 文件，该小样保存的所有版本将丢失。另外，如果在保存版本之后使用过其他编辑器修改小样，则保存的版本将丢失。如果想将某个小样及该小样的版本信息同时复制，需同时复制与该小样对应的 HIS 和 HII 文件。

4.9　排序和文件查找

排序功能只能用于某一小样文件内部，不能用于文件之间。当用户忘记文件名时，可根据文件内容通过文件查找功能找出想要的文件。

4.9.1　排序

排序即是对书版小样文件中的每一文本段（以一个硬回车符结束）按一定的规则排序。小样文件中如果最后一段是空段，在排序中将被忽略。选择【编辑】|【排序】命令，弹出【RTF文件转换】对话框，如图 4.72 所示。排序规则如下。

(1) 将每段文字按照段首字符的升序或降序排列（段首字符是指段的第一个可排字符，即非注解字符）。

(2) 如果段首字符相同，将比较各段的后续可排字符，以决定排列次序，即过滤掉所有的 BD 语言注解。

(3) 排序的字符可分为有序值字符和无序值
字符两种。有序值字符包括单字节有序字符和双
字节有序字符(GBK 汉字字符),前者包括 ASCII
码(大于 9x1F,小于 0x7F)、空字符和 TAB 符,可
以按照 ASCII 码的顺序排序;其中英文字母不区
分大小写,以小写字母排序;后者包括 GBK 标准
字符集的汉字和方正补的 GBK 特殊汉字以及数
字"0",可以有拼音、部首、笔画三种序值表。其他
字符即无序值字符,可以按照在小样中出现的先
后顺序排列,也可以按照字符编辑码顺序排序。

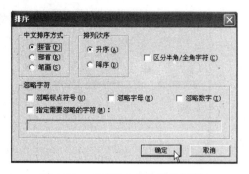

图 4.72 【RTF 文件转换】对话框

(4) 排序时如果约定不区分全角字符和半角字符,则把全角字符转换成半角字符(ASCII
字符),以转换后的半角字符排序。排序操作可以 UNDO(取消)和 REDO(重作)。

4.9.2　文件查找

文件查找功能是指按字符串查找文件,但与在文件中查找字符串功能不同。查找文件功
能是从众多文件中找出含某一段文字(或字符串)的文件。

选择【文件】|【在文件中查找】命令,会弹出【在
文件中查找】对话框,如图 4.73 所示。该对话框中的
选项说明如下。

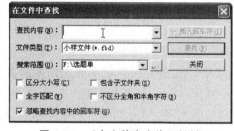

- 查找内容:输入文件中最有特点的字符串
  内容,可包含特殊符号。
- 文件类型:小样文件(*.fbd)、文本文件(*.txt)
  和所有文件(*.*)三种。

图 4.73　【在文件中查找】对话框

- 搜索范围:指定查找的文件夹,适当缩小搜索范围可节省时间,当然也可以全磁盘
  查找。单击下拉列表框右边的箭头,就会弹出【浏览文件夹】对话框,此时可选择文
  件夹。
- 包含子文件夹:若选中此项,查找时不仅可查找当前目录下的文件,还包含当前目
  录下的所有子目录。

由于其他选项在前面的章节已经介绍过,在此不再叙述。

4.10　自动排版工具的应用

书版 10.0 提供了自动排版工具功能,此功能可减少排版中的重复操作和人工设置,有
助于排版自动化程度的提高,也便于批量处理小样。在使用自动排版工具时,选择系统【开
始】|Founder|【方正书版(GBK)10.0 专业版】|【自动排版工具】命令,即可启动该工具,如图
4.74 所示。

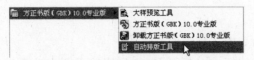

图 4.74　执行【自动排版工具】命令

【自动排版工具】命令格式及其参数说明，详见图 4.76 中的【使用说明】。

> **提　示**
>
> 如果没有指定任何参数，将直接生成 PS 文件，并且不记录发排的过程。

<小样文件名>用来作为命名 PRO 文件、INI 文件、PS 文件、EPS 文件和 LOG 文件的基准。运行时将在同一目录下查找同名的 PRO 文件和 INI 文件进行发排，生成 PS 和 EPS 文件，且文件名称与<小样文件名>相同。若指定记录发排过程，将在一同目录下生成同名的 LOG 文件。

> **提　示**
>
> 运行【自动排版工具】时，要在当前目录下查找与传入的小样同名的 INI 文件，并将其作为参数文件进行自动发排。

自动排版工具有两种运行方式：一种是在 Windows 95/98/2000/XP 下或 DOS 下执行"运行"命令窗口，以命令的方式运行；另一种是通过自动排版对话框填入参数运行。下面分别详细说明这两种运行方式。

1. 对话框方式

选择系统【开始】|Founder|【方正书版(GBK)10.0 专业版】|【自动排版工具】命令启动该工具，这时，系统会弹出如图 4.75 所示的提示框。提示参数错误，需要重新输入。此时，单击【是】按钮，系统会弹出【自动排版工具】对话框，如图 4.76 所示。在该对话框中填好所需要的参数，单击【确定】按钮，系统会自动生成所需要的结果文件。

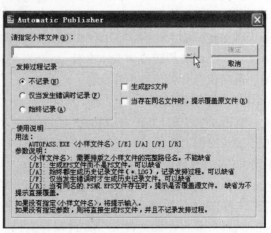

图 4.75　自动排版工具提示框　　　　　图 4.76　自动排版工具对话框

2.命令行方式

使用Autopass.exe命令方式的操作方法如下。

选择【开始】||【运行】按钮,在【打开】编辑框中输入要启动的程序位置和名称,如图4.77所示。再启动 MS-DOS 窗口,在该窗口下进入 Autopass.exe 命令文件所在的目录,然后直接运行该程序,即可完成操作。MS-DOS 运行窗口如图4.78 所示。

图 4.77　【运行】对话框　　　　　　　　图 4.78　在 MS-DOS 窗口运行

4.11　上 机 指 导

创建一个小样文件,其文件名为"崔文国.FBD",然后输入并保存下面一段文字:

▬▬男人和男人的友谊是一杯酒,不但味道浓烈,且越陈越香,几十年过去依然别有一种滋味在心头;↙女人与女人的关系则像一杯茶,当时解渴,也余香满口,但人一走,茶就凉。Ω

具体要求如下。

● 输入完成后,保存该小样文件。
● 查找上述内容中的"男人",并替换为"男性";"女人"替换为"女性"。
● 给上述所输入的内容添加拼音和注音。
● 将上述所输入的内容,由简体字转换为繁体字。
● 将该小样文件转换为文本文件——"崔文国.txt"。
● 最后保存并关闭该小样文件。

具体的操作步骤如下。

(1) 双击桌面上的【方正书版(GBK)10.0 专业版】图标,启动方正书版 10.0 软件。

(2) 按快捷键 Ctrl+N,调出【新建】对话框,选中该对话框中的【小样文件】选项,然后再选中【指定文件名】复选框,如图4.1 所示。

(3) 在【新建】对话框中单击【确定】按钮,系统会调出【新建文件–选择文件名】对话框,然后在【文件名】文本框中输入"崔文国",如图 4.79 所示。

(4) 选择好要保存的文件夹,单击【保存】按钮,即可建立"崔文国.FBD"小样文件,如图4.80 所示。

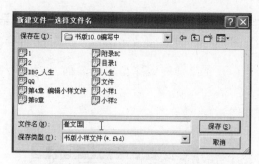

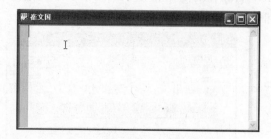

图 4.79 【新建文件–选择文件名】对话框　　　　图 4.80 创建的"崔文国.FBD"

输入文字内容

(5) 调出 Windows 系统的输入法,选择【五笔型码输入法】选项,输入上述的文字内容,如图 4.81 所示。内容输入完毕后,按快捷键 Ctrl+S 保存该小样文件。

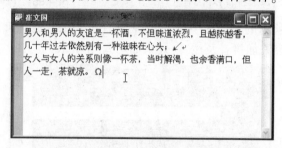

图 4.81 输入文字内容

替换内容

(6) 按快捷键 Ctrl+H,系统调出【替换】对话框,在【查找内容】文本框中输入要查找的内容"男人",在【替换为】文本框中输入要替换的内容"男性",如图 4.82 所示。

(7) 单击【替换】对话框中的【全部替换】按钮,替换后系统将弹出【替换信息】提示框,如图 4.83 所示。

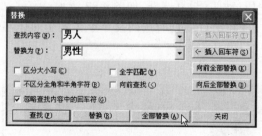

图 4.82 查找并替换内容　　　　图 4.83 替换信息提示框

(8) 单击替换信息提示框中的【确定】按钮,即可将所有"男人"内容替换为"男性"了。"女人"替换为"女性"的方法同"男人"替换为"男性"是一样的。

给文字内容添加拼音及注音

(9) 按快捷键 Ctrl+A,选中所有文字内容。再选择【工具】|【添加拼音】命令,弹出【添加拼音】对话框,如图 4.84 所示。

(10) 在如图 4.84 所示的对话框中设置完毕后,单击【确定】按钮,弹出【选择多音字】对话框,如图 4.85 所示。

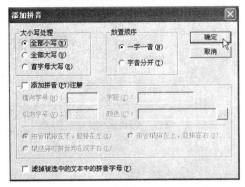

图 4.84 【添加拼音】对话框　　　　　图 4.85 【选择多音字】对话框

(11) 在如图 4.85 所示的对话框中单击【始终选择第一个】按钮,再单击【确定】按钮,系统会自动地将所选的内容添加拼音及注音,效果如图 4.86 所示。

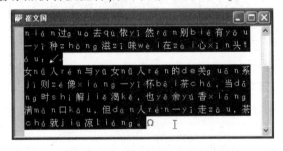

图 4.86 给文字内容添加拼音

简体字转繁体字

(12) 按快捷键 Ctrl+A,选中所有文字内容。然后选择【工具】|【简体繁转换】命令,系统会调出【简到繁转换设置】对话框,然后选中【自动匹配】复选框,如图 4.87 所示。

(13) 在如图 4.87 所示的对话框中单击【确定】按钮,所选的文字字体就由简体字转换为繁体字,效果如图 4.88 所示。

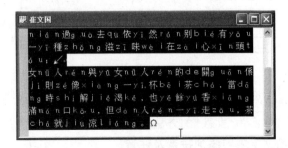

图 4.87 【简到繁转换设置】对话框　　　　图 4.88 简体字转换为繁体字

转换文本文件

(14) 从菜单栏选择【工具】|【导出文本文件】命令,系统可调出【书版小样文件转换成普通文本文件】对话框,如图 4.89 所示。

(15) 设置好要生成的文件名及其所在的路径后,单击【确定】按钮开始转换。转换完成后系统会提示成功,如图 4.90 所示。

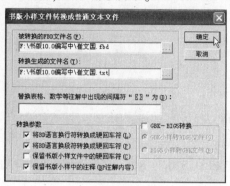

图 4.89 【书版小样文件转换成普通文本文件】对话框　　　图 4.90 成功导出普通文件提示框

(16) 最后按快捷键 Ctrl+S,保存该小样文件;再按快捷键 Ctrl+F4,关闭该小样文件。至此,所有要求的操作均已完成。

4.12 习　　题

填空题

(1) 进入方正书版 10.0 排版系统建立小样文件后,在小样窗口中可进行文件或书稿的 ＿＿＿ 和 ＿＿＿ 工作。

(2) 打开小样文件的快捷键是＿＿＿,或在标准工具栏中单击 按钮,也可建立一个小样文件。

(3) 在打开动态键盘的情况下,可通过键盘来输入,也可通过鼠标单击相应的 ＿＿＿ 来输入字符。

(4) 折叠或展开动态键盘的快捷组合键为＿＿＿+＿＿＿+＿＿＿。

(5) 在【特殊字符】工具栏中列出了＿＿＿种在录入排版过程中经常用到的控制类字符及 ＿＿＿种标点符号。

选择题

(1) 建立小样文件的快捷图标是＿＿＿。

　　A. ···　　　　　B.   　　　　C.   　　　　D.

(2) 选中全部文本的快捷键是＿＿＿。

　　A. Ctrl+A　　　　　　　　　B. Ctrl+B
　　C. Ctrl+C　　　　　　　　　D. Ctrl+D

(3) 查找与替换的快捷键分别为_____。
A. Shift+F,Shift+H   B. Ctrl+E,Ctrl+F
C. Ctrl+F,Ctrl+H   D. Shift+E,Shift+F
(4) "删除行"的快捷键为_____。
A. Ctrl+O   B. Ctrl+L
C. Shift+L   D. Shift+O
(5) 【复制】和【剪切】快捷图标分别为_____。

A. 🖺 🗋   B. ↩ ↪   C. ✂ 🖺   D. 🗋 ✂

判断题

(1) 文字的粘贴就是将所复制好的文字插入到当前光标处。   ( )
(2) Shift+Home 表示从当前插入点到行尾。   ( )
(3) 方正书版 10.0 的文件类型有 3 个,即 FBD、S10 和 NPS,但是没有备份文件 BAK。
                                                        ( )

简答题

书版 10.0 的文件类型有哪几个? 分别列出。

操作题

建立一个方正书版 10.0 的小样文件,然后输入一段文字内容,并将所输入的文字内容由简体字转换成繁体字。

提示:建立一个小样文件并输入一段文字内容,然后在小样文件中选中该段文字,选择【工具】|【简到繁转换】命令即可。

第 5 章

定义 PRO 文件

教学提示：本章主要介绍方正书版 10.0 系统中排版参数文件的使用和编辑，并且介绍如何通过排版参数文件管理整本书的发排流程。

教学目标：熟悉创建 PRO 文件的方法；掌握 PRO 文件的相关设定。

5.1 PRO 文件简介

PRO 文件是一个整体说明文件。该文件分为版心说明、书眉说明、页码说明、脚注说明、标题说明和排版说明等几个部分。当前的文件经过排版、校对后，利用书版文件将各个文件连接起来，这样不仅避免了文件在排版时设置起始页码时的麻烦，也有利于发排时的操作。

书版 10.0 允许在排版参数文件窗口中设置排版参数的属性。总体格式参数可参见表 2.1。

由于 PRO 文件是全书排版的整体说明文件，所以对于多人参与排版的书来说，应该指定一个排版员按要求建立格式统一的 PRO 文件，然后复制给其他排版人员使用。其他排版员最好不要自己建立 PRO 文件，以免一本书的版式不统一。

5.2 PRO 文件的基本操作

PRO 文件是排版文件中比较重要的整体说明文件，因此，初学者需要掌握 PRO 文件的基本操作。

5.2.1 建立 PRO 文件

创建 PRO 文件的具体操作步骤如下。

(1) 选择菜单栏中的【文件】|【新建】命令，可调出【新建】对话框，如图 5.1 所示。

图 5.1 【新建】对话框

(2) 在【新建】列表框中,选择【PRO 文件】选项,单击【确定】按钮,会弹出 PRO 文件排版参数编辑窗口,创建一个空的排版参数文件,如图 5.2 所示。

图 5.2 PRO 文件排版参数编辑窗口

操作者可在【新建】对话框中选中【指定文件名】复选框,单击【确定】按钮后,系统会弹出【新建文件—选择文件名】对话框,如图 5.3 所示。选择路径并输入文件名后,单击【保存】按钮,新建一个 PRO 文件。

图 5.3 【新建文件—选择文件名】对话框

在【新建】对话框中双击【PRO 文件】,可快速新建一个 PRO 文件。另外,还可在当前打开的小样文件的相同目录下直接建立 PRO 文件,选择【排版】|【排版参数】命令,若对应的 PRO 文件不存在,则会弹出如图 5.4 所示的询问对话框,询问用户是否创建一个新的 PRO 文件。

图 5.4 信息询问对话框

若单击【是】按钮,则弹出【发排设置】窗口,在该窗口中设置指定.PRO 文件;如果单击【否】按钮,则创建一个与当前小样文件对应的 PRO 文件;单击【复制参数文件】按钮,则弹出【打开】对话框,选择一个已存在的 PRO 文件,并把其中的参数设置信息复制到与当前小样文件对应的 PRO 文件中;单击【取消】按钮,则不会打开 PRO 文件。

5.2.2　保存 PRO 文件

(1)　选择菜单栏中的【文件】|【保存】命令或单击 按钮(快捷键 Ctrl+S),如果该 PRO 文件是第一次存盘,会弹出【保存为】对话框,如图 5.5 所示。

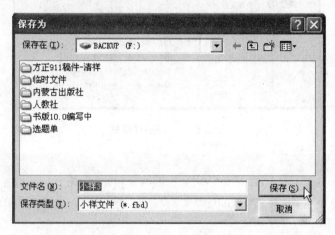

图 5.5　【保存为】对话框

(2)　在【保存在】下拉列表框中选择文件的保存路径,在【文件名】文本框中输入文件名,【保存类型】为 PRO 文件,全部设置好后,单击【保存】按钮即可。

> **提　示**
>
> 如果用户保存过当前的 PRO 文件,则选择菜单【文件】|【保存】命令时,系统会自动覆盖原来的文件,所以在保存文件时应注意。将当前的 PRO 文件换名存盘,可选择菜单【文件】|【另存为】命令,在弹出的【另存为】对话框中设置好文件名及文件的保存路径,单击【保存】按钮即可。

5.2.3　打开 PRO 文件

用户通过菜单命令、编辑窗口或资源管理器等方法可以打开 PRO 文件。具体操作步骤如下。

(1)　选择菜单栏中的【文件】|【打开】命令或单击 按钮(快捷键为 Ctrl+O),弹出【打开】对话框,如图 5.6 所示。

(2)　在【打开】对话框中的【文件类型】下拉列表框中,选择【Pro 文件(*.pro)】选项。

(3)　在文件列表框中选中要打开的 PRO 文件,再单击【打开】按钮即可(或者直接在文件列表框中双击该PRO 文件也可打开)。

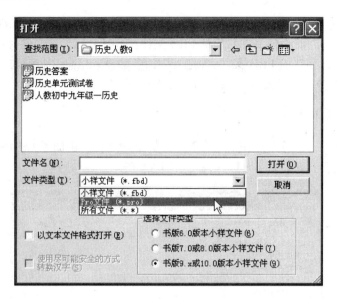

图 5.6 【打开】对话框

5.2.4 删除 PRO 文件

　　如果想删除当前编辑的小样文件所对应的 PRO 文件,可以从菜单栏选择【排版】|【删除排版参数】命令,系统会调出如图 5.7 所示的提示框。然后单击【是】按钮即可删除该 PRO 文件。

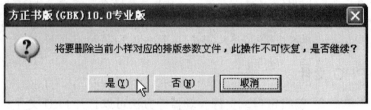

图 5.7 删除排版参数提示框

　　另外,也可在当前文件夹中选中该 PRO 文件,按 Delete 键直接删除到回收站中。若按快捷键 Ctrl+Delete 可直接将该 PRO 文件从系统中彻底清除, 此操作是无法恢复的,因此操作者在执行时应先进行确认。

5.3 PRO 文件排版参数的设置

　　方正书版 10.0 中,当系统打开或新建一个 PRO 文件时,会出现【排版参数】窗口,并显示当前各参数的设置情况。双击该窗口中的某个注解项时,就会出现该注解项相应的属性设置框。注解窗格和属性窗格如图 5.8 所示。

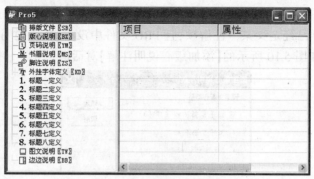

图 5.8　注解窗格(左)与属性窗格(右)

在排版参数窗口中可设置【排版文件】、【版心说明】、【页码说明】、【书眉说明】、【脚注说明】和【外挂字体定义】参数等。

下面先介绍排版参数窗口中的注解窗格与属性窗格,然后再介绍 PRO 文件中注解参数设置的操作方法。

5.3.1　注解窗口与属性窗口

排版参数窗口分为左右两个窗格,左边的窗格显示排版参数的文件中定义的注解,称为注解窗格;右边的窗格显示各排版参数的属性,称为属性窗格。

1. 注解窗格

在注解窗格中,先选择一个注解项,然后通过键盘上的上下方向键来选择其他注解项。如果被选中的注解项是添加过的,则会在注解窗格的右边显示出该注解项的参数设置。例如,在此选择【页码说明】项,如图 5.9 所示。

图 5.9　添加过的【页码说明】注解

若选中的注解未被添加过,注解窗格的右边则显示为空白。

注解项的参数属性设置如下。

在注解窗格中选中某一些注解项后,按 Tab 键,如果 PRO 文件已经设置了该注解,则系统会激活属性窗格,并显示注解参数的属性,如图 5.9 所示。

如果按下 Enter 键或双击该项,也可激活属性窗格,系统会提示各项注解参数属性。与 Tab 键不同的是,如果 PRO 文件没有定义该注解,系统就会在 PRO 文件中添加一个预定的排版参数项。

如果 PRO 文件已经定义某一注解项,且 PRO 文件中没有【版心说明】参数,则双击该注解项,系统会出现如图 5.10 所示的【添加版心说明注解】对话框。

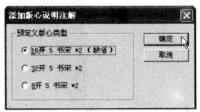

图5.10　【添加版心说明注解】对话框

2. 属性窗格

在属性窗格中,当选择某一个注解项时,该注解项会出现反白的显示状态。然后可以通过键盘上的上下方向键来选择其他注解参数项。

通常,按 Enter 键、F2 键或双击被选中的注解参数项的属性栏,也可看到该属性栏变成可编辑状态,这时可输入或选择注解参数。在属性窗格中的属性下拉列表框中可以选择注解参数的项目属性,如图 5.11 所示的【标题一定义】说明的字体属性列表。

参数设置完成后,按 Enter 键,就可完成本次编辑操作,并把属性栏恢复成不可编辑状态。

在【排版文件】的参数设置中,按 Enter 键,系统会调出【打开】对话框,该对话框用来选择要进行排版的小样文件,如图 5.12 所示。

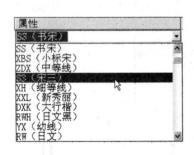

图 5.11　字体属性列表

图 5.12　在【打开】对话框中选择小样文件

选择完毕后,单击【打开】按钮,【文件列表】下就会出现该小样所在的路径及名称。在此,可直接输入小样文件名后进入编辑状态。

要定义一个外挂字体,需要选择注解窗格中的【外挂字体定义】注解项。按 Tab 键,出现【外挂字体名】对话框,在该对话框中可选择外挂字体别名,如图 5.13 所示。

在方正书版 10.0 中,PRO 文件的注解所对应的属性窗格中增加了"颜色"参数。例如,在 PRO 文件的注解框中,选择【版心说明】注解项,在其属性窗格中选择【文字颜色】后,按 Enter 键或 F2 键或双击颜色参数,系统就会弹出【颜色参数】对话框,如图 5.14 所示。

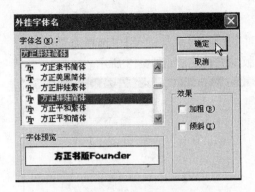

图 5.13 【外挂字体名】对话框

图 5.14 【颜色参数】对话框

【颜色参数】对话框中的各选项说明如下。

● 【青】、【品】、【黄】、【黑】微调框：用来设置颜色参数的 C、M、Y、K 值。

● 【百分比形式】复选框：设定颜色参数采用百分比形式。

● 【设置颜色】按钮：应用 C、M、Y、K 颜色值。

● 【清除颜色】按钮：清除原来的颜色参数，恢复为系统默认值。

● 【取消】按钮：单击此按钮，即可退出【颜色参数】对话框。

对排版参数文件窗口有了了解后，即可在该窗口中设置需要定义的排版参数类型和各参数类型的项目属性。

5.3.2 排版文件

通过设置【排版文件】参数，可以指定当前排版的小样文件。如一本书分成几个文件录排后，即可通过指定【排版文件】将各个文件放在一起进行排版。

设置【排版文件】的操作步骤如下。

(1) 打开排版参数编辑窗口，在注解窗格中选择【排版文件】选项，如图 5.15 所示。

(2) 在该排版参数编辑窗口右侧的属性窗格的【文件列表】中输入所要进行排版的文件名，如图 5.16 所示。

图 5.15 选择【排版文件】选项

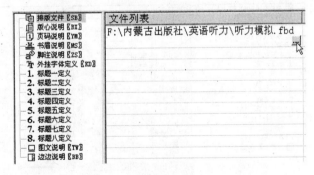

图 5.16 指定需要输入排版的文件名

(3) 如果把排版文件与当前正在编辑的 PRO 文件放在了同一个文件夹中，在属性窗格中选中该文件名，按 Enter 键即可打开排版文件；如果文件不在同一个文件夹中时，选中文件后按 Enter 键，会出现如图 5.17 所示的【打开】对话框，在该对话框中可对组版文件进行必要的设置。

另外,除了在 PRO 文件编辑窗口中的【排版文件】右侧的【文件列表】中选择需要组版的文件以外,也可在小样文件中直接输入所要进行组版的文件名,如图 5.18 所示。

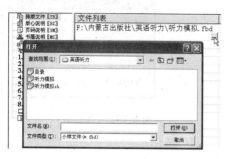

图 5.17　【打开】对话框

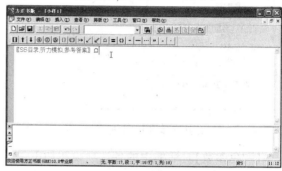

图 5.18　在小样文件中直接输入组版文件名

5.3.3　版心说明

版心说明注解是全书说明性注解。通过设置【版心说明】参数,可以指定全书正文的版面格式及要求,如字体、字号、每行字数和每页行数等。

图 5.19　【新建】对话框

设置【版心说明】注解的操作步骤如下。

(1) 选择【文件】|【新建】命令,弹出【新建】对话框。在该对话框中,选择【PRO 文件】选项,如图 5.19 所示。

(2) 单击【确定】按钮,打开排版参数编辑窗口,在该窗口左侧的注解窗格中双击【版心说明】参数,弹出【添加版心说明注解】对话框,如图 5.10 所示。

(3) 在该对话框中选择一种版心类型,单击【确定】按钮,系统就会弹出默认情况下的版心说明参数,如图 5.20 所示。

(4) 在属性窗格中双击【字体】属性栏,即可打开如图 5.21 所示的下拉列表框,可在该列表框中选择正文字体,系统默认字体为书宋体(SS)。

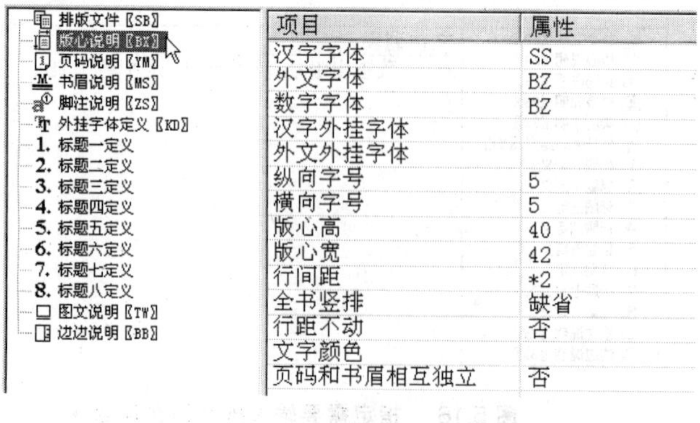

图 5.20　系统默认下的【版心说明】参数

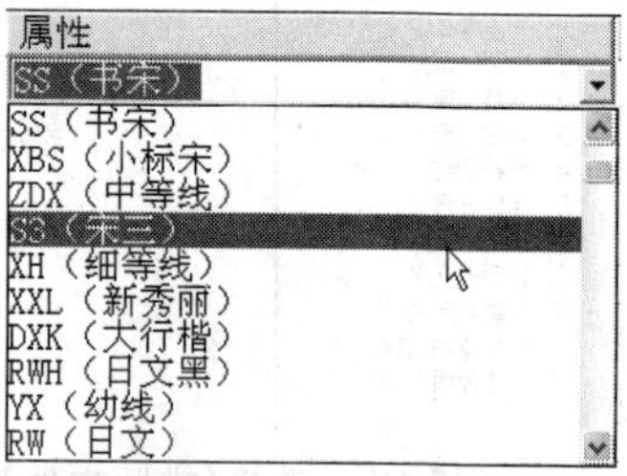

图 5.21　选择正文字体

(5) 双击【汉字外挂字体】或【外文外挂字体】属性栏,系统出现下拉列表,从中可任意选择正文所需的汉字或外文字体,如图 5.22 所示。

外挂字体名
字体名(N)：
方正报宋简体
Fixedsys
System
Terminal
方正报宋繁体
方正报宋简体
方正彩云繁体
确定
取消
效果
加粗(B)
倾斜(I)
字体预览
方正书版Founder

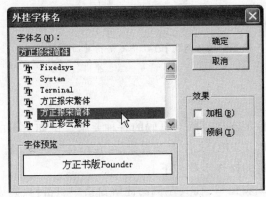

图5.22　选择外挂字体

(6) 无论版心是16开还是32开,系统默认的纵向与横向字号都是5号,若想更改,可双击【纵向字号】或【横向字号】属性,在其下拉列表中选择相应的数字,如图5.23所示。选择完毕后,按Enter键即可。

(7) 系统默认下的版心是40×42(行×字),如果需要更改版心的大小,可双击【项目】栏下的【版心高】与【版心宽】,然后分别输入数值,再按Enter键。

(8) 在设置文字颜色时,选中【文字颜色】项,按Enter键即可打开【颜色参数】对话框,在该对话框中可设置正文颜色的青、品、黄和黑的值,如图5.24所示。

4”(小四)
7”(小七)
7(七号)
6”(小六)
6(六号)
5”(小五)
5(五号)
4”(小四)
4(四号)
3(三号)
2”(小二)

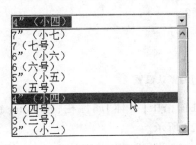

图5.23　【纵向字号】和【横向字号】下拉列表

颜色参数
青(C)： 50
品(M)： 15
黄(Y)： 30
黑(K)： 20
设置颜色(S)
清除颜色(D)
取消
百分比形式(P)

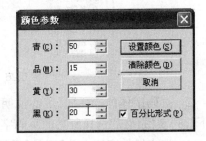

图5.24　【颜色参数】对话框

(9) 【版心说明】注解各项参数的设置确认无误后,该项设置就完成了。如图5.25所示为设置完成后的版心说明。

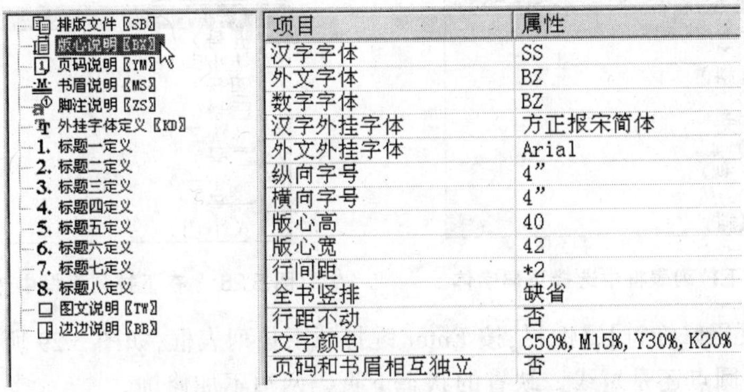

排版文件〖SB〗
版心说明〖BX〗
页码说明〖YM〗
书眉说明〖MS〗
脚注说明〖ZS〗
外挂字体定义〖KD〗
1. 标题一定义
2. 标题二定义
3. 标题三定义
4. 标题四定义
5. 标题五定义
6. 标题六定义
7. 标题七定义
8. 标题八定义
图文说明〖TW〗
边边说明〖BB〗
项目　属性
汉字字体　SS
外文字体　BZ
数字字体　BZ
汉字外挂字体　方正报宋简体
外文外挂字体　Arial
纵向字号　4”
横向字号　4”
版心高　40
版心宽　42
行间距　*2
全书竖排　缺省
行距不动　否
文字颜色　C50%,M15%,Y30%,K20%
页码和书眉相互独立　否

图5.25　完成设置后的【版心说明】

5.3.4 页码说明

【页码说明】注解即指定本次排版对页码的各种要求。例如页码的字体、字号、位置以及格式等。页码说明既可放在 PRO 文件中设置,也可在小样文件中编辑。

设置【页码说明】注解的操作步骤如下。

(1) 打开 PRO 文件编辑窗口,在其左侧的注解窗格中双击【页码说明】注解项。这时,在排版参数编辑窗口的属性窗格中显示了【页码说明】的默认参数。该默认参数是:页码字体为白正(BZ),字号为 5,页码位于页面下方,居中排且起始页码是 1 等,如图 5.26 所示。

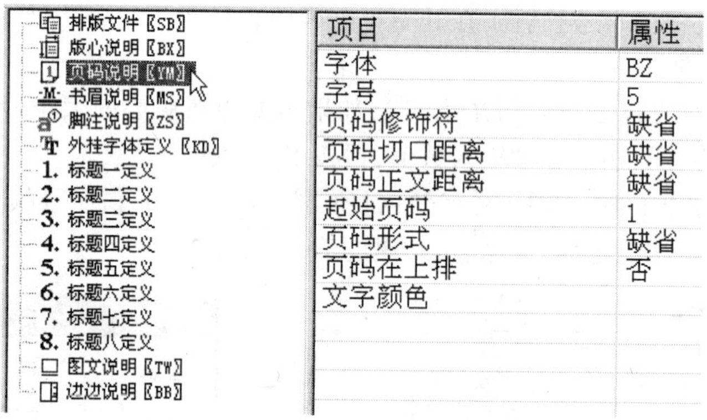

项目	属性
字体	BZ
字号	5
页码修饰符	缺省
页码切口距离	缺省
页码正文距离	缺省
起始页码	1
页码形式	缺省
页码在上排	否
文字颜色	

图 5.26 【页码说明】的默认设置

(2) 页码字体的选择同【版心说明】,选中属性窗格中【字体】属性栏,按 Enter 键可打开其下拉列表框,然后选择所需的页码字体,如图 5.27 所示。

(3) 选中属性窗格中的【字号】属性栏,按 Enter 键,即可打开其下拉列表框,选择所需的页码字号,如图 5.28 所示。

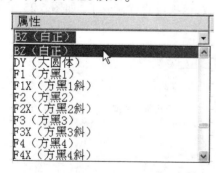

图 5.27 在下拉列表框中选择页码字体

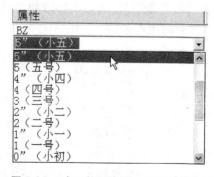

图 5.28 在下拉列表框中选择页码字号

(4) 选中【页码修饰符】属性栏,按 Enter 键打开下拉列表框,如图 5.29 所示。然后选择页码两侧的修饰是圆点还是短线。缺省的状态下页码两边不加修饰。

(5) 选中【页码切口距离】属性栏,按 Enter 键打开其下拉列表框,如图 5.30 所示。然后设置页码是居中排还是自置排。默认状态下不做设置。

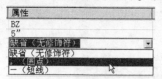

图 5.29 设置【页码修饰符】属性

图 5.30 设置【页码切口距离】属性

(6) 选中【页码正文距离】属性栏,按 Enter 键,即可在该属性栏中输入页码以及正文最边缘的行基线的距离。

如果选择页码排在页面上方,则表示页面中第一行文字的基线与页码基线的距离;如果选择页码排在页面下方,则表示页面中最后一行文字的基线与页码基线的距离。

(7) 选中【起始页码】属性栏,按 Enter 键,在其属性栏中输入相应的数字,就可设置正文第一页的起始页码。

(8) 选中【起始形式】属性栏,按 Enter 键,出现下拉列表框。然后在该列表框中选择需要的页码形式,如图 5.31 所示。

(9) 选中【页码在上排】属性栏,按 Enter 键,即可选择页码的位置,如图 5.32 所示。

图5.31 设置【页码形式】属性

图 5.32 设置页码的位置

(10) 页码的【文字颜色】设置同【版心说明】的【文字颜色】设置一样。完成所有设置后的【页码说明】如图 5.33 所示。

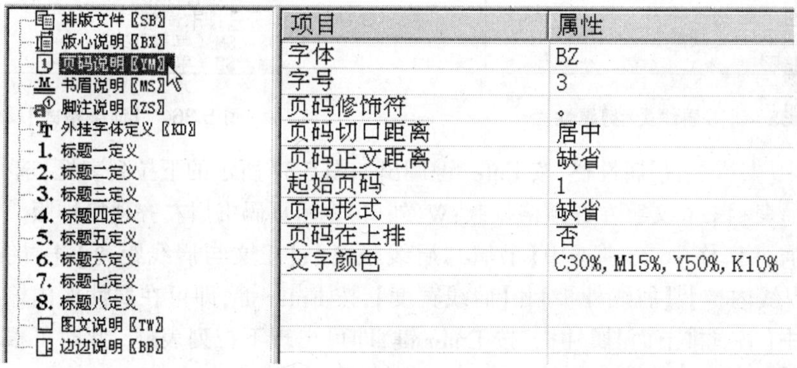

项目	属性
字体	BZ
字号	3
页码修饰符	。
页码切口距离	居中
页码正文距离	缺省
起始页码	1
页码形式	缺省
页码在上排	否
文字颜色	C30%, M15%, Y50%, K10%

图5.33 完成设置后的【页码说明】

5.3.5 书眉说明

【书眉说明】注解即是对全书书眉格式的说明,通过设定书眉说明参数,可以指定正文的书眉格式及要求,如书眉的字体、字号和眉线类型等。设置【书眉说明】的操作步骤如下。

(1) 打开 PRO 文件编辑窗口,在其注解窗格中双击【书眉说明】注解项。这时,属性窗格显示【书眉说明】参数的默认设置为:书眉字体为书宋(SS),字号为 5,书眉排在页面上方等内容,如图 5.34 所示。

图 5.34　【书眉说明】的默认设置

(2)　【字体】的设置方法同【页码说明】的【字体】设置。

(3)　【汉字外挂字体】和【外文外挂字体】的设置同【版心说明】的【汉字与外文外挂字体】设置一样。

(4)　选中【书眉线类型】属性栏,按 Enter 键,即可给出其下拉列表框,选择所需的眉线类型,如图 5.35 所示。

(5)　选中【词条格式】属性栏,按 Enter 键,即可打开下拉列表框,如图 5.36 所示。然后选择书眉上所需要的词条格式。

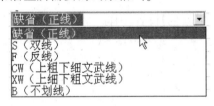

图 5.35　【书眉线类型】属性栏

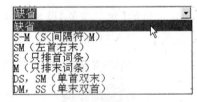

图 5.36　【词条格式】属性栏

(6)　选中【书眉位置】属性栏,按 Enter 键调出如图 5.37 所示的下拉列表框,选择书眉位置。其中 L(里口)表示书眉文字左齐顶格排版;W(外口)表示页码书眉右齐顶格排版。

(7)　在属性窗格中,分别选中【书眉与眉线距离】、【正文与眉线距离】、【眉线左扩】、【眉线右扩】、【眉线内扩】、【眉线外扩】和【眉线宽度】,按 Enter 键,即可在属性栏内输入需要值。

(8)　选中【书眉排下面】属性栏,按 Enter 键,即可出现下拉列表框。此时可根据需要选择书眉排下还是排上,如图 5.38 所示。

图 5.37　【书眉位置】属性栏

图 5.38　【书眉排下面】的属性

(9)　【文字颜色】与【书眉线颜色】的设置同【版心说明】的【文字颜色】设置一样。完成所有设置后的【书眉说明】如图 5.39 所示。

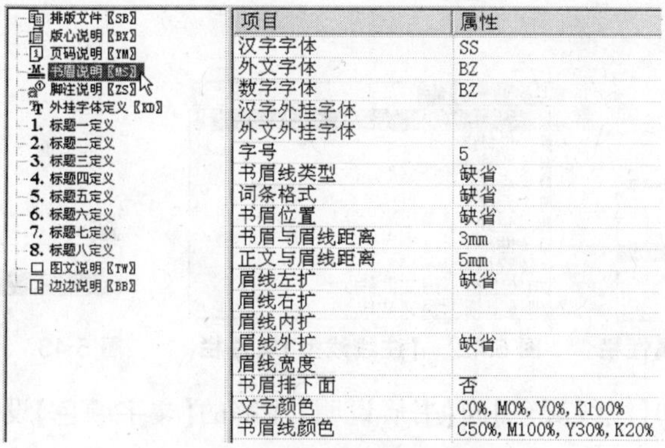

项目	属性
汉字字体	SS
外文字体	BZ
数字字体	BZ
汉字外挂字体	
外文外挂字体	
字号	5
书眉线类型	缺省
词条格式	缺省
书眉位置	缺省
书眉与眉线距离	3mm
正文与眉线距离	5mm
眉线左扩	缺省
眉线右扩	
眉线内扩	
眉线外扩	缺省
眉线宽度	
书眉排下面	否
文字颜色	C0%, M0%, Y0%, K100%
书眉线颜色	C50%, M100%, Y30%, K20%

图 5.39 完成设置后的【书眉说明】

5.3.6 脚注说明

【脚注说明】注解用来设置当前排版的脚注序号与注文的排版格式等内容。设置的操作步骤如下。

(1) 打开 PRO 文件编辑窗口,在其左侧的注解窗格中双击【脚注说明】注解项。这时,该属性窗格中会显示【脚注说明】参数的默认设置,如图 5.40 所示。

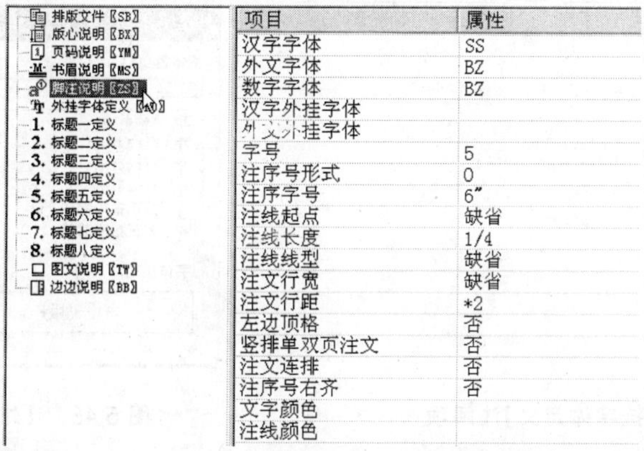

项目	属性
汉字字体	SS
外文字体	BZ
数字字体	BZ
汉字外挂字体	
外文外挂字体	
字号	5
注序号形式	0
注序字号	6″
注线起点	缺省
注线长度	1/4
注线线型	缺省
注文行宽	缺省
注文行距	*2
左边顶格	否
竖排单双页注文	否
注文连排	否
注序号右齐	否
文字颜色	
注线颜色	

图 5.40 默认设置的【脚注说明】

(2) 【字体】、【汉字外挂字体】、【外文外挂字体】、【字号】和【注序字号】的设置同【书眉说明】的【字体】类和【字号】类的设置一样。在默认情况下,16 开或 32 开的注序号一般采用 6″。

(3) 选中【注序号形式】属性栏,按 Enter 键,即可打开其下拉列表框。在该框中可以选择脚注或注文的注序号形式,如图 5.41 所示。

(4) 选中【注线起点】或【注线长度】其中一个属性,按 Enter 键,即可在属性栏输入所需要的参数。

(5) 选中【注线线型】属性栏,按 Enter 键,就可以打开其下拉列表框,如图 5.42 所示。可以在该框中设置注线的线型(反线、无线、空线、曲线和花边等)。缺省为正线。

(6) 设置【注文行宽】与【注文行距】同第(4)步设置【注线起点】或【注线长度】一样。

(7) 分别选中【左边顶格】、【竖排单双页注文】、【注文边排】属性栏,按 Enter 键打开其下拉列表框,如图 5.43 所示。

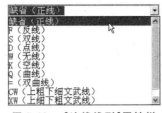

图 5.41 【注序号形式】属性栏　　图 5.42 【注线线型】属性栏　　图 5.43 设置【是】与【否】的列表框

(8) 【文字颜色】和【注线颜色】同【书眉说明】注解的【文字颜色】设置一样。

5.3.7 外挂字体定义

【外挂字体定义】注解可定义当前排版时所使用的外挂字体的别名。设置操作步骤如下。

(1) 打开 PRO 文件编辑窗口,在该窗口左侧的注解窗格中选中【外挂字体定义】注解项,如图 5.44 所示。

(2) 双击【外挂字体字面名】属性栏,可打开【外挂字体名】对话框,如图 5.45 所示。从该对话框中可以选择与外挂字体别名相对应的字体。

图 5.44 【外挂字体定义】注解项　　　　　　　图 5.45 【外挂字体名】对话框

(3) 在 PRO 文件编辑窗口中设置完【外挂字体定义】后,则在小样文件中定义该外文字体时,此时不需再输入该外文字体的全名。

5.3.8 标题定义

方正书版 10.0 同旧版本一样,可定义 8 级标题,而 8 级标题的定义方法完全相同,下面就以设置【标题一定义】为例。

定义标题的操作步骤如下。

(1) 打开 PRO 文件编辑窗口,选中该窗口左侧的注解窗格中的【标题一定义】注解项,这时会在属性窗格中显示默认设置的【标题一定义】说明参数,即字体、外挂字体、字号、标题行数、上空距离和左空距离等,如图 5.46 所示。

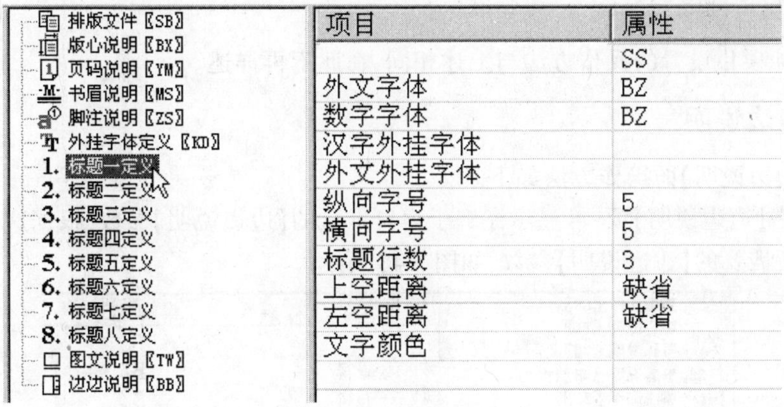

项目	属性
	SS
外文字体	BZ
数字字体	BZ
汉字外挂字体	
外文外挂字体	
纵向字号	5
横向字号	5
标题行数	3
上空距离	缺省
左空距离	缺省
文字颜色	

图 5.46　标题的设置

(2)【字体】、【纵向字号】、【横向字号】同【脚注说明】的【字体】类及【字号】类的设置相同。

(3)【汉字外挂字体】或【外文外挂字体】同【脚注说明】的【汉字外挂字体】或【外文外挂字体】设置相同。

(4) 分别选中【标题行数】、【上空距离】和【左空距离】属性栏,按 Enter 键,可在其中的某一个属性栏内直接输入参数。

(5) 设置【文字颜色】同其他注解项的【文字颜色】设置相同。

5.3.9　图文说明

设置【图文说明】的操作方法如下。

(1) 双击【图文说明】项,可显示注解子窗口默认的图文说明参数,根据这个参数说明可设置所需要的图文说明参数,如图 5.47 所示。

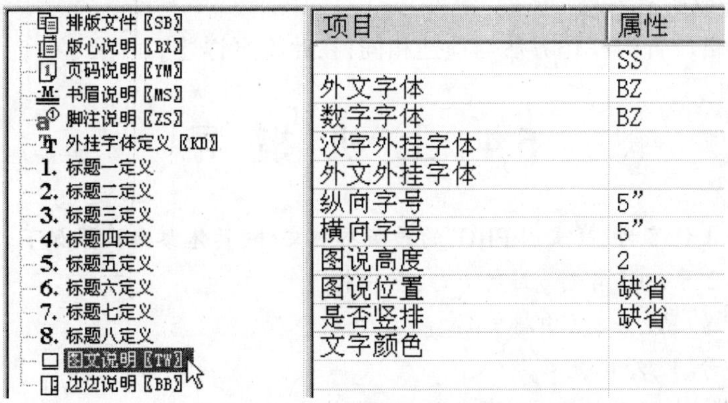

项目	属性
	SS
外文字体	BZ
数字字体	BZ
汉字外挂字体	
外文外挂字体	
纵向字号	5"
横向字号	5"
图说高度	2
图说位置	缺省
是否竖排	缺省
文字颜色	

图 5.47　【图文说明】设置

此外,双击【图文说明】项,用 Tab 键也可切换至注解子窗口,然后再用"↑"、"↓"键选择所要编辑的项目。

(2) 在属性窗格选中项目【字体】所对应的属性栏并单击,该栏的右端会出现一个向下的箭头,单击箭头打开字体名列表框,按下列表框上滚动条的上下箭头查找所需字体。

(3) 将光标定位到字号属性上,同打开字体列表框操作相同,在横向字号和纵向字号列表框中选择所需字号。

(4) 其他项目设置的操作方法与上述相同,在此不再详述。

5.3.10 边边说明

设置【边边说明】的操作方法如下。

(1) 双击【边边说明】项,可显示注解子窗口默认的【边边说明】参数,根据这个参数说明,可设置所需要的【边边说明】参数,如图 5.48 所示。

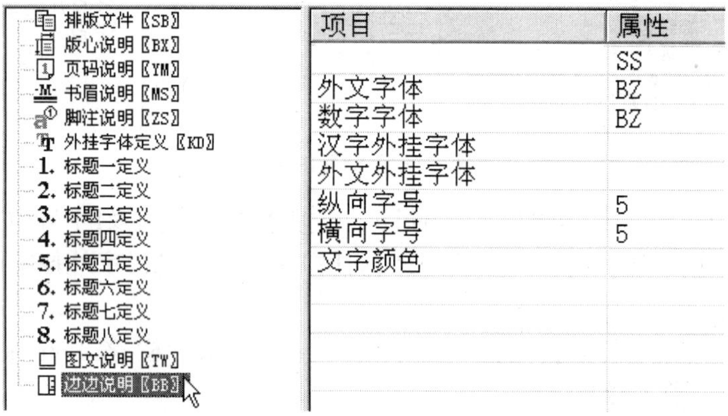

项目	属性
	SS
外文字体	BZ
数字字体	BZ
汉字外挂字体	
外文外挂字体	
纵向字号	5
横向字号	5
文字颜色	

左侧列表:
- 排版文件 【SB】
- 版心说明 【BX】
- 页码说明 【YM】
- 书眉说明 【MS】
- 脚注说明 【ZS】
- 外挂字体定义 【KD】
- 1. 标题一定义
- 2. 标题二定义
- 3. 标题三定义
- 4. 标题四定义
- 5. 标题五定义
- 6. 标题六定义
- 7. 标题七定义
- 8. 标题八定义
- 图文说明 【TW】
- 边边说明 【BB】

图 5.48 【边边说明】设置

(2) 在属性窗格中用鼠标选中项目【字体】所对应的属性栏并单击,在该栏的右端会出现向下的箭头,单击箭头打开字体名列表框,按下列表框上滚动条的上下箭头查找所需字体。

(3) 将光标定位到字号属性上(与打开字体列表框操作相同),将横向字号和纵向字号列表框打开并选取所需字号。

(4) 其他项目设置的操作方法与前述相同,在此不再详述。

5.4 上 机 指 导

建立并指定一个文件名为"崔文国.PRO"的排版参数文件,具体参数设置如下。

- 标题一:2号,DH,4行,上空1行,居中排
- 页码:4"号,FZ,。,居中排
- 书眉:5"号,L,外口,CW
- 设置完毕后,保存并退出"崔文国.PRO"文件。

具体操作步骤如下。

(1) 启动书版 10.0 软件后,选择【文件】|【新建】命令,系统则会弹出【新建】对话框,参见图 5.1。在该对话框中,选中【指定文件名】复选框。

(2) 单击【确定】按钮,出现【新建文件—选择文件名】对话框。在该对话框中的【文件名】文本框内输入"崔文国",如图 5.48 所示。

(3) 单击【确定】按钮,进入"崔文国.PRO"文件。

(4) 进入"崔文国.PRO"文件,可进行相应的设置。具体设置方法请参阅 5.3.8 节。

(5) 【标题–定义】设置完毕后,选择【页码说明】注解项,进行页码设置。具体设置方法请参阅 5.3.4 节。

(6) 选择【书眉说明】注解项,再进行书眉设置。具体设置方法请参阅 5.3.5 节。

(7) 所有参数设置完毕后,单击工具栏上的【保存】按钮 📖,系统会对"崔文国.PRO"文件进行保存。再单击编辑窗口中的【关闭】按钮 ☒,即可关闭"崔文国.PRO"文件。

5.5 习　　题

填空题

(1) PRO 文件是一个_____说明文件,该文件共分为 8 个部分,即:_____说明、_____说明、页码说明、_____说明、_____说明、排版说明、_____说明和_____说明。

(2) 排版文件是指把_____个文件组合起来一次性_____。这样所产生的是一个统一的 PRO 文件,不会出现各文件的版式不统一的现象。

(3) 如果想对当前 PRO 文件进行彻底删除操作,可以在【排版】菜单中,选择_____命令。该操作可从_____上将此 PRO 文件删除,且不可恢复操作。所以,使用之前请先确认。

(4) 排版参数窗口分为左右两个窗格,左边的窗格显示排版参数的文件中定义的注解,称为_____窗格;右边的窗格显示各排版参数的属性,称为_____窗格。

(5) 【版心说明】注解是全书_____注解。通过设置【版心说明】参数,可以指定全书正文的版面_____及_____,如字体、字号、每行字数和每页行数等。

选择题

(1) 对全书书眉线的说明,需通过设置_____参数,指定正文的书眉格式及要求。

　　A. 书眉说明　　　　　　　　　　B. 页码说明

　　C. 版心说明　　　　　　　　　　D. ABC 均不正确

(2) 方正书版 10.0 可定义_____级标题,且每级标题的定义方法完全相同。

　　A. 5　　　　　　　　　　　　　　B. 6

　　C. 7　　　　　　　　　　　　　　D. 8

(3) PRO 文件是一个整体说明文件,该文件共分为_____部分。

　　A. 3　　　　　　　　　　　　　　B. 5

　　C. 6　　　　　　　　　　　　　　D. 4

(4) 如果所建立的排版参数文件中的设置与所要求的格式不一致需要修改时,则须打开_____文件进行修改。

　　A. 小样　　　　　　　　　　　　B. PRO

　　C. 大样　　　　　　　　　　　　D. 备份

(5) 定义一个外挂字体,需要选择注解窗格中的【外挂字体定义】注解项,按_____键,即可在【外挂字体别名】文本框中输入外挂字体别名。

A. Tab   B. Ctrl

C. Shift   D. Enter

判断题

(1) 版心说明注解中的【版心宽】与【版心高】的数字不是指页面的度数,而是指横向字符的个数与竖向字符的行数。   ( )

(2) 【脚注说明】用来设置当前排版的脚注序号与注文的排版格式等内容。 ( )

(3) 方正书版 10.0 标题最多定义不能超过 8 级。   ( )

简答题

方正书版 10.0 的 PRO 文件在建立小样时,系统可自动生成,不需要另行设置。请说明这种说法是否正确。

操作题

建立一个方正 10.0 小样文件并命名文件名为 msf,然后再建立该文件的 PRO 文件,即 msf.PRO。并在 PRO 文件中设置书眉、页码及标题一至标题三。

(提示:启动方正书版 10.0 软件后,选择【文件】|【新建】命令,弹出【新建】对话框。在该对话框中选择【PRO 文件】选项,然后单击【确定】按钮,系统将打开 PRO 文件的编辑窗口。这时,即可在该窗口中设置书眉、页码和标题参数。)

第 6 章

预览大样文件

教学提示:将小样文件输入注解并对 PRO 文件进行定义,然后通过一扫查错和正文发排,系统即可自动生成大样文件,其后缀分别为.S10 和.NPS 两种。通过大样文件的结果显示,可在打印前预览或检查输出效果,以确定排版是否有误。

教学目标:熟悉大样文件的预览窗口及预览窗口工具的用途;掌握给多种字符标色的操作方法。重点掌握自动生成目录功能。

6.1 大样文件简介

小样文件通过排版与扫描,将自动生成大样文件。大样文件是排版的中间结果文件,主要供排版时显示和输出使用。方便检查排版细节出错,大大提高了工作质量和效率。

方正书版 10.0 增强了符号的显示效果。后缀为.S10 格式比较适合排数、理、化等理科公式;而后缀为.NPS 格式更适合排版外文书籍。不过,这两种格式对于汉字的显示效果基本没有区别。

选择大样文件格式的方法是在系统主界面的编辑窗口中,从菜单栏选择【排版】|【指定大样格式为】命令,然后在其子菜单下的两种格式中选择需要的一种,如图 6.1 所示。

图 6.1 选择大样文件的格式

6.2 大样文件的格式

方正书版 10.0 有两种大样文件格式,不同格式所显示的字符风格有所区别。两种格式各有其优点和不足。

通过大样文件显示确定所排版的文件无误后,可进行发排操作,即生成 PS 文件。此后才能进行校样打印或胶片输出。

6.2.1 大样文件——S10 格式

S10 格式是一种具有老版本 6.0 大样文件 S2 符号风格的中间结果文件, 系统约定其大样文件名后缀为.S10。

S10 格式与老版本 6.0 的大样文件 S2 格式的符号风格相似, 并吸收了书版 7.x 的大样文件 S72 格式的一些符号,这种大样文件格式较适合排数学、物理和化学等理科公式。由于大样文件 S2 格式的字体种类较少,因此在大样文件 S10 格式中只有白正、白斜、黑正和黑斜 4 套字体使用了书版 6.0 的大样文件 S2 格式风格, 其他字体的符号则是书版 7.x 的大样文件 S72 格式风格。

6.2.2 大样文件——NPS 格式

NPS 格式具有书版 7.x 的大样文件 PS2 格式符号风格的中间结果文件, 系统约定其大样文件名后缀为.NPS。

NPS 格式与书版 7.x 的 PS2 格式符号风格相似, 适合排外文书稿,NPS 格式实际是从书版 7.x 的大样文件 PS2 格式发展而来的。

6.2.3 S10 格式与 NPS 格式的区别

对于汉字来说,在排版选用 NPS 格式或 S10 格式时,其字符的风格没有太大差别。

方正书版 10.0 中的大样文件只是排版的中间结果文件,不能在后端的激光打字机或照排机上输出。如果要输出纸样或胶片,须使用方正书版 10.0 的输出功能将大样文件发排并生成为 PS 文件。然后在纸张上或在照排机上打印出胶片。

输出的 PS 文件可以使用 PSP Pro 2.x 或 PSPNT 输出成纸样或胶片 (更低版本的 RIP 可能输出不正确)。对仅使用外挂字体的小样文件所生成的 PS 文件,还可使用其他厂家的 RIP 或 PS 打印机输出。由于存在字库及兼容性的问题, 并非所有由方正书版 10.0 所生成的 PS 文件都能在其他 RIP 的 PS 打印机上正确输出,可根据实际情况来选定。

6.3 大样文件的预览

大样文件的预览实际是将已排版的小样文件进行打印前的查看操作。这样可以检查已排版面是否有误,可进行再次调整,以便提高排版的准确度。

6.3.1 显示大样文件

大样文件实际上是显示小样文件中所排的格式及要求,如字体、字号、颜色、旋转、花边、底线和图片等。

显示大样文件的操作步骤如下。

(1) 选择菜单【排版】|【正文发排结果显示】命令或者单击排版工具栏上的【正文发排结

果显示】按钮或按快捷键 F5 均可进行【正文发排结果显示】命令,如图 6.2 所示。

(2) 选择【正文发排结果显示】命令后,出现如图 6.3 所示的【大样预览窗口】并显示发排后的大样文件。

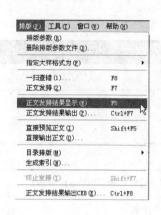

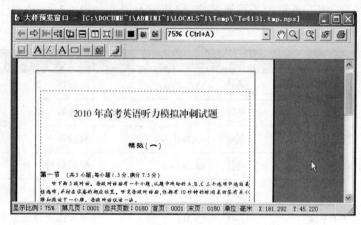

图 6.2 【正文发排结果显示】命令   图 6.3 大样预览窗口

(3) 在该窗口中,版面周围的红色矩形线表示版面的大小;里面蓝色的虚线表示版心的大小。

如果要关闭大样文件预览窗口,可选择【大样预览窗口】菜单中的【关闭】命令,或者单击【大样预览窗口】工具栏上的【关闭】按钮,也可直接按 Esc 键。

6.3.2 直接预览正文

如果排版人员认为加入注解的小样文件没有问题,则可采取更简单的方法来预览大样文件。操作方法如下。

打开小样文件,选择菜单【排版】|【直接预览正文】命令,如图 6.4 所示。系统即对该小样文件进行一扫查错和正文发排,然后直接在预览窗口中显示。另外,按快捷键 Shift+F5,也可执行【直接预览正文】命令。

图 6.4 选择【直接预览正文】命令

> **提 示**
>
> 执行【直接预览正文】命令后,所生成的大样文件是临时文件,暂时存储在 Windows 系统文件夹的临时目录下。在退出大样预览时,该临时大样文件会被自动删除。此外,每次执行该操作,方正系统都会自动重新发排小样文件。所以,对较大文件建议不要采取这种方法。

6.3.3 大样文件预览窗口的基本操作

大样文件预览窗口的基本操作包括平铺大样文件的预览窗口、在大样文件预览窗口中设置网络、大样文件的显示比例、大小样文件的对照以及大样文件中的图片显示。

大样文件预览窗口的操作都是通过工具栏完成的,如翻页、换页、放大、网格和不显示图片等。大样文件预览窗口工具栏如图 6.5 所示。

图 6.5　大样文件预览窗口工具栏

该工具栏中各按钮名称、快捷键及说明如表 6.1 所示。

表 6.1　大样文件预览工具说明

名　称	按　钮	快捷键	说　明
前一页	←	Ctrl+PageUp	向前翻一页
后一页	→	Ctrl+PageDown	向后翻一页
首页	⬅	Ctrl+Home	翻到第一页
末页	➡	Ctrl+End	翻到最后一页
选页	🔖	Ctrl+G	打开【选定显示页页码】对话框(如图 6.6 所示)
水平平铺	▤	Ctrl+F	将大样文件预览水平平铺
竖直平铺	▥	Ctrl+V	将大样文件预览竖直平铺
页面边空	⌗	Ctrl+H	弹出【页面边空】对话框(如图 6.7 所示)
网格	▦	Ctrl+D	在大样预览窗口中出现有规则的网格
不显示图片	■	Ctrl+B	在大样预览窗口中不显示图片
粗略显示图片	▨	Ctrl+N	在大样预览窗口中粗略地显示图片
完整显示图片	▧	Ctrl+M	在大样预览窗口中完整地显示图片
显示比例	75%（Ctrl+A）	比例不同 快捷键也不同	用来设置大样文件的显示比例

图 6.6　【选定显示页页码】对话框

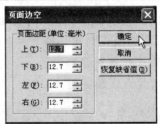

图 6.7　【页面边空】对话框

如果想查看大样文件的相关信息,可参见大样文件预览窗口最底部的状态栏。从状态栏中可以看到大样文件的显示比例、当前页、总页数、首页与末页的页码以及光标所在位置等信息,如图 6.8 所示。

显示比例:75%　第几页:0001　总共页数:0002　首页:0001　末页:0002　单位:毫米　X:154.488　Y:-27.796

图6.8　大样文件预览窗口中的状态栏

以下介绍大样文件预览窗口的基本操作。

1. 平铺大样文件预览窗口

平铺大样文件预览窗口分为水平平铺与竖直平铺两种。在大样文件预览窗口的工具栏中单击【水平平铺】按钮◻(快捷键为 Ctrl+F),则可实现水平平铺操作,如图 6.9 所示。

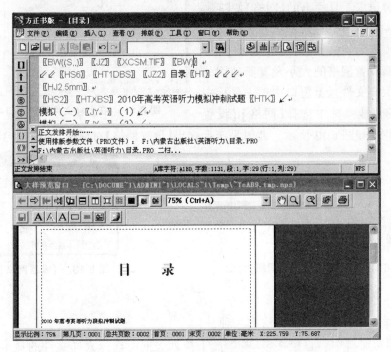

图 6.9　水平平铺窗口

在大样文件预览窗口的工具栏上,单击【竖直平铺】按钮◻(快捷键 Ctrl+V),则可实现竖直平铺操作,如图 6.10 所示。

图 6.10　竖直平铺窗口

2. 网格的设置

在大样文件预览窗口中设置网格，可让用户了解各字符所在的位置，从而更好地进行设置。通过单击工具栏上的【网格】按钮 ▦ (快捷键为 Ctrl+D)，可以显示网格在大样文件预览窗口中出现的网格，如图 6.11 所示。

若想重新设置网格的大小及其所使用的单位，可在大样文件预览窗口中单击鼠标右键，在弹出的快捷菜单中选择【网格 】|【设置网格间距】命令，如图 6.12 所示。此时系统会弹出【设置网格】对话框，如图 6.13 所示。

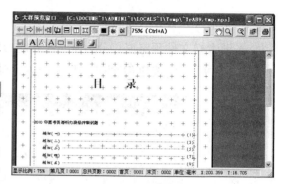

图 6.11　在大样文件预览窗口中的网格

图 6.12　选择【设置网格间距】命令

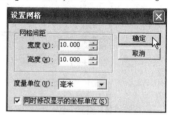

图 6.13　【设置网格】对话框

3. 显示比例的设置

设置大样文件显示比例的方法有 3 种。

(1) 在预览窗口中，直接在 `75% (Ctrl+A)` 下拉列表框中选择大样文件的显示比例，如图 6.14 所示。

(2) 在预览窗口中，单击【缩放页面工具】按钮 🔍 可以控制大样文件页面的显示大小。选择该按钮，在大样文件中单击鼠标左键即可进行页面放大操作；如果要缩小页面显示比例，可按住 Alt 键，单击鼠标左键以缩小大样文件的显示页面。

(3) 在预览窗口中，单击【设置缺省显示比例】按钮 🔍，可弹出【设置缺省显示比例】对话框，如图 6.15 所示。该对话框可以设置大样文件显示比例的大小。

图 6.14　【显示比例】下拉列表框

图 6.15　【设置缺省显示比例】对话框

当显示比例过大而无法预览时，可单击显示工具栏上的【移动页面工具】按钮 🖑 进行移动查看。显示比例快捷键和改变显示比例快捷键如表 6.2 和表 6.3 所示。

表 6.2 显示比例的快捷键

快 捷 键	功 能	快 捷 键	功 能
Ctrl+Q	显示比例为 50%	Ctrl+P	显示比例为 75%
Ctrl+W	显示比例为 100%	Ctrl+E	显示比例为 150%
Ctrl+R	显示比例为 200%	Ctrl+T	显示比例为 300%
Ctrl+Y	显示比例为 400%	Ctrl+E	显示比例为 500%
Ctrl+I	显示整页	Ctrl+O	显示整行

表 6.3 改变显示比例的快捷键

快 捷 键	功 能	快 捷 键	功 能
↑	当前页向上滚动	Shift + ↑	当前页向上微移
←	当前页向左滚动	Shift + ←	当前页向左微移
↓	当前页向下滚动	Shift + ↓	当前页向下微移
→	当前页向右滚动	Shift + →	当前页向右微移
Home	当前页的最上方	Ctrl+PageUp	从当前页向前翻一页
End	当前页的最下方	Ctrl+PageDown	从当前页向后翻一页
PageUp	当前页向上滚动一屏	Ctrl+Home	翻至大样文件的首页
PageDown	当前页向下滚动一屏	Ctrl+End	翻至大样文件的末页

提 示

在大样预览窗口中,按快捷键 F2 可切换至默认显示比例。

4.大样文件和小样文件的对照

大样文件和小样文件的对照功能与小样文件中的一扫查错类似,都可以使操作者方便快速地进行调版或修改。

大样文件和小样文件进行对照的操作方法如下。

- 如果在大样文件中发现错误,可双击错误处,系统会自动转到小样文件中显示出该错误的位置,以方便调版或进行修改。
- 通过快捷键 Ctrl+J 可以在小样文件中定位大样文件预览窗口中心字符的位置,如果无法在该中心找到,可将查找范围向外扩展再进行搜寻。
- 系统在默认状态,会显示出大小样文件的对照信息。如果出现的大样文件和小样文件对照信息使大样文件过多而难以保存, 或已获得较满意的排版结果后想输出 PS 文件,都可在主窗口中选择【工具】|【设置】命令,调出【设置】对话框,在该对话框中取消选中【包含大小样对照信息】复选框,可大大减少大样文件的信息含量。

大样文件与小样文件进行对照及修改后,须重新对小样文件进行扫描查错、发排以及显示,以保证修改后的小样文件正确。

5. 图片显示

在大样文件预览窗口的工具栏上有 3 个预览图片的按钮,即【不显示图片】按钮 (快捷键为 Ctrl+B)、【粗略显示图片】按钮 (快捷键为 Ctrl+B)和【完整显示图片】按钮 (快捷键为 Ctrl+B)。如图 6.16 所示为图片的三种不同的显示情况。

不显示图片

粗略显示图片

完整显示图片

图 6.16 图片显示情况

在小样文件中,如果所指定的图片不存在或系统无法读取图片的数据时,大样文件中会出现一块红色区域。对于不带预显数据的 EPS 图片以及 GRH 和 PIC 图片,采取任何方法都不可能使其显示出图片内容。

在大样文件预览窗口中,可读取图片信息。单击工具栏上的 按钮,然后用鼠标左键在图片上单击,即可弹出【图片信息】对话框,如图 6.17 所示。

图 6.17 【图片信息】对话框

除在大样文件预览窗口中的工具栏上执行显示图片操作外,还可通过在大样文件的预览窗口中单击鼠标右键,在弹出的快捷菜单中进行相应的选择来实现。快捷菜单命令如图 6.18 所示。

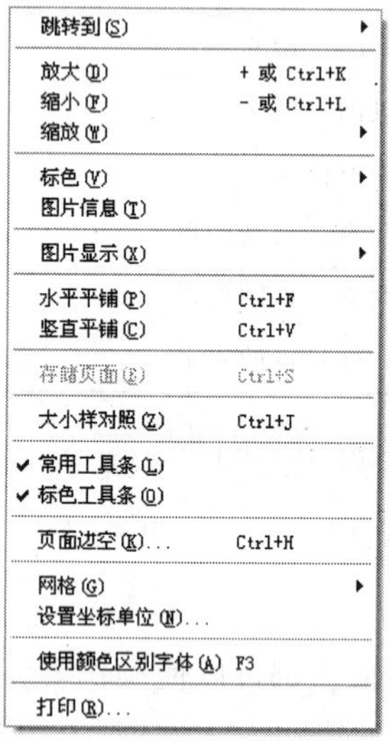

图 6.18 大样预览窗口的快捷菜单

6.4 大样文件的标色

在大样文件的预览窗口中,可以对字符、线、花边、底纹及表格等颜色进行设置。颜色设置按钮如图 6.19 所示。如果文字、线或底纹等改变颜色后,再重新发排生成大样文件,系统会弹出如图 6.20 所示的对话框。

图 6.19 标色按钮

图 6.20 标色询问对话框

6.4.1 元素标色

在对大样文件中的字符、线和勾边体等标色之前，首先要对标色的颜色进行必要的设置，以确定不同元素所对应的颜色不同。设置元素颜色的操作步骤如下。

(1) 在大样文件窗口单击工具栏上的【颜色设置】按钮，屏幕会出现【颜色设置】对话框，如图6.21所示。

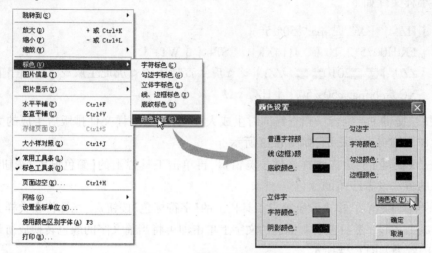

图 6.21 【颜色设置】对话框

(2) 选中相应元素右边的颜色块，单击【颜色设置】|【调色板】按钮，即调出【颜色定义】对话框，如图 6.22 所示。此时可根据需要选取指定的颜色。

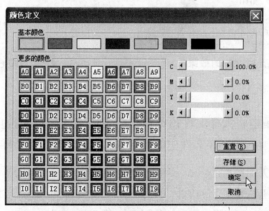

图 6.22 【颜色定义】对话框

【颜色定义】对话框中的各选项说明如下。

● C、M、Y 和 K：所表示的是 CMYK 颜色值中的 C、M、Y、K 的值。
● 【重置】：重新设置当前的调色板。
● 【存储】：可将当前所设置的颜色保存到文件中，如果设置好颜色但未单击【存储】按钮，该颜色只会在本次设置中有效，关闭大样文件后该颜色便不存在了。
● 【确定】：单击该按钮完成元素颜色的设置。
● 【取消】：单击该按钮取消本次设置。

(3) 颜色设置好后,单击【确定】按钮,当前的颜色就会出现在【颜色设置】对话框的相应颜色块上,如图6.21右图所示。

6.4.2 普通字符标色

【普通字符颜色】的设置就是对大样文件中的正文字体进行标色。例如,排一个宣传页,所输入的小样文件如下。

> ［HZ(］［XC 虎.jpg;%50%50］
> ［FK(H0025*2。10］［HT4XK］［ST+］［WT+］
> ［ZZ(F █ █2010█ █［ZZ)］✎☆虎年吉祥☆✎☆虎虎生威☆［HT］［FK)］
> ［XC 虎 b.jpg;%50%50］［HZ)］Ω

(1) 按快捷键F7,执行一扫查错同时生成大样文件,该小样文件排版后生成的大样文件就能在大样预览窗口中显示,如图6.23所示。

(2) 按快捷键F5,进入大样文件预览窗口,再单击工具栏上的【颜色设置】按钮，按照前面介绍的方法设置字体的颜色。

(3) 设置好颜色后,单击预览窗口工具栏上的【字符标色】按钮，光标将在大样文件预览窗口中变成十字形。然后在需要标色的文字上单击即可将当前文字的颜色转换成所设置的颜色。完成的效果如图6.24所示。

图 6.23 普通字符的效果

图 6.24 文字标色后的效果

6.4.3 勾边字标色

设置勾边的颜色,是指将大样文件预览窗口的勾边字的字符、勾边以及边框指定为不同的颜色。例如,把图6.25所示的小样文件中的内容加排勾边注解,其小样文件显示如下。

> ［FK(H0025*2。10］
> ［GB(7］［HT4XK］［ST+］［WT+］
> ［ZZ(F █ █2010█ █［ZZ)］［GB)］✎
> ［GB(7］☆虎年吉祥☆［GB)］✎
> ［GB(7］☆虎虎生威☆［HT］［GB)］［FK)］Ω

(1) 按快捷键F7,执行一扫查错同时生成大样文件,该小样文件排版后生成的大样文件就能在大样预览窗口中显示,如图6.25所示。

(2) 按快捷键F5,进入大样文件预览窗口,再单击工具栏上的【颜色设置】按钮，按照前面介绍的方法设置字体的颜色。

(3) 然后在该对话框右侧的【勾边字】选项组中设置各元素的颜色,设置完成后,单击【确定】按钮,返回大样预览窗口。

(4) 在大样预览窗口中,单击工具栏上的【勾边标色】按钮 A,光标将在大样文件预览窗口中变成十字形。在大样中选择要勾边的文字, 即可将当前文字的颜色转换成所设置的颜色,如图6.26所示。

图6.25　勾边字符的效果

图6.26　勾边字标色后的效果

6.4.4　立体字标色

设置立体字颜色是将大样文件立体字中的字符和阴影指定为不同的颜色。例如,把图6.27所示的小样文件中的内容加排立体注解。其小样文件显示如下。

〖FK(H0025*2。10〗〖HT4XK〗〖ST+〗〖WT+〗〖ZZ(F〗
〖LT(6@%(0,100,0,0)ZS〗██2010██〖LT)〗〖ZZ)〗✐
〖LT(6@%(100,0,0,0)ZS〗☆虎年吉祥☆〖LT)〗✐
〖LT(6@%(0,0,100,0)ZS〗☆虎虎生威☆〖HT〗〖LT)〗〖FK)〗Ω

(1) 按快捷键F7,执行一扫查错同时生成大样文件,该小样文件排版后生成的大样文件就能在大样预览窗口中显示,如图6.27所示。

(2) 按快捷键F5,进入大样文件预览窗口,再单击工具栏上的【颜色设置】按钮,按照前面介绍的方法设置字体的颜色。

(3) 在大样文件预览窗口的工具栏上,单击【立体标色】按钮 A,鼠标指针将变成"十"字形。此时可在需要标色的立体字上进行标色。效果如图6.28所示。

图6.27　立体字符的效果

图6.28　立体字标色后的效果

6.4.5 线和边框标色

通过线、边框标色命令对大样文件中的直线、表格以及方框线和符号等元素进行标色处理。例如,在"宣传页"的小样文件中的加排长度注解和方框注解如下。

〖 FK(H0025*2。15 〗 〖 HT4XK 〗 〖 ST+ 〗 〖 WT+ 〗
〖 ZZ(F 〗 〖 LT(6@%(0,100,0,0)ZS ▬▬2010▬▬ 〖 LT) 〗 〖 ZZ) 〗 ✍
〖 LT(6@%(100,0,0,0)ZS 〗 ☆虎年吉祥☆ 〖 LT) 〗 〖 HT 〗 ✍
〖 SX(−*1/4 〗 ▬ 〖 CD1*2 〗 ▬ 〖 〗 ▬ 〖 CD1*2 〗 ▬ 〖 SX) 〗
〖 HT4XK 〗 〖 LT(6@%(0,0,100,0)ZS 〗 虎虎生威 〖 HT 〗 〖 LT) 〗
〖 SX(−*1/4 〗 ▬ 〖 CD1*2 〗 ▬ 〖 〗 ▬ 〖 CD1*2 〗 ▬ 〖 SX) 〗 〖 FK) 〗 Ω

(1) 按快捷键 F7,执行一扫查错同时生成大样文件,该小样文件排版后生成的大样文件可在大样预览窗口中显示,如图 6.29 所示。

图 6.29　带有直线和花边万框的大样效果

(2) 按快捷键 F5,进入大样文件预览窗口,单击工具栏上的【颜色设置】按钮，按照前面介绍的方法设置字体的颜色。

(3) 在大样文件预览窗口的工具栏上,单击【线(边框)颜色】按钮□,鼠标指针变成"十"字形状。然后对需要标色的线或边框进行标色。效果如图 6.30 所示。

图 6.30　线和方框标色后的效果

6.4.6 底纹标色

设置底纹颜色,是指将方框或表格中的底纹进行标色处理。例如,编辑一个带有方框加底纹等注解命令的小样文件如下。

〖FK(B1001〗〖HT3HP〗● 环保奥运↙● 绿色奥运↙● 科技奥运〖HT〗〖FK)〗Ω

(1) 按快捷键F7,执行一扫查错同时生成大样文件,该小样文件排版后生成的大样文件可在大样预览窗口中显示,如图 6.31 所示。

(2) 按快捷键F5,进入大样文件预览窗口,再单击工具栏上的【颜色设置】按钮,按照前面介绍的方法设置字体的颜色。

(3) 在大样文件预览窗口的工具栏上,单击【底纹标色】按钮,鼠标指针变成"十"字形状。之后就可对需要标色的线或边框进行标色。效果如图 6.32 所示。

图 6.31　方框带底纹的大样文件

图 6.32　底纹标色后的效果

6.5 上机指导

在"SJZD.FBD"小样文件中分别给出两首诗,加排"勾边注解"、"立体注解"、"长度注解"和"方框注解",使该大样产生勾边字、立体字、边框和底纹,然后对"SJZD.NPS"大样文件进行相应的标色。

创建小样文件和生成大样文件的方法及步骤请分别参阅第 4 章的 4.2 节和第 6 章的6.2 节、6.3 节。"SJZD.FBD"小样文件编辑如下。

〖JZ〗〖FK(W〗〖HT3XK〗
〖LT(5@%(50,0,0,0)ZS〗菡萏香莲十顷坡,↙小姑贪戏采莲迟。〖LT)〗↙
〖GB(5〗晚来弄水船头湿,↙更脱红裙裹鸭儿。〖GB)〗〖HT〗〖FK)〗
〖KG2〗〖FK(H020B2001#6*2。13ZQ*2〗〖HT4XK〗
金楼毿毿碧瓦沟,↙六宫眉黛惹人愁。↙晚来更带龙池雨,↙半拂阑干半入楼。
〖HT〗〖FK)〗Ω

具体操作步骤如下。

(1) 按快捷键F7,执行一扫查错同时生成"SJZD.NPS"大样文件,再按快捷键F5,进入大样文件预览窗口。

(2) 单击大样预览窗口工具栏上的【颜色设置】按钮,屏幕会出现【颜色设置】对话框,如图 6.27 所示。

(3) 选中相应元素右边的颜色块,单击【颜色设置】||【调色板】按钮,即调出【颜色定义】对话框。参见图 6.28,根据需要选取指定的颜色。

(4) 在如图 6.27 所示对话框中的【线(边框)颜色】、【底纹颜色】、【勾边字】和【立体字】选项组中设置各元素的颜色,设置完成后,单击【确定】按钮,返回大样预览窗口。

(5) 分别单击工具栏上的【勾边标色】按钮 A、【立体标色】按钮 A、【线、边框标色】按钮 □、【底纹标色】按钮 ■,光标会在大样文件预览窗口中变成相应的"十"字形。然后在大样中选择要标色的字符、线框和底纹,即可将当前字符、线框和底纹的颜色转换成所设置的颜色。最终效果如图 6.33 所示。

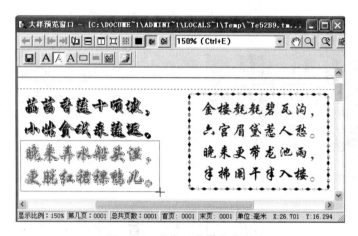

图 6.33　标色后的最终效果

6.6　习　　题

填空题

(1) 大样文件有两种格式:＿＿＿＿格式和＿＿＿＿格式,只有生成大样文件时才可以打印。

(2) 大样文件是小样文件和 PRO 文件经过＿＿＿＿与＿＿＿＿后生成的结果文件。

(3) 大样文件预览窗口的基本操作包括＿＿＿＿大样文件的预览窗口、在大样文件＿＿＿＿中设置网格、大样文件的显示比例、大小样文件的＿＿＿＿以及大样文件中的＿＿＿＿显示。

(4) 平铺大样文件预览窗口分＿＿＿＿平铺与＿＿＿＿平铺两种。

(5) 在大样文件预览窗口中,可以设置＿＿＿＿、线、＿＿＿＿、底纹以及＿＿＿＿等颜色,而输出的结果即是相应的颜色。

选择题

(1) 将大样文件设置预览窗口水平平铺的快捷键是＿＿＿＿。

　　A. Ctrl+F　　　　　　　B. Ctrl+E　　　　　　　C. Shift+E　　　　　　　D. Shift+F

(2) 显示大样文件中的网格快捷键是_____。

A. Ctrl+A   B. Ctrl+D   C. Ctrl+N   D. Shift+U

(3) 在大样文件窗口中粗略显示图片的快捷键是_____。

A. Ctrl+A   B. Ctrl+D   C. Ctrl+N   D. Ctrl+B

判断题

(1) C、M、Y、K 所表示的是 CMYK 颜色值中的青、品红、黄、黑 4 色。(   )

(2) 设置底纹颜色,是指将表格中的底纹进行标色处理,而方框则不能。(   )

(3) 导出小样功能,可以把本次排版文件中的目录类注解生成的标题、页码等信息抽取
到文件中。(   )

简答题

小样文件、大样文件和 PRO 文件三者之间有怎样的关系?

操作题

建立一个方正书版 10.0 的小样文件且命名为"CWG.FBD",然后在编辑窗口中编辑该文件,最后执行扫描与发排操作,查看编辑效果。

(提示:小样文件建立后,在编辑窗口中输入几段文字内容,然后分别选择菜单【排版】|【一扫查错】命令和【正文发排】命令,即可对小样进行查错扫描和发排。如果在扫描或发排过程中没有发现错误,就可以在大样文件的预览窗口中看到所编辑的小样文件。)

第7章

发排输出 PS 文件

教学提示：在输出 PS 文件时，书版 10.0 可以自由设置页面尺寸（区分左右页、设置左右边空等）。还可将任意页面生成 EPS 文件及其预览图，从而将排版结果轻松便捷地插入到其他排版软件中。可见，书版 10.0 可以更灵活更有效地控制输出效果。

教学目标：熟悉发排和输出 PS 或 EPS 文件的操作方法；掌握"输出"对话框中各项参数的性能。

7.1 生成 PS 或 EPS 文件

书版 10.0 能生成两种结果文件：一种是 PS 文件，可以在后端输出；另一种是 EPS 文件，可以插入其他排版软件（如飞腾），也可以单独输出。这两种文件的后缀分别为".PS"和".EPS"。用户可直接在方正文杰打印机上将其打印成纸样，也可通过 PSP3.1、PSP NT 或 PSP Pro 在后端的激光印字机或照排机上输出纸或胶片。

生成 PS 文件或 EPS 文件主要有以下几个方面操作。

1. 打开【输出】对话框

（1）在排版无误后，选择【排版】|【直接输出正文】或【正文发排结果输出】命令（快捷按钮
），即可打开【输出】对话框，如图 7.1 所示。该对话框提示指定输出的文件名、页数以及相关参数。

（2）若选择【直接输出正文】命令，系统开始对小样文件进行一扫查错发排处理，如发现小样文件排版有误，系统会弹出错误信息对话框要求修改或调整，如图 7.2 所示。

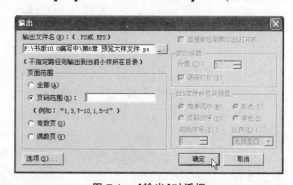

图 7.1 【输出】对话框

2. 指定 PS 或 EPS 文件名

单击【输出文件名】文本框右侧的 ⎵ 按钮,会弹出【指定 PS 文件名】对话框。该对话框提示指定输出文件名。

图 7.2　错误信息对话框

【输出文件名】文本框用来指定输出的最终文件的路径名以及文件名。如果没有指定路径,表示输入到当前小样文件所在的目录。

3. 设置【页面范围】选项

【输出】对话框中的【页面范围】是指定大样文件中的部分或是所有页输出到结果文件中。【页面范围】有以下 4 个选项。

- 【全部】:将大样文件的全部页面输出到结果文件中。
- 【页码范围】:右侧的编辑框中可输入所需页码。此处输入的页码可参照大样预览时出现在大样预览窗口底部的页码。页码之间用“,”分开,如“5,9”表示输出大样第 5 页和第 9 页的内容;连续的页可以在起始页码与终止页码之间用“-”间隔,如“1-10”表示输出大样第 1 页到第 10 页的内容,共 10 页。间隔符“-”前后的数字可以前大后小,表示按倒序输出。如果某一页在页码范围中被指定多次,则将多次输出该页。
- 【奇数页】和【偶数页】分别表示只将大样文件的奇数或偶数页输出到结果文件中。

4. 指定输出到默认打印机

【直接输出到默认 PS 打印机】复选框用来指定是否直接在系统默认 PS 打印机上打印大样文件。如果安装的打印机是 PS 打印机,那么该项可选。

【直接输出到默认 PS 打印机】的参数设置说明如下。

- 【输出份数】:输出的份数范围在 1~100 之间。其中的【逐份打印】复选框可使系统自动指定打印的页面次序。
- 【EPS 文件名及预显】:该选项组用来指定 EPS 输出文件名的自动生成方式,以及 EPS 文件是否要预显。
  - ◆ EPS 文件名的生成方式有两种,即【简单顺序】和【页码顺序】。【简单顺序】表示按大样文件页码的输出次序命名 EPS 文件,如输出大样的“3,1,1-3,2”页到文件 cwg.eps 中,生成的 EPS 文件分别为 a0.eps(次序 1,第 3 页)、a1.eps(次序 2,第 1 页)、a2.eps(次序 3,第 1 页)、a3.eps(次序 4,第 2 页)、a4.eps(次序 5,第 3 页)、a5.eps(次序 6,第 2 页),共 6 个文件;【页码顺序】表示按大样文件的页码次序来命名 EPS 文件名。
  - ◆ 【单色】与【彩色】单选按钮:用来确定预显的 EPS 文件为单色还是彩色。选择单色时,EPS 文件相对小一些。

将各选项设置好后,单击【确定】按钮,系统开始执行输出命令,最后生成所指定的 PS 文件或 EPS 文件。

当用户在【输出文件名】文本框中指定 EPS 为文件名后缀时,【输出】对话框的【EPS 文件命名及预显】组合框将被激活,如图 7.3 所示。此时可指定 EPS 输出文件名的自动生成方式,以及EPS文件是否需要预显。

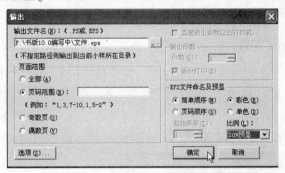

图 7.3 激活【EPS 文件命名及预显】组合框

7.2 生成 CEB 文件

随着电子政务建设的迅速发展,政府部门在电子公文文档一体化、电子公文交换、传输等方面的建设需求越来越强烈,成为政府当前信息化建设的重中之重,针对政府部门电子公文的应用需求,方正书版推出了一项生成 CEB 文件的新功能。

7.2.1 设置输出CEB 文件参数

选择【工具】|【输出 CEB 文件参数设置】命令,打开【CEB 模板参数设置】对话框,可设置生成 CEB 所需要的图片路径、封面图片路径、补字库路径,如图 7.4 所示。

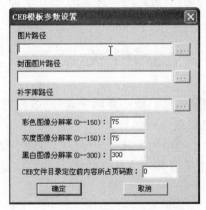

图 7.4 【CEB 模板参数设置】对话框

(1) 设置图片路径。表示输出时在 CEB 文件中重新设定所有图片文件的路径。可以在其中的文本框中设置要写在 CEB 文件中的图片路径。如:该路径可以是用于输出的机器放置图片的路径,也可以是局域网中某台机器的某个路径。单击文本框右侧按钮,可弹出【浏览文件夹】对话框,提示指定图片路径。

(2) 设置封面图片路径。表示输出时在 CEB 文件中重新设定封面图片文件的路径。单击文本框右侧按钮,弹出【浏览文件夹】对话框,提示指定图片路径。

(3) 设置补字库路径。表示输出时在 CEB 文件重新设定补字文字的路径。单击文本框右侧按钮,弹出【浏览文件夹】对话框,提示指定补字路径。

7.2.2　PS 文件输出 CEB

选择【工具】|【选择 PS 文件输出 CEB】命令,打开【打开】对话框,如图 7.5 所示。通过【打开】对话框选择所需输出 CEB 文件的 PS 文件,单击【打开】按钮,进入【输出 CEB】对话框,如图 7.6 所示。通过单击右侧按钮,弹出【输出 CEB】对话框,提示指定 CEB 文件名称和存储路径。之后,单击【确定】按钮,可实现输出 CEB 文件。

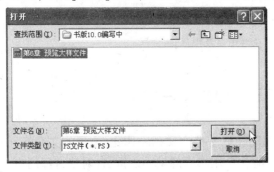

图 7.5　【打开】对话框

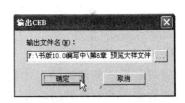

图 7.6　【输出 CEB】对话框

7.2.3　小样文件直接输出 CEB

选择【排版】|【正文发排结果输出 CEB】命令,打开【输出 CEB】对话框,如图 7.6 所示。然后按照上一小节中的步骤进行操作,就可以实现输出 CEB 文件。

7.3　相 关 设 置

方正书版的版面内容包括版心内、版心外两个部分,版心内包括正文,尺寸是 PRO 文件中指定的高与宽,即大样预览中蓝色虚线框所标明的区域;版心外包括边文、书眉、页码等,即为大样预览中蓝线框外、红线框内的区域。为保证排版输出结果的正确,方正书版提供了页面设置功能。边空设置的正确与否,将直接影响到输出结果的正确性。

7.3.1　页面设置

1. 正确输出边文、书眉和页码

页面设置是通过【输出选项】对话框中的【页面设置】选项卡完成的,如图 7.7 所示。

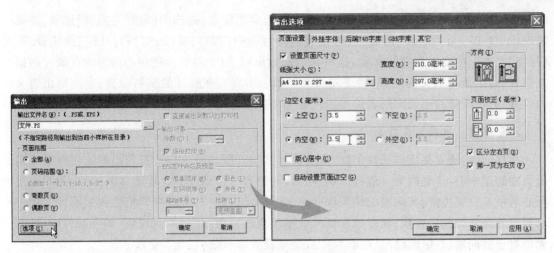

图 7.7 【输出选项】对话框

下面对【页面设置】选项卡中的各选项进行简单介绍。

- 【设置页面尺寸】：选中该复选框可在【纸张大小】列表框中选择所需的纸张，操作者可在右侧的【宽度】和【高度】文本框中自定义输出页面的高与宽。
- 【边空】选项组：在版心较设置的页面小的情况下可利用该选项组中的选项。
- 【自动设置页面边空】：选中该复选框，则【设置页面尺寸】选项不可选，此时程序自动设定边空。边空是版心、边文、书眉、页码所占位置的最大值，如果版心外没有边文、书眉、页码等内容，系统将选取边空的默认值 3.5mm。
- 【方向】：设置版心内容在纸样上的方向分横向、纵向。
- 【页面校正(毫米)】：用来调整打印输出偏移，只要设置好合适的校正参数，就可以准确定位版心位置。一旦设置好该值后，只要不更换打印机，则无需改变各参数值，对横向或纵向输出，版心居中或边空设置都是有效的。
- 【区分左右页】：选中该复选框，则【第一页为右页】变得可选。选中后，【边空】中的【左空】变成【内空】，【右空】变成【外空】。对于版心偏向里口、外口的空白用于排放边文的书籍，设置【区分左右页】参数很重要。可以在【外空】文本框中根据外口边文宽度设置边空，【内空】文本框中设置默认参数，或根据情况指定其他参数，这样在后端输出时，对于左页会把版心内容放在纸张的偏右位置，左边留出边文的宽度；对于右页会把版心内容放在纸张的偏左位置，右边留出边文的宽度，这样可保证在纸张的正反面两者的排版内容是相互吻合的。
- 【第一页为右页】：用来指定大样文件的第一页为右页，默认时为左页。

由于书版的版心只包括正文，并不包括边文、书眉和页码，所以在输出时如边空设得不够大，便无法正确输出版心外区域的内容。因此合理地设置边空是保证版面正确输出的有效途径。

下面讲解有左右页之分的书中【内空】和【外空】的使用。

例如某本书在每页的外口处排有边文，使用书版 6.0、7.0 所生成的 S2、S72 文件，在后端输出时，会把版心内容放在胶片中心，左右都留出边文的位置，在实际印刷时，必须调整胶片的位置。而在书版 9.x、10.0 只需简单设定内外边空的位置：如选中【区分左右页】选项，并视情况设定【第一页为右页】选项，这时便看到【边空】中【右空】被【内空】和【外空】所代替，在【外空】文本框中设置外空的宽度。这样在后端输出时，对于右页会把版心内容放在胶片的偏左位置，右边留出边文的位置；对于左页会把版心内容放在胶片的偏右位置，左边留出边文的位置，但在纸张的正反面两者的排版内容是相互吻合的，无需调整胶片位置。

2. 在页面上准确定位版心

在打印时，通常在用户选择了【设置页面尺寸】和【版心居中】后，打印出的文字并不在输出页面的正中心，这是因为一般打印机在打印时都有一个固定的物理输移值。无论用户设置版心居中或设置边空，实际输出结果都会有一个固定误差，且不同打印机的误差不同。用户只要设置合适的校正参数，就可以保证准确输出版心位置。该值一旦设置，如不换打印机，则无论对于横向输出、纵向输出、版心居中或边空设置都有效，且无需更改。

3. 支持拼页

为了支持水平方向拼页，必须保证：左空+版心宽×2+右空<页面宽。只要满足这样的要求，就可以在水平方向拼页。而在 A4 纸上拼页时，一定不能在选中【设置页面尺寸】的同时在【纸张大小】中选"A4"。

同样，如果在竖直方向上支持拼页，也要满足：上空+版心高×2+下空<页面高。

7.3.2　字体设置

在完成【PS 文件设置】、【页面设置】、【图片输出设置】后，还需对输出文件所使用的字体进行设置。

1. 方正书版中字体的分类

方正书版的字体分为以下 4 类。

(1) 后端 748 字库。这类字库使用的后端汉字库(旧版本)通常在后端 RIP 上的名字为SSJ、SSF、KTJ。这类字库被称为 748 字库，是按方正内码进行编码。大多数汉字都使用这些字库输出，用户以前的补字也都补在这些字库中。

(2) 方正 GBK 字库。这类字库在前端体现为 46 款 GBK 编码的 TTF 字库，在后端体现为 46 款 GBK(只有 PSP NT、PSP、Pro/E 支持 GBK 字库、并且这些 GBK 字库需另行购买)编码的 CID 字库。这些字库存中的报宋、超粗黑、大黑、黑体、楷体、隶变、隶书、黑变、书宋、宋、小标宋、细黑、细圆、准圆、粗圆、姚体和中等线等 18 种 GBK 字体包括全部的 GBK 标准汉字，共 21003 个。

书版 10.0 对于不在方正内码中的 GBK 汉字，会下载相应 TrueType 字库中的汉字进行输出。但由于即使在方正内码中的汉字，也不一定在后端某个特定的字库中存在，因此对于这些字体，用户可以指定全部用 GBK 字库，保证所有的 GBK 汉字正确输出。但此时 PS 文件会比较大，字的效果也并不理想。

(3) 符号库。用于输出书版 10.0 的各种符号。一般情况下可以不用这些库。如果在 RIP上没有安装符号库，可以在【输出选项】|【其他】选项卡的右下角选中【下载符号字体】复选框

(见图7.11),从而实现与安装符号库同样的效果。

(4) 外挂字体。其中包括 TrueType 字体和打印机字体。

2. 设置外挂字体

对于使用外挂字体的用户还需进行外挂字体设置,指定输出对外挂字体的处理。【外挂字体】选项卡如图 7.8 所示。

【外挂字体】选项卡由一个列表框和两个按钮(【全部下载】和【全部不下载】)组成。列表框用于指定是否要下载某种 TrueType 字体。如果用户在小样中使用了某种外挂字体,则可在此处指定是否下载该种 TrueType 字体。选中为下载,不选中为不下载。对于 TrueType 字体,如果下载,系统会将 TrueType 字体的轮廓信息写入 PS 文件;否则,系统会使用该 TrueType 字体对

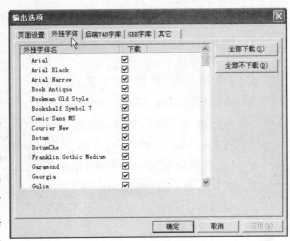

图 7.8 【外挂字体】选项卡

应的后端 PS 字体进行输出,此时无需写入任何轮廓信息,且输出效果更好,生成的 PS 文件也更小。但用户需确保此时后端已安装对应的 PS 字库。

> **注 意**
>
> 如果安装了某种打印驱动程序,则打印驱动程序会自带一些字体。这些字体可以在【插入外挂字体名】对话框中显示出来,但在输出时,【字体下载】列表框中不会列举出来。因为这些字体只在该打印驱动程序对应的打印机上才有字库,而在前端只是挂了名,并不能下载。所以这些字体只能在打印时使用,而在 RIP 上输出时会报缺字或被其他字体替换。

3. 设置 748 字库

设置 748 字库需使用【后端 748 字库】选项卡,如图 7.9 所示。

在【后端 748 字库】选项卡中,选定后端已安装哪些方正 748 字库。该选项卡设置的内容应与后端 RIP 上 748 字库的实际安装情况安全一致,否则可能得到完全不同的结果。例如,用户要求输出某个简体字,并要求使用"平和"字体;此时后端用户的机器上只有"平和繁",而没有"平和简"。需在【后端 748 字库】选项卡中指定"平和简"较接近的字体,输出效果则较好。

4. 设置 GBK 字库

在后端安装方正 GBK 字库是通过设置【输出选项】|【GBK 字库】选项卡完成的。

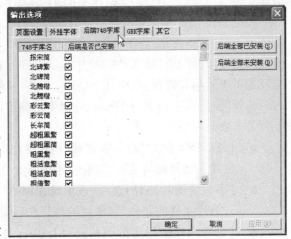

图 7.9 【后端 748 字库】选项卡

如图 7.10 所示。【GBK 字体】列表框共有三栏,即【GBK 字库名】下是现有的 GBK 字库名称、【后端是否已安装】标记左边相应的 GBK 字库是否已在后端输出设备上安装及【下载】标记对应的 GBK 字库是否需要下载。

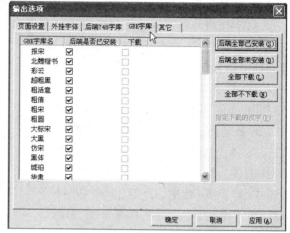

- 【后端全部未安装】按钮:如果后端输出设备未安装任何 GBK 字库,选择此项。

- 【全部下载】按钮:如果后端没有安装任何 GBK 字库,此时用户又希望通过下载得到全部 GBK 字库的 TrueType 字体,可选此项。

- 【全部不下载】按钮:如果【GBK 字体】列表框的所有 GBK 字库在后端设备上既没有安装,也不需要下载,选择此项。

- 【指定下载的汉字】编辑框:可在编辑框中输入需要下载的汉字。

图 7.10 【GBK 字库】选项卡

总之,在输出汉字时,如果后端安装了相应的 GBK 字库或选择了下载该字库,则使用 GBK 字库,反之则使用 748 字库输出。但使用后端 GBK 字库能保证汉字的质量更高且不会出现缺字的现象。

7.4 其他操作

7.4.1 支持各种图片格式

方正书版支持 7 种图片格式:TIF、EPS、JPG、BMP、GIF、GRH、PIC 和 PDF。TIF 格式中目前只支持不压缩的 TIF 和 LZW 压缩的 TIF。图版注解只支持 PDF 格式第一页的排版。

无论怎么设置,GRH、BMP 和 GIF 等三种图片格式的信息都包含在方正书版生成的 PS 文件中,而 PIC 图片信息则不包含在其中。同时,如果在图片类注解中使用了"@"参数,不管图片路径为何,除 PIC 格式外的图片都以内嵌方式存在。对于 JPG、TIF 和 EPS,需要根据情况设置正确的图片路径,以保证 PASS2、生成 PS 和后端输出都能得到正确的结果。

选择【输出选项】|【其他】选项卡,即可对输出图片进行设置,如图 7.11 所示。【其他】选项中有关参数介绍如下。

- 【忽略所有图片】组合框选项:指定输出时忽略所有的图片文件,只留出图片的挖空位置。选择此功能时,组合框中的 4 个选项均被禁止。

- 【不包含图片路径】选项:表示输出时在 PS 文件中只写入图片文件的文件名,不写入图片文件的路径名,图片的路径在后端输出时决定。

- 【包含大样中指定的图片路径】选项:表示输出时在 PS 文件中写入图片的大样中原有的路径和文件名。

- 【重新指定路径】选项:表示输出
时在 PS 文件中重新设定所有图
片文件的路径。用户可以在其编
辑框中设定要写在 PS 文件中的
图片路径。该路径可以是用于输
出的机器放置图片的路径,也可
以是局域网中某台机器的某个路
径。单击编辑框右侧的 按钮,弹
出【浏览文件夹】对话框,将提示
用户指定图片路径。

- 【包含图片数据】选项:表示输出
时在 PS 文件中包含图片文件的
内容。当用户指定该项,在输出 PS

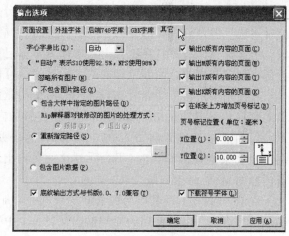

图 7.11 【其他】选项卡

文件时,将把图片文件的数据记录在 PS 文件中,后端输出就不再需要指定这些图
片的路径。这时 PS 文件会增大。

对于各种不同格式的图片,在使用时需要注意以下几点。

(1) PG 格式的图片如果在 PSP 3.1 及其以下版本的 RIP 上输出,必须选择【包含图片数
据】单选按钮,否则输出时系统会报错。

(2) PIC 格式指的是方正的 PIC 格式,而不是 Macintosh 上的 PICT 格式。书版并不支持
PICT 格式的图片。

(3) 在生成 PS 文件后,如果用户修改某个图片,即使只修改了该图片的颜色而不改变
它的尺寸及其他属性,也必须重新在书版 10.0 中生成 PS 文件,否则可能在 RIP 时出错。在
书版 10.0 中重新生成文件时,文字及图片都会严格保持原来的位置,不会出现倒版现象。

(4) 在图片比较多时,尽管书版 10.0 提供了图片数据内嵌的功能(输出时的【包含图片
数据】选项或图片类注解的"@"参数),但不建议用户使用。因为如果内嵌,PS 文件将会变得
很大,可能达到几十兆甚至上百兆。

7.4.2 输出彩色页面

书版 10.0 对输出彩色页面的处理主要是针对低版本 RIP(PSP NT2.0 及其以前版本)不
能充分利用胶片或纸张等原材料而采取的一项补救措施,其作用就是节省胶片或纸张。

在输出彩色页面时,通常只输出双色,全彩色页面并不多见。为了节省胶片,必须将空白
面删除。虽然 RIP 上有【不输出空白色版】(或【忽略空白页】)的选项,但如果选择【不输出空
白色版】的同时选择【裁剪标记】或【对准标记】,即使某个色面上没有任何内容,也无法忽略
空白页。为解决这个问题,书版 10.0 提供了设置输出彩色页面功能。打开【输出选项】|【其他】
选项卡,如图 7.11 所示。

在图 7.11 所示对话框的右侧列有 4 个选项【输出 C 版有内容的页面】、【输出 M 版有内
容的页面】、【输出 Y 版有内容的页面】、【输出 K 版有内容的页面】和一个【在纸张上方增加
页号标记】组合框。正确地设置这些参数,就可以达到节省原材料的目的。

将一个含有彩色信息的大样文件经设置后分几部分输出,是书版 10.0 彩色页面输出的通常用法。但是分成几部分的 PS 文件是按照它们各自的页号顺序排列,为方便地将它们合成一个文件,可以选中【在纸张上方增加页号标记】组合框并设置好距离,这样在正文内容的上部会出现与当前页面颜色相同的页号标记。可根据页号标记将各部分 PS 文件理顺。

在使用输出彩色功能时,需要注意:这个功能只是省页而不是省版。例如用户选择了【输出 C 版有内容的页面】后,如果某一页有 C 版的内容,则输出该页。同时,一旦输出了这一页,页面的所有信息都将写入 PS 文件,即使这个页面上的 M、K、Y 版上没有信息。因此我们用 CMYK 彩色模式输出时,仍会看到这一页输出了 4 个色版,一页有内容的 C 版和 3 页没有内容的 M、Y、K 空白版。

在 PSP NT 2.1 及其以后的 RIP 的版本中增加了与书版 10.0 相关的 PS 指令,使得处理色面更加容易。但若使用的后端输出设备是 PSP NT 2.1 及其他 RIP 版本,在书版 10.0 中就不再需要设置,只需在 PSP NT 上选择【不输出空白色版】就可以正确忽略空白页。此时,即使用户选择了【裁剪标记】或【对准标记】,该功能仍然有效。

7.4.3　字心字身比

【字心字身比】是指结果输出时字符的字心字身比值。此设置可改变输出时汉字的字形大小。在书版 10.0 中,字心字身比的设置由书版系统控制,与后端的 RIP 无关。默认情况下,S10 的字心字身比为 92.5%,NPS 的字心字身比是 98%,见图 7.11 所示的【其他】选项卡。

7.4.4　与低版本兼容的底纹

在大样格式为 S10 时,输出的底纹要与书版 6.0 一致,必须选中"底纹输出方式与书版 6.0、7.0 兼容"复选框。底纹在以前的矢量版 RIP 上输出时与分辨率无关。在点阵的 RIP 上输出时,同样的底纹在 600DPI 下和 1200DPI 下结果不同,600DPI 下底纹比较稀疏,而 1200DPI 下比较密集。这是方正 RIP 存在的问题,在高版本 RIP 上得到解决。

7.4.5　PS 文件拼页的问题

书版 10.0 生成的 PS 文件,有无法拼页、拆页、加不上对准标记和裁剪标记的情况出现,有时也会在打印一页时把所有页都打印出来。另外,有些文件在 PSP NT 2.0 以前的版本上输出时会报"此文件不符合 DSC 规范"。这些问题都与 RIP 有关,在 PSP NT 2.1 以后的版本会逐步得到改善。

7.4.6　有关补字问题

新女娲补字中定义基数的文件是 BzFont.ini。为了保证之前的补字能够正确输出,需修改 PSP NT 中 bin 目录下的 BzFont.int 文件,保证补了字的字体的基数与女娲补字中该字体的基数相同。

7.5　生成目录文件

编辑好的 PRO 文件经过系统的语法、语义检查,确认正确无误后,方可排版生成大样文件(S10 或 NPS 文件)。方正书版可以自动抽取文件中的各章节和页号,组成按页码次序排列的目录。

7.5.1　目录的发排

对当前打开的小样目录区进行发排处理。如果成功发排,则可根据当前设置的大样风格生成相应的大样文件,该大样文件只包含目录区的内容。

发排目录的具体操作步骤如下。

(1) 在编辑窗口中打开已加入目录注解的小样文件。

(2) 选择【排版】|【目录排版】|【目录发排】命令,出现如图 7.12 所示的【设置目录发排参数】对话框。

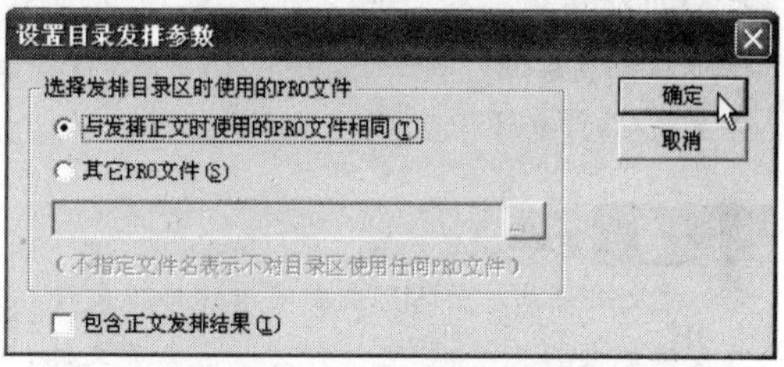

图 7.12　【设置目录发排参数】对话框

(3) 选择【与发排正文时使用的 PRO 文件相同】单选按钮,指定目录区的发排使用正文 PRO 文件,即与正文的版心尺寸、字体、字号和页码的格式相同。

另外,若选择【其他 PRO 文件】单选按钮可以为目录区的发排单独指定 PRO 文件。可以在文本框中输入 PRO 文件名并指定目录区的版心尺寸、字体、字号、页码格式等参数,也可单击文本框右侧的按钮,然后在打开的对话框中输入 PRO 文件名。若不在文本框中输入任何字符,则目录发排不使用任何 PRO 文件。

(4) 单击【确定】按钮,开始发排目录。在目录发排过程中,系统将首先对指定的排版文件进行一扫查错和正文发排,登记其目录内容和页码,然后对目录区的内容进行发排,生成目录大样文件。

7.5.2　显示和输出目录

显示目录大样有两种方法:目录发排结果显示和直接预览目录。

目录发排结果显示的操作方法:首先执行目录发排命令,选择【排版】|【目录排版】|【目录发排结果显示】命令,则目录大样文件的内容会显示在大样预览窗口中。

另外,选择【排版】|【目录排版】|【直接预览目录】命令来显示目录大样文件的内容,此时系统将自动进行【目录发排】操作,然后显示发排结果。显示目录发排结果时,不能进行大小样对照。通过【直接预览目录】的方法,系统不会在排版文件所在的当前目录下生成任何目录大样文件。

方正书版 10.0 可以将生成的目录大样文件通过 PS 或 EPS 文件进行输出。

选择【排版】|【目录排版】|【目录发排结果输出】命令,系统即将目录大样文件的内容输出

到 PS 或 EPS 文件中；或者选择【排版】|【目录排版】|【直接输出目录】命令，系统会自动执行【目录发排】操作，然后输出发排结果。

7.5.3 导出目录小样

方正书版 10.0 增加导出目录小样功能，该功能可以把当前的排版文件的目录类注解所生成的标题、页码等信息统一抽取到同一个文件中。导出目录小样的操作步骤如下。

(1) 选择【排版】|【目录排版】|【导出目录小样】命令，即可调出【另存为】对话框，在此输入要导出目录小样文件名，然后单击【确定】按钮。

(2) 系统将对当前的排版文件进行正文发排操作，并将小样的目录登记注解(ML)和自动目录注解(MZ)的内容抽取到指定的目录小样中。

提 示

目录注解(ML)导出的是小样文件中各级目录标题的页码；而自动目录注解(MD、MZ)所导出的小样文件是完整的，包括标题、页码在内的小样。

注 意

对使用目录注解(ML)生成目录的排版文件，导出目录小样保存的是各级目录标题的页码，该小样不能被发排成大样文件，但可以作为一个参考文件；对使用自动目录注解(MD、MZ)生成目录的排版文件，导出目录小样保存的是一个完整的发排目录区内容的小样，该小样可以作为普通小样被书版 10.0 处理，排版结果即是全书的目录；目录注解(ML)和自动目录注解(MD、MZ)不能同时在小样中使用。

7.6 创建索引文件

索引文件是用来把文章中的索引条目和页码抽取到一个文件中，根据需要自动排序并生成索引的文本文件。创建索引的操作步骤如下。

(1) 打开需要进行索引抽取的小样文件(该文件中必须有"索引点注解(XP)")，选择【排版】|【生成索引】命令，如图 7.13 所示。

图 7.13 选择【生成索引】命令

(2) 系统会弹出如图 7.14 所示的【生成索引】对话框。

该对话框中的各选项含义如下。

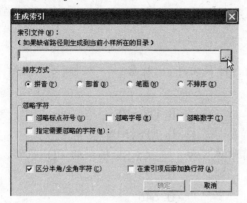

图 7.14 【生成索引】对话框

- 【索引文件】：该文本框用来输入将排版文件的索引条目抽取到哪个文件目录下。还可单击右侧的按钮，在调出的【另存为】对话框中选择需要生成索引的文件。
- 【排序方式】：该选项提供了三种汉字排序方式，它们是【拼音】排序、【部首】排序、【笔画】排序。下面对这三种排序进行简单的介绍。
  - ◆ 【拼音】：表示依次比较排序词的每个字的拼音，不考虑多音字，在拼音相同的情况下按笔画排序。
  - ◆ 【部首】：表示排序词的每个字的笔画数，部首相同的情况下再看笔画。
  - ◆ 【笔画】：表示依次比较排序词的每个字的笔画数，笔画相同的情况下，按横、竖、撇、捺、折来进行排序。
- 【区分半角/全角字符】：提示在生成索引时是否分半角/全角字符。
- 【在索引项后添加换行符】：提示在生成索引时是否在索引项后添加换行符。

对话框中的选项设置完毕后，单击【确定】按钮，系统就开始执行一扫查错并发排操作，同时抽取索引内容和页码，最后生成索引文件。

7.7 习　　题

填空题

(1) 方正书版的版面内容包括版心内、版心外两个部分，版心内为＿＿＿，它的尺寸是＿＿＿文件中指定的高与宽，即大样预览中蓝色虚线框所标明的区域；版心外包括边文、书眉、页码等。即大样预览中蓝线框外、红线框内的区域。

(2) EPS 文件名的生成方式有两种，即＿＿＿＿顺序和＿＿＿＿顺序。

(3) 页面设置可通过＿＿＿对话框中的【页面设置】选项卡完成。

(4) 【页面校正】：用来调整打印输出＿＿＿＿＿＿，只需设置好合适的校正参数，就可以准确定位＿＿＿＿＿＿位置。一旦设置好该值，只要不更换打印机，则无需改变各参数值，对

_____或_____输出，版心居中或边空设置都是有效的。

(5) 方正书版的字体可分为后端___字库、方正___字库和符号库以及外挂字体。

选择题

(1) 书版 10.0 能生成两种结果文件：一种是_____文件，可以在后端输出；另一种是_____文件。

A. S92；MPS   B. PS；S10

C. PS；EPS   D. EPS；NPS

(2) 方正 GBK 字库在前端体现为____款 GBK 编码的 TTF 字库。

A. 46   B. 72

C. 88   D. 646

判断题

(1) 【方向】选项可设置版心内容在纸样上的方向为横向和纵向。   ( )

(2) 【区分左右页】：是指【边空】中的【左空】变成【外空】，【右空】变成【内空】。 ( )

(3) 方正书版可支持 7 种图片格式：TIF、EPS、JPG、BMP、GIF、GRH、PIC 和 PDF。 ( )

(4) 方正书版支持 TIF 图片格式，但目前只支持不压缩的 TIF 和 LZW 压缩的 TIF。图版注解不支持 PDF 格式第一页的排版。   ( )

(5) 目录注解(ML)导出的是小样文件中各级目录标题的页码；而自动目录注解(MD、MZ)所导出的小样文件中是完整的，其中包括标题、页码在内的小样。   ( )

第8章

字符控制类注解

教学提示:在排版过程中,设置文字的格式及排法对版式至关重要。当然,在掌握好如何设置和排好文字的同时,还需注重版式的美观和流畅,更加需要熟练地应用每个注解及其相关参数。

教学目标:熟悉并掌握多种字体、字号以及输入格式。

8.1　字体、字号的基本概念

本节主要介绍字体、字号的基本概念以及认识各字体字号。

8.1.1　字体

字体能体现汉字的格式和风格用于区分版面中标题与正文、主要内容与次要内容等。排版时常用的汉字、数字及外文字体请参见附录 B。

8.1.2　字号

铅活字字号没有完全统一的计量标准,通常采用"级数"、"号"、"点(磅)数"来计算。手动照排字采用"级数制"。

下面对三种计算方法进行简要说明。

● 号数制:字体的大小用号表示的就称为"号数制"。如 2 号字、4 号字等。在排版操作时,用"号数"来表示比较方便。方正书版字号中特大号以下的字都以"号数制"表示。

● 级数制:手动照排中的照排字采用的是"级数制",单位以 K 或 Q 表示。

● 点(磅)数制:"磅"即"点",点是英文名称的 Point,音译为"磅",符号是字母"P"。以点(磅)为单位来计算字形大小的体制称为"磅数制"或"点数制"。

所谓字号就是指字的大小。常用字号书写格式如表 8.1 所示。

表 8.1 常用字号大小参照表

字 号	输入 格式	大小 /mm	点阵数 /字身	字 号	输入 格式	大小 /mm	点阵数 /字身
小 7 号	7"	1.849	54	小 1 号	1"	8.424	246
7 号	7	2.123	62	1 号	1	9.657	282
小 6 号	6.0P	2.456	72	小初号	0"	11.095	324
6 号	7.0P	2.808	82	初号	0	12.671	370
小 5 号	7.5P	3.150	92	小特号	10"	14.794	432
5 号	8.0P	3.698	108	特号	10	16.917	494
小 4 号	9.0P	4.246	124	特大号	11	19.726	576
4 号	10.0P	4.931	144	63 磅	63	22.191	649
3 号	10.5P	8.547	162	72 磅	72	28.342	740
小 2 号	12.0P	6.396	186	84 磅	84	29.589	864
2 号	14.0P	7.397	216	96 磅	96	33.836	988

8.1.3 字形

字形是指字的形状变化,如方形、长形、扁形、粗笔和细笔等。还有各种美术修饰的字形,如空心字、勾边字、立体字和倾斜字形。

8.1.4 字符的构成

字符分为三大类,即汉字、A 库符号和 B 库符号。其中汉字包括全部 GBK 标准的定义字体。ASCII 字符(西半角符号)以及 GBK 标准中所定义的汉字和符号可设置为外挂字体。外挂字体不是方正书版的内置字体,而是计算机安装的 TTF 字体以及在后端安装的、相对应的 PS 字体。

书版 10.0 的小样文件中出现的字符主要包括:通过书版 10.0 中的特殊字符工具栏输入的字符;通过书版 10.0 中的【插入】|【插入字符】命令插入的字符;通过方正书版 6.X、7.X 中的字符换成可被书版 10.0 处理的字符;使用典码输入法输入的字符;使用 N 内码盘外符输入的方正内码字符;新增 G 内码盘外符输入的 GBK 编码字符。

8.2 选用字体、字号的基本原则

常用的字体有书宋体(SS)、楷体(K)、仿宋(F)、黑体(H)、小标宋(XBS)和报宋(BS),为便于录排人员正确地运用这些字体,下面介绍其特点及选用原则。

● 书宋体:笔画横平竖直,粗细适中,疏密布局合理,看起来清晰,久读不易疲劳,所以多数书刊的正文都用书宋体。书宋体的另一优点是印刷适性好。通常的书籍正文都用五号字,因为书宋的笔画粗细适中,疏密合理,印出的笔道完整清晰;若用五号仿宋,因笔画太细,易使字残缺不全;若用楷体又因笔画较粗,对多笔画字易模糊。

● 楷体:笔画接近于手写体,由古代书法发展而来,字体端正、匀称。楷体一般用于以下几种情况:①小学课本及幼教读物。选用四号楷体便于幼儿临摹;②中、小号标题,作者的署名等,以示与正文字体相异而出。但用楷体作标题时,至少要比正文大一个字号,否则标题字会显得比正文小;③报刊中的短文正文。

- 仿宋体:是由古代的仿宋刻本发展而来。该字体笔画粗细一致,起落锋芒突出,刚劲有力。仿宋一般用于以下几种情况:①中、小号标题;②报刊中的短文正文;③小四号、四号和三号字的文件;④古典文献和仿古版面。
- 黑体:又称等线体、粗体、平体和方头体。该字体方正饱满,横竖笔画粗细相同,平直粗黑,受西方等线黑体影响发展而来。一般用于:①各级大、小标题字、封面字;②正文中要突出的部分。
- 小标宋体:笔画横细竖粗,刚劲有力,笔锋突出。该字体是方正字模中最理想的用于排大、小标题及封面的字体。
- 报宋体:字形方方正正,笔画比书宋细,比仿宋略粗。一般用于排报纸版心字,用小五号或六号报宋,印出笔道清晰,多笔画字不会模糊。此外报宋也可作中、小标题字。

8.3 字体、字号控制类注解

从本节开始我们将学习排版注解,学习过程中涉及的相关知识需要认真了解和掌握。

8.3.1 汉体注解(HT)

功能概要:给汉字加注字体字号命令,使其在排版中根据需要排出不同的字体字号。
(字体字号详见附录 B、附录 C)。

注解格式:〔 HT〔<双向字号>〕〔<汉字字体>〔<汉字外挂字体>〕|<汉字外挂字体>〕〕

注解参数:<双向字号>:<纵向字号>〔,<横向字号>〕

<汉字外挂字体>:#|《<汉字外挂字体名>〔<外挂字体效果>〕》〔!〕

<汉字外挂字体名>:任何合法的平台 GB2312 字体的字面名或别名

<外挂字体效果>:#〔B〕〔I〕

参数说明:#:表示本注解之后的字符不再使用外挂字体,恢复使用<汉字字体>中所指定的字体。

B:粗体。

I:斜体。

!:表示汉字外挂字体只对汉字才起作用。

注　意

上述注解的"〔〕"括号中的内容可选默认;"|"表示左右两边的内容任选一个。在后面所有的注解中,遇到此类情况用法均相同。

特别提示:① 该注解作用至遇到下一个〔HT〕或〔HT<字体号>〕为止;当遇到〔HT〕时,后面的文字将恢复到版心所定义的字体号。

② 如果纵向与横向的字号相同,只设定一个字号即可;不同时为长形字或扁形字。纵向与横向的字号之差不得大于 7 级(即≤7 级)。

③ 该注解所指定的字体一般只对汉字起作用,但字号的大小却可以对所有

字符起作用,即只要指定字号,后面的字符将全部改变。

在排版设定字号时,如果只指定一个<纵向字号>,排出的字是方形字;如果同时指定纵向和横向字号,且当<纵向字号>大于<横向字号>时,排出的字是长形字,即字的高度大于宽度;反之亦为扁形字,即字的高度小于其宽度。

下面举一简单例子进一步说明。

［HT4,5SS］表示纵向字号大于横向字号(4>5),即为长形字,实际效果如:"纵向"。

［HT5,4SS］表示纵向字号小于横向字号(5<4),即为扁形字,实际效果如:"横向"。

【实例应用 1】几种常用的汉字字体。

小样输入:

书宋:［HT4SS］生命之光［HT］■行楷:［HT4XK］生命之光［HT］■仿宋:［HT4F］生命之光［HT］■魏碑:［HT4W］生命之光［HT］✐报宋:［HT4BS］生命之光［HT］■水柱:［HT4SZ］ 生命之光 ［HT］■楷体:［HT4K］ 生命之光 ［HT］■隶书:［HT4L］生命之光［HT］✐黑体:［HT4H］生命之光［HT］■综艺:［HT4ZY］生命之光［HT］■小标宋:［HT4XBS］生命之光［HT］■琥珀:［HT4HP］生命之光［HT］Ω

大样显示:

书宋:生命之光　行楷:**生命之光**　仿宋:生命之光　魏碑:**生命之光**

报宋:生命之光　水柱:**生命之光**　楷体:生命之光　隶书:*生命之光*

黑体:**生命之光**　综艺:**生命之光**　小标宋:生命之光　琥珀:**生命之光**

【实例分析】通过大样文件显示可知,在相应的小样中规定了相同字号(4 号)和不同的字体;另外,所有的字体名称(如书宋,行楷等)均未变化,且保持 5 号书宋,这是因为在"生命之光"四字后面均加注了汉体恢复注解［HT］。

【实例应用 2】长形字、扁形字和拼字。

小样输入:　　　　　　　　　　　　　　　　　　大样显示:

［HT2″,4PW］成功［HT］与［HT4,2″PW］失败［HT］Ω

［HT3,5″SS］弓［KG-*2/3］［HT3,4″SS］京［HT］′,

［HT3,5″SS］目［KG-*2/3］［HT3,4″SS］蒙［HT］Ω

成功与**失败**

弓京,曚

【实例分析】"成功"为长形字,即纵向字号大于横向字号(2″>4);而"失败"则为纵向字号小于横向字号(4<2″);"PW"为胖娃字体;［HT3,5″SS］表示纵向字号为 3 号,横向字号为小 5 号;［KG-*2/3］为"空格注解",表示从右向左空 2/3 个字的距离。

【实例应用 3】参数"#"和外挂字体的运用。

小样输入:

■■［HT5K］几个英国人在一起喝啤酒。盖子一打开,白色的泡沫直往外冒。旁边一个印度人看了很惊奇。［HT5《方正瘦金书简体》］✓"噢,朋友,你感到奇怪吗?"一个英国人问。✓"泡沫出来,我并不感到奇怪。我不明白的是,你们是如何把这么多的泡沫塞进去的。"印度人说。［HT#］✓幽默的目的不是为了取笑,而是通过对无知者的嘲讽,

使我们更聪慧起来。〖HT〗Ω

大样显示：

> 　　几个英国人在一起喝啤酒。盖子一打开,白色的泡沫直往外冒。旁边一个印度人看了很惊奇。
> 　　"噢,朋友,你感到奇怪吗?"一个英国人问。
> 　　"泡沫出来,我并不感到奇怪。我不明白的是,你们是如何把这么多的泡沫塞进去的。"印度人说。
> 　　幽默的目的不是为了取笑,而是通过对无知者的嘲讽,使我们更聪慧起来。

【实例分析】上述小样文件中的〖HT5K〗为 5 号楷体;〖HT5《方正瘦金书简体》〗是运用了汉字外挂字体;〖HT#〗中的"#"参数表示取消外挂字体的使用,续用 5 号楷体。

8.3.2　外文字体注解(WT)

功能概要:指定外文的字体号,本注解后的外文采用该注解所定义的字体号,作用到下一个该注解为止(外文字体详见附录 B)。

注解格式:〖WT〔<双向字号>〕〔<外文字体>〔<外文外挂字体>〕|<外文外挂字体>〕〗

注解参数:<双向字号>:<纵向字号>〔,<横向字号>〕

　　　　　<外文外挂字体>:#|《<外文外挂字体名>〔<外挂字体效果>〕》

　　　　　<外文外挂字体名>:任何合法的平台 ANSI 字体或 GBK 字体的字面名或别名

　　　　　<外挂字体效果>:〔B〕〔I〕

参数说明:#:表示本注解之后的字符不再使用外挂字体,恢复使用<外文字体>中所指定的字体。

　　　　　B:粗体。

　　　　　I:斜体。

特别提示:① 俄文只有白正体,如需黑正体可用粗细注解〖CX<1~4>〗加粗;日文假名字体的变化是用汉体注解来实现的,其明体和黑体就是汉体的宋体与黑体。

　　　　　② 并非任何文种都包含各种外文字体,当某种外文指定了一个不存在的外文字体时,排版系统会一律按白正体处理。

【实例应用 1】外挂字体的加粗和倾斜。

小样输入：

> ■■ ≡ 〖WT5"HZ〗Employee：〖WT《方正瘦金书简体 #B》〗I've been here for 11 years doing three men's work for one man's pay. Now I want a raise. ↙ 〖HT5"H〗 员工：〖HT《方正黄草简体 #B》〗我在这里 11 年了,做三个人的工作,却只拿一个人的薪水。现在我要求加薪。 〖HT〗↙〖WT5"HZ〗Boss：〖WT《方正瘦金书简体 #I》〗Well, I can't give you a raise, but if you'll tell me who the other two men are, I'll fire them. 〖WT〗↙ 〖HT5"H〗老板：〖HT《方正黄草简体 #I》〗嗯,我不能给你加薪,但如果你能告诉我其他两个人是谁,我会开除他们。 〖HT〗Ω

大样显示：

Employee：*I've been here for 11 years doing three men's work for one man's pay. Now I want a raise.*

Boss: *Well, I can't give you a raise, but if you'll tell me who the other two men are, I'll fire them.*

员工：*我在这里11年了，做三个人的工作，却只拿一个人的薪水。现在我要求加薪。*

老板：*嗯，我不能给你加薪，但如果你能告诉我其他两个人是谁，我会开除他们。*

【实例分析】在上述小样文件中，［WT《方正瘦金书简体 #B》］表示外文字体采用外挂汉字字体"瘦金书"；"#B"表示给外挂字体加粗，而"#I"表示外挂字倾斜。这两种效果可从上述大样文件中看到。

【实例应用2】指定和取消外挂字体的设定。

小样输入：

■■［WT5"BKHX］Not long after an old Chinese woman came back to China from her visit to her daughter in the States, she went to a city bank to deposit the US dollars which her daughter gave her.［WT5"B3X《Haettenschweiler》］At the bank counter, the clerk checked each note carefully to see if the money was real. It made the old lady out of patience.［WT5"#］↙At last she could not hold any more, uttering."Trust me, Sir, and trust the money.They are real US dollars. They are directly from America."［WT］Ω

大样显示：

> *Not long after an old Chinese woman came back to China from her visit to her daughter in the States, she went to a city bank to deposit the US dollars which her daughter gave her.* At the bank counter, the clerk checked each note carefully to see if the money was real. It made the old lady out of patience.
>
> *At last she could not hold any more, uttering. "Trust me, Sir, and trust the money. They are real US dollars. They are directly from America."*

【实例分析】在上述小样文件中，［WT5"BKHX］表示外文采用小5号半宽黑斜体；［WT5"B3X《Haettenschweiler》］表示指定外文字体白三斜体和外挂字体。值得注意的是在该注解中同时出现了两种字体，这是允许的。前者在外挂字体结束后起作用；后者则是从指定位置开始起作用；［WT5"#］表示立即结束外挂字体的设定，而采用"B3X"字体。效果可从上述大样文件中看到。

8.3.3 外体自动搭配注解(WT<+/−>)

功能概要：指定外文字体是否随着前面所定义的汉字字体的变化而变化。

注解格式：［WT<+>|<−>］

注解参数：+；−

参数说明：+：设定外文字体随中文字体自动变化；

−：取消外文字体随中文字体变化的功能。

【实例应用】外文字体随汉字字体的变化而变化。

小样输入：

■■［HT5H］一位日本游客坐出租车去机场的路上，看到一辆汽车经过，就说："Oh, TOKOTA! Made in Japan! It is very fast! "又有一辆经过，他又说：［WT+］"Oh,NISSAN! Made in Japan! It is very fast! "司机有点不高兴，觉得他太吵了!↙［HT5Y1］后来到了机场，那个日本人就问："How much?"出租车司机说："1000!"↙日本人惊奇地问司机："为什么那么贵？"出租车司机回答说："Oh, mileometer (计程表)! Made in Japan! ［WT–］It is very fast! "［HT］［WT］Ω

大样显示：

> 一位日本游客坐出租车去机场的路上，看到一辆汽车经过，就说："Oh,TOKOTA! Made in Japan! It is very fast! "又有一辆经过,他又说："Oh,NISSAN! Made in Japan! It is very fast! "司机有点不高兴,觉得他太吵了!
>
> 后来到了机场,那个日本人就问："How much?"出租车司机说："1000!"
>
> 日本人惊奇地问司机："为什么那么贵?"出租车司机回答说："Oh, mileometer (计程表)!Made in Japan! It is very fast!"

【实例分析】 在上述小样文件中, ［HT5H］表示指定汉字字体为 5 号黑体；［WT+］表示外文字体随前者的汉字字体变化而变化；［HT5Y1］表示指定汉字字体为 5 号细圆；［WT–］表示取消外文自动搭配状态。

8.3.4 外文竖排注解(WP)

功能概要:格式

注解格式：［WP〔D〕］

注解参数：D

参数说明：D:只能用于竖排。表示外文字母单个单个直立排。

【实例应用】 外文竖排注解［WP］的用法及效果。

加排［WPD］注解效果　　　　　不加排或加排［WP］注解效果

8.3.5 数字字体注解(ST)

功能概要:指定数字的字体字号,本注解后的数字采用该注解所定义的字体字号,直到下一个数字字体注解出现为止(数字字体详见附录 B)。

注解格式：［ST〔<双向字号>〕〔<数字字体>〕］

注解参数：<双向字号>:<纵向字号>〔,<横向字号>〕

特别提示:① 本注解不能使用外挂字体。若想用外挂字体可采用［HT］或［WT］注解来实现。不过要在前面加注"数体自动搭配注解［ST+］"。

② 本注解不能用"方头黑(FH)",需用"方头正(FZ)"来代替,否则系统会出现"ST注解,字体错"的信息。

【实例应用】常见的几种数字字体。

小样输入：

白正体：〔ST4BZ〕0123456789〔ST〕■白斜体：〔ST4BX〕0123456789〔ST〕■黑正体：〔ST4HZ〕0123456789〔ST〕✐黑斜体：〔ST4HX〕0123456789〔ST〕■方头正：〔ST4FZ〕0123456789〔ST〕■方头斜：〔ST4XT〕0123456789〔ST〕✐细一正：〔ST4FZ〕0123456789〔ST〕■细体：〔ST4XT〕0123456789〔ST〕■花体：〔ST4HT〕0123456789〔ST〕Ω

大样显示：

白正体：0123456789　白斜体：*0123456789*　黑正体：**0123456789**

黑斜体：***0123456789***　方头正：0123456789　方头斜：*0123456789*

细一正：0123456789　细体：0123456789　花体：*0123456789*

8.3.6　数体自动搭配注解(ST<+/->)

功能概要：指定数字字体是否随着前面所定义的外文字体变化而变化。

注解格式：〔ST<+>|<->〕

注解参数：+；-

参数说明：+：设定数字字体随外文字体自动变化；
　　　　　　-：取消数字字体随外文字体变化的功能。

【实例应用】数字字体随外文字体的变化而变化。

小样输入：

〔WT5BX〕〔ST5HZ〕All things are difficult before they are easy. 0123456789✐
〔WT5FZ〕〔ST+〕A lost chance never returns. 0123456789✐
〔ST-〕A man can not spin and reel at the same time. 0123456789〔ST〕〔WT〕Ω

大样显示：

All things are difficult before they are easy. **0123456789**
A lost chance never returns. 0123456789
A man can not spin and reel at the same time. 0123456789

【实例分析】在上述小样文件中，〔WT5BX〕和〔ST5HZ〕分别表示指定外文采用5号白斜体，数字采用5号黑正体；〔WT5FZ〕和〔ST+〕分别表示指定外文采用5号方头正，而数字字体则随前者的变化而变化；〔ST-〕表示取消数字字体自动搭配状态，恢复到5号方头正。

8.3.7　数字注解(SZ)

功能概要：本注解只针对数字本身起作用。指定两位或三位数字是单个直立排，还是拼成一个字排。在标点不禁排的情况下，指定一串数字不可以拆开排在两行。

注解格式：〔SZ〔D〕〔B〕〕

注解参数:D;B

参数说明:D:只用于竖排。表示数字单个直立排。

B:表示当标点符号不禁排时,一串数字不能拆行。

特别提示:① 当指定 D 参数时,表示数字单个单个地直立排;未指定此参数时,两位或三位数字将并列排,若多于三位系统则报错。

② 当指定 B 参数时,表示标点符号不禁排,一串数字不能拆行(包括直立排的情况);未指定此参数时表示可以拆行。

【实例应用】竖排时,数字单个排或拼成一个字排(在此例中假设规定版面为竖排形式)。

小样 1 输入:

〔HT5F〕〔ST5FZ〕〔SZD〕世界贸易组织成立于 1995 年 1 月 1 日。1995 年 1 月 31 日,世界贸易组织举行成立大会,取代 1947 年以后的关税与贸易总协定。总部设在日内瓦,有 134 个成员。〔HT〕〔ST〕Ω

小样 2 输入:

〔HT5F〕〔ST5FZ〕〔SZB〕世界贸易组织成立于 1995 年 1 月 1 日。1995 年 1 月 31 日,世界贸易组织举行成立大会,取代 1947 年以后的关税与贸易总协定。总部设在日内瓦,有 134 个成员。〔HT〕〔ST〕Ω

大样 1 显示:

世界贸易组织成立于 1995 年 1 月 1 日。1995 年 1 月 31 日,世界贸易组织举行成立大会,取代 1947 年以后的关税与贸易总协定。总部设在日内瓦,有 134 个成员。

大样 2 显示:

世界贸易组织成立于 1995 年 1 月 1 日。1995 年 1 月 31 日,世界贸易组织举行成立大会,取代 1947 年以后的关税与贸易总协定。总部设在日内瓦,有 134 个成员。

【实例分析】在上述小样文件中,〔SZD〕 注解表示数字单个直立排,效果如大样 1 所示;〔SZB〕表示两位或三位数字并列排,效果如大样 2 所示。

8.3.8 文种注解(WZ)

功能概要:本注解是用来设定外文的文种。

注解格式:〔WZ〔E|R|M|Z〕〕

注解参数:E;R;M;Z

参数说明:E:英文;R:俄文;M:新蒙文;Z:壮文。

特别提示:未指定任何参数时,外文文种默认为英文。

8.3.9 繁简体注解(FJ)

功能概要:本注解用来指定汉字为简体或繁体,也是简体或繁体的开关。

注解格式:〔FJ〔<繁简参数>〕〕

注解参数:<繁简参数>:F|J

参数说明:F:表示繁体;J:表示简体。

特别提示:在中文系统中,文字显示只能在简体或繁体状态下,默认为简体。如果在〔FJ〕注解中未指定任何参数,该注解可起恢复作用。也就是说,如果当前的文字为繁体字,可用〔FJ〕注解格式恢复到简体字,反之亦然。

【实例应用】简体字转换为繁体字。

小样输入:

■ ■〔HT5K〕丘吉尔是"二战"期间英国的首相,他是个又矮又胖的男人。萧伯纳是著名作家,又高又瘦。他们俩都是幽默诙谐的人。↙

〔HT5W〕〔FJF〕一次,他们在一个招待会上碰面了。丘吉尔微笑着对萧伯纳说:"萧伯纳先生,人们看到您,一定以为我们国家正在闹饥荒。"〔HT#〕"对,"萧伯纳回答:"但他们一定认为这是您造成的。"〔FJ〕Ω

大样显示:

丘吉尔是"二战"期间英国的首相,他是个又矮又胖的男人。萧伯纳是著名作家,又高又瘦。他们俩都是幽默诙谐的人。

一次,他們在一個招待會上碰面了。丘吉爾微笑着對肖伯納說:"蕭伯納先生,人們看到您,一定以爲我們國家正在鬧饑荒。""對,"肖伯納回答:"但他們一定認爲這是您造成的。"

【实例分析】在上述小样文件中,〔HT5SJS〕指定了汉字字体为瘦金书体;〔HT5《方正稚艺简体》〕采用了外挂汉字字体为稚艺体;〔FJF〕表示当前文字由简体字转换为繁体字;〔FJ〕表示关闭当前繁体字,恢复为简体字;〔HT#〕结束当前外挂字体的设定,而采用瘦金书字体。效果可从上述大样文件中看到。

8.3.10　日文注解(RW)

功能概要:指定输出日文为新字形或旧字形。

注解格式:〔RW〔O〕〕

注解参数:O

参数说明:O:使用日文旧字形;

　　　　　　默认参数:使用日文新字形。

【实例应用 1】日文旧字形。

小样输入:

■ ■〔HT5RWM〕〔RWO〕一天,我工作的炸鸡店在关门前出现了一阵抢购狂潮,结果除了鸡翅外所有的东西都卖完了。正当我准备锁门时,一名喝醉了的顾客摇摇晃晃地走进来要就餐。我问他翅膀行不行,他从柜台上靠过身子来,回答道:"女士,我到这儿来是吃东西的,不是要飞!"〔HT〕Ω

大样显示:

一天,我工作的炸鶲店在閣门前出现了一阵抢购狂潮,结果除了鶲翅外所有的东西都　完了。正　我岨备锁门时,一名喝酫了的顾客摇摇晃晃地走进瘤要就餐。我问他翅膀行不行,他　柜薺上靠过身子瘤,回答道:"女士,我到这胭瘤是嚛东西的,不是要飞!"

【实例应用 2】 日文新字形。

小样输入:

■■〖HT5RWM〗一天,我工作的炸鸡店在关门前出现了一阵抢购狂潮,结果除了鸡翅外所有的东西都卖完了。正当我准备锁门时,一名喝醉了的顾客摇摇晃晃地走进来要就餐。我问他翅膀行不行,他从柜台上靠过身子来,回答道:"女士,我到这儿来是吃东西的,不是要飞!"〖HT〗Ω

大样显示:

一天,我工作的炸鸡店在关门前出现了一阵抢购狂潮,结果除了鸡翅外所有的东西都卖完了。正当我准备锁门时,一名喝醉了的顾客摇摇晃晃地走进来要就餐。我问他翅膀行不行,他从柜台上靠过身子来,回答道:"女士,我到这儿来是吃东西的,不是要飞!"

8.3.11　外挂字体别名定义注解(KD)

功能概要: 用于定义外挂字体的别名。

注解格式:〖KD《<外挂字体别名>》《<外挂字体字面名>》〗

注解参数: <外挂字体别名>:最长为 32 个字节的字符串

　　　　　　<外挂字体字面名>:任何合法的平台 GB2312 字体或 ANSI 字体的字面名

特别提示: 本注解只能出现在 PRO 文件中,是全书的说明性注解。如果在排版时觉得外挂字体字面名太长,可以利用该注解重新定义一个别名,也就是说用新定义的别名来代替该外挂字体。

8.4　标点符号简介

书版 10.0 设置了几种标点样式,包括开明制、全身制和居中不禁排(即标点和括号均为全身宽)以及竖排时标点排在字符的右侧。每种汉字字体都配有相应的标点和括弧,用户还可以指定标点和括弧是否随字体的变化而变化。

8.4.1　标点符号

标点符号是书面语中不可缺少的部分,用来表示停顿、语气以及词语的性质和作用。因此,必须重视标点符号的使用。下面简单介绍几种标点用法。

- 全角式:所有标点符号都是一个汉字的宽度,称为全角式或全身式。一般文科类书籍采用这种排法,可以使每行每列汉字能严格对齐,排出的版面整齐。
- 开明式:凡表示一句话完结的符号,如"。""、""?"和"!"用全角,其他(除省略号、破折号外)都用对开(即半个汉字的宽度)。由于这种规定最早在开明书店出版的书中采用,故称为"开明式"或"开明制"。目前很多出版物都采用这种排法,尤其是科技出版物,因为科技书中括号和引号较多。如用全角式都占一个汉字宽度,排出的版面松散且不好看。
- 对开式:除破折号、省略号外都对开。多用于工具书,如字典等。

8.4.2 常用标点符号及用法

- 句号(。)和句点(.)：句号(。)用于一般汉字书刊。句点(.)用于外文书刊或阿拉伯数字序号之后，现在科技文献也使用句点。注意句点(.)与中圆(·)点不要混淆。

- 问号(?)：表示疑问结束之后的停顿。

- 感叹号(!)：表示句子结束后的停顿，有感叹的地方。单个使用为全身，与?并用(?!)或两个三个并用(!!!!!)时为对开。

- 逗号(,)：表示一句话的中间停顿。它表示的停顿比顿号大，比分号或冒号小。

- 顿号(、)：表示句中并列词语的停顿，或表示汉字序号后的停顿(如一、二、三和甲、乙、丙等)。

- 分号(;)：表示句中比较大的停顿，或表示并列分句的停顿。

- 冒号(:)：表示句中较大的停顿，并借此提示下文或总结下文。注意冒号(:)与比号(∶)的区别，前者偏下，在 Alt+B 键盘上；后者居中，在 Alt+D 键盘上。

- 引号(“”)，(‘’)，(『』)和(「」)：横排本中双引号为“”，单引号为‘’；竖排本中的双、单引号分别为『』和「」。

- 括号( )：圆括号或小括号；〈〉:尖括号，注意与小于号(<)、大于号(>)相区别。〈〉在 Alt+B 键盘，< >在 Alt+E 键盘；[ ]:方括号或中括号；〔〕:六角括号；{ }:花括号或大括号；【】:黑括号或鱼尾号；〖 〗:双括号，只能由区位码得到。

- 破折号(——)、范围号(—)和连字符(-)：破折号占两个字身位置，故又称两字线。用 Alt+B 键盘 T 键位下挡按两次，注意不能用减号(X 键位下挡)代替。范围号又称一字线，与破折号同键位按一次。例如:1949—1989 年。注意不能用减号(–)代替！连字符用半字线，位于 Alt+B 键盘上的第一行，注意勿与范围号混淆。用于连接词组、化合物名称、公式、表序、图序和型号等的编号。例如:E-mail, T-shirt 等。

- 省略号(……)或(...)：中文省略号用居中六连点，即 Alt+B 键盘 V 键位下挡按两次(两个三连点)。外文省略号用偏下三连点，与中文省略号同键位，前面加 [WW] 注解即可得。

- 书名号(《》)：用于表示书籍、报刊、文件、法令、戏剧、电影和歌曲等的名称。书名号(《》)在横排中用，位于 Alt+B 键盘 Q、W 键下挡，但要注意勿与小于号(<)、大于号(>)混淆。在竖排中书名号用『 』或「 」。不过，一般在外文中不使用书名号而是用黑正体或白斜体。

- 间隔号(·)：即一个中圆点。表示某些民族人名中的音界。如:马克·吐温;表示书名和篇名的分界，如《水调歌头·中秋》;表示标题中并列词语间的停顿，如:《说·拉·弹·唱》等。位于 Alt+B 键盘 Y 键位下挡，注意勿与句点(.)相混。

- 星号(＊)或(※)：用于脚注、图注、表注，也可用于版面装饰。

- 剑号(▌)：其作用与星号类似，一般用于外文书刊中的脚注、图注和表注。位于 Alt+N 键盘 C 键下挡。

以上常用的 15 类标点符号，1~14 类都在 Alt+B 键内(个别除外)，使用较方便，但在五笔字型录入键盘有些标点无法输入，需要频繁地转换键盘，给录入带来不便，可用"转义字符"输入法避免频繁转换键盘。

8.5　标点符号类注解

8.5.1　标点符号注解(BF)

功能概要:指定标点符号的排法。

注解格式:〔BF〔Q|Z|Y〕〔B〕〔#〕〕

注解参数:Q;Z;Y;B;#

参数说明:Q:表示全身标点。

Z:表示居中标点,此时若无参数"#",标点、括号不禁排。

Y:表示竖排时,标点排在行右。

B:表示汉字标点、括号不随字体变化,采用宋体标点。缺省此参数,标点符号将随字体的变化而改变。

#:表示与无"#"时禁排规则相反,即居中标点禁排,全身或开明标点不禁排。

【实例应用 1】横排时,标点符号注解的运用。

小样输入:

▉ ▉〔HT5XK〕〔BFQ〕一个人对客人夸耀自己的富有:"我家无所不有。"〔HT5K〕〔BFZ〕他伸出两个指头说:"所缺少的,只有天上的太阳、月亮了。"〔BF〕〔HT5H〕他还未说完,家里僮仆就出来说:"厨房柴火已用完。"〔BFB〕这人又伸出了指头,说:"缺少太阳、月亮和柴火。"〔HT〕Ω

大样显示:

一个人对客人夸耀自己的富有："我家无所不有。"他伸出两个指头说："所缺少的，只有天上的太阳、月亮了。"他还未说完,家里僮仆就出来说:"厨房柴火已用完。"这人又伸出了指头,说:"缺少太阳、月亮和柴火。"

【实例分析】在上述小样文件中,〔HT5XK〕表示汉字采用 5 号行楷体;〔BFQ〕表示该注解后的标点符号采用全身制;〔HT5K〕 表示汉字采用 5 号楷体;〔BFZ〕表示该注解后的标点符号居中排;〔BF〕表示该注解后的标点符号恢复用开明制;〔HT5H〕表示汉字采用 5 号黑体;〔BFB〕表示该注解后的标点符号不随汉字字体的变化而变化,且采用汉字的书宋体。

【实例应用 2】竖排时,标点符号注解的运用(在此,假设本例的版面为竖排形式)。

小样输入:

▉ ▉〔HT5SJS〕"亲爱的安娜",年轻的小伙子写道,"请原谅,我是如此健忘！昨晚我向您求婚,但我实在记不得您是否答应我了。"↙↙〔BFY〕"亲爱的吉姆",安娜在复信上说,"很高兴收到您的信,我记得昨晚我拒绝了某个人,可我正好忘记他是谁了。"〔BF〕〔HT〕Ω

大样显示:

竖排手写体（竖排，从右到左）：

> "亲爱的安
> 娜"，年轻的小伙
> 子写道，"请原
> 谅，我是如此健
> 忘！昨晓我向
> 您求婚，但我实
> 在记不得您是否
> 答应我了。"
>
> "亲爱的吉
> 姆"，安娜在复信
> 上说，"很高兴收
> 到您的信我记得
> 昨晓我拒绝了某
> 个人可我正好忘
> 记他是谁了。"

【实例分析】 在上述小样文件中，[HT5SJS] 表示汉字采用 5 号瘦金书体；[BFY] 表示该注解后的标点符号排在行右；[BF] 表示恢复 [BFY] 注解的作用。在此值得注意的是在竖排时，双引号由横排时的""变为 ⌐，且未按 [BFY] 注解所指定的方式排版。这是该标点在竖排时的特殊约定。

8.5.2　全身注解(QS)

功能概要：指定本注解后的标点、数字或符号(有全身和对开两种选择的字符)均排版全身(全角或一字宽)的形式。

注解格式：[QS〔<字数>〕]
　　　　　　[QS( ] <内容> [QS)]

注解参数：<字数>；<内容>

参数说明：<字数>表示指定有几个字符(标点、数字、符号等)要求排成全身(全角或一字宽)。缺省时，被除数为 1，即只对本注解后的第一个字符起作用。
　　　　　　<内容>指定开闭弧内的字符排成全身或一字宽的形式。

特别提示：① 全身注解对外文字母也起作用，在该注解作用范围内，外文、数字以及原来不是全身的字符都排成占用与汉字同样大小的位置。
　　　　　　② 下述符号有全身和对开两种：
　　　　　　　　·(中圆点)、‖ ∶(比号)、#　　(没有对开注解时自动排成全身的)
　　　　　　　　丨、丶、丿、卜、。(圆乘)　(没有全身注解时自动排成对开的)
　　　　　　③ 自动排全身的符号，当有全身注解时，也计字数。

【实例应用】全身注解的运用。

小样输入:

[WT5FZ] Experience is the father of 　[QS( ] wisdom and memory [QS)] 　the mother. ✍
[WT5FX] 　[QS10] Every man for himself, and the devil takes the hindmost. [WT] Ω

大样显示:

Experience is the father of w i s d o m　a n d　m e m o r y　the mother.
E v e r y　m a n　f o r himself, and the devil takes the hindmost.

【实例分析】 在上述小样文件中，[WT5FZ] 注解表示指定外文字体号为 5 号方头正体；[QS( ] <内容> [QS)] 表示该注解内的字母均排成全身；[WT5FX] 表示指定外文字体号为 5 号方头斜体；[QS10] 表示指定 10 个英文字母按全身排。具体效果可从上述大样文件显示中看到。

8.5.3 对开注解(DK)

功能概要:本注解是指定标点、数字或符号(有全身和对开两种选择的字符)排成对开(半角或半字宽)的形式。

注解格式:〔DK〔<字数>〕〕

〔DK(〕<对开内容>〔DK) 〕

注解参数:<字数>;<对开内容>

参数说明:<字数>表示指定要求排成半角或半字宽的字符数。默认为1,即只对本注解后的第一个字符起作用。

<内容>指定开闭弧内的字符排成半角或半字宽的形式。

特别提示:① 采用开明制标点时,除了句号、问号、叹号外,其余的标点与括弧(除【】外),即使没有对开注解也都排成对开的形式。当有该注解时,这些本来就排成对开的字符也计字数。本注解可使句号、问号、叹号排成对开,但【】只能按全身的形式来排。

② 采用全身标点时,标点与括弧通常都排成全身。此外若有前后两个或两个以上标点相遇,系统自动将两个符号中的内容改为对开。

③ 自动排对开的符号,当有对开注解时,也计字数。

④ 阿拉伯数字一般都排成对开(全身白正体、全身黑正体排成全身的),当没有对开注解时,它与前后汉字都留四分空(1/4);有该注解时则不留空。

8.5.4 外文注解(WW)

功能概要:本注解指定排外文时,将标点、括号改成对应的外文标点、括号,还可以根据内容判断使用汉字标点、括号还是外文标点、括号。若当前排的是斜体外文,则改为外文斜体标点;若当前排的是正体外文,则改为外文正体标点。

注解格式:〔WW〔Z|H〕〕

〔WW(〔Z|H〕〕<内容>〔WW) 〕

注解参数:Z|H

参数说明:Z:表示自动按内容判断使用汉字标点、括号还是外文标点、括号。

H:表示使用汉字标点、括号。无参数表示使用外文标点、括号。

特别提示:① 不加本注解时,表示当前排版使用汉字标点、括号。

② 外文的标点一般比汉字的要小,并且随外文字体的变化而变化。

【实例应用】外文注解的运用。

小样输入:

■■ 〔WW〕一位来自日本的旅客,坐出租车去机场的路上,看到一辆汽车经过,就说:"Oh,TOKOTA! Made in Japan! It is very fast! "又有一辆经过,他又说:"Oh,NISSAN! Made in Japan! It is very fast! "司机有点不高兴,觉得他太吵了。✓〔WWH〕后来到了机场,那个日本人就问:"How much? "出租车司机说:"1000! "。✓〔WW(Z〕日本人惊奇地问司机:"为什么那么贵? "出租车司机回答说:"Oh, mileometer (计程表)! Made in Japan! It is very fast! "〔WW) 〕Ω

大样显示：

> 　　一位来自日本的旅客，坐出租车去机场的路上，看到一辆汽车经过，就说:"Oh, MTOKOTA! Made in Japan! It is very fast! "又有一辆经过,他又说:"Oh,NISSAN!Made in Japan! It is very fast! "司机有点不高兴,觉得他太吵了.
> 　　后来到了机场,那个日本人就问：“How much？”出租车司机说：“1000! ”。
> 　　日本人惊奇地问司机：“为什么那么贵？”出租车司机回答说:"Oh,mileometer (计程表)! Made in Japan! It is very fast! "

【实例分析】在上述小样文件中，［WW］表示指定本注解后的标点一律采用外文标点符号；［WWH］ 表示指定本注解后的标点一律采用汉字标点符号；［WW(Z］［WW)］表示指定开闭弧中的中英文混排时,自动选择标点类型,即英文字母后的标点采用外文标点,汉字后的标点采用汉字标点。

8.6　盘外符注解

方正书版系统提供了大量的符号,大部分符号可从动态键盘直接录入,还有一部分则不能,需要通过特殊处理才能显示。下面将详细讲述盘外符类注解。

8.6.1　内码盘外符注解(748 编码)

功能概要:用于调节字符库中所有的字符符号。

注解格式:《《N<内码>》》

注解参数:<内码>:748 字符的编码。输入时必须用英文的大写字母。

参数说明:符号编码

8080—80FF	A100—A17F	BOA1—BOFE	B021
⋮	⋮	⋮	⋮
AE80—AEFF	A400—A47F	FDA1—FDFE	FD7E
AF80—AFEFF	A500—A57F	FEA1—FEFE	FE7E

【实例应用】在本例中，假定造两个字体号均为 4 号小标宋的"矇""眬"字，并设置该字在小样文件中的编码为"FEA3"。

小样输入：

［HT4XBS］《《NFEA3》》《《NFEA3》》［HT］Ω

大样显示：

矇眬

8.6.2　GBK 码盘外符注解(GBK 编码)

功能概要:用于录入GBK 字符集的字符,可以是 GBK 编码集中的标准符号、汉字,也可以是在 AEA1—AFFE、F8A1—FEFE 之间补的字。

注解格式:《《G<内码>》》

注解参数:<内码>:GBK 字符的编码。

参数说明:GBK 字符的编码:位于 GBK 字符集中的字符编码,输入时必须使用大写的英
文字母或数字。

特别提示:GBK 补字区的 A140—A7A0、AAA1—ADFE 被书版 9.0 占用来放置书版 10.0
特有的符号。因此,如果输入这个区域的编码,得到的将不会是所补的字,而
是书版 10.0 的符号。

【实例应用 1】GBK 编码的运用。

小样输入: 大样显示:

〖GA0A0〗〖GA170〗〖GAAA0〗〖GABFE〗Ω   牋 ◣ 獱 ▷

【实例应用 2】在小样文件中直接插入字符。

小样操作:按快捷键 Ctrl+T,即可调出如图 8.1 所示的对话框。然后在【字符编码】文本框
中输入所需要的编码,同时会在其右侧的【字符】文本
框中显示出所需要的字符。如输入"A0A0",则显示"牋"。如
果单击【确定】按钮,则在小样文件中会将对应的字显示
出来。

小样显示:

牋

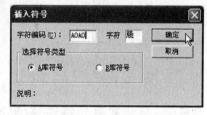

图 8.1 【插入符号】对话框

8.6.3 组合式盘外符注解(单字宽的字)

功能概要:由多个字符组合成一字宽左右结构的特殊字符的形式。

注解格式:D<字符 1><字符 2>〔<字符 3>〕〔<字符 4>〕〔<字符 5>〕

注解参数:<字符 1>;<字符 2>;<字符 3>;<字符 4>;<字符 5>

参数说明:字符个数最少 2 个,最多 5 个,均叠加在一个汉字大小的位置。

<字符 1><字符 2><字符 3><字符 4><字符 5>为允许录入的任何字符。

【实例应用】单字宽的字组合方法。

小样输入:

大样显示:

| ◎ | | ▲ | | ✪ | | ♡ | | ✖ |

8.6.4 组合式盘外符注解(上下附加字符)

功能概要:在一个主字符的上面或下面加入一个字符构成一个新字符。

注解格式:〖A<字符 1><字符 2>〔X〕〔<高低位置><左右位置>〕〗

注解参数:<高低位置>:GIDIU   <左右位置>:1—9

参数说明:<字符 1>:主字符。

<字符 2>:附加在主字符上面或下面的字符。

X:表示<字符 2>附加在<字符 1>之下。默认为附加在上。

G:高。D:低。

U:附加在上时为最高,附加在下时为最低。默认此参数介于 G、D 之间。

<左右位置>:1—9,1 最右,5 居中,默认为居中。

特别提示:① 附加字符位置正确与否同<字符 1>、<字符 2>本身位置有关。通常用上加符或下加符。

② 与阿克生注解不同,<字符 2>不随<字符 1>宽度变化。

③ 若<字符 2>的宽度大于<字符 1>的宽度,<左右位置>不起作用。

【实例应用】上下附加字符的几种形式。

小样输入:

《AO+》《AO+G》《AO+D》《AO+U》
《AO+X》《AO+XG》《AO+XD》
《AO+XU》✍《AO+G1》《AO+G2》
《AO+G3》《AO+G4》《AO+D5》
《AO+D6》《AO+D7》《AO+D8》Ω

大样显示:

8.6.5 复合式盘外符注解(附加单字符)

功能概要:在一个字符右、左附加字符。

注解格式:《Y<字符 1><字符 2>〔Z〕〔<高低位置>〕》

注解参数:Z;<高低位置>:G|D|U

参数说明:<字符 1>:主字符。

<字符 2>:附加在主字符左边或右边的字符。

Z:表示附加字符排主字符的左边,默认时此参数排在右边。

G:高。D:低。

U:附加在最高。默认此参数介于 G、D 之间。

【实例应用】附加单字符的几种形式。

小样输入:

《YR★G》《YR★D》《YR★Z》《YR★ZG》
《YR★ZD》《YR★U》《YR★ZU》Ω

大样显示:

8.6.6 复合式盘外符注解(附加多字符)

功能概要:在一个字符左上、左下角(右上、右下角)附加两行字符,附加字符的字号自动比主字小两级。

注解格式:《J<字符 1>〔<字符 2>〔<字符 3>〕〔<字符 4>〕〔,<高低位置>〕〕〔;<字符 5>〔<字符 6>〕〔<字符 7>〕〔,<高低位置>〕〕〔,<附加字符字体号>〕〔,Z〕》

注解参数:<高低位置>:G|D|U;

<附加字符字体号>:WT<字号><字体>|HT<字号><字体>;Z。

参数说明:<字符 1>:主字符。

<字符2><字符3><字符4>:附加在主字符左(右)上角的字符。

<字符5><字符6><字符7>:附加在主字符左(右)上角的字符。

<高低位置>:用来调整附加字符的上下位置。对于附加在上角的字符来说,G
  表示比默认值高,D 表示比默认值低,U 表示比 G 的位置更高;对于附
  加在下角的字符来说意义相反。

<附加字符字体号>:指定<字符2>…<字符7>的字号。

Z:表示附加字符排在主字符的左上角,默认为右上角。

特别提示:在主字上角或下角附加的字符至少有一个。

【实例应用】附加多字符的运用。

小样输入: 大样显示:

《J 做什么;作业》《J∑x-1;y-1》Ω

8.6.7 特定盘外符

特定盘外符名称和输入格式如表 8.2 所示。

表 8.2 特定盘外符的名称及输入格式

名　　称	输入格式
特定盘外符阳圈码	《B<数字><数字><数字>》
特定盘外符阴圈码	《H<数字><数字><数字>》
特定盘外符括号码	《(<数字><数字><数字>》
特定盘外符方框码	《F<数字><数字><数字>》
特定盘外符阴方框码	《FH<数字><数字>》
特定盘外符点码	《<数字><数字>》
特定盘外符一字宽	《<数字><数字><数字>》
特定盘外符中文阳圈码	《BZ〔#〕<数字><数字><数字>》
特定盘外符中文阴圈码	《HZ〔#〕<数字><数字>》
特定盘外符中文横括号码	《(Z〔#〕<数字><数字><数字>》
特定盘外符中文竖括号码	《(SZ〔#〕<数字><数字><数字>》
特定盘外符中文方框码	《FZ〔#〕<数字><数字><数字>》
特定盘外符中文阴方框码	《FHZ〔#〕<数字><数字><数字>》
特定盘外符中文点码	《.Z〔#〕<数字><数字>》
特定盘外符斜分数	《<数字>/<数字><数字>》
特定盘外符正分数	《<数字>−<数字>》
特定盘外符立体方框码	《FL<数字><数字><数字>》
特定盘外符立体中文方框码	《FLZ〔#〕<数字><数字><数字>》

【实例应用】特定盘外符的运用。

小样输入:

〔FL(! K2〕阳圈码〔KG6〕〔WB〕《B10》《B10》《100》✍阴圈码〔JY〕《H10》

《H100》↙ 括号码［DW］《（10》《（100》↙

方框码［JY］《F10》《F100》↙

阴方框码［DW］《FH10》《FH50》↙

点码［JY］《.10》《.100》↙

一字宽［DW］《10》《100》↙

中文阳圈码［DW］《BZ10》《BZ#20》《BZ100》↙

中文阴圈码［DW］《HZ10》《HZ#20》《HZ50》↙

中文横括号码［DW］《(Z5》《(Z#10》《(Z100》↙

中文竖括号码［DW］《(SZ10》《(SZ#20》《(SZ100》↙

中文方框码［DW］《FZ10》《FZ#20》《FZ100》↙

中文阴方框码［DW］《FHZ10》《FHZ#20》《FHZ50》↙

中文点码［DW］《.Z10》《.Z#20》《.Z100》↙

斜分数［DW］《1/2》《1/3》《1/5》↙

正分数［DW］《1－2》《1－3》《1－5》↙

立体方框码［DW］《FL1》《FL10》《FL100》↙

立体中文方框码［DW］《FLZ1》《FLZ10》《FLZ100》［FL)］Ω

大样显示：

【实例分析】在上述小样文件中，［FL(!K2］内容［FL)］是分栏注解，其中"!"表示分栏加中间线；"K2"表示分栏的间距为2字宽；［WB］是位标注解，［DW］是对位注解，前者为后者作一个对齐的标记。在此出现的相关注解，将在后面章节中作详细的介绍。

8.7 上 机 指 导

1. 改变汉字、外文和数字的字体字号

大样显示：

多边贸易协议与协定

（一）1994年关税与贸易总协定(*General Agreement of Tariffs and Trade* 1994)：由4部分组成。

(二)农产品协定(*Agreement on Agriculture*):由 13 个部分、21 条、5 个附录组成。

(三)卫生和植物检疫措施的协议(*Agreement on the Application of Sanitary and Phytosanitary Measures*):由 14 条、3 个附录构成。

(四)纺织和服务协议(*Agreement on Textiles and Clothing*):由 9 个条款和 1 个附录组成。

(五)贸易技术壁垒协议(*Agreement on Techniccal Barriers on Trade*):由 15 个条款和 3 个附录组成。

(六) 与贸易有关的投资措施的协议 (*Agreement of Trade—Related Investment Measures*):由 9 个条款和 1 个附录组成。

(七) 关贸总协定 1994 年第 6 条执行的协议 (*Agreement on Implementation of ArticleVI of GATT 1994*):由 3 部分、18 个条款、2 个附录组成。

……

【实例分析】根据上述大样显示可知:标题的字体号为 4 号小标宋;(一)到(三)的汉字字体为仿宋体,英文的字体为白斜体,数字的字体为细方头正;(四)到(六)的汉字字体为姚体,英文的字体为方头斜体,数字的字体为方头正;(七)的汉字字体为美黑体,英文的字体为黑斜体,数字的字体为黑正体。另外,除标题外的字号为 4 号,正文均为 5 号字。

由此可知生成该大样文件所输入的小样文件格式为:

〖HT4XBS〗多边贸易协议与协定✓
〖HT5F〗〖WT5BX〗〖ST5XFZ〗(一)1994 年关税与贸易总协定(General Agreement of Tariffs and Trade 1994):由 4 部分组成。✓
(二)农产品协定(Agreement on Agriculture):由 13 个部分、21 条、5 个附录组成。✓
(三) 卫生和植物检疫措施的协议 (Agreement on the Application of Sanitary and Phytosanitary Measures):由 14 条、3 个附录构成。✓
〖HT5Y〗〖WT5FX〗〖ST5FZ〗(四) 纺织和服务协议 (Agreement on Textiles and Clothing):由 9 个条款和 1 个附录组成。✓
(五)贸易技术壁垒协议(Agreement on Techniccal Barriers on Trade):由 15 个条款和 3 个附录组成。✓
(六)与贸易有关的投资措施的协议(Agreement of Trade—Related Investment Measures):由 9 个条款和 1 个附录组成。✓
〖HT5MH〗〖WT5HX〗〖ST5HZ〗(七) 关贸总协定 1994 年第 6 条执行的协议 (Agreement on Implementation of ArticleVI of GATT 1994):由 3 部分、18 个条款、2 个附录组成。✓〖HT〗〖WT〗〖ST〗……Ω

2. 简体字与繁体字的转换

大样显示:

男人的朋友一般都清楚朋友的幸福与不幸,而女人的朋友却祇知道朋友的快乐而不知朋友隐藏在内心深处的痛苦。
男人和男人的关系也不像女人同女人的关系那样恬淡而微妙。男人和男人的友

> 谊是一杯酒，不但味道浓烈，且越陈越香，几十年过去依然别有一种滋味在心头；女人与女人的关系则像一杯茶，当时解渴，也余香满口，但人一走，茶就凉。
>
> 男人在男人面前喜欢称赞朋友，女人在女人面前则喜欢炫耀丈夫，因此男人在称赞朋友时获得了更多的朋友，而女人在夸赞丈夫时，常常会既失去女伴，又失去自己的老公。

【实例分析】根据上述大样显示可知：第一段的字体号为 5 号瘦金书体，且为繁体字；第二段为 5 号黄草体；第三段是 5 号隶变体，且为繁体字。段落之间均加注了换段符 ↙。

由此可知生成该大样文件所输入的小样文件格式为：

> ［FJF］██ ［HT5SSJ］男人的朋友一般都清楚朋友的幸福与不幸，而女人的朋友却只知道朋友的快乐而不知朋友隐藏在内心深处的痛苦。［HT］［FJ］↙
>
> ［HT5HC］男人和男人的关系也不像女人同女人的关系那样恬淡而微妙。男人和男人的友谊是一杯酒，不但味道浓烈，且越陈越香，几十年过去依然别有一种滋味在心头；女人与女人的关系则像一杯茶，当时解渴，也余香满口，但人一走，茶就凉。［HT］↙
>
> ［FJF］［HT5LB］男人在男人面前喜欢称赞朋友，女人在女人面前则喜欢炫耀丈夫，因此男人在称赞朋友时获得了更多的朋友，而女人在夸赞丈夫时，常常会既失去女伴，又失去自己的老公。［HT］［FJ］Ω

【实例提示】在运用繁简注解时，一定要恢复［FJ］注解，否则所有的汉字内容都由简(繁)体变成了繁(简)体。

3. 标点符号的几种排法

大样显示：

> 女人应该具备女性最本质的灵魂，那就是纯洁、柔美、温存、高雅、慈祥和神秘的诱惑力。
>
> 女人是男人世界里的七彩晴空，是夜空里皎洁的月亮，是人世间的万家灯火。甚至，说起女人，就是说起一个温馨的家。
>
> 男人永远都应该有一种英雄气概，在许多方面，都应该"强出头"，应该负起更多的重担与责任。
>
> 现代男人还是应该多一些责任，多一份爱心，以及在必要的时候，对女士们多一分谦让。这是男人的本色，什么时候也不能丢。

【实例分析】根据上述大样显示可知：第一段的字体号为 5 号仿宋体，即加注了［HT5F］注解命令，且其中的标点为全身制，加注了［BFQ］注解；第二段的字体号为 5 号行楷体，即加注了［HT5XK］注解命令，且其中的标点为对开形式(半角)，即加注了对开［DK(］［DK)］注解命令；第三段的字体号为 5 号楷体，即加注了［HT5K］注解命令，且其中的标点为居中，即加注了［BFZ］注解命令；第四段的字体号为 5 号黑体，即加注了［HT5H］注解命令，且其中的标点不随字体的变化而变化，即加注了［BFB］注解命令。

由此可知生成该大样文件所输入的小样文件格式为：

> ［BFQ］［HT5F］██ 女人应该具备女性最本质的灵魂，那就是纯洁、柔美、温存、高雅、

慈祥和神秘的诱惑力。〖HT〗〖BF〗↙

〖DK(〗〖HT5XK〗女人是男人世界里的七彩晴空,是夜空里皎洁的月亮,是人世间的万家灯火。甚至,说起女人,就是说起一个温馨的家。〖HT〗〖DK)〗〖BF〗↙

〖BFZ〗〖HT5K〗男人永远都应该有一种英雄气概,在许多方面,都应该"强出头",应该负起更多的重担与责任。〖HT〗〖BF〗↙

〖BFB〗〖HT5H〗现代男人还是应该多一些责任,多一份爱心,以及在必要的时候,对女士们多一分谦让。这是男人的本色,什么时候也不能丢。〖HT〗〖BF〗Ω

8.8　习　　题

填空题

(1) ____字体笔画横平竖直,粗细适中,____布局合理,看起来清晰,久读不易____。因此,一般书刊的正文均用该字体。

(2) 楷体的笔画接近于手写体,由古代书法发展而来,字体____、____。

(3) ____是由仿宋刻本发展出来,是古代的____。该字体笔画粗细一致,起落锋芒突出,刚劲有力。

(4) 黑体又称等线体、粗体、平体和方头体。该字体方正饱满,横竖笔画细____,平直粗黑,受西方____影响发展而来。

(5) 小标宋笔画____,刚劲有力,笔锋突出。该字体是方正字模中最理想的排大、小____及封面的字体。

选择题

(1) 在"外体自动搭配注解"中,____参数的作用是设定外文字体随中文字体自动变化。

A. +　　　　　　　　　B. #
C. –　　　　　　　　　D. %

(2) 在"数字注解"中,____参数表示当标点符号不禁排时,一串数字不能拆行。

A. A　　　　　　　　　B. B
C. C　　　　　　　　　D. D

(3) 在"外挂字体别名定义注解"中,其中外挂字体别名最长为____个字节的字符串。

A. 12　　　　　　　　　B. 22
C. 32　　　　　　　　　D. 42

(4) 在"外文注解"中,参数____表示自动按内容判断使用汉字标点、括号还是外文标点、括号;而参数____表示使用汉字标点、括号。

A. Z;H　　　　　　　　B. P;Q
C. H;Z　　　　　　　　D. E;F

判断题

(1) 在数体注解中,参数"+"表示设置数字字体随外文字体自动变化。　　　　　　( )

(2) 在外体注解中,参数"–"表示设置数字字体随汉字字体变化的功能。　　　　　(　　)

简答题

常用汉字字体通常有哪些?一般哪种字体用于文章的正文,为什么?

操作题

输入几段文字(内容包括英文、汉字、数字),并设置它们的字体号分别为汉字小 4 号魏碑体,数字为小 4 号黑正体,英文为小 4 号白斜体。另外,给输入的内容设定标点符号的各种形式,包括全身制、开明制和标点居中以及标点不随汉字字体的变化而变化。

(提示:中文加注[HT4"W];数字加注[ST4"HZ];英文注加[WT4"BX];[BFQ]表示全身制,[DK( ]内容[DK)]表示开明制,[BFZ]表示标点居中,[BFB]表示标点随汉字字体的变化而变化。)

第9章

定义PRO 文件类注解

教学提示:在排版过程中,PRO 文件的定义至关重要,有效对其设定可决定整个版面的统一性。相关的注解主要包括:版心注解(BX)、页码类注解、标题类注解、书眉类注解、目录类注解和脚注注解等。

教学目标:了解 PRO 文件相关注解的用法;掌握各注解的功能、参数意义,以及书写格式与作用。

9.1 相关介绍

本节主要介绍 PRO 文件组成部分的相关内容,以便让初学者深入了解 PRO 文件的相关知识。

9.1.1 版心

书刊报纸一面中的图文部分和空白部分的总和称为版面。版面由版心、天头、地脚、订口(里口)、切口(外口)等几部分组成,如图 9.1 所示。

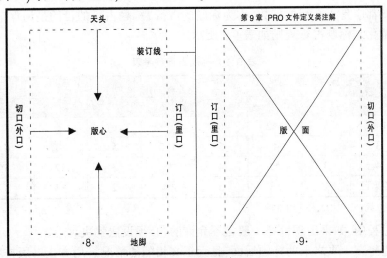

图 9.1 版面的构成

版心内排文字、图表等,版心的四边称为版口(或版边)。

版心的尺寸受开本大小的限制,各种标准开本对应标准的版心尺寸,在同一开本中,由于版口空白大小或装订方法不同,版心尺寸往往也不相同。

常用书版版心与成品尺寸如表 9.1 所示。

表 9.1　常用书版版心与成品尺寸参照表

开本	字号	行距	成品尺寸(高×宽)	版心尺寸(高×宽)	行×字总字数	天头	天脚	订口	切口
16 开	5 号	*2	260×186(mm)	(220±5)×(147±5)(mm)	39×40=1560(字)	22	17	22	17
32 开	5 号	*2	185×130(mm)	(153±5)×(96±5)(mm)	27×26=702(字)	18	14	20	14
64 开	5 号	*2	128×90(mm)	(95±5)×(60±5)(mm)	18×17=306(字)	17	12	15	11

注:版心高不包括页码和书眉。版心的尺寸大小完全由 PRO 文件中的版心参数决定。因此在排版前,一定要确定版心大小以及输入版心参数的准确性。否则,将会给后续的工作带来麻烦。

9.1.2　标题

在一本书或一篇文章中,往往有各种标题,且处于不同的层次。为使排版人员方便地区别标题的层次,通常按照层次来划分标题的级别。一本书中的最大的标题通常称为一级标题,以下按层次依次为二级、三级。一本书如果以章为一级标题,则节、条、款、项分别就是二、三、四、五级标题,随着级数的增加字号逐级缩小,但最小一级标题的字号不得小于正文,同时需用不同字体来突出标题。

同级标题的要求:①字体号相同;②排版格式相同(包括占行、序号的序码及标点符号,如"一、,(一),1.(1),①;"在版面中的位置等)。

不同级标题选择字号、字体的原则:①根据书刊开本的大小来选用。开本越大字号越大,一般 16 开本的一级标题可选 1~2 号字;32 开本选 2~3 号字;64 开本选 3~4 号字;②根据一本书中标题分级的多少选择,分级多则最大的一级标题要增大一号字,分数少则可减小一号字;③根据文章的长短来选择(用于报纸、杂志),如文章长,标题字要大一些;④根据书刊的种类和风格选择,一般教材、科技书要按常规的、统一的格式来选,而杂志、学报、科研论文等要选大一些的字号。

各级标题都应是正文行的倍数,称为标题的占行。标题占行的目的是为保证正文的对行和使排版规范化。标题占行规则如表 9.2 所示。

表 9.2　标题占行参考表

级别	字号	(大)32 开 一行	上空	二行	上空	(大)16 开 一行	上空	二行	上空
篇	1~2	5	1*2	6	1	6	2	7	1*2
章	3	4	1	5	1*2	5	1*2	6	1
节	4	3	*2	4	*3	3	*2	5	*2
条	4"以下	2	*3	3	*4	2	*3	3	*4

注:*<数字>代表分数,*2 即 1/2,*3 即 1/3 等。

在排版过程中,如果出现背题一般是不允许的,必须设法解决。

背题是指排在一页之末的标题后面,且无正文相随的情况。用方正书版排版时,由于分页由软件自动完成,很容易出现背题。为此方正书版系统专门设有"排标题注解"及"行数开闭弧注解",以防止背题。但也能完全避免,如果出现背题,还需进一步调整。

9.1.3 书眉

书眉是指排在版心外部的文字或符号(包括页码、文字和书眉线)。方正书版系统提供了书眉注解,系统根据这些注解的要求自动排书眉、抽词条,不需要排版人员随页加注。

书眉文字内容形式:**双页放书名,单页放篇(章等)名**。排字典时,页首的第一个字或词称为首词条;页末的最后一个字或词称为末词条。

书眉文字排版形式:

居中式,如: 第 9 章 定义 PRO 文件类注解 1   2 方正书版排版基础教程

齐版口,如:第 9 章 定义 PRO 文件类注解   1   2   方正书版排版基础教程

集中式,如: 第 9 章 定义 PRO 文件类注解 1   2 方正书版排版基础教程

码中式,如:第 9 章   1   2   方正书版

短线式,如:第 9 章 定义 PRO 文件类注解 1   2 方正书版排版基础教程

书眉的字体可随意选择;选用字号时一般要比正文小两个或一个字号,或与正文同字号;书眉线型包括正线、粗线(反线)、点线、曲线、双线、文武线等。

9.1.4 页码

页码字号应与版心字号一致,页码与正文行之间的距离一般应大于正文的行距。

正文页码应从第 1 页开始连续排,若有个别超版心图、表可为暗码,该版面上不排页码,但在整本书中该页仍占据一个页码号,文中白版也为暗码。封一、内封、扉页等不排页码。

前言、目录仅一页时,不排页码;多于一页时,页码应与正文页码分开排,用不同的字体或装符,类型如:·*1*·、–2–等。

9.2 书版注解和版心注解

9.2.1 书版注解(SB)

功能概要:指定本次排版的小样文件。一本书可按章节分为多个小样。

注解格式:〖SB<文件名>{,<文件名>}(0 到 39 次) 〗

注解参数:<文件名>:<不包含逗号和右方括弧的文件名>

9.2.2 版心注解(BX)

版心注解是全书说明性注解(参见图 5.20),本注解只能出现在"*.PRO"文件中,而不能出现在小样文件中。

功能概要:该注解是全书说明性注解,用于全书正文的版面格式,如字体、字号、每行字数、每页行数、横排或竖排、全书文字的颜色以及全书的其他排版要求等。

注解格式:〖BX<版心字号><版心字体>[《H<汉字外挂字体名》》][《W<外文外挂字体名》》][<颜色>],<版心高>。<版心宽>,<行距>[<文字方向>][B][D] 〗

注解参数:<版心字号>:<双向字号>:<纵向字号>[,<横向字号>]

<颜色>:@[%](<C 值>,<M 值>,<Y 值>,<K 值>)

<版心高>:<行数>|{<数字>}〔.〔{<数字>}〕〕mm|{<数字>}〔.〔{<数字>}〕〕p|{<数字>}x

<版心宽>:<字数>|{<数字>}〔.〔{<数字>}〕〕mm|{<数字>}〔.〔{<数字>}〕〕p|{<数字>}x

<文字方向>:!

参数说明:<行数>:表示每页排多少行。<字数>:表示每行排多少字。

mm:版心高(宽)以毫米为单位,可用多位小数,整数部分<数字>可取 1~3 位数。

p:版心高(宽)以磅为单位,可使用多位小数,整数部分<数字>可取 1 位到 4 位数。

x:版心高(宽)以线为单位,<数字>可取 1 位到 5 位数。

<文字方向>(设定全书的文字方向):! :正向竖排;默认:正向横排。

B:指定不拉行距。

<颜色>:指定全书文字的默认颜色。默认为黑色。

D:表明页码和书眉相互独立,互不影响。

特别提示:当页码和书眉相互独立时,二者位置无依赖关系;页码可单独设置纵向距离且不再占用书眉的分区;此外书眉在下时也可设置眉线属性。参数 D 默认时,页码和书眉不独立,位置相互依赖;页码占用书眉的分区,且不可单独设置纵向距离;此外书眉在下时也没有眉线属性。

【实例应用 1】 在 PRO 文件中设定版心要求。

PRO 文件输入:〔BX5SS,39。39,*2B〕Ω

【实例分析】 该注解表示全书为 5 号书宋体,每页的行数为 39 行,每行的字数为 39 个字,行距为 1/2 版心高,B 则表示指定不拉行距。

【实例应用 2】 在 PRO 文件中设定版心要求。

PRO 文件输入:〔BX5",5"《H 方正康体简体》《W 方正水柱简体》@(100,0,100,0),40。42,1B〕Ω

【实例分析】 该注解表示全书纵向字号为 5,横向字号为小 5 号书宋体,即为长形字;汉字外挂字体为方正康体简体,外文外挂字体为方正水柱简体;正文的文字颜色为绿色,即青色的色值为 100,黄色的色值为 100;每页的行数是 40 行,每行的字数为 42 个字,行为 1 版心高;参数 B 则表示指定不拉行距。

9.3 页码类注解

本节主要介绍了七种注解:即为页码注解(YM)、无码注解(WM)、暗码注解(AM)、单页码注解(DY)、双页码注解(SM)和页号注解(PN)以及另面注解(LM)。

9.3.1 页码注解(YM)

功能概要:本注解用于设置对页码的各种要求,如字体、字号、颜色、位置等。

注解格式:〔YM<页码参数>〕   〔YM(<页码参数>)〕<页码内容>〔YM)〕

注解参数:<页码参数>:〔L|R〕<字号><字体>〔<颜色>〕〔。|−〕〔! |#〔−〕<字距>〕〔%〔−〕<字距>〕〔=<起始页号>〕〔,S〕

<起始页号>:{<数字>} (1 到 5)

<颜色>:@〔%〕(<C 值>,<M 值>,<Y 值>,<K 值>)

参数说明:L:表示页码用罗马数字,但要≤16;

R:表示页码用小写罗马数字,但要≤16;默认表示用中文数字或阿拉伯数字。

。|–:页码两边加装饰符,"。"为句号,表示页码两边加一实心圆点,"–"为减号表示页码两边加一条短线,默认为不加装饰符。

!:表示页码在中间,默认为单页在右,双页在左,竖排时"!"不起作用。

#〔–〕<字距>:指定页码与切口间的距离,"–"表示距离为负值;

%〔–〕<字距>:指定页码与正文间的距离,"–"表示距离为负值;

S:表示页码在上,默认页码在下,竖排时"S"不起作用。

<颜色>:指定页码文字的颜色。如果默认,则使用正文默认颜色排页码文字。

【实例应用1】在小样或 PRO 文件中设定页码。

小样(PRO)文件输入: 〖 YM5HZ! 〗Ω

【实例分析】该注解表示页码为5号黑正体,并且排在页面下方的居中位置。

【实例应用2】在小样或 PRO 文件中设定页码。

小样(PRO)文件输入: 〖 YM5BX。=101,S! 〗Ω

【实例分析】该注解表示页码为5号白斜体;"。"表示页码的两边加修饰实心圆点;"=101"表示页码从第101页开始;"S"表示页码排在页面的上方;"!"表示居中排版。

【实例应用3】在小样或 PRO 文件中设定页码。

小样(PRO)文件输入: 〖 YM(5XK 第@页 〖 YM) 〗Ω

【实例分析】该注解表示在页码前加上"第",页码后加上"页",即以"第×页"的形式出现。

9.3.2 无码注解(WM)

功能概要:该注解表示本页不排页码,也不计入页码中。本注解需要在本页的内容中输入。

注解格式:〖 WM 〗

特别提示:① 该注解只对一页起作用,且不把该页计入整本书的页码顺序中。例如:上页是第2页,本页加注本注解后,不排页码,则下页显示第3页。

② 该注解必须写在当前页的内容中。

9.3.3 暗码注解(AM)

功能概要:本注解表示所在页不排页码,但计入页码中。该注解需要输入在页面内容中。

注解格式:〖 AM 〗

特别提示:① 该注解只对一页起作用,且把该页计入整本书的页码顺序中。例如:上页是第2页,页面加注注解后,不显示页码,则下页显示第4页。

② 该注解必须写在所在页的内容中。

9.3.4 单页码注解(DY)

功能概要:强制结束页的注解。加入注解后,表示注解后的内容排在单页上,并从当前页立即换页。

注解格式:〖 DY 〗

特别提示:如果当前页排的是双页,则换到下一页;如果当前页排的是单页,则空出一页,且为空白页,该空白页中除了书眉和页码外,没有其他内容;而且注解后的内容是从下一个单页开始排版的。

9.3.5 双页码注解(SY)

功能概要:强制结束页的注解。加入该注解后,表示注解后的内容排在双页上,并从所在页立即换页。

注解格式:〔SY〕

特别提示:如果当前页排的是单页,则换到下一页;如果当前页排的是双页,则空出一页,且为空白页,该空白页中除了书眉和页码外,没有其他的内容;而且该注解后的内容是从下一个双页开始排版的。

9.3.6 页号注解(PN)

功能概要:该注解是方正书版 9.11 的新增注解。用于给出当次排版对页码的要求或改变当前页码的各种属性,如页号的字体、字号、位置、页码类型和出现方式以及页号间隔等。

注解格式:〔PN〔《标识符》〕<页号参数> 〕

  〔PN(〔《标识符》〕<页号参数> 〕<页号内容>〔PN)〕

注解参数:<页号参数>:〔–<页号类型>〕〔Y<页号出现方式>〕〔<页号位置>〕〔V<排版方向>〕〔P<当前页号>〕〔+<页号间隔>〕

  <页号类型>:{L|R|B|H|(|(S|F|FH|FL|S|.}〔Z〔#〕〕〔^〕

  <页号出现方式>:{0 | 1 | 2 | 3 | –n}

  <页号位置>:<! | =>{<预设位置> | <自定义位置>}

  <预设位置>:@<数字>   <数字>:从 1(或者 01)到 12

  <自定义位置>:{〔–〕<空行参数>|!}。{〔–〕<字距>|!}

  <排版方向>:{! | =}   <当前页号>、<页号间隔>:<数字>

参数说明:<页号类型>:L:罗马数字;R:小写罗马数字;B:阳圈码;H:阴圈码;(:括号码;(S :竖括号码;F:方框码;FH:阴方框码;FL:立体方框码;S:单字多位数码;.:点码。Z:Z 中文数字页号;Z#:小于 40 的中文页号采用"十廿卅"方式;默认为外文页号。

  ^:表示单字页号,比如和阴圈码结合,可以将页号做成一个字的宽度。默认为多字页号。

  <页号出现方式>:0:不出现;1:只在单页出现;2:只在双页出现;3:在每页都出现;默认为 3。–n:指定出现的次数(n>0)。如–1 表示只在当前页出现一次。

  <页号位置>:! 表示双页的页号的水平位置和单页的位置是水平镜像对称的。=表示双页的页号的水平位置和单页的位置一致。

  <预设位置>:@<数字>:表示预设的几种位置,数字为一到两位数字,从 1(或者 01)到 12,分别代表沿页面四边排列的 12 个位置。

  <自定义位置>:其中"! "表示居中。默认为右下角,即"! @7"。自定义位置的指定距离是相对于版心的左上角,即版心左上角为 0 时的位置。0;距

离可以为正、负、零,如果页号的位置在版心之内,并不在其中挖出空地,只是简单地叠加在上面。

<排版方向>:! 表示与版心排版方向相反;=表示与版心排版方向相同。

<当前页号>:指定当前的页号;此参数会影响到 YM 注解的效果。

<页号间隔>:指定页号的增加步长;默认为 1;此参数会影响到 YM 注解的效果。当不带参数而直接使用［PN］注解时,没有任何效果。

【实例应用】页号注解的应用。本例的 PRO 文件设置为:［BX5″,11。30,*2］Ω

小样输入:

［PN(《1》-L! @1P8］&［PN)］［PN(《2》-R! @2P8］&［PN)］［PN(《3》-B! @3P8］&［PN)］［PN(《4》-H! @4P8］&［PN)］［PN(《5》-(! @5P8］&［PN)］［PN(《6》-F! @6P8］&［PN)］［PN(《7》-FH! @7P8］&［PN)］［PN(《8》-FL! @8P8］&［PN)］［PN(《9》-S! @9P8］&［PN)］［PN(《10》-.! @10P8］&［PN)］［PN(《11》-Z! @11P8］&［PN)］［PN(《12》-Z#! @12P8］&［PN)］法国著名作家,旅行家——菲利浦·夏尔博尼埃曾写道:✓［HT5″K］"世界各国的男男女女,什么人我都见识过,对此我确信不疑。和你们的看法一样,我认为世界上笑得最多的人是黑种人,然而,他们没有幽默感。可是,他们的快乐情绪是十分纯真、十分率直的,可以一览无余。✓亚洲人不会为笑而笑,他们没有那些使众人一齐放声大笑的有趣的玩笑,他们一切都很奥妙,其实他们是在自己跟自己玩心眼儿。✓中国人喜欢微笑,因为他们一般不大笑。日本人爱大笑,因为他们不懂得微笑。我所到地方,哪里的人最不苟言笑呢?要数印度。哪儿的人最爱笑呢?要数圭亚那。但是,我不会忘记美国布鲁克林的犹太人的笑,那笑声突烈暴发出来。像枪声大作,迅猛、热烈;与缓慢而神奇的英国历史上的幽默,恰恰形成鲜明的对照……"［HT］Ω

大样显示:

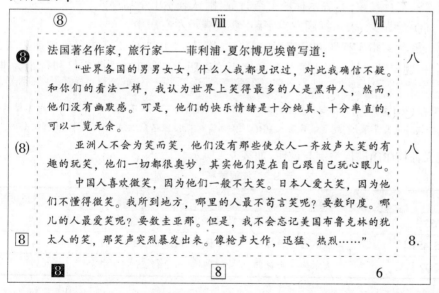

【实例分析】第一个页号注解［PN(《1》-L! @1P8］&［PN)］表示页码标识符为 1(《1》);L 表示页号类型为大写罗马数字;双页的页号水平位置和单页的位置是水平镜像对称的(!);页码位置采用预设方式 1(@!);页码起始页号为 8(P8)。其他的

11 个注解均采用相类似的注解,不过有两处不同:一是页码标识符不同,分别为 2~12;二是页码位置采用的预设方式不同,分别为 @2~@12。

从上述大样显示可知,版心上边最右边的大写罗马数字为页码位置的预设方式 1,版心上边中间的罗马小写数字为页码位置的预设方式 2,……依次类推,顺着大样文件逆时针转,版心右边的第一个中文数字为页码位置的预设方式 12,它们分别沿版心的四周排列。

9.3.7 另面注解(LM)

功能概要:立即无条件换页排版。

注解格式: [LM]

9.4 标题类注解

本节主要介绍两种注解:标题定义注解(BD)和标题注解(BT)。

9.4.1 标题定义注解(BD)

功能概要:定义各级标题的排版格式,如字体、字号、占行、颜色等。

注解格式: [BD<级号>,<双向字号><字体>〔《H<汉字外挂字体名>》〕〔《W<外文外挂字体名>》〕〔<颜色>〕,<标题行数>〔<格式>〕]

注解参数:<级号>:1–8   <标题行数>:<空行参数>

<格式>:〔S<空行参数>〕〔Q<字距>〕

<颜色>:@〔%〕(<C 值>,<M 值>,<Y 值>,<K 值>)

参数说明:〔S<空行参数>〕:表示标题上空行数,默认表示上下居中。

〔Q<字距>〕:表示标题左空字距,默认表示左右居中。

<颜色>:指定标题文字使用的颜色。默认,则用当前正文的颜色排标题文字。

特别提示:标题定义注解(BD)中的行数和字距均以版心注解(BX)中的字号和行距为准。

注 意

该注解须写在 PRO 文件中,与标题注解(BT)配合使用。标题注解可一次定义排版中各级标题的排版格式,在排版时选择标题定义子菜单,经排版后写入 PRO 文件中;也可按照语法格式直接写入 PRO 文件中。

对标题定义注解(BD)进行举例与说明,如表 9.3 所示。

表 9.3 注解解释

PRO 文件的输入格式	解　　释
[BD1,2H,6S2]	表示为 1 级标题,2 号黑体,占 6 行,上空 2 行
[BD2,3XBS,4S1]	表示为 2 级标题,3 号小标宋,占 4 行,上空 1 行
[BD3,4W,2Q2]	表示为 3 级标题,4 号魏碑体,占 2 行,左空 2 个字

9.4.2 排标题注解(BT)

功能概要:按照已定义好的格式排标题内容。

注解格式: [BT<级号>〔<增减><空行参数>〕〔#〕]

[BT(<级号>)[<级号>][<级号>][<增减><空行参数>]〔#〕] <标题内容> [BT)]

注解参数:<级号>:1—8　　<增减>:+|—

参数说明:#:表示在标题和行数后不自动带一行文字,默认为自动带一行文字。没有 # 时该标题或行数不会出现孤题的现象,但在某些情况下其后的文字图片位置可能不正确,此时可通过加 # 解决。

特别提示:① 第一种格式一般用于排单级标题,用✓或✔结束本注解的作用;第二种格式用于排多级多行标题或单级多行标题,用 [BT)] 结束本注解的作用。[BT)] 后一般是不用✓或✔,否则会多空一行。

② 本注解后的正文字体号不受该注解所定义的字体号的影响,一般不需要在该注解后加 [HT] 、[WT] 或 [ST] 来恢复版心字体号。

③ 使用该注解一定要在 PRO 文件中进行相应的标题定义。否则系统会出现"BT 没有定义"的错误信息。

【实例应用 1】一行标题的排法。假设本例 PRO 文件已设置标题一为 2 号大黑体,占 5 行。

小样输入：　[BT1] 第 9 章 [KG1] PRO 文件定义类注解 Ω

大样显示：**第9章　PRO 文件定义类注解**

【实例分析】在上述小样文件中,[BT1] 表示定义一级标题;[KG1] 为空格注解,表示空 1 个字的距离。

【实例应用 2】两行或两行以上的标题的排法。假设本例 PRO 文件已设置标题二为 5 号隶变体,占 6 行。

小样输入：　　　　　　　　　　　　　大样显示：

[BT(2+2)] 第四章✓
常葆充沛的活力✓
如何多清醒一小时 [BT)] Ω

第四章
常葆充沛的活力
如何多清醒一小时

9.5　书眉类注解

本节主要介绍了 6 种注解:即眉说注解(MS)、单眉注解(DM)、双眉注解(SM)、眉眉注解(MM)、空眉注解(KM)和词条注解(CT)。

9.5.1　眉说注解(MS)

功能概要:该注解是一个总体说明注解,也就是对整本书的书眉格式的总体要求。

注解格式:[MS〔%〕[X][C<格式>]<字号><字体>[《H<汉字外挂字体名>》][《W<外文外挂字体名>》]〔,L〕〔,W〕〔,书眉线〕<字颜色><线颜色>〔。<行距>〕〔,<行距>〕[<书眉线调整>]]

注解参数:<格式>:SM|S<间隔符>M|S|DM,S|S|DS,SM|M

<间隔符>:除字母数字外的任意字符。

<书眉线>:S|F|CW|XW|B

<字颜色>:<颜色>Z   <线颜色>:<颜色>X

<颜色>:@〔%〕(<C 值>,<M 值>,<Y 值>,<K 值>)

<书眉线调整>:〔;L〔-〕<书眉线内扩>〕〔;W〔-〕<书眉线外扩>〕〔! 〕|

〔;K<书眉线宽度>〕

<书眉线内扩>:<字距>,默认为 0

<书眉线外扩>:<字距>,默认为 0

<书眉线宽度>:<字距>,默认为版心宽(高)

参数说明:X:表示书眉在下,默认表示书眉在上。

C<格式>:表示词条在书眉上的格式。

SM:表示书眉左边排首词条,右边排末词条。

S<间隔符>M:表示书眉上排首词条与末词条,中间用<间隔符>相连。

S:表示单、双页都排首词条。

DM,SS:表示单页排末词条,双页排首词条。

DS,SM:表示单页排首词条,双页排末词条。

M:表示单、双页都排末词条。

L:表示书眉排在里口;W:表示书眉排在外口。

S:双线;F:反线;CW:粗文武线;XW:细文武线;B:不画线。

。<行距>:表示书眉与眉线之间的距离。

,<行距>:表示眉线与正文之间的距离。

<字颜色>:指定书眉文字的颜色。默认使用正文的默认颜色排书眉文字。

<线颜色>:用于指定书眉线的颜色。默认使用黑色画书眉线。

! :表示书眉线左扩和右扩,即不区分单双页。

%:表示在蒙文排版中,要同时排竖排词条和横排词条。

特别提示:① 该注解只允许写入 PRO 文件中。

② 该注解可用于竖排中,但竖排中不能有词条注解。

【实例应用】眉说注解的应用。

PRO 文件输入: 〖 MS6DH,XW 〗Ω

【实例分析】该注解表示书眉字体号为 6 号大黑体,书眉线为细文武线。

PRO 文件输入: 〖 MSCS…M6XBS,L,B 〗Ω

【实例分析】该注解表示书眉字体号为 6 号小标宋体,不排书眉线,书眉上排词条,并且首词条与末词条之间用"…"间隔符相连,书眉的位置排在里口。

9.5.2 单眉注解(DM)

功能概要:该注解与 PRO 文件中的眉说注解配合使用,指定单页书眉上的内容。

注解格式:〖 DM(〔L|W〕) <单眉内容> 〖 DM) 〗

注解参数:L|W

参数说明:L:书眉排在里口;W:书眉排在外口。

特别提示:① 该注解只允许写入小样文件中,是根据 PRO 文件中的眉说注解所定义的格式自动排书眉;若眉说注解中没有定义书眉格式,系统则自动按默认的书眉格式进行排版。

② 该注解作用到下一个单眉注解出现为止,否则将作用到当次排版结束。

9.5.3 双眉注解(SM)

功能概要:该注解与 PRO 文件中的眉说注解配合使用,指定双页书眉上的内容。

注解格式:〖SM(〔L|W〕] <双眉内容> 〖SM)〗

注解参数:L|W

参数说明:L:书眉排在里口;W:书眉排在外口。

特别提示:① 该注解只允许写入小样文件中,是根据 PRO 文件中的眉说注解所定义的格式自动排书眉;若眉说注解中没有定义书眉格式,系统则自动按默认的书眉格式进行排版。

② 该注解作用到下一个双眉注解出现为止,否则将作用到当次排版结束。

9.5.4 眉眉注解(MM)

功能概要:该注解与 PRO 文件中的眉说注解配合使用,指定书眉上的内容,不分单双页,且单双页的书眉内容一样。

注解格式:〖MM(〔L|W〕] <眉眉内容> 〖MM)〗

注解参数:L|W

参数说明:L:书眉排在里口;W:书眉排在外口。

特别提示:① 该注解只允许写入小样文件中,是根据 PRO 文件中的眉说注解所定义的格式自动排书眉;若眉说注解中没有定义书眉格式,系统则自动按默认的书眉格式进行排版。

② 该注解作用到下一个眉眉注解出现为止,否则将作用到当次排版结束。

9.5.5 空眉注解(KM)

功能概要:指定当前页不需要排书眉,但要保留书眉线上的页码时,就用该注解。

注解格式:〖KM〔<书眉线>〕〗

注解参数:<书眉线>:S|F|CW|XW|B

参数说明:S:双线;F:反线;CW:粗文武线;XW:细文武线;B:不画线。

特别提示:① 该注解只允许写入小样文件中。② 只能对一页起作用。

以下对上述相关书眉注解作总结:首先要在 PRO 文件中定义好眉说注解的相关参数,并设置好整体性的书眉格式,然后在相应的小样文件中输入单眉、双眉、或眉眉注解。一般单眉注解和双眉注解同时出现在当前排版,因为每一个都只对一页起作用。眉眉注解则可单独使用,因为该注解起作用是不分单双页的。空眉注解只是针对在某页不需要书眉出现时来加以应用。下面的综合范例将进一步说明。

【实例应用】书眉相关注解的应用。假设 PRO 文件中的眉说注解定义书眉内容的字体号为 6 黑体,居中排。

小样输入：

> ［DM（］第9章███定义PRO文件类
> 注解［DM）］
> ［SM（］方正书版排版基础教程
> ［SM）］
> ［MM（］方正书版排版基础教程
> ［MM）］
> ［KMB］［KMS］Ω

大样显示：

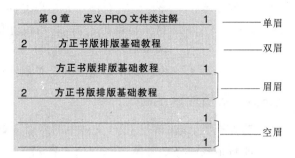

【实例分析】［DM］为单眉注解,指定在奇数页(即单页)上加排书眉内容；［SM］为双
眉注解,指定在偶数页(即双页)上加排书眉内容；［MM］为眉眉注解,指
定单双页上加排书眉内容；［KMB］和［KMS］为空眉注解,表示不要当
前页,也不要书眉内容,后者则同时改变书眉线的类型,为双线。

9.5.6 词条注解(CT)

功能概要：该注解用于排字典时自动将需要列在书眉上的词条提取出来,并且根据书眉
说明注解(MS)中所指定的格式自动排在书眉的位置上。

注解格式：［CT〔M〕〔#〕〔! 〕］ 　　 ［CT（〔M〕〔#〕］<词条内容>［CT）］

注解参数：M;#;!

参数说明：M:表示添加的词条为蒙文词条(用于蒙文书版中)。

　　　　　#:表示词条为隐词条。即CT注解后的字符(第一种注解形式)或词条开闭弧
中的内容(第二种注解形式)只作为词条使用,而不出现在正文中。

　　　　　!:表示该词条将被无条件添加到书眉中无论上一个词条是否与该词条相同。

特别提示：① 一行中不能出现两个词条注解(CT),该注解不允许用在竖排中。

　　　　　② 用该注解提取词条时,正文中仍保留词条内容。注意不要与书眉发生冲突。

　　　　　③ 使用该注解时,应对PRO文件中相应的词条格式进行定义,否则系统将
自动按默认处理。

【实例应用】词条注解的应用。

小样输入：

> ［FL（!］［BT1］kù✍［DS2。3W］［HT2SS］［CT］昝［HT6SS］［WTXT］［CT（］kù
> ［CT）］传说中的上古帝王名。✍［DS2。3W］［HT2SS］［CT］库［HT6SS］［WTXT］
> kù ❶储存大量东西的建筑物:水~|国~|材料~|入~。❷(kù)姓。✍【库藏】kùcáng 库房里储藏
> 清点~物资|图书三十万册。✍ 【库存】kùcún 指库中现在的现金或物资。……✍［DS2。
> 3W］［HT2SS］［CT］裤［HT6SS］［*WTXT］［CT（］kù［CT）］裤子:短~|棉~|毛~|棉
> 毛~。✍【裤衩】kùchǎ (~儿) 短裤(多指贴身穿的):三角~。……✍［BT1］kuā✍［DS2。3W］
> ［HT2SS］［CT］夸［HT6SS］［WTXT］［CT（］kuā［CT）］❶夸大:~口她把一点小
> 事~得比天还大。❷夸奖:人人都~小兰劳动好,学习好。✍【夸大】kuādà 把事情说得超过了
> 原有的程序:~缺点|成绩|~其词。✍【夸奖】kuājiǎng 称赞:社员们都~他进步很快。……✍

［BT1］kuǎ ✎ ［DS2。3W］ ［HT2SS］ ［CT］ 垮 ［HT6SS］ ［WTXT］ ［CT(］kuǎ ［CT］倒塌;坍下来:洪水再大也冲不~我们的堤坝|别把身体累~了|打~了敌人。✎【垮台】kuǎtái 崩溃瓦解。［FL)］Ω

PRO 文件的设置 1：

［BX6SS,30。32,*3B］ ［BD1,4XT,2］ ［YM5BZ=666,S］ ［MSCSM5SS］Ω

大样显示 1：

| 666 kù | 喾库裤夸垮 | kuǎ |

kù

喾库裤

kù 传说中的上古帝王名。

kù ❶储存大量东西的建筑物:水~|国~|材料~|人~。❷(kù)姓。

【库藏】kùcáng 库房里储藏:清点~物资|~图书三十万册。

【库存】kùcún 指库中现在的现金或物资。……

kù 裤子:短~|棉~|毛~|棉毛~。

【裤衩】kùchǎ (~儿) 短裤(多指贴身穿的):三角~。……

kuā

夸 kuā ❶夸大:~口|她把一点小事~得比天还大。❷夸奖:人人都~小兰劳动好,学习好。

【夸大】kuādà 把事情说得超过了原有的程序:~缺点|~成绩|~其词。

kuǎ

垮 kuǎ 倒塌;坍下来:洪水再大也冲不~我们的堤坝|别把身体累~了|打~了敌人。

【垮台】kuǎtái 崩溃瓦解。

PRO 文件的设置 2：

［BX6SS,30。32,*3B］ ［BD1,4XT,2］ ［YM5BZ=666,S］ ［MSCS—M5SS］Ω

大样显示 2：

| 666 kù—kuǎ 喾库裤夸垮 |

kù

喾库

kù 传说中的上古帝王名。

kù ❶储存大量东西的建筑物:水~|国~|材料~|人~。❷(kù)姓。

【库藏】kùcáng 库房里储藏:清点~物资|~图书三十万册。

【库存】kùcún 指库中现在的现金或物资。……

裤

kù 裤子:短~|棉~|毛~|棉毛~。

【裤衩】kùchǎ (~儿) 短裤(多指贴身穿的):三角~。……

kuā

夸 kuā ❶夸大:~口|她把一点小事~得比天还大。❷夸奖:人人都~小兰劳动好,学习好。

【夸大】kuādà 把事情说得超过了原有的程序:~缺点|~成绩|~其词。

kuǎ

垮 kuǎ 倒塌;坍下来:洪水再大也冲不~我们的堤坝|别把身体累~了|打~了敌人。

【垮台】kuǎtái 崩溃瓦解。

【实例分析】［FL(!］……［FL)］是分栏注解,表示分两栏且加中间线;［BT1］是标题注解,表示第 1 级标题;［DS2。3W］是段首注解,表示段首字占 2 行高,3 个字宽,且不加边框;［HT2SS］表示段首字为 2 号宋体;［CT］ 和 ［CT(］ ［CT)］ 是词条注解,前者只对一个字起作用,而后者可以对多字起作用;［HT6SS］和［WTXT］表示段首字后的内容为 6 号大小,且［WTXT］表示拼音为细体。〖BX6SS,30。32,*3B〗是版心注解,表示版心为 6 号宋体,版心高 30 行,宽 32 个字,版心行距为 1/3 行高且不拉行距;〖BD1,4XT,2〗是标题定义注解,表示为第 1 级标题,且为 4 号细体,占 2 行排版;〖YM5BZ=666,S〗是页码注解,表示页码字体号为 5 号白正,起始页为第 666 页,且排在页面的上部;〖MSCSM5SS〗和〖MSCS—M5SS〗是眉说注解,前者表示书眉为 5 号宋体,同时书眉上排词条,书眉居中排;后者表示书眉为 5 号宋体,而且首词条与末词条之间用"—"间隔符相连,书眉位置排在外口。

9.6 目录类注解

本节主要介绍 4 种注解:目录注解(ML)、自动目录定义注解(MD)、自动登记目录定义注解(MZ)、眉眉注解(MM)、索引点注解(XP)。

9.6.1 目录注解(ML)

功能概要:本注解用来指定在排文章内容时,自动记录页码,同时将页码自动加入目录中。

注解格式:〖ML〔+〕〗(目录登记注解)   〖ML(〗<目录内容>〖ML)〗(目录定义注解)

注解参数:+

参数说明:+:开关符,用于改变排目录时页码两端加括号"()"的状态。

特别提示:① 格式 1:第一次用参数"+"表示打开"()"开关,即页码要加括号;再次用"()"表示关闭"()"开关,表示页码不加括号。当目录中所有页码都要加括号时,只要第一个页码登记用"+"号即〖ML+〗格式,其余页码的登记则需输入〖ML〗。

② 格式 2:目录格式是由目录定义注解来定义的,而目录内容是一段小样,它是除页码外,排目录所需的任何内容,包括相应的注解,如汉体注解(HT)、居中注解(JZ)、居右注解(JY)等。在这段小样中,应排页码的地方用特殊符号&标出,以便排目录时自动将确定的页码填入。

> **注 意**
>
> ① 目录文件单独排版时,应注意版心尺寸要与正文文件相同。② 目录文件页码与正文文件页码的字体、位置要求不同时,需要在目录文件中写明页码注解,以便与正文文件一同组版约定目录页码的排法。③ 目录注解只负责填写页码,而不管字体、字号,因此,若目录文件中要求页码字体、字号一致,要注意在 & 符号前注明字体、字号。④ 目录文件中的&符号个数要与正文中〖ML〔+〕〗的个数相同。如果&的个数少于〖ML〔+〕〗的个数,系统会提示:"登记的页码个数过多";如果&的个数多于〖ML〔+〕〗的个数,系统会提示:"有一条目录项的页码没有登记"。

【实例应用】使用目录注解自动提取目录的具体操作步骤如下。

(1) 建立一个小样文件"第 9 章.FBD",然后输入内容。同时在需要加页码的位置输入〖ML+〗和〖ML〗注解。该小样显示如下。

> 〖BT1〗第 9 章█PRO 文件定义类注解〖ML+〗✓〖HTH〗教学提示:〖HTK〗在排版过程中,PRO 文件的定义至关重要,它的有效设定将决定整个版面的统一性。其相关

的主要注解包括:版心注解(BX)、页码类注解、标题类注解、书眉类注解、目录类注解和脚注注解等。✓[HTH]教学目标:[HTK]旨在了解 PRO 文件的相关注解的用法;掌握各注解的功能和其参数意义,以及它们的书写格式与作用。[HT]✓[BT2]9.1 相关介绍[ML]✓本节主要介绍了 PRO 文件组成部分的相关内容,以便让初学者更加深入地了解 PRO 文件的相关知识。✓[BT3]9.1.1 版心[ML]✓书刊报纸一面中的图文部分和空白部分的总和称为版面。版面由版心、天头、地脚、订口(里口)、……。✓[BT3]9.1.2 标题[ML]✓在一本书或文章中,往往有各种标题,各处于不同的层次。为使排版员便于区别标题的层次,……Ω

(2) 创建相应的"第9章.PRO"文件,并在相应的编辑项中定义相关参数如下:

[BX5,5SS&BZ&BZ,30。32,*2][YM5FZ−!=1][MS5"L&BZ&BZ,XW]
[BD1,2,2HB&FZ&FZ,6S1][BD2,3,3XBS&FZ&FZ,4]
[BD3,4",4"H&BZ&BZ,2Q0]Ω

(3) 完成上述操作,即可进行扫描生成相应的大样文件。

(4) 选择【排版】|【目录排版】|【导出目录小样】命令,如图 9.2 所示。

(5) 这时,系统弹出【另存为】对话框,在该对话框的【文件名称】文本框中输入一个目录文件名,如输入"目录",单击【保存】按钮保存导出的目录文件,如图 9.3 所示。

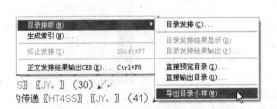

图 9.2 选择【导出目录小样】命令

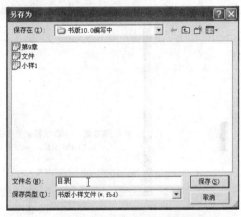

图 9.3 【另存为】对话框

(6) 生成目录小样文件后,再打开该文件,显示为:[=Ω(|(1)Ω(1)Ω(1)Ω(1)[=]Ω 其中(1)即为系统自动登记下来的页码。

(7) 编辑目录小样文件如下:

[ML([WM][KMB][HS5][JZ2][HT2"XBS] 目录✓[HT4"HB]
[WTFZ][STFZ] 第9章 PRO 文件定义类注解 [ST][HT][JY。]&✓
[HT5H][WTFZ][STFZ]9.1 相关介绍 [ST][HT][JY。]&✓
[HT5K]9.1.1 版心[ST][HT][JY。]&✓ [HT5K]9.1.2 标题[ST]
[HT][JY。]&[ML))Ω

(8) 将编辑好的目录内容放在"目录 1.FBD"小样文件的最后。

(9) 按快捷键 F7 进行一扫查错,检查"第9章.FBD"小样文件的排版格式是否有误,然后再按快捷键 F8,这时系统会弹出【导出.DEF 文件】对话框,如图 9.4 所示。

(10) 选择【排版】|【目录排版】|【目录发排】命令,系统就会弹出【设置目录发排参数】对话框,如图 9.5 所示。

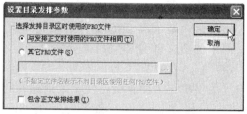

图 9.4　【导出.DEF 文件】对话框　　　　图 9.5　【设置目录发排参数】对话框

(11) 选中【与发排正文时使用的 PRO 文件相同】复选框,然后单击【确定】按钮,系统即可执行目录的发排。

(12) 如果想看到目录的大样文件,选择【排版】|【目录排版】|【目录发排结果显示】命令,即可显示目录发排的大样文件,如图 9.6 所示。

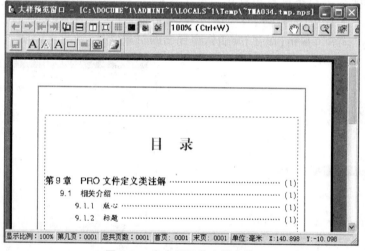

图 9.6　生成目录的大样文件

(13) 选择【排版】|【目录排版】|【目录发排结果输出】命令,系统会弹出【输出】对话框,如图 9.7 所示。

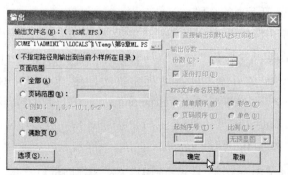

图 9.7　【输出】对话框

(14) 设置好发排路径后,单击【确定】按钮,即可生成该目录的 PS 文件。这时,打印即可出胶片。

至此,目录的生成及自动提取页码的过程就完成了。

9.6.2 自动目录定义注解(MD)

功能概要: 该注解用来定义目录的格式。

注解格式: ［MD(<级号>）］<目录内容>［MD)］

注解参数: <级号>

参数说明: <级号>:目录标题的级号(1—8)

特别提示: ① <目录内容>是一部分小样,其中可以包含用于指定目录中文字的排版注解,如汉体注解(HT)、居中注解(JZ)、居右注解(JY)、自控注解(ZK)等相关注解。在该部分小样中加入目录文字和页码的地方应用特殊符号&标出,以便系统在排目录时自动将目录文字和页码登记在相应的位置。

② 该注解与自动登记目录定义注解(MZ)配合使用,一般出现在自动目录定义注解(MZ)的最前面。否则,排版系统提示"**MZ 注解,级号错**"的信息。

> **注 意**
>
> 在本注解的开闭弧中必须出现两个&符号,前一个表示将抽出的文字,后一个表示被抽出的页码。

【实例应用】自动目录定义注解的应用。

小样输入:

> ［MD(1］［HT4XBS］&［JY。］［HT5SS］&［MD)］↙
> ［MD(2］［KG2］［HT4"H］&［JY。］［HT5SS］&［MD)］↙
> ［MD(3］［KG4］［HT5XK］&［JY。］［HT5SS］&［MD)］Ω

【实例分析】［MD(1 … ［MD)］表示 1 级目录的标题格式为:目录文字为 4 号小标宋,页码为 5 号书宋体;［MD(2 … ［MD)］表示 2 级目录的标题格式为:前空 2 个字,目录文字为小 4 号黑体,页码为 5 号书宋体;［MD(2 … ［MD)］表示 3 级目录的标题格式为:前空 4 个字,目录文字为 5 号行楷体,页码为 5 号书宋体。

9.6.3 自动登记目录注解(MZ)

功能概要: 该注解是用于标出正文中将被提到目录中的内容。所有被该开闭弧注解括起来的内容将置于目录中,组成目录中的一项。

注解格式: ［MZ(［<级号>］［+］［H］）］<目录内容>［MZ)］ ［MZ］

注解参数: <级号>:目录标题的级号(1—8);+;H

参数说明: +:一个开关符,用于改变排目录时页码两端加括号"()"的状态。

H:表示目录行后换行。

特别提示: ① 自动目录登记开闭弧注解加级号时,目录内容不但可提取到目录中,同时也可在正文中出现。而自动目录定义注解(MD)应该出现在所有自动登记目录注解(MZ)的最前面,其中自动登记目录注解(MZ)中所指定的级号必须是在某个自动目录定义注解(MD)中所指定过的。

② 该注解的第一种格式是将注解开闭弧中的内容或页码提取到目录小样中;第二种格式只把注解所在的页码提到目录的小样中。

注 意

使用非开闭弧形式时只能把当前页的页码提取到目录中。

【实例应用】自动登记目录注解的应用。

本小节以"1."的小样文件"第9章.FBD"(包括第9章.PRO文件)为例,对自动目录定义注解(MZ)的应用作详细的介绍。用该注解提取目录的具体操作步骤如下。

① 重新编辑后的小样文件显示如下。

［MD(1］［HT4XBS］＆［JY。］［HT5SS］＆［MD)］✍［MD(2］［KG2］［HT4"H］＆［JY。］［HT5SS］＆［MD)］✍［MD(3］［KG4］［HT5XK］＆［JY。］［HT5SS］＆［MD)］［BT1］［MZ(1］第9章▉PRO文件定义类注解［MZ)］↙［HTH］教学提示:［HTK］在排版过程中,PRO文件的定义至关重要,它的有效设定将决定整个版面的统一性。其相关的主要注解包括:版心注解(BX)、页码类注解、标题类注解、书眉类注解、目录类注解和脚注注解等。✍［HTH］教学目标:［HTK］旨在了解PRO文件的相关注解的用法;掌握各注解的功能和其参数意义,以及它们的书写格式与作用。［HT］✍［BT2］［MZ(2 9.1▉相关介绍［MZ)］✍本节主要介绍了PRO文件组成部分的相关内容,以便让初学者更加深入地了解PRO文件的相关知识。✍［BT3］［MZ(3 9.1.1▉版心［MZ)］✍书刊报纸一面中的图文部分和空白部分的总和称为版面。版面由版心、天头、地脚、订口(里口)、……。✍［BT3］［MZ(3 9.1.2▉标题［MZ)］✍在一本书或文章中,往往有各种标题,各处于不同的层次。为使排版员便于区别标题的层次,……Ω

② 按快捷键F7进行一扫查错,检查"第9章.FBD"小样文件的排版格式是否有误,然后再按快捷键F8,系统会弹出【导出.DEF文件】对话框。参见图9.4。

③ 从菜单栏选择【排版】|【目录排版】|【目录发排】命令,系统又会弹出【设置目录发排参数】对话框。参见图9.5。

④ 选中【与发排正文时使用的PRO文件相同】复选框,然后单击【确定】按钮,系统即可执行目录的发排。

⑤ 如果想看到目录的大样文件,可选择菜单【排版】|【目录排版】|【目录发排结果显示】命令,即可显示目录发排的大样文件。参见图9.6。

⑥ 选择【排版】|【目录排版】|【导出目录小样】命令,系统弹出【另存为】对话框。在该对话框【文件名称】文本框中输入一个目录文件名,在此输入"QQ",然后单击【保存】按钮即可保存导出的目录小样文件"QQ.FBD"。导出的小样文件"QQ.FBD"如下。

［HT4XBS］第9章▉PRO文件定义类注解［JY。］［HT5SS］1［KG2］［HT4"H］9.1▉相关介绍［JY。］［HT5SS］1［KG4］［HT5XK］9.1.1▉版心［JY。］［HT5SS］19.1.2▉标题Ω

9.6.4 索引点注解(XP)

功能概要：用来定义要提取的索引内容。在小样文件中,被提取的索引内容所在的位置称为索引点。该注解用于定义一个索引项的内容、层次关系、索引值、排序词以及是否加排序等相关信息。

注解格式：〖XP([Q|H]〗<索引项>〔[ ]<索引值>〕〔[*]<排序词>〕[XP)〗

注解参数：<索引项>:<父索引项>〔<连结符><子索引项>〕(0 到 n 次)

          <父索引项>:<字符串>   <子索引项>:<字符串>

          <索引值>:<字符串>   <排序词>:<字符串>

          <连结符>:<BD 语言文件结束符>

参数说明：Q 表示该索引项不参与排序，放在同级索引项的第一个;H 表示该索引项不参与排序,放在同级索引项的最后一个;默认 Q,H 时表示该索引项参加排序。

          <索引项>:定义索引项的内容和层次关系。字符串中的连结符表示层次关系。

          <索引值>:定义索引值的内容。如果默认,表示为页码索引值,程序将把该索引点所在位置的页码抽到索引中。如果不是默认值,表示文字索引值,索引值的内容即为<索引值>。

          <排序词>:定义排序词的内容。如果默认,则使用索引项的内容作为排序词。

特别提示：① <子索引项>为一段小样文字,但不能包括"[ ]"、"*"、"["和"]"以及"Ω"。

       ② 索引的内容一般由若干索引条目按一定次序和格式排列而成，索引条目包括索引项和索引值两个部分。

【实例应用】索引点注解的应用。

利用索引点注解提取内容的具体操作步骤如下。

(1) 在小样文件中需要提取索引条目的位置,加入索引点注解。

(2) 选择【排版】|【生成索引】命令,系统会弹出【生成索引】对话框,如图 9.8 所示。

【生成索引】对话框中的【排序方式】选项组和【忽略字符】选项组简单介绍如下。

- 【拼音】：依次比较排序词的每个字的拼音,不考虑多音字排序。拼音相同的情况下按照笔画的顺序。

- 【部首】：依次比较排序词的每个字的部首顺序，部首相同的情况下再看笔画、笔顺(横、竖、撇、捺、折)。

- 【笔画】：依次比较排序词的每个字的笔画数,笔画相同的情况下比较笔顺。

- 【不排序】：对所有索引条目均不排序,按小样中出现的先后顺序排列。

- 【忽略标点符号】：忽略索引条目中的标点符号。

- 【忽略字母】：忽略索引条目中的字母。

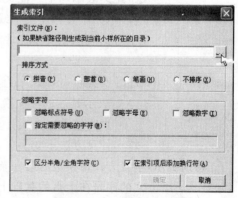

图 9.8 【生成索引】对话框

- 【忽略数字】：忽略索引条目中的数字。
- 【指定需要忽略的字符】：用户可自定义需要忽略索引条目中的字符。

(3) 在上述对话框中的【索引文件】文本框中输入需要的路径和文件名，再选择【拼音】排序方式，然后单击【确定】按钮，系统将提取的子网掩码索引项记录在索引文件中。

9.7　注文类注解

本节主要介绍三种注解，即注文注解(ZW)、注文说明注解(ZS)、割注注解(GZ)。

9.7.1　注文注解(ZW)

功能概要：该注解用来排脚注内容。

注解格式：〔ZW(〔DY〕〔<脚注符形式>〕〔<序号>〕〔B〕〔P|L〔<字距>〕〕〔Z〕〔,<字号>〕〔<序号换页方式>〕〕<注文内容>〔ZW)〕

注解参数：<脚注符形式>：F|O|Y|K|*

　　　　　　序号：{<数字>} (1 到 2)

　　　　　　<序号换页方式>：;X|;C

参数说明：DY：表示分栏排时注文不是排在末栏，而是通栏排，其位置为整页末。默认该参数表示排在末栏最后。

　　　　　　F：方括号；O：阳圈码；Y：阴圈码；K：圆括号；*："*"号；

　　　　　　B：表示注序号与注文间不留空，默认表示注序号与注文间留注文字号一字宽；

　　　　　　P：表示该注文另行开始排；

　　　　　　L：表示该注文在上一注文末尾连排。默认 P 和 L 表示由注文说明注解中指定的连排参数决定该注文是否连排。

　　　　　　<字距>：表示与上一注文末尾的距离，默认距离是 0。

　　　　　　Z：表示注序号与注文中线对齐。默认表示注序号与注文基线对齐。

　　　　　　<字号>：表示正文中注序号的字号。默认表示和 PRO 中使用 ZS 定义的注序字号一致。

　　　　　　<序号换页形式>：换页时注序号可以设置两种计算方式：重置和递增。

　　　　　　";X"：表示其后的注文换页时按递增方式计算序号；";C"表示其后的注文换页时按重置方式计算序号。如果这两个参数都不指定，表示维持当前的计算方法不变。

特别提示：重置方式指换页后第一条注文的序号从 1 开始；递增方式指换页后第一条注文的序号在上页的基础上递增。默认为重置方式。

【实例应用 1】注文注解的应用。

PRO 文件定义：

```
〔BX5,5SS,30。32,*2〕〔YM5FZ-! =39〕〔ZS6F,O5,X5,HJ*3〕Ω
```

小样输入：

▀▀ ▀▀ [HT5"K] 邓小平指出"我们既不能照搬西方资本主义国家的做法，……"我们都根据自己的特点，自己国家的情况，走自己的路。" [ZW( ]《邓小平文选》第 3 卷，第 256 页 [ZW)] ↙"改革开放必须从各国自己的条件出发。……过去我们中国照搬别人的，吃了很大苦头。" [ZW( ]《邓小平文选》第 3 卷，第 265 页 [ZW)] ↙"我们中国大陆不搞多党竞选，不搞三权分立、两院制。我们实行的就是全国人民代表大会一院制，这最符合中国实际。…… [HT] [ZW( ]《邓小平文选》第 3 卷，第 220 页 [ZW)] Ω

大样显示：

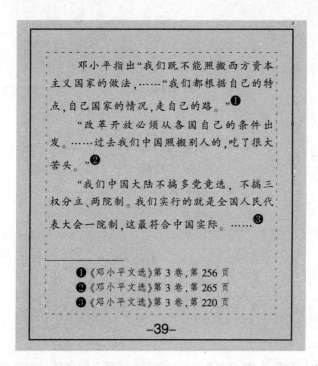

【实例分析】PRO文件：[BX5,5SS,30。32,*2] 表示版心的字体号为 5 号宋体，版心高为 30 行，宽为 32 个字，版心行距为 1/2 行高；[YM5FZ−！=39] 表示页码为 5 号方头正体，位于页面下方，页码的两边加修饰符短线且居中排版，起始页码为第 39 页开始排；[ZS6F,Y5,X5,HJ*3] 表示注文为 6 号楷体，脚注符号为阴圈码，注序大小为 5 号，注线长为 5 个字，脚注序号前空两个格且自动换行后顶格排版，注文行距为 1/3 版心高。

小样文件：[HT5K] 表示汉字字体号为 5 号楷体；[ZW( ] …… [ZW)] 表示脚注的注文内容。注意在小样文件中，注文的排序是按注文的先后顺序自动排列的。

【实例应用 2】注文注解应用。

PRO 文件定义：

[BX5SS,26。26,*2] [BD1,4",4"XBS,3S1] [YM5HZ−！]
[ZS6"F,O5,X5,HJ*3,DG] Ω

小样输入：

［BT1］宿建德江↙［HT5"F］［JZ］孟浩然↙［HT5K］［JZ(Z］移舟泊烟渚，［ZW(］行船停靠在江中烟雾朦胧的小洲边，［ZW)］↙日暮客愁新。［ZW(］黄昏到来,给旅居在外的人增添了新的愁绪。［ZW)］↙野旷天低树，［ZW(］苍茫无垠的旷野上远处的天空显得比近处的树林还要低，［ZW)］↙江清月近人。［ZW(］夜幕降临,映在清澈江水中的明月和船中的人显得那么亲近。［ZW)］］［JZ)］Ω

大样显示：

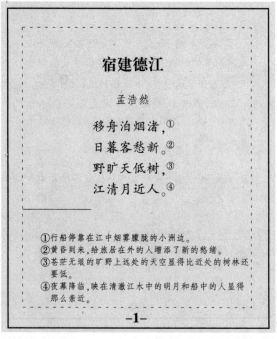

【实例分析】 PRO 文件：［BX5SS,26。26,*2］表示版心的字体号为 5 号宋体,版心高为 30 行,宽为 32 个字,版心行距为 1/2 行高；［BD1,3,3XBS,4S1］表示标题一为 3 号小标宋体,占 4 行且上空 1 行；［YM5HZ。!］表示页码为 5 号黑正体,位于页面下方,页码的两边加修饰符中圆点且居中排版,起始页码从第 1 页开始排；［ZS6F,O5,X5,HJ*2,DG］ 表示注文为 6 号仿宋体，脚注符号为阳圈码,注序大小为 5 号,注线长为 5 个字,脚注序号前顶格排且自动换行后前一个空格排版,注文行距为 1/2 版心高。

小样文件：［BT1］ 表示标题 1，并按 PRO 文件所定义的格式排版；［HT5"F］ 表示小 5 号仿宋体，［JZ］ 为居中注解,表示该注解后的内容以居中的形式排版；［HT4"K］ 表示小 4 号楷体，［JZ(Z …… ［JZ)］居中注解的另一种格式,表示开闭弧中的内容均以居中的形式排版，而且每行左齐。参数 "Z"表示左齐。［ZW(］…… ［ZW)］注文注解,指定脚注的内容。

9.7.2　注文说明注解(ZS)

功能概要: 设定脚注序号及注文的排版格式。

注解格式：〔ZS<字号><字体>〔《H<汉字外挂字体名>》〕〔《W<外文外挂字体名>》〕〔<字颜色>〕〔<线颜色>〕〔,<脚注符形式>〔<字号>〕|,<字号>〕〔,X<注线长>〕〔,S<注线始点>〕〔,L<注线线型>〕〔,<注文行宽>〕〔,<注文行距>〕〔,<格式说明>〕〔#〕〔%〕〔! 〕〕

注解参数：<脚注符形式>：F|O|Y|K|*

<注线长>：1|<分数>

<注线始点>：<字距>

<注线线型>：F|S|D|W|K|Q|=|CW|XW|H<花边编号>

<花边编号>：000—117

<注文行宽>：HK<行宽参数>

<注文行距>：HJ<行距参数>

<格式说明>：DG

<字颜色>：<颜色>Z

<线颜色>：<颜色>X

<颜色>：@〔%〕(<C 值>,<M 值>,<Y 值>,<K 值>)

参数说明：脚注符形式：F：方括号；O：阳圈码；Y：阴圈码；K：圆括号；*：星号；默认：阳圈码。

注线形式：F：反线；S：双线；D：点线；W：不要线也不占位置；K：表示空边框(无线但占一字宽边框位置)；Q：曲线；=：双曲线；CW：外粗内细文武线；XW：外细内粗文武线；H：花边线；默认：正线。

DG：表示每个注文的注序号顶格排起，默认此参数表示注序号前空二格排起。

#：表示注文竖排时，单双页都排注文；无此参数表示只在双页上排注文。

%：表示注文连排，默认"%"表示注文不连排。

<字颜色>：指定脚注文字的颜色。如果默认，则使用正文默认颜色排脚注文字。

<线颜色>：指定注文线的颜色。如果默认，则使用黑色画注文线。

!：表示使用多种脚注符形式混排时，按照书版 6.0 的处理方式，即保证注文中脚注符右端对齐，同时要保证注文内容的左端对齐。

【实例应用】注说注解的应用。

PRO 文件1 输入：　　　　　　　　　　　　　PRO 文件 2 输入：

〔ZS6K,O6,X5,HJ*3〕Ω　　　　　　　　〔ZS6F,Y6,X5,HJ*3,DG〕Ω

【实例分析】小样 1：表示注文为 6 号楷体，脚注符号为阳圈码，注序大小为 6 号，注线长为 5个字，脚注序号前空两个格且自动换行后顶格排版，注文行距为 1/3 版心高；小样 2：表示注文为 6 号仿宋体，脚注符号为阴圈码，注序大小为 6 号，注线长为 5个字，脚注序号顶格排版且自动换行后前空一个字，注文行距为 1/3 版心高。

9.7.3　割注注解(GZ)

功能概要：该注解用于定义排割注形式的说明。

注解格式：〔GZ([<双向字号>]〔<方正汉字字体>〕〔<汉字外挂字体>〕〔;<行距>〕〕<割

注内容>〖GZ)〗

注解参数:<双向字号>:〔<纵向字号>〔,<横向字号>〕〕

参数说明:<纵向字号>:定义割注字高,默认为正文字高的1/2。

<横向字号>:定义割注字宽,默认为正文字宽的1/2。

<行距>:定义割注文行距,缺省为0。

【实例应用】割注注解(GZ)的用法。

小样输入:

〖HS5〗〖HT2XBS〗〖JZ*2〗陋室铭〖HT〗✓〖HJ1〗〖HT4SS〗山不在高,有仙则名。水不在深,有龙则灵〖GZ(〗以山水引出陋室。〖GZ)〗。斯是陋室,惟吾德馨〖GZ(〗有吾德之馨香,可以忘室之陋。〖GZ)〗。苔痕上阶绿,草色入莲青〖GZ(〗室中人。〖GZ)〗。谈笑有鸿儒,往来无白丁〖GZ(〗室中人。〖GZ)〗。可以调素琴,阅金经。无丝竹之乱耳,无案牍之劳形。南阳诸葛庐,西蜀子云亭,孔子〖GZ(6,5"K;*2〗孔明居南阳草庐。子云居西蜀,有玄亭。引证陋室。〖HT〗〖GZ)〗云,何陋之有〖GZ(〗应德馨结。〖HT〗〖GZ)〗。〖HT〗〖HJ〗Ω

大样显示:

陋 室 铭

山不在高,有仙则名。水不在深,有龙则灵以山水引出陋室.。斯是陋室,惟吾德馨有吾德之馨香可以忘室之陋.。苔痕上阶绿,草色入莲青室中人.。谈笑有鸿儒,往来无白丁室中人.。可以调素琴,阅金经。无丝竹之乱耳,无案牍之劳形。南阳诸葛庐,西蜀子云亭,孔子孔明居南阳草庐.子云居西蜀,有玄亭。引证陋室.云,何陋之有

应德馨结。。

【实例分析】在上述小样文件中,〖GZ(〗……〖GZ)〗表示字体、字高和字宽以及行距均按默认处理。〖GZ(6,5"K;*2〗……〖GZ)〗表示定义了割注字体为楷体,字高为7号,字宽为小5号的扁字,以及割注的行距*2行高。

9.8 上 机 指 导

1.PRO 文件的相关定义

PRO 文件定义:

〖BX5SS,26。26,*2〗〖YM5HZ−!=88〗〖MS5"XK,W,S〗〖ZS6F,O5,X5,HJ*2,DG

〔BD1,4,4DH,4S1〕〔BD2,5″,5″XBS,1Q2〕Ω

大样显示：

第十章 人民民主专政不能丢

……"因此，在阶级斗争存在的条件下，在帝国主义、霸权主义存在的条件下，不可能设想国家的真正职能的消亡，不可设想常备军、公安机关、法庭、监狱等等的消亡。"①

一、没有人民民主专政不行

邓小平指出："四项基本原则必须讲，人民民主专政必须讲。要争取一个安定团结的政治局面，没有人民民主专政不行，不能让那些颠倒是非、……。"②

二、对各种犯罪分子不严打不行

……"刑事案件、恶性案件大幅度增加，这种情况很不得人心。几年了，这股风不但没有压下去，反而发展了。……"③

---

① 《邓小平文选》第 2 卷，第 169 页。
② 《邓小平文选》第 3 卷，第 195、196 页。
③ 《邓小平文选》第 3 卷，第 33 页。

—88—

【实例分析】 根据上述大样显示：本例主要运用了双眉(SS)或眉眉(MM)注解、标题注解(BT)、注文注解(ZW)、页码注解(YM)。另外，若要实现书眉、页码、注文及标题的相关格式，需在相应的 PRO 文件编辑窗口一一进行相应的设置，方能起作用。当然，有些要素可在小样文件中直接以注解的形式指定。如本例中的页码设置为

〔YM5HZ-！=88〕，此时无需在 PRO 文件中进行设置。

由此可知生成该大样文件所输入的小样文件格式为：

〔MM（〕第十章　人民民主专政不能丢〔MM）〕↙

〔BT1〕第十章　人民民主专政↙

……"因此，在阶级斗争存在的条件下，在帝国主义、霸权主义存在的条件下，不可能设想国家的真正职能的消亡，不可设想常备军、公安机关、法庭、监狱等等的消亡。"〔ZW（〕《邓小平文选》第 2 卷，第 169 页。〔ZW）〕↙

〔BT2〕一、没有人民民主专政不行↙

邓小平指出："四项基本原则必须讲，人民民主专政必须讲。要争取一个安定团结的政治局面，没有人民民主专政不行，不能让那些颠倒是非、混淆黑白、造谣诬蔑的人畅行无阻，煽动群众。"……〔ZW（〕《邓小平文选》第 3 卷，第 195、196 页。〔ZW）〕↙

〔BT2〕二、对各种犯罪分子不严打不行↙

……"刑事案件、恶性案件大幅度增加,这种情况很不得人心。几年了,这股风不但没有压下去,反而发展了。原因在哪里?主要是下不了手,对犯罪分子打击不严、不快,判得很轻。"……〔ZW(〕《邓小平文选》第 3 卷,第 33 页。〔ZW)〕Ω

2. 词条的排法

本例请参见"6. 词条注解(CT)"小节。

3. 自动提取目录的方法

自动提取目录的具体操作步骤如下。

(1) 建立一个"提取目录.FBD"小样文件,复制例 1 的内容。同时在需要加页码的位置输入〔ML+〕和〔ML〕注解。该小样显示如下。

〔SM(〕管理技巧〔SM)〕〔YM5FZ-! =2〕

〔BT1〕第一章██如何与下属相处〔ML+〕↙

〔BT2〕一、怎样对付自私自利的下属〔ML〕↙

自私自利型的人处处以自我为中心。……↙

对待这样的下属时,大致应做到以下几点:↙

〔BT3〕1. 满足正当要求〔ML〕↙

与这样的下属相片,……。↙

〔BT3〕2. 拒绝不合理要求〔ML〕↙

对于自私自利的下属的不合理要求,……。↙

〔BT3〕3. 办事公平〔ML〕↙

如果下级中有这样的人,应在制定利益分配计划时,要充分发挥同事的监督作用,将计划公布于众,使大家感到是在一种公平之中进行利益分配,这样便可避免他与自己纠缠。↙……Ω

(2) 创建相应的"提取目录.PRO"文件;并在相应的注解项中定义相关参数,如下所示。

〔BX5SS,27。28,*2〕〔BD1,2"SZ,5S1〕〔BD2,4L2,3Q0〕〔BD3,5LB,2Q2〕〔YM5FZ-!=2〕〔MS5XK,W,S〕Ω

(3) 完成上述操作,即可进行扫描,生成相应的大样文件。

(4) 选择菜单【排版】|【目录排版】|【导出目录小样】命令,参见图 9.1。

(5) 这时,系统弹出【另存为】对话框,在该对话框中的【文件名称】文本框中输入一个目录文件名,输入"目录编辑",然后单击【保存】按钮即可保存导出的目录小样文件。参见图 9.2。

(6) 目录小样文件生成后,打开该文件,显示为:

‖=*(〕(2)Ω(2)Ω(2)Ω(2)Ω(2)Ω(2)‖=〕Ω

其中(2)即为系统自动登记下来的页码。

(7) 编辑目录小样文件如下。

```
［ML（］［WM］［KMB］［HS5］［JZ2］［HT2XBS］目录 ✍
［HT4"DH］第 1 章［KG1］管理技巧［ST］［HT］［JY。&✓
［HT5H］一、怎样对付自私自利的下属［ST］［HT］［JY。&✓
［HT5"K］［KG2］1. 满足正当要求［ST］［HT］［JY。&✓
［HT5"K］［KG2］2. 拒绝不合理要求［ST］［HT］［JY。&✓
［HT5"K］［KG2］3. 办事公平［ST］［HT］［JY。&［ML）］Ω
```

(8) 将编辑好的目录内容放在"CWG2.FBD"小样文件的最后。

(9) 按快捷键 F7 进行一扫查错,检查"CWG.FBD"小样文件的排版格式是否有误,然后再按快捷键 F8,这时系统会弹出【导出.DEF 文件】对话框,参见图 9.3。

(10) 选择菜单【排版】|【目录排版】|【目录发排】命令,系统又会弹出【设置目录发排参数】对话框,参见图 9.4。

(11) 选中【与发排正文时使用的 PRO 文件相同】复选框,然后单击【确定】按钮,系统即可执行目录的发排。

(12) 如果想看到目录发排的大样文件,选择【排版】|【目录排版】|【目录发排结果显示】命令即可显示如下面的大样所示。

目　录

第 1 章　管理技巧 ……………………(2)
　一、怎样对付自私自利的下属 ……(2)
　　1. 满足正当要求 …………………(2)
　　2. 拒绝不合理要求 ………………(2)
　　3. 办事公平 ………………………(2)

9.9　习　题

填空题

(1) 版心的尺寸受____的限制,但在同一开本中,由于版口空白大小不同或装订方法不同,版心尺寸往往也不相同。

(2) 书刊报纸一面中的____和____的总和称为版面。版面由版心、天头、地脚、订口(里口)、切口(外口)等几部分组成。

(3) 背题是指排在一页之末的____后面,无正文相随的情况。用方正书排排版时,由于分页是由软件自动完成的,很容易出现____。

选择题

(1) 眉说注解只允许写入____文件中。

　　A. 小样　　　　B. PRO　　　　C. 大样　　　　D. PS

(2) 单眉注解只允许写入____文件中。

　　A. PRO　　　　B. 小样　　　　C. 大样　　　　D. PS

(3) 双眉注解只允许写入____文件中。

　　A. 小样　　　　B. PRO　　　　C. 大样　　　　D. PS

判断题

(1) 一行中不能出现两个词条注解(CT)，且该注解可以用在竖排中。(　　)

(2) 用词条注解提取词条时，正文中仍保留词条内容。(　　)

(3) 目录文件中的&符号个数要与正文中［ML［+］］的个数相同。(　　)

简答题

为什么版心的大小受开本大小的限制？

操作题

创建一个小样文件，输入一首古文，并加注注文。

教学提示：如何让一个版面新颖、活泼、美观而大方，不仅取决于排版人员的审美观，还取决于排版人员对排版技术的熟练程度以及对排版注解的熟练运用。

教学目标：旨在了解各注解的功能与作用；着重掌握各注解的书写格式和参数使用的顺序以及作用。

10.1 字符控制类注解

本节着重介绍2种简单而常用的排版注解，即居中注解和居右注解，这两种注解可用于排标题、正文、目录等。

10.1.1 居中注解(JZ)

功能概要：将一组内容在当前的行宽内居中排，使这组内容两端的空白距离相等。

注解格式：〖JZ〔<字距>〕〗

　　　　　　〖JZ(〔〔<字距>〕|Z〕〕<居中内容>〖JZ)〗

注解参数：<字距>；Z

参数说明：<字距>：给出了居中内容中各盒子间的空距，默认此参数表示紧排。

　　　　　　Z：表示整体居中。

特别提示：① 格式一作用到换段符↙、换行符↓或空行注解〖KH〗等结束行的注解为止。

② 格式二主要用于多行内容居中，每行内容之间用换段符↙或换行符↓分开。

③ 在本注解的格式二中，参数"Z"表示整体居中。如指定这一参数，居中的各行左边对齐，并将所有的行合在一起作为一个整体居中排版；如果缺省Z，则表示内容中各行分别居中排版，相互之间没有关系。

④ 如在格式二中指定了参数"Z"，则不能再指定<字距>参数，即两者不能同时设置。

注 意

该注解不结束当前行,它所在当前行的内容居中排。如某行居中的内容太多,超出了本行宽或与本行前面内容重叠,系统则会提示"内容重叠"的错误信息;该注解可用于竖排,竖排时各项参数要转换成竖排的意义。

【实例应用1】单行内容居中的排法。

小样输入:

［HT4XK］［JZ］芙蓉楼送辛渐✓
［HT5F］［JZ1］王昌龄✓［HT］
寒雨连江夜入吴,平明送客楚山孤。✓
洛阳亲友如相问,一片冰心在玉壶。Ω

大样显示:

芙蓉楼送辛渐
王 昌 龄
寒雨连江夜入吴,平明送客楚山孤。
洛阳亲友如相问,一片冰心在玉壶。

【实例分析】在上述小样文件中,［JZ］表示该注解后的内容以居中的形式排版,并且只对一行内容起作用;［JZ1］表示该注解后的内容以居中的形式排版,并且只对一行内容起作用,同时字与字之间的距离为1个字宽。

【实例应用2】多行内容居中的排法。

小样输入:

［HT5K］［JZ(］河南杨柳树,河北李花荣。
✓杨花飞去落何处,李花结果自然成。
［JZ)］［HT］Ω

大样显示:

河南杨柳树,河北李花荣。
杨花飞去落何处,李花结果自然成。

【实例分析】在上述小样文件中,［JZ(］［JZ)］表示该注解开闭弧中的内容以居中的形式排版,并且对多行内容起作用。

【实例应用3】多行内容居中且整体左齐的排法。

小样输入:

［HT4L］［JZ1］虞美人✓［HT5LB］
［JZ(Z］春花秋月何时了?往事知多少。
✓小楼昨夜又东风,故国不堪回首月明
中!✓雕栏玉砌应犹在,只是朱颜改。✓
问君能有几多愁?恰似一江春水向东流。
［JZ)］［HT］Ω

大样显示:

虞 美 人
春花秋月何时了? 往事知多少。
小楼昨夜又东风,故国不堪回首月明中!
雕栏玉砌应犹在,只是朱颜改。
问君能有几多愁? 恰似一江春水向东流。

【实例分析】在上述小样文件中,［JZ1］表示该注解后的内容以居中的形式排版,并且只对一行内容起作用,同时字与字之间的距离为1个字宽;［JZ(Z］［JZ)］表示该注解开闭弧中的内容以居中且整体左齐的形式排版。"Z"参数表示左齐。

10.1.2 居右注解(JY)

功能概要:将一组内容在当前的行宽内居右端排版。这些内容可以是单行或多行。

注解格式：［JY〔。〔<前空字距>〕〕〔，<后空字距>〕］　　　［JY(〔Z〕] <居右内容>［JY)］

注解参数：。;<前空字距>;<后空字距>;Z

参数说明：<前空字距>：表示三连点自动换行时，前边空出的距离;默认为空两字。

<后空字距>：表示居右内容与右端空出的距离。

Z：表示内容整体居右。

特别提示：① 第一种形式表示内容放在本行的最右端，这些内容以↙、∠或［KH］(空行注解)等结束行的注解为止。

② 第二种形式是将括弧内的内容排在最右端，此形式一般用于多行内容居右。

③ 在本注解的第二种形式中，如果指定参数"Z"，居右的各行左边对齐，并将所有的行合在一起作为一个整体居右排版;如果默认此参数，则表示内容中各行各自居右排版，而相互之间没有关系。

> **注 意**
>
> 该注解不结束当前行，而是从当前位置开始排。当前行剩余空间不够排居右的内容时，整个居右的内容将被移到下一行。但如果从行首开始排，而且内容超过一行宽时，系统则会提示"内容重叠"的错误信息。

【实例应用 1】 多行内容居右的排法。

小样输入：

> ［HT5H］［JY(］清华大学↙清华大学出版社↙北京大学↙北京大学出版社［JY)］
> ↙联合出版［HT］Ω

大样显示：

> 清华大学
> 清华大学出版社
> 北京大学
> 北京大学出版社
>
> **联合出版**

【实例分析】 在上述小样文件中，［HT5H］表示 5 号黑体;［JY(］［JY)］表示该注解开闭弧中的内容以居右的形式排版。

【实例应用 2】 多行内容居右且左齐的排法。

小样输入：

> ［HT5XBS］［JY(Z］清华大学↙清华大学出版社［JY)］↙联合出版［HT］Ω

大样显示：

> **清华大学**
> **清华大学出版社**
>
> **联合出版**

【实例分析】 在上述小样文件中，［HT5XBS］表示 5 号小标宋体;［JY(Z］［JY)］表示该注解开闭弧中的内容以居右且整体左齐的形式排版。

【实例应用 3】利用居右注解排目录。

小样输入：

〖HT5"K〗10.1.1█居中注解(JZ)〖HT〗〖JY。〗(13)Ω

大样显示：

10.1.1　居中注解(JZ)…………………………………………………………………………… (13)

【实例分析】在上述小样文件中，〖JY。〗注解中的参数"。"表示在字符后面加中圆点，它的长度会随版心的大小或换行、换段前结束。此种格式一般用于排目录。

10.2　字符对齐类注解

本节着重介绍 11 种常用的排版注解，一般用于排正文。

10.2.1　位标注解(WB)

功能概要：在当前位置上设立一个对位标记(即位标)，以便后面各行对位使用。

注解格式：〖WB〔Y〕〗

注解参数：Y

参数说明：Y：表示右对位。

特别提示：① 在指定参数"Y"时，即指需要对位的内容中，最后一个字符与位标右对齐。

② 指定该参数时，运用对位注解只能使用对位注解的开闭弧形式。

③ 未指定该参数时，表示左对齐，也就是说需要对位的字符最左边与该注解后的第一个字符对齐，而其他字符依次排列。

注　意

每行的位标个数不超过 20 个(包括 20 个)。换行后，如果再设位标则上行的位标无效。

10.2.2　对位注解(DW)

功能概要：该注解必须与位标注解(WB)配合使用且不能单独使用。在前面某行指定位标(对齐点的标记)的前提下，使本行的某点与指定的位标对齐。

注解格式：〖DW〔<位标数>〕〗

〖DW(〔<位标数>〕<对位内容>〖DW)〗

注解参数：<位标数>：<数字>〔<数字>〕

参数说明：<数字>：是给出要求对位的内容与哪一个位标对位。本参数用数字表示，可用一位数或两位数，但不能大于两位数，如果默认则表示按顺序对位。

特别提示：① 第一种形式表示该注解后的第一个字符与位标数所指出的位标左边对齐，以后的字符将按自然位置排列。这种形式只能左对位。

② 第二种形式可左对位或右对位,但取决于位标注解中是如何定义的。若要右对位,位标注解中必须指定参数"Y",但也必须使用对位的开闭弧形式。

注 意

位标标记应满足 1≤<位标数>≤20;使用对位注解(DW)时,在它之前必须加注位标注解(WB);否则,系统将提示"DW 注解,缺 WB 注解"的错误信息;如果在位标注解(WB)中指定了"Y"参数,但加注的对位注解(DW)是〔DW〕形式,系统将自动按左对位处理。

【实例应用 1】位标注解(WB)和对位注解(DW)的用法。

小样输入:

1. 〔CD#3〕 minus(减去)three is four.↙
A. One■■ ■〔WB〕B. Eight■■ ■〔WB〕C. Seven■■ ■〔WB〕D. Nine↙
2. 〔CD#3〕 her name?↙
A. What's〔DW〕B. What〔DW〕C. How〔DW〕D. How's Ω

大样显示:

1. _____ minus(减去)three is four.
A. One   B. Eight   C. Seven   D. Nine
2. _____ her name?
A. What's   B. What   C. How   D. How's

【实例分析】上述小样文件中,〔CD#3〕为长度注解(本注解将在 10.4 节中介绍),表示画一条 3 个字长的线;〔WB〕 表示给当前的内容指定一个标记;〔DW〕表示本行的某点与位标注解所指定的标记对齐。

【实例应用 2】位标注解(WB)和对位注解(DW)的用法。

小样输入:

〔HJ1〕第 1 组■ ■〔WBY〕第 2 组■ ■〔WBY〕第 3 组↙
5 名学生〔DW(〕10 名学生〔DW) 〕〔DW(〕30 名学生〔DW) 〕↙
第 4 组〔DW(〕第 5 组〔DW) 〕〔DW(〕第 6 组〔DW) 〕↙
50 名学生〔DW(〕100 名学生〔DW) 〕〔DW(〕150 名学生〔DW) 〕Ω

大样显示:

第 1 组	第 2 组	第 3 组
5 名学生	10 名学生	30 名学生
第 4 组	第 5 组	第 6 组
50 名学生	100 名学生	150 名学生

【实例分析】上述小样文件中,〔WBY〕 表示给当前内容指定一个右齐的标记;〔DW(〕〔DW) 〕表示本行的某点与位标注解所指定的标记右对齐。

10.2.3　对齐注解(DQ)

功能概要:将内容在指定的范围内按第一行的宽度均匀地拉开,使各行左右都对齐。

注解格式:〔DQ(〔<字距>〕]<对齐内容>〔DQ)〕

注解参数:<字距>

参数说明:<字距>:用来设置需要对齐的内容所占的宽度。

特别提示:① 未指定<字距>时,则表示以第一行为基线,其他各行都与第一行左右对齐。

② 当对齐的内容小于<字距>所指定的宽度或第一行宽度时,各行会在<字距>宽度或第一行宽度内均匀分布。

【实例应用】对齐注解(DQ)的用法。

小样输入:

〔HT4XBS〕第一篇〔KG1〕〔DQ(6〕我们如何进行↙调查研究〔DQ)〕〔HT〕Ω

大样显示:

> **第一篇　我们如何进行**
> **调 查 研 究**

【实例分析】上述小样文件中,〔HT4XBS〕表示4号小标宋体;〔DQ(6〕……〔DQ)〕为对齐注解,表示开闭弧中的内容均按6个字的长度均匀地撑开排版。

10.2.4　空格注解(KG)

功能概要:定义盒子间的距离。即指定两个字符间的空白距离,也可同时调整多个字符间的距离。

注解格式:〔KG<空格参数>〕

〔KG(<字距>〕<内容>〔KG)〕

注解参数:<空格参数>:〔-〕<字距>|<字距>。|<字距>。<字数>

参数说明:-:指定向与排版方向相反的方向空格。

<字距>:表示用来指定两个字符间的空距值。

特别提示:① 本注解是以盒子为单位安排空距,对于有<字数>的空格也是以盒子计数的,这里有一点特殊:即数字串虽为盒子,但在该注解范围内,还是以单个数字为单位调整空距。

② 当出现自动换行时,在换行点的空距自动消失,也就是说下一行的内容齐头排版,而不是留出一段空距。如确实需要留出空距,可用■来实现。

注　意

当指定参数"<字距>。"时,该注解是从当前位置起至当次排版结束每字符间都留出参数指定的距离,如果其后的某段字符需保持正常字距,则需加〔KG0〕的注解形式来结束其定义。

【实例应用】空格注解(KG)的用法。

小样输入:

〔HT5LB〕〔KG2〕你的笑容就是你好意的信差。你的笑容〔KG-3〕能照亮所有看到它的人。〔KG1。5〕对那些整天都看到皱眉头、愁容满面、视若无睹的人来说，〔KG(*2〕你的笑容就像穿过乌云的太阳〔KG)〕。尤其对那些受到上司、客户、老师、父母或子女的压力的人，〔KG1。〕　一个笑容能帮助她们了解一切都是有希望的，〔KG–0〕也就是说世界是有欢乐的。〔HT〕Ω

大样显示：

> 　　　你的笑容就是你好意的信差。你的笑容能看到它的人。对 那 些 整 天 都看到皱眉头、愁容满面、视若无睹的人来说，你 的 笑 容 就 像 穿 过 乌 云 的 太 阳。尤其对那些受到上司、客户、老师、父母或子女的压力的人，一 个 笑 容 能 帮 助她 们 了 解 一 切 都 是 有 希 望 的 ， 也就是说世界是有欢乐的。

【实例分析】上述小样文件中，〔HT5LB〕表示 5 号隶变体；〔KG2〕表示从左向右空出两个字的距离；〔KG–3〕表示从右向左空 3 个字的距离；〔KG1。5〕注解形式中，1 表示所空的字距，5 表示要空的字数；〔KG(*2〕……〔KG)〕表示开闭弧中内容的字距为半个字；〔KG1。〕表示本注解后的所有内容按 1 个字的字距空开；〔KG–0〕表示结束当前的空格定义。

10.2.5　自控注解(ZK)

功能概要：定义开闭弧中的内容在换行后左边将自动空出多少距离，即左边缩进一段距离对齐排。

注解格式：〔ZK(〔<字距>〕〔#〕〕<自控内容>〔ZK)〕

注解参数：<字距>;#

参数说明：<字距>:指定对齐点对当前行左端的距离。默认以当前行位置为准。

　　　　　　#:表示只有在自动换行时缩进去排，而强迫换行时自控不起作用。缺省此参数表示无论是自动换行还是强迫换行，自控注解都起作用。

特别提示：① 当本注解出现在行首时，从本行起始处起作用，否则从下行开始起作用。

　　　　　　② 如果本次自控是在上一层自控之内的话，本次自控则是在上层中自控的基础上再缩进<字距>的距离。

　　　　　　③ 在该注解中，如果需要换行或换段时，一般常用换行符。

【实例应用 1】自控注解(ZK)的用法。

小样输入：

> 〔HT4"DH〕第 10〔ZK(〕章▉常用排版控制类注解〔HT〕〔JY。〕(1)↙
> 〔HT5H〕10.1▉〔ZK(〕字符控制类注解〔HT〕〔JY。〕(1)↙
> 〔HT5"K〕10.1.1▉居中注解(JZ)〔HT〕〔JY。〕(13)〔ZK)〕〔ZK)〕Ω

大样显示：

【实例分析】上述小样文件中,〔HT4″DH〕表示小4号大黑体;第一个〔ZK(〕…〔ZK)〕表示所有节(即如6.1等)的开头与本注解后的"章"字对齐;第二个〔ZK(〕…〔ZK)〕则表示所有小节(即如6.2.1等)的开头与本注解后的第一个字对齐。

【实例应用2】自控注解(ZK)的用法。

小样输入:

▆▆〔HT5K〕两个谨慎的商人通过一系列冒险的阴谋挣了一大笔钱,现在他们想挤入仁慈的社会中。他们要做的事情很多,其中他们认为首要的一件事是应当请城里最有名、收费最高,而且其作品一般都公认为是名作的画家给他们画张像。〔ZK(3〕当昂贵的肖像首次在一个盛大的晚会上展出时,两位东道主亲自领着一个最卓越的鉴赏家兼评论家走到并排挂着他们两个肖像的沙龙墙壁面前,以便获得赞许的评论。

〔ZK(5〕这个鉴赏家在那两张肖像面前审视良久,接着摇了摇头,似乎他丢掉了什么东西。最后,他指着两张肖像中间的空白处问道:"救世主呢?"〔ZK)〕〔ZK)〕Ω

大样显示:

　　两个谨慎的商人通过一系列冒险的阴谋挣了一大笔钱,现在他们想挤入仁慈的社会中。他们要做的事情很多,其中他们认为首要的一件事是应当请城里最有名、收费最高,而且其作品一般都公认为是名作的画家给他们画张像。当昂贵的肖像首次在一个盛大的晚会上展出时,两位东道主亲自领着一个最卓越的鉴赏家兼评论家走到并排挂着他们两个肖像的沙龙墙壁面前,以便获得赞许的评论。这个鉴赏家在那两张肖像面前审视良久,接着摇了摇头,似乎他丢掉了什么东西。最后,他指着两张肖像中间的空白处问道:"救世主呢?"

【实例分析】根据上述小样文件中,〔ZK(3〕〔ZK(5〕……〔ZK)〕〔ZK)〕注解组合中,其中〔ZK(3〕……〔ZK)〕表示指定对齐点对当前行左端的距离为3个字;而〔ZK(5〕……〔ZK)〕则表示在对齐点左空距离为3个字的基础上再空出5个字的距离,即实际左空距离为8个字。这是因为〔ZK(5〕……〔ZK)〕是出现在〔ZK(3〕……〔ZK)〕开闭弧中,如果〔ZK(5〕……〔ZK)〕是出现在〔ZK(3〕……〔ZK)〕开闭弧的外边,那么〔ZK(5〕……〔ZK)〕的实际左空距离就为5个字。

10.2.6　自换注解(ZH)

功能概要:用于结束当前行,并指定当前排版位置作为版心的右端,以后的内容均以此点的横向位置作为行末,至遇到本注解的闭弧〔ZH)〕为止。

注解格式:〔ZH(〕<内容>〔ZH)〕

【实例应用】自换注解(ZH)的用法。

小样输入:

〔HT5F〕国王屈身参观一家外科诊所,发现诊所的外科大夫正在切除病人的一条腿。

他颇有兴趣地看着手术的各个步骤，〖ZH（〗同时俨然以国王的身份大声地赞许道："甚好,甚好,大夫。"手术做完后,大夫走到国王跟前,深施一礼,然后问道："陛下旨意是否要我把另一条腿也切掉？"〖ZH)〗〖HT〗Ω

大样显示：

国王屈身参观一家外科诊所,发现诊所的外科大夫正在切除病人的一条腿。他颇有兴趣地看着手术的各个步骤, 同时俨然以国王的身份大声地赞许道："甚好,甚好,大夫。"手术做完后,大夫走到国王跟前,深施一礼,然后问道："陛下旨意是否要我把另一条腿也切掉？"

【实例分析】上述小样文件中,〖ZH(〗……〖ZH)〗表示开闭弧中的内容均按开弧前的位置作为版心的右端,直到闭弧〖ZH)〗为止。

10.2.7 撑满注解(CM)

功能概要:将要撑满的内容在指定的范围内均匀地拉开。

注解格式:〖CM<字距>-<字数>〗

　　　　　　〖CM(<字距>〗<撑满内容>〖CM)〗

注解参数:<字距>;<字数>

参数说明:<字距>:要撑满的宽度。

　　　　　　<字数>:撑满的内容的字数。

特别提示:① 第一种格式表示将指定的个数的文字撑满在指定的范围内。

　　　　　　② 第二格式表示将开闭弧中的内容按指定的字距进行排版。

> **注　意**
>
> 撑满内容不能换行,即所指定的字距要小于等于当前位置到本行最右边的距离;当撑满的内容为一个整体时,则这个整体在指定的字距内居中排版;本注解所指定的字距应大于当前要撑满内容的总宽度,否则系统会发出"无法撑满"的错误提示。

【实例应用】撑满注解(CM)的用法。

小样输入：

〖HT4"XK〗〖CM10-5〗逐舞飘轻袖,传歌共绕梁。动枝生乱影,〖CM(10〗吹花送远香〖CM)〗。〖HT〗Ω

大样显示：

逐 舞 飘 轻 袖,传歌共绕梁。动枝生乱影,吹 花 送 远 香。

【实例分析】上述小样文件中,〖HT4XK〗表示 4 号行楷体;在〖CM10-5〗注解格式中,10 表示要撑满的字数(即指距离),5 表示要撑满的个数(即指数量)。

10.2.8　紧排注解(JP)

功能概要：指定字与字之间的距离。用于排英文或一些要求排版很紧凑的版面中。

注解格式：〔JP〔〔+〕<数字>〕〕

注解参数：+;<数字>

参数说明：+：表示松排,将字间距离拉开。<数字>：1|2|3|4|5|6|7|8|9|...|32。

特别提示：① <数字>表示紧排或松排的程度,数值越高表示字符间距越紧凑,数值越低表示字符间距越松散。

　　　　　　② "+"缺省时表示紧排,将字间距离紧缩。

　　　　　　③ 无参数表示既不紧排也不松排,按正常字间距离排。

【实例应用】紧排注解(JP)的用法。

　　　小样输入：

〔JP2〕Adversity is a good discipline.▬ ▬〔WB〕〔JP+2〕苦难是磨炼人的好机会。∥
〔JP12〕A contented is a perpetual feast.〔DW〕〔JP+12〕知足者常乐。∥
〔JP32〕Actions speak louder than words.〔DW〕〔JP+32〕行动比语言更响亮。〔JP〕Ω

　　　大样显示：

Adversity is a good discipline.　苦难是磨炼人的好机会。
Acontentedisaperpetualfeast　　知 足 者 常 乐 。
Actionspeak words　　　　　　行 动 比 语 言 更 响 亮 。

【实例分析】上述小样文件中,〔JP2〕表示字间距离紧缩的程度为 2;〔JP+2〕表示字间距离松散的程度为 2。以此类推,便知其他相关参数的设置意义。

10.2.9　前后注解(QH)

功能概要：将当前行宽缩进指定的宽度,并在该宽度内撑满排版。

注解格式：〔QH<前后参数>〕

　　　　　　〔QH(<前后参数>)〕<前后内容>〔QH)〕

注解参数：<前后参数>：<字距>〔!〕|〔<字距>〕!<字距>

参数说明：<前后参数>：用来指定行宽的变化。

特别提示：① 该注解的第一种格式用于单行的撑满,以〔KH〕等结束注解;该注解的第二种格式用于多行内容在指定的范围内撑满排版。

　　　　　　② 该注解不结束当前行, 而是从当前行开始排。所以应注意不要使<前后内容>与当前行已有内容发生冲突,否则系统会提示"内容重叠"的错误信息。

　　　　　　③ <前后内容>的总宽度不能大于改过的行宽,否则系统会提示"无法撑满"的错误信息。

　　　　　　④ <前后参数>中的"!"为左右分界线,"!"前的<字距>指定左边缩进的字数;"!"后的<字距>指定右边缩进的字数。如果缺省"!"参数,则左右缩进的字数相同。

　　　　　　⑤ 该注解可用于竖排,竖排时各项参数要转换成竖排的意义。

【实例应用】 前后注解(QH)的用法。

小样输入:

> ［HT5K］■ ■彼得是个聪明的孩子。在学校的第一天,他学了三个词:我,你,她。老师教他如何用这三个词造句子。↙［QH(5!5］老师说:"我,我是你的老师;(然后指着一个女孩)她,她是你的同学;你,你是我的学生。"［QH)］↙
>
> ［QH(5!］彼得回到家里,爸爸问他学了什么。彼得马上说:"我,我是你的老师;(然后指着他的妈妈)她,她是你的同学;你,你是我的学生。"［QH)］↙
>
> ［QH(!5］他的爸爸听了非常生气,说:"我,我是你的爸爸;(然后指着他的妻子)她,她是你的妈妈;你,你是我的儿子。"［QH)］↙
>
> 第二天,老师问彼得是否用心学那三个词了。"是的,"彼得自豪地说,"我,我是你的爸爸;(然后指着一个女孩)她,她是你的妈妈;你,你是我的儿子。"［HT］Ω

大样显示:

> 彼得是个聪明的孩子。在学校的第一天,他学了三个词:我,你,她。老师教他如何用这三个词造句子。
>
> 　　　老师说:"我,我是你的老师;(然后指着一个女孩)她,她是你的同学;你,你是我的学生。"
>
> 　　　彼得回到家里,爸爸问他学了什么。彼得马上说:"我,我是你的老师;(然后指着他的妈妈)她,她是你的同学;你,你是我的学生。"
>
> 他的爸爸听了非常生气,说:"我,我是你的爸爸;(然后指着他的妻子)她,她是你的妈妈;你,你是我的儿子。"
>
> 　　　第二天,老师问彼得是否用心学那三个词了。"是的,"彼得自豪地说,"我,我是你的爸爸;(然后指着一个女孩)她,她是你的妈妈;你,你是我的儿子。"

【实例分析】 上述小样文件中,［QH(5!5］……［QH)］表示左边和右边各缩进 5 个字,同时开闭弧中的内容在缩进后的宽度内撑满排版;［QH (5!］……［QH)］表示左边缩进 5 个字右边不变,同时当前内容在左边缩进后的宽度内撑满排版;［QH(!5］……［QH)］表示右边缩进 5 个字左边不变,同时当前内容在右边缩进后的宽度内撑满排版。

10.2.10　始点注解(SD)

功能概要: 该注解改变当前排版的位置,将当前位置移到指定的位置上继续排版。

注解格式: ［SD〔<始点位置>〕］

注解参数: <始点位置>:X|〔<空行参数>〕〔,<字距>〕〔;N〕

参数说明: X:表示将该注解前所排的内容先写入磁盘文件中,然后从当前位置继续排。

N:表示按新方法计算排版的位置。新方法能够维持本层的分区结构,使用始点注解后,本层所划分好的其他区域(TP、FQ 等)仍然有效,缺省 N 时表示仍然沿用低版本书版的处理方法,以保持与低版本的一致。此时,当使用始点注解改变了当前位置后,本层所划分好的其他区域(TP、FQ 等)将无效。

特别提示:① 当使用该注解改变当前位置时,本层内原来排好的字符等内容以及本层内划分好的其他区域,如图片(TP)、分区(FQ)等都无效。再排其他内容时,两次排版的内容有可能将会重叠在一起。所以,在使用该注解时一定要注意。

② 在方框(FK)、分区(FQ)、段首(DS)、整体(ZT)、表格或无线表中时,该注解回到本区域的首行首字,而在分栏(FL)中是回到当前栏的首行首字,如果既不在以上的区域中,也不在分栏的情况下,则回到当前页的首行首字。

【实例应用】始点注解(SD)的用法。

小样输入:

〔FK(D5。6〕更〔FK)〕〔SD2*2,2*2〕〔FK(D5。6〕上〔FK)〕〔SD3*2,3*2〕
〔FK(D5。6〕一〔FK)〕〔SD4*2,4*2〕〔FK(D5。6〕层〔FK)〕〔SD5*2,5*2〕
〔FK(D5。6〕楼〔FK)〕〔SD6*2,6*2〕Ω

大样显示:

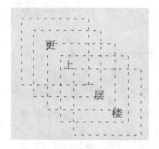

【实例分析】上述小样文件中,〔FK(D5。6〕……〔FK)〕为方框注解,其中参数 D 表示方框的线形为点线,"5。6"表示方框的高为 5 行高,宽为 6 个字宽。该注解将在 10.4 节中详细介绍。〔SD2*2,2*2〕始点注解,其中该注解中逗号前后的参数表示从第几行第几个字开始排版。

10.2.11　行齐注解(HQ)

功能概要:用于排版外文内容的行末时,指定是否齐行、自动加连字符或拆行。

注解格式:〔HQ〔B|K〕〕

注解参数:B|K

参数说明:B:表示行末不对齐,外文字不自动加连字符;

K:表示行末对齐,但外文字不自动加连字符,用字间拉空实现齐行;

无参数表示注解后内容行末对齐,且外文字自动加连字符。

【实例应用】行齐注解(HQ)的用法。

小样输入:

〔HQ〕▆▆An elderly gentleman being, one evening, in the company of some persons who were much amused at the witty sayings of a child, said to some one near him, that witty children usually made stupid men. ↙

〔HQB〕The fried—chicken restaurant where I was working had a big rush just before closing one day, leaving us with nothing to sell but wings. As I was about to lock the doors, a quietly intoxicated customer came in and ordered dinner. ✓

[HQK] A husband said to his wife,"Why did God create women to be beautiful but foolish?" "Well," his wife answered at once.Ω

大样显示：

An elderly gentleman being, one evening, in the company of some pers-ons who were much amused at the witty sayings of a child, said to some one near him, that witty children usually made stupid men.

The fried—chicken restaurant where I was working had a big rush just before closing one day, leaving us with nothing to sell but wings. As I was about to lock the doors, a quietly intoxicated customer came in and ordered dinner.

A husband said to his wife, "Why did God create women to be beautiful but foolish?" "Well," his wife answered at once.

【实例分析】上述小样文件中,加 [HQ] 与不加作用相同,均表示行末对齐且自动加入连字符,如第一段中所示; [HQB] 表示行末不对齐,且不加连字符,如第二段中所示; [HQK] 表示行末对齐,且不加连字符,如第三段中所示。

10.3　行调整类注解

本节着重介绍九种常用的排版注解,通常用于排正文。

10.3.1　行距注解(HJ)

功能概要：根据指定的参数改变当前行的行距。该注解作用到下一个行距注解为止。

注解格式：[HJ〔<行距>〕]

注解参数：<行距>:<字号>;<倍数>;<分数>;<数字>

参数说明：<字号>:以几号字高为单位,默认为当前字号的字高。

　　　　　<倍数>:表示几倍字高,如 [HJ1] 表示行距为当前字号的 2 倍字高。缺省表示小于 1 字高,由 [*<分数>] 指定。

　　　　　<分数>:表示字高的几分之几,若分子为 1,就可直接用 *<数字>,如 [HJ*3] 即 1/3 字高;分子不是 1,应将分数写完整,如 [HJ*2/3] 行距为 2/3 字高。

　　　　　<数字>:以毫米(mm)、线(x)或磅为单位。

特别提示：① 该注解在行首时,从当前行起改变行距;在行中时从下一行开始起作用。

　　　　　② 采用以毫米(mm)为单位的形式来指定行距,可以更灵活地改变行距的大小,同时更为精确。

【实例应用】行距注解(HJ)的用法。

小样输入：

▬ ▬幽默是一种才能,是一种力量,或者说是人类面对共同的生活困境而创造出来的

一种文明。[HJ2]✓[HJ]

它以愉悦的方式表达真诚、大方和心灵的善良。✓[HJ0]

它像一座桥梁拉近人与人之间的距离,弥补人与人之间的鸿沟,是奋发向上者和期望与他人建立良好关系者不可缺少的东西,也是每一个希望减轻自己人生重担的人所必须依靠的拐杖。[HJ]✓

[JY,2]——赫伯Ω

大样显示:

　　幽默是一种才能,是一种力量,或者说是人类面对共同的生活困境而创造出来的一种文明。

　　它以愉悦的方式表达真诚、大方和心灵的善良。

　　它像一座桥梁拉近人与人之间的距离,弥补人与人之间的鸿沟,是奋发向上者和期望与他人建立良好关系者不可缺少的东西,也是每一个希望减轻自己人生重担的人所必须依靠的拐杖。

——赫伯

【实例分析】上述小样文件中,[HJ2]表示第一段与第二段间的距离为2行高,[HJ]表示由2行高恢复到版心行距;[HJ0]表示第三段内容的行距为0。[JY,2]表示居右且右空2个字排版。

10.3.2　行宽注解(HK)

功能概要:将当前的行宽定义为指定的宽度,并将所指定宽度的行放在当前版心中间位置。

注解格式:[HK[<字距>][,<位置调整>]]

注解参数:<位置调整>:[!]<边空>　　<边空>:<字距>

参数说明:当有"!"时,边空表示左边空;当没有"!"时,边空表示内边空。

　　　　　　如果没有<位置调整>则该行文字居中。

特别提示:① 如果未指定<位置调整>则该行文字居中。

　　　　　　② 当该注解出现在当前行行首时,从当前行开始起作用,如果不是从行首开始,则从下行开始起作用。

注　意

该注解出现在行首,从当前行开始起作用,否则从下行开始;指定的行宽不能超过当前版心,否则系统会提示"超版心"的错误信息;此注解作用到下一个行宽(HK)或改宽(GK)注解为止。

【实例应用1】行宽注解(HK)的用法。

小样输入:

[HT5LB]▓ ▓某甲想逃避兵役,诡称视力不佳。医生给他验视力,叫他看墙上的大字。"墙?什么墙?"他问。"啊呀,你的视力可真坏!"医生打发他走了。[HJ2]✓[HJ]

[HK17]当晚,某甲带着女友去看电影,真尴尬,那位医生就坐在他旁边。他连声说:"对不起,先生,这列火车还要多久才开?"[HK][HT]Ω

大样显示：

某甲想逃避兵役,诡称视力不佳。医生给他验视力,叫他看墙上的大字。"墙？什么墙？"他问。"啊呀,你的视力可真坏！"医生打发他走了。

当晚，某甲带着女友去看电影，
真尴尬,那位医生就坐在他旁边。他
连声说:"对不起,先生,这列火车还
要多久才开？"

【实例分析】上述小样文件中,〖HJ2〗表示第一段与第二段间的距离为 2 行高,〖HJ〗表示由 2 行高恢复到版心行距;〖HK17〗表示指定当前的行宽为 17 个字,且该部分内容左右两边的空白距离相等,也就是说,同时该部分内容位置版心的居中位置。〖HK〗表示从 17 个字的行宽恢复到版心宽度。

【实例应用 2】 行宽注解(HK)的用法。

小样输入：

〖HT5LB〗〖HK25,！2〗██某甲想逃避兵役,诡称视力不佳。医生给他验视力,叫他看墙上的大字。"墙？什么墙？"他问。"啊呀,你的视力可真坏！"医生打发他走了。〖HJ2〗↙〖HJ〗〖HK8,3〗当晚,某甲带着女友去看电影,真尴尬,那位医生就坐在他旁边。他连声说:"对不起,先生,这列火车还要多久才开？"〖HK〗〖HT〗Ω

大样显示：

某甲想逃避兵役,诡称视力不佳。医生给他验视
力,叫他看墙上的大字。"墙?什么墙?"他问。
"啊呀,你的视力可真坏！"医生打发他走了。

当晚,某甲带着女友去看电影,真尴尬,
那位医生就坐在他旁边。他连声说:"对不
起,先生,这列火车还要多久才开？"

【实例分析】上述小样文件中,〖HK25,！2〗表示将当前行的行宽改为 25 个字的宽度,左边空 2 个字的宽度;〖HK18,3〗表示指定当前的行宽的宽度为 8 个字,内边空出 3 个字的宽度,也就是说,如果是单页,则左边空出 3 个字的宽度,如果是双页,则右边空出 3 个字的宽度;〖HK〗表示从恢复到版心宽度。

10.3.3 空行注解(KH)

功能概要: 用于结束当前处理的行,并空出<空行参数>给出的距离继续排版。

注解格式: 〖KH〔−〕<空行参数>〔X|D〕〗

注解参数: 〔−〕;〔X|D〕

<空行参数>:<行数>|<行距>|<行数>+<行距>

参数说明: <空行参数>:给出要空出的距离。

－:表示向排版的反方向移动指定高度,缺省则向正方向移动。

X:表示继续,即空行后字符的起始位置时空行前字符位置的继续。

D:表示顶格,即空行后字符从行首开始排。

特别提示:① 如果不指定任何参数则表示空行后的第一个字符排在第 3 个字符的位置上,即前空两个字与换段符(↙)的作用相同。

② 该注解有换行符(↙)或换段符(↙)的功能。如果该注解前有↙或↙时,则会在空行注解之间产生一个空行,即实际空距比<空行参数>指定的要多一行。

> **注 意**
>
> 如果指定的空行高度大于当前页的剩余空间,会自动换页,换页后从页首开始排;<空行参数>不同于<行距>,如指定<行距>为 1*2,表示行距为一个半字高;而<空行参数>则表示空行为一行高+半字高(即 1*2)。如果在<空行参数>中指定一个半字高时,须输入"+1*2"。

【实例应用】空行注解(KH)的用法。

小样输入:

> 〖HT5H〗男人和女人要共同承担起家庭的责任,〖KH1〗女人习惯是做饭、带孩子、收拾家务、工作,〖KH1D〗而现如今的男人〖KH1X〗既要在外面混个人样儿,又要在家中做一个好丈夫,好父亲,其实男人真的不容易。〖HT〗Ω

大样显示:

> **男人和女人要共同承担起家庭的责任,**
>
>   **女人习惯是做饭、带孩子、收拾家务、工作,**
>
> **而现如今的男人**
>
>   **既要在外面混个人样儿,又要在家中做一个好丈夫,好父亲。其实男人真的不容易。**

【实例分析】上述小样文件中,〖KH1〗表示该注解后的内容换行后空出一行的距离,并且从第二行开始排版,同时该行行首前空 2 个字;〖KH1D〗表示该注解后的内容换行后空出一行的距离,且从下一行的行首开始排版;〖KH1X〗表示该注解后的内容换行后空出一行的距离,而且空行后字符的位置是空行前字符位置的继续。

10.3.4 行数注解(HS)

功能概要:用于排标题,指定当前行的行数。本注解可作为标题注解的一种补充手段。

注解格式:〖HS<空行参数>〔#〕〗

    〖HS(<空行参数>〔#〕〗<行数内容>〖HS)〗

注解参数:<空行参数>;#

参数说明:<空行参数>:指定标题的占行高度。

    #:表示在标题和行数后不自动带一行文字,缺省则自动带一行文字。没有 # 时该标题或行数不会出现孤题的现象,但在某些情况下其后的文字图片位

置可能不正确,此时可通过加 # 解决。

特别提示: ① 该注解的第一种格式用于单行的单级标题,作用到换行符、换段符或空行注解［KH］为止。

② 该注解的第二种格式用于多行内容或多级标题,用行数的闭弧［HS)］注解作为注解形式的结束。

注　意

　该注解将<行数内容>在指定的高度中自动上下居中;要使<行数内容>不在指定的高度内上下居中,可以<行数内容>中任一位置加上齐(SQ)注解;如果行数注解不是以↙或∠结束,或随后紧跟的是结束行的注解,系统不保证标题后至少带一行正文;该注解的开闭弧形式可防止"背题",它能保证在页末的标题后面至少有一行正文;与其他注解连用时,需放在最外层,顺序为(HS),(HT),(WT),(ST),(JZ),(JY)。

【实例应用】 空行注解(KH)的用法。

小样输入:

［HS3］［JZ］［HT3XBS］中华人民共和国公司法　［HT］↙　［HS6 (］［JZ(］
［HT5F］(1993 年 12 月 29 日第八届全国人民代表大会常务委员会第五次会议通过
▄根据 1999 年 12 月 25 日第九届全国人民代表大会常务委员会第十三次会议《关于
修改<中华人民共和国公司法>的决定》修正)［HT］［JZ)］［HS)］↙［HS3］［JZ］
［HT4H］第一章　总则∠［HT5Y4］第一条［HT］▄ZK(］为了适应现代企业制
度的需要,规范公司的组织和行为,保护公司、股东和债权人的合法权益,维护社会经
济秩序,促进社会主义市场经济的发展,根据宪法,制定本法。［ZK)］∠……Ω

大样显示:

中华人民共和国公司法

(1993 年 12 月 29 日第八届全国人民代表大会
常务委员会第五次会议通过　根据 1999 年 12 月 25 日
第九届全国人民代表大会常务委员会第十三次会议
《关于修改<中华人民共和国公司法>的决定》修正)

第一章　总则

第一条　为了适应现代企业制度的需要,规范公司的组织和行为,保护公司、股东和债权人的合法权益,维护社会经济秩序,促进社会主义市场经济的发展,根据宪法,制定本法。

……

【实例分析】 上述小样文件中,"［HS3］［JZ］［HT3XBS］"表示该标题占 3 行高,居中排版,字体号为 3 号小标宋;"［HS6(］［JZ(］［HT5F］……［HT］［JZ)］［HS)］"表示开闭弧中的内容占 6 行高,居中排版,字体号为 5 号仿宋体,且为多行内容排版;"［HS3］［JZ］［HT4H］"表示该级标题占 3 行,居中排

版,字体号为 4 号黑体；[HT5Y4]表示 5 号粗圆体；[ZK( ]……[ZK)]表示换行后的内容与该注解开弧后的首字对齐排版。

10.3.5 行中注解(HZ)

功能概要:将多行内容作为一个整体,使其中线与所在的行中线一致。

注解格式:[HZ( ]<行中内容>[HZ)]

特别提示:① 该注解生成的内容是一个盒子。

② 该注解的出口在行中最宽一行的后面,其基线与行中之前一致。

③ 行中的并列内容间用换行符∠间隔。

【**实例应用 1**】行中注解(HZ)的用法。

小样输入:

[HJ1][HT3S3]联合出版[HZ( ][HT5XBS][CM7-3]本公司∠清华大学出版社∠北京大学出版社[HZ)][HT3S3]方正系列[HT][HJ]Ω

大样显示:

本　公　司

联合出版 清华大学出版社 方正系列

北京大学出版社

【**实例分析**】上述小样文件中,[HJ1]表示该注解后内容的行间距为 1 字高；[HT3S3]表示 3 号宋三体；[HZ( ]……[HZ)]表示将注解的内容(即指三个出版方)作为一个整体,但是它的中线是第二行的中线。亦即将"联合出版"和"方正书版系列"置于这个整体的中线；[CM7-3] 表示将 3 个均匀地拉至 7 个字的长度排版。

【**实例应用 2**】行中注解(HZ)的用法。

小样输入:

[ST1,2F6]1[ST][HZ( ][HT6,5SS]初∠一[HT][HZ)][KG5]
[ST1,2F6]2[ST][HZ( ][HT6,5SS]初∠二[HT][HZ)][KG5]
[ST1,2F6]3[ST][HZ( ][HT6,5SS]初∠三[HT][HZ)]Ω

大样显示:

1初一 2初二 3初三

【**实例分析**】上述小样文件中,[ST1,2F6]表示数字的字体号为纵向 1 号字高,横向 2 号字宽,字体为方黑六正体；[HZ( ]……[HZ)]表示将本注解开闭弧中的内容(如指"初"和"一")作为一个整体,然后将 1、2、3 置于这个整体的中线。

10.3.6　行移注解(HY)

功能概要：指定相邻两行基线之间的距离,主要适用于分栏时各行对齐或在固定版心内排规定行数的情况。

注解格式：〖HY〔<行移参数>〕〗

注解参数：<行移参数>:D|<行距>

参数说明：<行移参数>:默认表示从当前行起行移无效。

　　　　　　D:行移距离取默认距离,即:字高+行距。

　　　　　　<行距>:规定具体的行移距离。

特别提示：① 该注解作用到下一个行移注解出现为止。

　　　　　　② 行移在通常版面情况下均起作用。如:表格、方框、分栏、对照等。

　　　　　　③ <行移参数>设置得越大,则行移的距离就越大;反之,设置的<行移参数>越小,行移的距离就越小。

【实例应用】行移注解(HY)的用法。

小样输入:

〖DZ(!〗〖HY*2〗〖JZ(Z〗移舟泊烟渚,↙日暮客愁新。↙野旷天低树,↙江清月近人。〖JZ)〗〖　〗〖HY〗〖HT5K〗▰▰▰▰【译文】行船停靠在江中烟雾朦胧的小洲边,黄昏到来,给旅居在外的人增添了新的愁绪。苍茫无垠的旷野上远处的天空显得比近处的树木还要低,夜幕降临,映在清澈江水中的明月和船中的人显得那么亲近。〖HT〗〖DZ)〗Ω

大样显示:

> 移舟泊烟渚,
> 日暮客愁新。
> 野旷天低树,
> 江清月近人。

【译文】行船停靠在江中烟雾朦胧的小洲边,黄昏到来,给旅居在外的人增添了新的愁绪。苍茫无垠的旷野上远处的天空显得比近处的树木还要低,夜幕降临,映在清澈江水中的明月和船中的人显得那么亲近。

【实例分析】〖DZ(!〗……〖DZ)〗为对照注解,表示将两栏或两栏以上的内容以对照的形式进行排版,该注解将在 11.2.10 小节中介绍;〖HY2*2〗左栏内容的行移距离为2*2行高;〖JZ(Z〗……〖JZ)〗表示开闭弧中的内容以居中且左齐的形式排版;〖HY〗表示右栏内容恢复到版心行距,起到了开关的作用。

10.3.7　消除单字行注解(XD)

功能概要：根据所给参数对单字行(一行只有一个汉字加一个标点)的现象进行处理。

注解格式：〖XD〔!〕〗

注解参数：〔!〕

参数说明：如果用"!",表示后面的文字不消除单字行;反之后面的排版将尽量消除单字行。

特别提示：该注解最好在需要的时候才用,用后立即解除,而不要通篇使用。

【实例应用】消除单字行注解(XD)的用法。

小样输入：

〖XD〗女人就是不穿高跟鞋心里难受,穿起高跟鞋脚难受的那个人。✍〖XD!〗女人就是不说自己的儿媳妇坏,就说自己的婆婆坏的那个人。✍〖XD〗女人就是爱上一个坏男人,再将其变得更坏或更好的那个人。✍女人……Ω

大样显示：

女人就是不穿高跟鞋心里难受,穿起高跟鞋脚难受的那个人。
女人就是不说自己的儿媳妇坏,就说自己的婆婆坏的那个人。
女人就是爱上一个坏男人,再将其变得更坏或更好的那个人。

【实例分析】上述小样文件中,〖XD〗表示消除单字行,〖XD!〗表示尽量不消除单字行。

10.3.8 改宽注解(GK)

功能概要：将当前的行宽根据<改宽参数>进行调整。

注解格式：〖GK<改宽参数>〗

注解参数：<改宽参数>:〔−〕<字距>〔!〕|〔〔−〕<字距>〕!〔−〕<字距>

参数说明：−:表示扩大行宽。　　!:左右分界线。

特别提示：① 该注解对行宽的控制与行宽(HK)注解一样都是用来调整当前版面的行宽。但该注解比〖HK〗注解更加灵活,用!分割版面左右,左右两边可以有不同的缩小或扩大。

② 该注解作用到下一个〖GK〗注解或〖HK〗注解为止,与行宽注解一样用〖HK〗来恢复本行的行宽。本注解与〖HK〗注解一样若出现在行首,从本行开始起作用,反之从下一行开始。

注 意

〖GK〗注解与〖HK〗注解是根据当前行宽移动左右两边的距离来实现更改;而〖HK〗则是首先确定新的行宽,然后由此宽度算出两边的距离;〖GK〗注解与〖HK〗注解的基本区别是:前者根据当前行宽移动左右两边来实现改行宽;后者则是首先确定宽度,然后由此宽度算出两边距离。

【实例应用】改宽注解(GK)的用法。

小样输入：

〖GK0! 3〗〖HT6F〗▀▀人类学家很早以前就注意到了,世界文明是男人创造的,因而是男性的。西班牙语中,男性一词的含义是近乎于傲慢的骄傲,对受辱十分敏感,具有顽强精神和好斗性以及以赢得爱情为特点的情欲。✍〖HK〗女人就是必须问男朋友"你真的爱我吗?"而对所得到的答复满意不足百分之二十五的那个人。✍〖GK10! 10〗女人就是不失时机的以一哭二闹三上吊作为制服男人的手段的那个人。✍〖GK!−3〗女人就是乘公共汽车时,只许她碰你,不许你碰她的那个人。✍〖GK−8〗一般的男人在犯了错后,往往有两种做法:一种人立刻承认错误,向对方道歉,希望对方能原谅自己;而另一种人就是明知错了也还要强词夺理,把过错强加到别人头上,这种男人就是不聪明的男人。〖HT〗Ω

大样显示：

人类学家很早以前就注意到了,世界文明是男人创造的,因而是男性的。西班牙语中,男性一词的含义是近乎于傲慢的骄傲,对受辱十分敏感,具有顽强精神和好斗性以及以赢得爱情为特点的情欲。

女人就是必须问男朋友"你真的爱我吗?"而对所得到的答复满意不足百分之二十五的那个人。

女人就是不失时机的以一哭二闹三上吊作为制

服男人的手段的那个人。

女人就是乘公共汽车时,只许她碰你,不许你碰她的那个

人。

一般的男人在犯了错后,往往有两种做法:一种人立刻承认错误,向对方道歉,希望对方能原谅自己;而另一种人就是明知错了也还要强词夺理,把过错强加到到别人头上,这种男人就是不聪明的男人。

【实例分析】上述小样文件中,〖GK0!3〗表示从当前行起左边的字符不变,右边的字符缩进 3 个字的宽度;〖HK〗表示恢复到版心宽度;〖GK10!10〗表示从本行起左边和右边均缩进 10 个字的宽度;〖GK!−3〗表示在左、右各缩进 10 个字的基础上,从下一行起右边要向外扩充 3 个字的宽度;〖GK−8〗表示在前一个改宽注解的基础上,从本行开始左边的字符要向外扩充 8 个字的宽度。

10.3.9　基线注解(JX)

功能概要:指定字符的基线在纵向进行平移。

注解格式:〖JX〔−〕<空行参数>〔。<字数>〕〗

注解参数:〔−〕;<空行参数>;〔。<字数>〕

参数说明:−:表示字符向上移动,缺省表示向下移动。

　　　　　　<空行参数>:表示基线移动的距离。

　　　　　　<字数>:表示共有多少字符要移动。缺省表示移动一行字符。

特别提示:① 该注解作用到当前行结束,或再遇基线注解为止。

　　　　　　② 该注解出现在行首时不起作用。

【实例应用】基线注解(JX)的用法。

小样输入：

〖HT5″XBS〗春眠不觉晓,〖JX−1〗处处闻啼鸟。

〖JX1〗夜来风雨声,〖JX2〗花落知多少?

〖JX−2〗〖HT〗Ω

大样显示：

处处闻啼鸟。

春眠不觉晓,　　　　　夜来风雨声,

花落知多少?

【实例分析】〖HT5″XBS〗表示字体号采用小 5 号小标宋体;〖JX−1〗表示向上平移一行;〖JX1〗表示向下平移一行,在此表示恢复原基线位置;〖JX2〗表示向下平移一行;〖JX−2〗表示向上平移一行,在此表示恢复原基线位置。

10.4　线、框类注解

本节着重介绍四种常用于排正文的排版注解。

10.4.1　长度注解(CD)

功能概要：用于在当前位置画各种类型的线段。

注解格式：〖CD〔#〕〔<长度符号>〕〔−〕<长度>〗

注解参数：<长度符号>：〔{|}|[|]|〔|〕|F|S|D|Q|CW|XW|=|H<花边编号>〕〔!〕

　　　　　　<花边编号>：<数字><数字><数字>　　　　<长度>：<字距>|<空行参数>

参数说明：#：表示在当前行的基线上画线，缺省时表示在当前行的中线上画线。

　　　　　　<长度符号>：{：开花括弧；}：闭花括弧；[：开正方括弧；]：闭正方括弧；〔：开斜
　　　　　　方括弧；〕：闭斜方括弧；F：反线；S：双线；D：点线；Q：曲线；CW：
　　　　　　上粗下细文武线；XW：上细下粗文武线；=：双曲线；H：花边线。

　　　　　　!：表示各种括弧线画成横向，其他各种线画成纵向。

　　　　　　−：表示画线方向从右向左画，或从下往上画。

特别提示：花边线型共有 100 种，用 00~99 表示。

　　　　　　<长度符号>缺省时，则为一条正线。

长度的各种符号线型示例如表10.1 所示。

表 10.1　长度符号线型示例表

输入符号	线形名称	注解格式	横　排		竖　排	
			无!	有!	无!	有!
缺省	正线	〖CD1〗　〖CD!1〗				
{	开花括弧	〖CD{1〗　〖CD{!1〗				
}	闭花括弧	〖CD}1〗　〖CD}!1〗				
[	开正方括弧	〖CD[1〗　〖CD[!1〗				
]	闭正方括弧	〖CD]1〗　〖CD]!1〗				
〔	开斜方括弧	〖CD〔1〗　〖CD〔!1〗				
〕	闭斜方括弧	〖CD〕1〗　〖CD〕!1〗				
F	反线	〖CDS1〗　〖CDF! 1〗				
S	双线	〖CDF1〗　〖CDF! 1〗				

续表

输入符号	线形名称	注解格式	横　排		竖　排	
			无 !	有 !	无 !	有 !
D	点线	［CDD1］　［CDD!1］	- - - - -	┊	┊	- - - - -
Q	曲线	［CDQ1］　［CDQ!1］	∼∼∼∼∼	∫	∫	∼∼∼∼∼
CW	上粗下细文武线	［CDCW1］　［CDCW!1］	▬▬▬	▮	▮	▬▬▬
XW	上细下粗文武线	［CDXW1］　［CDXW!1］	▬▬▬	▮	▮	▬▬▬
=	双曲线	［CD=1］　［CD=!1］	∼∼∼∼∼	∫	∫	∼∼∼∼∼
H	花边线	［CDH0201］　［CDH020!1］	◆━◆━◆	◆	◆	◆━◆━◆

【实例应用 1】长度注解(CD)的用法。

小样输入：

1.　［CD#38］✍2.　［CD#38］✍3.　［CD#38］Ω

大样显示：

1.　_____

2.　_____

3.　_____

【实例分析】上述小样文件中,［CD#38］表示在字符的基线处画 20 个字长的线。

【实例应用 2】长度注解(CD)的用法。

小样输入：

［HJ1］［HT5XBS］本书由　［JX-1］［CD{3］［JX1］　HZ(［清华大学出版社✍
［CM7-4］清华大学✍［CM7-3］本公司［HZ)］［JX-1］［CD}3］［JX1］　联合出
版［HT］Ω

大样显示：

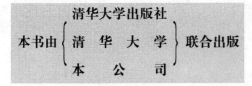

【实例分析】上述小样文件中,"［JX-1］［CD{3］［JX1］"的目的是将花括弧放在行中
　　　　　　的中线。［CM7-4］表示 4 个字均匀拉至 7 个字的宽度。

10.4.2　画线注解(HX)

功能概要：在当前版面内的任意指定位置上画各种横竖线和各种括号。

注解格式：〖HX(<位置>)〔<长度符号>〕〔–〕<长度>〗

注解参数：<位置>：<空行参数>,<字距>

<长度符号>：〔{|}|[|]|〔|F|S|D|Q|CW|XW|=|H<花边编号>〕〔!〕

<花边编号>：<数字><数字><数字>　　　　<长度>：<字距>|<空行参数>

参数说明：<位置>：给出了线的起点,其相对点是本层的左上角。<位置>中的<空行参数>与<字距>都不能缺省。

<长度符号>：{：开花括弧;}：闭花括弧;[：开正方括弧;]：闭正方括弧;〔：开斜方括弧;〕：闭斜方括弧;F：反线;S：双线;D：点线;Q：曲线;CW：上粗下细文武线;XW：上细下粗文武线;=：双曲线;H：花边线。

!：表示各种括弧线画成横向,其他各种线画成纵向。

–：表示画线方向从右向左画,或从下往上画。

<长度>：如果横向画线,用字距表示,如果竖向画线则用空行参数表示,长度参数给出了画线的长短,只有正线允许半字长,其他线至少要一字长。

特别提示：该注解是在任意位置画线,它可以出现在任意位置,且对当前位置有影响,即从某一个地方开始画线,画完线后仍从原地开始继续排版。

【实例应用】 画线注解(HX)的用法。

小样输入：

〖HX(2,13)S20〗〖HX(3,8)D12〗〖HX(4,13)H00113〗〖HX(6,6)Q20〗〖HT5LB〗女人是美的源泉,给男人以生活的芳香,给男人以智慧的火花。或许正是这个原因,那些哲人、智者、艺术家,在他们短暂的或不短暂的一生中多次更换情侣,每次换一个女人,他们就为人类献上一部作品。在艺术中,他们寻找女人和爱情,在爱情中,他们寻找艺术的灵性。爱情的力量,有时是一种催化剂,给人以思维的活力,给人以创新的灵感。许多男人往往得到女人的爱后才成就了一番伟大的事业。相反,爱情的挫败,也会摧毁一个男人的精神世界。〖HT〗Ω

大样显示：

　　女人是美的源泉,给男人以生活的芳香,给男人以智慧的火花。或许正是这个原因,那些哲人、智者、艺术家,在他们短暂的或不短暂的一生中多次更换情侣,每次换一个女人,他们就为人类献上一部作品。在艺术中,他们寻找女人和爱情,在爱情中,他们寻找艺术的灵性。爱情的力量,有时是一种催化剂,给人以思维的活力,给人以创新的灵感。许多男人注注得到女人的爱后才成就了一番伟大的事业。相反,爱情的挫败,也会摧毁一个男人的精神世界。

【实例分析】 上述小样文件中,〖HX(2,13)S20〗表示从当前版面中的第2行第13个字开始画一条长度为20个字长的双线;〖HX(3,8)D12〗表示从当前版面中的第3行第8个字开始画一条长度为12个字长的点线;〖HX(4,13)H00113〗表示从当前版面中的第4行第13个字开始画一条长度为13个字长的花边线,且花边编号为001;〖HX(6,6)Q20〗表示从当前版面中的第6行第6个字开始画一条长度为20个字长的曲线。

10.4.3 线字号注解(XH)

功能概要:改变线(包括花边)的粗细,即使用注解后,以后所有的画线类注解都以该注解
设置的粗细来画线,直到遇到下一个线字号注解为止。

注解格式:〖XH〔<字号>〕〗

注解参数:<字号>

参数说明:<字号>:给出了该注解后所有线的粗细要求(缺省为 5 号字粗)。

特别提示:① 所有画线的粗细与当前字号无关,只按线字号注解改变。

② 受该注解控制的线包括:长度注解、画线注解、斜线注解中全部线型(包括
花边);方框、分区、段首等注解中所有边框线型(包括花边)。

③ 分栏线、脚注的注文线和书眉线以及表格的行线、栏线不能指定粗细。

【**实例应用**】线字号注解(XH)的用法。

小样输入:

〖XH5〗〖CDF5〗▬▬▬▬〖CDH0025〗✍〖XH4〗〖CDF5〗▬▬▬〖CDH0025〗
✍〖XH3〗〖CDF5〗▬▬▬▬〖CDH0025〗✍〖XH2〗〖CDF5〗▬▬▬
〖CDH0025〗✍〖XH1〗〖CDF5〗▬▬▬〖CDH0025〗Ω

大样显示:

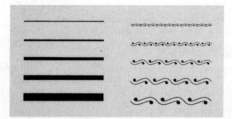

【**实例分析**】上述大样文件可知,指定的字号越大,线型越粗;相反,指定的字号越小,线
型越细。

10.4.4 方框注解(FK)

功能概要:在版面上定义一个各种类型的方框,并在其中排各种内容。

注解格式:〖FK〔<边框说明>〕〔<底纹说明>〕〔<附加距离>〕〗

〖FK(〔<边框说明>〕〔<底纹说明>〕〔<方框尺寸及内容排法说明>〕〗<方框内
容>〖FK)〗

注解参数:<边框说明>:F|S|D|W|K|Q|=|CW|XW|H<花边编号>

<花边编号>:000—117

<底纹说明>:B<底纹编号>〔D〕〔H〕〔#〕

<方框尺寸及内容排法说明>:〔<空行参数>〕〔。<字距>〔<ZQ|YQ|CM><字距>〕〕〕

<附加距离>:<字距>　　<底纹编号>:<深浅度><编号>

<深浅度>:0—8　　　　<编号>:<数字><数字><数字>

参数说明:F:反线;S:双线;D:点线;W:不要线也不占位置;

K:表示空边框(无线但占一字宽边框位置);Q:曲线;=:双曲线;

CW:外粗内细文武线;XW:外细内粗文武线；H:花边线;缺省:正线。

D:本方框底纹代替外层底纹；H:底纹用阴图;#:底纹不留余白。

ZQ:左齐;YQ:右齐;CM:撑满。

特别提示: ① 该注解的第一种格式是为前面已排好的盒子按一定距离加一个边框,边框的大小取决于前边盒子的大小;第二种格式是将<方框内容>放在该注解的开闭弧中。方框的大小由注解本身所给的方框<尺寸>或根据<方框内容>的大小决定的。

② 在内容排法中,只有指定参数"ZQ"的情况下,方框中的内容可以自动换行,其他的参数都不能实现此功能。

注 意

如果不指定排法参数,则方框的内容自动上下居中排版,近而不能加居中注解;如果方框的内容要顶头排,则在方框中任意位置加上齐(SQ)注解即可;如果缺省方框宽度时,系统将自动按左齐来排版,但不能自动换行。如内容超出行宽,则会提示"无法拆行"的错误信息;定义方框尺寸时要考虑边框所占的空间,有边框情况下,可排的字的区域为指定大小减去四周边框所剩的空间。线(缺省):4分,无线(W):0,花边(H):1字;整个方框为一个盒子,框的中线与当前行一致,出口不换行,在当前行第一个字;方框内除对照(DZ)注解和强迫换页注解,如另面(LM)注解、单页(DY)注解、双页(SY)注解外,可排任意内容;方框注解本身可以任意嵌套排版;但该注解不能放在数学状态中排版。

【实例应用1】 方框注解(FK)的用法。

小样输入:

［FK(=｜［HT5XK｜最重要的就是不要去看远方模糊的,而要做手边清楚的事。
［HT｜｜FK)｜✐｜FK(H0023。30ZQ*2｜［HT5H｜最重要的就是不要去看远方模糊的,而要做手边清楚的事。［HT｜｜FK)｜✐｜FK(H040B2001#3。30CM｜［HT5W｜最重要的就是不要去看远方模糊的,而要做手边清楚的事。［HT｜｜FK)｜✐
［FK(SB2001｜［HT5L｜最重要的就是不要去看远方模糊的,而要做手边清楚的事。
［HT｜｜FK)｜✐｜FK(Q3。30ZQ*2｜［HT5ZY｜最重要的就是不要去看远方模糊的,而要做手边清楚的事。［HT｜｜FK)｜Ω

大样显示:

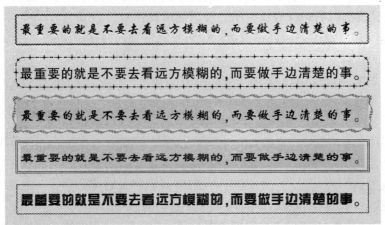

【实例分析】上述小样文件中，〖FK（=〗……〖FK）〗表示方框的线型为双曲线；〖FK（H0023。30ZQ*2〗……〖FK）〗表示方框的线型为花边，且编号采用002，方框的高度为 3 行高，宽度为 30 个字宽，内容左齐半个字排版；〖FK（H040B2001#3。30CM〗……〖FK）〗表示方框的线型为花边，且编号采用040，底纹的编号采用2001，且不留余白，方框的高度为 3 行高，宽度为 30 个字宽，内容撑满排版；〖FK（SB2001〗……〖FK）〗表示方框的线型为双线，底纹的编号采用2001，且留余白；〖FK（Q3。30ZQ*2〗……〖FK）〗表示方框的线型为单曲线，方框的高度为 3 行高，宽度为 30 个字宽，内容左齐半个字排版。

【实例应用 2】方框注解(FK)的用法。

小样输入：

〖FK（H02015。30ZQ*2〗〖HT2Y4〗大〖HT〗〖FK（H040B2001#〗〖HT5XK〗化雨栽成好效果☑春风鼓动新思潮〖FK）〗〖HT2Y4〗学〖HT〗✓〖HTK〗一位失业的演员……到这里吃饭呢！"☑〖HT4Y4〗新声传四海〖HT〗〖FK（H040B2001#〗〖HT5XK〗银幕五光十色，催人向上☑舞台万紫千红，跃马奔腾〖FK）〗〖HT4Y4〗雅曲颂三江〖HT〗〖FK）〗Ω

大样显示：

【实例分析】上述大样文件可知，方框注解本身就可以互相嵌套使用，另外方框注解在日常的排版中也最为常用，尤其是在排一些比较复杂的版面时，如果操作熟练，就更能体现出该注解的灵活性。

10.5 插入图片类注解

本节着重介绍六种常用的排版注解，通常在正文插入图片时使用。

10.5.1 图片注解(TP)

功能概要：将各种图片安排到指定的位置，同时安排好图片与周围文字的关系，使图片与文字同时出现在版面上。

注解格式：〖TP<文件名>〔,@〕〔,<图片占位尺寸>〕〔;<图片实体尺寸>〕〔<上边空>〕
〔<下边空>〕〔<左边空>〕〔<右边空>〕〔<起点>〕〔<排法>〕〔,<DY>〕〔#〕〔%〕〔H〕
〔,TX〔<填入底纹号>〕〕〔,HD〕〗

注解参数：<文件名>:<不包括","、";"、"("、"#"、"%"的文件名>|<前缀><标准 Windows
文件名><后缀>

<图片占位尺寸>:<空行参数>〔。<字距>〕

<图片实体尺寸>:<放缩比例>|E<图片尺寸>

<放缩比例>:%<X 方向比例>%<Y 方向比例>

<X 方向比例>:{<数字>}〔.{<数字>}〕

<Y 方向比例>:{<数字>}〔.{<数字>}〕

<图片尺寸>:<空行参数>〔。<字距>〕

<上边空>:;S〔〔-〕<空行参数>〕

<下边空>:;X〔〔-〕<空行参数>〕

<左边空>:Z〔〔-〕<字距>〕

<右边空>:Y〔〔-〕<字距>〕

<起点>:(〔〔-〕<空行参数>〕,〔-〕<字距>)|,〔K〕Z〔S|X〕|,〔K〕Y〔S|X〕|,〔K〕S|,X

<排法>:,PZ|,PY|,BP

<填入底纹号>:<深浅度><数字><数字>

<前缀>:<

<后缀>:>

参数说明：@:表示图片嵌入大样文件中。缺省表示不嵌入(不支持 PIC 格式)。

PZ:左边串文;PY:右边串文;BP:不串文。

DY:表示图片可以跨栏,起点是相对于页的左上点而定。

#:表示图片可后移。如果图片指定了起点,则该参数无效,即图片不可后移。

%:表示不挖空(即文字图片重叠)。

H:表示图片用阴图,缺省为阳图。

TX<填入底纹号>:表示在向量图形中,封闭部分所要填的底纹编号。

HD:指定为灰度图片。

K:表示该图片要跨过本栏(页),排到下一栏(页)的初始位置。

特别提示：① 图片的文件名不能以标点符号(如"、""","。"";""%""#"等)来命名。

② 图片的文件名一定要加上扩展名,否则系统将会提示"不存在或不能读出
尺寸,将图片宽度设为当前字宽,高度设为当前字高!"的错误信息。

【实例应用】详见10.5.2节。

10.5.2　图说注解(TS)

功能概要：对排图片的文字进行说明,与图片注解配合使用。

注解格式：〖TS(〔<高度>〕〔Z|Y〕〔%〕〔!〕〕<图说内容>〖TS)〗

注解参数：〔<高度>〕〔Z|Y〕〔%〕〔!〕

参数说明：<高度>：指图片说明所占高度。

Z：表示图片说明在图片的左边；Y：表示图片说明在图片的右边。

%：表示图说的周围不留边空。

!：表示图片说明竖排，缺省为横排。

特别提示：① 该注解必须紧跟在图片注解(TP)之后，中间不能插任何其他注解。

② 该注解有自动换行功能。

图说排法如表 10.2 所示。

表 10.2　　图说排法例表

图说排法	图说位置	图说的含义	缺 省 值	结果显示
横排	下	图说所占行度	上下各空 *2	见图 1
	左或右	图说每行字数	不允许缺省	见图 2
竖排	下	图说每行字数	不允许缺省	见图 3
	左或右	图说所占行数	左右各空 *2	见图 4

下面再次对上述"图片说明(简称图说)"的图示(如图 10.1 所示)进行说明。

图 10.1　　图说的位置

图 1：表示图说位于图片的下方，且为横排，图说的<高度>指其所占的行数。

图 2：表示图说位于图片的左方(右方亦可)，且为横排，图说的<高度>指其所占的字数。

图 3：表示图说位于图片的下方，且为竖排，图说的<高度>指其所占的字数。

图 4：表示图说位于图片的左方(右方亦可)，且为竖排，图说的<高度>指其所占的行数。

【实例应用】 图片注解(TP)和图说注解(TS)的用法。

小样输入：

〖TPA-A.TIF，Y，PZ〗〖TS(Y!〗〖HT5″H〗〖JZ〗图 AA〖HT〗〖TS)〗〖HT5F〗▀▀
▀▀男人对恋人进行感情投资，一定要在空间和时间上留下余地让她独享，这样她才会
有一种归属感，才能使自己疲累的心灵得到歇息。同时，一定要向她叙说喁喁情话，允
许她呢喃，允许她撒娇。这里的情话多半是赞美与幽默，其中即使有点大话或虚假的话
也不要紧。千万要注意时时小心、处处在意，不断加强彼此间的感情交流。↙〖TPA-B.
TIF；%120%120，BP#〗〖TS(2〗〖HT5″H〗〖JZ〗图 AB〖HT〗〖TS)〗〖TPA-C.TIF，
Z，PY〗〖TS(Z!〗〖HT5″H〗〖JZ〗图 AC〖HT〗〖TS)〗〖HT5SS〗男人对恋人的物
质表示，一定要恰如其分，既不摆阔卖富，亦不装傻弄穷，对于该向其亲人及本人进行

感情投资的时候,一定要做到,这在一定程度上要满足女友的虚荣心,但是这也是不可放纵的。对于双方的亲友一定要平等对待,一视同仁。↙〖HT5K〗如果因为你的感情投资不出现错误,而你的女友却背叛了你,那么你要相信这不是你的感情投资破产,而是她本身就不值你去投资。你应在事实中让她接受心灵的审判。〖HT〗Ω

大样显示:

男人对恋人进行感情投资,一定要在空间和时间上留下余地让她独享,这样她才会有一种归属感,才能使自己疲累的心灵得到歇息。同时,一定要向她叙说喁喁情话,允许她呢喃,允许她撒娇。这里的情话多半是赞美与幽默,其中即使有点大话或虚假的话也不要紧。千万要注意时时小心、处处在意,不断加强彼此间的感情交流。

图AA

图 AB

图AC

男人对恋人的物质表示,一定要恰如其分,既不摆阔卖富,亦不装傻弄穷,对于该向其亲人及本人进行感情投资的时候,一定要做到,这在一定程度上要满足女友的虚荣心,但是这也是不可放纵的。对于双方的亲友一定要平等对待,一视同仁。

如果因为你的感情投资不出现错误,而你的女友却背叛了你,那么你要相信这不是你的感情投资破产,而是她本身就不值你去投资。你应在事实中让她接受心灵的审判。

【实例分析】上述小样文件的〖TPA-A.TIF,Y,PZ〗注解中,"A-A.TIF"表示图片的文件名,"Y,PZ"表示图片排右,文字排左;〖TS(Y!〗〖HT5"H〗〖JZ〗图 AA〖HT〗〖TS)〗表示图片说明为竖排且在图片的右方;〖TPA-B.TIF;%120%120,BP#〗注解中,"A-B.TIF"表示图片的文件名,"%120%120"表示该图片按比例放大至120%,"BP"表示图片居中排版,其左右都不排文字,#表示本页放不下时,自动移至下页排版;〖TS(2〗〖HT5"H〗〖JZ〗图 AB〗〖HT〗〖TS)〗表示图片说明为横排,在图片的下方,且占2行高;〖TPA–C.TIF,Z,PY〗注解中,"A–C.TIF"表示图片的文件名,"Z,PY"表示图片排左,文字排右;〖TS(Z!〗〖HT5"H〗〖JZ〗图 A–C〖HT〗〖TS)〗表示图片说明为竖排且在图片的左方。

10.5.3　插入注解(CR)

功能概要:将交互式表格/框图软件画的图表插入到正文中。

注解格式:〖CR<文件名>〖<起点>〗〖<排法>〗〖,DY〗〖#〗〖;W〗〗

注解参数:<文件名>:<不包括",""、"";""(""#""%"的文件名>|<前缀><标准 Windows 文件名><后缀>

<起点>:([〔-〕<空行参数>],〔-〕<字距>)|,〔K〕ZS|,〔K〕ZX|,〔K〕YS|,〔K〕YX|,
　　　　〔K〕S|,X|,〔K〕Z|,〔K〕Y

<排法>:,PZ|,PY|,BP

<前缀>:<

<后缀>:>

参数说明:PZ:左边串文;PY:右边串文;BP:不串文。

　　　　DY:在分栏或对照时,插入内容可跨栏,起点相对页的左上点而定。

　　　　#:插入文件可后移。

　　　　W:指定所要插入的文件是由 Wits 2.1 生成的。

　　　　K:表示该图片要跨过本栏(页),排到下一栏(页)的初始位置。

特别提示:① 在方正书版 6.0/7.0 中,要将 Table 系统绘制的图表所生成的扩展符.S2 的
　　　　　　文件插入到正文中, 必须将该扩展符拷贝成.CR,并使用插入注解(CR)。
　　　　　　而书版 10.0 改进了这一功能,可以直接插入后缀为 NPS、S10、S92、MPS、
　　　　　　S72、PS2、S2 的大样文件。

　　　　　② 在插入注解中必须输入带有后缀的完整大样文件名, 以便大样中的符号
　　　　　　都能正确输出。

　　　　　③ 本注解所插入的图形不用指定图形的尺寸, 其尺寸完全由大样文件本身
　　　　　　的尺寸来决定。

注 意

由于 NPS 与 S10 的输出特性存在某些差异, 因此最好不要将 NPS 插入到将要生成 S10 的小样文件中,也不要将 S10 插入到将要生成的 NPS 的小样文件中。

【实例应用】 插入注解(CR)的用法。

在此,继续运用 10.5.2 小节中【实例应用】的大样文件,来对插入注解(CR)的用法作介绍。
例如命名该大样文件为"恋爱指南.NPS",如下:

小样输入:　　　　　　　　　　　　大样显示:

〖CR 恋爱指南.NPS,BP#〗Ω　　　　(参见 10.5.2 节中的【实例应用】大样显示。)

10.5.4　新插注解(XC)

功能概要:可在一行文字中插入各种图片文件, 例如后缀为 JPG、TIF、GRH、BMP、GIF、
　　　　　EPS、PIC 和 CR。所插入的内容能够随着行中的其他文字一起移动。

注解格式:〖XC<文件名>〔,@〕〔,<图片占位尺寸>〕〔;<图片实体尺寸>〕〔<上边空>〕〔<
　　　　　下边空>〕〔<左边空>〕〔<右边空>〕〔<基线位置>〕{〔〔H〕〔,TX<填入底纹号>〕〕|
　　　　　〔;C〔W〕〕|〔;P〔<旋转度>〕〕}〔,HD〕〗

注解参数:<文件名>:<不包括",""、"";""("、"#"、"%"的文件名>|<前缀><标准 Windows
　　　　　文件名><后缀>

　　　　　<图片占位尺寸>:空行参数>〔。<字距>〕

　　　　　<图片实体尺寸>:<放缩比例>|E<图片尺寸>

<放缩比例>:%<X 方向比例>%<Y 方向比例>

<X 方向比例>:{<数字>}〔.{<数字>}〕

<Y 方向比例>:{<数字>}〔.{<数字>}〕

<图片尺寸>:<空行参数>〔。<字距>〕

<上边空>:;S〔〔–〕<空行参数>〕

<下边空>:;X〔〔–〕<空行参数>〕

<左边空>:;Z〔〔–〕<字距>〕

<右边空>:;Y〔〔–〕<字距>〕

<基线位置>:,SQ|,XQ|,JZ

<前缀>:<

<后缀>:>

参数说明:@:表示图片嵌入大样文件中。缺省表示不嵌入(不支持 PIC 格式)。

SQ:上齐;XQ:下齐;JZ:居中。

H:表示图片用阴图,缺省为阳图。

TX<填入底纹号>:表示在向量图形中,封闭部分所要填的底纹编号。编号用三位数字表示。

C:表示插入 CR 文件;P:表示插入 EPS 文件;缺省表示插入图片文件。

HD:指定为灰度图片。

W:指定所要插入的文件是由 Wits 2.1 生成的。

特别提示:① 该注解不允许紧跟图说注解(TS)。

② 若插入的内容向后移动,随后的文件也将自动移向前补空白。

③ 该注解不仅可用在正文中,还可以用在书眉、边文、背景中。

【实例应用】新插注解(XC)的用法。

小样输入:

━━男人〔XCA–A.tif;%15%15〕认为,爱只能用间接方式表达,而且不得超出男性说话规矩所允许的范围。〔XCA–B.tif;%15%15〕它可以用实情的陈述来掩盖,用表示支持的誓言来隐饰,〔XCA–C.tif;%15%15〕用笑一下或某种眼神表示出来。Ω

大样显示:

男人认为,爱只能用间接方式表达,而且不得超出男性说话规矩所允许的范围。它可以用实情的陈述来掩盖,用表示支持的誓言来隐饰,用笑一下或某种眼神表示出来。

【实例分析】上述小样文件中,〔XCA–A.tif;%15%15〕表示插入一个文件名为"A–A.tif"的图片,且按比例将图片缩小至 15%的大小。另外两个新插注解依此类推。

10.5.5 插入 EPS 注解(PS)

功能概要：用于插入其他软件所生成的 EPS 文件(如 Fit 排版系统所生成的 EPS 文件)。

注解格式：〖PS<文件名>〔,@〕〔,<图片占位尺寸>〕〔;<图片实体尺寸>〕〔<上边空>〕〔<下边空>〕〔<左边空>〕〔<右边空>〕〔<起点>〕〔<排法>〕〔,DY〕〔#〕〔%〕〔;<旋转度>〕〔,HD〕〗

注解参数：<文件名>:<不包括","、";"、"("、"#"、"%"的文件名>|<前缀><标准 Windows 文件名><后缀>

　　　　　　<图片占位尺寸>:<空行参数>〔。<字距>〕

　　　　　　<图片实体尺寸>:<放缩比例>|E<图片尺寸>

　　　　　　<放缩比例>:%<X 方向比例>%<Y 方向比例>

　　　　　　<X 方向比例>:{<数字>}〔.{<数字>}〕

　　　　　　<Y 方向比例>:{<数字>}〔.{<数字>}〕

　　　　　　<图片尺寸>:<空行参数>〔。<字距>〕

　　　　　　<上边空>:;S〔〔-〕<空行参数>〕

　　　　　　<下边空>:;X〔〔-〕<空行参数>〕

　　　　　　<左边空>:;Z〔〔-〕<字距>〕

　　　　　　<右边空>:;Y〔〔-〕<字距>〕

　　　　　　<起点>:(〔〔-〕<空行参数>〕,〔-〕<字距>)|,〔K〕Z〔S|X〕|,〔K〕Y〔S|X〕|,〔K〕S|,X

　　　　　　<排法>:,PZ|,PY|,BP

　　　　　　<前缀>:<

　　　　　　<后缀>:>

参数说明：@:表示图片嵌入大样文件中。缺省表示不嵌入。

　　　　　　PZ:左边串文;PY:右边串文;BP:不串文。

　　　　　　#:表示图片可后移。

　　　　　　DY:在分栏或对照时,如果选择此参数,图片可以跨栏,起点是相对于页的左上点而定。

　　　　　　旋转度:表示 EPS 按顺时针方向旋转的度数,取值范围为 0~360°。

　　　　　　%:表示不挖空(即文字图片重叠)。

　　　　　　HD:指定为灰度图片。

　　　　　　K:表示该图片要跨过本栏(页),排到下一栏(页)的初始位置。

特别提示：① 该注解可以在 S10 格式的小样文件中插入 NPS 大样文件,反之亦可。

　　　　　　② 该注解后允许紧跟图说注解(TS),用法同图片注解(TP)。

【实例应用】 插入 EPS 注解(PS)的用法。

小样输入：

〖PSA-A.EPS;5。8;%110%110;S1;X1;Z1;Y1(3,6)〗〖HT5K〗■■男人认为,爱只能用间接方式表达,而且不得超出男性说话规矩所允许的范围。它可以用实情的陈述来掩盖,用表示支持的誓言来隐饰,用笑一下或某种眼神表示出来。↙男人的虚伪需要一定的智慧,不是任何人都能做得到的,虚伪的行为是靠智慧和主动性相联系的,往往不易被别人发现。作为相对稳定的性格是对虚伪言行有预见性和预谋性的。〖HT〗Ω

大样显示:

男人认为,爱只能用间接方式表达,而且不得超出男性说话规矩所允许的范围。它可以用实情的陈述来掩盖,用表示支持的誓言来隐饰,用笑一下或某种眼神表示出来。

男人的虚伪需要一定的智慧,不是任何人都能做得

到的,虚伪的行为是靠智慧和主动性相联系的,往往不易被别人发现。作为相对稳定的性格是对虚伪言行有预见性和预谋性的。

【实例分析】上述小样文件中,〖PSAA.EPS;5。8;%110%110;S1;X1;Z1;Y1(3,6)〗表示插入一个文件名为"AA.EPS"的图片,该图片高 5 行,宽 8 个字宽,且按比例将图片放大至 110%的大小,上下左右空均为 1,从第三行的第六个字开始排版。

10.6 美化字符控制类注解

本节着重介绍 14 种排版注解,这些注解比较常用,所以,在学习过程中要掌握各注解的书写格式和其参数使用的先后顺序以及它们所起的作用。

10.6.1 着重注解(ZZ)

功能概要:用于指定重点要说明的文字下方加着重点或着重线。

注解格式:〖ZZ<字数>〔<着重符>〕〔#〕〔,<附加距离>〕〗

〖ZZ(〔<着重符>〕〔#〕〔,<附加距离>〕〗<着重内容>〖ZZ)〗

注解参数:<着重符>:Z|F|D|S|Q|=|。〔!〕|〔!〕   <附加距离>:〔−〕<行距>

参数说明:Z:正线;F:反线;D:点线;S:双线;Q:曲线;=:双曲线;。:加圈,用"句号"。缺省表示使用着重点。

#:横排时着重线、着重点(或圈)加在一行的上面,竖排时着重线加在一行的右边,着重点(或圈)加在一行的左边;缺省 # 时,着重线、着重点(或圈)的位置与上述相反。

!:表示在外文和数字下加着重点(或圈),缺省则不加。

<附加距离>:设置着重符与正文之间的距离。

"−"表示距离为负值。缺省附加距离为 0。

特别提示:① 加着重点时,外文即不加点也不计数。

② 加着重线时,着重内容可以是任意内容,如汉字、数字、外文。

③ 通常情况下,一行中的着重注解少于 10 个。

【实例应用 1】着重注解(ZZ)的用法。

小样输入：

■■〖HT5F〗〖ZZ（〗男人的气质美是女人欠缺而倾慕的一种心理品质。〖ZZ)〗〖ZZ(S〗男子那种不屈不挠、百折不回〖ZZ)〗的追求毅力和精神,是〖ZZ5。〗男人精神美的集中体现。✓
面对自己钟爱的女人,不论有几个"对手",在她未作最后抉择之前,〖ZZ(=#〗你都有追求的权利,尽可以大胆地表情达意,坚持不懈地使爱情出现奇迹。〖ZZ)〗✓
〖ZZ(Z〗你要向她传递你对她的坚定信念,〖ZZ)〗这可以稳住女人的心理慌乱,〖ZZ(D,*2〗使她更多地意识到你的优点和诚心。〖ZZ)〗〖HT〗✓Ω

大样显示：

男人的气质美是女人欠缺而倾慕的一种心理品质。男子那种不屈不挠、百折不回的追求毅力和精神,是男人精神美的集中体现。

面对自己钟爱的女人,不论有几个"对手",在她未作最后抉择之前,你都有追求的权利,尽可以大胆地表情达意,坚持不懈地使爱情出现奇迹。

你要向她传递你对她的坚定信念,这可以稳住女人的心理慌乱,使她更多地意识到你的优点和诚心。

【实例分析】在上述小样文件中,〖ZZ(〗……〖ZZ)〗表示开闭弧中的内容下方排着重点;〖ZZ(S〗……〖ZZ)〗表示开闭弧中的内容下方排双线;〖ZZ5。〗表示本注解后 5 个字符的下方排小圆圈;〖ZZ(=#,*2〗……〖ZZ)〗表示开闭弧中的内容上方加双曲线;〖ZZ(Z〗……〖ZZ)〗表示开闭弧中的内容下方加正线;〖ZZ(D,*2〗……〖ZZ)〗表示开闭弧中的内容下方加点线,且点线与内容的距离为 *2 行高。

【实例应用 2】着重注解(ZZ)的用法。

小样输入：

〖HJ1〗■■〖HT5H〗〖WT5FZ〗
〖ZZ（〗A bird in the hand is worth two in the bush. 手中的一只鸟胜于林中的两只鸟。〖ZZ)〗✓
〖ZZ(。！〗Great hopes make great man. 伟大的理想造就伟大的人。〖ZZ)〗✓
〖ZZ（Q〗It is better to fight for good than to fail at the ill. 宁为善而斗,毋屈服于恶。〖ZZ)〗✓
〖ZZ(=#,*2〗The greatest friend of truth is time, her greatest enemy is prejudice, and her constant companion is humility. 真理最伟大的朋友是时间,其最大的敌人是偏见,其永远的同伴是谦逊。〖ZZ)〗✓
〖ZZ（F,*2〗It takes three generations to make a gentleman. 十年树木,百年树人。〖ZZ)〗〖HT〗〖HJ〗〖WT〗Ω

大样显示：

A bird in the hand is worth two in the bush. 手中的一只鸟胜于林中的两只鸟。

Great hopes make great man. 伟大的理想造就伟大的人。

It is better to fight for good than to fail at the ill. 宁为善而斗，毋屈服于恶。

The greatest friend of truth is time, her greatest enemy is prejudice, and her constant companion is humility. 真理最伟大的朋友是时间，其最大的敌人是偏见，其永远的同伴是谦逊。

It takes three generations to make a gentleman. 十年树木，百年树人。

【实例分析】在上述小样文件中，〖ZZ(〗……〖ZZ)〗表示开闭弧中的内容下方排着重点；〖ZZ(Z〗……〖ZZ)〗表示开闭弧中的内容下方排着重线，且为正线；〖ZZ(。!〗……〖ZZ)〗表示开闭弧中的内容下方排小圆圈；〖ZZ(Q〗……〖ZZ)〗表示开闭弧中的内容下方加单曲线；〖ZZ(=#,*2〗……〖ZZ)〗表示开闭弧中的内容上方加双曲线，且线与内容的距离为*2行高；〖ZZ(F,*2〗……〖ZZ)〗表示开闭弧中的内容下方排着重线，且为反线，同时线与内容的距离为*2行高。

【实例应用3】着重注解(ZZ)用在竖排版面中。

小样输入：

■■■〖HT5K〗〖ZZ(〗女性是一个重感情轻理性的群体，她们思考问题的方式总是依感觉而行。通常表现为以自我为中心的思考性格。当对方对自己的情感未能做出相应回报或不能随自己的意愿行为时，她立刻就会别扭起来。〖ZZ)〗↙
〖ZZ(Q〗女人不同于男人，她们喜欢由别人的经验来体验自己和别人的不同。这种体验的对象不只是同她一样有这种特殊功能的女人，而是包括所有的人。〖ZZ)〗↙
〖ZZ(D〗女人去商场不是去买商品，而是去逛气氛。如果日常被压抑的感情得不到释放，她是不会购买任何东西的。〖ZZ)〗〖HT〗Ω

大样显示：

（竖排版面内容）女性是一个重感情轻理性的群体，她们思考问题的方式总是依感觉而行。通常表现为以自我为中心的思考性格。当对方对自己的情感未能做出相应回报或不能随自己的意愿行为时，她立刻就会别扭起来。女人不同于男人，她们喜欢由别人的经验来体验自己和别人的不同。这种体验的对象不只是同她一样有这种特殊功能的女人，而是包括所有的人。女人去商场不是去买商品，而是去逛气氛。如果日常被压抑的感情得不到释放，她是不会购买任何东西的。

【实例分析】在上述小样文件中，〖ZZ(〗……〖ZZ)〗表示将开闭弧中的内容左方加排着重点；〖ZZ(Q〗……〖ZZ)〗表示将开闭弧中的内容左方加排单曲线；〖ZZ(D〗……〖ZZ)〗表示将开闭弧中的内容左方加点线。

10.6.2　长扁注解(CB)

功能概要:将字符排成长形字或扁形字。

注解格式:〖CB〔C〔%〕<长扁参数>|B〔%〕<长扁参数>〕〗

注解参数:未指定"%"参数:<长扁参数>:1|2|3|4|5|6|7;

指定"%":<长扁参数>:1—200。

参数说明:C:长参数。

B:扁参数。

%:如果指定了 C 参数,定义在高不变的情况下,宽是高的百分之几;如果指定了 B 参数,定义在宽不变的情况下,高是宽的百分之几。

【实例应用】长扁注解(CB)的用法。

小样输入:

〖HT2《方正胖娃简体》〗〖CBC3〗男人〖CB〗常〖CBB%50〗思考,女人〖CB〗常〖CBC3〗幻想〖CB〗〖HT〗↙Ω

大样显示:

男人常思考，女人常幻想

【实例分析】在上述小样文件中,〖HT2《方正胖娃简体》〗表示为外挂字体 2 号胖娃体;〖CBC3〗表示该注解后的字体字宽减少 3/10;〖CB〗表示恢复至规定的字体字号;〖CBB%50〗表示将字体的字宽增加 50%。

10.6.3　空心注解(KX)

功能概要:用于排空心,带底纹的字符。

注解格式:〖KX〔<网纹编号>〕〔W〕〔,<字数>〕〗

〖KX(〔<网纹编号>〕〔W〕〕<内容>〖KX)〗

注解参数:<网纹编号>:<数字><数字>　(0—31)

参数说明:W:不要边框的空心字。

<字数>:空心字个数。

特别提示:① 该注解作用范围只能是字符,不能夹杂其他注解。

② <字数>是指按字符计,外文按字母计。

③ 一行空心字中间不能换行。

【实例应用】空心注解(KX)的用法。

小样输入:

〖HT4HP〗〖WT4DY〗〖KX（〕You have to believe in yourself. That's the secret of success.〖KX)〗〖KX(8W〕人必须相信自己,这是成功的秘诀。〖KX)〗〖KX(16〕Zeal without knowledge is a runaway horse.〖KX)〗　〖KX3,6〕热 情 而 无 知 识,〖KX10,6〕犹如脱缰野马。〖HT〗〖WT〗Ω

大样显示：

You have to believe in yourself. That's the secret of success. ▓▓▓▓▓▓▓▓▓▓，▓▓▓▓▓▓▓▓▓▓。**Zeal without knowledge is a runaway horse.** 熱情而無知識，犹如脱缰野马。

【实例分析】在上述小样文件中，〖KX(〗……〖KX)〗表示该注解开弧中的内容为空心字；〖KX(8W〗……〖KX)〗表示开闭弧中的内容采用网纹编号为8且不要边框的空心字；〖KX3,6〗注解中，"3"表示网纹编号为3，"6"表示要排成空心字的个数。【实例应用2】空心注解(KX)的用法。

小样输入：

〖FK（WB8001〗〖WT4"F6〗〖KX（〗The benevolent see benevolence and the wise see wisdom.∥〖HT4HP〗仁者见仁,智者见智。〖KX)〗〖WT〗〖HT〗〖FK)〗Ω

大样显示：

The benevolent see benevolence and the wise see wisdom.
仁者见仁,智者见智。

【实例分析】在上述小样文件中，〖FK(WB8001〗……〖FK)〗表示方框不要边框且底纹为黑色；〖KX(〗……〖KX)〗表示将开闭弧中的内容排成空心的形式。

10.6.4 倾斜注解(QX)

功能概要：将开闭弧中的内容向左或向右倾斜1°~15°。

注解格式：〖QX(<Z|Y><倾斜度>〔#〕〗<倾斜内容>〖QX)〗

注解参数：<倾斜度>：1|2|3|4|5|6|7|8|9|10|11|12|13|14|15

参数说明：Z：向左倾斜；Y：向右倾斜。

#：按字符中心线倾斜,缺省表示按字符顶线倾斜。

特别提示：① 倾斜字符包括汉字、外文、数字和符号。

② 倾斜时字符顶部不动,顶部以下向左或向右倾斜。

【实例应用1】倾斜注解(QX)的用法。

小样输入：

〖HT5L2〗〖QX(Z15〗日月焕光华,快睹盈门凝瑞气〖QX)〗∥
〖QX(Y15〗山川钟秀丽,仁看奕叶启人文〖QX)〗〖HT〗∥∥
〖HT5HL〗〖QX(Z15#〗开能源宝藏,利民富国〖QX)〗∥
〖QX(Y15#〗进沙漠荒原,改地换天〖QX)〗∥∥
〖HT5L〗〖QX(Z8〗才要真爱,名要略爱,总之己要自爱〖QX)〗∥
〖QX(Y8〗天不可欺,君不敢欺,实于心不忍欺〖QX)〗〖HT〗Ω

大样显示:

> 日月焕光华,映睹盈门凝瑞气;山川钟秀丽,仁看奕叶启人文
>
> 开能源宝藏,利民富国;进沙漠荒原,改地换天
>
> 才要真爱,名要略爱,总之己要自爱
> 天不可欺,君不敢欺,实于心不忍欺

【实例分析】在上述小样文件中,〖QX(Z15〗……〖QX)〗表示开闭弧中的内容向左倾斜15 度;〖QX (Y15〗……〖QX)〗表示开闭弧中的内容向右倾斜15 度;〖QX(Z15#〗……〖QX)〗表示开闭弧中的内容向左倾斜15 度且按字符中心线倾斜;〖QX(Y15#〗……〖QX)〗表示开闭弧中的内容向右倾斜15 度且按字符中心线倾斜。

【实例应用2】倾斜注解(QX)的用法。

小样输入:

> 〖HT1XK〗〖QX(Z15〗博我以文,约我以礼〖QX)〗✍〖KH−1D〗〖QX(Y15〗〖KX(20W〗博我以文,约我以礼〖KX)〗〖QX)〗✍〖QX(Y10#〗〖KX(20W〗智者乐水,仁者乐山〖KX)〗〖QX)〗✍〖KH−1D〗〖QX(Y15〗智者乐水,仁者乐山〖QX)〗〖HT〗Ω

大样显示:

【实例分析】请参见本小节的【实例应用1】和"空心注解"(KX)中的【实例应用】。

10.6.5 阴阳注解(YY)

功能概要:将该注解开闭弧中的内容变为阴字。

注解格式:〖YY(〗<内容>〖YY)〗

特别提示:使用注解时,一般应有底纹,否则在白底上无法看到所排字符的效果。

【实例应用】倾斜注解(QX)的用法。

小样输入:

> 〖FK (H020B30014*2。20〗〖HT3SE〗〖WT+〗〖YY (〗A lazy youth, a lousy age.✍少壮不努力,老大徒伤悲。〖YY)〗〖HT〗〖WT〗〖FK)〗Ω

大样显示:

A lazy youth, a lousy age.
少壮不努力,老大徒伤悲。

【实例分析】在上述小样文件中,〖FK(H020B30014*2。20〗……〖FK)〗表示方框的花边编号为020,底纹的编号采用3001,方框的高与宽分别为4*2 行高,20 个字

宽;〖HT3SE〗为3号少儿体,〖WT+〗表示随中文字体变化而变化;〖YY(〗……〖YY)〗表示开闭弧中的内容为阴字。

10.6.6 粗细注解(CX)

功能概要:将该注解后的字符(包括汉字、数字、外文以及各种符号)笔画粗细按所给出的级数变粗或变细。

注解格式:〖CX〔〔-〕<级数>〕〗

注解参数:<级数>:1|2|3|4

参数说明:-:表示笔画变细。

特别提示:① 无论加粗还是变细,横竖笔画均按比例改变。
② 该注解对长扁体同样起作用。

表10.3给出了字符的粗细变化程度。本表实例效果以4号大小为例。

表10.3 粗细注解实例表

输入格式	实例效果	输入格式	实例效果
正常	笔下起风雷	正常	**笔下起风雷**
〖CX1〗	笔下起风雷	〖CX-1〗	**笔下起风雷**
〖CX2〗	笔下起风雷	〖CX-2〗	笔下起风雷
〖CX3〗	**笔下起风雷**	〖CX-3〗	笔下起风雷
〖CX4〗	**笔下起风雷**	〖CX-4〗	笔下起风雷

10.6.7 勾边注解(GB)

功能概要:用于排勾边字,使字体边框有彩色、阴阳、加边或不加边等变化。

注解格式:〖GB〔<勾边宽度>〕〔W〕〔Y〕<边框色>〕〔<勾边色>〕〔,<字数>〕〗
〖GB(〔<勾边宽度>〕〔W〕〔Y〕<边框色>〕〔<勾边色>〕〗<勾边内容>〖GB)〗

注解参数:<勾边宽度>:0|1|…|29   <边框色>:<颜色>B   <勾边色>:<颜色>G
<颜色>:@〔%〕(<C值>,<M值>,<Y值>,<K值>)

参数说明:W:表示不要边框的勾边字,缺省为要边框的勾边字。
<边框色>:指定边框的颜色。缺省为黑色。
<勾边色>:指定勾边的颜色。缺省为白色。
Y:不缺省时,表示为阴字,即字为白色,边框为白色,勾边为黑色,此时<边框色>、<勾边色>参数不起作用,外部所设的文字颜色也不起作用。缺省时,各种彩色才起作用,即边框使用<边框色>,勾边使用<勾边色>,文字使用文字颜色。

【实例应用1】勾边注解(GB)的用法。

小样输入:

〖HT3HC〗〖GB(5@(0,100,0,0)B@(0,0,100,0)G〗沙场夜枕戈,十亿神州共明月;壮士诗言志,一支铁笔振雄风〖GB)〗∠〖GB(10@%(0,0,0,100)B@(0,0,0,20)G〗台湾连大陆,两岸同胞思统一;宝岛属神州,九州赤子盼回归〖GB)〗∠〖CS%0,0,0,0〗〖GB(10W@%(0,0,0,100)B@(0,0,0,50)G〗展智施能,雄心共创千秋业;扬鞭跃马,矢志同奔万里程〖GB)〗〖HT〗〖CS〗Ω

大样显示：

沙扬夜揽笺，十亿神州笑明月；驮古铄今去，一支钱笔振雄风
台湾连大陆，两岸同胞思统一；宝岛属神州，九州赤子盼回归
展智兴能，雄心共创千秋业；扬鞭跃马，众志同牵万里程

【实例分析】在上述小样文件中，〖GB(5@(0,100,0,0)B@(0,0,100,0)G〗……〖GB)〗表示该注解中的内容采用勾边字形式，其中勾边的宽度为5,边框颜色红色,勾边色为黄色；〖GB(10@(0,0,0,100)B@(0,0,0,20)G〗……〖GB)〗表示该注解中的内容采用勾边字形式,其中勾边的宽度为10,边框颜色黑色,勾边色为灰色；〖GB(5@(0,100,0,0)B@(0,0,100,0)G〗……〖GB)〗表示该注解中的内容采用勾边字形式,其中勾边的宽度为5,边框颜色红色,勾边色为黄色；〖CS%0,0,0,0〗表示该注解后字符的颜色为白色；〖GB(10W@(0,0,0,100)B@(0,0,0,50)G〗……〖GB)〗表示该注解中的内容采用勾边字形式,其中勾边的宽度为10,边框颜色黑色,勾边色为灰色。

【实例应用2】勾边注解(GB)的用法。

小样输入：

〖FK(H0404。19ZQ*2〗〖HT3DH〗〖GB20@%(0,0,0,30)G,4〗如上泰山，〖GB10WY,4〗登峰造极；〖GB5,4〗似观沧海，〖GB20,4〗破浪乘风〖HT〗〖FK)〗✑
〖FK(H045B80015。20〗〖HT3LB〗〖GB(15@%(0,0,0,0)B@%(0,0,0,50)G〗才识超群,学兼中外;文章华国,器是栋梁〖GB)〗〖HT〗〖FK)〗✑
〖FK(H074B80015。26ZQ*2〗〖HT3LB〗〖GB(30@%(0,0,0,0)G〗〖KG(*2〗造诣甚深,高才鸿博;扶摇直上,壮志鹏程〖KG)〗〖GB)〗〖HT〗〖FK)〗✑
〖FK(H014B80015。26ZQ*2〗〖CS%0,0,0,0〗〖HT3LB〗〖GB(20@%(0,0,0,0)B@%(0,0,0,100)G〗〖KG(*2〗子孝孙贤,至乐无极;时和岁有,百谷乃登〖KG)〗〖GB)〗〖HT〗〖FK)〗Ω

大样显示：

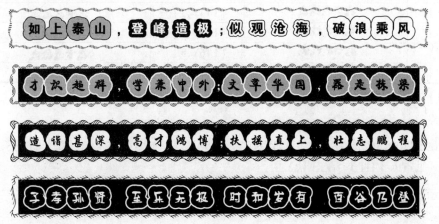

【实例分析】请参见本小节的【实例应用 1】和"方框注解"(FK)中的【实例应用】。

10.6.8 立体注解(LT)

功能概要：定义字体加排彩色、阴阳、勾边后，使其产生立体效果。

注解格式：〖LT〔<阴影宽度>〕〔<阴影颜色>〕〔W〕〔Y〕〔YS|ZS|ZX〕〔，<字数>〕〗

〖LT（〔<阴影宽度>〕〔<阴影颜色>〕〔W〕〔Y〕〔YS|ZS|ZX〕∥<阴影内容>〖LT）〗

注解参数：<阴影宽度>：0|1|2|3|4|5|6|7

<阴影颜色>：<颜色>

<颜色>：@〔%〕(<C 值>，<M 值>，<Y 值>，<K 值>)

参数说明：W：表示不要边框的立体字，缺省为要边框的立体字。

YS：表示阴影显示在字的右上方；ZS：表示阴影显示在字的左上方。

ZX：表示阴影显示在字的左下方；缺省此参数表示阴影显示在字的右下方。

<字数>：指定该注解后有几个字为立体字。

<阴影颜色>：指定阴影的颜色。缺省为白色。

Y：不缺省时，表示为阴字，即字为白色，阴影为黑色，此时<阴影色>参数不起作用，外部所设的文字颜色也不起作用。缺省时，各种彩色才起作用，即阴影使用<阴影色>，文字使用文字颜色。

特别提示：① 一行立体字中间不能拆行。

② 该注解作用范围只能是字符，中间不能夹杂其他注解。

③ 阴字白影立体字要用底纹，否则无立体效果。

表 10.4 给出了字符的立体变化程度。本表的实例效果的字号以 4 号为例。

表 10.4 立体字实例表

输入格式	实例效果	输入格式	实例效果
〖LT0YZS，5〗	笔下花摇表	〖LT0Y，5〗	笔下花摇表
〖LT1YZS，5〗	笔下花摇表	〖LT1Y，5〗	笔下花摇表
〖LT2YZS，5〗	笔下花摇表	〖LT2Y，5〗	笔下花摇表
〖LT3YZS，5〗	笔下花摇表	〖LT3Y，5〗	笔下花摇表
〖LT4YZS，5〗	笔下花摇表	〖LT4Y，5〗	笔下花摇表
〖LT5YZS，5〗	笔下花摇表	〖LT5Y，5〗	笔下花摇表
〖LT6YZS，5〗	笔下花摇表	〖LT6Y，5〗	笔下花摇表
〖LT7YZS，5〗	笔下花摇表	〖LT7Y，5〗	笔下花摇表

【实例应用 1】立体注解(LT)的用法。

小样输入：

〖FK(H095B20015*2。17ZQ*2〗〖HT2L2〗〖LT5Y，7〗一庭花发来知己■〖LT5ZS，7〗万卷书开见古人〖HT〗〖FK)〗Ω

大样显示：

一庭花发来知己　万卷书开见古人

【实例分析】在上述小样文件中，〖FK(H095B20015*2。17ZQ*2〗……〖FK)〗表示方框花
　　　　　边的编号为 095，底纹编号采用 2001，方框高与宽分别为 5*2 行高，17 个字
　　　　　宽；〖LT5Y,7〗表示本注解后的 7 个字符排成立体的形式，立体阴影的宽度是
　　　　　5 且为阴字，阴影显示在字的右下方；〖LT5ZS,7〗表示本注解后的 7 个字符
　　　　　排成立体的形式，立体阴影的宽度是 5 且为阴字，阴影显示在字的左上方。

【实例应用 2】立体注解(LT)的用法。

小样输入：

〖HT3XK〗〖CS%0,0,0,0〗〖LT(5@%(100,0,0,0)YS〗当一个女人爱上一个男人时
〖LT)〗，〖GB(8@%(0,100,0,0)B@%(100,0,0,0)G〗她希望男人能多留露自己的情感
〖GB)〗，〖LT(5@%(0,100,0,0)ZS〗向她吐露心事。男人如果做到这一点〖LT)〗，〖GB
(8@%(100,0,0,0)B@%(0,0,0,20)G〗是会让女人认为她是他的唯一的倾诉对象。〖GB)〗
〖CS〗〖HT〗Ω

大样显示：

【实例分析】在上述小样文件中，〖CS%0,0,0,0〗表示该注解后的内容颜色为白色；〖LT
　　　　　(5@%(100,0,0,0)YS〗……〖LT)〗表示开闭弧中的内容为立体形式，立体阴
　　　　　影的宽度是 5 且阴影的颜色为青色，阴影显示在字的右上方；〖GB(8@%
　　　　　(0,100,0,0)B@%(100,0,0,0)G〗……〖GB)〗表示将开闭弧中的内容排成勾边
　　　　　形式，其中勾边的阴宽为 8，勾边的颜色为青色，勾边的边框颜色为红色；
　　　　　〖LT(5@%(0,100,0,0)ZS〗……〖LT)〗表示开闭弧中的内容为立体形式，立
　　　　　体阴影的宽度是 5 且阴影的颜色为红色，阴影显示在字的左上方；〖GB(8@%
　　　　　(100,0,0,0)B@%(0,0,0,20)G〗……〖GB)〗表示将开闭弧中的内容排成勾边形
　　　　　式，其中勾边的阴宽为 8，勾边的颜色为浅灰色，勾边的边框颜色为青色。

10.6.9　旋转注解(XZ)

功能概要：指定字符在 360°的范围内旋转。

注解格式：〖XZ(<普通旋转设置>|<竖排旋转设置>〕<旋转内容>〖XZ)〗

注解参数：<普通旋转设置>：<旋转度>〔#〕

　　　　　　<旋转度>：{<数字>}(1 到 3 位) (旋转度≤360)

　　　　　　<竖排旋转设置>：〔Z〕〔H〕〔W〕

参数说明：#：表示按中心旋转，缺省表示按左上角旋转。

　　　　　　Z：表示符号向左旋转 90°，缺省 Z 表示向右旋转 90°。

H：表示要旋转汉字标点；

W：表示要旋转外文标点；缺省 H 和 W 时表示只旋转开闭弧注解内的数字、
外文、运算符、括弧。

特别提示：① 旋转的度数以顺时针方向计算。

② 旋转以字模左上角为轴。

【实例应用】 倾斜注解(QX)的用法。

小样输入：

〖CS%0,100,0,0〗〖FK(W〗〖WT1KY〗〖XZ(300〖A〖XZ)〗〖KG−*2〗
〖JX−1*2〗〖KG*2〗〖XZ(320〖B〖XZ)〗〖JX−1〗〖KG*2〗〖XZ(340〖C〖XZ)〗
〖JX−*2〗〖KG1*3〗D〖JX−*3〗〖JX*3/5〗〖KG1*3〗〖XZ(20〖E〖XZ)〗
〖JX*4/5〗〖KG1〗〖XZ(40〖F〖XZ)〗〖JX1*5〗〖KG*2〗〖XZ(60〖G〖XZ)〗
〖JX1*4/5〗〖KG−*2〗〖XZ(110〖H〖XZ)〗
〖JX1*3/4〗〖KG−1*2〗〖XZ(140〖I〖XZ)〗
〖JX*3/4〗〖KG−2〗〖XZ(170〖J〖XZ)〗〖JX*7〗〖KG−2*2〗〖XZ(190〖K〖XZ)〗
〖JX−*8〗〖KG−3〗〖XZ(220〖L〖XZ)〗〖JX−1〗〖KG−2*2/3〗〖XZ(240〖M
〖XZ)〗〖CS〗〖JX−2〗〖WT11,0BKH〗WELLCOME〖WT〗〖FK)〗
〖CS%100,0,0,0〗〖JX*2〗〖KG5〗〖WT0HT〗TO〖WT〗〖JX−*2〗〖KG2〗
〖CS%0,100,0,0〗〖FK(W〗〖WT1KY〗〖XZ(300〖N〖XZ)〗〖KG−*2〗
〖JX−1*2〗〖KG*2〗〖XZ(320〖O〖XZ)〗〖JX−1〗〖KG*2〗〖XZ(340〖P〖XZ)〗
〖JX−*2〗〖KG1*3〗Q〖JX−*3〗〖JX*3/5〗〖KG1*3〗〖XZ(20〖R〖XZ)〗
〖JX*4/5〗〖KG1〗〖XZ(40〖S〖XZ)〗〖JX1*5〗〖KG*2〗〖XZ(60〖T〖XZ)〗
〖JX1*4/5〗〖KG−*2〗〖XZ(110〖U〖XZ)〗〖JX1*3/4〗〖KG−1*2〗〖XZ(140〖V
〖XZ)〗〖JX*4/5〗〖KG−2*2〗〖XZ(170〖W〖XZ)〗
〖JX*7〗〖KG−3*2〗〖XZ(190〖X〖XZ)〗
〖JX−*2/3〗〖KG−3〗〖XZ(220〖Y〖XZ)〗
〖JX−1〗〖KG−2*2〗〖XZ(240〖Z〖XZ)〗〖CS〗
〖JX−1*2〗〖KG*2〗〖WT11,10"BKH〗BEIJING〖WT〗〖FK)〗Ω

大样显示：

【实例分析】 在上述小样文件中，主要运用了彩色注解(CS)、方框注解(FK)、旋转注解(XZ)、

基线注解(JX)、空格注解(KG)以及外体注解(WT)。多种简单的注解组合使用，也许会排出意想不到的版面效果。因此，我们再次强调要充分掌握每个注解的书写格式及其参数的作用范围。确定运用何种注解，也要根据当前的版面形式，但有时不同的注解也可排出相同的版面效果。

10.6.10　段首注解(DS)

功能概要：定义段首字或段首内容。

注解格式：〔DS<尺寸>[<边框说明>][<底纹说明>]〕

　　　　　　〔DS(<尺寸>[<边框说明>][<底纹说明>]〕<段首内容>〔DS)〕

注解参数：<尺寸>:<空行参数>。<字距>

　　　　　　<边框说明>:F|S|D|W|K|Q|=|CW|XW|H<花边编号>

　　　　　　<花边编号>:000—117

　　　　　　<底纹说明>:B<底纹编号>[D][H][#]

　　　　　　<底纹编号>:<深浅度><编号>

　　　　　　<深浅度>:0—8

　　　　　　<编号>:<数字><数字><数字>

参数说明：F:反线；

　　　　　　S:双线；

　　　　　　D:点线；

　　　　　　W:不要线也不占位置；

　　　　　　K:表示空边框(无线但占一字宽边框位置)；

　　　　　　Q:曲线;=:双曲线；

　　　　　　CW:外粗内细文武线；

　　　　　　XW:外细内粗文武线；

　　　　　　H:花边线。

　　　　　　D:本方框底纹代替外层底纹；

　　　　　　H:底纹用阴图；

　　　　　　#:底纹不留余白。

特别提示：① 该注解边框线所占空间除无线(W)外，其余全占一字空间。

　　　　　　② 指定段首大小一定要注意考虑边框的大小，即在有边框的情况下，可排字区域为指定大小除去四周边框所剩的空间。

　　　　　　③ <段首内容>基本上是任意内容，但不能有对照(DZ)注解及强迫换页(LM、SY、DY)注解。

【实例应用 1】段首注解(DS)的用法。

小样输入：

〔DS(4。5H020B2001#〕〔HT4"HP〕

〔JZ(〕〔YY(〕以身╱作则〔YY)〕〔JZ)〕〔DS)〕

〖KG2〗〖HT5LB〗儿童模仿力强,暗示性高。父母的一举一动,一言一行都能无形地影响儿童的心理。父母吵架、怨恨,特别是对人生、社会的不正确认识,都会在儿童心灵上投下阴影。因此父母自身社会主义精神文明的修养对儿童心理的健康发展颇为重要。欲要儿童心理健康,做父母的要先做到自己的心理健康。父母先要以身作则,身教胜于言教,言行一致,为子女作出表率。〖HT〗Ω

大样显示:

以身作则　　儿童模仿力强,暗示性高。父母的一举一动,一言一行都能无形地影响儿童的心理。父母吵架、怨恨,特别是对人生、社会的不正确认识,都会在儿童心灵上投下阴影。因此父母自身社会主义精神文明的修养对儿童心理的健康发展颇为重要。欲要儿童心理健康,做父母的要先做到自己的心理健康。父母先要以身作则,身教胜于言教,言行一致,为子女作出表率。

【实例分析】在上述小样文件中,〖DS(4。5H020B2001#〗……〖DS)〗表示指定开闭弧中的内容为段首内容,其中段首的高为 4 行高,宽为 5 个字宽;段首的边框为花边且编号采用 020,底纹的编号采用 2001 且底文与边框不留余白;〖JZ(〗〖YY(〗……〖YY)〗〖JZ)〗表示开闭弧中的内容在段首内居中排版且为阴字。

【实例应用 2】段首注解(DS)的用法。

小样输入:

〖DS(5*2。3WB2001〗〖HT2XK〗
〖JZ(〗〖YY(〗〖LT5ZS,3〗依∠赖∠心〖YY)〗〖JZ)〗〖DS)〗
〖KG2〗〖HT5K〗在成才的道路上,一般说来,女性比男性的依赖心重。……失去独立地提出问题的机会。〖HT〗Ω

大样显示:

依赖心　　在成才的道路上,一般说来,女性比男性的依赖心重。依赖心理使她们在成才的道路上,难以发挥思维的独立性。思维的独立性指的是善于独立思考,能够独立地提出问题与解决问题。女性的依赖心理使她们遇事都倾向依靠别人的帮助,独立思考能力得不到应有的发挥。依赖心理使她们在创造的道路上常常失去独立地提出问题的机会。

【实例分析】在上述小样文件中,〖DS(5*2。3WB2001〗……〖DS)〗表示开闭弧中的内容为段首内容,其中段首的高为 4 行高,宽为 5 个字宽;边框为花边且编号采用 020,底纹的编号采用 2001 且底文与边框没有距离;〖JZ(〗〖YY(〗……〖YY)〗〖JZ)〗表示开闭弧中的内容在段首内居中且为阴字;〖LT5ZS,3〗表示立体字的阴影的宽度为 5,阴影在字符的左上角显示,加立体字的个数为 3。

【实例应用 3】段首注解(DS)的用法。

小样输入：

〖DS(3。4W〗〖HT1L2〗〖JZ〗〖CS%0,0,0,0〗
〖GB8@%(0,0,0,100)B@%(0,100,0,0)G,1〗女〖HT〗〖CS〗〖DS)
〖HTF〗性树立了成才的远大志向,才能充分调动自己的智力因素与非智力因素为实现成才目标而发挥作用。妇女有了远大的抱负,才能充分发挥自己的创造性思维与创造性想象,才能克服在成才道路上遇到的种种困难。女性树立了成才的理想,才能抵制来自社会各种传统习惯势力对女性成长的偏见,才能勇敢地与来自社会上压抑妇女成才的行为作不懈的斗争。〖HT〗Ω

大样显示：

性树立了成才的远大志向,才能充分调动自己的智力因素与非智力因素为实现成才目标而发挥作用。妇女有了远大的抱负,才能充分发挥自己的创造性思维与创造性想象,才能克服在成才道路上遇到的种种困难。女性树立了成才的理想,才能抵制来自社会各种传统习惯势力对女性成长的偏见,才能勇敢地与来自社会上压抑妇女成才的行为作不懈的斗争。

【实例分析】在上述小样文件中,〖DS(3。4W〗……〖DS)表示指定开闭弧中的内容为段首内容,其中段首的高为 3 行高,宽为 4 个字宽,段首不加边框;〖CS%0,0,0,0〗表示该注解后的字符为白色;〖GB8@%(0,0,0,100)B@%(0,100,0,0)G,1〗表示该注解后的字符为勾边字形式,其中勾边的宽度为 8,勾边的边框为黑色,勾边为红色,勾边的个数为 1 个字。

10.6.11 彩色注解(CS)

功能概要: 用于定义字符、线框和底纹的颜色。

注解格式: 〖CS〔X|D〕〔%〕〔<C 值>,<M 值>,<Y 值>,<K 值>〕〗

注解参数: 〔X|D〕〔%〕〔<C 值>,<M 值>,<Y 值>,<K 值>〕

参数说明: X 表示设置框线颜色;D 表示设置底纹颜色;缺省 X 和 D 则表示设置字符颜色。

<C 值>,<M 值>,<Y 值>,<K 值>用于描述颜色的 CMYK 值,缺省则表示将颜色恢复为缺省值(BX 注解中定义的颜色),即〖CS〗将字符颜色恢复为版心颜色,〖CSX〗指将框线颜色恢复为黑色,〖CSD〗指将底纹颜色恢复为黑色。

<C 值>:缺省%时,表示 C 值的实际值,取值范围为 0~255;有%时,表示 C 值的百分比,取值范围为 0~100。

<M 值>:缺省%时,表示 M 值的实际值,取值范围为 0~255;有%时,表示 M 值的百分比,取值范围为 0~100。

<Y 值>:缺省%时,表示 Y 值的实际值,取值范围为 0~255;有%时,表示 Y 值的百分比,取值范围为 0~100。

<K 值>:缺省%时,表示 K 值的实际值,取值范围为 0~255;有%时,表示 K 值的百分比,取值范围为 0~100。

特别提示:在使用彩色注解(CS)时,如果不加参数"%",则所定义的色值不能超过 255,否则系统提示"CS 注解,参数错"的错误信息。

【实例应用】彩色注解(CS)的用法。

小样输入:

〖JZ〗〖〖FK(=3。23〗〖CS%100,20,50,0〗
〖HTXK〗世间无一事不可求,无一事不可舍,闲打混亦是快乐∠人情有万样当如此,有万样当如彼,要称心便难洒脱〖HT〗〖FK)〗∠
〖CSX%0,100,0,0〗〖FK(H082B00014。18〗〖HT4W〗
咬定有句有用书,可以充机∠养成数竿新生竹,直似儿孙〖HT〗〖FK)〗
〖CSD%0,0,100,0〗〖FK(H012B30014。17ZQ*2〗
〖HT4ST〗银幕五光十色,催人向上∠舞台万紫千红,跃马奔腾〖HT〗〖FK)〗
〖CS〗〖CSD〗〖CSX〗Ω

大样显示:

【实例分析】在上述小样文件中,〖CS%100,20,50,0〗表示字符色值为 C100,M20,Y50,K0,即为绿色;〖CSX%0,100,0,0〗表示线型色值为 C0,M100,Y0,K0,即为红色;〖CSD%0,0,100,0〗表示底纹色值为 C0,M0,Y100,K0,即为黄色。

10.6.12 拼音注解(PY)

功能概要:该注解可自动给汉字加排拼音。

注解格式:〖PY([<横向字号>[,<纵向字号>])][<颜色>][K<字距>][S|L|X]〗<拼音内容>〖PY)〗

注解参数:<颜色>:@[%](<C 值>,<M 值>,<Y 值>,<K 值>)

参数说明:<横向字号>:表示拼音字母的字号,有双向字号时是长扁字,全缺省时字号约为汉字的 1/2 大小。

K<字距>:表示拼音与汉字之间的距离,缺省时距离为当前汉字的 1/4 字宽。

X:表示横排时拼音排在汉字之下,竖排时拼音右转排在汉字之左,缺省值。

S:表示横排时拼音排在汉字之上,竖排时注音右转排在汉字之右。

L:表示拼音直立排在汉字之右。

X、S、L 均缺省时同 X。

<颜色>:设定拼音字母的颜色。如果缺省,则使用当前的正文颜色排拼音字母。

【实例应用 1】 拼音注解(PY)的用法。

小样输入：

〖WTXT〗〖PY(S〗我 wǒ 们 men 每 měi 一 yī 个 gè 人 rén 都 dū 是 shì 理 lǐ 想 xiǎng 主 zhǔ 义 yì 者 zhě，都 dū 喜 xǐ 欢 huān 为 wèi 自 zì 己 jǐ 做 zuò 的 de 事 shì 找 zhǎo 个 gè 动 dòng 听 tīng 的 de 理 lǐ 由 yóu。因 yīn 此 cǐ，如 rú 果 guǒ 要 yào 改 gǎi 变 biàn 别 bié 人 rén，就 jiù 要 yào 挑 tiāo 起 qǐ 他 tā 的 de 高 gāo 贵 guì 动 dòng 机 jī。〖PY)〗〖WT〗Ω

大样显示：

wǒ men měi yī gè rén dū shì lǐ xiǎng zhǔ yì zhě　dū xǐ huān wèi zì jǐ zuò de shì zhǎo gè dòng tīng de lǐ yóu　yīn cǐ　rú
我们每一个人都是理想主义者，都喜欢为自己做的事找个动听的理由。因此，如
guǒ yào gǎi biàn bié rén　jiù yào tiāo qǐ tā de gāo guì dòng jī
果要改变别人，就要挑起他的高贵动机。

【实例分析】 在上述小样文件中，〖PY(S〗……〖PY)〗表示开闭弧中的内容自动加排拼音，且拼音排在相应字符的上方；〖PY(L〗……〖PY)〗表示开闭弧中的内容自动加排拼音，且拼音竖排在相应字符的右方；〖PY(X〗……〖PY)〗表示开闭弧中的内容自动加排拼音，且拼音排在相应字符的下方。

【实例应用 2】 拼音注解(PY)的用法。

小样输入：

〖WTXT〗〖PY(5K*2S〗当 dāng 面 miàn 指 zhǐ 责 zé 别 bié 人 rén，这 zhè 只 zhī 会 huì 造 zào 成 chéng 对 duì 方 fāng 顽 wán 强 qiáng 地 dì 反 fǎn 抗 kàng；而 ér 巧 qiǎo 妙 miào 地 dì 暗 àn 示 shì 对 duì 方 fāng 注 zhù 意 yì 自 zì 己 jǐ 的 de 错 cuò 误 wù，则 zé 会 huì 受 shòu 到 dào 爱 ài 戴 dài。〖PY)〗〖WT〗Ω

大样显示：

dāngmiànzhǐzébiérén zhèzhīhuìzàochéngduìfāngwánqiáng dì fǎnkàng　érqiǎo
　当　面指责别人，这只会造　成　对方顽　强地反抗；而巧
miàodì ànshìduìfāngzhù yì zì jǐ decuòwù　zéhuìshòudàoàidài
妙　地暗示对　方　注意自己的错　误，则会　受　到爱戴。

【实例分析】 在上述小样文件中，〖PY(5K*2S〗……〖PY)〗表示开闭弧中的内容自动加排拼音且大小为 5 号字与汉字的距离为 *2 行高，排在相应汉字的上方；〖PY(5@%(0,100,0,0)S〗……〖PY)〗表示开闭弧中的内容自动加排拼音且大小为 5 号字颜色为红色，排在相应汉字的上方。

【实例应用 3】 拼音注解(PY)在竖排中的用法。

小样输入：

〖WTXT〗〖PY(5S〗生 shēng 活 huó 的 de 快 kuài 乐 lè 与 yǔ 否 fǒu，完 wán 全 quán 决 jué 定 dìng 于 yú 个 gè 人 rén 对 duì 人 rén、事 shì、物 wù 的 de 看 kàn 法 fǎ 如 rú 何 hé。因 yīn 为 wèi，生 shēng 活 huó 是 shì 由 yóu 思 sī 想 xiǎng 造 zào 成 chéng 的 de。
〖PY)〗〖WT〗Ω

大样显示:

【实例分析】在竖排版面中,〖PY(5S〗……〖PY)〗表示开闭弧中的内容自动加排拼音且大小为 5 号字,排在相应汉字的上方。

10.6.13 注音注解(ZY)

功能概要: 为汉字自动加排老式注音符。

注解格式: 〖ZY([<横向字号>[,<纵向字号>]][<颜色>][K<字距>][X|S|L]] <注音内容> 〖ZY)〗

注解参数: <颜色>:@[%](<C 值>,<M 值>,<Y 值>,<K 值>)

参数说明: <横向字号>:表示注音字符的字号,有双向字号时是长扁字,全缺省时字号约为汉字的 1/3 大小。

K<字距>:表示注音与汉字之间的距离,缺省时距离为当前汉字的 1/4 字宽。

X:表示横排时注音排在汉字之下,竖排时注音直立排在汉字之左;

S:表示横排时注音排在汉字之上,竖排时注音直立排在汉字之右;

L:表示无论横竖排注音都直立排在汉字之右。

<颜色>:设定注音字母的颜色。如果缺省,则使用当前的正文颜色排注音字母。

【实例应用】拼音注解(ZY)的用法。

小样输入:

大样显示:

【实例分析】在上述小样文件中,〖ZY(5S〗……〖ZY)〗表示开闭弧中的内容自动加排老式拼音且大小为 5 号字,排在相应汉字的上方。

10.7 版面控制类注解

本节着重介绍 17 种常用排版注解。在学习过程中要掌握各注解的书写格式、参数使用的先后顺序以及它们所起的作用。

10.7.1 不排注解(BP)

功能概要:指定在排版文件中,不属于排版内容的字符。

注解格式:〔BP(〕<不排内容>〔BP)〕

【实例应用】不排注解的用法。

小样输入:

〔HT4L〕〔JZ1〕虞美人↙〔HT5LB〕
〔JZ(Z〕春花秋月何时了? 往事知多少。
↙〔BP(〕小楼昨夜又东风,故国不堪回
首月明中!↙雕栏玉砌应犹在,只是朱
颜改。〔BP)〕↙问君能有几多愁? 恰
似一江春水向东流。〔JZ)〕〔HT〕Ω

大样显示:

虞　美　人

春花秋月何时了?
往事知多少。

问君能有几多愁?
恰似一江春水向东流。

【实例分析】从上述大样文件中可知,〔BP(〕……〔BP)〕注解中的内容没有显示,但小
样文件中的不排内容依然存在。

10.7.2 分栏注解(FL)

功能概要:将当前版面分成若干栏进行排版。如果在等栏的情况下,当分栏结束且无任
何特殊参数时,各栏自动拉平。

注解格式:〔FL(〔<栏宽>|<分栏数>〕〔!〕〔H<线号>〕〔—<线型>〕〔<颜色>〕〔K<字距>〕〕
<分栏内容>〔FL)〔X|<拉平栏数>〕〕

注解参数:<栏宽>:<字距>{,<字距>}(1 到 7 次)

<线型>:F|S|Z|D|Q|=|CW|XW|H<花边编号>

<花边编号>:000—117

<颜色>:@〔%〕(<C 值>,<M 值>,<Y 值>,<K 值>)

<拉平栏数>:〔—〕<栏数>

参数说明:!:栏间画一条以五号字为准的正线。

K<字距>:表示栏间距离。

<线号>:指定栏线的粗细。如果缺省,则为五号字。

<线型>:F:反线;S:双线;Z:正线;D:点线;Q:曲线;=:双曲线;CW:外粗内细
文武线;XW:外细内粗文武线;H:花边线;缺省:正线。

只要设定了<线号>或<线型>,即使没有指定"!"参数,仍然会画出栏线。

<颜色>:指定栏线的颜色。如果缺省,则为黑色。

X:表示后面分栏注解中的内容与前面的内容接排。

–:表示从分栏闭弧所在栏向左拉平若干栏。

特别提示:① 该注解允许最大栏数为 8 栏,总栏宽及栏间距之和不得超过行宽。

② 如果遇到〖FL)X〗,其后只能接〖FL(〗或 Ω,否则排版系统会报错;此外,后面的〖FL(〗中不应有任何参数,即使有也不会起任何作用,仍然会按前面的分栏参数排版。

注 意

在不等宽的分栏闭弧〖FL)〗中有参数"X"和当前页中有图片(TP)、插入(CR)或分区(FQ)注解的情况下各栏不拉平;图片(TP)、插入(CR)或分区(FQ)注解需要跨栏时,必须加参数"DY";对照注解与分栏注解不能互相嵌套,也不能自身嵌套,更不能间接嵌套。如对照中有方框,方框中再有分栏。

【实例应用 1】 分栏注解(FL)的用法。

小样输入:

> 〖FL(3H1–H002@%(100,50,0,0)K2〗〖HT5K〗▆▆ ▆▆男人为什么拒绝把内心的话语直接表白出来,为什么有些男人选择用暗示情意的方式而不是干脆直接地说出"我爱你",专家认为,这是男人的一种自我保护,所谓留有退身余地。〖HT〗〖FL)〗Ω

大样显示:

> 　　男人为什么拒绝把内心的话语直接表白出来,为什么有些男人选｜择用暗示情意的方式而不是干脆直接地说出"我爱你",专家认为,这｜是男人的一种自我保护,护,所谓留有退身余地。

【实例分析】 在上述小样文件中,〖FL(3H1–H002@%(100,50,0,0)K2〗……〖FL)〗表示指定开闭弧中的内容分为 3 栏排版,栏与栏之间加编号为 002,色值为 C100,M50,Y0,K0,即为绿色,且用 1 号字体的花边线,栏间距为 2 个字。

【实例应用 2】 分栏注解(FL)的用法。

小样输入:

> 〖FL(10,5,15–=@%(100,0,100,0)K2〗〖HT5K〗▆▆ ▆▆男人为什么拒绝把内心的话语直接表白出来,为什么有些男人选择用暗示情意的方式而不是干脆直接地说出"我爱你",专家认为,这是男人的一种自我保护,所谓留有退身余地。〖HT〗〖FL)〗Ω

大样显示:

> 　　男人为什么拒绝把内心的话语直接表白出来,为什么有些男人选择｜用暗示情意的方式而不是干脆直接｜地说出"我爱你",专家认为,这是男人的一种自我保护,所谓留有退身余地。

【实例分析】 在上述小样文件中,〖FL(10,5,15–=@%(100,50,0,0)K2〗……〖FL)〗表示指定开闭弧中的内容分为 3 栏排版,且各栏的栏宽不同,第一栏为 10 个字宽,第二栏为 5 个字宽,第三栏为 15 个字宽;栏线为双曲线,且色值为 C100,M50,Y0,K0,即为绿色;栏间距为 2 个字。

10.7.3　另栏注解(LL)

功能概要：在分栏注解(FL)中,指定当前行及其后的内容立即转入下栏。

注解格式：[LL]

特别提示：①　如果当前的排版位置不是该页最末栏,那么从该注解后转入下栏开始排版;如果是该页的末栏,则注解后转为下一页。

②　使用注解后,分栏闭弧注解中即使有"–<栏宽>",对有另栏结束的栏也不起作用。而且闭弧后的字符将在被拉平的几栏内通栏排。

【**实例应用**】另栏注解(LL)的用法。

小样输入：

> [FL(4–SK2]
> [HT6F] ■■男人为什么拒绝把内心的话语直接直接表白出来,为什么有些男人选择用暗示情意的方式而不是干脆直接地说出"我爱你",专家认为,这是男人的一种自我保护,所谓留有退身余地。[LL]
> ■■间接的方式可以让男人试验女人的感觉而不必表白自己的感觉,可以试探在他撤下警戒线之前她是否愿意先撤下,也可以评估她什么地方最脆弱而不必显露自己脆弱的一面。↙男人认为,爱只能用间接方式表达,而且不得超出男性说话规矩所允许的范围。它可以用实情的陈述来掩盖,用表示支持的誓言来隐饰,或间接提起,或用笑话掩藏,它以用笑一下或某种眼神表示出来。[LL]
> ■■并不是男人不表达情意,只是他们表达方式与女人不同而已。不幸的是,男人坚持用大多数女人所不懂的语言来表达他们的情爱。[HT]
> [FL)] Ω

大样显示：

> 男人为什么拒绝把内心的话语直接直接表白出来,为什么有些男人选择用暗示情意的方式而不是干脆直接地说出"我爱你",专家认为,这是男人的一种自我保护,所谓留有退身余地。
>
> 间接的方式可以让男人试验女人的感觉而不必表白自己的感觉,可以试探在他撤下警戒线之前她是否愿意先撤下,也可以评估她什么地方最脆弱而不必显露自己脆弱的一面。男人认为,爱只能用间接方式表达,
>
> 而且不得超出男性说话规矩所允许的范围。它可以用实情的陈述来掩盖,用表示支持的誓言来隐饰,或间接提起,或用笑话掩藏,它以用笑一下或某种眼神表示出来。
>
> 并不是男人不表达情意,只是他们表达方式与女人不同而已。不幸的是,男人坚持用大多数女人所不懂的语言来表达他们的情爱。

【**实例分析**】在上述小样文件中,[FL(4–SK2] …… [FL)]表示指定开闭弧中的内容分为 4 栏排版,栏线为双线型,栏间距为 2 个字;[LL]表示该注解后内容立即转入下一栏进行排版。

10.7.4　边栏注解(BL)

功能概要：该注解用于划分版面,将其分为主栏和副栏。主栏只有一栏,是版面的主体,按照正常文字排版、拆页;副栏可分为一栏或两栏,用于编排边注,即主栏中

237

的说明性文字和注释等相关内容。

注解格式：BL(<1<第一个副栏参数>>|<2<第二个副栏参数>>|<1<第一个副栏参数>；

<2<第二个副栏参数>>〔,X〕|<边栏内容>〔BL)〕

注解参数：<第一个副栏参数>、<第二个副栏参数>：<副栏参数>

<副栏参数>：。<栏宽>〔!〔<线型号>〕〔<颜色>〕〕〔K<与主栏间距>〕

<栏宽>：<<版心内栏宽>,<版心外栏宽>>|<版心内栏宽>|<,<版心外栏宽>>

<版心内栏宽>、<版心外栏宽>、<与主栏间距>：<字距>

<线型号>：<线型>〔<字号>〕

<线型>：F|S|Z|D|Q|=|CW|XW|H<花边编号>

<花边编号>：000—117

<颜色>：@〔%〕(<C 值>,<M 值>,<Y 值>,<K 值>)

参数说明：<线型>：F：反线；S：双线；Z：正线；D：点线；Q：曲线；=：双曲线；CW：外粗内细

文武线；XW：外细内粗文武线；H：花边线；缺省：正线。

<线型号>中的<字号>：表示栏线的粗细，缺省为五号字的线。

<颜色>：指定栏线的颜色。缺省为黑色。

<与主栏间距>：指定副栏和主栏之间的距离，缺省表示间距为当前字号一字宽。

X：表示每次换页后副栏与主栏左右位置互换(如果只指定了一个副栏)，或者

两个副栏左右位置互换(如果同时指定了两个副栏)。

特别提示：用边栏注解(BL)所空出的位置，由边注注解(BZ)加排。

【**实例应用**】边栏注解(BL)的用法。

Pro 文件定义为：

〔BX5″,5″K,20。22,*2〕〔YM5″FZ-=1〕〔MS6DH,S〕〔BD1,4,4DBS,4S1〕Ω

小样输入：

〔SM(〕话 说 男 人〔SM)〕〔DM(〕男人的心理〔DM)〕〔KMB〕

〔BL(1。5:5,3! H002@%(100,50,0,0)K2,X〕〔BT1〕男人的心理↙

〔HT5K〕▅▅男人为什么拒绝把内心的话语直接表白出来，为什么有些男人选择用暗示情意的方式而不是干脆直接地说出"我爱你"，专家认为，这是男人的一种自我保护，所谓留有退身余地。↙间接的方式可以让男人试验女人的感觉而不必表白自己的感觉，可以试探在他撤下警戒线之前她是否愿意先撤下，也可以评估她什么地方最脆弱而不必显露自己脆弱的一面。↙感情的直接陈述是一种赌博，有些男人不愿意下这个赌注。而间接方式可以留给说话者以余地，如果答复非己所求，也可以声称——他可以透过笑声或迷惑的神色声称她误解了他的意思，决然没有失落的下场。↙男人认为，爱只能用间接方式表达，而且不得超出男性说话规矩所允许的范围。它可以用实情的陈述来掩盖，用表示支持的誓言来隐饰，或间接提起，或用笑话掩藏，它以用笑一下或某种眼神表示出来。↙并不是男人不表达情意，只是他们表达方式与女人不同而已。不幸的是，男人坚持用大多数女人所不懂的语言来表达他们的情爱。〔HT〕〔BL)〕Ω

大样显示：

【实例分析】 在上述小样文件中，〖BL(1。6:5,3! H002@%(100,50,0,0)K2,X〗……〖BL)〗
注解中，参数"1"表示使用第一副栏，即位于主栏的左边；参数"。"表示副栏参
数开始的标记，没有实际意义；参数"5:5,3"表示栏宽为 6 号的 8 个字宽，其
中版心内 5 个字宽，版心外 3 个字宽；参数"! H002@%(100,50,0,0)"表示加栏
线，且该线型为编号 002，色值 C100,M50,Y0,K0，即为绿色的花边线；参数
"K2"表示主栏与第一副栏的栏间距是当前字号的 2 字宽；参数"X"表示每次
换页后，主栏和第一副栏的左右位置都进行互换。

10.7.5 边注注解(BZ)

功能概要: 该注解用于排边注内容,将说明性文字或注释用此注解插入到主栏中需要说
明的地方,系统会自动将其放在与主栏相对应的副栏中。该注解必须放在边
栏注解(BL)中使用。

注解格式: 〖BZ(〔1|2〕〗<边注内容>〖BZ)〗

注解参数: 〔1|2〕

参数说明: 〔1|2〕:表示该边注排在第一个副栏(1)还是第二个副栏(2)。
缺省表示排在第一个副栏。

特别提示: 如果该注解中的参数"1"或"2"未在边栏注解(BL)中被定义,排版系统会提示
"BZ 注解,边栏没有定义"的错误信息。

【实例应用】 边注注解(BZ)的用法。

PRO 文件定义为：

〖BX5″,5″K,20。22,*2〗〖YM5″FZ-=1〗〖MS6DH,S〗〖BD1,4,4DBS,4S1〗Ω

小样输入：

〖SM(｜话 说 男 人〖SM)〗〖DM(｜男人的心理〖DM)〗〖KMB〗
〖BL(1。5:5,3! H002@%(100,50,0,0)K2,X〗〖BT1｜男人的心理↙〖HT5K〗〖KG2〗
男人为什么拒绝把内心的话语直接表白出来,为什么有些男人选择用暗示情意的方式
而不是干脆直接地说出"我爱你",专家认为,这是男人的一种自我保护,所谓留有退身
余地。↙〖BZ(1〗〖HT6″F〗女人就是走平路时也怕男友跌倒,所以必须挽着他胳膊走
路的那个人。〖HT〗〖BZ)〗间接的方式可以让男人试验女人的感觉而不必表白自己
的感觉,可以试探在他撤下警戒线之前她是否愿意先撤下,也可以评估她什么地方最
脆弱而不必显露自己脆弱的一面。↙感情的直接陈述是一种赌博,有些男人不愿意下
这个赌注。而间接方式可以留给说话者以余地,如果答复非己所求,也可以声称——他
可以透过笑声或迷惑的神色声称她误解了他的意思,决然没有失落的下场。↙男人认
为,爱只能用间接方式表达,而且不得超出男性说话规矩所允许的范围。它可以用实情
的陈述来掩盖,用表示支持的誓言来隐饰,或间接提起,或用笑话掩藏,它以用笑一下
或某种眼神表示出来。↙
〖BZ (1〗〖HT6″F〗女人就是乘公共汽车时,只许她碰你,不许你碰她的那个人。
〖HT〗〖BZ)〗并不是男人不表达情意,只是他们表达方式与女人不同而已。不幸的
是,男人坚持用大多数女人所不懂的语言来表达他们的情爱。〖HT〗〖BL)〗Ω

大样显示：

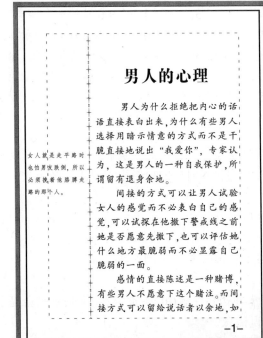

男人的心理

　　男人为什么拒绝把内心的话语直接表白出来,为什么有些男人选择用暗示情意的方式而不是干脆直接地说出"我爱你",专家认为,这是男人的一种自我保护,所谓留有退身余地。

女人就是走平路时也怕男友跌倒,所以必须挽着他胳膊走路的那个人。

　　间接的方式可以让男人试验女人的感觉而不必表白自己的感觉,可以试探在他撤下警戒线之前她是否愿意先撤下,也可以评估她什么地方最脆弱而不必显露自己脆弱的一面。

　　感情的直接陈述是一种赌博,有些男人不愿意下这个赌注。而间接方式可以留给说话者以余地,如

—1—

话 说 男 人

果答复非己所求,也可以声称——他可以透过笑声或迷惑的神色声称她误解了他的意思,决然没有失落的下场。

　　男人认为,爱只能用间接方式表达,而且不得超出男性说话规矩所允许的范围。它可以用实情的陈述来掩盖,用表示支持的誓言来隐饰,或间接提起,或用笑话掩藏,它以用笑一下或某种眼神表示出来。

　　并不是男人不表达情意,只是他们表达方式与女人不同而已。不幸的是,男人坚持用大多数女人所不懂的语言来表达他们的情爱。

女人就是乘公共汽车时,只许她碰你,不许你碰她的那个人。

—2—

【实例分析】在上述小样文件中，〖BZ(1)……〖BZ)〗注解中的"1"表示与边栏注解
(BL)中的"1"相对应，表示将边注的内容放在第一副栏中，边注内容的起始
处与主栏中被说明的内容所在行对齐。

10.7.6　分区注解(FQ)

功能概要：该注解是将版面上某一区域划分出来成为一个独立的区域，并在这个区域中
进行排版。

注解格式：〖FQ (<分区尺寸>[<起点>][<排法>][,DY][<-边框说明>][<底纹说明>]
[Z][! |%])] <分区内容> 〖FQ)]

注解参数：<分区尺寸>:<空行参数>[。<字距>]

　　　　　　<起点>:([[-]<空行参数>],[-]<字距>)|,Z[S|X]|,Y[S|X]|,S|,X

　　　　　　<排法>:,PZ|,PY|,BP

　　　　　　<边框说明>:F|S|D|W|K|Q|=|CW|XW|H<花边编号>

　　　　　　<花边编号>:000—117

　　　　　　<底纹说明>:B<底纹编号>[D][H][#]

　　　　　　<底纹编号>:<深浅度><编号>

　　　　　　<深浅度>:0—8

　　　　　　<编号>:<数字><数字><数字>

参数说明：PZ:左边串文;PY:右边串文;BP:不串文。

　　　　　　DY:在分栏或对照时,分区内容可跨栏,起点相对整个页而定。

　　　　　　F:反线;S:双线;D:点线;Q:曲线;=:双曲线;CW:外粗内细文武线;

　　　　　　XW:外细内粗文武线;H:花边线;缺省:正线。

　　　　　　W:不要线也不占位置。

　　　　　　K:表示空边框(无线但占一字宽边框位置)。

　　　　　　D:本方框底纹代替外层底纹。

　　　　　　H:底纹用阴图。

　　　　　　#:底纹不留余白。

　　　　　　Z:表示分区内容横排时上下居中,竖排时左右居中。

　　　　　　! :表示与外层横竖排法相反。

　　　　　　%:(用在蒙文的分区注解中)表示分区内的文字从右往左竖排。

特别提示：① <分区内容>除不允许有对照和强迫换页注解。

　　　　　　② 该注解边框线所占空间除无线(W)外,其余全占一字空间。指定分区大小
一定要注意考虑边框的大小,即在有边框的情况下,可排字区域为指定大
小减去四周边框所剩的空间。

注　意

分区中的内容一律左齐排版,如果要居中或撑满必须得用其他注解来实现。此注解中允许有脚注。

【实例应用 1】分区注解(FQ)的用法。

　　　小样输入：

〖FQ(8。22(5,8)-H020Z〗〖JZ〗〖HZ(〗〖XCQQJJ.TIF;%50%50〗〖FK(W〗
〖HT4XK〗爱之酒,甜而苦。∥两人喝,是甘露;∥三人喝,酸如醋;∥随便喝,毒中毒。
〖HT〗〖FK)〗〖HZ)〗〖FQ)〗〖FL(K2〗〖HT5LB〗▬▬我们认为男女的友情,应
该讲忠实坚贞。爱情不应是占有,而应是双方互守的专一。只有专一的爱情,才能巩固
婚姻,获得幸福和愉快的生活。∠真正的友谊和爱情,既非时间所能磨灭,也非环境所
能改变。时间在飞逝,奔驰在永恒。你若是长存,它将与你同在。∠她身上有一种人们
与热恋中的女人接触中能感到最大魅力,由于丈夫的爱,她具有能洞悉他的内心世界
的本领。他觉得她往往能比他自己更能透彻地了解他,了解他的任何心境,了解他的感
情的任何细微的变化,并且以此作为她行动的依据,所以她从来不曾刺伤过他的感情,
总是竭力减轻他的忧思,加强他的欢乐感。∠两性相爱,是人生最重要的部分。应该保
持他的自由、神圣、纯洁、崇高,不可强制他、侮辱他、污蔑他、屈抑他,使他在人间社会
丢失了优美的价值。〖HT〗〖FL)〗Ω

大样显示:

　　我们认为男女的友情,应该讲忠实坚
贞。爱情不应是占有,而应是双方互守的
专一。只有专一的爱情,才能巩固婚姻,获
得幸福和愉快的生活。

　　真正的友谊和爱情,既非时间所能磨灭,也非环境所能改变。时间在飞逝,奔驰在永恒。你若是长存,它将与你同在。

　　她身上有一种人们与热恋中的女人接触中能感到最大魅力,由于丈夫的爱,她具有能洞悉他的内心世界的本领。他觉

　　爱之酒,甜而苦。
两人喝,是甘露;
三人喝,酸如醋;
随便喝,毒中毒。

得她往往能比他自己更能透彻地了解他,了解他的任何心境,了解他的感情的任何细微的变化,并且以此作为她行动的依据,所以她从来不曾刺伤过他的感情,总是竭力减轻他的忧思,加强他的欢乐感。

　　两性相爱,是人生最重要的部分。应该保持他的自由、神圣、纯洁、崇高,不可强制他、侮辱他、污蔑他、屈抑他,使他在人间社会丢失了优美的价值。

【实例分析】在上述小样文件中,〖FQ(8。22(5,8)-H020Z〗……〖FQ)〗注解中参数"8。
22"表示分区的高度为8行高,宽度为22个字宽;"(5,8)"表示分区内容从
当前版面中的第5行,第8个字开始排版;"-H020Z"表示分区的边框采用
花边线,编号用020,且分区的内容在分区中上下居中排。

【实例应用2】分区注解(FQ)的用法。

小样输入:

〖FQ(9。23(5,8)-KB1001Z〗〖BG(!〗〖BHDWG10,WK10ZQ0,WK11W〗〖GP〗
〖HT4XK〗〖YY(〗爱之酒,甜而苦。∥两人喝,是甘露;∥三人喝,酸如醋;∥随便喝,
毒中毒。〖YY)〗〖HT〗〖〗〖XCQQJJ.TIF;%50%50〗〖BG)W〗〖FQ)〗
〖FL(! K2〗〖HT5HC〗▬▬我们认为男女的友情,应该讲忠实坚贞。爱情不应是占有,

而应是双方互守的专一。只有专一的爱情,才能巩固婚姻,获得幸福和愉快的生活。✓真正的友谊和爱情,既非时间所能磨灭,也非环境所能改变。时间在飞逝,奔驰在永恒。你若是长存,它将与你同在。✓她身上有一种人们与热恋中的女人接触中能感到最大魅力,由于丈夫的爱,她具有能洞悉他的内心世界的本领。他觉得她往往能比他自己更能透彻地了解他,了解他的任何心境,了解他的感情的任何细微的变化,并且以此作为她行动的依据,所以她从来不曾刺伤过他的感情,总是竭力减轻他的忧思,加强他的欢乐感。✓两性相爱,是人生最重要的部分。应该保持他的自由、神圣、纯洁、崇高,不可强制他、侮辱他、污蔑他、屈抑他,使他在人间社会丢失了优美的价值。〖HT〗〖FL)〗Ω

大样显示:

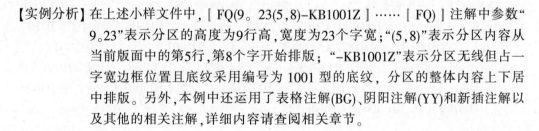

【实例分析】在上述小样文件中,〖FQ(9。23(5,8)-KB1001Z〗……〖FQ)〗注解中参数"9。23"表示分区的高度为9行高,宽度为23个字宽;"(5,8)"表示分区内容从当前版面中的第5行,第8个字开始排版;"-KB1001Z"表示分区无线但占一字宽边框位置且底纹采用编号为1001型的底纹,分区的整体内容上下居中排版。另外,本例中还运用了表格注解(BG)、阴阳注解(YY)和新插注解以及其他的相关注解,详细内容请查阅相关章节。

10.7.7 另区注解(LQ)

功能概要:该注解是指定串文截止的标记。此注解以后的正文跟随插入内容或图片走,也就是说注解后的内容自动跟在图片之后。

注解格式:〖LQ〔#〕〗

注解参数:〔#〕

参数说明:#:如果在该注解出现时有尚未排下且可后移的图片,则立即换页,将图片排在新页。该注解之后的文字将在图片之后继续排版。

缺省"#"表示使用该注解后,将切换到下一个可排的矩形区域内开始排版。

特别提示:① 该注解有参数(#)(〖LQ#〗)时,只有在排版注解中出现图片注解(TP)、插入注解(CR)时才有效,在其他情况下不起任何作用。

② 该注解无参数(〖LQ〗)时,在任何时候都起作用。

10.7.8 加底注解(JD)

功能概要:给某一个区域或层次加底纹,所加区域的位置及大小由该注解中<位置>和<尺寸>给出,或者以当前区域位置和大小加底纹。

注解格式:〖JD<底纹编号>〔(<位置>)<尺寸>〕〔D〕〔H〕〗

注解参数:<底纹编号>:<深浅度><编号>

<深浅度>:0—8。

<编号>:<数字><数字><数字>

<位置>:<空行参数>,<字距>

<尺寸>:<空行参数>。<字距>

参数说明:D:本方框底纹代替外层底纹。

H:底纹用阴图。

特别提示:① 如果两个加底纹的区域有某一区域重合时,加排参数"D"即可将重合部分的其他底纹用新底纹代替。否则,两底纹会重叠。

② 用底纹作背景时,一般使用阴字或阳立体字,这样所表达的效果更鲜明。

【**实例应用 1**】加底注解(JD)的用法。

小样输入:

〖BG(! BTXDS〗〖BHDFG4,FK8,K24F〗〖JD3001〗〖XXZS−YX〗〖XXZS−YXY2〗〖XXZS−YXX4〗〖BS (ZSX4*2Y*8−YSX1*2Y*2〗〖YY(〗 课程 〖YY)〗〖BS)〗〖BS(ZSX5Y1*2−YSX1*4Y2*4〗〖YY(〗课时〖YY)〗〖BS)〗〖BS(ZXX3Y2−YXX3*2Y1〗YXX3*2Y1〗〖YY(〗姓名〖YY)〗〖BS)〗〖BS(ZXX*2Y2−ZXX1*2/3Y1〗〖YY(〗班级〖YY)〗〖BS)〗〖〗〖ZB (〗〖BHDWG2,K3。8W〗〖2〗〖JD1001〗〖4〗〖JD1001〗〖6〗〖JD1001〗〖BHDG2,K3。8W〗〖3〗〖JD1001〗〖5〗〖JD1001〗〖7〗〖JD1001〗〖ZB)〗〖BHDG2,FK4,K4,K3。8F〗〖3〗〖JD0001〗〖JD1001〗〖〗〖JD2001〗〖〗〖JD3001〗〖〗〖JD4001〗〖〗〖JD5001〗〖〗〖JD6001〗〖JD7001〗〖〗〖JD8001〗〖BG)F〗Ω

大样显示:

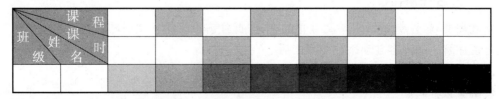

【**实例分析**】在上述小样文件中,〖JD0001〗…〖JD8001〗注解中,参数"0001"至"8001"表示加底纹的编号。

【实例应用2】加底注解(JD)的用法。

小样输入：

〖FK(W6*2。32ZQ*2〗〖JD8001〗〖HT5SJS〗■ ■〖YY(〗在成才的道路上,一般说来,女性比男性的依赖心重。依赖心理使她们在成才的道路上,难以发挥思维的独立性。思维的独立性指的是善于独立思考,能够独立地提出问题与解决问题。女性的依赖心理使她们遇事都倾向依靠别人的帮助,独立思考能力得不到应有的发挥。依赖心理使她们在创造的道路上常常失去独立地提出问题的机会。〖YY)〗〖FK)〗Ω

大样显示：

> 在成才的道路上,一般说来,女性比男性的依赖心重。依赖心理使她们在成才的道路上,难以发挥思维的独立性。思维的独立性指的是善于独立思考,能够独立地提出问题与解决问题。女性的依赖心理使她们遇事都倾向依靠别人的帮助,独立思考能力得不到应有的发挥。依赖心理使她们在创造的道路上常常失去独立地提出问题的机会。

【实例分析】在上述小样文件中,〖JD8001〗表示加黑色的底纹。因此,本例中同时运用了阴阳注解(YY)。

10.7.9 上齐注解(SQ)

功能概要:该注解用于取消方框、表格项和段首以及行数内容的上、下居中的排法,使内容从第一行排起。

注解格式:〖SQ〔<空行参数>〕〗

注解参数:<空行参数>

参数说明:<空行参数>:指定上空多少距离开始排内容,缺省时上空距离为0。

特别提示:上齐注解(SQ)只作用于方框注解(FK)、段首注解(DS)的开闭弧形式、行数注解(HS)、表格注解(BG)以及标题中,在其他注解中不起作用。

【实例应用】上齐注解(SQ)的用法。

小样输入：

〖FK(Q5。10ZQ*2〗玉兔方归月殿✓金龙已到人间〖FK)〗〖FK(Q5。10ZQ*2〗〖SQ0〗桃李欣承化雨✓园丁喜布春风〖FK)〗〖FK(Q5。10ZQ*2〗〖SQ2*2〗春自改革唤起✓富由开放得来〖FK)〗✓无上齐注解〖KG8〗SQ〖KG10〗SQ2*2Ω

大样显示：

	桃李欣承化雨 园丁喜布春风	
玉兔方归月殿 　金龙已到人间		春自改革唤起 　富由开放得来
无上齐注解	SQ	SQ2*2

【实例分析】在上述小样文件中,〖SQ0〗表示内容从方框中的最上端开始排版;〖SQ2*2〗表示内容从方框中的第 2*2 行开始排版。在方框注解中,如果指定了方框的高度与宽度,那么方框中的内容就会自动上下居中排版。若操作者想取消此种排法,可利用上齐注解(SQ)来实现。

10.7.10 对照注解(DZ)

功能概要: 将多栏内容进行对照排版。

注解格式:〖DZ(〔<栏宽>I<分栏数>〕〔!〕〔H<线号>〕〔–<线型>〕〔<颜色>〕〔K<字距>〕〕<对照内容>〖DZ)〗

注解参数: <栏宽>:<字距>{,<字距>}(1 到 7 次)

　　　　　　<线型>:FISIZIDIQI=ICWIXWIH<花边编号>　　　<花边编号>:000—117

　　　　　　<颜色>:@〔%〕(<C 值>,<M 值>,<Y 值>,<K 值>)

参数说明:!:栏间画一条以五号字为准的正线;K<字距>:表示栏间距离。

　　　　　　<颜色>:指定栏线的颜色。如果缺省,则为黑色。

　　　　　　<线号>:指定栏线的粗细。如果缺省,则为五号字。

　　　　　　<线型>:F:反线;S:双线;Z:正线;D:点线;Q:曲线;=:双曲线;

　　　　　　　　　　CW:外粗内细文武线;XW:外细内粗文武线;H:花边线;缺省:正线。

　　　　　　只要设定了<线号>或<线型>,那么即使没有指定"!"参数,也仍然会画出栏线。

　　　　　　注:对照可以竖排,竖排时各项参数要转换成竖排意义。

特别提示: ① 对照中最好不要用脚注。因为在某些情况下,脚注的格式有可能不正确。

　　　　　　② 方框(FK)、段首(DS)和分区(FQ)注解中不允许有对照,如果要在这些注解中排对照,可用无线注解(WX)来实现。

　　　　　　③ 每条对照内容不可超过两页,即不允许两次跨页,否则,第二次跨页后的内容有可能被遗漏掉。

> **注　意**
>
> 　　该注解允许的最多栏数为 8 栏,总栏宽及栏间距之和不得超过所在行宽;竖排中不允许出现对照;对照注解(DZ)与分栏注解(FL)不能互相嵌套,也不能自身嵌套,也不允许间接嵌套。如对照中有方框,方框中再有分栏。

【实例应用 1】对照注解(DZ)的用法。

　　小样输入:

> 〖DZ (18,15H4–H074@%(100,0,0,0)K2〗〖HS3〗〖JZ〗〖WT4"HX〗An Alarm Clock〖WT5"BX〗✓A young man went to a mountain village for his holiday. One night he stayed at a small hotel near a train station.〖〗〖HS3〗〖JZ〗〖HT4"XK〗一只闹钟✓〖HT5"K〗一个年轻人到一个山村去度假。那天夜里,他住宿在火车站附近的一个旅馆里。〖〗■■Before going to bed, he went to the owner of the hotel and said to the old man, "Excuse me, sir. Will you please wake me up at a quarter to five? I'm going to take the five o'clock train tomorrow morning."〖〗■■上床睡之前,他对旅馆老板 ——一个老头儿说:"对不起,先生,请问你能在五点差一刻叫醒我吗?我明天早晨要乘五点的火车。"〖〗■■"Oh, sorry,"the owner said, "I am afraid I can't. I don't get up that early."

〖 〗■■"哦,很抱歉,"旅馆老板说,"恐怕不行,我不可能起那么早。"〖 〗■■The young man started to go back to his room when he stopped and asked, "Do you have an alarm clock? That would help me." 〖 〗■■年轻人正想回到房间去,又停住了问:"那你有闹钟吗?或许它能帮助我。" 〖 〗■■"Yes, here it is, young man." 〖 〗■■"我有,给你,年轻人。" 〖 〗■■The young man took the clock happily and thanked the old man. But when he looked at it carefully, there appeared to be something wrong with it. 〖 〗■■年轻人很高兴地拿了闹钟,谢了老头儿。但当他仔细查看了闹钟后,发现似乎有毛病。 〖 〗■■"Does it ring on time? "he asked the old man. 〖 〗■■"它能准时闹吗?"他问老头儿。 〖 〗■■"Sure! Just shake it when it's time to get up, and it'll ring." 〖 〗■■"那当然! 时间一到,你摇一摇,它就会响的。" 〖DZ)〗Ω

大样显示:

An Alarm Clock

A young man went to a mountain village for his holiday. One night he stayed at a small hotel near a train station.

Before going to bed, he went to the owner of the hotel and said to the old man, "Excuse me, sir. Will you please wake me up at a quarter to five? I'm going to take the five o'clock train tomorrow morning."

"Oh, sorry,"the owner said, "I am afraid I can't. I don't get up that early."

The young man started to go back to his room when he stopped and asked, "Do you have an alarm clock? That would help me."

"Yes, here it is, young man."

The young man took the clock happily and thanked the old man. But when he looked at it carefully, there appeared to be something wrong with it.

"Does it ring on time? "he asked the old man.

"Sure! Just shake it when it's time to get up, and it'll ring."

一只闹钟

一个年轻人到一个山村去度假。那天夜里,他住宿在火车站附近的一个旅馆里。

上床睡之前,他对旅馆老板——一个老头儿说:"对不起,先生,请问你能在五点差一刻叫醒我吗?我明天早晨要乘五点的火车。"

"哦,很抱歉,"旅馆老板说,"恐怕不行,我不可能起那么早。"

年轻人正想回到房间去,又停住了问:"那你有闹钟吗?或许它能帮助我。"

"我有,给你,年轻人。"
年轻人很高兴地拿了闹钟,谢了老头儿。但当他仔细查看了闹钟后,发现似乎有毛病。

"它能准时闹吗?他问老头儿。
"那当然! 时间一到,你摇一摇,它就会响的。"

【实例分析】在上述小样文件中,〖DZ(18,15H4-H074@%(100,0,0,0)K2 ……〖DZ)〗表示开闭弧中的内容分为两栏,其中参数"18,15"表示第一栏宽为18,第二栏宽为15;参数"H4"表示栏线为 4 号线,线型采用编号为 074 的花边线,线的色值为 C100,M0,Y0,K0,即为青色;栏间距为 2 个字宽。

【实例应用 2】对照注解(DZ)的用法。

小样输入:

〖HS3〗〖JZ〗〖FK(WB30012。35〗〖HT2KANG〗〖YY(●■德国世界杯参赛球队口号■●〖YY)〗〖HT〗〖FK)〗〖DZ(6,16,10-QK2〗〖HT5DH〗〖HS2〗〖JZ〗〖FK(WB10011*4。3 国 家〖FK)〗〖 〗〖HS2〗〖JZ〗〖FK(WB10011*4。3 口 号〖FK)〗〖 〗〖HS2〗〖JZ〗〖FK(WB10011*4。3 汉 译〖FK)〗〖 〗〖HT5"K〗

〖WTBX〗安哥拉〖 〗Angola lead the way, our team is our people.〖 〗安哥拉领跑,我们全民皆兵。〖 〗阿根廷〖 〗Get up, Argentina are on the move.〖 〗起来,阿根廷在行动。〖 〗澳大利亚〖 〗Australia's socceroos—bound for glory.〖 〗足球袋鼠——注定辉煌!〖 〗巴西〖 〗Vehicle monitored by 180 million Brazilian hearts.〖 〗被一亿八千万颗心关注的巴西战车。〖 〗哥斯达黎加〖 〗Our army is the team, our weapon is the ball, let's get to Germany and give it our all.〖 〗球队是我们的军队,足球是我们的武器。进军德国,全力以赴。〖 〗……〖 〗……〖 〗……〖DZ)〗Ω

大样显示:

● 德国世界杯参赛球队口号 ●		
国 家	**口 号**	**汉 译**
安哥拉 阿根廷 澳大利亚 巴西	Angola lead the way, our team is our people. Get up, Argentina are on the move. Australia's socceroos—bound for glory. Vehicle monitored by 180 million Brazilian hearts.	安哥拉领跑,我们全民皆兵。 起来,阿根廷在行动。 足球袋鼠——注定辉煌! 被一亿八千万颗心关注的巴西战车。
哥斯达黎加	Our army is the team, our weapon is the ball, let's get to Germany and give it our all.	球队是我们的军队,足球是我们的武器。进军德国,全力以赴。
……	……	……

【实例分析】在上述小样文件中,〖DZ(6,16,10-QK1〗……〖DZ)〗表示开闭弧的内容分为3栏,其中参数"6,16,10"表示第一栏宽为6,第二栏宽为16;第三栏宽为10;参数"-QK2"表示栏线单曲线,栏间距为2个字宽。另外,本例中还运用了方框注解(FK)、阴阳注解(YY)等其他的相关注解,如有不明之处,请查找相关章节。

10.7.11 整体注解(ZT)

功能概要: 指定一个区域为一个整体且不可分割(所指定的区域必须小于当前版心),在这个整体中不允许拆页。

注解格式: 〖ZT([<空行参数>]〗<整体内容>〖ZT)〗

注解参数: <空行参数>

参数说明: <空行参数>:指定若干作为一个整体。

特别提示: 在整体区域内,一切指定起点的注解如分区注解(FQ)、画线注解(HX)、加底注解(JD)和始点注解(SD)等都相对这一区域定位。

【实例应用】整体注解(ZT)的用法。

小样输入:

〖ZT(〗〖HT5XK〗〖FK(H002B1001# 改革英雄业↙勤劳幸福家〖FK)〗〖SD3,8*3〗〖FK

〖H002B0001#〗龙腾虎跃惊中外↙地覆天翻壮古今〖FK〗〗〖SD0,18〗〖FK(H002B1001#〗
重教遵师桃李艳↙育才治国栋梁坚〖FK〗〗〖SD3,27*2〗〖FK(H002B0001#〗九州迎喜气↙
六合洽春风〖FK〗〖HT〗〖SD4,3〗〖HT0L2〗喜〖HT〗〖SD1,12〗〖HT0L2〗迎〖HT〗
〖SD4,22〗〖HT0L2〗新〖HT〗〖SD1,30*2〗〖HT0L2〗春〖HT〗〖ZT)〗Ω

大样显示：

【实例分析】在上述小样文件中，〖ZT(〗……〖ZT)〗表示指定当前排版区域为一个整体。本例中始点注解的起始位置是针对本层而定的，它可保证该始点的相对位置不受其他注解和版面调整的影响。如果去掉该注解，它的起始位置是相对于当前版面而定的，因此如果调整版面，则会影响当前的排版效果。

10.7.12　自定义注解(ZD)

功能概要： 用来定义一个宏注解，只需用一个名字来代表某些(任意)内容，使用时只要引用该名字即可得到预先定义好的任意复杂内容。该注解适用于格式较为复杂，文中公共部分内容较多。

注解格式：〖ZD<定义名>(〖D〗〗<定义内容>〖ZD)〗

注解参数： <定义名>:{<字母>|<数字>}(1 到 6 次)

参数说明： <定义名>:给出自定义注解内容的名字，要求长度不能超过 6 个字符。

D:指定自定义参数的类型，选择该参数表示自定义采用有序号形式，即每个形式参数&后必须跟一个序号，这样一个参数在不同的地方可以多次使用。

<定义内容>:可以是任意内容。如果有些内容要在使用时再给出的话，则需用&定义一个形式参数，在使用时再给出实在参数（当有参数 D 时，&后还要有一个序号)。

定义注解的使用： ① 〖 =<定义名> 〗

② 〖 =<定义名>(〗<实在参数>{<参数间隔符><实在参数>} ⇑j⇓0 〖 = 〗

使用参数： <实在参数>=(控制符)Ω　　<参数间隔符>=<字符注解集合>

使用说明： 第①种形式适用于无参数&的情况，它的公共部分是唯一的；第②种形式适用于共同内容和不同内容相间排列，它的实在参数与参数&相对应。那么将共同部分写在定义注解中，不同部分用&代替，在调用定义注解时将不同部分(实在参数)列出。

特别提示： ① 如果在自定义注解(ZD)中指定了参数"D"，那么在定义<参数>时，就应对参数&编号，序号相同的&代表<实在参数>的内容相同。

② 如果所加入的<实在参数>Ω 与&个数不符，那么系统会提示"注解，实参

个数错"、"缺自定义名"等相关的错误信息,并中止发排;假如自定义文件名为"S1",而在调用时的文件名为"S2",系统会提示"注解,未定义"的错误信息。

【实例应用1】自定义注解(ZD)的用法。

小样输入:

〔HT5XK〕■■■〔ZDAB(〕反映〔ZD)〕〔=AB〕〔HT5SJS〕下级领导机关〔HT5DH〕〔ZDCD(〕的〔ZD)〕〔=CD〕〔HT5SJS〕严重违法乱纪;↙〔HT5XK〕〔=AB〕〔HT5SJS〕人民群众生产、工作、生活中重大问题〔HT5DH〕〔=CD〕〔HT5SJS〕;↙〔HT5XK〕〔=AB〕〔HT5SJS〕经济体制和政治体制以及社会主义精神文明建设〔HT5DH〕〔=CD〕〔HT5SJS〕重要情况和建议〔HT5DH〕〔=CD〕〔HT5SJS〕;↙〔HT5XK〕〔=AB〕〔HT5SJS〕群众正当要求,而基层顶着或拖着不办,或长期得不到解决〔HT5DH〕〔=CD〕〔HT5SJS〕;↙〔HT5XK〕〔=AB〕〔HT5SJS〕有关社会秩序和治安秩序等重大问题〔HT5DH〕〔=CD〕〔HT〕。Ω

大样显示:

反映下级领导机关的严重违法乱纪;

反映人民群众生产、工作、生活中重大问题的;

反映经济体制和政治体制以及社会主义精神文明建设的重要情况和建议的;

反映群众正当要求,而基层顶着或拖着不办,或长期得不到解决的;

反映有关社会秩序和治安秩序等重大问题的。

【实例分析】在上述小样文件中,〔ZDAB(〕反映〔ZD)〕〔=AB〕表示将本例中的相同内容"反映"自定义为文件名"AB",然后再调用定义注解,将原来小样文件中的"反映"换成〔=AB〕,经过排版即可得到所示的大样文件。〔ZDCD(〕的〔ZD)〕〔=CD〕表示将本例中的相同内容"反映"自定义为文件名"CD",然后再调用定义注解,将原来小样文件中的"的"换成〔=CD〕,经过排版即可得到所示的大样文件。

【实例应用2】自定义注解(ZD)的用法。

小样输入:

〔ZDSS(〕&三民&〔ZD)〕〔ZDDD(〕&天下&〔ZD)〕志在〔HTXK〕〔=SS(〕Ω〔=〕〔HT〕,道在〔HTXK〕〔=SS(〕Ω〔=〕〔HT〕,忆横滨致和馆几度握谈,卓有精神贻后世↙忧以〔HTXK〕〔=DD(〕Ω〔=〕〔HT〕,乐以〔HTXK〕〔=DD(〕Ω〔=〕〔HT〕,被外国侵略者多年压迫,痛分余泪泣先生↙是中国自由神,〔HTXK〕〔=SS(〕Ω〔=〕〔HT〕五权,推翻历史数千年专制之局↙生袭中山称,死傍孝陵葬,一匡〔HTXK〕〔=DD(〕Ω〔=〕〔HT〕古今同Ω

大样显示:

志在三民,道在三民,忆横滨致和馆几度握谈,卓有精神贻后世

忧以天下,乐以天下,被外国侵略者多年压迫,痛分余泪泣先生

是中国自由神，*三民*五权，推翻历史数千年专制之局
生袭中山称，死傍孝陵葬，一匡*天下*古今同

【实例分析】 在上述小样文件中，"〔ZDSS(〕三民〔ZD)〕〔=SS〕"表示将本例中的相同
内容"三民"自定义为文件名"SS"，然后再调用定义注解，将原来小样文件中的
"三民"换成〔=SS〕，经过排版即可得到所示的大样文件。"〔ZDDD(〕的
〔ZD)〕〔=DD〕"表示将本例中的相同内容"天下"自定义为文件名"DD"，
然后再调用定义注解，将原来小样文件中的"天下"换成〔=DD〕，经过排版
即可得到所示的大样文件。

10.7.13　自定义文件名注解(ZM)

功能概要：用来指定当前排版中有自定义内容的文件名。

注解格式：〔ZM<文件名>〕

注解参数：<文件名>

参数说明：<文件名>：<不包括右方括弧的文件名>

特别提示：该注解所用的名字是组版文件的名字。有时在排版过程中，希望采用其他排
版文件已定义好的内容，这时便可用该注解所定义的文件名来指定它。

【实例应用】 自定义文件名注解(ZM)的使用方法如下。

(1)　设定下列小样文件的文件名为"CWG.FBD"，其内容的编辑如下。

〔ZDSS(〕&三民&〔ZD)〕〔ZDDD(〕&天下&〔ZD)〕志在〔HTXK〕〔=SS(〕Ω
〔=〕〔HT〕，道在〔HTXK〕〔=SS(〕Ω〔=〕〔HT〕，忆横滨致和馆几度握谈，卓有
精神贻后世∥忧以〔HTXK〕〔=DD(〕Ω〔=〕〔HT〕，乐以〔HTXK〕〔=DD(〕Ω
〔=〕〔HT〕，被外国侵略者多年压迫，痛分余泪泣先生∥是中国自由神，〔HTXK〕
〔=SS(〕Ω〔=〕〔HT〕五权，推翻历史数千年专制之局∥生袭中山称，死傍孝陵葬，一
匡〔HTXK〕〔=DD(〕Ω〔=〕〔HT〕古今同Ω

(2)　按快捷键F8，系统会弹出【导出.DEF 文件】对话框。

(3)　选中【导出.DEF 文件】对话框中的【导出由 ZD、ML 或 MZ 注解生成的.DEF 文件】复
选框，单击【确定】按钮，系统会自动执行一扫查错程序，同时在当前的文件路径下生成
"CWG.DEF"文件。

(4)　在另外一个需要调用上述已定义好的文件"MSF.FBD"(假设该文件已经存在)中，加排版
注解格式〔ZMCWG〕，并在其后调用"CWG.FBD"中的自定义内容：志在〔HTXK〕〔=SS(〕Ω
〔=〕〔HT〕，……一匡〔HTXK〕〔=DD(〕Ω〔=〕〔HT〕古今同。

(5)　按快捷键F7，进行正文发排，之后再按快捷键F5，即可在预览窗口中显示，效果与
"CWG.FBD"文件中一样。

10.7.14　背景注解(BJ)

功能概要：用于排版心背景内容，对后续页都有效，直到下一个背景注解为止。

注解格式：〔BJ(〔<左边距>〕,〔<上边距>〕,〔<右边距>〕,〔<下边距>〕〔#〕〕
　　　　　　<背景内容>〔BJ)〕

注解参数:<左边距>:〔-〕<字距>;<上边距>:〔-〕<字距>

　　　　　<右边距>:〔-〕<字距>;<下边距>:〔-〕<字距>

参数说明:<左边距>:表示背景左边与版心左边之间的距离,可为正值也可为负值。

　　　　　<上边距>:表示背景上边与版心上边之间的距离,可为正值也可为负值。

　　　　　<右边距>:表示背景右边与版心右边之间的距离,可为正值也可为负值。

　　　　　<下边距>:表示背景下边与版心下边之间的距离,可为正值也可为负值。

　　　　　-:表示向版心内缩进。

　　　　　#:表示背景内容的排法与正文排法相反,缺省此参数背景内容与外层排法一致。

　　　　　<背景内容>:不包括换页注解的任何内容。

特别提示:① 背景内容可以排在版心内,也可排在版心外。但高度不能超过版心的高与上、下边距之和;宽度不能超过版心宽与左、右边距之和。否则系统提示"内容超高"、"LN注解,无法拆行"等相关的错误信息。

　　　　　② 背景内容中,不允许出现换页类注解,如［LM］、［DY］、［SY］。否则系统会提示"BJ注解,LM嵌套错"等错误信息。

【实例应用1】背景注解(BJ)的用法。

小样输入:

```
［BJ(1,3,1,3］［BG(］［BHDWG1,WKW］［BHDG1*2,WKW］［BH］［BH］
［BH］［BH］［BH］［BH］［BH］［BH］［BH］［BH］［BH］［BH］［BH］
［BH］［BH］［BHDG,WKW］［BG)］［BJ)］［HS3］［HT3XK］［JZ2］人生↙
［HT5K］［HY1*2］人生只是一个过程,人生就是一个过程。如离开人生的价值取
向,仅仅凭"自我设计,闭门造车",去空谈此"过程",那就失去了任何意义。［HT］
［HY］↙［JZ］［XCQQJJ.TIF;%50%50］Ω
```

大样显示:

【实例分析】在上述小样文件中,［BJ(1,3,1,3］……［BJ)］表示背景与版心之间的间距分别是:左、右边距均是 1 个字;上、下边距均是 3 个字;另外,版面中的背景横线是由表格生成的。具体的说明请参见第 12 章。

【实例应用 2】背景注解(BJ)的用法。

小样输入:

［BJ (2,2,2,2］［KH6D］［XCCY.
TIF;%130%120］［BJ)］［HT0L2］
［FK (W］［GB (8@%(0,0,0,0)B@%
(0,0,0,20)G］金╱色╱童╱年
［GB)］［FK)］［HT］［SD3,7］
［HT3DH］［ZZ (F］［LT(7YYS］
转 变 教 育 观 念 ［LT)］［ZZ)］
［HT］［SD18*2,2］［HT3DH］
［ZZ(F］［LT(7YZS］树立正确的教
育观 ［LT)］［ZZ)］［HT］
［SD13,18］［HT2,1XK］［FK
(W］［GB(8Y］快╱乐╱每╱一╱
天［GB)］［FK)］Ω

本例的 PRO 定义为:

［BX5,5SS,20。20,*2］Ω

大样显示:

【实例分析】在上述小样文件中,［BJ(2,2,2,2］……［BJ)］表示背景与版心之间的间距分别是上、下、左、右边距均为 2 个字;另外,本例中还涉及了勾边注解(GB)、始点注解(SD)、立体注解(LT)以及方框注解(FK)等其他相关注解。如果对以上所述注解有不解之处,请参阅相关的章节。

10.7.15 边文注解(BW)

功能概要:用于排版心以外的内容,即"边文"。其中包括各种形式的书眉和页码。

注解格式:［BW(［〈初用参数〉|〈继承参数〉］］〈边文内容〉［BW)］

注解参数:〈初用参数〉:〔B|D|S〕〔边文位置〕〔边文高〕〔#〕〕〈页码参数〉

〈边文位置〉:(〔S|X|Z|Y〕〔版心距〕,〔〈左/上边距〉〕,〔〈右/下边距〉〕)

〈版心距〉:〔-〕〈字距〉   〈边文高〉:G〈字距〉

〈页码参数〉:M〔〈起始页号〉〕〈页码类型〉

〈页码类型〉:〈单字页码〉|〈多字页码〉

〈单字页码〉:{B|H|(|(S|F|FH|FL|S|.|R}〔Z〔#〕〕

〈多字页码〉:D〔Z〕〈页码宽度〉〔ZQ|YQ〕   〈页码宽度〉:〈字距〉

〈继承参数〉:X〔D|S〕〔(S|X|Z|Y)〕   〈边文页码注解〉:［BM］

参数说明:〈初用参数〉:B 表示边文只排在本页;D 表示边文排在后续各单页;S 表示边

文排在后续各双页;缺省上述参数表示后续各页均排边文。

<边文位置>:S:边文位于版心的上面,缺省值;X:边文位于版心的下面;
Z:边文位于版心的左面;Y:边文位于版心的右面。

<版心距>:表示边文与版心之间的距离,负值与版心重叠。缺省为五号字。

<左/上边距>:上下边文左边与版心左边的距离;左右边文上边与版心上边的距
离(缺省均为0)。正值与版心重叠。

<右/下边距>:上下边文右边与版心右边的距离;左右边文下边与版心下边的距
离(缺省均为0)。正值与版心重叠。

<页码参数>:<起始页号>:指定页码的起始页号。

<单字页码>:给出对页码的要求,包括:B:阳圈码;H:阴圈码;(:括号码;(S :竖
括号码;F:方框码;FH:阴方框码;FL:立体方框码;S:单字多位
数码;.点码;R:罗马数字;Z:中文数字页码;#:小于40的中文页
码采用"十廿卅"方式。

<多字页码>:D〔Z〕<页码宽度>〔ZQ|YQ〕
Z:表示使用中文数字页码,缺省使用数字页码。

<页码宽度>:指定多字页码的总宽度。
ZQ:左对齐排;YQ:右对齐排;缺省:居中。

<继承参数>:X〔D|S〕〔(S|X|Z|Y)〕
X:表示继承前面边文的各项参数;D:继承前面单页边文;
S:继承前面双页边文;缺省为各页边文。
S|X|Z|Y:说明继承位于页面上下左右
哪个位置的边文,缺省为上。

特别提示:① 空眉注解(KM)、暗码注解(AM)和无码注解
(WM)均对边文起作用。

② 边文中可以用分区注解(FQ)、分栏注解(FL)、
表格注解等其他注解。

③ 边码注解(BM)必须用在边文注解(BW)的开闭
弧中,不允许单独使用。

为了进一步说明边文位置与版心的关系,下面以一个示意
图来详尽地表述它们之间的关系。如图10.2所示。

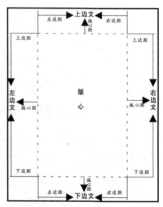

图10.2 边文位置示意图

【实例应用1】边文注解(BW)的用法。

小样输入:

〔BJ(1,3,1,3 〕〔BG(〕〔BHDWG1,WKW 〕〔BHDG1*2,WKW 〕〔BH 〕〔BH 〕〔BH 〕
〔BH 〕〔BH 〕〔BH 〕〔BH 〕〔BH 〕〔BH 〕〔BH 〕〔BH 〕〔BH 〕〔BH 〕
〔BH 〕〔BH 〕〔BH 〕〔BH 〕〔BH 〕〔BH 〕〔BH 〕〔BH 〕〔BG)W 〕〔BJ) 〕〔BW
((S,,)〕〔FK (WB10012。20 〕〔HTXK 〕〔KG1   朝闻四野香风远■ 暮听山高画鼓鸣
〔HT 〕■〔FK) 〕〔BW) 〕〔BW(D(Y, ,)M1FL 〕〔BG(〕〔BHDFG3*2,FKZQ*2F 〕■ ■
〔HT6Y3 〕生活的每一个年轮,都交织着悲愁喜乐,珍藏希望,热爱生活的人,将永远得

到生活的青睐。〖JY。〗〖WT4〗〖BM〗▬〖BG)〗〖BW)〗

〖BW(S(Z,,)MFL〗〖BG(〗〖BHDFG3*2,FKZQ*2F〗▬▬〖HT6Y3〗让我们永远不要试图报复我们的仇人。因为如果我们那样做的话,我们会深深地伤害了自己。不要浪费一分钟的时间去想那些我们不喜欢的人。〖JY。〗〖WT4〗〖BM〗▬〖BG)〗〖BW)〗

〖HS3〗〖HT3XK〗〖JZ2〗人生↙

〖HT5"K〗〖HY1*2〗人生只是一个过程,人生就是一个过程。……进而融入整个人的价值取向。〖HY〗↙↙

〖JZ〗〖XC招财进宝.tif;%150%150〗〖LM〗

〖HS3〗〖HT3XK〗〖JZ〗郑板桥游金山寺↙

〖HT5"F〗〖HY1*2〗▬▬有一天,清代著名书画家和文学家郑板桥到镇江金山寺游玩。……茶、泡茶、泡好茶。〖HY〗〖HT〗↙↙

〖JZ〗〖XCA－B2.TIF;%80%100〗Ω

本例的 PRO 定义为:

〖BX5,5SS,20。20,*2〗Ω

大样显示:

【实例分析】在上述小样文件中，［BJ(1,3,1,3］……［BJ)］表示背景与版心之间的间距：左、右边距均是 1 个字，上、下边距均是 3 个字；［BW((S,,)］……［BW)］表示开闭弧中的内容排在版心的上方；［BW(D(Y,,)M1FL］……［BM］［BW)］表示开闭弧中的内容排在版心的右方且仅限于单页，而且单页的起始页码从第 1 页开始排，页码的形式为方框码；［BW(S(Z,,)M2FL］……［BM］［BW)］表示开闭弧中的内容排在版心的左方且仅限于双页，而且双页的起始页码从第 2 页开始排，页码的形式为方框码；另外，本例中还涉及了方框注解(FK)、表格注解(BG)、行移注解(HY)、新插注解(XC)等其他相关注解。如果想进一步了解这些注解，请参阅相关章节。

【实例应用2】边文注解(BW)的用法。

小样输入：

［BW(D(7*2,–20mm,–20mm)］［PS32KD.EPS;%100%100,BP］［BW)］
［BW(S(7*2,–20mm,–20mm)］［PS32K8S.EPS;%100%100,BP］［BW)］
［BW(D(X1*4,,)MD2］［JY,*4］［WT3,4″FZ］［BM］［WT］↙↙［BW)］
［BW(S(X1*4,,)MD2］［KG*6］［WT3,4″FZ］［BM］［WT］↙↙［BW)］Ω

大样显示：(略)

【实例分析】在上述小样文件中，［BW(D(7*2,–20mm,–20mm)］……［BW)］表示边文内容排在单页，且上边距为 7*2 行高，左、右边距均为 20mm 宽；［BW(S(7*2,–20mm,–20mm)］……［BW)］表示边文内容排在双页，且上边距为 7*2 行高，左、右边距均为 20mm 宽；［BW(D(X1*4,,)MD2］……［BM］［BW)］表示边码排在单页的下方，且下边距为 1*2 行高，边码的宽度为 2 个字；［BW(S(X1*4,,)MD2］……［BM］［BW)］表示边码排在双页的下方，且下边距为 1*2 行高，边码的宽度为 2 个字。

10.7.16　多页分区注解(MQ)

功能概要：该注解主要功能是在版面上划分某一独立区域，并命名分区，以确保该区域在一页或多页出现，并根据需要禁止、激活或修改分区。

注解格式：［MQ(《分区名》〔1|2|3|4〕<D|S|M|B|X><分区尺寸><起点>〔排法〕〔<–边框说明>〕〔<底纹说明>〕〔Z〕〔! 〕〔F〕〔%〕］<分区内容>［MQ)］
　　　　　　［MQ(《分区名》］<分区内容>［MQ)］
　　　　　　［MQ《分区名》〔<J|H>〕〔<1|2|3|4>〕〔<S|X>〕］

注解参数：<分区尺寸>:<空行参数>〔。<字距>〕
　　　　　　<起点>:(〔〔–〕<空行参数>〕,〔–〕<字距>)|,Z〔S|X〕|,Y〔S|X〕|,S|,X
　　　　　　<排法>:,PZ|,PY|,BP
　　　　　　<边框说明>:F|S|D|W|K|Q|=|CW|XW|H<花边编号>
　　　　　　<花边编号>:000—117
　　　　　　<底纹说明>:B<底纹编号>〔D〕〔H〕〔#〕
　　　　　　<底纹编号>:<深浅度><编号>

<深浅度>:0—8

<编号>:<数字><数字><数字>

参数说明:分区名:为多页分区指定一个名字。

J:禁止多页分区起作用。

H:激活多页分区。

1:分区位于背景下面。

2:分区位于背景上面,边文下面。

3:分区位于边文上面,版心下面。

4:分区位于版心上面。缺省表示分区位于背景上面,边文下面。

S:将分区移到同层所有分区的上面。

X:将分区移到同层所有分区的下面。

D:分区只在单页出现。

S:分区只在双页出现。

M:分区在每页都出现。

B:分区只在本页出现。

X:分区只在下页出现。

PZ:左边串文;PY:右边串文;BP:不串文。

F:反线;S:双线;D:点线;W:不要线也不占位置;K:表示空边框(无线但占一字宽边框位置);Q:曲线;=:双曲线;CW:外粗内细文武线;XW:外细内粗文武线;

H:花边线;缺省:正线。

D:本方框底纹代替外层底纹。

H:底纹用阴图。

#:底纹和边框之间不留余白。

Z:表示分区内容横排时上下居中,竖排时左右居中。

!:表示与外层横竖排法相反。

F:表示分区中的文字从右到左竖排(用在蒙文排版中)。

%:分区不在版心中挖空。

【实例应用】多页分区注解(MQ)的用法。

以 10.7.15 节中的【实例应用 1】的小样为例。

小样输入:

〔BJ(1,3,1,3〕……〔BJ)〕〔BW((S,,)〕……〔BW)〕

〔BW(D(Y,,)M1FL〕……〔BW)〕〔BW(S(Z,,)MFL〕……〔BW)〕

〔MQ(《名言 1》2D+10mm\.98mm(+111mm,−6mm)−H002B1001#〕〔JZ〕〔WT7.F6〕

Activity is the only road to knowledge.〔HT〕〔MQ)〕

〔MQ(《名言 2》2S+10mm\.98mm(+111mm,−18mm)−H002B1001#〕〔JZ〕〔HT7.DH〕

行动是通往知识的唯一道路。〔WT〕〔MQ)〕……〔HY〕〔HT〕↙↙

〔JZ〕〔XCA−B2.TIF;%80%100〕Ω

大样显示：

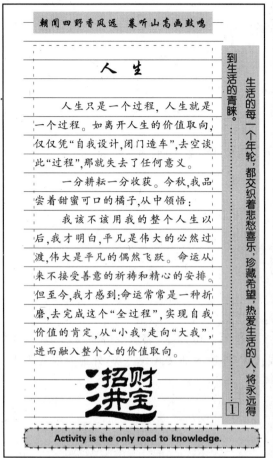
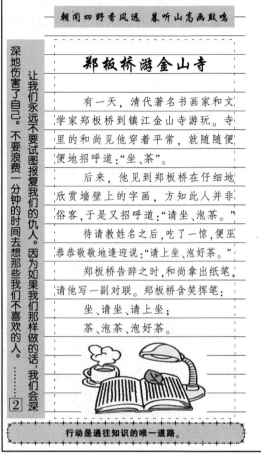

【实例分析】在上述小样文件中，〖MQ（《名言1》2D+10mm\.98mm (+111mm,–6mm)–H002B1001#〗……〖MQ)〗本分区排在单页。表示定义分区名为"名言1"；分区的尺寸为高10mm,宽为98mm；分区的起点为距离版心上边为111mm,在当前的位置,再向左外扩6mm；分区的边框为花边且编号为002,底纹的编号采用1001，并且边框与底纹不留余白；〖MQ（《名言2》2S+10mm\.98mm (+111mm,–18mm)–H002B1001#〗……〖MQ)〗本分区排在双页。表示定义分区名为"名言2"；分区的尺寸为高10mm,宽为98mm；分区的起点为距离版心上边为111mm,在当前的位置,再向右外扩18mm；分区的边框为花边且编号为002,底纹的编号采用1001,并且边框与底纹不留余白。另外,边文注解(BW)、背景注解(BJ)及其他相关说明,请参见10.7.15节中【实例应用1】的实例分析。

10.7.17 段首缩进注解(SJ)

功能概要：该注解用于根据指定的注解参数对段首的起始位置进行调整。

注解格式：〖SJ〔<缩进值>〕〗

注解参数：<缩进值>:<缩进距离>|J<字距>

<缩进距离>:<字号>〔。<字数>〕 　　<字数>:1—10　　缺省为 2

参数说明:<缩进距离>:换段时缩进<字数>个<字号>的宽度。J<字距>:换段时缩进距离为<字距>给出的值。参数缺省表示换段时缩进两个该段的第一个字的宽度。

特别提示:① 该注解只有遇到换段符↙时才起作用。

② 该注解对其后的所有段落均起作用。

③ 该注解放在本段的开始才起作用,否则只会从下段开始起作用。

【实例应用】段首缩进注解(SJ)的用法。

小样输入:

〔HT5LB〕██ ██有一天,清代著名书画家和文学家郑板桥到镇江金山寺游玩。寺里的和尚见他穿着平常,就随随便便地招呼道:"坐、茶"。↙〔SJJ10〕后来,他见到郑板桥在仔细地欣赏墙壁上的字画,方知此人并非俗客,于是又招呼道:"请坐、泡茶。"↙待请教姓名之后,吃了一惊,便巫恭恭敬敬地逢迎说:"请上坐、泡好茶。"↙郑板桥告辞之时,和尚拿出纸笔,请他写一副对联。郑板桥含笑挥笔:↙〔SJ1。10〕坐、请坐、请上坐;↙茶、泡茶、泡好茶。〔HT〕Ω

大样显示:

　　有一天,清代著名书画家和文学家郑板桥到镇江金山寺游玩。寺里的和尚见他穿着平常,就随随便便地招呼道:"坐、茶"。

　　　　　后来,他见到郑板桥在仔细地欣赏墙壁上的字画,方知此人并非俗客,于是又招呼道:"请坐、泡茶。"

　　　　　待请教姓名之后,吃了一惊,便巫恭恭敬敬地逢迎说:"请上坐、泡好茶。"

　　　　　郑板桥告辞之时,和尚拿出纸笔,请他写一副对联。郑板桥含笑挥笔:

　　　　　　　　　坐、请坐、请上坐;
　　　　　　　　　茶、泡茶、泡好茶。

【实例分析】在上述小样文件中,〔SJJ10〕 表示该注解后的段落首行从左空 10 个字;〔SJ1。10〕表示该注解后的段落首行按 1 号字大小从左向右缩进 10 个字。

10.7.18　参照注解(CZ)

功能概要:该注解用来定义把参照内容写入或不写入大样文件中。

注解格式:〔CZ(<Y>|<D〔X〕>)〕

注解参数:<Y>|<D〔X〕>

参数说明:Y:使用参照,即将 CZ 开闭弧之间的字符串替换成页码;D:定义参照;X:表示将定义参照的内容写到大样中去。

特别提示:该注解开闭弧中不能有其他注解或硬回车符,否则在排版时不报错也不能提取页码。如在排词典遇到"参照 XX 页"排版要求时,即可用参照注解来实现。

10.8 上机指导

1. 排一页书版(其大样文件的结果如下)

大样显示:

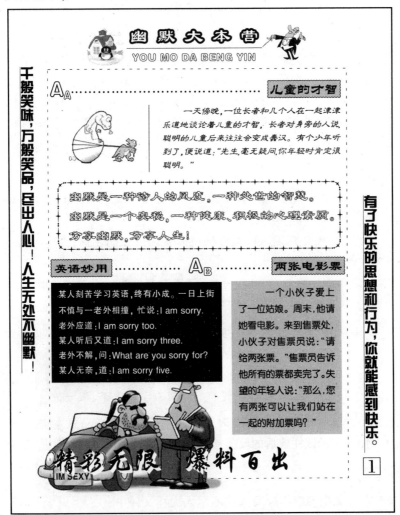

由此可知生成该大样文件所输入的小样文件格式为:

〖BJ(1,3,1,3〗〖KH16D〗〖XCA－B.TIF;%80%80〗〖BJ)〗

〖BW(B(S, ,)〗〖JZ〗〖HZ(〗〖XCQQJJ.TIF;%20%20〗〖SX(〗

〖HT4L2〗〖CM7－5〗GB(5Y〗幽默大本营〖GB)〗〖HT〗〖〗〖WT6KY〗

YOU MO DA BENG YIN〖WT〗〖SX)〗

〖XC音乐.tif;%40%40〗〖HZ)〗〖BW)〗

〖BW((Y,,)MF〗〖JY〗〖HT5ZY〗〖ZZ(F〗有了快乐的思想和行为,你就能感到快乐。〖ZZ)〗〖WT4〗〖BM〗〖BW)〗

〖BW((Z,,)MF〗〖HT5ZY〗〖ZZ(F〗千般笑味,万般笑品,尽出人心! 人生无处不幽默!〖ZZ)〗〖BW)〗

〖WT3KY〗A↓A〖WT〗〖JY。〗〖FK(QB2001#〗〖HT5L2〗〖YY(〗儿童的才智〖YY)〗〖HT〗〖FK)〗

〖DZ(6,14!〗〖JZ〗〖XCGW2.TIF;%20%20〗〖 〗〖HJ*3〗

〖HT6"LB〗▬▬〖QX(Y15〗一天傍晚,一位长者和几个人在一起津津乐道地谈论着儿童的才智,长者对身旁的人说,聪明的儿童后来往往会变成蠢汉。有个少年听到了,便说道:"先生,毫无疑问,你年轻时肯定很聪明。"〖QX)〗〖HT〗〖DZ)〗〖HJ〗〖JZ〗〖FK(H0024。20ZQ*3〗〖HT6L〗〖KX(15〗

幽默是一种待人的风度,一种处世的智慧。↙

幽默是一个奥秘,一种健康、积极的心理素质。↙

分享幽默,分享人生!〖KX)〗〖FK)〗↙

〖FK(QB2001#〗〖HT5L2〗〖YY(〗英语妙用〖YY)〗〖HT〗〖FK)〗

……〖WT3KY〗A↓B〖WT〗……

〖FK(QB2001#〗〖HT5L2〗〖YY(〗两张电影票〖YY)〗〖HT〗〖FK)〗

〖DZ(12,8〗〖FK(WB80015*2。12ZQ*3〗

〖HT6"H〗〖WTFZ〗〖YY(〗〖JP3〗某人刻苦学习英语,终有小成。一日上街不慎与一老外相撞, 忙说:I am sorry.〖JP〗↙

老外应道:I am sorry too.↙某人听后又道:I am sorry three.↙老外不解, 问:What are you sorry for?↙某人无奈,道:I am sorry five.

〖YY)〗〖HT〗〖WT〗〖FK)〗〖 〗

〖FK(WB10018。7ZQ*3〗〖HT6"Y3〗一个小伙子爱上了一位姑娘。周末,他请她看电影。来到售票处,小伙子对售票员说:"请给两张票。"售票员告诉他所有的票都卖完了。失望的年轻人说:"那么, 您有两张可以让我们站在一起的附加票吗?"〖HT〗〖HJ〗〖FK)〗〖DZ)〗

〖SD19*2,1〗〖HT2XK〗〖LT(2〗精彩无限▬爆料百出〖LT)〗〖HT〗Ω

PRO 文件的定义:

〖BX5,5SS,20。20,*2〗Ω

【实例分析】本例中所涉及的注解比较多,主要包括边文注解(BW)、背景注解(BJ)、对照注解(DZ)、勾边注解(GB)、立体注解(LT)、始点注解(SD)和空心注解(KX)以及倾斜注解(QX)等其他相关注解。如果对所述的注解有不明之处,请参阅相应章节。

2. 排一页书版(其大样文件的结果如下)

大样显示:

由此可知生成该大样文件所输入的小样文件格式为:

〖BJ(1*2,3,1,1〗〖FK(WB0058#23。23〗〖KH12〗〖XCA-B.TIF;%120%100〗〖FK)〗
〖BJ)〗〖BW(B(S，,)〗〖JZ〗
〖HZ(〗〖XCQQJJ.TIF;%20%20〗〖SX(〗〖HT4L2〗〖CM7-5〗〖GB(5Y〗幽默大本营
〖GB)〗〖HT〗〖 〗〖WT6KY〗YOU MO DA BENG YIN〖WT〗〖SX)〗
〖XC音乐.tif;%40%40〗〖HZ)〗〖BW)〗
〖FQ(10。6(5*3,8),DY-H002B0000#Z!〗
〖HT7K〗员工:〖ZK(〗我在这里11年了,做三个人的工作,却只拿一个人的薪水。现在
我要求加薪。〖ZK)〗老板:〖ZK(〗嗯,我不能给你加薪,但如果你能告诉我其他两个

人是谁,我会开除他们。〔ZK)〕〔HT〕〔FQ)〕〔FL(–H020@%(0,100,0,0)〕✍✍
〔JZ〕〔KG1*2〕〔LT5,3〕〔HT3XK〕〔XZ(120〕在〔XZ)〕〔KG*2〕〔XZ(200〕空〔XZ)〕〔XZ(320〕中〔XZ)〕✓

〔HT6"XH〕〔HJ*3〕麦特和妻子住在乡下。麦特很吝啬,讨厌花钱。一天附近的镇子逢集。✓"我们去赶集,麦特,"妻子说,"我们很久没出去了。"✓

麦特想了一会儿。他知道在集市上一定得花钱。最后他说:

"好吧,但我不打算花太多钱,我们只看不买。"✓

他们去集市,看看所有可买的东西。有很多东西麦特的妻子想买,但麦特不让她买。然后在附近的露天场地,他们看到一架小飞机。✓

"有趣的飞行。"海报上写着,"10分钟10美元。"〔LL〕 麦特从来没有乘过飞机,所以他想乘一次小飞机。然而他不想付他妻子的票钱。✓

"我只带了10美元,"他对飞机驾驶员说,"我妻子能免费和我一起乘飞机吗?"驾驶员没卖出多少票,所以他说:"我和你做个交易。如果你妻子不尖叫,也不叫出声来,她就能免费飞行。"✓

麦特同意了,他和妻子一起登上了飞机。飞机起飞了,驾驶员让飞机做出各种各样的动作。有一会儿飞机倒着飞行。✓

飞机着陆时,驾驶员说,"好吧,你妻子没发出任何声响。她就不用买飞机票了。""谢谢,"麦特说,"你知道,这对她不容易,特别当她刚才掉下去的时候。"〔FL)〕

〔SD31*2,1〕〔JZ〕〔HT2PW〕〔LT(2〕生命有限　精彩无限〔LT)〕〔HT〕Ω

【实例分析】本例中所涉及的注解包括了边文注解(BW)、背景注解(BJ)、分区注解(FQ)、勾边注解(GB)、立体注解(LT)、始点注解(SD)和方框注解(FK)以及分栏注解(FL)等其他相关注解。如果对所述的注解有不明之处,请参阅相应章节。

10.9　习　　题

填空题

(1) 加着重点时,＿＿＿既不加点也不计数。

(2) 在空心注解(KX)开闭弧中不能加排＿＿＿符或＿＿＿符。

(3) 倾斜注解(QX)是将开闭弧中的内容向左或向右倾斜＿＿＿度。

(4) 利用粗细注解(CX)排版时,无论加粗还是变细,横竖笔画均按＿＿＿改变。

(5) 在立体注解(LT)开闭弧中不能加排＿＿＿符或＿＿＿符。

选择题

(1) 倾斜注解(QX)的最大倾斜度为＿＿＿。

　　A. 15度　　　B. 25度　　　C. 35度　　　D. 45度

(2) 在使用彩色注解(CS)时,如果不加参数"%",则所定义的色值不能超过＿＿＿。

　　A. 115　　　B. 225　　　C. 335　　　D. 445

(3) 分栏注解(FL)和对照注解(DZ)的相同之处,就是最多可以分为____栏。

A. 5　　　　　B. 6　　　　　C. 7　　　　　D. 8

(4) 在段首注解(DS)中,边框线所占空间除无线____外,其余全占一字空间。

A. K　　　　　B. B　　　　　C. W　　　　　D. M

(5) 在角标大小设置注解(SS)中,如果<数字>参数缺省时,表示角标字符的字号比当前字号小____个级别。

A. 1　　　　　B. 2　　　　　C. 3　　　　　D. 4

判断题

(1) 在多页分区注解中,以下对相关参数的叙述是否正确,请用"√"和"×"标记。

● #:表示底纹和边框之间不留余白。(　　)

● !:表示与外层横竖排法相反。(　　)

● %:表示分区的色值取向。(　　)

(2) 在段首缩进注解中,以下对相关参数的叙述是否正确,请用"√"和"×"标记。

● 该注解只有遇到换段符↙的时候才起作用。(　　)

● 该注解对其后的一个段落起作用。(　　)

● 该注解放在本段的开始才对本段起作用,否则只会从下段开始起作用。(　　)

简答题

(1) 在分栏注解(FL)中,参数"K"有什么作用?

(2) 花边和底纹的编号分别用几位数字表示?

操作题

(1) 编辑一个小样文件,并给其中的一段中文内容加排拼音。

要求:拼音的大小为5号字,拼音与汉字的距离为*2行高,拼音排在汉字的上方。

提示:利用〖PY(5K*2S〗……〖PY)〗注解格式。

(2) 排一页"稿纸"。

要求:稿纸为方格形式的,且每个方格的高为2,宽为2。效果如下:

提示:利用背景注解(BJ)和表格注解(BG)即可实现。例如:

〖BJ(2,2,2,2〗〖BG(〗〖BHDFG2,FK2,K2。11F〗〖BHDG1,FK24F〗
〖BHDG2,FK2,K2。11F〗〖BHDG1,FK24F〗……〖BG)F〗〖BJ)〗)

第11章

表　　格

教学提示:表格不仅可以简单地叙述大量的文字内容,更能使文字内容意义表达得更为直观、明了。

教学目标:了解表格的结构与类型;掌握表格注解的功能、参数及书写格式。

11.1　表格的概述

表格一般分为无线表和有线表,由表题、表头、表身、表注4个部分组成。

11.1.1　表格的结构和分类

1.表格的组成

表格一般分为4个部分,如图11.1所示。

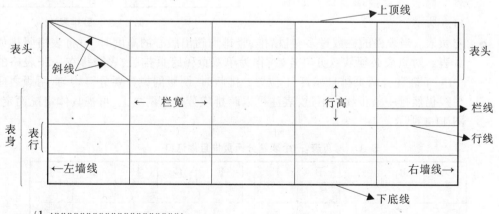

图 11.1　表格的组成

● 表题:包括表序与题文,一般用5号或5"号的黑体字,可缺省。

- 表头：由每个栏头组成,用比正文小1到2个字号,不可缺省。
- 表身：即表格内容,由若干行格(横向)及栏目(纵向)组成,可分成项目栏、数据栏和备注栏,各栏字符比正文小1到2个字号。
- 表注：即表的说明。比表格内容小一个字号。

2. 表格的分类

表格的分类方法很多,可以内容、形式、字、排版工艺等分类。下面以排版工艺分类来讨论其排版方法。

- 正排表：其排版方向与正文文字方向相同,表宽排满版心。如果表的高度超出版心,可在下一页接排表格。接排时,重新排上表头,在表头的右上角要加排"续表"字样,如图11.2所示。

表1　正排表　　　　　　　　　　　　　　　　　　续表

A	B	C	D	E

A	B	C	D	E

图11.2　正排表

- 卧排表：当表格的栏数过多时,竖排时如版心的宽度排不下,可将表按逆时针方向旋转90度卧排在版面上。如果表格在一页内排不完,可在下一页接排。接排若占双页码,则必须重新排表头和加排"续表"字样;如果占单页码,可将表头和"续表"略去,直接排表身,如图11.3所示。

图11.3　卧排表

- 对页表：当表格的栏数过多,且横排、竖排均超出版心的高度时,可将表格竖排成对页表。对页表必须从双页码开始,作为单双页码跨页排版,表题排在一张表格的居中(一个表题分两页排且靠订口)位置。排版时,两版的栏数要分得均匀,两版之间的栏线仍然排一条正线。不过,表注可以跨排或分排在两页上,可视具体情况而定,如图11.4所示。

表3　对页表：一个表题分两页排且靠订口

A	B	C	D	E	F	G	H	I	J

图11.4　对页表

- 拆栏表：当表格的栏数过多,且表行的内容太少时,需将表格拆成两栏或两栏以上以节省版面,如图11.5所示。

表 4　对页表　　　　　　　　　　　　　　　　　续表

A	B	C	D	A	B	C	D		E	F	G	H	E	F	G	H

图 11.5　拆栏表

注　意

拆栏后一定要排表头。若拆栏后一页排不下,应注意拆栏的序号顺序必须在一页内连续。

- 插页表:表格版面超出开本范围,而且其行栏的对照关系密切,不宜拆开排版时,需排成插页表格。

提　示

若版面紧凑,减少折叠次数,把表做成一边折叠,最好是在外切口折叠,勿将表的横竖两边都排成超出开本尺寸,否则这样的插页表交叉折叠,既不好装订又不便于阅读,且易撕裂,还会出现书口膨胀现象。

11.1.2　表格的排法

1. 表格在文章中的位置

在文章中插入表格时,如果在当前页排不完,需转为下一页时,应注明请见xx页。表格出现在文章中时,通常都是居中排版。只有当表宽小于 1/2~2/3 版心宽时,允许串文排。

2. 表格的排法

表格中表头的排法一般有下面 3 种。

- 横向表头的排法:一般的表格都是横向表头,横向表头有单层和双层两种。单层横向表头的表行高应大于表身中的行高;双层横向表头则等于或大于表身中的行高。表头中的文字一般是横排,只有当栏宽较小时可竖排或转为行排。当表头栏中的文字不多时,应撑满排,使字间自动留空,不允许字多字少都密排。如果表头中的字过多,可转入下一行,转行后的第二行文字与第一行相等或比第一行少 1~2 个字,最好是上下都对齐排。
- 竖向表头的排法:竖向表头也称项目栏。当竖向表头内的字数不相等时,可用两端对齐排;若竖向表头内的字数较多时可左齐排,尽量避免居中排。
- 项目头的排法:单层表头的项目头在表头线和边栏的交点上,如图 11.6 所示。双层表头的项目头的斜线顶点在顶线与左墙线的交点上,如图 11.7 所示。

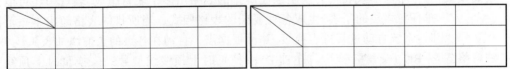

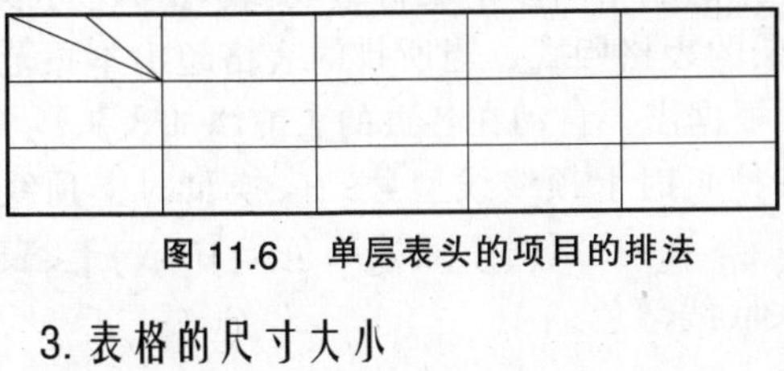

图 11.6　单层表头的项目的排法　　　　图 11.7　双层表头的项目的排法

3. 表格的尺寸大小

在文章中表格的尺寸大小一般应注意以下几点。

- 文章的表格尺寸应小于或等于书的版心宽度。
- 当表格高度大于版心面且小于开本的可以不排页码,但一定要以暗码的形式出现,即留出一个空页码。
- 当表格宽度大于版心宽度时,应排成卧表或双跨单的顺跨版表,页码按正常规范排版。
- 如查表格尺寸超过版心而又不能排成跨版式表时,只能作插页表处理。

插页表一般不受开本的尺寸限制,但为了装订与阅读方便,表格的高度一般等于版心的高度,宽度是版心的 2~3 倍,这样既可方便在装订时一边折叠,又可使折叠的次数安排在 2~3 次以内。

插页表不排页码也不占数,在版权页上作为插页数处理,不计在"印张栏"内。并且注明"后有插表",在插页表上也排上了"插入xx页后"。

4. 表格中数字与计量单位的排法

数字与计量单位在表格中的排法规则如下。

- 表格中的数字一律使用阿拉伯数字,当同一栏中的内容全为数字时,一般个位对齐。
- 当表格中同一栏内上下文字或数据都相同时,不可以使用"同上"或其他的方法来表示,应该写出实际文字或数据。
- 计量单位一般不排在说明栏中,当同一栏或同一行内的计算单位相同时,可将单位排在栏头或行头上,另行排;当全表格的计量单位相同,可将单位都排在表题行的右边。

11.1.3 表格的新增功能

方正书版 10.0 中对表格功能所做的一些改进,主要表现在以下几个方面。

- 项数的增加:由以前的 30 列增大到了 100 列。而且还允许在不使用小样文件对照的情况下,排 4 开的大表,行数也没有限制,还可自动拆页。
- 表格中所使用的子表,不会再出现表线不能对齐的情况。
- 表格中的表格注解(BG)、表行注解(BH)、子表注解(ZB)中都增加了各种栏线的颜色设置。
- 表行的高度可以设置到 1mm,非常适合于证券信息类型的表格。

11.2 表格的注解

11.2.1 表格注解(BG)

功能概要:可排不同形式表格。使用该注解排的表格由多个表行组成,表行中还可以嵌排任意多层的子表,生成各种复杂的表格版式。当所排的表格超出本页范围时,系统自动进行拆表换页,并可根据需要自动在各页的表前添加表头。

注解格式:〔BG ([<表格起点>]〔BT|SD 〔<换页时上顶线线型号>]〔<换页时上顶线颜色>]]〔XD 〔<换页时下底线线型号>]〔<换页时下底线颜色>]]〔;N]〕<表格体>〔BG)〔<表格底线线型号>]〔<底线颜色>]〕

注解参数:<表格起点>:(<字距>)|!
各线型号参数的格式相同 <线型号>:<线型>〔<字号>]

$$<线型>:F|S|W|Z|D|Q|=$$

各线颜色参数的格式相同　<线颜色>:<颜色>

$$<颜色>:@〔%〕(<C 值>,<M 值>,<Y 值>,<K 值>)$$

参数说明: BT:表头。SD:上顶线。XD:下底线;F:反线。S:双线。W:无线。

Z:正线,缺省为正线。D:点线。Q:曲线。=:双曲线。

<换页时上顶线颜色>:指定换页时表格上顶线的颜色,如果缺省,则使用框线颜色。

<换页时下底线颜色>:指定换页时表格下底线的颜色,如果缺省,则使用框线颜色。

<底线颜色>:指定表格底线的颜色,如果缺省,则使用框线颜色。

N:表示使用新的方式绘制表格线。新的方式对于双线进行特殊处理,解决了原来存在的双线连接的问题。缺省 N 时仍然按照低版本书版的处理绘制表格线。

特别提示: 表格的开闭弧注解有自动换行功能,其作用相当于换行符。表格开闭弧前后,均不需要再加入换行或换段符了,否则会多出一空行。

下面举几个例子进一步说明表格开闭弧的参数及其意义:

〔BG(〕:表示表格从当前行首字开始排版。

〔BG(!〕:表示表格在当前行居中排版。

〔BG((5)〕:表示表格从当前行第 8 个字符开始排版。

〔BG(BTXDF〕:表示表格在当前行居中排版,且当表格自动换页时,表格的第一表行作为表头加到每页的第一行上,同时每页的表格底线用反线。

〔BG((3)SDFXDF〕:表示表格从当前第 3 个字符位置开始排版,且当表格自动换页时,每页表格的上顶线用反线,下底也用反线。

〔BG)F〕:表示表格底线为反线。

11.2.2　表行注解(BH)

功能概要: 指定表格中每个表行的各项参数。

注解格式: 〔BH〔D〔<顶线线型号>〕〔<顶线颜色>〕〕〔G〔<行距>〕〕〔<各栏参数>〔<右线线型号>〕〔<右线颜色>〕〕〕

注解参数: <各栏参数>:{,〔<左线线型号>〕〔<左线颜色>〕<栏宽>〔。<栏数>〕〔DW〕〔<内容排法>〔<字距>〕〕} (1 到 n 次)

<栏宽>:K〔<字距>〕　　　　<内容排法>:CM|YQ|ZQ

各线型号参数的格式相同　<线型号>:<线型>〔<字号>〕

$$<线型>:F|S|W|Z|D|Q|=$$

各线颜色参数的格式相同　<线颜色>:<颜色>

$$<颜色>:@〔%〕(<C 值>,<M 值>,<Y 值>,<K 值>)$$

参数说明: D〔<顶线线型号>〕:表示本行顶线线型,不写<线型号>为正线,全不写表示与上一表行相同。

G〔<行距>〕:表示本行高度,缺省<行距>表示到本表格或子表的末尾,全缺省表示高度同上一行。

<栏数>:说明与前一栏相连且线型与宽度相同的有多少栏。缺省表示没有与前一栏相同的栏。

DW:表示以下各表行相应栏数的数字项对位(个位对齐)。缺省表示数字项不对齐。

CM:撑满;YQ:右齐;ZQ:左齐。

F:反线;S:双线;W:无线;Z:正线,缺省为正线;D:点线;Q:曲线;=:双曲线。

<顶线颜色>:指定表栏顶线的颜色,如果缺省,则使用框线颜色。

<左线颜色>:指定表栏左线的颜色,如果缺省,则使用框线颜色。

<右线颜色>:指定表栏右线的颜色,如果缺省,则使用框线颜色。

特别提示:表行没有底线参数,其底线借用下一表行的顶线或表格子表的底线。

【实例应用 1】表格注解(BG)和表行注解(BH)的运用。

小样输入:

〖BG(!〗〖BHDFG2,FK6,K6。4F〗〖HT5"H〗科目〖〗考试时间(分)〖〗全卷满分〖〗类型〖〗考试日期〖HT〗〖BHDFG2,FK6ZQ,K6,K6YQ,K6CM,K6F〗语文〖〗150〖〗150〖〗3＋1〖〗6月7日〖BH〗数学〖〗120〖〗150〖〗3＋1〖〗6月8日BG)F〗Ω

大样显示:

科目	考试时间(分)	全卷满分	类型			考试日期
语文	150	150	3	＋	1	6月7日
数学	120	150	3	＋	1	6月8日

【实例分析】在上述小样文件中,〖BG(!〗表格开弧注解,表示该表格在当前版面居中位置排;〖BHDFG2,FK6,K6。4F〗注解中,"DFG2"表示表行上顶线为反线,表行高为2个字高,"FK6"表示第一个栏宽为6个字宽,且表行的左墙线为反线,"K6。4F"表示第二个栏宽为6个字宽,且还有三个相同的栏宽,最后一个表行的右墙线为反线;〖BHDFG2,FK6ZQ,K6,K6YQ,K6CM,K6F〗注解中,第一个栏宽中的内容表示左齐排且左墙线为反线,第二个表示居中排,第三个表示右齐排,第四个表示撑满排,最后一个还是居中排且右墙线为反线;〖BH〗表示该表行与上一个表行的设置相同;〖BG)F〗表格闭弧注解,参数 F 表示表格的底线为反线。

【实例应用 2】表格注解(BG)和表行注解(BH)的运用。

小样输入:

〖BG(!〗〖BHDSG2,WK6,QK6。4W〗〖HT5"H〗科目〖〗考试时间(分)〖〗全卷满分〖〗类型〖〗考试日期〖HT〗

〖BHDG2,WK6ZQ,QK6,QK6YQ,QK6CM,QK6W〗

文科综合〖〗120〖〗150〖〗3＋X〖〗6月9日

〖BH〗理科综合〖〗120〖〗150〖〗3＋X〖〗6月10日〖BG)S〗Ω

大样显示：

科目	考试时间(分)	全卷满分	类型	考试日期
文科综合	120	150	3 + X	6 月 9 日
理科综合	120	150	3 + X	6 月 10 日

【实例分析】在上述小样文件中，〖BHDSG2,WK6,QK6。4W〗注解中，“DSG”表示表行上顶线为双线，W 表示表行的左墙线和右墙线为无线，Q 表示栏线的线型为单曲线；〖BG)S〗表格闭弧注解，参数 S 表示表格的底线为双线。

11.2.3 改排注解(GP)

功能概要：指定表格某项内容为竖排的形式。

注解格式：〖GP〗

特别提示：① 该注解作用于表行某栏中的内容，只在本栏内起作用。

② 该注解没有参数，需在进入表行某项后首先使用，将该项内容由横排改为竖排或从竖排改为横排。

【实例应用】改排注解(GP)的运用。

小样输入：

```
〖BG(!　〗〖BHDFG3,FK2,K6F〗〖GP〗
项目〖〗运输费用〖BHDG3〗〖GP〗
资金〖〗10 万元人民币〖BG)F〗Ω
```

大样显示：

项目	运输费用
资金	10 万元人民币

【实例分析】在上述小样文件中，〖GP〗表示当前栏中的内容为竖排的形式。

11.2.4 子表注解(ZB)

功能概要：用于在表格中插入一个小表格。

注解格式：〖ZB(〗<表格体>〖ZB)<底线线型号>〔<颜色>〕〗

注解参数：<底线线型号>：<线型>〔<字号>〕

<线型>：F|S|W|Z|D|Q|=

<颜色>：@〔%〕(<C 值>,<M 值>,<Y 值>,<K 值>)

参数说明：F：反线；S：双线；W：无线；Z：正线，缺省为正线；

D：点线；Q：曲线；=：双曲线。

<颜色>：指定子表底线的颜色，如果缺省，则使用框线颜色。

特别提示：表格的复杂性就体现在子表上，所以在排表格前首先要对整个表格的结构进行分析，再具体排版。

注 意

表行注解(BH)和子表注解(ZB)只允许在表格注解中使用，且不能单独使用；在排子表时，一定要先总述子表的高度和宽度，然后再在子表注解中的表行注解分述各表项的高与宽度。

【实例应用】子表注解(ZB)的运用。

小样输入：

〖BG(!〗〖BHDSG2,SK6,K6,K10,K10S〗〖HT5"H〗〖 语■■态 〗 主■■动 〖 〗
被■■动〖HT〗〖BHDG8,SK6,K26ZQS〗〖GP〗动词不定义〖 〗〖ZB(〗〖BHDG2,
K6,K10ZQ,K10ZQS〗一■■般〖 〗 to write 〖 〗 to be written 〖BH〗 进■■行 〖 〗 to be
writing 〖 〗〖BH〗 完■■成 〖 〗 to have written 〖 〗 to have been written 〖BH〗 完成进
行〖 〗 to have been writing 〖 〗〖ZB)〗〖BHDG4,SK6,K26ZQS〗现在分词∠和动名词
〖 〗〖ZB(〗〖BHDG2,K6,K10ZQ,K10ZQS〗一■■般〖 〗 writing 〖 〗 being written
〖BH〗 完■■成 〖 〗 having written 〖 〗 having been written 〖ZB)〗〖BHDG2,SK6,K6,
K10ZQ,K10ZQS〗过去分词〖 〗一■■般〖 〗 written 〖BG)S〗Ω

大样显示：

动词不定义	语　　态		主　　动	被　　动
	一　　般		to write	to be written
	进　　行		to be writing	
	完　　成		to have written	to have been written
	完成进行		to have been writing	
现在分词和动名词	一　　般		writing	being written
	完　　成		having written	having been written
过去分词	一　　般		written	

【实例分析】在上述小样文件中,出现了两次子表开闭弧注解,这说明此表格中有两个子表。在排子表时,一定要先总述子表的高度和宽度,然后再在子表注解中的表行注解分述各表项的高度与宽度。

11.2.5 斜线注解(XX)

功能概要：用于在表格栏内画斜线,也可以是横线和竖线。

注解格式：〖XX〔<斜线线型>〕<起点>–<终点> 〗

注解参数：<斜线线型>：F|S|D|Q|H<花边编号>

　　　　　　<起点>：<相对点>〔X<字距>〕〔Y<行距>〕

　　　　　　<终点>：<相对点>〔X<字距>〕〔Y<行距>〕

　　　　　　<相对点>：ZS|ZX|YS|YX

　　　　　　<花边编号>：<数字><数字><数字>

参数说明：F：反线；S：双线；D：点线；Q：曲线；H：花边线。

　　　　　　<花边编号>：000—117；缺省：正线。

　　　　　　ZS：左上角；ZX：左下角；YS：右上角；YX：右下角。

特别提示：① X方向和Y方向的<字距>无正、负,只能写绝对值。

　　　　　　② 该注解可在表格项内画任意斜线和横线以及竖线。

下面以图示的方法,说明画斜线的方向及 4 个角相对点的位置,如图 11.8 所示。

图 11.8 4 个角相对点的位置示意图

【实例应用 1】斜线注解(XX)的运用。

小样输入:

〖BG(!〗〖BHDFG4,FK4,K16F〗〖XXZS-YX〗〖XXZS-YSY2〗〖〗〖ZB(〗〖BHDG2,K4。4F〗〖BH〗〖ZB)〗〖BHDG2,FK4,K4。4F〗〖BH〗〖BG)F〗Ω

大样显示:

【实例分析】在上述小样文件中,〖XXZS-YX〗表示从当前栏的左上角画一条正线到该栏的右下角;〖XXZS-YSY2〗表示从当前栏的左上角画一条正线到该栏右上角的 Y 轴方向距离为 4 的位置。

【实例应用 2】斜线注解(XX)的运用。

小样输入:

〖BG (!〗〖BHDWG3,WK2,WK12,WK2W〗〖XXQZSY2-YSY2〗〖XXQZSY2-ZX〗〖〗〖HT4Y4〗小康在望▄大业敢攀〖HT〗〖〗〖XXQZSY2 -YSY2〗〖XXQYSY2-YX〗〖BG)Q〗Ω

大样显示:

小康在望　大业敢攀

【实例分析】在上述小样文件中,表行注解中的参数“W”表示无线,〖XXQZSY2-YSY2〗表示从当前栏的左上角的 Y 轴方向距离为 2 的位置画一条曲线到该栏右上角的 Y 轴方向距离为 2 的位置。其他注解说明与此类似。

【实例应用 3】斜线注解(XX)的运用。

小样输入：

〔BG(! 〕〔BHDWG8,WK16W 〕
〔XXZS–YX 〕〔XXDYX–ZSY1 〕
〔XXDYX–ZSY2 〕〔XXDYX–ZSY3 〕
〔XXDYX–ZSY4 〕〔XXDYX–ZSY5 〕
〔XXDYX–ZSY6 〕〔XXDYX–ZSY7 〕
〔XXDYX–ZSY8 〕〔XXDYX–ZSY9 〕
〔XXDYX–ZSY10 〕〔XXDYX–ZSY11 〕
〔XXYX–ZSY12 〕〔BG)W 〕Ω

大样显示：

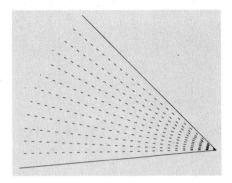

【实例分析】在上述小样文件中,表行注解中的参数"W"表示无线,〔XXDYX–ZSY1 〕表示从当前栏的右下角画一条点线到该栏左上角的 Y 轴方向距离为 1 的位置。其他注解说明与此类似。

11.2.6 表首注解(BS)

功能概要：指定一个字符或一串字符在表项中的排版位置,它与斜线注解配合在斜线框内添加内容。

注解格式：〔BS<定点> 〕

〔BS(<起点>–<终点> 〕<表首内容>〔BS) 〕

注解参数：<定点>：<相对点>〔X<字距>〕〔Y<行距>〕

<相对点>：ZS|ZX|YS|YX

<起点>：<相对点>〔X<字距>〕〔Y<行距>〕

<终点>：<相对点>〔X<字距>〕〔Y<行距>〕

参数说明：X：X 方向；Y：Y 方向；ZS：左上角；ZX：左下角；YS：右上角；YX：右下角。

特别提示：① 该注解的第一种形式一般用于单字行在栏中指定排版的位置。

② 该注解的第二种形式(开闭弧形式)中的"<起点>–<终点>"表示表首内容中第一个字符和最后一个字符左上角的位置。中间的字符的左上角则均匀放在<起点>至<终点>的边线上。

【实例应用】表首注解(BS)的运用。

小样输入：

〔BG(! BTXDF 〕〔BHDFG3,FK8,K10,K10F 〕〔XXZS–YX 〕〔XXZS–ZXX3 〕
〔BS(ZSX*8Y1–ZXX1Y1 〕序号〔BS) 〕
〔BS(ZSX1*2/3Y1–YXX4Y1 〕句式〔BS) 〕〔BS(ZSX4Y*6–YSX1*2Y1 〕名词
〔BS) 〕〔 〕在可数名词前〔 〕在不可数名词前
〔BHDG2,FK3,K5,K10ZQ,K10ZQF 〕1〔 〕陈述句〔 〕I have some books.〔 〕I have
some ink.〔BH 〕2〔 〕疑问句〔 〕Have you any books?〔 〕Have you any ink?
〔BH 〕3〔 〕否定句〔 〕I have not any books.〔 〕I have not any ink.〔BG)F 〕Ω

大样显示:

序号 名词 句式		在可数名词前	在不可数名词前
1	陈述句	I have some books.	I have some ink.
2	疑问句	Have you any books?	Have you any ink?
3	否定句	I have not any books.	I have not any ink.

【实例分析】在上述小样文件中,〔BG(! BTXDF〕表示表格在当前行居中排版,且当表格自动换页时,表格的第一表行作为表头加到每页的第一行上,同时每页的表格底线用反线;〔XXZS-YX〕表示从当前栏的左上角画一条正线到该栏的右下角;〔XXZS-ZXX3〕 表示从当前栏的左上角画一条正线到该栏左下角的 X 轴方向距离为 3 的位置;〔BS(ZSX*8Y1-ZXX1Y1〕序号〔BS)〕表示将"序号"两个字符的左上角均匀地放置在起点(指左上角 X 轴距离为 *8,Y 轴距离为 1)到终点(指左下角 X 轴距离为 1,Y 轴距离为 1)的连线上。另外两个表首注解的分析与第一的分析基本相同,在此不重复说明。

11.2.7　表格跨项位标注解(GW)

功能概要:该注解用于在表格当前位置设立一个对位标记,作为后面各表项对齐的记号。

注解格式:〔GW〕

特别提示:该注解只允许在表格注解(BG)中出现,也只能对表格起作用。

【实例应用】表格跨顶位标注解(GW)的运用见 12.2.8 小节。

11.2.8　表格跨项对位注解(GD)

功能概要:将该注解后的字符与之前定义的表格项中的位标对齐,用于表格中字符的对位。

注解格式:〔GD〔<位标数>〕〕

注解参数:<位标数>

参数说明:<位标数>:<数字>〔<数字>〕

特别提示:该注解只允许在表格注解(BG)中出现,也只能对表格起作用。

【实例应用】表格跨顶位标注解(GW)和表格跨顶对位注解(GD)的运用。

小样输入:

〔BG(!〕〔BHDFG2,FK35ZQF〕〔HT5H〕单词〔KG4〕〔GW〕汉译〔KG4〕〔GW〕单词〔KG4〕〔GW〕汉译〔KG4〕〔GW〕单词〔KG4〕〔GW〕汉译〔HT〕〔BHDG2〕somebody〔GD〕某人〔GD〕anybody〔GD〕任何人〔GD〕everybody〔GD〕每人〔BHDG2〕something〔GD〕某物,某事〔GD〕anything〔GD〕任何事物〔GD〕everything〔GD〕一切〔BG)F〕Ω

大样显示:

单词	汉译	单词	汉译	单词	汉译
somebody	某人	anybody	任何人	everybody	每人
something	某物,某事	anything	任何事物	everything	一切

【实例分析】在上述小样文件中,〔GW〕和〔GD〕相当于〔WB〕和〔DW〕,只是在用法上有根本的区别,前两者只允许出现在表格注解当中,而后两者则范围较广。另外,在指定〔GD〕时,必须写出当前表行的高度;否则,即便加了〔GD〕注解,系统也不予对位。

11.2.9　无线表注解(WX)

功能概要:指没有行线与栏线的表格,整个表格的内容就放在无线注解的开闭弧之间。

注解格式:〔WX([<总体说明>]<栏说明>{,<栏说明>}(0 到 I 次)〕<项内容>{〔〔<项数>〕〕<项内容>}(0 到 n 次)〔WX)〕

注解参数:<总体说明>:〔(<字距>)|! 〕〔DW〕〔KL〕〔JZ|CM|YQ〕

　　　　　　<栏说明>:<字距>〔KG<字距>〕〔。<项数>〕〔DW〕〔JZ|CM|YQ〕

　　　　　　<项数>:<数字>〔<数字>〕

参数说明:!:表示无线表通栏居中排。

　　　　　DW:表示全表所有相同栏的数字项个位对齐。

　　　　　KL:全表各栏排不下时可以跨到下一栏排,即允许跨栏。

　　　　　JZ:居中排;CM:撑满排;YQ:右对齐。

　　　　　KG<字距>:表示本栏与后一栏间的栏间距。

　　　　　<项数>:表示排版要求一致的栏数。

特别提示:① 在排无线表格内容时,各项内容间必须用〔〕分开,在此间隔符中可以指定<项数>,表示下一项排版内容所在的位置。

　　　　　② 无线表以行为单位,如果本页排不下,可自动换页。

　　　　　③ 项内容在左齐不允许跨栏的情况下自动换行。每一表格行中的第一行是上一表格行中最低位置的下一行。

　　　　　④ 总栏数要小于或等于 15 个(即无表线的总栏数不能超过 15 栏)。

【实例应用 1】无线表注解(WX)的运用。

小样输入:

〔WX(! 5。6〕〔HTH〕单词〔 〕汉译〔 〕单词〔 〕汉译〔 〕单词〔 〕汉译〔HT〕
〔 〕somebody〔 〕某人〔 〕anybody〔 〕任何人〔 〕everybody〔 〕每人〔 〕someone
〔 〕某人〔 〕anyone〔 〕任何人〔 〕everyone〔 〕每人〔 〕something〔 〕某物,某事
〔 〕anything〔 〕任何事物〔 〕everything〔 〕一切〔WX)〕Ω

大样显示:

单词	汉译	单词	汉译	单词	汉译
somebody	某人	anybody	任何人	everybody	每人
someone	某人	anyone	任何人	everyone	每人
something	某物,某事	anything	任何事物	everything	一切

【实例分析】在上述小样文件中,〔WX(!5。6〕……〔WX)〕表示将无线表注解开闭弧中的内容排成 6 栏,每栏的宽度为 5 个字。

【实例应用2】 无线表注解(WX)的运用。

小样输入：

〖WX(！KL6,5,6,5,6,5〗〖HTH〗单词〖〗汉译〖〗单词〖〗汉译〖〗单词〖〗汉译〖HT〗〖〗somebody〖〗某人〖〗anybody〖〗任何人〖〗everybody〖〗每人〖〗someone〖〗某人〖〗anyone〖〗任何人〖〗everyone〖〗每人〖〗something〖〗某物,某事〖〗anything〖〗任何事物〖〗everything〖〗一切〖WX)〗Ω

大样显示：

单词	汉译	单词	汉译	单词	汉译
somebody	某人	anybody	任何人	everybody	每人
someone	某人	anyone	任何人	everyone	每人
something	某物,某事	anything	任何事物	everything	一切

【实例分析】 〖WX(！KL6,5,6,5,6,5〗……〖WX)〗表示将无线注解开闭弧中的内容排成6栏,各栏的宽度分别为6,5,6,5,6,5个字,且允许跨栏排版。

11.3 上机指导

1. 排一个账单

大样文件的结果如下：

记 账 凭 证

出纳编码＿＿＿＿＿＿

制单编号＿＿＿＿＿＿

年　月　日

丙 031-0-1

对方单位	摘要	借方		贷方		金额										记账符号
		总账科目	明细科目	总账科目	明细科目	千	百	十	万	千	百	十	元	角	分	

附凭证　张

结算方式及标号：　　　　　　　合计金额

会计主管　　记账　　稽核　　出纳　　制表　　领款人缴

生成该大样文件所输入的小样文件格式为：

［HJ*3］［HT4XBS］［JZ1］［ZZ(S 记账凭证［ZZ)］✍

［JY,2］［HT5K］出纳编码［CD#6］✍

［HT4］［JY,2］［HT5K］制单编号［CD#6］✍［JZ2］年月日✍［HT］

［WX(4*2KG0,32,3］［HT6K］丙 031—0—1［ ］［HT5K］

［BG(!］［BHDFG4,FK2,K2,K8,FK8,SK10,FK2F］对方✍单位［ ］摘要

［ ］［ZB(］［BHDG2,K8］借［KG2］方

［BHDG2,K4,K4］总账科目［ ］明细科目［ZB)］［ ］［ZB(］［BHDG2,K8W］贷

［KG2］方［BHDG2,K4,K4W］总账科目［ ］明细科目［ZB)］

［ ］［ZB(］［BHDG2,SK10］金［KG2］额

［BHG2,SK1,K1,FK1,K1,K1,FK1,K1,K1,FK1,K1F］千［ ］百［ ］十［ ］万［ ］千

［ ］百［ ］十［ ］元［ ］角［ ］分［ZB)］［ ］记账✍符号

［BHG2,FK2,K2,K4,K4,FK4,K4,SK1,K1,FK1,K1,K1,FK1,K1,K1,FK1,K1,FK1,K1F］

［BHD］［BH］［BH］［BH］［BH］

［BHG2,FK12ZQ*2,FK8,SK1,K1,FK1,K1,K1,FK1,K1,K1,FK1,K1,FK1,K1F］结算方

式及票号:［ ］合计金额［BG)F］

［KG4］会计主管［KG2］记账［KG2］稽核［KG2］出纳［KG2］制表［KG2］

［HZ(］领［KG1］缴［HZ)］款人［ ］［KH5D］［HT6K］附［KG1］凭［KG1］证

［KG3］张［WX)］Ω

【实例分析】对上述小样文件的分析,请参见表格注解(BG)、表行注解(BH)、子表注解(ZB)、
斜线注解(XX)、表首注解(BS)以及其他注解的"实例应用"。

2. 用表格排一个立体图形

大样文件的结果如下：

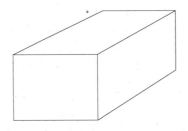

生成该大样文件所输入的小样文件格式为：

［BG(!　］［BHDWG1*2,WK8,WK8］

［XXZX-YS］［XXZX-YX］［ ］

［XXZX-YS］［XXZS-YS］［XXYS-YX］

［BHDWG7,K8,K8W］［XXZX-YX］［XXZS-YS］

［ ］［XXYS-YXY2*2］［XXZX-YXY2*2］

［BG)W］Ω

【实例分析】对上述小样文件的分析,请参见表格注解(BG)、表行注解(BH)、斜线注解(XX)的"实例应用"。

3. 排一个信封

大样文件的结果如下:

```
┌─────────────────────────────────────────────────────────┐
│  □□□□□□                              ┌─────────┐          │
│                                      ┊ 贴 邮  ┊          │
│                                      ┊ 票 处  ┊          │
│                                      └─────────┘          │
│                                                           │
│                          北京市海淀区上地信息产业基地      │
│                          邮政编码:①⓪⓪⓪⑧⑤              │
└─────────────────────────────────────────────────────────┘
```

生成该大样文件所输入的小样文件格式为:

〔FK(+108mm。220mmZQ〕

〔BG((47)〕〔BHDDG20mm,DK20mm。2〕

〔 〕〔ZB(〕〔BHDF3G20mm,F3K20mmCMF3〕

〔HT4"H〕贴邮✍✍票处〔HT〕〔ZB)F3〕〔BG)D〕

〔SD1,1mm〕〔HT45j〕〔JP6〕〔CX3〕〔KG1〕□□□□□□〔CX〕〔JP〕〔HT〕

〔KH5D〕〔HJ*4〕〔JY〕〔HT1"W〕〔KG(*6〕〔WB〕北大方正集团公司〔KG)〕

〔KG1〕✍

〔HT5SS〕〔DW〕北京市海淀区上地信息产业基地✍

〔DW〕电话:〔KG5〕传真:✍✍

〔JY〕〔HT4"〕邮政编码:□〔KG-*4/5〕1□〔KG-*4/5〕0□〔KG-*4/5〕0

□〔KG-*4/5〕0□〔KG-*4/5〕8□〔KG-*4/5〕5〔KG2〕〔FK)〕Ω

【实例分析】对上述小样文件的分析,请参见方框注解(FK)、表格注解(BG)、表行注解(BH)、子表注解(ZB)、粗细注解(CX)等相关注解的"实例应用"。

11.4 习　　题

填空题

(1) 表题包括____与____,表头由每个____组成,比正文____1~2个字号,表身即表格____,由若干____(横向)及____(纵向)组成。

(2) 表格的分类方法很多,如以____、____、字和____分等。

(3) 一般的表格都是横向表头,横向表头有____和____两种。单击横向表头的表行高应表身中的行高;双层横向表头则____或____表身中的行高。

选择题

(1) 在表格注解中,折页后不加表头,只在表格顶上加一条指定线型,该参数是____。

A. SD   B. AD   C. D   D. S

(2) 在表行注解中,本行顶线线型,即不写线型号为正线,全不写表示与上一表行相同的参数是____。

A. G   B. S   C. D   D. B

(3) 指定表格某项内容为竖排形式的注解是____。

A. KP   B. G   C. P   D. GP

判断题

(1) 如拆栏后一页排不下时,应注意拆栏的序号顺序必须在一页内连续。( )

(2) 当表格中同一栏内上下文字或数据都相同时,可以使用"同上"或其他方法来表示,也可不写出实际文字或数据。( )

简答题

通常情况下,表格是由哪几部分组成的?

操作题

排一个课程表。

数学式排版注解

教学提示:本章介绍数学公式相关的注解,难度较大。

教学目标:熟悉各注解的功能和用法;掌握各注解的书写格式、参数的先后顺序及其所起的作用。

12.1 排 版 常 识

在学习数学式排版之前,需掌握一些最常用的外文符号排版常识。通常情况下,将排理科图书称为科技图书排版。而在这类版面中,哪些外文字母或特殊符号为正体,哪些为斜体,用户必须要了解。否则,整个版面中的正体与斜体会混乱不清,不易调整。为在以后的工作中不出现失误,下面就排版数学式的知识点进行简单介绍。

1. 字母或符号为白正体时

● 罗马数字。如:大小写罗马数字: Ⅰ, Ⅱ, Ⅲ, Ⅳ, Ⅴ, Ⅵ, Ⅶ, Ⅷ, Ⅸ, Ⅹ, Ⅺ, Ⅻ
ⅰ, ⅱ, ⅲ, ⅳ, ⅴ, ⅵ, ⅶ, ⅷ, ⅸ, ⅹ, ⅺ, ⅻ

● 法定计量单位和温度符号。如:kg(千克),m(米),cm(厘米),mm(毫米),℃(摄氏温度),℉(华氏温度),K(热力学温度)等。

● 三角、反三角函数符号。如:sin(正弦),cos(余弦),tg 或 tan(正切),ctg 或 cot(余切),sec(正割),csc 或 cosec(余割),arcsin,arccos,arctan,arcsec,arccsc 或 arccosec。

● 双曲、反双曲函数符号。如:sh(双曲正弦),ch(双曲余弦),th 或 tanh(双曲正切),cth 或 coth (双曲余切),sech (双曲正割),csch 或 cosech (双曲余割),arsh 或 arsinh,arch 或 arcosh,arth 或 artanh,arch 或 arcoth,arsech,arcsch 或 arcosech。

● 对数符号。如:log(通用对数),lg(常用对数),ln(自然对数)。

● 公式中的缩写字和常数符号。如:max(最大值),min(最小值),lim(极限),Re(复数实部),Im(复数虚部),arg(复数的幅角),const(常数符号),mod(模数),sign(符号函数)。

● 公式中常用算数符号。如:$\sum$(连加),$\prod$(连乘),∇(微分算符)。

● 化学元素符号。如:H,He,Ag,Ca,Fe,Mn 等。

● 硬度符号。如:H_B 或 HB(布氏硬度),G_V(维氏硬度),H_S 或 HS(肖氏硬度),H_R 或 HR(洛

氏硬度),H_{RA} 或 HRA(A 标洛氏硬度),H_{RB} 或 HRB(B 标洛氏硬度),H_{RC} 或 HRC(C 标洛氏硬度),H_{RF} 或 HRF(F 标洛氏硬度)。

- 代表形状、方位的外文字母。如:T 形,V 形,U 形,N(北极),S(南极)。
- 国名及专用名词缩写。如:P.R.C(中华人民共和国),U.S.A(美利坚合众国),IDF(独立函数),A.U.S(澳大利亚),UFO(飞碟)等。

2. 字母或符号为白斜体时

- 代数中的已知数,如 a, b, c, d, e, f 等;未知数,如 x, y, z 等。
- 几何中代表点,如 A, B, C, D, E 等;线段,如 a, b, c, d, e, f 等;角度,如 $\alpha, \beta, \gamma, \theta, \eta$。
- 化学中易与元素符号混淆的外文字母。如 L 左型、R 右型、N 当量等。

3. 字母或符号为黑体时

- 近代物理学与代数学中的"张量"用黑斜体,如张量 S,张量 T 等。
- 近代物理学或代数学中的"矢量"用黑斜体,如矢量 A,磁场 H 等。

4. 字母大小写

- 凡由两个字母组成的化学元素,第一个字母大写,第二个字母必须为小写,如 Na、Fe, Au, Cl, Pb 等。
- 科技书籍中,同一个字母的大、小写所代表的数或量不同,因此在排版时一定要注意,如 pH 值,其中 p 字母一定要小写。

12.2　单字符类注解

本节着重介绍 4 种常用排版注解,需在学习过程中了解各注解所起的作用。

12.2.1　上下角标注解(⇑、⇓)

功能概要:指定该注解后的内容排成上角标或下角标。

注解格式:⇑<内容>;⇓<内容>

参数说明:⇑ 表示注解后面的内容排成上角标。

⇓ 表示注解后面的内容排成下角标。

上角标或下角标的内容如果超过 1 个字符,则需要用《<内容>》括起来。

【实例应用】上下角标注解(⇑ ⇓)的排法。

小样输入:

```
甲 ⇓A▇乙 ⇓B ⊯
⑤(x-y) ⇑a▇x ⇑2-y ⇑2=z ⇑2 ⊯
(x-y) ⇑a ⇓b▇x ⇑2-y ⇑2=z ⇑n⑤Ω
```

大样显示:

$$甲_A \quad 乙_B$$
$$(x-y)^a \qquad x^2-y^2=z^2$$
$$(x-y)^{a-2}_{b+2} \qquad x^2-y^2=z^n$$

【实例分析】在上述小样文件中,⇓ 表示其后的内容排在其前字符的右下角;⇑ 则为右上角;⑤……⑤ 是数学状态切换符,表示其中间的字母变为白斜体排版。

12.2.2　盒子注解(⦃ ⦄)

功能概要:将一组内容作为一个整体进行排版。

注解格式:⦃<内容>⦄

【实例应用】盒子注解(⦃ ⦄)的排法。

小样输入:

〔HT5ST〕女人就是对某个男人发誓从此不再往来,回到梦里却不断呼唤他的名字的那个人。✓女人就是对某个男人发誓从此不再往来,回到梦里却不断呼唤他的名字的那⦃个人。⦄〔HT〕✓⑤(x-y)⇑⦃a-2⦄⇓⦃b+2⦄〔KG1〕x⇑2-y⇑2=z⇑⦃n-2⦄⑤Ω

大样显示:

女人就是对某个男人发誓从此不再往来,回到梦里却不断呼唤他的名字的那个人。

女人就是对某个男人发誓从此不再往来,回到梦里却不断呼唤他的名字的那个人。

$(x-y)^{n-2} \quad x^2-y^2=z^{n-2}$

【实例分析】在上述小样文件中,⦃……⦄ 表示将一组内容作为一个整体进行排版;⇓ 表示其后的内容排在其前字符的右下角;⇑ 则为右上角;⑤……⑤是数学状态切换符,表示其中间的字体变为白斜体。

12.2.3　转字体注解(Ⓩ)

功能概要:用于外文字体的正体与斜体相互转换。

注解格式:Ⓩ

参数说明:该注解是外文正斜体的开关。在运用时,通常成对出现。

【实例应用 1】转字体注解(Ⓩ)的排法。

小样输入:

▋▋Ⓩ若 a,b,c 为实数,关于 x 的方程 2x⇑2+2(a-c)x+(a-b)⇑2+(b-c)⇑2=0 有两个相等的实数根,求证 a+c=2b.Ⓩ✓⑤〔HTH〕证明:〔HTSS〕〔ZK(〕∵一元二次方程有两个相等实数根,✓∴〔ZK(〕Ⓩ△Ⓩ=0,即〔2(a-c)〕⇑2-4×2·〔(a-b)⇑2+(b-c)⇑2〕=0✓(a-c)⇑2-2(a⇑2-2ab+b⇑2+b⇑2-2bc+c⇑2)=0✓a⇑2+4b⇑2+c⇑2+2ac-4ab-4bc=0✓(a+c)⇑2-4b(a+c)+4b⇑2=0✓(a+c-2b)⇑2=0〔ZK)〕✓∴a+c-2b=0✓即 a+c=2b.⑤〔ZK)〕Ω

大样显示:

若 a,b,c 为实数,关于 x 的方程 $2x^2+2(a-c)x+(a-b)^2+(b-c)2=0$ 有两个相等的实数根,求证 $a+c=2b$.

证明:∵一元二次方程有两个相等实数根,

∴ $\Delta=0$,即 $[2(a-c)]^2-4\times2\cdot[(a-b)^2+(b-c)^2]=0$

$(a-c)^2-2(a^2-2ab+b^2+b^2-2bc+c^2)=0$

$$a^2+4b^2+c^2+2ac-4ab-4bc=0$$
$$(a+c)^2-4b(a+c)+4b^2=0$$
$$(a+c-2b)^2=0$$
$$\therefore a+c-2b=0$$
即 $a+c=2b.$

【实例分析】在上述小样文件中，第一组Ⓩ……Ⓩ表示其中间的外文字体为白斜体；第二组Ⓩ……Ⓩ表示其中间的外文字母为白正体；Ⓢ……Ⓢ数学态的转换，表示其中间的外文字体为白斜体。

【实例应用2】转字体注解(Ⓩ)的排法。

小样输入：

［HTK］1. legislate ⓏvⓏ. 立法▅▅ ▅ ▅ ［WB］
2. bargain Ⓩ nⓏ. 交易,协议;特价品,
廉价货∥3. campus ⓏnⓏ. (大学)校园 ［DW］
4. earnest ⒵adj⒵. 诚恳的,热心的∥Ω

大样显示：

1. legislate *v.* 立法   2. bargain *n.* 交易,协议;特价品,廉价货
3. campus *n.* (大学)校园   4. earnest *adj.* 诚恳的,热心的

【实例分析】在上述小样文件中,Ⓩ……Ⓩ表示其中间的外文字母为斜体。

12.2.4 状态切换注解(Ⓢ)

功能概要: 用于数学态或化学态的转换。

注解格式: Ⓢ<内容>Ⓢ
　　　　　　 ⓈⓈ<内容>ⓈⓈ

参数说明: 第一种格式表示公式在正文中混排,不论原外文字体是正体或斜体,"Ⓢ<内容>Ⓢ"之间的外文字字体自动变成白斜体,结束后不换行,继续排版,且字体仍为原来的字体;第二种格式表示在"ⓈⓈ<内容>ⓈⓈ"之间的内容单独成行且居中排版,外文字体倾斜排版,该注解结束恢复原外文字体。

特别提示: ① Ⓢ和ⓈⓈ必须成对出现,作为进出数学态的标志,否则排版系统会提示"数学态不匹配"的错误信息;数学态中外体为白斜体,与数学态前外体无关。

　　　　　　 ② "Ⓢ"不结束当前行且随正文排数学公式;"ⓈⓈ"立即结束当前行,换行居中排版数学公式。

> **注 意**
>
> Ⓩ和Ⓢ都可以实现外体的正斜体转换;但Ⓩ是无条件转换,Ⓢ则是按固定格式转换;Ⓩ可单独使用,Ⓢ和ⓈⓈ必须成对使用,否则排版系统将会提示"数学态Ⓢ不匹配"的错误信息;Ⓩ专用于数学态中转字体,在正文中单独使用时要注意,否则将出现外文正斜体排版混乱的情况。

【实例应用】状态切换注解(⑤、⑤⑤)的排法。

小样输入：

⑤求函数 y=［SX(］［KF(］2x+1［KF)］［］x↑2+x−2［SX)］中自变量 x 的取值范围.↙［HTH］正解：［HTSS］要使函数有意义，必须 2x+1≥0,∴x≥−［SX(］1［］2［SX)］,这就是自变量 x 的取值范围.↙

［HTH］正解：［HTSS］要使函数有意义，必须⑤

⑤⑤［JB({］2x+1≥0,↙x↑2+x−2≠0;［JB)］∴［JB({］x≥−［SX(］1［］2［SX)］,↙x≠1 且 x≠−2.［JB)］］⑤⑤

⑤因此自变量 x 的取值范围是 x≥−［SX(］1［］2［SX)］且 x≠1.⑤Ω

大样显示：

求函数 $y=\dfrac{\sqrt{2x+1}}{x^2+x-2}$ 中自变量 x 的取值范围.

正解：要使函数有意义，必须 $2x+1\geq0,\therefore x\geq-\dfrac{1}{2}$，这就是自变量 x 的取值范围.

正解：要使函数有意义，必须

$$\begin{cases}2x+1\geq0,\\x^2+x-2\neq0;\end{cases}\therefore\begin{cases}x\geq-\dfrac{1}{2},\\x\neq1\text{ 且 }x\neq-2.\end{cases}$$

因此自变量 x 的取值范围是 $x\geq-\dfrac{1}{2}$ 且 $x\neq1$.

【实例分析】在上述小样文件中，⑤……⑤表示其中间的外文字体为白斜体；⑤⑤……⑤⑤表示其中间的内容自动换行且左右居中排版，外文字体均为白斜体。

12.3　字符上下控制类注解

本节着重介绍四种常用排版注解，需在学习过程中了解各注解作用。

12.3.1　角标大小设置注解(SS)

功能概要：用来设置上、下角标的大小。

注解格式：［SS〔<数字>〕］

注解参数：<数字>：1|2|3|4|5|6|7|8|9|10

参数说明：<数字>为上下角标的字号级别，用来确定角标字符的大小。例如，2 表示角标字符的字号比当前字号小两个级别。即如果当前字号为五号字，则角标使用六号字。

　　<数字>缺省时，表示角标字符的字号比当前字号小四个级别。只有在使用常用字号时，该注解才起作用。

表 12.1 列出了 3 号字大小情况下改变上、下角标的大小变化。

表 12.1　角标大小的不同取值

输入格式	实例效果	输入格式	实例效果
B ⇓ A	B_A	B ⇑ A	B^A
B〔SS1〕⇓ A	B_A	B〔SS1〕⇑ A	B^A
B〔SS2〕⇓ A	B_A	B〔SS2〕⇑ A	B^A
B〔SS3〕⇓ A	B_A	B〔SS3〕⇑ A	B^A
B〔SS4〕⇓ A	B_A	B〔SS4〕⇑ A	B^A
B〔SS5〕⇓ A	B_A	B〔SS5〕⇑ A	B^A
B〔SS6〕⇓ A	B_A	B〔SS6〕⇑ A	B^A
B〔SS7〕⇓ A	B_A	B〔SS7〕⇑ A	B^A
B〔SS8〕⇓ A	B_A	B〔SS8〕⇑ A	B^A
B〔SS9〕⇓ A	B_A	B〔SS9〕⇑ A	B^A
B〔SS10〕⇓ A	B_A	B〔SS10〕⇑ A	B^A

12.3.2　阿克生注解(AK)

功能概要: 用于在某一个外文字符的上面附加一个指定的字符。

注解格式:〔AK<字母><阿克生符>〔D〕〔<数字>〕〕

注解参数: 阿克生符: ‐∣∣∼∣→∣←∣。∣*∣·∣ˇ∣ˆ　　　数字: 1∣2∣3∣4∣5∣6∣7∣8∣9

参数说明: D: 指定附加字符需降低安排位置。<数字>: 调节阿克生符位置的左右。因为
外文字母的宽窄、高低各不相同,因此,所配的字符与位置也有所不同。

特别提示: 该注解能够依照字母的宽度自动选配合适的字模并按照缺省的位置(中心偏
右处)附加在字母上。如果对这个位置不满意,可以用<数字>来调节。每个字
符被从左到右分为9级,1级为最左,9级为最右,5级为居中。

【实例应用】阿克生注解(AK)的排法。

小样输入:

〔HK30〕〔AKM−1〕▬〔AKM−2〕▬〔AKM−3〕▬〔AKM−4〕▬〔AKM−5〕▬
〔AKM−6〕▬〔AKM−7〕▬〔AKM−8〕▬〔AKM−9〕✎〔AKM→1〕▬〔AKM→2〕▬
〔AKM→3〕▬〔AKM→4〕▬〔AKM→5〕▬〔AKM→6〕▬〔AKM→7〕▬〔AKM→
8〕▬〔AKM→9〕✎〔AKM→D1〕▬〔AKM→D2〕▬〔AKM→D3〕▬〔AKM→D4〕
▬〔AKM→D5〕▬〔AKM→D6〕▬〔AKM→D7〕▬〔AKM→D8〕▬〔AKM→D9〕Ω

大样显示:

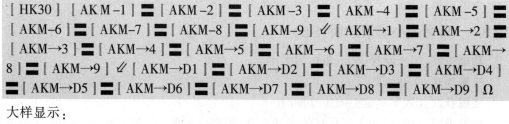

【实例分析】在上述小样文件中,第一行字母"M"上添加阿克生符"–",从左到右分别为
1~9 级;第二行字母"M"上添加阿克生符"→",从左到右分别为 1~9 级;第
三行字母"M"上添加阿克生符"→",从左到右分别为 1~9 级,参数"D"表示
降低阿克生符与字母的距离。

12.3.3 添线注解(TX)

功能概要:可将某个字符或盒子(整体)的上面或下面添加指定的线或括弧。

注解格式:〔TX〔X〕<线类型>〔<附加距离>〕〕

注解参数:<线类型>:–l=l~l(l)l{l}l[l]l〔l〕l→l←　　　　<附加距离>:〔–〕<字距>

参数说明:X:在盒子下面添线,缺省则为上。

　　　　　<线类型>:–:单线;~:波浪线;=:双线;(:开圆括弧;):闭圆括弧;

　　　　　{:开花括弧;}:闭花括弧;[:开正方括弧;]:闭正方括弧;

　　　　　〔:开斜方括弧;〕:闭斜方括弧;→:右箭头;←:左箭头。

　　　　　–:表示加大添线与盒子的距离,缺省表示缩小距离。

特别提示:① 该注解作用于前面的一个盒子,若想在前面若干个字符或盒子上添加线
　　　　　形,须用盒子注解 ¦ ¦ 将其定义成一个整体。否则,线只会加在最近的
　　　　　一个盒子上。

　　　　② 该注解加线后,加的线与原盒子一起构成一个整体盒子。

【实例应用】添线注解(TX)的排法。

小样输入:

〔WT3〕⑤x+y+z=(x−y)↑2〔TX–〕█x+¦y+z¦〔TX→〕=¦(x−y)↑2¦〔TX=〕✑✑
¦x+y+z¦=¦(x−y)↑2¦〔TX(*3〕¦〔TX~〕█x+¦y+z¦〔TXX〕*3〕=¦(x−y)↑2¦
〔TXX\〕*2〕✑✑¦x+¦y+z¦〔TX〔〕=¦(x−y)⇑2¦〔TXX}*2〕¦〔TX\〕〔TXX}*2/
3〕█z−¦xy¦〔TX(*2〕=(x+y)⇑2–¦xy¦〔TXX)*2〕⑤Ω

大样显示:

$$x + y + z = (x-y)^{\overset{\rightarrow}{2}} \quad x + \overset{\rightarrow}{y+z} = \overline{\overline{(x-y)^2}}$$

$$\overline{\underline{x+y+z}} = \overline{(x-y)^2} \quad x + \underbrace{y+z} = \underline{(x-y)^2}$$

$$\overset{\lceil}{x+y+z} = \underline{(x-y)^2} \quad z - \overset{\frown}{xy} = (x+y)^2 - \underline{xy}$$

【实例分析】在上述小样文件中,类似〔TX–〕形式;表示在当前字符或组合内容的上方添
　　　　　加阿克生符;〔TX–*2〕表示在当前字符或组合内容的上方添加阿克生符且阿克
　　　　　生符与字符的距离缩小 *2;〔TXX–*2〕 表示在当前字符或组合内容的下
　　　　　方添加阿克生符且阿克生符与字符的距离缩小 *2。

12.3.4 顶底注解(DD)

功能概要:用于给该注解前的字符或盒子上下添加各种字符或盒组中的内容。

注解格式:〔DD(〔<顶底参数>〕〕<盒组>〔 〔 〕<盒组>〕〔DD)〕

注解参数:<顶底参数>:<单项参数>|<双项参数>

　　　　　<单项参数>:〔X〕<参数>　　　　<双项参数>:〔<参数>〕〔;<参数>〕

　　　　　<参数>:〔<位置>〕〔<附加距离>〕

　　　　　<位置>:Z|Y|M　　　　　　　　<附加距离>:〔-〕<字距>

参数说明:X:表示顶底内容排下面。Z:左对齐;Y:右对齐;M:撑满排;缺省时,居中排。

　　　　　<附加距离>:用来调整顶底内容的上下距离。

　　　　　-:缩小距离。无"-"则表示加大距离。

【实例应用】顶底注解(DD)的排法。

小样输入:

〔⑤a(x-y)⬆2=∑〔DD(〕n-1〔 〕n+1〔DD)〕-b(x+y)⬆2〔KG3〕〖x-y+z〗〔TXX〕
*4〔DD(X〕a+b〔DD)〕=〖x-y+z〗〔TXX〕*4〔DD(〕 〔 〕a+b〔DD)〕〔KG3〕
a=∑〔DD(X〕SP(〕〖a-1〗〖b-1〗〖c-1〗〖d-1〗〔SP)〕〔DD)〕(a+b)(a-c)⑤
〔KG3〕〔XH7"〕〔FK(H1083。3〕〔SX(B*2〕O〔DD(〕⌒〔DD)〕〔KG*3〕o〔DD
(-*3〕⌒〔DD)〕〔 〕〔KG2〕〔XZ(180〕⌒〔XZ)〕〔SX)〕〔FK)〕〔XH〕Ω

大样显示:

【实例分析】在上述小样文件中,〔DD(〕…〔 〕…〔DD)〕表示在该注解前字符的上方和下方添加字符;〔DD(〕…〔DD)〕表示在该注解前字符的上方添加字符;〔DD(X〕…〔DD)〕表示在该注解前字符的下方添加字符;〔DD(-*3〕…〔DD)〕表示在该注解前字符的上方添加字符距离缩小为*3。另外,〔SX(B*2〕…〔 〕…〔SX)〕是上下注解,表示把开闭弧中的内容按上下关系排版;〔SP(〕…〔SP)〕是竖排注解,表示将开闭弧中的内容按竖向的形式排版。

12.3.5 上下注解(SX)

功能概要:用于排分式。该注解可将任意两组内容按上下的关系进行排版。

注解格式:〔SX(〔<上下参数>〕〕<上盒组>〔 。〕<下盒组>〔SX)〕

注解参数:<上下参数>:〔C〕〔B〕〔Z|Y〕〔<附加距离>〕

　　　　　<附加距离>:〔-〕<字距>

参数说明:C:指定分数线加长。B:不要分数线。Z:上下盒子左对齐;Y:上下盒子右对齐。

　　　　　附加距离:用于调整上、下盒组间的距离。有"-"代表缩小距离,没有"-"表示加大距离。

特别提示：① <上盒组>的内容与<下盒组>的内容之间必须用空盒子〖〗隔开。

② 该注解中不允许出现换行符↙或换段符↙。

【实例应用】上下注解(SX)的排法。

小样输入：

> 样式1：⑤〖SX(〗(x–1)⬆2〖〗y⬆2–1〖SX)〗+〖SX(〗(x+1)⬆2〖〗y⬆2+1〖SX)〗=
> 〖SX(〗〖SX(〗x⬆2–y⬆2〖〗x⬆2+y⬆2〖SX)〗〖〗〖SX(〗(x+y)⬆2〖〗(x–y)⬆2
> 〖SX)〗〖SX)〗⑤↙样式2：〖HT3L2〗春光冉冉归何处，〖SX(B〗更向花前把一杯。
> 〖〗尽日开花花不语，〖SX)〗为谁零落为谁开。〖HT〗↙样式3：〖SX(B-*4〗〖HT6"，
> 2〗山〖〗〖HT3,2〗钦〖HT〗〖SX)〗Ω

大样显示：

样式1：$\dfrac{(x-1)^2}{y^2-1}+\dfrac{(x+1)^2}{y^2+1}=\dfrac{\frac{x^2-y^2}{x^2+y^2}}{\frac{(x+y)^2}{(x-y)^2}}$

样式2：春光冉冉归何处，更向花前把一杯。尽日开花花不语，为谁零落为谁开。

样式3：钦

【实例分析】在上述小样文件中，〖SX(〗…〖〗…〖SX)〗表示把开闭弧中的内容按上下关系排版；〖SX(B〗…〖〗…〖SX)〗表示把开闭弧中的内容按上下关系排版；〖SX(B-*4〗…〖〗…〖SX)〗表示把开闭弧中的内容按上下关系排版，中间不要线，距离缩小 *4。

12.4 排分式、根式和除式类注解

本节着重介绍两种排版注解，这些注解是左齐注解(ZQ)、开方注解(KF)。

12.4.1 左齐注解(ZQ)

功能概要：一般用于独立数学态中指定排在居中公式行左端的文字，如"因为"、"所以"、"即"、"由此可知"等。

注解格式：〖ZQ<字数>〔，<字距>〕〗

〖ZQ(〔，<字距>〕〗<左齐内容>〖ZQ)〗

注解参数：<字数>；〔，<字距>〕

参数说明：<字距>：用来设置与左版口的距离，缺省为顶格排版。

特别提示: ① 第一种格式用于指定排在行左端的字数,其中<字数>是不可缺省的。

② 第二种格式是将开闭弧中<左齐内容>全部排在左端,而不计算字数。

注 意

该注解必须出现在独立数学(化学)"⑤⑤……⑤⑤"中;该注解必须出现在行首,否则不但不起作用,甚至会破坏格式。

【实例应用】 左齐注解(ZQ)的排法。

小样输入:

██⑤在直角坐标平面内,点 O 为坐标原点,二次函数 y=x↥2+(k−5)x−(k+4)的图像交 x 轴于点 A(x↧1,0),B(x↧2,0),且(x↧1+1)(x↧2+1)=−8.✓(1)求二次函数的解析式;✓
(2)将上述二次函数的图像沿 x 轴向右平移 2 个单位,设平移后的图像与 y 轴的交点为 C,顶点为 P,求ⓩ△ⓩPOC 的面积.✓
[HTH][CS%0,100,0,0]解:[HTSS][CS](1)令 y=0 得:x↥2+(k−5)x−(k+4)=0,⑤⑤⑤〖ZQ2〗
所以 x↧1+x↧2=−(k−5),x↧1·x↧2=−(k+4).✓
〖ZQ(6 又 〖ZQ)〗(x↧1+1)(x↧2+1)=−8✓〖ZQ2〗所以−(k+4)−(k−5)+1=−8,✓
〖ZQ(6 解得 〖ZQ)〗k=5.✓〖ZQ2〗所以 y=x↥2+(k−5)x−(k+4)=x↥2−9.⑤⑤⑤██
(2)将 y=x↥2−9 沿 x 轴向右平移 2 个单位得 y=(x−2)↥2−9. ⑤⑤⑤〖ZQ1,3*2〗令 x=0,
✓〖ZQ(6 得 〖ZQ)〗y=−5.✓〖ZQ(6 ∴ 〖ZQ)〗C(0,−5)✓〖ZQ1,3*2〗又 P(2,−9)✓
〖ZQ(3*2)所以 〖ZQ)〗S↧{ⓩ△ⓩPOC}=[SX(]1〖 〗2[SX)]×5×2=5.⑤⑤Ω

大样显示:

　　在直角坐标平面内,点 O 为坐标原点,二次函数 $y=x^2+(k-5)x-(k+4)$ 的图像交 x 轴于点 $A(x_1,0),B(x_2,0)$,且$(x_1+1)(x_2+1)=-8$.

　　(1)求二次函数的解析式;

　　(2)将上述二次函数的图像沿 x 轴向右平移 2 个单位,设平移后的图像与 y 轴的交点为 C,顶点为 P,求△POC 的面积.

　　解:(1) 令 $y=0$ 得:$x^2+(k-5)x-(k+4)=0$,

所以 　　　　　　　　$x_1+x_2=-(k-5),x_1·x_2=-(k+4)$.

　　　　又　　　　　　　$(x_1+1)(x_2+1)=-8$

所以　　　　　　　　$-(k+4)-(k-5)+1=-8$,

　　　　解得　　　　　　　$k=5$.

所以 　　　　　　$y=x^2+(k-5)x-(k+4)=x^2-9$.

(2) 将 $y=x^2-9$ 沿 x 轴向右平移 2 个单位得 $y=(x-2)^2-9$.

　　令　　　　　　　　　$x=0$,

　　　得　　　　　　　　$y=-5$.

　　　　∴　　　　　　　$C(0,-5)$

又　　　　　　　　　$P(2,-9)$

所以　　　　　　$S_{\triangle POC}=\dfrac{1}{2}×5×2=5$.

【实例分析】在上述小样文件中,〖ZQ2〗表示在独立数学态中,该注解后的前两个字左顶版心排版;〖ZQ2,2〗表示在独立数学态中,该注解后的前两个字距版心左空出 2 个字排版;〖ZQ(6〗……〖ZQ)〗表示在独立数学态中,该注解开闭弧中的内容距版心左空出 6 个字排版。

12.4.2 开方注解(KF)

功能概要:该注解用于排根号,使根号的高度和长度自动随开方内容变化。

注解格式:〖KF([S]〗〖<开方数>〖 〗〗<开方内容>〖KF)〗

注解参数: S;<开方数>

参数说明:S:指定开方数。默认为开 2 次方。<开方数>:数字。

特别提示:该注解生成的内容为一个整体。

【实例应用】上下注解(SX)的排法。

小样输入:

Ⓢ(x−y)⤊2+〖KF(〗(x+y)⤊2−(x−y)⤊2〖KF)〗=〖KF(〗2xy+(x+y)⤊2〖KF)〗Ⓢ✍
1+〖SX(〗1〖 〗2+〖SX(〗1〖 〗1+〖KF(〗2〖KF)〗〖SX)〗〖SX)〗=1+〖SX(〗1〖 〗1+
〖KF(〗2〖KF)〗〖SX)〗=〖KF(〗2〖KF)〗✍
Ⓢ〖KF(S〗4〖 〗(x+1)⤊2+(y+1)⤊2〖KF)〗=x⤊2y⤊2〖KG5〗〖KF(S〗10〖 〗〖KF(S〗8
〖 〗〖KF(S〗6〖 〗〖KF(S〗4〖 〗(x+y)⤊4〖KF)〗〖KF)〗〖KF)〗〖KF)〗ⓈΩ

大样显示:

$$(x-y)^2+\sqrt{(x+y)^2+(x-y)^2}=\sqrt{2xy+(x+y)^2} \qquad 1+\cfrac{1}{2+\cfrac{1}{1+\sqrt{2}}}=1+\cfrac{1}{1+\sqrt{2}}=\sqrt{2}$$

$$\sqrt[4]{(x+1)^2+(y+1)^2}=x^2y^2 \qquad \sqrt[10]{\sqrt[8]{\sqrt[6]{\sqrt[4]{(x+y)^4}}}}$$

【实例分析】在上述小样文件中,〖KF(〗……〖KF)〗表示开二次方;〖KF(S〗…〖 〗…〖KF)〗表示可以开多次方,"S"表示指定开方数。

12.5 排方程式和行列式类注解

本节着重介绍四种排版注解,分别是方程注解(FC)、方程号注解(FH)和行列注解(HL)以及界标注解(JB)。

12.5.1 方程注解(FC)

功能概要:用于排数学式中的方程组。

注解格式:〖FC([<边括号>][J]〗<方程内容>〖FC)〗

注解参数:<边括号>:{|}|〔|〕

参数说明:{:左花括弧;}:右花括弧;〔:左斜括弧;〕:右斜括弧。

J:表示整个公式作为一个整体,禁止拆页。

特别提示:方程组各行的位置可分为三个部分,即公式体、齐部分、行方程号。公式体分为左部和右部,此时左部与右部就用空盒子〔 〕分开。

注 意

本注解只允许出现在独立数学态"⑤⑤……⑤⑤",本注解不能与界标嵌套;若方程组内各行都左齐,并加左边括号,这时只需在每行公式末加排换行符↙或换段符↙即可,不需要加空盒子〔 〕;本注解中的空盒子"〔 〕"具有位标注解和对位注解的功能。

【实例应用】方程注解(FC)的用法。

小样输入:

⑤⑤〔ZQ3,6〕范例1
〔FC({〕x↑2−y↑2=(z−1)↑2↙
2xy=(x−y)↑2↙x=2z〔FC)〕⑤⑤
⑤⑤〔ZQ3,6〕范例2
〔FC({〕x↑2−y↑2〔 〕=(z−1)↑2↙
2xy〔 〕=(x−y)↑2↙x〔 〕=2z〔FC)〕⑤⑤
⑤⑤〔ZQ3,6〕范例3
〔FC(}〕x↑2−y↑2=(z−1)〔 〕↑2↙
2xy=(x−y)〔 〕↑2↙x=2〔 〕z〔FC)〕⑤⑤Ω

大样显示:

范例1 $\begin{cases} x^2-y^2=(z-1)^2 \\ 2xy=(x-y)^2 \\ x=2z \end{cases}$

范例2 $\begin{cases} x^2-y^2=(z-1)^2 \\ 2xy=(x-y)^2 \\ x=2z \end{cases}$

范例3 $\begin{cases} x^2-y^2=(z-1)^2 \\ 2xy=(x-y)^2 \\ x=2z \end{cases}$

【实例分析】范例1的方程组自动左齐且未加空盒子"〔 〕";范例2的方程组加排了空盒子"〔 〕",且各分组以等号"="对齐;范例3的方程组也加排了空盒子"〔 〕"且方程符号为右大括号形式,各分组以右齐的方式排版。

12.5.2 方程号注解(FH)

功能概要:将方程号居右排。

注解格式:〔FH〕

特别提示:① 该注解的作用与居右注解完全相同。

② 该注解必须出现在独立数学态"⑤⑤……⑤⑤"中。

【实例应用】方程号注解(FH)的用法。

小样输入:

⑤⑤〔ZQ3,6〕范例1〔FC({〕x↑2−y↑2=(z−1)↑2〔FH〕(1)↙2xy=(x−y)↑2〔FH〕(2)↙x=2z〔FH〕(3)〔FC)〕⑤⑤
⑤⑤〔ZQ3,6〕范例2〔FC({〕x↑2−y↑2=(z−1)〔 〕↑2〔FH〕(1)↙2xy=(x−y)〔 〕↑2〔FH〕(2)↙x=2〔 〕z〔FH〕(3)〔FC)〕⑤⑤Ω

大样显示:

范例1 $\begin{cases} x^2-y^2=(z-1)^2 & (1) \\ 2xy=(x-y)^2 & (2) \\ x=2z & (3) \end{cases}$

范例2 $\begin{cases} x^2-y^2=(z-1)^2 & (1) \\ 2xy=(x-y)^2 & (2) \\ x=2z & (3) \end{cases}$

【实例分析】方程号注解(FH)只允许出现在方程注解(FC)中使用,不能单独使用。

12.5.3 行列注解(HL)

功能概要: 指定数学式中的行列式、矩阵以及一切需要行列对齐的复杂内容的排版。

注解格式: 〔HL(<总列数>〔:<列信息>{;<列信息>}(0 到 n 次)〕〕<行列内容> 〔HL)〕

注解参数: <总列数>:<数字>

<列信息>:<列号>,<<列距>|<位置>|<列距><位置>>

<列号>:<数字>　　　<列距>:<字距>　　<位置>:Z|Y

<行列内容>:<HL 行>{<↙/↙> 〔〔<间隔类型>〕〕<HL 项>}$_0^i$

<间隔类型>:<数字>;−;|　　<HL 项>:<盒组>

参数说明: <列距>:指本列与下一列间的距离。

<位置>:Z 表示左对齐;Y 表示右对齐。

<HL 行>: 由若干个<HL 项>组成，每个<HL 项>之间用间隔符 〔〔<间隔类型>〕〕分隔。

<数字>:表示指定下面内容排在某一栏,若不指定,表示顺序排在下一栏。

〔−〕:表示在本行与下行之间加一条点,可在本行中任何一个间隔符内容指定。

〔|〕:表示在本间隔的位置上加一条竖点线,可在任何一行中相应间隔内指定。

特别提示: ① 排一般的行列式或矩阵时,只需要指定总列数,在缺省列信息的情况下,排版系统会自动以每列中最宽者作为相应的列宽,列距采用一个字宽,列中各项中线对齐。若当某列的列间距和位置安排与系统规定不一致时,需要自定<列信息>,哪列有特殊要求就指定哪列。

② 当<HL 行>以↙作为结束时,表示后面的内容为下一个<HL 行>;当<HL 行>以↙作为结束时,表示下一行为通栏的点线,后面的内容再从下一行排起。

③ 在行列式时,当一行的项数超过总列数或指定某栏时,指定的栏数在总栏数之外,排版系统则会提示错误,并将相应内容与前面内容重叠。

【实例应用】 方程注解(FC)的用法。

小样 1 输入:

```
⑤A= [ JB(| ] [ HL(4 ] a↓1 [ ]b
↓1 [ ] … [ ]n↓1↙a↓2 [ ]b
↓2 [ ] … [ ]n↓2a↓3 [ ]b↓
3 [ ] … [ ]n↓3↙a↓m [ ]b↓
m [ ] … [ ]n↓m [ HL) ] [ JB)
|] ⑤Ω
```

大样 1 显示:

$$A=\begin{vmatrix} a_1 & b_1 & \cdots & n_1 \\ a_2 & b_2 & \cdots & n_2 \\ a_3 & b_3 & \cdots & n_3 \\ \cdots\cdots\cdots\cdots\cdots \\ a_m & b_m & \cdots & n_m \end{vmatrix}$$

小样 2 输入:

```
⑤N↓ {ABCD} = [ JB(| ] [ HL(6 ] A↓1 [ | ] A↓2 [ | ] A↓3 [ | ] A↓4 [ | ] A↓5
[ − ] A↓6↙B↓1 [ − ] B↓2 [ ] B↓3 [ ] B↓4 [ ] B↓5 [ | ] B↓6↙C↓1 [ ] C↓2
[ ] C↓3 [ ] C↓4 [ ] C↓5 [ − ] C↓6↙D↓1 [ ] D↓2 [ ] D↓3 [ ] D↓4 [ ] D↓
5 [ − ] D↓6 [ HL) ] [ JB)| ] ⑤Ω
```

大样 2 显示：

$$N_{ABCD} = \begin{vmatrix} A_1 & A_2 & A_3 & A_4 & A_5 & A_6 \\ B_1 & B_2 & B_3 & B_4 & B_5 & B_6 \\ C_1 & C_2 & C_3 & C_4 & C_5 & C_6 \\ \vdots & & & & & \\ D_1 & D_2 & D_3 & D_4 & D_5 & D_6 \end{vmatrix}$$

【实例分析】本例中，［JB(｜］……［JB)｜］表示界标的左右界标符均采用竖线形式；［HL(4］……［HL)］表示行列的项数为 4 个；［｜］和［－］表示在行列中添加竖点线和横点线。

12.5.4 界标注解(JB)

功能概要：指定为某一盒组的左右排大于一字高的多式括弧或分界符。

注解格式：［JB<<大小><开界标符>］
　　　　　　［JB><大小><闭界标符>］
　　　　　　［JB(〔<开界标符>〕〔Z〕］<界标内容>［JB)〔<闭界标符>〕］

注解参数：<开界标符>：(｜{｜[｜〔｜|｜/｜\｜=；<闭界标符>：)｜}｜]｜〕｜|｜/｜\｜=
　　　　　　<大小>：<字模倍数>〔*〕
　　　　　　<字模倍数>：1｜2｜3｜4｜5

参数说明：(：开圆括弧；{：开花括弧；[：开正方括弧；〔：开斜方括弧；
　　　　　　|：竖线；/：斜杠；\：反斜杠；
　　　　　　=：竖双线；)：闭圆括弧；}：闭花括弧；]
　　　　　　：闭正方括弧；〕：闭斜方括弧。*：1/2。

特别提示：① 第一、第二种形式表示在小样中指定了界标符的高度最大不超过 5。
　　　　　　② 第三种形式表示界标符的大小是取决于内容的多少。内容越多，界标符就越大；反之，内容越少，界标符就越小。

注　意

该注解中所包含内容可以是多行的任意内容，且各行内容自动左齐；该注解的开闭弧形式，可以只加单面界标符，也可同时加双面界标符；该注解可以自身多次嵌套，但不允许以交叉嵌套的形式出现，一般应做到先开弧的后闭，后开弧的先闭。

【实例应用 1】界标注解(JB)的排法。

小样输入：

⑤［JB({｜y↓1=g(x)↙y↓2=f(x)［JB)｜］［KG1］(x∈［a,b])⑤↙
［FK(Q］生活中的图形↙工作中的图形↙学习中的图形［FK)］→［JB({｜［JB(｜图形的展开与折叠 ↙几何体的切截↙三视图［JB)\|］立体图形↙［JB(｜角↙［JB(｜平行↙垂直［JB)\|］直线［JB)\|］平面图形——点和线［JB)\|］图形■
实数［JB({Z］有理数［JB({｜整数［JB({｜正整数↙零↙负整数［JB)］↙分数［JB({｜正分数↙负分数［JB)］［JB)}］有限小数或无限循环小数↙无理数——无限不循环小数［JB)］Ω

大样显示：

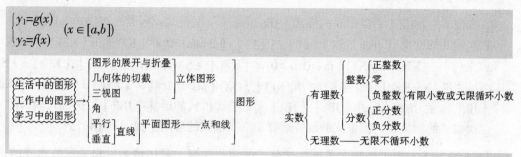

【实例分析】在上述小样文件中，〖JB({〗……〖JB)〗表示界标的符号用左大括号符；〖JB（〗……〖JB)〗]表示界标的符号用右大方括号符；〖JB({Z〗……〖JB)〗表示界标的符号用左大括号符且界标的大小与界标内容的高相等。

【实例应用 2】界标注解(JB)的用法。

小样输入：

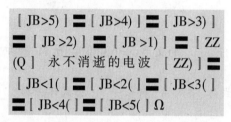

大样显示：

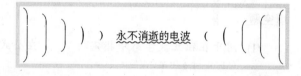

【实例分析】本例中<字模倍数>越大，界标的高度就越高。

12.6 上 机 指 导

利用界标注解排一个结构式

大样文件的结果如下：

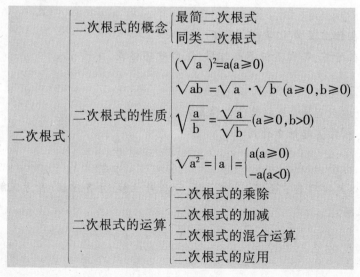

生成该大样文件所输入的小样文件格式为：

二次根式［JB({Z］二次根式的概念［JB({］最简二次根式✓同类二次根式［JB)］✓
二次根式的性质 ［JB({］⑤(［KF(］a［KF)］)↑2=a(a≥0)✓［KF(］ab［KF)］=［KF(］
a［KF)］·［KF(］b［KF)］(a≥0,b≥0)✓［KF(］［SX(］a │ b［SX)］［KF)］=［SX
(］［KF(］a［KF)］│ ［KF(］b［KF)］［SX)］(a≥0,b>0)✓［KF(］a↑2［KF)］=|a|=
［JB({］a(a≥0)✓−a(a<0)［JB)］［JB)］⑤✓二次根式的运算［JB({］二次根式的乘除✓
二次根式的加减✓二次根式的混合运算✓二次根式的应用［JB)］［JB)］Ω

【实例分析】本例主要涉及了排数学公式的相关注解。具体请参见相关章节的范例。

12.7　习　　题

填空题

(1) 用于在独立数学态中指定排_____在公式行_____的文字,如"因为"、"所以"、"即"、"由此可知"等。

(2) 方程组各行的位置可分为三个部分,即公式体、齐部分、行_____。公式体分为_____和_____,此时左部与右部就用［││］分开。

选择题

(1) 在上下注解中,不要分数线;上下盒子左对齐;上下盒子右对齐的参数分别是_____。

A. BZY　　　　　B. ZYB　　　　　C. YBZ　　　　　D. YZB

(2) 在界标注解中,表示界标大小与界标内容等高的参数是_____。

A. D　　　　　B. G　　　　　C. S　　　　　D. Z

判断题

(1) 右齐注解必须出现在独立数学(化学)态中。(　　)

(2) 左齐注解必须出现在行首,否则不但不起作用,还会破坏格式。(　　)

简答题

(1) 在上下注解(SX)中,参数 C 和−分别起什么作用?

(2) 在界标注解(JB)中,参数 Z 起什么作用?

操作题

排一个数学公式,要求公式利用上下注解、方程注解、方程号注解、左齐注解、开方注解、顶底注解等数学公式排版注解。

化学式排版注解

教学提示：化学公式相对数学公式有一定的难度，体现在化学结构式或方程式的复杂性。但只要了解和熟练掌握相关注解的作用范围及其参数的功能，运用起来便易如反掌。

教学目标：熟悉各注解的功能和用法；掌握各注解的书写格式、参数的先后顺序及所起的作用。

13.1 反应注解(FY)

本节主要介绍 4 种化学式类注解，分别为：反应注解(FY)、相联注解(XL)和、相联始点注解(LS)以及相联终点注解(LZ)。

功能概要：用于排化学反应号及在反应号上的字符、符号的说明。

注解格式：〖FY〔<反应参数>〕〗

　　　　　　〖FY(〔<反应参数>〕)〗<反应内容>〖FY)〗

注解参数：<反应参数>：〔<反应号>,〕〔<反应方向>,〕<字距>|〔<反应号>,〕<反应方向>|
　　　　　　　　　　　<反应号>

　　　　　　<反应号>：JH〔*〕|KN〔*〕|=

　　　　　　<反应方向>：S|X|Z|Y

参数说明：=：等号；JH：聚合；JH*：聚合；KN：可逆；KN*：可逆；缺省：→。
　　　　　　S：上；X：下；Z：左；Y：右。

特别提示：反应的长度：缺省值为 2(以字高为单位)，而聚合反应号的缺省值为 3。另外，可以用字距形式来指定长度，但字距须大于等于当前 1 倍字高(对于聚合反应号必须大于 3 倍字高)。

> **注 意**
>
> 该注解的第一种形式是对反应号的处理。当反应号上有附加内容时使用第二种形式，即反应开闭弧注解。在反应开闭弧注解中，之前的内容为上盒，之后的内容为下盒。

【实例应用】方程注解(FC)的用法。

小样 1 输入：

> ［FK(W ］Zn+H♭2SO♭4［FY=］ZnSO♭4+H♭2↑▆▆▆Fe♭2O♭3+3CO[FY(=]高温[FY)]2Fe+3CO♭2✍2KClO♭3［FY(=］MnO♭2［］△［FY)］2KCl+3O♭2↑▆▆▆I♭2+H♭2［FY(KN*,5］化合［］分解［FY)］2HI［FK)］Ω

大样 1 显示：

> $Zn+H_2SO_4 \underline{\quad\quad} ZnSO_4+H_2\uparrow$ $Fe_2O_3+3CO \overset{高温}{\underline{\quad\quad}} 2Fe+3CO_2$
>
> $2KClO_3 \overset{MnO_2}{\underset{\triangle}{\underline{\quad}}} 2KCl+3O_2\uparrow$ $I_2+H_2 \overset{化合}{\underset{分解}{\rightleftarrows}} 2HI$

【实例分析】在上述小样中，［FY=］表示反应号为等号"="；［FY(=］高温［FY)］表示反应号为等号"="且"高温"位于等号的上方；［FY(=］…［］…［FY)］表示反应号为等号"="且［］前的内容排在等号的上方，［］后的内容排在等号的下方；［FY(KN*,5］…［］…［FY)］表示反应号为可逆的形式"⇌"且长度为 5 个字宽，［］前的内容排在等号的上方，［］后的内容排在等号的下方。

小样 2 输入：

> ［FK(S］［FK(D］左▆上［FK)］［FYKN*,Z,3］［FK(］▆上▆［FK)］［FYKN*,Y,3］［FK(D］右▆上［FK)］［HJ0］✍［KG1*2］［FYKN*,X,3］［KG5*2/3］［FYS,3］［KG5*2/3］［FYKN*,S,3］✍［FK(］［KG1］左［KG1］［FK)］［FYZ,3］［FK(FB2001#］［KG1］中［KG1］［FK)］［FYY,3］［FK(］［KG1］右［KG1］［FK)］✍［KG1*2］［FYKN*,X,3］［KG5*2/3］［FYX,3］［KG5*2/3］［FYKN*,S,3］✍［HJ］［FK(D］左▆下［FK)］［FYKN*,Z,3］［FK(］▆下▆［FK)］［FYKN*,Y,3］［FK(D］右▆下［FK)］［FK)］Ω

大样 2 显示：

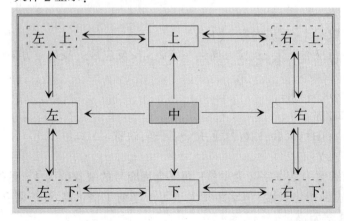

【实例分析】在上述小样文件中，［FYKN*,Z,3］表示反应号为可逆的形式"⇌"，反应方向从右向左，长度为 3 个字宽；其他类似的反应号除方向不同，其余均相同；［FYZ,3］表示反应号为缺省的形式"→"，反应方向从右向左，长度为 3 个字宽；其他相类似反应号除方向不同，其余均相同。

小样 3 输入：

〖FY(〗K▮Ca▮Na▮Mg▮Al▮Zn▮Fe▮Sn▮Pb▮(H)▮Cu▮Hg▮Ag▮Pt▮Au〖 〗金属活动性：由强到弱〖FY)〗∠淀粉[FY(]淀粉酶[FY)]麦芽糖[FY(]麦芽糖酶[FY)]葡萄糖(人体可直接吸收的糖)∠(C↓6H↓〔10〕O↓5)↓ⓏnⓏ[FY(JH,2]酶[]水[FY)]C↓6H↓〔12〕O↓6[FYJH,4]血糖[FYJH,6]淀粉(肌肉和肝脏中)∠蛋白质[FY(]摄入[FY)]人体[FY(]胃肠道[]水解[FY)]氨基酸[JB({][FY(]氧化[FY)]尿素+CO↓2+H↓2O,放出热量∠[FY(]合成[FY)]人体所需各种蛋白质∠(维持生长发育,组织更新)[JB)]Ω

大样 3 显示：

【实例分析】 在上述小样文件中，〖FY(〗…〖 〗…〖FY)〗表示反应号为缺省的形式单箭头"→"，反应方向从左向右，长度是随反应符上或下的内容的长度变化而变化；〖FYJH,2〗表示反应号为聚合的形式"→…→"，反应方向从左向右，且长度为 2 个字宽。

13.2 结构式类注解

本节主要介绍七种化学式类注解，分别为：反应注解(FY)、相联注解(XL)和、相联始点注解(LS)以及相联终点注解(LZ)。

13.2.1 结构注解(JG)

功能概要：用于排版复杂的化学结构式，如链结构式、环状结构式。

注解格式：〖JG(〗<结构内容>〖JG)〗

注解参数：<结构内容>：<普根结构式>|<环根结构式>

普根结构式参数说明：

  <普根结构式>：<根结点>〔<字键注解><结构式>(1~n 次)〕

  <根结点>：〔<连到注解>〕<结点>〔<结构控注>〕

  <连到注解>：〖LD<字符序号>〔<位置>〕〗

  <字符序号>：<数字>{,<数字>}   <位置>：S|X|Z〔S|X〕|Y〔S|X〕

  <结点>：<横结点>|<竖排注解>|﹛﹜

  <横结点>：<结点字>|﹛{〔<结点控注>〕<横结点>}|〔<结构控注>〕﹛﹜

    〔<顶底注解>〕〔<角标>〕}﹜

<结点字>：<字符>〔<顶底注解>〕〔<角标>〕

<结点控注>：<字体号注解>|Ⓩ〔KG〔-〕<字距>〕

<结构控注>：<线始注解>|<线末注解>

<线始注解>：〖XS<编号><位置>{,<编号><位置>}(0~k 次)〗

<线末注解>：〖XM<编号><位置>{,<编号><位置>}(0~k 次)〗

<编号>：<数字>{<数字>}(0~k)   1≤编号≤20

<位置>：S|X|Z〔S|X〕|Y〔S|X〕

<字键注解>：〖ZJ<字键>{,<字键>}(0~t 次)〗

<字键>：〔<键形>,〕〔<字符序号>〔<位置>〕,〕<方向>〔,<字距>〕

<键形>：LX|SX|XX|QX|SJ|JT|DX|XS

<方向>：S|X|Z〔S|X〕|Y〔S|X〕

环根结构式参数说明：

<环根结构式>：<环结点>〔<环键边注><结构式>}(1~n 次)〕

<环结点>：<六角注解>|<六角括弧注解>

<环键边注>：<邻边注解>〔<角键注解>〕|<角键注解>〔<邻边注解>〕

<角键注解>：〖JJ<角键>{;<角键>}(0~j 次)〗

<角键>：<角编号>〔,<键形>〕〔,<方向>〕〔,<字距>〕

<邻边注解>：〖LB<边编号>{;<边编号>}(0~k 次)〗

特别提示：无论是排链状结构式还是环状结构式，所有化学结构式的有关注解都要在结构注解(JG)中使用。

根据后面介绍相关注解的需要以下先将相关概念做简单介绍：

1. 普根结构式

由根结点出发的结构式，叫普根结构式，如图 13.1 所示。

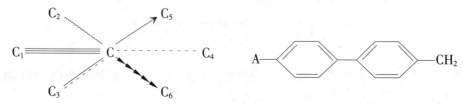

图 13.1   普根结构式

2. 环根结构式

由环结点出发的结构式，叫环根结构式，如图 13.2 所示。

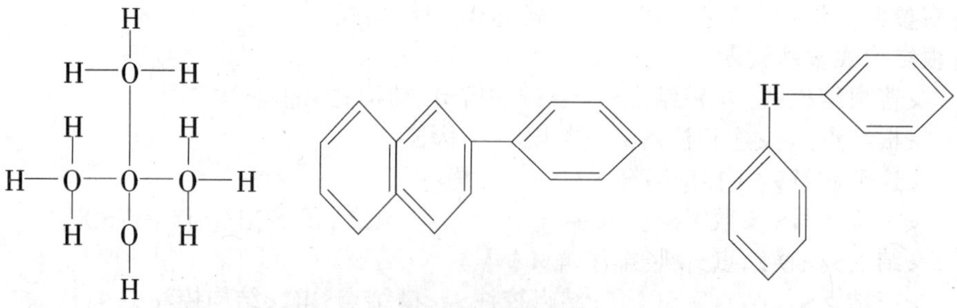

图13.2   环根结构式

3. 其他

- 结点的连线称为键。从根结点引出的键叫字键,由环结点引出键叫角键。结点包括:主根结点、根结点、空结点、横结点、竖结点、环结点。

  下面对这些结点简单介绍:

  ◆ 主根结点:指结构注解中选取的第一个根结点或环结点。

  ◆ 根结点:沿一行的中线选取一个结点,并以该结点为根来引出其后的键和结点。

  ◆ 空结点:以空字符为节点,即用"⌇⌇"表示一个空字符。

  ◆ 横结点:横排的字符作为结点。

  ◆ 竖结点:竖排的字符作为结节。

  ◆ 环结点:由六角注解定义的一些环,如苯环、杂环、六角环等。

- 键形:在结构式中,从某个节点引出与另一个结点相连的线,用键形来表示,有两线(LX)、三线(SX)、虚线(XX)等共计9种键形。

- 字键:从根结点引出的键,由字键注解(ZJ)给出。

- 角键:从环结点引出的键,由角键注解(JJ)给出。

13.2.2 字键注解(ZJ)

功能概要:指从本结构式的根结点上引出的键的个数、形状、位置、方向和长度。

注解格式:〖ZJ<字键>{;<字键>}(0 到 t 次)〗

注解参数:<字键>:〔<键形>,〕〔<字符序号>〕<位置>〕,〕<方向>〔,<字距>〕

　　　　　　<键形>:LX|SX|XX|QX|SJ|JT|DX|XS　　<方向>:S|X|Z〔S|X〕|Y〔S|X〕

参数说明:LX:两线(──);SX:三线(═══);XX:虚线(‥‥);QX:曲线(～～～);SJ:三角(▸▸▸▸▸▸);JT:箭头(──→);DX:点线(……);XS:虚实线(‑‑‑‑);缺省为单键(──)。

　　　　<字符序号>:根结点为多字符的横结点或竖结点时,本参数指出由第几个字符引出字键。

　　　　<位置>:指出键从字符的什么位置引出,有以下几种选择:

　　　　　　S:上;X:下;Z:左;Y:右;ZS:左上;ZX:左下;YS:右上;YX:右下。

　　　　<方向>:表示键的引出方向。

　　　　<字距>:表示键的长度。在缺省状态下,只有键形为曲线(QX)为2个字宽,其余的键形均为1个字宽。

下面对<方向>和<位置>的理解以图示法的形式进一步说明。

如果把一个结点视为一个盒子,其位置定义如图13.3所示。

<方向>和<位置>的选择相同,只是它表示的是方向,如图13.4所示。

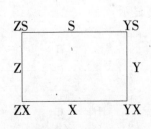

图 13.3 位置的定义

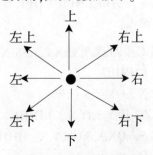

图 13.4 方向的定义

缺省<字符序号>和<位置>时,由<方向>决定它们的引出关系,如图 13.5 所示。

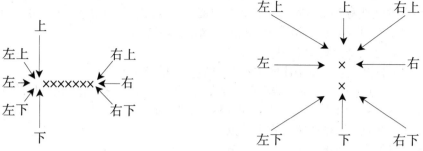

图 13.5　位置的定义

由<方向>可以自动决定下一个结点的引入位置,如图 13.6 所示。

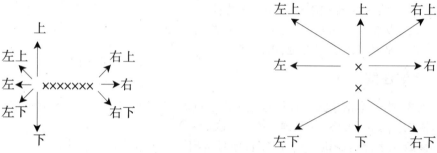

图 13.6　方向的定义

【实例应用】字键注解(ZJ)的用法。

小样 1 输入:

```
〖JG（〗｛HCOH｝〖ZJZ;2,S;2,X;Y〗
｛CH⇓2｝｛CH⇓2OH｝｛CH⇓2｝
｛CH⇓2｝〖ZJY〗｛CH⇓2｝〖ZJY,2;2,
S,2;2,X,2〗｛C⇓2｝｛H⇓1｝｛H⇓2｝
〖JG)〗Ω
```

大样 1 显示:

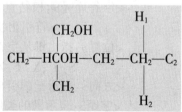

【综合分析】在上述小样文件中,〖ZJZ;2,S;2,X;Y〗表示以 HCOH 中第二个字母为主根结点而引出上(CH_2OH)、下(CH_2)、左(CH_2)、右(CH_2)四个方向的子结构式;〖ZJY, 2;2,S,2;2,X,2〗表示以｛HCOH｝的右方向 CH_2 子结构式为主根结点,而又引出上(H_1)、下(H_2)、右(C_2)三个方向的子结构式。

小样 2 输入:

```
〖JG(〗C〖ZJSX,S,3;SX,Z,3;SX,X,3;
DX,Y,5〗HHHC
〖ZJS,2;X,5;QX,Y,5〗HC
〖ZJJT,Z,3;JT,Y,3;JT,X,3〗HHHC
〖ZJQX,S,3;QX,X,3;QX,Y,3〗HHH
〖JG)〗Ω
```

大样 2 显示:

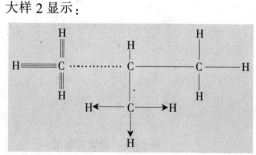

【综合分析】在上述小样文件中，〖ZJSX,S,3;SX,Z,3;SX,X,3;DX,Y,5〗表示以 C 字母为主根结点而引出上(H)且键形为 3 个字长的三线、下(H)且键形为 3 个字长的三线、左(H)且键形为 3 个字长的三线、右(C)且键形为 5 个字长的点线四个方向的子结构式；〖ZJS,2;X,5;QX,Y,5〗表示以第一个主根结点 C 的右方向 C 子结构式为主根结点，而引出上(H)2 个字长的正线、下(C)5 个字长的正线、右(C)(键形为 5 个字长的曲线)三个方向的子结构式，其中又以下(C)为主根结点引出了左(H)、右(H)、下(H)且键形均为 3 个字长的箭头子结构式；〖ZJQX,S,3;QX,X,3;QX,Y,3〗表示以第三个横向的 C 为主根结点而引出上(H)、下(H)、右(H)三个子结构式，且键形均为 3 个字长的曲线。

小样 3 输入：

〖JG（〗〖HT0〗★〖HT〗〖ZJJT,Z,5;JT,ZS,5;JT,ZX,5;JT,S,5;JT,X,5;JT,Y,5;JT,YS,5;JT,YX,5〗〖HT3〗〔☆⬇1〕〔☆⬇2〕〔☆⬇8〕〔☆⬇3〕〔☆⬇7〕〔☆⬇5〕〔☆⬇4〕〔☆⬇6〕〖HT〗〖JG)〗〖KG1〗〖JG（〗〔FK（〗〖HT2〗中〖HT〗〔FK)〕〖ZJLX,Z,5;SX,Y,5;SJ,S,5;JT,X,5;XS,ZS,5;XX,ZX,5;QX,YS,5;DX,YX,5〗〖HT4〗〔左〕〔右〕〔上〕〔下〕〔左上〕〔左下〕〔右上〕〔右下〕〖HT〗〖JG)〗Ω

大样 3 显示：

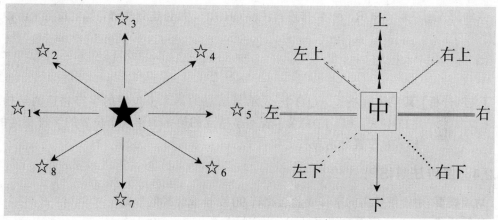

【综合分析】在上述小样文件中，〖ZJJT,Z,5;JT,ZS,5;JT,ZX,5;JT,S,5;JT,X,5;JT,Y,5;JT,YS,5;JT,YX,5〗表示以★为主根结点而引出上(☆₃)、下(☆₇)、左(☆₁)、右(☆₅)、左上(☆₂)、左下(☆₈)、右上(☆₄)、右下(☆₆)且键形均为 5 个字长的箭头；〖ZJLX,Z,5;SX,Y,5;SJ,S,5;JT,X,5;XS,ZS,5;XX,ZX,5;QX,YS,5;DX,YX,5〗表示以"中"字为主根结点而引出上(上)且键形为三角、下(下)且键形为箭头、左(左)且键形为两线、右(右)且键形为三线、左上(左上)且键形为虚实线、左下(左下)且键形为虚线、右上(右上)且键形为曲线、右下(右下)且键形为点线。另外，所有键形的长度均为 5 个字长。

13.2.3　连到注解(LD)

功能概要：指定引入键的字符序号及位置。

注解格式：〔LD<字符序号>〔<位置>〕〕

注解参数：<字符序号>:<数字>{,<数字>}

              <位置>:S|X|Z〔S|X〕|Y〔S|X〕

参数说明：<字符序号>:指定字键与结点的第几个字符相连。

              <位置>:指定从字符的什么引出字键。具体说明如下：

                    S:上;X:下;Z:左;Y:右;ZS:左上;ZX:左下;YS:右上;YX:右下。

【实例应用】连到注解(LD)的用法。

    小样输入：

未加排连到注解〔JG(〕{CHOR}〔ZJJT,S,3;JT,2,X,3〕{CHO}{HOR}〔JG)〕
〔KG1〕加排连到注解〔JG(〕{CHOR}〔ZJJT,3,S,3;JT,4,X,3〕〔LD3〕{CHO}
〔LD3〕{HOR}〔JG)〕〔KG1〕加排连到注解并指定位置〔JG(〕{CHOR}
〔ZJJT,3,S,3;JT,4,X,3〕〔LD1YS〕{CHO}〔LD3YX〕{HOR}〔JG)〕Ω

    大样显示：

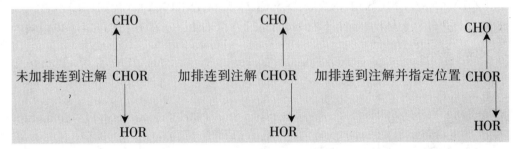

【实例分析】其他注解略。〔LD3〕 表示与结点的第 3 个位置的字符相连的结构式；
             〔LD1YS〕和〔LD1YX〕表示与结点的第 1 和第 3 个位置的字符相连的结
             构式且位置分别为右上和右下。

13.2.4 竖排注解(SP)

功能概要：用于把横向的字符或盒组旋转 90 度排成竖排的形式。

注解格式：〔SP(〔<字符盒组序号>〕〔G<空行参数>〕〕〔SP)〕

注解参数：<字符盒组序号>:<正整数>

参数说明：<空行参数>:表示竖排字所占的高度。

特别提示：在竖排注解中，内容之间不允许出现换段符(↙)或换行符(↙),否则排版系统
             会提示"SP 注解,↙(或↙)嵌套错"的错误信息。

【实例应用】竖排注解(SP)的用法。

    小样输入：

竖排 1▤〔SP(〕COOH〔SP)〕C↓2HO↓4〔SP(〕COOH〔SP)〕▬▬▬
竖排 2▤〔SP(3〕COOH〔SP)〕C↓2HO↓4〔SP(2〕COOH〔SP)〕▬▬▬
竖排 3▤〔JG(〕{C↓2HO↓4}〔ZJS,2;3,X,2〕
〔SP(〕CH〔SP)〕〔SP(〕OH〔SP)〕〔JG)〕Ω

大样显示：

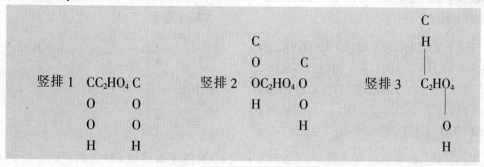

【实例分析】在上述小样文件中，〖SP(〗……〖SP)〗表示以该注解的第一个字母"C"为
竖排的中线对齐点；〖SP(3〗……〖SP)〗表示以该注解的第一个字母"O"为
竖排的中线对齐点；〖SP(2〗……〖SP)〗表示以该注解的第二个字母"O"为
竖排的中线对齐点。

13.2.5　线始注解(XS)

功能概要：与线末注解配合使用，起到用线段把结构式中两个结点连接起来的作用。

注解格式：〖XS<编号><位置>{,<编号><位置>}(0 到 K 次)〗

注解参数：<编号>：<数字>{<数字>}1≤编号≤20

　　　　　　<位置>：S|X|Z〔S|X〕|Y〔S|X〕

参数说明：<编号>：用于对每条线进行编号，以便同一编号的线始点和线终点连成一条线。

　　　　　　<位置>：用于指定线始点(终点)在本结点的哪个位置。具体说明如下。

　　　　　　　　S：上；X：下；Z：左；Y：右；ZS：左上；ZX：左下；YS：右上；YX：右下。

特别提示：线段的始点由线始注解给出，此注解必须紧跟在被连结点之后。线始注解与
线末注解必须成对出现，先用线始注解，后用线末注解。允许画多条线，分别
用不同编号区分，同一编号的线始、线终连成一条线。

【实例应用】见 13.2.7 节。

13.2.6　线末注解(XM)

功能概要：与线始注解配合使用，起到用线段把结构式中两个结点连接起来的作用。

注解格式：〖XM<编号><位置>{,<编号><位置>}(0 到 K 次)〗

注解参数：<编号>：<数字>{<数字>}1≤编号≤20

　　　　　　<位置>：S|X|Z〔S|X〕|Y〔S|X〕

参数说明：<编号>：用于对每条线进行编号，以便同一编号的线始点和线终点连成一条线。

　　　　　　<位置>：用于指定线始点(终点)在本结点的哪个位置。具体说明如下。

　　　　　　　　S：上；X：下；Z：左；Y：右；ZS：左上；ZX：左下；YS：右上；YX：右下。

特别提示：① 线段的终点由线末注解给出，当某个编号有了线始注解后，还未出现线末
　　　　　　　注解之前，此编号不能再次使用。

　　　　　　② 如果结构式形成回路时，必须去掉回路中的一条线，而被去掉的线用线始、
　　　　　　　线末注解补上。

【实例应用】线始、线末注解(XS、XM)的用法。

小样1 输入：

```
［JG(］〖CHOR〗［ZJJT,YS,3;JT,YX,3;JT,
Y,5］〖CH〗［XS1X］〖OR〗［XM1S］
〖OHR〗　［ZJJT,YS,3;JT,YX,3;JT,Y,5］
〖CH〗　［XS2X］　〖OR〗　［XM2S］
〖COR〗［JG)］Ω
```

大样1 显示：

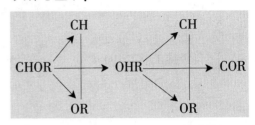

【实例分析】在上述小样文件中，［XS1X］和［XM1X］表示以 CH 为起点画一条到 OR 为终点的竖线且线的编号为1；［XS2X］和［XM2X］表示以 CH 为起点画一条到 OR 为终点的竖线且线的编号为2。

小样2 输入：

```
［JG（］〖ⵂ〗［ZJY,10;ZX,4］〖ⵂ〗
［ZJZX,4］〖ⵂ〗　［XS1Z］〖ⵂ〗
［XM1Y］［KG2］［JG)］［JG(］A⬇
1［ZJY,10;ZX,4］A⬇2［ZJZX,4］A⬇3
［XS2Z］A⬇4［XM2Y］［JG)］Ω
```

大样2 显示：

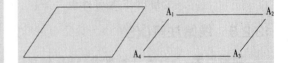

【实例分析】在上述小样文件中，第一个图形利用了空结点〖ⵂ〗为起点和终点画一条竖线且线的编号为1；第二个图形是以 A_3 为起点和以 A_4 为终点画一条从右向左的线且线的编号为2。

13.2.7 六角环注解(LJ)

功能概要：用于排化学公式中的六元环、苯环和杂环等。

注解格式：［LJ<六角参数>］

　　　　　　［LJ(<六角参数>）］〖［<角编号>］<结点>〗［LJ)］

注解参数：<六角参数>：〔<规格>〕〔,<六角方向>〕〔,<边情况>〕〔,<连入角>〕〔,<内嵌字符>〕

　　　　　　<规格>：<字距>〔,<字距>〕

　　　　　　<六角方向>：H|S

　　　　　　<边情况>：<各边形式>〔<嵌圆>〕|<嵌圆>

　　　　　　<嵌圆>：Y<0|1>〔<嵌圆距离>〕

　　　　　　<嵌圆距离>：(<字距>)

　　　　　　<各边形式>：D|W(<边编号>{,<边编号>}0 到 j 次)|S(<边编号>{,<边编号>}0 到 k 次)〔W(<边编号>{,<边编号>}0 到 I 次)〕

　　　　　　<连入角>：L<角编号> <角编号>：1|2|3|4|5|6

　　　　　　<边编号>：1|2|3|4|5|6

　　　　　　<内嵌字符>：#<字符>

参数说明：H：横向；S：竖向。

　　　　　　D：表示六角环的各边为单键边；

W(<边编号>{,<边编号>}0 到 j 次):表示无键边的编号;

S(<边编号>{,<边编号>}0 到 k 次):表示双键边的编号;

<嵌圆>:0:实圆;1:虚圆。

<嵌圆距离>:表示嵌圆和六角环宽边的距离。使用嵌圆距离之后,六角环的圆只能使用实圆。

特别提示:在六角环的相应角编号上嵌入字符串时,不论是单个字符还是字符串,必须用盒子符"╞╡"括起来,否则看不到嵌入的字符。

下面简单介绍与排六角环的相关知识。

根据六元环、苯环和杂环的结构特征可分为两类:

- 不嵌字的六角环,此类用六角环注解(LJ)来实现,即 [LJ<六角参数>]。
- 嵌字的六角环,此类用六角环开闭弧注解来实现,即: [LJ(<六角参数>] { [<角编号>] <结点>} [LJ)] 。

另外,根据排版方式的不同,环的方向又分为横方向和竖方向,如图 13.7 所示。

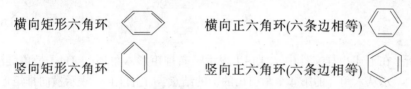

图 13.7　横方向和竖方向

为了准确描述环的边和角,下面对六角环的边、角进行了编号,如图 13.8 所示。

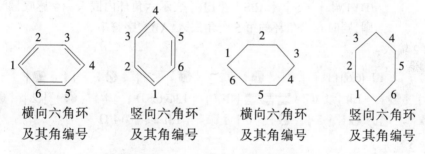

横向六角环及其角编号　　竖向六角环及其角编号　　横向六角环及其角编号　　竖向六角环及其角编号

图 13.8　六角环的边、角及编号

下面是给出边或圆改变时注解的写法(设其他参数不变):

设原来六角环内无圆	现要增加实圆	当边情况不变时	只需要写 [LJ0]
设原来六角环内有圆	现要去掉实圆	当边情况不变时	必须写 [LJ<各边形式>]
设原来六角环内有实圆	改变实圆的性质	当边情况不变时	只需要写 [LJY1] 虚圆改为实圆
设原来六角环内有实圆	圆保留	改变边情况时	必须要写 [LJ<各边形式>Y0]

【实例应用】六角环注解(LJ)的用法。

小样1 输入:

```
[ JG( ] ╞ABS╡ [ ZJS,2;X,2;JT,Y,2 ] [ LJS ] [ JJ4 ] ╞AB⬇1╡ [ LJS ] [ JJ1 ] ╞AB
⬇2╡ ╞BS╡ [ ZJYS,2;YX,2;JT,Y,6 ] [ LJH,L1 ] [ JJ2;4 ] ╞BS⬇1╡ ╞BS⬇2╡ [ LJH,
L1 ] [ JJ6;4 ] ╞BS⬇4╡ ╞BS⬇3╡ ╞AB╡ [ ZJYS,3;YX,3;Y,5 ] [ LJH,L6 ] [ LJH
```

〖［LJDY0,#完］〗〖［ZJLX,Y,2］〖［LJDY0,#成］〗〖［ZJJT,X,2］［LJ(DY1,#!　］
［5］｛ABS｝［LJ)］［JG)］Ω

大样1显示:

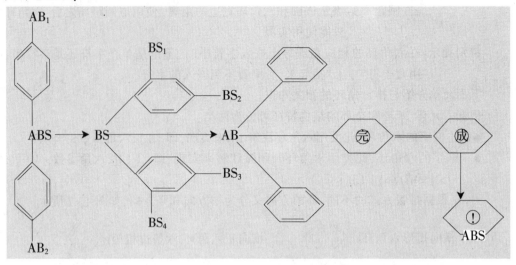

【实例分析】在上述小样文件中,［LJS］表示竖向排矩形六角环,［JJ4］是角键注解,表示从六角环的第4个角引出的键的结点;［LJH,L1］ 表示横向排矩形六角环且角编号为1,［JJ2;4］ 表示分别从六角环的第2个角和第4个角引出的键的结点;［LJDY0,#完］表示六角环内嵌入一个"完"字,且为实圆;［LJ(DY1,#!］［5］｛ABS｝［LJ)］表示六角环内嵌入一个感叹号"!",且为虚圆,同时在六角环的第5个角嵌入"ABS"字符串。

小样2 输入:

［JG(］［LJ(6,6,H,D］［1］❶〗［2］❷〗［3］❸〗［4］❹〗［5］❺〗
［6］❻〗［LJ)］［JG)］☰☰☰［JG(］LJ(3,6,S,D］［1］❶〗［2］❷〗［3］
❸〗［4］❹〗［5］❺〗［6］❻〗［LJ)］［JG)］Ω

大样2 显示:

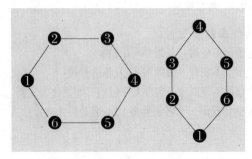

【实例分析】在上述小样文件中,［LJ(6,6,H,D］……［LJ)］]表示排成横向且高与宽均为6,各边为单键边的六角环;［LJ(3,6,S,D］……［LJ)］]表示排成竖向且高为3,宽为6,各边为单键边的六角环。

13.2.8 角键注解(JJ)

功能概要:可从当前环节点引出几根键,还可确定键的位置、形状、方向和长度。

注解格式:〖JJ<角键>{;<角键>}(0 到 j 次) 〗

注解参数:<角键>:<角编号>〔,<键形>〕〔,<方向>〕〔,<字距>〕

                    <角编号>:1|2|3|4|5|6

                  <键形>:LX|SX|XX|QX|SJ|JT|DX|XS

                    <方向>:S|X|Z〔S|X〕|Y〔S|X〕

参数说明:<角编号>:指出引出角的编号,不可缺省。

                <键形>:同字键注解,缺省为单键"—"。具体说明如下。

                    LX:两线(══════);SX:三线(══════);XX:虚线(‑ ‑ ‑ ‑);

                    QX:曲线(⌒⌒⌒⌒⌒);SJ:三角(▶▶▶▶▶);JT:箭头(────▶);

                    DX:点线(⋯⋯);XS:虚实(‑‑‑‑‑)。

                <方向>:指引出键的方向,缺省则按引出角的位置,自动决定方向。说明如下。

                    S:上;X:下;Z:左;Y:右;ZS:左上;ZX:左下;YS:右上;YX:右下。

                <字距>:表示键的长度,规则同字键注解。

特别提示:角键注解基本上同字键注解,区别在于"字键"是从根结点引出的键,而"角键"是从环结点引出的键。

【实例应用】角键注解(JJ)的用法。

小样输入:

〖JG(〗〖LJ3,H,D 〗〖JJ1;2;3;4;5;6〗123456〖JG)〗 〖JG(〗〖LJ3,S,D 〗〖JJ1;2;3;4;5;6〗123456〖JG)〗 Ω

大样显示:

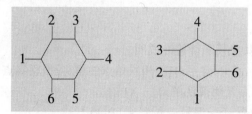

【实例分析】在上述小样文件中,〖LJ3,H,D〗表示排成横向且高与宽均为3,各边为单键边的六角环;〖LJ3,S,D〗表示排成竖向且高与宽均为3,各边为单键边的六角环;〖JJ1;2;3;4;5;6〗表示角键的个数为6个,与它相邻边的节点个数也为6个,分别为1、2、3、4、5、6。

13.2.9 邻边注解(LB)

功能概要:将相邻六角环的键边连接起来。

注解格式:〖LB<边编号>{,<边编号>}(0 到 k 次) 〗

注解参数:<边编号>:1—6

参数说明:<边编号>:用于指定哪条边与另一个六角相邻。

特别提示:该注解一定要出现在六角环注解的后面。

【实例应用】角键注解(JJ)的用法。

小样输入:

〖JG(〗〖LJ1*2,S〗〖LB2,4,6〗〖LJ〗〖JJ1;2;3;4〗{CH⬇1}{CH⬇2}{CH⬇3}
{CH⬇4}〖LJ〗〖LJ〗〖JG)〗■
〖JG(〗〖LJS,#1〗〖LB1〗〖LJS,#2〗〖LB2〗〖LJS,#3〗〖LB3〗〖LJS,#4〗〖LB4〗
〖LJS,#5〗〖LB5〗〖LJS,#6〗〖LB6〗〖JG)〗■
〖JG(〗〖LJDY0〗〖LB1,2,3,4,5,6〗〖LJDY0〗〖LJDY0〗〖LJDY0〗〖LJDY0〗
〖LJDY0〗〖LJDY0〗〖JG)〗Ω

大样显示:

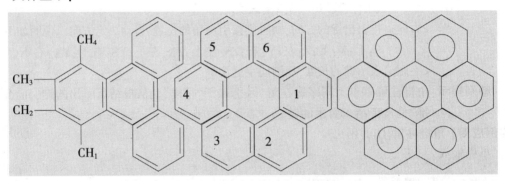

【实例分析】在上述小样文件中,〖LB2,4,6〗表示六角环的第2、4、6条边分别与另两个
六角不相邻;〖LB1〗……〖LB6〗表示每个六角环的第1~6条边分别与
其相邻的六角环的边相连。

13.2.10 相联注解(XL)

功能概要:实现化学反应式中的上下附加线及其字符符号说明。

注解格式:相联开闭弧注解:〖XL(〗{<横结点>|<盒组>}{{<相联始点注解>|<相联终点注
解>|<相联终点开闭弧注解>}}〖XL)〗

相联始点注解:〖LS{<编号><位置>〔,<编号><位置>}(0~k)〗

相联终点注解:〖LZ{<编号><位置>〔,<线选择>〕〔,<位置>〕〔,<线方向>}
(0~n)〗

相联终点开闭弧注解:〖LZ ({<编号><位置>〔,<线选择>〕〔,<线位置>〕〔,<线
方向>}(0~n)〗<盒组>{⤦<盒组>}(0~n)〖LZ)〗

注解参数:<编号>:<数字>〔<数字>〕(1≤编号≤20)

　　　　<位置>:S|X|Z〔S|X〕|Y〔S|X〕　　　<线选择>:X|J|K|H

　　　　<线位置>:S|X　　　　　　　　　<线方向>:F

参数说明:<编号>:表示将编号相同的线连接在一起。

　　　　<位置>:表示从此结点的某个位置连到另一结点的某个位置上。如下说明:

　　　　　　　S:上;X:下;Z:左;Y:右;ZS:左上;ZX:左下;YS:右上;YX:右下。

　　　　<线选择>:给出联线使用的类型。如下说明:

　　　　　　　XJ 表示虚箭头;KH 表示花括号;缺省表示实箭头。

　　　　<线位置>:指出联线的位置,缺省为上。

　　　　<线方向>:指箭头方向,对花括号不起作用,缺省表示正方向,箭头落在终点上。

特别提示: ① 在使用相联始点注解和相联终点注解时,必须有相联始点注解,才能有相联终点注解。并且在对多结点或盒组进行联线时,需要对线进行编号,如果相同编号的联始联终将被一条线连接起来。

　　　　② 相联注解是将某些<横结点>或<盒组>用联线连接起来,所以在联线时需要说明联线的始点和联线的终点,因此在相连注解内包含相联始点注解和相联终点注解,如果在联线上或下还需加某些说明,则终点位置要使用相联终点开闭弧注解。

【实例应用】 相联注解(XL)的用法。

　　小样输入:

［XL(］C［LS1S］uO+H⬇2［LS2X］］［FY=］C［LZ(1S］还原［LZ)］u+H⬇2［LZ(2X,X］氧化［LZ)］O［XL)］▬ ［XL(］C［LS1S］uO +H⬇2［LZ1S］］［FY=］C［LS2X］u+H⬇2［LZ2X,X］O［XL)］✐
［XL(］Z［LS1X］n+H［LS2S］⬇2SO⬇4［FY=］Z［LZ1X,XJ,X］nSO4+H［LZ2S,XJ,S］⬇2↑［XL)］▬ ［XL(］Z［LS1X］n+H［LS2S］⬇2SO⬇4［FY=］Z［LZ(1X,KH,X］锌元素［LZ)］nSO⬇4+H［LZ(2S,KH,S］氢元素［LZ)］⬇2↑［XL)］Ω

　　大样显示:

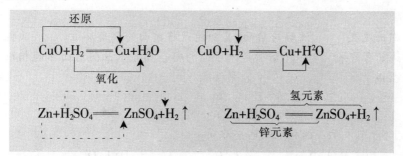

【实例分析】 在上述小样文件中,［LS1S］……［LZ(1S］还原［LZ)］表示从始点字符"C"向上画一条连线到终点字符"C",编号为1,线型为箭头,且在连线的上方附加说明内容"还原";［LS2X］……［LZ(2X,X］氧化［LZ)］表示从始点字符"H"向上画一条连线到终点字符"H",编号为2,线型为箭头,且在连线的下方附加说明内容"氧化";［LS1X］……［LZ1X,XJ,X］表示从始点字符"Z"向上画一条连线到终点字符"Z",编号为1,线型为虚箭头;［LS1X］……［LZ(1X,KH,X］锌元素［LZ)］表示从始点字符"Z"向上画一条连线到终点字符"Z",编号为1,线型为花括号,且在花括号的下方附加说明内容"锌元素"。

13.3 上机指导

排一个六角环的结构式。

大样文件的结果如下：　　　　　　生成该大样文件所输入的小样文件格式为：

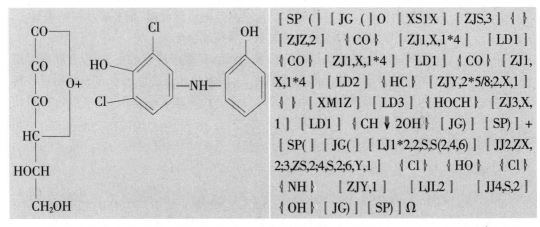

【综合分析】本实例主要涉及了排数学公式和化学公式的相关注解。如有不明之处，请参见相关章节的范例。

13.4 习 题

填空题

邻边注解一般都出现在_____注解的后面，其功能是将前面的六角环近_____注解所给出的顺序自动与后边的各环相_____。至于具体后面的哪个环与本注解前面环的相应边相邻，均由系统_____生成。

选择题

在六角环注解中，分别表示实圆和虚圆的参数是_____。

    A．0 1　　　　　　B．1 0　　　　　　C．0 1　　　　　　D．1 0

判断题

无论排链状还是环状结构式，所有化学结构式的有关注解都要在结构注解中使用。

                                                    （　　）

操作题

排一个化学结构式，要求此结构式利用结构注解、字键注解、角键注解等相关的化学公式排版注解。(提示：请参阅13.2节。)

第14章 新女娲补字

教学提示:方正书版 10.0 提供了两种不同的补字方法,它们是前端 GBK 字库和后端 784 字库。在方正书版 10.0 中,GBK 标准字符集的汉字及图形符号,可录入、显示及输出的汉字达 2 万以上。

教学目标:在排版过程中会遇到无法输入的汉字或符号,可采用补字系统来解决这个问题。本节学习的重点是掌握补字的基本操作。

14.1 主界面简介

双击图标,即可启动新女娲补字程序,其主界面如图 14.1 所示。

图 14.1 "新女娲补字"窗口界面

接下来先熟悉一下几个常用的相关术语。

● 字模:计算机上正在显示的各种符号及其描述信息。
● 主字:当前正在建造的字符叫主字。它最终将被加入以补字字库中。

- 参考字：能为主字提供必要的笔画的字叫参考字，它包含了主字需要的基本笔画。参考字一般是从参考字库中提取的。
- 参考字库：补字选取参考字模的来源字库,可以是 TrueType Font、字模文件、补字字库。
- 字模文件：补字时保存补字字模的中间文件,其格式由设计者自行定义。
- 补字字库：补字时存放补字字模的结果字库,不同的字体有不同的补字字库。
- 节点：组成字符轮廓的折线端点。

下面对新女娲补字的菜单栏进行简单介绍。菜单栏主要包括【字库】、【查看】和【帮助】三个菜单项。

14.1.1 【字库】菜单

选择【字库】,弹出【字库】菜单,如图 14.2 所示。

各命令的功能说明如下。

(1) 【设置当前字库】:设置新女娲补字的当前字模文件。按快捷键 Ctrl+F 或单击工具栏上的 ➤ 图标,可以快速地打开如图 14.3 所示的【当前字库(字模文件)】对话框。

(2) 【创建一个新主字】:在当前字模文件中创建一个新主字。单击工具栏上的 ☐ 图标或按快捷键 Ctrl+N,可快速地打开主字编辑窗口,如图 14.4 所示。

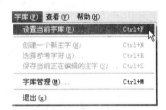

图14.2 【字库】菜单

图 14.3 【当前字库(字模文件)】对话框

图 14.4 主字编辑窗口

打开主字编辑窗口后,菜单栏上又多了一个【窗口】菜单,如图 14.5 所示。这个菜单包含以下几个命令。

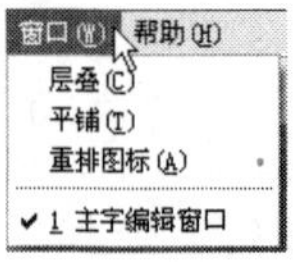

- 【层叠】:排列窗口使之层叠。
- 【平铺】:调整窗口使之竖向平铺。
- 【重排图标】:在窗口底部排列图标。
- 【主字编辑窗口】:显示当前正在编辑的窗口。

图 14.5 【窗口】菜单

(3) 【选择参考字符】:从参考字库中选择一个参考字符。如果单击工具栏中的【选择参考字符】按钮 ☞,系统会弹出【选择参考字符】对话框,如图 14.6 所示。

【选择参考字符】对话框中各选项的功能说明如下。

● 【TrueType 字库】:选择此选项,系统将会列出所有系统装载的 TrueType 字库。单击所需字库名,在字符码值文本编辑框中输入已存在的参考字的代码或直接输入存在的参考字(如图 14.6 所示),单击【确定】按钮。若参考字不存在,系统将指明输入无效,并且将字符码值文本编辑框清空,字符预览窗口也清空。

● 【字模文件】:选择此选项,系统程序将列出所有字模文件。

● 【补字字库】:选择此选项,系统程序将列出所有补字字库名。

选定【选择参考字符】对话框中各项参数后,单击【确定】按钮,即可弹出【参考字符窗口】对话框,如图 14.7 所示。该对话框是用来排入参考字的,以便选择主字(见图 14.4)所需要的偏旁部首。

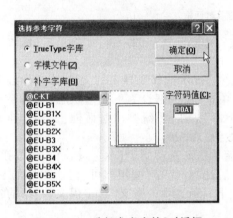

图 14.6 【选择参考字符】对话框

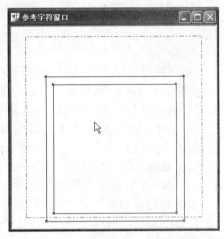

图 14.7 【参考字符窗口】对话框

(4) 【保存当前正在编辑的主字】:用给定的码值保存正在编辑的主字到当前字模文件中。主字造好后,单击工具栏中的【保存】按钮 🖫 ,系统弹出【输入字符码值】对话框,如图 14.8 所示。

该对话框提示当前字模文件名,在【字符码值】文本框中输入字符编码或直接输入汉字。如果需要改变该字符的宽度,可在【字符宽度】文本框中输入字符的宽度,单击【确定】按钮即可。

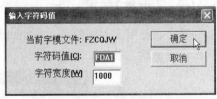

图 14.8 【输入字符码值】对话框

(5) 【字库管理器】:对字模文件和补字字库的管理。如果单击工具栏中的【字库管理器】按钮 ▦ ,系统弹出【字库管理器】对话框,如图 14.9 所示。

【字库管理器】对话框中各选项的功能说明如下。

● 【字模文件】:选中此选项,列表框中将列出所有字模文件的名称。如果单击其中一个字模文件,【磁盘文件名】文本框中则会列出字模文件的全称;【字体名】文本框中会列出文件中的字体名;【字符个数】文本框中会列出字模文件的字符数。

● 【前一个字符】或【后一个字符】:单击其中任意一个按钮,【字符索引】文本框中会列出字符在字模文件中的索引值,【字符码值】方框中将列出字符的编码。

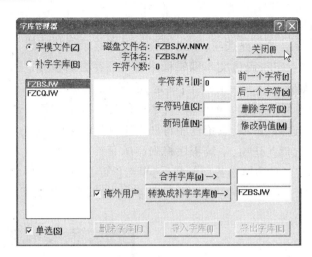

图 14.9 【字库管理器】对话框

- 【删除字符】：单击此选项，系统将从字模文件中删除当前的字符；如果单击【修改码值】按钮，字符的编码将被新的码值所取代。
- 【导入文件】：单击此选项，系统将弹出对话框，提示选择要导入的文件(该文件必须是 NNW 后缀)，然后单击【确定】按钮；将【单选】复选框设为不勾选状态，单击要导出的一个或多个字模文件，再单击【导出字库】按钮，系统弹出对话框，提示选择或输入要导出的目标目录，最后单击【确定】按钮。
- 【补字字库】：选中要转换的字库文件，然后单击此选项下的【PostScript】文件按钮，系统将提示目标文件的名称，输入文件名后选择【保存】按钮即可，但所生成的 PS 是按字符的内码顺序排序的。【补字字库】下其他选项的意义与【字模文件】中的各选项相同。

(6) 【退出】：即退出新女娲补字程序。

14.1.2 【查看】菜单

新女娲补字主界面的菜单栏下方是工具栏，右边是工具条，下方则是状态栏，它是用于显示当前编辑状态的。如图 14.10 所示。

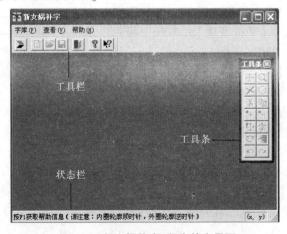

14.10 "新女娲补字"程序的主界面

工具栏和工具条各按钮的说明分别如图 14.11 和图 14.12 所示。

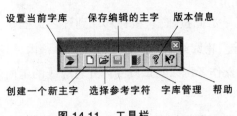

图 14.11　工具栏

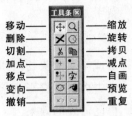

图 14.12　工具条

工具条中各按钮的功能说明如下。

- 【移动】按钮：选中要移动的轮廓,单击该按钮,将鼠标移到边框中,则鼠标变成移动的形状,按住鼠标左键可在窗口中任意移动轮廓。

- 【缩放】按钮：选中要缩放的轮廓,单击此按钮,将鼠标移到红色边框线的竖线上,鼠标则变成中间带双箭头的形状,按住鼠标可以沿着横向缩放轮廓;当鼠标移到红色边框线的横线上时,鼠标变成形状,按住鼠标可以沿着纵向缩放轮廓;当鼠标移到红色边框线的四个顶点时,鼠标变成形状,按住鼠标可以同时缩放横向和纵向轮廓。

- 【删除】按钮：选中要删除的轮廓,单击此按钮,将鼠标移到红色边框中,鼠标则变成形状,单击鼠标左键,轮廓将被删除。

- 【旋转】按钮：选中要旋转的轮廓,单击此按钮,将鼠标移到红色边框外的窗口区域,鼠标变成形状,按住鼠标,可以以当前鼠标位置和轮廓中心的连线为起始边顺时针或逆时针旋转轮廓。

- 【切割】按钮：单击此按钮,将鼠标指向要分割的轮廓的节点上,鼠标则变成形状,单击鼠标左键,然后拖动鼠标,此时会出现红色连线连接节点和鼠标,将鼠标指向同一轮廓中的另一个节点,鼠标又变成形状,单击鼠标左键,轮廓将被两个节点间的连线分割为两部分,其中一部分会向右上方平移;若进行切割的同时按下 Ctrl 键,则移动另一部分。

- 【拷贝】按钮：选中要拷贝的轮廓,单击此按钮,移动鼠标到选定位置,单击鼠标左键,轮廓将被复制到以选定位置为始参考点(外接边框左上角)的指定位置。

- 【加点】按钮：单击此按钮,移动鼠标到要操作的轮廓上,鼠标则变成形状,单击鼠标左键,即可在当前位置加入一个节点。

- 【减点】按钮：单击此按钮,移动鼠标到要操作的轮廓上,鼠标则变成形状,单击鼠标左键,即可将当前节点删除。

- 【移点】按钮：移动鼠标到轮廓线的节点上,则鼠标变成形状,按住鼠标左键并拖动,即可移动当前节点。

- 【自画】按钮：通过手动绘制轮廓上的连线来生成一个或多个轮廓。单击此按钮,移动鼠标到主字编辑窗口,鼠标则变成(画笔)形状,然后单击鼠标左键,会在当前位置生成轮廓线的一个节点,移动鼠标到下一个位置,单击鼠标左键产生下一个新节点。

- 【变向】按钮 ：选中要编辑的轮廓,单击此按钮,将鼠标移动到红色边框中,鼠标变成带双箭头的形状,单击鼠标左键,轮廓线的走向将被改变。字符内外轮廓线的走向将直接影响字符的填充效果。操作者可以尝试改变内外轮廓线的走向,达到自己需要的效果。

- 【预览】按钮：单击此按钮,系统会弹出预览字符窗口,这时,可以预览参考字窗口或补字窗口的编辑结果。

- 【撤销】按钮：单击此按钮,可以撤销前一次或以前几次的操作,当该按钮为灰色时则不可执行撤销操作。

- 【重复】按钮：单击此按钮,可以恢复撤销所做的操作。该按钮为灰色时则不能执行重复操作。

提 示

在执行移动、缩放、删除、旋转、拷贝和变向操作时,要先选中所要操作的轮廓。选中轮廓的操作方法为:将鼠标移到所要编辑的窗口,按住鼠标左键并拖动,出现一个红色方形边框。用边框选中要编辑的轮廓后松开鼠标左键,这时被选中的轮廓上出现红色小方框。此时单击红色区域外的窗口区域,可以取消被选中的轮廓。

14.1.3 【帮助】菜单

选择【帮助】命令或单击工具栏上的快捷按钮，弹出它的子菜单,如图 14.13 所示。

图 14.13 【帮助】菜单

选择【帮助主题】命令,系统弹出【帮助主题:新女娲补字帮助】对话框,如图 14.14 所示;选择【关于 NewNW】命令或者单击工具栏上的按钮,即可调出有关女娲补字的版本信息,如图 14.15 所示。

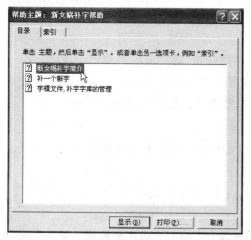

图 14.14 【帮助主题:新女娲补字帮助】对话框

图 14.15 【关于 NewNW】版本信息

14.2 补字的操作步骤

上节介绍了新女娲补字窗口界面和工具栏以及工具条的各种功能，本节将列举运用新女娲补字程序进行造字的方法。

14.2.1 补字的基本方法

以下以一个字体为黄草的"谅"为例，来介绍新女娲补字的基本操作步骤。

(1) 启动新女娲补字系统后，选择菜单【字库】|【设置当前字库】命令(快捷按钮 ➤)，弹【当前字库】对话框，参见图 14.3 所示。

(2) 单击【创建】按钮，系统则弹出【创建一个新字模文件】对话框，如图 14.16 所示。

有关字符编码区间说明如下。

① 方正 748 编码。

简体汉字库主字区：B0A1~B0FE，B1A1~B1FE，
　　　　　　　　…，FCA1! FCFE。

简体汉字库补字区：FDA1~FDFE，FEA1~FEFE，
　　　　　　　　B021~B07E，B121~B17E，
　　　　　　　　…FE21~FE7E。

图 14.16 【创建一个新字模文件】对话框

繁体汉字库主字区：B021~B07E，B121~B17E，…FB21~FB7E+简单汉字库主字区。

繁体汉字库补字区：FDA1~FDFE，FEA1~FEFE，FC21~FC7E，
　　　　　　　　FD21~FD7E，FE21~FE7E。

② GBK 编码。

GB2312-80 汉字区：B0A1~F7FE 的矩形区。

GB2313-80 非汉字区：A1A1~A9FE 的矩形区。

GB13000-1 扩充汉字区：8140~A0FE 的矩形区，剔除 XX7F；
　　　　　　　　　　AA40~FEA0 的矩形区，剔除 XX7F。

GB13000-1 扩充非汉字区：A840~A9A0 的矩形区，剔除 XX7F。

限制使用区：A140~A7A0 的矩形区，剔除 XX7F。

补字区：AAA1~AFFE 的矩形区；
　　　　F8A1~FEFE 的矩形区。

③ BIG5 编码。

主字区：A140~F97E 和 A1A1~C5FE 以及 C9A1~F9FE 的矩形区。

补字区：FA40~FE7E 和 FAA1~FEFE 的矩形区；8140~A073 和 81A1~A0FE 的矩形区；
　　　　C6A1~C8FE 的矩形区。

(3) 在该对话框的左侧列表框中选择所需字体，如选"FZHCJW[方正黄草简体]"项后，单击【确定】按钮。此时，【当前字库】对话框将出现该字模的文件名，如图 14.17 所示。

(4) 单击工具栏上的【创建】按钮 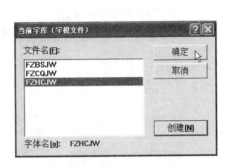，系统会打开【主字编辑窗口】，如图 14.4 所示。

(5) 单击工具栏上的【选择参考字符】按钮 ，弹出【选择参考字符】对话框。如图 14.18 所示。在该对话框的【字符码值】文本框内输入一个汉字，如输入"弥"（输入这个字的原因是要取该字的"弓"字偏旁），按 Enter 键后该汉字将出现在预览区内。

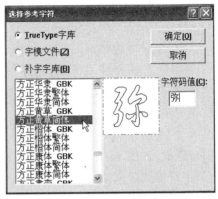

图 14.17 【当前字库(字模文件)】显示字模的文件名　　　图 14.18 【选择参考字符】对话框

(6) 单击【确定】按钮，此时编辑窗口将出现该字的参考字符窗口，如图 14.19 所示。

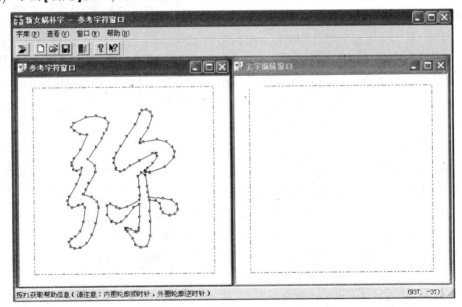

图 14.19 "弥"字的参考字符窗口

(7) 选择工具条中的【移动】按钮 ，选中"弥"字的偏旁"弓"，待"弓"字被红色的矩形框框住后，再单击鼠标右键，此时"弓"部分便复制到了主字编辑窗口中，如图 14.20 所示。

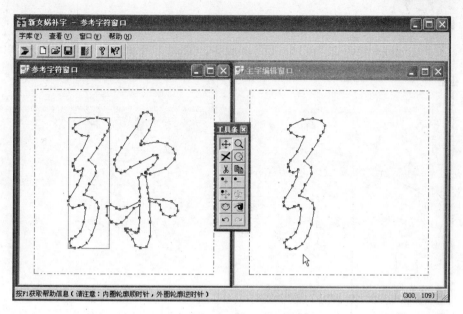

图 14.20　将"弓"复制到主字编辑窗口

(8) 按照上述方法重新选择参考字符,如图14.21 所示。单击【确定】按钮,则"谅"字出现在参考字符窗口中。

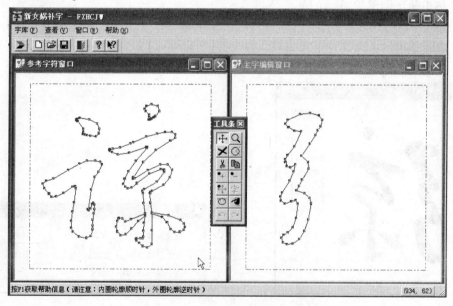

图 14.21　"谅"字的参考字符窗口

(9) 选中参考字符窗口中所要移动的"京"字偏旁,然后单击鼠标右键,则"京"字就被复制到主字编辑窗口了,如图 14.22 所示。

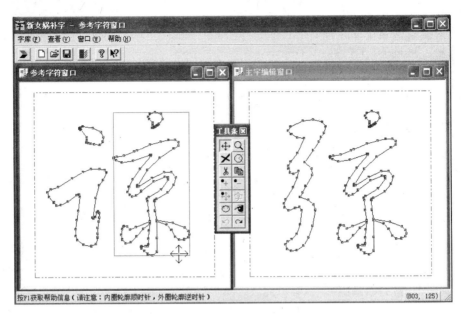

图 14.22　将选中的"京"字移到主字编辑窗口中

(10) 单击工具条中的【移动】按钮 ⊕，调整至合适位置。再单击工具条上的【预览】按钮

，可显示出新字的效果，如图 14.23 所示。

(11) 新字造好后，选择【字库】|【保存当前正在编辑的主字】命令，系统会弹出【输入字符码值】对话框，如图 14.24 所示。在该对话框中的【字符码值】文本框中输入字符编码(在此输入"FDA1")，然后单击【确定】按钮，即可保存所造的字了。

图14.23　预览新造的汉字"谅"

图14.24　【输入字符码值】对话框

(12) 选择【字库】|【字库管理】命令，系统则会弹出【字库管理器】对话框。在该对话框中，选择【字模文件】中所创建的"FZHCJW"字模文件，再单击右上侧的【前一个字符】按钮，则前面所补的汉字出现在预览窗口中。同时所补汉字的相关信息也会在预览窗口的上方显示，如图 14.25 所示。

(13) 单击【转换成补字字库】按钮，系统会弹出【新女娲补字向你报告】对话框，如图

14.26 所示。该对话框提示用户是否创建补字库。如果单击【是】按钮,系统将字模文件转换成对应的 PFI 格式补字字库文件。

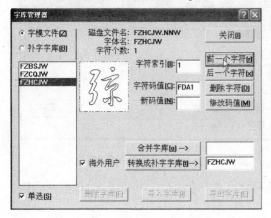

图 14.25 【字库管理器】对话框 　　图 14.26 【新女娲补字向你报告】对话框

(14) 如果系统补字字库已经存在相同码值的字符,单击【转换成补字字库】按钮,系统会弹出【新女娲补字向你报告】对话框,询问是否替换。单击【是】按钮表示替换,单击【否】按钮则不替换,单击【取消】按钮则不执行任何操作退出该对话框。

(15) 选择【开始】|【程序】|Founder NewNW 2.0|PfiInsTT 命令,如图 14.27 所示。

(16) 选择 PfiInsTT 命令后,可启动方正 TrueType 补字转换程序 PfiInsTT。此时,系统会弹出【方正字体管理表】对话框,如图 14.28 所示。

图 14.27 选择 PfiInsTT 命令 　　图 14.28 【方正字体管理表】对话框

(17) 单击【女娲补字库】按钮,系统又会弹出【引入女娲补字库】对话框,如图 14.29 所示。

(18) 在该对话框中的【字体名】下拉列表中选择"方正小标宋 _GBK",单击【女娲补字库文件】右边的【浏览】按钮 ,在"C:\Program Files\Founder\PNewNW20\PFI"路径下选择 PFI 格式的补字字库文件名"FZXBSK.PFI",如图 14.30 所示。

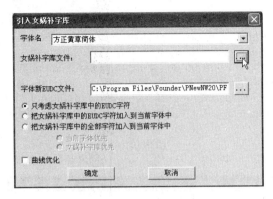

图 14.29 【引入女娲补字库】对话框

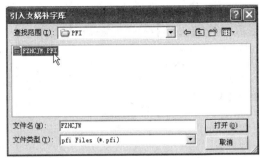

图 14.30 【引入女娲补字库】对话框

(19) 单击【打开】按钮,此时该字库文件的路径会出现在【引入女娲补字库】对话框的【女娲补字库文件】文本框中,如图 14.31 所示。

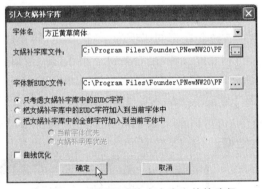

图 14.31 选择所建补字库文件的路径

(20) 相关设置完成后,单击【确定】按钮,系统将执行转换并在【方正字体管理表】对话框中显示【字体 EUDC 文件名】的路径,如图 14.32 所示。再单击【退出】,即可关闭【方正字体管理表】对话框。

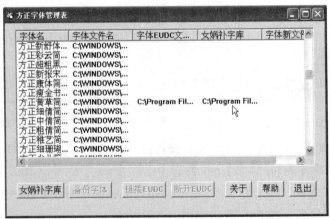

图 14.32 显示【字体 EUDC 文件名】的路径

(21) 启动书版 10.0,单击【新建】按钮创建一个小样文件。进入小样文件后,单击【插入】菜单下的【插入符号】命令,系统会弹出【插入符号】对话框,在该对话框中的【字符编码】文本框中输入所创建字体的编码"FDA1",如图 14.33 所示。

(22) 单击【确定】按钮,所造的字就出现在小样文件中。

造字虽无技巧可言,但掌握具体的操作步骤和要领,了解工具栏、工具条中各按钮的作用,这样,操作起来也会得心应手。另外,选择合适的参考字符也是应该注意的,有些字体参考字符的笔画会相连一起,这时最好另选一个。否则,修改起来比较麻烦,最后也不见得合适。

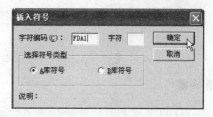

图 14.33　在【插入符号】对话框中输入编码

14.2.2　输出补字

如果想把含有补字字符的小样文件移到另一台计算机中并打印,应先将 Windows 路径下对应的 TrueType 补字字库文件复制到该计算机中,且要与对应的 TrueType 字库相关联。例如,要把刚才所补的黄草体"谅"的小样文件移到另一台计算机中,首先将 C:\Program Files\Founder\PNewNW20\Bin 路径下"FZKTK.TTe"文件复制到该计算机中,并与 TrueType 字体方正楷体_GBK 相关联,再将 C:\Program Files\Founder\PNewNW20\Bin 路径下"FZSSK.TTe"文件拷贝到该计算机中,并与 TrueType 字体方正书宋_GBK 相关联,这样就可以在其他计算机上正常输出补字。

14.3　上　机　指　导

造一个"選"字,字体为方正隶二简体

本例目的:掌握"新女娲补字"的具体操作步骤和要领,了解其工具栏和工具条中各按钮的作用,以达到操作自如。

具体操作步骤请参考第 14.2 节,在此不再赘述。

14.4　习　　题

填空题

(1) 在方正书版 10.0 中,为广大用户提供了两种不同的补字方法,它们分别是_____字库和_____字库。

(2) 方正书版 10.0 提供了 12 套 GBK 编码的 TrueType 字体,它们是报宋、_____、仿宋、____、楷体、黑体、____、细黑一、细圆、____、中等线、____。

(3) 方正书版 10.0 提供了增补前端 GBK 字库的方法:一是通过____输入法或____,直接在前端 TrueType 显示字库中输入该字符。二是通过下载字符轮廓的方法在____中输出该字符。

(4) 方正书版的低版本中的 GB2312 基础上补的汉字,一般是被录入在____区之间,而方正书版 10.0 版本在后端所补的字符,则是通常被录入在区位码的＿＿＿区中,这些汉字可通过 Windows 下的＿＿＿输入法来输入。

(5) 在方正书版 10.0 的内码状态下,用户可使用＿＿＿来调用补用的字符。

选择题

(1) 以下对新女娲补字软件的叙述,不正确的一项是＿＿＿＿。

A. 新女娲补字软件是配合方正世纪 RIP–PSPNT 使用的全新补写软件

B. 新女娲补字软件不可独立于 PSPNT 在 Windows NT 及 Windows 9x/2000 平台上运行

C. 新女娲补字软件与原女娲补写软件输出的 PFI 格式字库完全兼容

D. 新妇娲补字程序以 TrueType 字库为核心,从系统 TrueType 字库选取参考字

(2) 以下对于新女娲补字软件中的术语解释,正确的一项是＿＿＿＿。

A. 节点:组成字符轮廓的折线的端点。

B. 字模:计算机上所显示的各种符号及其描述信息轮廓。

C. 主字:从参考字库中提取出来的字符叫主字,最终将被加入到补字字库中。

D. 参考字:在主字编辑窗口中直接输入的字符叫参考字。

(3) 以下对于新女娲补字程序中的菜单说法。不正确的一项是＿＿＿＿。

A.【字库】菜单下的【选择当前字模文件】命令用来指定一个当前字模文件

B.【创建一个新主字】命令用来创建主字编辑窗口,并可随意地进行编辑

C.【查看】菜单主要用来显示各类工具

D.【帮助】菜单可提供各种各样的在线帮助

判断题

(1) 关于工具条中的按钮介绍,正确的打"√",错误的打"×"。

● 【移动】按钮 ✛ 是用来移动主字编辑窗口中的内容。(　　)

● 【裁剪】按钮 ✂ 来将所选内容放入剪贴板中。(　　)

● 【变向】按钮 ♡ 将所选内容进行旋转。(　　)

● 【缩放】按钮 🔍 用来预览内容。(　　)

(2) 关于新女娲补字程序中进行增补字符的操作说法,正确的打"√",错误的打"×"。

● 在进行补字操作时,应在参考字库中输入参考字。(　　)

● 在"设置当前字库"对话框中,选择所要创建的字体。(　　)

● 单击 ▭ 按钮,可打开所创建的字符。(　　)

● 单击 💾 按钮,可保存当前创建的字符。(　　)

操作题

造一个汉字,字体为大黑体。然后在小样文件中调用所造的汉字。

(提示:造字的方法参见 15.4.1 小节。启动方正书版 10.0 程序,并新建一个小样文件;单击【插入】菜单下的【插入符号】命令;在出现的【插入符号】对话框中【字符编码】文本框内输入所增补的汉字编码;单击【确定】按钮即可在小样文件中调出。)

第15章

PSP Pro 2.3 输出系统

教学提示：PSP Pro 2.3 输出系统可以解释北大方正的飞腾、书版等中文排版系统所生成的 S2、PS2、S72、S92、S10、MPS、NPS 文件以及 TIF、EPS、PDF 和文本文件。PSP Pro 2.3 输出系统还支持彩色打印机；支持书版大样预览文件的打印；增加了预显后的"当前页打印"功能；能够按实际拼页页码预显；快速生成高质量的版面。

教学目标：熟知 PSP Pro 2.3 系统各功能菜单的意义和工具条的作用，掌握运用 PSP Pro 2.3 系统输出文件时的相关设置和具体的操作步骤。

15.1 PSP Pro 2.3 简介

PSP Pro(全称为 PostScript Processor Pro)是北大方正集团公司研制开发的支持 PostScript Level 2 的栅格图像处理器。栅格图像处理器是一种能够将排版软件形成的 PostScript 文件转化为高分辨率图像的工具，所形成的图像可以由打印机在纸张或胶片等输出介质上输出。

15.1.1 PSP Pro 2.3 的功能特点

1. 支持多个平台

PSP Pro 克服了 PSP 3.x 仅支持 Windows 3.x 的限制，拓宽了支持范围。在 PSP Pro1.0 中支持 Windows 3.x、Windows 95/98/2000、Windows NT 4.0 的中英文平台；现在的 PSP Pro 2.3 支持 Windows 95/98/2000/XP、Windows NT 4.0 的中英文平台。

2. 应用范围广，全面支持中文

所有排版软件排出的文档，只要按 PostScript 格式输出，PSP Pro 2.3 就可以解释它。另外，PSP Pro 2.3 还可以解释北大方正的飞腾、书版、报版、维思等中文排版系统所生成的 S2、PS2、S72、S92 文件以及 TIF、EPS、PDF 和文本文件。

3. 支持多种输出设备

所有提供 Windows 下驱动程序的黑白打印机、彩色打印机都可作为输出设备。

4．新增功能

- 支持彩色打印机。
- 支持书版 10.0 中间文件 *.S10\NPS 的打印。
- 增加了预显后的"当前页打印"功能。
- 能够按实际拼页页码预显。
- 快速生成高质量的版面。

15.1.2　PSP Pro 2.3 的运行环境

配置：586/166(或更高)；32MB 或以上的内存。

操作系统：Windows 95/98/2000/XP；Windows NT Server/Workstation 4.0 的中、英文平台
均可；PSP Pro 2.3 发排软件及 PS 字模。

15.2　PSP Pro 2.3 的使用

在使用 PSP Pro 2.3 输出系统之前，我们先来了解相关基础知识。

15.2.1　PSP Pro 2.3 的主窗口

双击操作系统桌面上的快捷方式图标 ，即可直接进入 PSP Pro 2.3 的信息主窗口，
如图 15.1 所示。

图 15.1　PSP Pro 2.3 的信息主窗口

PSP Pro 2.3 的信息主窗口主要包括了主菜单、工具条和作业管理器以及文件输出时的
处理情况，这些功能将在下面几个小节详细介绍。

15.2.2　PSP Pro 2.3 的主菜单

1.【文件】菜单

【文件】菜单中的各命令的功能说明如下。

● 【打开】：表示允许选择发排文件和选择参数模板(在打开过程中可以查看和修改参数模板)。如果选择【打开】命令，即可弹出对话框，如图 15.2 所示。

● 【打印】：表示打印输出当前预显的文件。如果选择【打印】命令，即可弹出 Default 对话框，如图 15.3 所示。

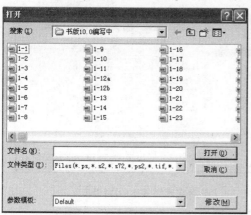

图 15.2　【打开】对话框

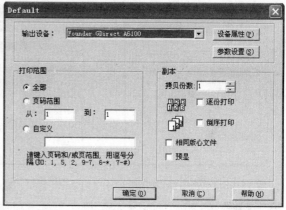

图 15.3　Default 对话框

● 【关闭】：表示关闭当前打开的文件。

● 【退出】：表示退出 PSP Pro 2.3 系统。

2.【工具】菜单

【工具】菜单中 7 个命令的功能说明如下。

1)【添加字体】命令

允许用户给 PSP Pro 2.3 系统增加或更新字库。如果选择【添加字体】命令，系统会弹出【增加字库…】对话框，如图 15.4 所示。在该对话框中的【字库源路径】文本框中输入要安装的字库文件所在的目录，如果单击【浏览】按钮，即可弹出【选择路径】对话框，如图 15.5 所示。选择字库文件所在目录，单击【确定】按钮，系统开始装入字库。

图 15.5　【选择路径】对话框

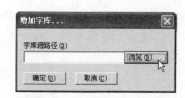

图 15.4　【增加字库…】对话框

2) 【字体重置】命令

如果选择该命令,会弹出【选择路径】对话框,如图 15.6 所示。该命令将清除所有字符高速缓存,重新加载所有字库。当用户需要重新配置 PSP Pro 2.3 系统的字库时,也可选择该命令。

3) 【字体映射】命令

如果选择该命令,将打开【缺席字库替换表...】对话框,如图 15.7 所示。在该对话框左边【缺席字库列表】列表框中显示系统未安装的、需要指定替换字库的字库名;在该对话框右边【替换字库】列表框中显示系统已经安装的、可以作为替换字库的字库。用户可以增加和删除字库替换关系。

图 15.6 【选择路径】对话框

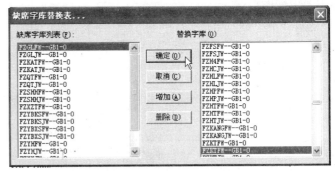

图 15.7 【缺席字库替换表...】对话框

提 示

PSP Pro 2.3允许用户保留一份字库替换表,为系统未安装的字体指定替换字体。当 PSP Pro 2.3 发现一种不存在的字库被使用时,将首先搜索字库替换表中该字体的替换字库,如果搜索到该字体的替换字库,PSP Pro 2.3 将使用替换字库来取代缺席字库;若搜索不到对应的替换字库或替换字库不存在,则 PSP Pro 2.3 将使用系统缺省字库来代替。

注 意

在 PSP Pro 2.3中安装了国标字体后,字体替换表中的【缺席字库替换表...】右侧【替换字库】中,对于一种国标字体会显示出两个字名,比如装了方正书宋简体,在【替换字库】下会列出:FZSSJW—GB1-0 和 FZSSJW--GB1-0。当进行字体替换时,注意一定要选择后一种——有两个"--"的字体名!

增加字库替换的具体操作步骤如下。

(1) 单击【缺席字库替换表】对话框中的【增加】按钮,系统弹出【增加一种缺字映射】对话框,如图 15.8 所示。在【缺字字体名字】文本框中输入需要建立替换的字库名。单击【确定】按钮,该字库名即加入到【缺席字体替换表】对话框左边的【缺席字库列表】列表框中。

图 15.8 【增加一种缺字映射】对话框

(2) 指定替换关系,单击【缺席字库列表】列表中的字库名,使其高亮显示,再在【替换字库】列表中选择一种与之对应的字库名,使其高亮显示。这样就建立了字库的对应关系。

(3) 单击【确定】按钮,完成增加字库替换的操作。

(4) 单击【取消】按钮,放弃此次字库替换操作。

删除字库替换的具体操作步骤如下。

(1) 在【缺席字体替换表...】对话框中,单击【缺席字库列表】列表框中要删除替换关系的字库名,使其高亮显示,单击【删除】按钮,选中的字库名从列表中消失。

(2) 单击【确定】按钮完成替换关系的删除。若单击【取消】按钮,替换关系不能删除。

注 意

PSP Pro 2.3在处理作业过程中,遇到不能识别的字体,会自动将其加入到字库替换表中,但不为其建立对应关系;如果安装了以前缺席的某字库,尽管该字库仍在缺席字库列表中,但并不起作用。

4)【删除字体】命令

此命令删除不需要的字库即表示将字库从 PSP Pro 2.3 系统中删除。如果选择该命令,即可弹出【删除字库】对话框,如图 15.9 所示。该对话框左边的【已经安装的字库】列表框列出系统中已经安装的字库,右边的【将被删除的字库】列表框将列出要删除的字库。

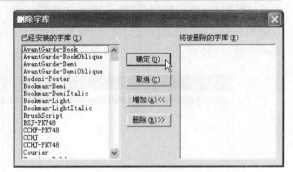

图 15.9 【删除字库】对话框

删除【已经安装的字库】列表框中的字库的具体步骤如下。

(1) 选定【已经安装的字库】列表框中要删除的项,使用 Shift 或 Ctrl 键,可以同时选中多个字库。

(2) 单击【删除】按钮,选中的各项从左边列表中消失,进入右边的【将被删除的字库】列表框中。如果发现删除错误,可以在右边列表中选中相应项,单击【增加】按钮,将它加回左边列表框中。

(3) 确定【将被删除的字库】列表框中的项确属要删除项后,单击【确定】按钮,从系统中删去这些字库。如果单击【取消】按钮,则不删除字库。

注 意

删除字库操作会将字库文件从硬盘上删除,并且是不可恢复的。

5)【模板管理】命令

参数模板是等待排的作业所需参数的集合体。在 PSP Pro 2.3 中,一个参数模板是一组参数的集合,包括输入插件和输出设备的参数,以及与图像、挂网、灰度转换、RIP、标记等其他相关的参数,均作用于每个选用此模板的作业。对于某一类型的作业而言,它们所使用的输入插件、输出设备、图像、挂网、灰度转换、RIP、标记等其他参数是类似的。用户可以根据实际作业需要创建一系列参数模板,供不同类型的作业选用。这可以大大提高用户发排的工作效率,节省时间和精力。

下面对 PSP Pro 2.3 中参数模板的管理作详细介绍。

选择【模板管理】命令,即可弹出【模板管理】对话框,如图 15.10 所示。该对话框显示所有参数模板列表。如果是初次运行 PSP Pro 2.3,对话框中仅有系统默认参数模板项。它们是系统为用户设计好的针对特定设备的一系列固定模板。在 PSP Pro 2.3 中,我们可以从系统缺省模板增加、修改或删除用户参数模板。

【系统默认模板】的参数是可以改变的,但不能被保存。这有利于用户对参数的修改出现混乱时,恢复系统默认值,从而使系统模板始终保持正确。但建议用户在系统默认模板的基础上创建自己的模板,而不要直接修改系统默认模板。

【创建用户参数模板】,在【模板管理】对话框中选中一个模板,作为即将创建的模板的母板。单击【增加】按钮,系统弹出【输入模板名称】对话框,如图 15.11 所示。在【模板名称】文本框中输入新模板的名字,单击【确定】按钮,新模板就添加到【模板管理】对话框的列表框中去了。新模板的参数开始时与其母板的设置完全相同。系统会要求用户修改新模板的各项参数。

图 15.10　【模板管理】对话框　　　　　　图 15.11　【输入模板名称】对话框

【修改用户参数模板】,用户参数模板不像系统默认模板,它们是可以修改和保存的。选中需要修改的模板项后,单击【修改】按钮,进入自定义的模板名对话框,如图 15.12 所示。

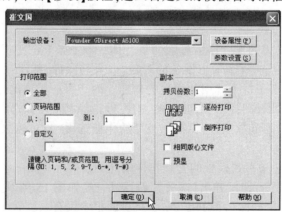

图 15.12　自定义的模板名对话框

自定义的模板名对话框各选项的功能说明如下。

- 【输出设备】:【输出设备】列表框中显示系统中安装的所有打印机。参数模板中使用的打印机处于当前选中状态,若参数模板中使用的打印机被删除,系统将默认使用其他打印机代替。
- 【打印范围】:在该选项组中,分为【全部】、【页码范围】和【自定义】三种类型。【全部】表示作业所有页均要输出,这是系统默认值;【页码范围】表示打印连续的某些页,并且规定页码只能按从小到大的顺序输入;而【自定义】是由用户自己设置输出页。自定义设置的格式如下。
  - 输出某几页(如2,4,6页),输入2,4,6;
  - 输出连续的几页(如第3到7页),输入3-7("-"为减号);
  - 也可以相反次序输出连续的几页。(如第8到第1页,)输入8-1,"-"为减号。
  - "*"、"#"表示最后一页。如第3页到最后一页,输入3-*。
  - 用户也可选择【自定义】选项,然后输入指定的页码。页码可以是独立的数字,也可以是用连字符连接的页码范围,页码之间用逗号","隔开。例如,要打印4、5、6、7、8、9、2页,可输入4,5,6-9,2。
  - 输入页码时需保证页码的唯一性。

注 意

无效页码是指根本不存在的页码。PSP Pro 2.3会自动忽略无效页码。例如,某一作业只有两页,而用户选择发排2-5页,则实际上PSP Pro 2.3只发排第2页,3,4,5页无效,被忽略;如果用户希望发排从某一页开始的所有页,而又无法确认最后一页的页码,则可以输入3-*来表示。

- 【拷贝份数】:在拷贝份数编辑框中可以直接输入拷贝份数,默认值为1。
- 【逐份打印】:仅在打印多页作业的多份拷贝时有效,选中时表示逐份打印,否则表示逐页打印。默认为逐页打印。
- 【倒序打印】:表示将用户要输出的页按反序方式输出。选中时表示倒序输出,否则按用户输入页的顺序输出。
- 【相同版心文件】:选择此项,表示所选中的多个文件的版心完全一样,当文件版心小于输出设备时,可拼页输出,这时用户须保证所选中的作业具有相同的版心,否则仍将这些作业单个处理,而不进行拼页。
- 【预显】:打印前的预览。用户可以在打印作业输出前选择此项,对打印作业进行预览。

提 示

在打开文件时,使用的参数模板是打开时的值,可通过打开文件对话框中的【修改】按钮来进行。

- 【旋转纸张】:仅在 Default for Wordjet 类型的模板中有效(在 INPRINT 类型的模板中该选项是不可见的),选中该选项表示旋转纸张。如不正确使用该选项,可能导致不正确输出。

【删除用户参数模板】,在【模板管理】对话框中选定要删除的用户参数模板,单击【删除】按钮,系统会弹出如图 15.13 所示对话框,系统提示确认该模板是否要删除。

图 15.13 删除提示框

6)【语种】命令

有中文和英文两种界面,用户可以根据自己的需要进行选择。

7)【自动发排】命令

显示系统当前是否处于自动发排状态。选中表示自动发排,此时选择该菜单将终止自动发排。

3.【显示】菜单

【显示】菜单中的 9 个命令的功能说明如下。

● 【放大】:输出作业在页面上显示呈放大状态。

● 【缩小】:缩小输出作业在页面上的显示。

● 【下一页】:光标转到下一页,并在屏幕上显示其内容。

● 【上一页】:光标转到上一页,并在屏幕上显示其内容。

● 【转到】:光标从当前页转到另一页。转到的【页】指计算机显示的物理页,而不是页码标识的页数。

● 【作业管理器】:是否显示作业管理器,可以利用作业管理器来监视并控制作业进程。缺省为显示作业管理器。作业管理器包括作业名和状态两部分。作业名显示用户打开的作业名称,状态栏部分体现显示当前状态。作业状态分为等待、RIPPING、暂停、正在打印和打印完毕五个状态。用户可以通过鼠标右键快捷菜单来控制作业的状态。单击鼠标右键弹出快捷菜单,包括【暂停】、【删除】、【重新设置参数】、【继续】、【打印】、【重新打印】等子项。

　◆ 【暂停】:选中此命令,会暂时停止当前的打印输出作业。用户只能对处于 RIPPING 或等待状态的作业施以操作。若将正在 RIPPING 的作业控制为暂停状态,则下面的作业处于等待状态,直到暂停状态的作业被重启,直至 RIP 完毕或被删除,才开始处理下面的作业。若处于等待状态的作业暂停,则系统跳过该作业处理下一个作业,直到用户继续该作业。

　◆ 【终止打印】:终止正在打印的作业。

　◆ 【删除】:可以删除处于各种状态的作业。选中需要删除的作业,选择【删除】命令,即可删除选中的作业。

　◆ 【重新设置参数】:选中该命令,系统显示对话框供用户修改作业的参数设置。规定只能对处于等待状态的作业重新设置参数。

　◆ 【继续】:控制处于暂停状态的作业继续。

　◆ 【打印】:当一作业预显之后,在第一次打印该预显作业时,从作业管理器中选中该作业,并右击,在弹出的快捷菜单中显示【打印】命令,选中后,将输出当前选中的处于【等待打印】状态的作业。

◆ 【重新打印】：当一作业预显之后，需要重复打印时，可选中该作业右击，在弹出的快捷菜单中选择【重新打印】命令，将重新输出作业。

● 【工具条】：决定是否显示工具条。选中后菜单项左侧出现选中标记，显示工具条；如果再选中该命令，选中标记消失，不显示工具条。

● 【状态条】：决定是否显示状态条。选中后菜单项左侧出现选中标记，显示状态条；如果再次选择该命令，选中标记消失，即不显示状态条。在状态条中，有四个状态栏 (Status pane)显示当前作业的信息，从左到右依次为当前显示页的页码、色面、左边空和上边空(单位：毫米)。对于拼页状态的作业，页码状态栏中显示的是左上角页的页码，色面状态栏中显示的当前色面也如此。

● 【信息窗口】：显示或隐藏信息窗口。选中则显示信息窗口，此时在 RIP 过程中产生的所有信息都将在信息窗口中显示。反之则不显示。

4.【窗口】菜单

【窗口】菜单中四个命令的功能如下。

● 【层叠窗口】：选中后层叠排列工作区中所有非最小化的窗口。

● 【平铺窗口】：选中后平铺排列工作区中非最小化的窗口。

● 【排列图标】：当工作区中所有窗口都最小化(以图标形式存在)时，整齐排列所有图标。

● 【信息窗口】：显示在作业处理过程中产生的所有信息。

5.【帮助】菜单

【帮助】菜单中的两个命令的功能说明如下。

● 【关于 PSP Pro 2.3】：显示 PSP Pro 2.3 的版权信息，如图 15.14 所示。

● 【帮助】：显示 PSP Pro 2.3 的帮助文件，如图 15.15 所示。

图 15.14 【关于 PSP Pro】版权信息

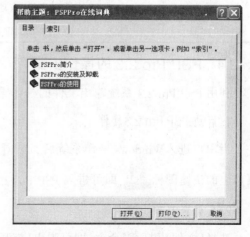

图 15.15 【帮助主题：PSP Pro2.0 Help】信息查询

15.2.3 PSP Pro 2.3 的工具条

工具条为带按钮的灰色细条，通过操作工具条可以快速执行 PSP Pro 2.3 常用命令。系统默认的工具条是位于工作区顶端紧贴主菜单水平工具条。从左到右依次为【打开文件】、【关闭】、【添加字体】、【删除字体】、【字体映射】、【字体重置】、【模板管理】、【放大图像】、【缩小图像】、【转到第…页】、【下一页】、【上一页】、【打印当前文档】、【打印当前页】、【自动发排】和【关于 PSP Pro 2.3】。

工具条常用且方便,按钮的图标及功能如表 15.1 所示。

表 15.1　工具按钮的图标及功能

图　标	功　能
	打开文件
	关闭当前文档
	增加字体
	删除字体
	字体替换
	字体重置
	模板管理
	放大图像(Numpad +)
	缩小图像(Numpad −)
	转到第…页
	显示下一页(PAGE DOWN)
	显示上一页(PAGE UP)
	输出打印当前预显的文档
	输出打印当前预显的页
	自动发排(自动发排后将删除发排目录下的文件)
	显示关于 PSP Pro 2.0 的版本信息

15.2.4　PSP Pro 2.3 的操作步骤

利用 PSP Pro 2.3 系统输出文件的具体操作步骤如下。

1. 启动 PSP Pro 2.3 软件

当用户进入 Windows 操作系统后,选择【开始】|【程序】|Founder|PSP Pro 2 命令或者双击桌面上的快捷图标，即可进入 PSP Pro 2.3 输出系统,如图 15.1 所示。

2. 正确选择输出文件

选择【文件】|【打开】命令,即可弹出【打开】对话框,如图 15.2 所示。该对话框中选项说明如下。

● 【文件类型】下拉列表框

◆ 【PostScript 文件】:指标准 PostScript 语言描述的文件。后缀是 *.PS,可以是方正软件生成的,也可以是其他排版软件生成的。

- ◆ 【PostScript 二扫文件】:指方正软件 PS 版本生成的后缀为 *.PS2 的文件。
- ◆ 【7.X 版 S2 二扫文件】:指方正软件矢量版生成的 7.0 符号库的后缀名为 *.S72 的文件。
- ◆ 【6.X 版 S2 二扫文件】:指方正软件生成的 6.0 符号库的后缀名为 *.S2 的文件。
- ◆ 【9.X 版 S2 二扫文件】:指方正软件生成的 9.0 符号库的后缀名为 *.S92 的文件。
- ◆ 【所有格式】:要求二扫文件严格按后缀名来区分。

此外,还包括 TIF 文件、EPS 文件和 PDF 文件等。

提 示

早期版本的方正软件生成的 PostScript 二扫文件或 7.0 版 S2 二扫文件,后缀是 *.S2 时,有两种方法从 PSP Pro 2.3 输出正确结果:第一种为选择所有格式,将文件的后缀改成相应类型的后缀名,如 *.PS2 或 *.S72;第二种为选择相应的文件类型,如 7.0 版 S2 二扫文件,同时将选择文件中的 *.S72 改为 *.S2。

- ● 【参数模板】:在参数模板列表框中显示当前用户定义的所有模板。用户可以根据自己的需要进行选择。若要进行参数设置,单击【修改】按钮,进入模板设置对话框,具体设置参见"模板参数设置"小节。

3. 选择版面格式,进行正确的参数设置

(1) 【页面】:选项卡中的各选项,如图 15.16 所示。

- ● 【方向】选项组。
  - ◆ 【不旋转】:禁止旋转版面。
  - ◆ 【旋转】:将版面顺时针旋转 90°。
  - ◆ 【自动旋转】:系统根据版面大小,自动确定是否旋转。例如:用户按 (竖纸) 排好的一页版面,超过了版心,若输出到"竖纸"上,一页出不下,需要拆页,而将版面旋转 90°,就可以出在一页上,此时,系统会自动旋转页面。

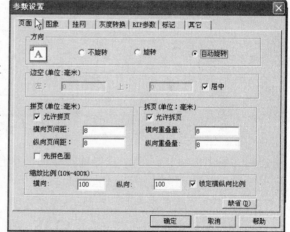

图 15.16 【参数设置】对话框中的【页面】选项卡

- ● 【边空】选项组:可以对左边空和上边空进行修改。边空是以毫米为单位的,可正,可负,默认值为 0。左边空为正表示整个页面向右移,为负表示向左移;上边空为正表示整个页面向下移,为负表示向上移。
  - ◆ 【居中】:即边空的默认设置。选中表示文档居中,否则按左、上边空设置进行定位。
- ● 【拼页】选项组。
  - ◆ 【允许拼页】:版面小、数量多的文件可以拼页输出。
  - ◆ 【横向页间距】:输出作业前,可以进行横向页间距的设置。
  - ◆ 【纵向页间距】:输出作业前,可以进行纵向页间距的设置。
  - ◆ 【先拼色面】:此项功能仅在输出色面选为 CMYK 时才有效。当选中该项后,系

统先将每一页的相同色面拼在一页上。若作业仅有一页,则不遵循此规则。

● 【拆页】选项组。

◆ 【允许拆页】:当输出作业的版面大于输出介质的大小时,可以选择【允许拆页】项。

◆ 【横向重叠量】:在进行拆页输出前,可以设置横向重叠量值。

◆ 【纵向重叠量】:在进行拆页输出前,可以设置纵向重叠量值。

● 【页面缩放比例】:版面横向、纵向各缩放到原来的百分之几,如 100 表示输出页面的大小是真实页面大小,80,80 表示 X、Y 方向各缩到原来的 80%,系统默认值为 100,100。选中【锁定横纵向比例】复选框时,改变横、纵向缩放比例的任一项时,另外一项同时改变;否则改变其中一项数值,另一项不变。

● 【缺省】:将所有设置重置为缺省值。

(2) 【图像】选项卡中各选项,如图 15.17 所示。

● 【分辨率】选项组:可以根据实际需要,在对话框中选择字符 (和向量)水平、竖直方向的分辨率。如果选项中没有用户所需要的分辨率值,也可以在文本框中输入。

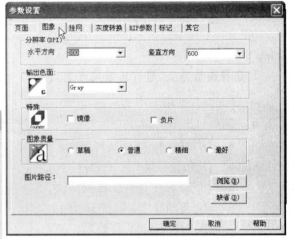

图 15.17 【参数设置】对话框中的【图像】选项卡

> **注 意**
>
> 这里的分辨率与实际输出设备的分辨率不同,它仅表示 RIP 时使用的分辨率,不受输出设备分辨率的影响。若这里选择的分辨率与设备分辨率不一致,系统会自动转换以解决分辨率的差别,但此时输出效果可能不理想。在使用 Default for Wordjet 模板时,用户不能任意改变分辨率,系统自动使用打印机当前设置的分辨率。

● 【输出色面】选项组:选择输出版面的颜色。以下举例说明颜色的选择。

◆ 出灰版:选择 GRAY 选项。

◆ 出青品黄黑四版:选择 CMYK 选项。

◆ 出单色版(如青版):选择 CYAN 选项。

◆ 出彩色版:选择 RGB 选项。

● 在【特殊】选项组。

◆ 【镜像】:指输出页面与真实页面呈镜面反射关系。如果选中此项,文件呈镜像显示输出。

◆ 【负片】:选中此项,文件呈负片显示输出。

● 【图像质量】选项组:有【草稿】、【普通】、【精细】、【最好】四个选项,控制输出时的图像质量。对于印字机来说,当只需校对图片的尺寸时,选择【草稿】、【普通】,此时虽图像质量不够好,但处理速度快;选择【精细】、【最好】时,图像质量虽好,但处理时间很长。默认值为【普通】。

● 【图片路径】：即图片所在的路径。用户可在文本框内输入图片所在的路径。系统支持多个图片路径，路径间用";"相隔，系统建议 EPS 图片或 TIFF 图片。当图片与输出文件位于同一目录时，不需给出图片路径。

● 【缺省】：将所有设置重置为缺省值。

(3) 【挂网】选项卡中各选项如图 15.18 所示。挂网用于彩色图片，包括以下选项。

● 【网点类型】组合框：设定网点形状。有 10 种网点形状可供选择，分别为【圆形】、【钻石形】、【方形】、【菱形】、【椭圆形】、【纯圆形】、【细椭圆形】、【凹印网形】、【方正调频网】和【方正调频网 2】。

● 【挂网目数】组合框：设定挂网目数值。PSP Pro 2.3 提供了从 65lpi 到 300lpi 共 10 种挂网目数值，用户可以从中选定一种，也可自行输入具体值。挂网目数对各个色版均相同。

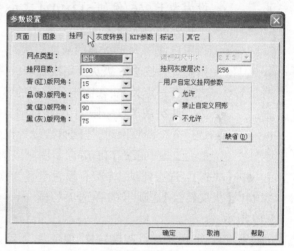

图 15.18 【参数设置】对话框中的【挂网】选项卡

● 【网角】组合框：设定网角值。每个色版有一个网角。网角有 4 种选择，分别为 15°、45°、75° 和 90°。用户也可任意修改各个色面的网角值。

● 【用户定义挂网参数】选项组：用户定义挂网参数是包含三个无线按钮的组合框，这三个按钮意义如下。

　◆ 【允许】：表示允许使用用户输入文件中描述的挂网参数，包括挂网目数、网角和网点形状等，但用户自定义的挂网参数有可能在彩色叠印时产生龟纹，因此如果不想出现龟纹，请将此参数改选为其他无线按钮。

　◆ 【禁止用户网形】：表示仅允许使用用户输入文件中描述的挂网参数的挂网目数和网角参数，而忽略其网点形状参数，此选项在用户需要保证挂网目数和网角与原文件一致时使用。

◆ 【不允许】：为系统默认状态。表示禁止用户输入文件中描述的挂网参数，挂网一律采用用户在参数模板中定义的挂网目数、网角和网点形状。

● 【挂网灰度层次】文本框：用于设定灰度层次。灰度层次的取值在 256~65535 之间。灰度层次越大，PSP Pro 2.3 在当前分辨率和挂网目数等允许的情况下，能够表现更多的灰度层次，但挂网处理速度可能会有所下降。建议用户不要修改此参数值。

◆ 选择凹印网形时应注意调整灰度转换曲线，使之适应凹印特性。由于调整灰度转换曲线时凹印网形会损失较多层次，建议在使用凹印网形时，将【挂网灰度层次】设为大于 256，例如 512、1024 或 65535，再将 RIP 组中【图片质量】设为精细，系统将弥补层次损失。

◆ 当用户使用大于 256 的灰度层次时，必须在 RIP 组中选择【图片质量】为精细，否则系统只按 256 级灰度层次处理。一般情况下，挂网目数、输出分辨率和灰度层次之间有一定关系，在固定分辨率的情况下，挂网目数越大，灰度层次越少。而 PSP Pro 2.3 突破了这一限制，它在挂网目数较大时仍然可以输出较多的灰度层次。

◆ 选择方正调频网时，挂网目数设置仍然有意义，此时需挂网的图片以调频网输出，彩色文字、底纹、EPS 等向量图则以圆形网点输出，挂网目数与网点质量还有关。

● 【缺省】：选中此项，将所有设置重置为缺省值。

(4) 【灰度转换】选项卡的各选项如图 15.19 所示。

【灰度转换】用于进行灰度转换，保证灰度正确输出。当输出的灰度数据与原有的灰度值有差异时，应利用灰度转换曲线进行调节。

PSP Pro 2.3 允许对不同色版采用不同的灰度转换曲线。所以用户需先选定色版名称，再定义针对该色版的灰度转换曲线。当用户采用 CMYK 系统时，可以设置对应青、品、黄、黑和所有版的灰度转换曲线。所有版指的是 4 个色版使用同一灰度转换曲线。

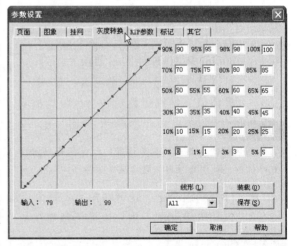

图15.19 【参数设置】对话框中的【灰度转换】选项卡

图中为 1 乘 1 的正方形区域，在上面可以定义一个(0,100%)>(0,100%)的灰度转换曲线。水平方向的值表示要达到的灰度值，垂直方向上的值表示实际输出的灰度值。图中的转换曲线是与右边表中数值的变化一致的。用户有两种方法定义一块色版的灰度转换曲线，一种是直接用鼠标拖动转换曲线直到各个测量点的灰度值符合要求；另一种方法是直接修改表中的数值。

● 【装载】：单击此按钮，系统使用当前的公用灰度转换曲线；如果当前已经有定义好的灰度转换曲线，那么它将被装载进来的公用灰度转换曲线代替。系统缺省的公用灰度转换曲线为线性函数。

● 【保存】：单击此按钮，系统将当前定义好的灰度转换曲线保存到公用数据中，使之成为当前的公用灰度转换曲线。

(5)【RIP 参数】选项卡中各选项如图 15.20 所示。

设定针对于作业的 RIP 参数选项如下。

● 【忽略缺字】：选中后，当作业中出现字库与补字库没有对应信息的汉字编码时，PSP Pro 2.3 只是忽略后在这个字的位置上以黑方块代替，并且把缺少的字体加入到缺字映射表中。如果不选此项，当系统遇到字库与补字库中没有对应信息的汉字编码时会报错，并停止处理。所缺的字库和字符会在作业结束时发送到信息窗口。

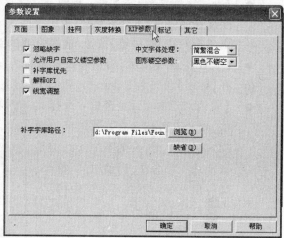

图 15.20 【参数设置】对话框中的【RIP 参数】选项卡

> **注 意**
>
> 此参数是对输出文件中引用的其他文件(如 EPS，TIF 等)不存在时的处理产生作用，如果选择忽略，PSP Pro 2.3 将会提示该文件打开失败。

● 【允许用户自定义镂空参数】：如果选中，则【图形镂空参数】文本框中定义的镂空参数只是作为缺省的镂空参数。如果 PS 文件中重新定义了这些参数，则以 PS 文件中的定义为准；如果不选中，则忽略 PS 文件中定义的所有镂空参数，以【图形镂空参数】下拉列表框中定义的镂空参数为准。系统缺省值为不选。

● 【补字库优先】：此选项用来确定主字库与补字库的优先级。选中表示补字库优先。此时，若某一字在主字库和补字库中同时存在，则使用补字库中的该字。

● 【解释 OPI】：在 PS 文件中，可以用 OPI 方式描述图片，即在 PS 文件中只包含该图片在低分辨率下的小图片或根本不包含图片数据。而真正的大图片在 PS 文件以外的文件中。选中此项时，直接解释由 PS 文件中 OPI 注释所指示的图片数据文件，但须在图片路径中指定图片路径。不选中此项，输出时只输出 PS 文件中的图片数据(PS 中没有图片数据，则图片位置为空)。当输出文件不是 OPI 格式时，请不要选择【解释 OPI】，否则会出现错误。

● 【线宽调整】：调节线条粗细。用户在低分辨率的设备上输出版面时，可能会出现粗细不匀的情况。此时需要选中此项。缺省状况下为选中。

● 【中文字体处理】：设定作业输出的中文字体简繁类型，可供选择的项有简体、繁体和简繁混合。缺省为简繁混合。

> **注 意**
>
> 【中文字体处理】选项带有强制性，无论作业使用的是什么编码和字体，PSP Pro 2.3 都会根据中文类型的值在处理时进行强制转换。

● 【图形镂空参数】下拉列表框用于规定镂空与否，有以下三个选项。

◆ 【不镂空】：表明要求所有版都不镂空。每块版上的内容相互叠加在一起，内容重叠的地方颜色可能会失真,但不会出现漏白边现象。

◆ 【黑色不镂空】:表明只有黑色的文字和图形不镂空,其他颜色的图文都镂空。

◆ 【镂空】:表明所有版都镂空,印刷时可能由于准精度不够而出现漏白边现象。缺省值为黑色不镂空。

● 【补字字库路径】文本框:指明补字字库的路径。如果不存在,PSP Pro 2.3 认为补字字库在主字库(即 PSP Pro 2.3 的字库)目录下,只能有一个补字字库的路径。用户可以单击右边的【浏览】按钮,选择合适的路径。

● 【缺省】:选中此项,将所有设置重置为缺省值。

(6) 在【标记】选项卡中各选项,如图 15.21 所示。

● 【装入对准标记】复选框:选择此项,则 PSP Pro 2.3 在发排时向页面加入对准标记,否则不加入。但是其他选项如旁注、当前时间、梯尺、文件信息等均不受是否选中【装入对准标记】复选框限制。如果输出的页面没有包含所需要的信息,请检查以下情况。

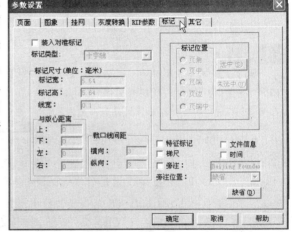

图 15.21 【参数设置】对话框中的【标记】选项卡

◆ PS 文件是否符合 DSC(PS 文件格式规范)。

◆ 输出的物理页面是否不够大,可增大物理页面或减小缩放比例。

● 【标记类型】下拉列表框:PSP Pro 2.3 提供了十字线、实圆线、内裁口线等 12 种标记类型,可以根据需要进行选择。如果选中了其中一种,在组合框的左边会显示出标记的形状。

● 【标记尺寸】选项组:用户可以在这里设置与标记相关的各种尺寸。

◆ 【标记宽】:设定标记的宽度,默认为 5.64 毫米。

◆ 【标记高】:设定标记的高度,默认为 5.64 毫米。

◆ 【线宽】:设定标记的线宽,默认为 0.1 毫米。

◆ 【裁口线间距】:用于设定裁口线(CutLine)标记的横向间距和纵向间距,默认值为 3 毫米。

◆ 【与版心间距】:用于设定标记与版心的上下左右间距,默认值为 0 毫米。

● 【标记位置】选项组:由五个单选按钮组成,分别为【页角】、【页端】、【页中】、【页边】、【页端中】,用来指示标记添加的位置。【页角】指页面的四个角;【页端】指页面上下两条边的两端紧挨页角的四个位置;【页中】指页面四条边的中间位置;【页边】指页面左右两条边的两端紧挨页角的四个位置;【页端中】指页面上下两条边的中部紧挨页中的四个位置。用户每次可以选择一个位置标记。

提　示

PSP Pro 2.3 允许用户对一个页面选择多组标记。

- 【选中】和【未选中】按钮：选择一种标记类型,规定它的线宽和位置后,单击【选中】按钮,就在对话框左边的页面图示相应位置上显示出这个标记,提示用户将要把这些标记加到输出页面的哪些位置上。如果不想添加标记,则单击【未选中】按钮,即把所有选中的标记都删除,页面图示上没有任何标记。
- 【特征标记】复选框：选中此项,将在页面右侧中部或下端中部输出方正的标记,默认为不选。
- 【梯尺】复选框：选中此项,将在页面左侧上部或上端右侧输出梯尺,默认为不选。
- 【旁注】复选框：用户可以在此写入一行注释说明,这行说明的输出位置将由旁注位置决定,默认为 Founder Group。
- 【旁注位置】：用户可以在此下拉列表框选择旁注所在的位置。
- 【文件信息】：选中此项,将在页面左侧下部或上端左侧输出当前文件名(包括路径)和文件生成时间,默认为不选。
- 【时间】：选中此项,将在页面左侧下部或上端左侧增加文件输出时间,默认为不选。
- 【缺省】：选中此项,将所有设置重置为缺省值。

(7) 【其他】选项卡中的选项如图 15.22 所示。

- 【图片分辨率】：只对 S2 和 S72 文件有效。例如：一个二扫文件中含有一按 1016dpi 的输出设备做好的 PIC 图片或 TIF、TGA 图片,在 400dpi 的印字机上输出校样稿时,图片分辨率应填入 1016,可得到所要尺寸的图片;在其他输出设备上输出时,图片分辨率也应填入 1016,才能得到正确尺寸的图片。

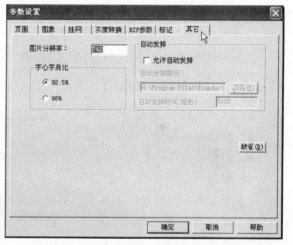

图15.22 【参数设置】对话框中的【其他】选项卡

注 意

对于 6.X 或 7.X 二扫文件,此项设置不正确会导致图片输出尺寸不正确;对于其他格式文件,该值不起作用。

- 【字心字身比】：只对 7.X 版二扫文件(*.S72)及 PostScript 二扫文件(*.PS2)起作用,6.X 版 S2 文件字心字身比都是 92.5%,不需选择此项。7.X 版及 PostScript 版本的排版软件用了某种字心字身比,输出时该选项应一致。
- 【自动发排】选项组：自动发排是一种输出方式。指系统指定一个目录,用户将要处理的文件放入该目录中,系统每隔一段时间就会自动搜索该目录,如目录不空,则将目录中的文件逐一处理。
  - ◆ 【允许自动发排】：选中此复选框后允许采用自动发排方式。
  - ◆ 【自动发排路径】：指待自动发排文件所在的路径。
  - ◆ 【自动发排时间】：以毫秒为单位设置的时间间隔。在运行中,PSP Pro 2.3 按设定的时间间隔自动搜索自动发排路径,查看是否存在待处理的文件。

● 【缺省】：单击此按钮,将所有设置重置为缺省值。

4.预显

预显即打印前的预览。在文件被打印输出前,用户可以对文件进行预显。在对文件进行预显时,遵循如下原则。

● 缺省模板文件版心居中。

● 左、上边空的值可以自行设置。在预显时会按用户的设置进行显示。预显中如果对设定的边空不满意,可用鼠标单击文件拖动至合适的地方,这时边空的数值以拖动后的显示为准。

● 选中拼页,并在图像参数里的颜色选项中选取单色(如:GRAY、C、M、Y、K)时,拼页里面的先拼色面不起作用。

● 选中拼页、先拼色面,并在图像参数里面的颜色选项选中 CMYK 时,这时进行输出会把所有页的相同色拼在一起。

● 选中拼页,不选中先拼色面,选中 CMYK,输出时按每页的 C、M、Y、K 顺序进行输出。

● 在缩放比例的横向、纵向的文本框中输入一个数值,页面显示将按用户的要求进行放大或缩小。

5.输出文件

当用户进行以上设定后,单击【确定】按钮,系统开始打印输出文件。

15.2.5 打印时的注意事项

● 如果有补字,注意要选择补字字库路径。

● 要输入发排文件的图片路径。

● 边空的设置一般是不变的。即它不随版心的大小而改变,只需一次性设置好。

● 根据版心的大小,设置页间距。一般情况下,16 开的版心不用设置页间距,32 开的版心可根据激光印字机的不同进行调整。

● 使用输入前暂停。

15.3 上 机 指 导

利用 PSP Pro 2.3 输出系统输出"人生.PS"文件

具体操作步骤如下。

(1) 首先,创建并编辑一个"人生.FBD"小样文件,如下。

［MM(］［FK(WB8001］［HTDH］［YY(］☆ 人▄生 ☆［YY)］［FK)］［MM)］
［BT1］人▄▄生✔✔
［HT5"LB］［ZZ(Z］人生只是一个过程,人生就是一个过程。如离开人生的价值取向,仅仅凭"自我设计,闭门造车",去空谈此"过程",那就失去了任何意义。✔
一分耕耘一分收获。今秋,我品尝着甜蜜可口的橘子,从中领悟:✔

平凡是伟大的必然过渡,伟大是平凡的偶然飞跃。命运从来不接受善意的祈祷和精心的安排。但至今,我才感到:命运常常是一种折磨,去完成这个"全过程",实现自我价值的肯定,从"小我"走向"大我",进而融入整个人的价值取向。［ZZ)］Ω

(2) 小样文件编辑好后,再创建其相应的"人生.PRO"文件,并设定如下。

［BX5",5"SS&BZ&BZ,20。20,*2］［YM5FZ。=1］
［MS6DH&BZ&BZ,W,B］［BD1,3,3L2&BZ&BZ,4S1］Ω

(3) 编辑好小样和 PRO 文件后,按快捷键 Shift+F5,进行二扫直接预览大样文件,如图 15.23 所示。

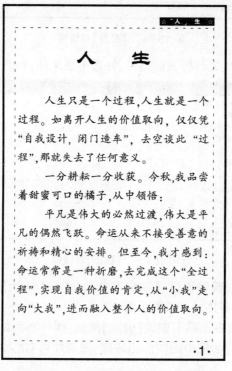

图 15.23 "人生.FBD"大样文件预览

(4) 生成且预览大样确认无误后,按快捷键 F7,进行正文发排;再按快捷键 Ctrl+F7,进行输出。此时,系统会弹出【输出】对话框,见图 15.3 所示。

(5) 根据需要对【输出】对话框进行设置完毕后,单击【确定】按钮,系统即可进行发排。同时生成"人生.PS"输出文件。

(6) "人生.PS"输出文件生成后,退出排版系统。然后双击桌面上的快捷按钮，即可进入 PSP Pro 2.3 输出系统,见图 15.1。

(7) 选择【文件】|【打开】命令或直接按快捷键 Ctrl+O,输出系统会弹出【打开】对话框,如图 15.24 所示。

图 15.24 【打开】对话框

(8) 查找"人生.PS"输出文件所在的路径,并选中该文件,如图 15.25 所示。

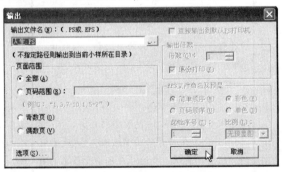

图 15.25 【输出】对话框

(9) 输出文件选中后,若需要设置输出参数,可单击【打开】|【修改】按钮,系统会弹出 Default 模板管理对话框。具体设置请参阅 15.2.4 节。

(10) 完成设置后,单击各选项卡中的【确定】按钮,即可回到如图 15.24 所示的【打开】对话框。此时,只要单击该对话框中的【打开】按钮,系统即可对"人生.PS"文件进行处理,如图 15.26 所示。

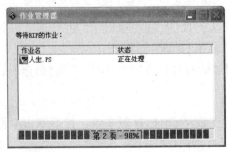

图 15.26 正在对"人生.PS"进行处理

(11) 系统对"人生.PS"文件处理后,即可预览"人生.PS"文件,如图 15.27 所示。

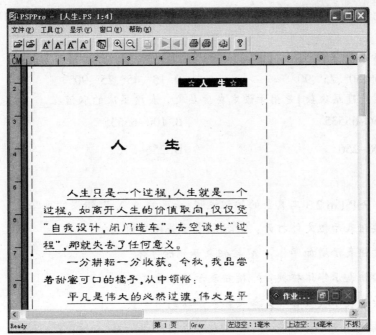

图 15.27　预览"人生.PS"文件

(12) 确认"人生.PS"文件无误后,单击鼠标右键,选择【打印】命令,即可打印"人生.PS"文件。

15.4　习　　题

填空题

(1) 只要按 PostScript 格式输出的文件,PSP Pro 2.3 就可以＿＿＿它。PSP Pro 2.3 还可以＿＿＿北大方正的飞腾、书版、报版、维思、飞腾等中文排版系统所生成的 S2、PS2、S72、S92 文件以及 TIF、EPS、PDF 及文本文件。

(2) PSP Pro 2.3 的新增功能包括:支持彩色打印机;支持方正书版中间文件＿＿＿的打印;预显后的＿＿＿功能;能够按实际＿＿＿页码预显。

(3) 卸载 PSP Pro 2.3 系统有两种方法:一是选择【开始】|【程序】|Founder|PSP Pro 2.3 命令;二是选择＿＿＿|【添加/删除程序】的图标,然后选中 PSP Pro2.3 Uninstall 程序项,再单击【添加/删除】按钮。

选择题

(1) 【页面缩放比例】是指版面横向、纵向各缩放到原来的百分之几,＿＿＿表示输出页面的大小是真实页面大小。

A. 50　　　　　　　　　　　B. 75

C. 100　　　　　　　　　　D. 200

(2) 【网角】组合框是设定网角值的，每个色版有一个网角。而网角有四种选择，分别是_____、_____、_____、_____。

    A. 25°、35°、45°、55°   B. 15°、35°、55°、90°

    C. 25°、50°、75°、90°   D. 15°、45°、75°、90°

(3) 【挂网灰度层次数】是用于设定灰度层次。灰度层次的取值在_____之间。

    A. 256~65535   B. 100~65535

    C. 100~256   D. 256~512

判断题

下列有关 PSP Pro 2.3 工具条的按钮说明，正确的画"√"，错误的画"×"。

(1) 按钮表示把文件打开；按钮表示关闭当前文档。（　　）

(2) 按钮表示增加字体；按钮表示删除字体。（　　）

(3) 按钮表示字体替换；按钮表示字体重置。（　　）

(4) 按钮表示模板管理；按钮表示转到第…页。（　　）

(5) 按钮表示显示下一页；按钮表示显示上一页。（　　）

简答题

PSP Pro 2.3 输出系统有哪些突出的功能特点？

操作题

利用 PSP Pro 2.3 输出一个 PS 大样文件。(提示：请参照 15.2.4 节和 15.3 节。)

综合实例应用

教学提示:本章的内容主要以范例的形式巩固本书的知识点。

教学目标:旨在进一步加强对书版 10.0 排版注解深入了解、并灵活运用。

综合实例应用 1

编辑小样文件:

〖HS5〗〖JZ〗〖HT3DH〗〖WT+〗〖ST+〗 第 2 章█方正书版 10.0 的概述〖HT〗〖WT〗〖ST〗✍

〖HTDH〗教学提示:〖HTK〗〖ZK(〗方正书版是方正电子出版系统中的一种专业的书版排版软件。书版 10.0 不仅结合了老版本的优点,而且还增加了许多功能,将在本章及往后的章节中作详细的介绍。〖ZK)〗↙

〖HTDH〗教学目标:〖HTK〗〖ZK(〗了解书版 10.0 的操作环境和新增功能的一些变化;熟知书版 10.0 的排版文件;掌握书版 10.0 注解的书写格式及排版流程,这将对以后的学习和工作予以莫大的帮助。〖ZK)〗〖HT〗↙

〖HS3〗〖JZ〗〖HT4XBS〗〖WT+〗〖ST+〗2.1█方正书版 10.0 简介〖HT〗〖WT〗〖ST〗↙

方正书版 10.0 是基于中文 Windows 9x 操作系统的 32 位批处理书刊专业排版软件。在中文 Windows 9x 环境下运行的方正 10.0,与老版本完全兼容,并在它们的基础上进行了大量的修改和扩充。↙

〖HT5H〗〖WT+〗〖ST+〗1. 支持中文 Windows 9x/2000/NT/me/XP 环境↙

〖HTH〗〖WT〗〖ST〗方正书版 10.0 能在 Windows9x/2000/NT/me/XP 中文系统环境下操作,并且还可以与 Windows 9x/2000/NT/me/XP 环境下的其他应用程序协同工作。↙……Ω

定义 PRO 文件：

```
〖BX5,5SS,28。28,*2〗
〖YM5FZ-！=77〗Ω
```

大样文件显示：

第 2 章　方正书版 10.0 的概述

教学提示：方正书版是方正电子出版系统中的一种专业的书版排版软件。书版 10.0 不仅结合了老版本的优点，而且还增加了许多功能，将在本章及往后的章节中作详细的介绍。

教学目标：了解书版 10.0 的操作环境和新增功能的一些变化；熟知书版 10.0 的排版文件；掌握书版 10.0 注解的书写格式及排版流程，这将对以后的学习和工作予以莫大的帮助。

2.1　方正书版 10.0 简介

方正书版 10.0 是基于中文 Windows 9x 操作系统的 32 位批处理书刊专业排版软件。在中文 Windows 9x 环境下运行的方正 10.0，与老版本完全兼容，并在它们的基础上进行了大量的修改和扩充。

1. 支持中文 Windows 9x/2000/NT/XP 环境

方正书版 10.0 能在 Windows 9x/2000/NT/XP 中文系统环境下操作，并且还可以与 Windows 9x/2000/NT/XP 环境下的其他应用程序协同工作。

……

·77·

提示：〖WT+〗和〖ST+〗表示数字和外文均随着汉字字体的变化而变化。

综合实例应用 2

编辑小样文件：

```
〖FL(！K2〗〖TPA-A.TIF;%50%50,Y,PZ〗
〖DS(4。6H020〗〖JZ〗〖HT0XK〗〖LT6YZS〗要〖HT〗〖DS)〗
想使你的双唇更加美丽动人,那么你的话语应该富有爱心;要想使你的眼睛可爱迷人,
那么你的目光应该投向他人的优点;要想使你的身材苗条匀称,那么你应该与饥肠辘
辘者分享你的食品。✓
美丽的秀发,在于每天有孩子的手指穿过它。优雅的姿态,来源于与知识同行。⤶
```

〔FK(H002B80013*2。15ZQ0〕〔HTDH〕〔YY(〕记住,如果你需要帮助,最后会发现能帮助你的只有你自己。〔YY)〕〔HT〕〔FK)〕

〔LL〕

■ ■随着阅历的增长,〔HTF〕〔ZZ(Q〕你会发现你的两只手一只是为了帮助自己,一只是为了帮助别人。〔ZZ)〕〔HT〕↙

〔CS% 0,0,0,0〕〔JZ〕〔HT3L〕〔GB (10@% (0,0,100,0)G@% (100,0,0,0)B〕美丽〔GB)〕

〔KG*2〕〔XC 招财进宝.TIF〕〔KG*2〕

〔GB(10@%(0,100,0,0)G@%(100,0,0,0)B〕女人〔GB)〕〔HT〕〔CS〕↙

女人的美丽并不在于她穿的衣服有多华丽、她的身材有多诱人,女人的美丽在于她的眼睛,因为那是心灵的窗户,是爱所在的地方。女人的美丽并不在于她的脸蛋多么漂亮,带来真正美丽的只有美好的灵魂。↙

〔HTHP〕〔ZZ(Z〕〔KX(10〕只要你时刻付出你的爱心,即使逐渐老去,美丽也会与日俱增。〔KX)〕〔ZZ)〕〔HT〕〔FL)〕Ω

定义 PRO 文件:

〔BX5,5SS,30。32,*2〕Ω

大样文件显示:

想使你的双唇更加美丽动人,那么你的话语应该富有爱心;要想使你的眼睛可爱迷人,那么你的目光应该投向他人的优点;要想使你的身材苗条匀称,那么你应该与饥肠辘辘者分享你的食品。

美丽的秀发,在于每天有孩子的手指穿过它。优雅的姿态,来源于与知识同行。

记住,如果你需要帮助,最后会发现能帮助你的只有你自己。

随着阅历的增长,你会发现你的两只手一只是为了帮助自己,一只是为了帮助别人。

美丽 招财进宝 女人

女人的美丽并不在于她穿的衣服有多华丽、她的身材有多诱人,女人的美丽在于她的眼睛,因为那是心灵的窗户,是爱所在的地方。女人的美丽并不在于她的脸蛋多么漂亮,带来真正美丽的只有美好的灵魂。

只要你时刻付出你的爱心,即使逐渐老去,美丽也会与日俱增。

提示:〔LL〕为另栏注解,表示该注解后的内容强制移到下栏进行排版。

综合实例应用3

编辑小样文件：

〖FQ(4。8(3,21)-H002〗〖BG(〗〖BHDFG1,FK2,K2,K2F〗〖BHDG1〗〖BH〗〖BG)F〗〖FQ)〗〖FQ(11。7*2(7,21)-H002!〗〖HT3L2〗〖JZ1〗美丽人生✓

〖HT6Y3〗记住,如果你需要帮助,最后会发现能帮助你的只有你自己。只要你时刻付出你的爱心,即使逐渐老去,美丽也会与日俱增。〖HT〗〖FQ)〗

〖GK! 12〗〖HS3〗〖HT2XK〗〖JZ2〗人生✓

〖HT〗〖ZZ(Z〗人生只是一个过程,人生就是一个过程。如离开人生的价值取向,仅仅凭"自我设计,闭门造车",去空谈此"过程",那就失去了任何意义。✓

一分耕耘一分收获。今秋,我品尝着甜蜜可口的橘子,从中领悟:✓

我该不该用我的整个人生以后,我才明白,平凡是伟大的必然过渡,伟大是平凡的偶然飞跃。命运从来不接受善意的祈祷和精心的安排。但至今,我才感到:命运常常是一种折磨,去完成这个"全过程",实现自我价值的肯定,从"小我"走向"大我",进而融入整个人的价值取向。〖ZZ)〗Ω

PRO 文件定义：

〖BX5,5SS,30。32,*2〗Ω

大样文件显示：

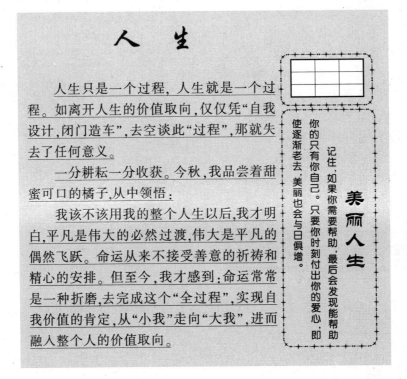

提示：〖FQ(4。8(3，21)–H002〗……〖FQ)〗表示分区的高为 3 行，宽为 21 个字宽，从前面的第 3 行第 21 个字开始排版且分区的边框为 002 型的花边线。

综合实例应用4

编辑小样文件：

〖BJ(1,3,1,3〗〖FK(WB022834。34〗〖SQ2〗〖XC 鲜花.TIF〗〖FK)〗〖BJ)〗
〖BW(B(S,,)〗〖XC 横幅 A.tif;%130%100〗〖BW)〗
〖MQ (《图片 B》2B+20mm\.130mm (31,–3mm)–W〗〖XC 横幅 B.tif;%130%100〗〖MQ)〗
〖ZZ(F〗〖HT2S3〗慈母颂✓〖HT5F〗在我的心灵之中，有个地方，深不可测，其境从未与闻✓哪个少女也难问津；✓在我的记忆之中，我的生命充满你的身影，谁也不能取代……✓啊，慈母在我心，苍天保佑，福寿永绵长！〖ZZ)〗
〖DZ(–H063K2〗〖FK(WB2001〗〖HT4"K〗真理最伟大的朋友是时间，其最大的敌人是偏见，其永远的同伴是谦逊。〖HT〗〖FK)〗
〖FK（WB2001〗〖WT5BX〗The greatest friend of truth is time, her greatest enemy is prejudice, and her constant companion is humility.〖HT〗〖FK)〗〖DZ)〗〖CDH06332〗
〖FL(！K2〗〖TPA–A.TIF;%50%50,Y,PZ〗〖DS(4。6H020B0000#〗〖JZ〗〖HT0XK〗〖LT6YZS〗要〖HT〗〖DS)〗想使你的双唇更加美丽动人，那么你的话语应该富有爱心；要想使你的眼睛可爱迷人，那么你的目光应该投向他人的优点；要想使你的身材苗条匀称，那么你应该与饥肠辘辘者分享你的食品。✓
美丽的秀发发，在于每天有孩子的手指穿过它。优雅的姿态，来源于与知识同行。✓
〖FK(H002B8001#3*2。15ZQ0〗〖HTDH〗〖YY(〗记住，如果你需要帮助，最后会发现能帮助你的只有你自己。〖YY)〗〖HT〗〖FK)〗〖LL〗
〖KG2〗随着阅历的增长，〖HTF〗〖ZZ(Q〗你会发现你的两只手一只是为了帮助自己，一只是为了帮助别人。〖ZZ)〗〖HT〗✓
〖CS%0,0,0,0〗〖JZ〗〖HT3L〗〖GB (10@%(0,0,100,0)G@%(100,0,0,0)B 美丽〖GB)〗
〖KG*2〗〖XC 招财进宝.TIF〗〖KG*2〗
〖GB(10@%(0,100,0,0)G@%(100,0,0,0)B 女人〖GB)〗〖HT〗〖CS〗✓
女人的美丽并不在于她穿的衣服有多华丽、她的身材有多诱人，女人的美丽在于她的眼睛，因为那是心灵的窗户，是爱所在的地方。女人的美丽并不在于她的脸蛋多么漂亮，带来真正美丽的只有美好的灵魂。✓
〖HTHP〗〖ZZ(Z〗〖KX(10〗只要你时刻付出你的爱心，即使逐渐老去，美丽也会与日俱增。〖KX)〗〖ZZ)〗〖HT〗〖FL)〗✓✓
〖HT1",0"XK〗如上泰山，登峰造极✓〖JY〗似观沧海，乘风破浪〖HT〗Ω

定义 PRO 文件：

〖BX5SS,30。32,*2〗Ω

大样文件显示：

meet **ITTO**

慈母颂

在我的心灵之中,有个地方,深不可测,其境从未与闻

哪个少女也难问津;

在我的记忆之中,我的生命充满你的身影,谁也不能取代……

啊,慈母在我心,苍天保佑,福寿永绵长!

真理最伟大的朋友是时间,其最大的敌人是偏见,其永远的同伴是谦逊。

The greatest friend of truth is time, her greatest enemy is prejudice, and her constant companion is humility.

想使你的双唇更加美丽动人,那么你的话语应该富有爱心;要想使你的眼睛可爱迷人,那么你的目光应该投向他人的优点;要想使你的身材苗条匀称,那么你应该与饥肠辘辘者分享你的食品。

美丽的秀发发,在于每天有孩子的手指穿过它。优雅的姿态,来源于与知识同行。

记住,如果你需要帮助,最后会发现能帮助你的只有你自己。

随着阅历的增长,你会发现你的两只手一只是为了帮助自己,一只是为了帮助别人。

美丽 招财进宝 女人

女人的美丽并不在于她穿的衣服有多华丽、她的身材有多诱人,女人的美丽在于她的眼睛,因为那是心灵的窗户,是爱所在的地方。女人的美丽并不在于她的脸蛋多么漂亮,带来真正美丽的只有美好的灵魂。

只要你时刻付出你的爱心,即使逐渐老去,美丽也会与日俱增。

如上泰山,登峰造极
似观沧海,乘风破浪

OTTI meet

提示： ［MQ（《图片 B》2B+20mm\.130mm (31,-3mm)-W］ ［XC 横幅 B.tif;%130%100］
［MQ)］注解中的"《图片 B》2B"表示分区文件名为"图片 B"，且分区位置位于背
景上面，边文下面；"20mm\.130mm"表示分区的高为 20mm，宽为 130mm；"(31,-
3mm)"表示分区从第 31 行，向左扩张 3mm 处开始排版；"-W"表示分区不要边框。

综合实例应用 5

编辑小样文件：

(1)$$［FC({｜x⤊2+y+z=2z［FH］①↙x=2y-z［FH］②↙2x-3z+y=z［FH］③［FC)］
$$⦚(2)［ZK(［$（［KF(S｜n［｜a［KF)）］⤊n=a▬a⤊［SX(｜m｜n［SX)］=［KF
(S｜n］｜m［KF)］▬（［SX(｜a｜b［SX)］⤊n=［SX(C｜a⤊｜b⤊n［SX)］$▬
cos2ⓩaⓩ=cos⤊2ⓩaⓩ-sin⤊2ⓩaⓩ=2cos⤊2ⓩaⓩ-1=［SX（C｜1-tan⤊2ⓩaⓩ［｜1+
tan⤊2ⓩaⓩ［SX)］［HT］［ZK)］⦚(3)［JG(｜｛CH⤋3｝［ZJY｝｛CH｝［ZJYX;
YS］｛｝｛C｝［ZJLX,S;Y］｛O｝｛O｝［ZJYX］｛CH｝［ZJY;ZX］｛CH⤋3｝
｛C｝［ZJLX,X;Z］｛O｝｛O｝［JG)］+2H⤋2O［FY=］［JG(｜｛2CH⤋3｝［ZJY｝
｛CH｝［ZJY;X］｛COOH｝｛OH｝［JG)］⦚(4)［JG（｜［LJDY0］［LB2,4,6］
［LJ］［JJ3］｛CH⤋2｝［LJ］［LJ］［JJ1］｛CH⤋2｝［JG)］［KG1］［XL(｜Z
［LS1X］n+H［LS2S］⤋2SO⤋4［FY=］Z［LZ(1X,KH,X 锌元素［LZ)］nSO⤋4+H
［LZ(2S,KH,S 氢元素［LZ)］⤋2↑［XL)］Ω

大样文件显示：

综合实例应用6

编辑小样：

〖BW(D(S-*2,-7mm,-7mm)〗〖PS32KDM,BP〗〖BW)〗

〖BW(S(S*2,-5mm,-5mm)〗〖PS32KSM,BP〗〖BW)〗

〖DM(〗〖FK(WB0000D〗〖HT5"DH〗第一部分■■中考英语听力测试解题技巧〖HT〗〖FK)〗〖DM)〗

〖BW(D(X4mm,-5mm,-5mm)G10mmM1D3〗〖JY〗〖SX(B-5.8mm〗〖XC0144D.TIF;%40%40〗〖〗〖WT3,4"B7〗〖BM〗〖WT〗〖WT7〗■■〖SX)〗〖BW)〗

〖BW(S(X4mm,-5mm,-5mm)G10mmMD2〗〖SX(B-5.8mm〗〖XC0144C.TIF;%40%40〗〖〗〖KG*2〗〖WT3,4"B7〗〖BM〗〖WT〗〖SX)〗〖BW)〗

〖MQ(《名言 2》4D+20mm\.110mm(+160mm,0mm)-K〗

〖JY,2〗〖HT6.,7.H〗〖WTFZ〗〖SX(Y〗变化为快乐之母。〖〗Variety is the mother of enjoyment.〖SX)〗〖HT〗〖ST〗〖MQ)〗

〖MQ(《名言》4S+20mm\.110mm(+160mm,-0mm)-K〗

〖KG1*2〗〖HT6.,7.H〗〖WTFZ〗〖SX(Z〗人行千里路,胜读十年书。〖〗He that travels far knows much.〖SX)〗〖HT〗〖MQ)〗

〖JZ〗〖CS%100,0,0,0〗〖SX(B〗〖XC0432A.TIF;%50%50〗〖HT4DH〗〖〗第一部分〖SX)〗〖CS〗

〖HT1,3《方正宋三简体》〗中考英语听力测试解题技巧〖HT〗〖CSX〗

〖XCSZ1.EPS;P〗 〖CS%100,0,0,0〗〖ZZ (Z〗〖HT5Y4〗 中考英语听力试题综述〖HT〗〖ZZ)〗〖CS〗〖CSX〗

听力考试主要考查学生对语言的分辨、理解及反应能力。近年来听力测试在中考中所占的比率不断提高,各地的中考听力题也正在逐步取消脱离语境的测试题型。英语听力考试的命题原则有以下几个方面:

〖CSD%20,0,0,0〗〖CSX%100,0,0,0〗 FK(H002B8001〗■■■■

〖HTH〗 1).题型。〖HTK〗听力测试中既有主观题型又有客观题型,但目前为方便阅卷多选用客观题型。中考听力题主要由句子理解(有时用图画)、情景反应、对话理解和短文理解四个主要部分组成,每部分都有各自的考察侧重点。

〖HTH〗 2).材料。〖HTK〗听力材料的特点:有明确的语境、明显的口语特征,文字平易,句子简短,结构简单。整个听力材料中没有生僻、超纲的词汇,百分之九十五的词汇为大纲中最常用的词汇。材料一般由英、美籍人士(一男一女)朗读,语速比正常语速稍慢。

〖HTH〗 3).考点。〖HTK〗

(1)主旨大意。这类题要求考生能听懂语句或语段的主要内容或主旨大意。

（2）事实和细节。要求考生听懂语句或语段中的某个具体事实，包括时间、地点、人物、原因、目的、结果、数量等。常出现的考点如电话号码，某人职业等。↙

（3）推理判断。这类题要求考生在掌握整个语段材料内容的基础上对多种相关信息进行综合分析并做出推理和判断。如考查某段对话或独白的背景，谈话者的相互关系等。

［FK)］［CSX］［CSD］Ω

定义 PRO 文件：

［BX5",5"SS,160mm。110mm,1.8mm］

［MS5SS,B。*2］Ω

大样文件显示：

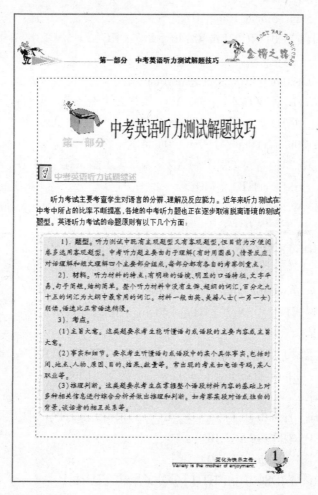

提示：本实例主要应用了边文注解(BW)、多页分区注解(MQ)、彩色注解(CS)等，其中彩色的变换不仅针对文字，还涉及了边框和底纹。

综合实例应用 7

编辑小样文件：

〖BW(D(S-*2,-7mm,-7mm)〗〖PS32KDM,BP〗〖BW)〗

〖BW(S(S*2,-5mm,-5mm)〗〖PS32KSM,BP〗〖BW)〗

〖BW(D(X4mm,-5mm,-5mm)G10mmM1D3〗

〖JY〗〖SX (B-5.8mm〗〖XC0144D.TIF;%40%40〗〖 〗〖WT3,4"B7〗〖BM〗〖WT〗〖WT7〗▬〖SX)〗〖BW)〗

〖BW(S(X4mm,-5mm,-5mm)G10mmMD2〗

〖SX(B-5.8mm〗〖XC0144C.TIF;%40%40〗〖 〗〖KG*2〗〖WT3,4"B7〗〖BM〗〖WT〗〖SX)〗〖BW)〗

〖MQ(《名言 2》4D+20mm\110mm(+160mm,0mm)-K〗✎

〖JY,2〗〖HT6.,7.H〗〖WTFZ〗〖SX (Y〗变化为快乐之母。〖 〗Variety is the mother of enjoyment.〖SX)〗〖HT〗〖ST〗〖MQ)〗

〖MQ(《名言》4S+20mm\110mm(+160mm,-0mm)-K〗✎

〖KG1*2〗〖HT6.,7.H〗〖WTFZ〗〖SX(Z〗人行千里路,胜读十年书。〖 〗He that travels far knows much.〖SX)〗〖HT〗〖MQ)〗

〖DM (〗〖FK (WB0000D〗〖WT5",6F6〗Unit 1 Talk about the periodicity or frequency〖WT〗〖FK)〗▬▬▬〖DM)〗

〖BG(!〗〖BHDG4,K10,KZQ〗

〖CSD%35,0,0,0〗〖JD8001〗〖WT1"《方正大黑简体》〗Unit 1 〖WT〗〖 〗〖SX(Z〗〖WT4F3〗Talk about the periodicity or frequency 〖 〗〖CSD% 15,0,0,0〗〖JD8001〗〖HT5DH〗周期或频率〖SX)〗〖HT〗〖BG)〗〖WT〗〖CSD〗✎

〖PSFK.EPS,BP〗

〖KH-9*2〗▬▬〖FK(W8。70mmZQ*2〗〖HJ*2/3〗▬▬〖HT5《方正稚艺简体》〗这类题一般主要侧重于对 how often, how long, how soon 所引出的问题的考查，另一方面在于考查我们对 once, twice, every morning 等表示频率的词汇的理解与掌握情况。做这类题目，我们只要抓住关键词。仔细推敲、辨析,问题就可迎刃而解。〖HT〗〖HJ〗〖FK)〗✎✎✎

〖PSBBGJX2.EPS;%90%90;X*2,BP〗↙

〖BG(! XDF〗〖BHDFG6,FK3,KZQ*3F〗

〖CSD%20,0,0,0〗〖JD8001〗〖HTH〗常用✎词汇〖HT〗〖 〗

time 次数,always 总是,usually 通常,often 经常,sometimes 有时,never 从来不,day 天,week 星期,month 月,year 年,hour 小时,weekend 周末,weekday 周日,every 每一个,once 一次,twice 两次,sleep 睡觉

〖BHDG6,FK3,KZQ*3F〗

〖CSD%20,0,0,0〗〖JD8001〗〖HTH〗常用✎短语〖HT〗〖 〗

three times 三次 ,how often 多久一次 ,twice a day 一天两次 ,on weekends 在周末 ,go to the movies 去看电影 ,every day 每天 ,watch TV 看电视 ,drink milk 喝牛奶 ,every night 每天晚上 ,how many hours 多少小时 〖 BG)F 〗Ω

定义 PRO 文件:

〖 BX5",5"SS,160mm。110mm,1.8mm 〗
〖 MS5SS,B。*2 〗

大样文件显示:

提示:本实例为中文和英文混排版面,主要应用了边文注解(BW)、彩色注解(CS)等,其中彩色的变换不仅针对文字,还涉及了边框和底纹。

综合实例应用8

编辑小样文件：

［DM(］新课标·一课双练［DM)］

［SM(］XIN KE BIAO·YI KE SHUANG LIAN［SM)］

［BW(D(Y,−2,)］［XCBW1.TIF］■■■［BW)］［BW(D(X1mm,,−10mm)MD2］［JY］［JX+2mm］［SX(B］［CDH01032］［］［HT5LB］九年级化学上册(配人教版)［HT］［SX)］［JX−+2mm］■［FK(W］［SX(B−2.8mm］［FK(W+8.1mm。8.1mm］［XCYM1.TIF;%15%15］［FK)］［ST3BZ］［］［BM］■［KG−*2/3］［SX)］［FK)］［BW)］［BW(S(Z,−2,)］［XCBW2.TIF］■［KG(1.5mm）［KG)］［BW)］［BW(S(X1mm,−10mm,)MD2］［FK(W］［SX(B−2.8mm］［FK(W+8.1mm。8.1mm］［XCYM2.TIF;%15%15］［FK)］［］［ST3BZ］［KG*2］［BM］［SX)］［FK)］［JX+2mm］■［SX(B］［CDH01032］［］［HT5LB］九年级化学上册(配人教版)［HT］［SX)］［BW)］

［BT1］［ML］第五单元自测题✓［BT4］一、填空题✓

1. 氢气在氧气中完全燃烧生成水的化学方程式为［ZZ(Z］■■■■［ZZ)］,各物质之间的质量比为［ZZ(Z］■■■■［ZZ)］,每［ZZ(Z］■■■■［ZZ)］份质量的氢气与足量的氧气反应,可生成［ZZ(Z］■■■■［ZZ)］份质量的水.现有 0.4g 氢气在氧气中燃烧可生成［ZZ(Z］■■■■［ZZ)］g 水.✓

2. 高温或猛烈撞击的均会使化肥硝酸铵发生剧烈的反应,生成大量的气体,放出大量的热,因而发生爆炸.已知硝酸铵爆炸的化学反应方程式为2NH↓4NO↓3［FY(=］高温［FY)］2N↓2↑+O↓2↑+4X,则 X 的化学式为［ZZ(Z］■■■■［ZZ)］.✓

3. 在下列的化学方程式中:✓

■［WB］A. 4P+5O↓2［FY(=］高温［FY)］2P↓2O↓5■■■■■［WB］B. Al+H↓2SO↓4=Al↓2(SO↓4)↓3+H↓2↑✓

［DW1］C. S+O↓2［FY(=］点燃［FY)］SO↓2↑［DW2］D. 2H↓2O=2H↓2↑+O↓2↑✓

(1)末配平的是［ZZ(Z］■■■■［ZZ)］;(2)反应条件写错的是［ZZ(Z］■■■■［ZZ)］;(3)末注明反应条件的是［ZZ(Z］■■■■［ZZ)］;(4)箭头使用不当的是［ZZ(Z］■■■■［ZZ)］.✓

4. 配平或写出下列反应的化学方程式. ✓

(1)赤热的铁和水蒸气反应生成四氧化三铁和氢气;✓

(2)［FK(］3［FK)］Cu+［FK(1*2。1*2］［FK)］HNO↓3=［FK(1*2。1*2］［FK)］Cu(NO↓3)↓2+［FK(］2［FK)］NO↑+［FK(1*2。3］［FK)］.✓

［BT4］二、选择题✓1.下列对化学方程式2H↓2+O↓2［FY(=］点燃［FY)］2H↓2O表示的意义的叙述,正确的是(■■)✓［ZK(］A.氢气加氧气等于水✓B.在这个反

应中，H↓2、O↓2 和 H↓2O 的质量比为 2:32:36╱C. 2 个氢分子跟 1 个氧分子在点燃
的条件下就等于 2 个水分子╱D. 氢气和氧气在点燃的条件下反应生成水［ZK)］↙
2. 根据已配平的反应式：4K↓2Cr↓2O↓7［FY(= △ ［FY)］4K↓2CrO↓4+2R+3O↓2
↑，可以推测 R 的化学式是(══)╱
　［DW1］A. CrO［DW2］B. Cr↓2O↓3╱［DW1］C. CrO↓2［DW2］D. CrO↓3Ω

定义 PRO 文件：

［BX4",4"K,210.6mm。140.6mm,*2］［MS4L,S,3mm］
［BD1,3,3ZY,3］［BD2,3,3H,3］［BD3,3,3XK,3Q0］［BD4,4,4H,1Q0］Ω

大样文件显示：

提示：本实例为化学版面，主要应用了边文注解(BW)、基线注解(JX)、上下注解(SX)和
　　　反应注解(FY)以及新插注解(XC)等。

综合实例应用9

编辑小样文件：

［DM(］新课标·一课双练［DM)］

［SM(］XIN KE BIAO·YI KE SHUANG LIAN［SM)］↙

［BW(D(Y1*8,,)］［FQ(1。*2(1,-2),PZ-W］［XCBW1.TIF;%19%19］［FQ)］{▅

［KG10］［KG(*2］［KG)］}［BW)］［BW(D(X3mm,,-3mm)MD2］［JY

［JX+0.8mm］［SX(B］［CDH03432］［］［HT5LB］三年级语文上册(配人

教版)［HT］［SX)］［JX-+0.8mm］［FK(W］［SX(B-4.9mm］［FK(W+8.1mm。

8.1mm▅［XCYM1.TIF;%26%21］［FK)］［ST3BZ］［］［WT3HX］［BM］

［SX)］［FK)］［BW)］］

［BW(S(Z,,)］［FQ(*2。*4(-*2/2,-2),PZ-W］［XCBW2.TIF;%19%19］［FQ)］

{▅［KG10］［KG(*2］［KG)］}［BW)］［BW(S(X3mm,-10mm,)MD2］

［FK(W］［SX(B-4.9mm］［FK(W+8.1mm。8.1mm］［XCYM2.TIF;%26%21］

［FK)］［］［ST3BZ］［］［WT3HX］［BM］［SX)］［FK)］［JX+0.8mm］［SX

(B］［CDH03432］［］［HT5LB］三年级语文上册(配人教版)［HT］

［SX)］［BW)］］

［BT1］［ML］［KG(*2第一单元［KG)］↙［BT2］［ML］1. 我们的民族小学↙

［BT3+1］［FK(W］［XC<XX1.TIF>;%140%140］［FK)］［FK(H092］基础知识

［FK)］↙［BT4］一、看拼音写词语↙［WTXT］

［SX(B］［PY(4,4S chuān dài［PY)］［］(▅▅▅▅)［SX)］▅▅［SX(B］

［PY(4,4S zhāo▅hū［PY)］［］(▅▅▅▅)［SX)］▅▅［SX(B］［PY(4,4S］

tóng▅zhēn［PY)］［］(▅▅▅▅)［SX)］▅▅［SX(B］［PY(4,4S］wěi▅ba

［PY)］［］(▅▅▅▅)［SX)］↙［SX(B］yáo▅wàng［］(▅▅▅▅)［SX)］▅

▅［SX(B］kǒng▅què▅wǔ［］(▅▅▅▅▅▅)［SX)］▅▅［SX(B］fèng▅wěi

▅zhú［］(▅▅▅▅▅▅)［SX)］↙

［BT4］二、连线搭配词语↙

［FL(15,15! K3］［JZ(］飘扬的▅▅▅服装↙鲜艳的▅▅▅国旗↙欢唱的▅▅▅

小鸟［JZ)］［］［LL］［JZ(］古老的▅▅▅粉墙↙粗壮的▅▅▅铜钟↙洁白的▅

▅干枝［JZ)］FL)］［BT3+1］［FK(W］［XC<XX2.TIF>;%170%170］［FK)］

［FK(H092］综合运用［FK)］↙

［BT4］一、给下列加点字注音↙

▅▅(一)▅▅▅▅(二)▅▅▅▅(三)▅［HJ1.5mm］↙［HJ］

▅［ZZ(］傣［ZZ)］▅族▅摔▅［ZZ(］跤［ZZ)］▅▅▅［ZZ(］蝴［ZZ)］▅

［ZZ(］蝶［ZZ)］［KG*5］▅穿▅［ZZ(］戴［ZZ)］▅▅▅↙

▅▅▅▅(二)［HJ1.5mm］↙［HJ］［KG*2］［ZZ(］飘［ZZ)］▅扬▅［KG1]

〔ZZ(〕粗〔ZZ)〕■壮■■边■〔ZZ(〕疆〔ZZ)〕↙
〔BT4〕二、写同音字↙例:yáng:〔ZZ(Z〕■扬■杨■羊■洋〔ZZ)〕↙dài:〔ZZ(Z〕
■■■■■■■■■〔ZZ)〕■■■qí:〔ZZ(Z〕■■■■■■■■■〔ZZ)〕↙
qīng:〔ZZ(Z〕■■■■■■■■〔ZZ)〕■■■jié:〔ZZ(Z〕■■■■■■■■
■〔ZZ)〕Ω

定义 PRO 文件:

〔BX4",4"K,210.6mm。140.6mm,2.5mm〕〔MS4L,F,3mm〕
〔BD1,3,3ZY,3〕〔BD2,3,3H,3〕〔BD3,3,3L,2Q0〕〔BD4,4",4"H,1Q0〕Ω

大样文件显示:

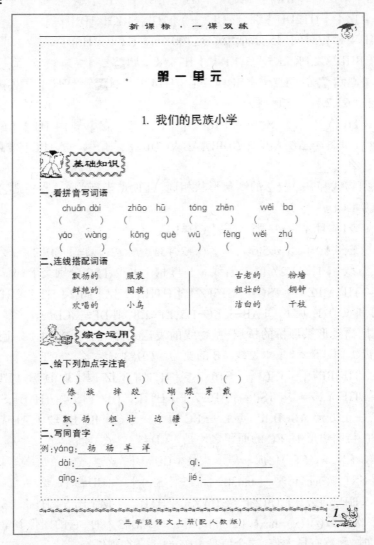

提示:本实例为语文版面,主要应用了边文注解(BW)、基线注解(JX)、拼音注解(PY)和
着重注解(ZZ)以及方框注解(FK)等。

综合实例应用 10

编辑小样文件：

〔HT5SS〕〔HJ0〕〔BW(B(Z2mm,−5mm,)〕

〔BG(〕〔BHDWG3mm,WK230mmW〕〔BG)D20.〕〔HT〕〔HJ0〕✍〔HJ〕

〔JZ(〕〔XZ(270〕〔CD#9〕■号学〔CD#9〕■级班〔CD#9〕■校学■〔CD#9〕■

名姓〔XZ)〕〔JZ)〕〔BW)〕〔HJ〕〔HT〕〔ST〕〔JP〕

〔HS(5〕〔JZ〕〔HT2DH〕综合测试(一)〔HT〕〔KH*1D〕✍

〔JZ〕〔HT4″K〕(时间:45分钟■满分:100分)〔HT〕〔HS)〕✍

〔BG(〕〔BHDFG2,FK5,K5。5,KF〕〔HT4″K〕题■号〔〕一〔〕二〔〕三〔〕四

〔〕五〔〕总■■分〔HT〕〔BHDG2〕〔HT4″K〕得■分〔HT〕〔BG)F〕

〔FL(H7−H002K2〕一、填空题✍

〔TPZH1−1.TIF,Y,PZ〕〔TS(2〕〔ST6FZ〕〔HTH〕〔JZ〕图1〔HT〕〔ST〕〔TS)〕

1.〔ZK(#〕如图1,△ⓏABC∽△DBE,AB=6,DB=8,则S↓{△ABC}:S↓{△DBE}=〔CD#3〕.✍

2. 已知一抛物线和y=2x↑2的图象形状相同,且顶点坐标为(−1,3),则它所对应的函数关系式为〔CD#3〕.✍

3. 若a=6,b=216,且a:x=x:b,那么x=〔CD#3〕.✍

4. 已知线段x,y,z,有x:y:z=5:6:7,那么(x+2y+3z):(3x+2y+z)=〔CD#3〕.✍

5. 如图2,直线l↓1//l↓2//l↓3,直线a、b与l↓1、l↓2、l↓3分别交于

〔TPZH1−2.TIF,Y,PZ〕〔TS(〕〔ST6FZ〕〔HTH〕〔JZ〕图2〔HT〕〔ST〕〔TS)〕

点A、B、C和点D、E、F.已知AB=3,BC=1.5,EF=1.8,则DF=〔CD#3〕✍

6. 图3是抛物线形拱形桥的桥洞,抛物线的表达式为y=−〔SX(〕1〔〕2〔SX)〕x↑

2,当桥顶离水面4.5米时,水位线AB的宽为〔CD#3〕米.✍

〔TPZH1−3.TIF,BP#〕〔TS(2〕〔ST6FZ〕〔HTH〕〔JZ〕图3〔HT〕〔ST〕〔TS)〕

〔TPZH1−4.TIF,Y,PZ#〕〔TS(〕〔ST6FZ〕〔HTH〕〔JZ〕图4〔HT〕〔ST〕〔TS)〕

7. 如图4,在正方形ABCD中,点E是BC边上一点,且BE:EC=2:1,AE与BD交于点F,则△AFD与四边形DFEC的面积之比是〔CD#3〕.✍

8. 把函数y=(2−3x)(6+x)化成一般形式是〔CD#3〕.✍

9. 计算:〔SX(〕Ⓩcos45°〔〕tan30°·cot45°〔SX)〕=〔CD#3〕.✍

〔TPZH1−5.TIF,Y,PZ〕〔TS(2〕〔ST6FZ〕〔HTH〕〔JZ〕图5〔HT〕〔ST〕〔TS)〕

10. 已知二次函数Ⓩf(x)=mx↑2|m|,当m=〔CD#3〕时,它的图像有最低点;当m=〔CD#3〕时,函数有最大值,这个值是〔CD#3〕.✍

11. 二次函数y=−〔SX(〕5〔〕2〔SX)〕+x−〔SX(〕1〔〕2〔SX)〕x↑2的顶点坐标是〔CD#3〕.〔ZK)〕〔FL)〕Ω

定义 PRO 文件：

```
〖BX5SS,220mm。145mm,3mm〗
〖YM5FZ！%3mm=103〗
〖MS10.SS《H 汉仪雪君体简》,B〗
〖BD1,1"SS《H 汉仪雪君体简》,5S1〗
〖BD2,2SZ,6S0〗〖BD3,3,3SS,3Q0〗
〖BD4,2"DH,4〗〖BD8,5H,2〗Ω
```

大样文件显示：

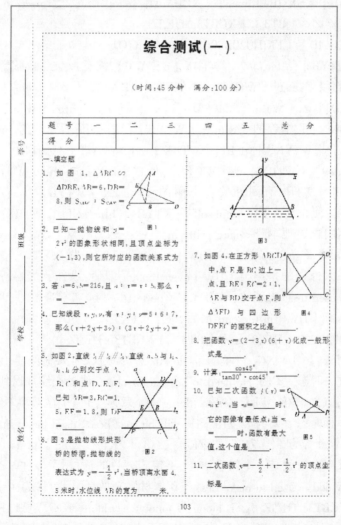

提示：本实例为数学版面,主要应用了表格注解(BG)、旋转注解(XZ)、分栏注解(FL)和图片注解(TP)以及长度注解(CD)等相关注解。

365

综合实例应用 11

编辑小样文件：

〖BJ(8mm,8mm,8mm,8mm〗〖BJ)〗〖BW（S（Z−175mm,−10mm,)〗〖XCSYM.tif,JZ〗〖BW)〗〖BW(D(Y−175mm,−10mm,)〗〖XCDYM.tif,JZ〗〖BW)〗〖SM(〗国标版·九年级英语·上册〖SM)〗〖DM(〗Unit 2▉I used to be afraid of the dark.〖DM)〗〖BT1〗〖ML〗〖SX（B−13mm〗〖XCDY.TIF〗〖〗Unit 2▉I used to be afraid of the dark.〖SX)〗✍✍✍〖BT3〗〖XCBT3a.TIF,JZ〗✍

〖CSD%0,0,0,10〗〖FK(H020B8001#13。47*3ZQ1〗

attention〖WTYB〗[ə'tenʃən]〖WTBX〗n.〖WT〗注意;专心;留心▉▉▉〖WB〗waste〖WTYB〗[weɪst]〖WTBX〗v.〖WT〗浪费;滥用✍airplane〖WTYB〗['eəpleɪn]〖WTBX〗n.〖WT〗飞机〖DW〗on〖WTYB〗[ɑ:n]〖WTBX〗adj.〖WT〗开着的;接通的;工作着的✍candy〖WTYB〗['kændɪ]〖WTBX〗n.〖WT〗糖果〖DW〗daily〖WTYB〗['deɪlɪ]〖WTBX〗adj.〖WT〗每日的;日常的✍death〖WTYB〗[deθ]〖WTBX〗n.〖WT〗死;死亡〖DW〗patient〖WTYB〗['peɪʃənt]〖WTBX〗adj.〖WT〗有耐性的;忍耐的✍cause〖WTYB〗[kɔ:z]〖WTBX〗v.〖WT〗造成;使发生〖DW〗himself〖WTYB〗[hɪm'self]〖WTBX〗pron.〖WT〗(反身代词)他自己;他本身✍take pride in 对……感到自豪〖DW〗pay attention to 对……注意;留心✍give up 放弃〖DW〗make a decision 做决定;下决心✍to one□s surprise 令某人惊奇的是……〖DW〗even though 即使;纵然;尽管✍no longer 不再;已不〖DW〗used to 过去经常,以前常常✍be terrified of 非常害怕的;极度恐惧的✍go to sleep 入睡〖DW〗in the end 最后;终于〖FK)〗〖CSD〗↙

〖FL(H7−H002K2〗〖HJ3.3mm〗〖BT3〗〖XCBT3b.TIF,JZ〗↙

used to do 用法:✍①〖ZK(〗used to do sth 意为"过去常常做某事",暗指现在不做了;只用于过去时态。✍例:He used to be late for class. 他过去经常迟到。(现在不这样了)〖ZK)〗↙②〖ZK(〗be used to (doing sth) 意为"习惯于做某事";可用于现在、过去、将来的多种时态。✍例:〖ZK(〗He will be (has been) used to getting up early. 他将会(已经)习惯于早起。〖ZK)〗〖ZK)〗↙③〖ZK(〗〖JP3〗be used to do sth 意为"被用于做某事",它就是一个被动语态,不定式表目的,可用于多种时态。〖JP〗✍例如:〖ZK(〗Wood is used to make desks. ✍木材用来做桌子。〖ZK)〗〖ZK)〗↙

〖BT3〗〖XCBT3c.TIF,JZ〗↙1. alone 与 lonely✍① alone 表示"单独,独自",不含感情色彩。✍② lonely 指人孤独寂寞,指地方荒无人烟,有浓厚的伤感色彩,可做定语或表语。✍③ lone 指人孤独,指物是单独一个,是形容词,可做定语。✍
2. in front of 与 in the front of✍in 意为"在……内,在……里";on 意为"在……上";in front of 意为"在……前面",指在外部的前面;〖FL)〗Ω

定义 PRO 文件：

〔BX5SS，255mm。175mm，2.8mm〕〔YM5FZ！%3mm=1〕
〔MS10.BKH《H 汉仪雪君体简》，B〕〔BD1，1"，2"F7《H 汉仪雪君体简》，7S1〕
〔BD2，2L，3S1〕〔BD3，3，3SS，3Q0〕〔BD4，2"DH，4〕
〔BD5，4"KY，2〕〔BD8，5H，2〕Ω

大样文件显示：

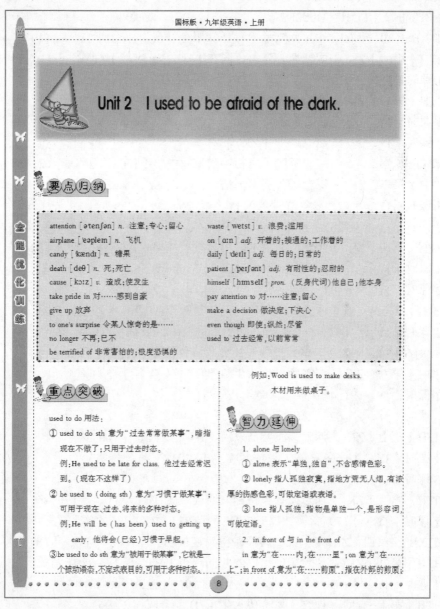

提示：本实例为中文和英文混排版面，主要应用了背景注解(BJ)、边文注解(BW)、音标注解(YB)等。

综合实例应用 12

编辑小样文件：

〖HS10〗〖JZ〗〖XCML.tif;%120%120〗〖HT〗✍
〖HJ3.5mm〗〖FL(H7-H002K2〗
〖HTXBS〗第一〖ZK(〗单元▄承担责任　服务社会〖HT〗〖JY。〗(1)✍
〖HTH〗第一〖ZK(〗课▄责任与角色同在〖HT〗〖JY。〗(1)✍
第1课时〖JY。〗(1)✍第2课时〖JY。〗(4)〖ZK)〗✍
〖HTH〗第二〖ZK(〗课▄在承担责任中成长〖HT〗〖JY。〗(8)✍
第1课时〖JY。〗(8)✍第2课时〖JY。〗(12)✍
第3课时〖JY。〗(16)〖ZK)〗〖ZK)〗✍
〖HTXBS〗第二〖ZK(〗单元▄了解祖国▄爱我中华〖HT〗〖JY。〗(21)✍
〖HTH〗第三〖ZK(〗课▄认清基本国情〖HT〗〖JY。〗(21)✍
第1课时〖JY。〗(21)✍第2课时〖JY。〗(25)✍
第3课时〖JY。〗(28)〖ZK)〗✍
〖HTH〗第四〖ZK(〗课▄了解基本国策与发展战略〖HT〗〖JY。〗(32)✍
第1课时〖JY。〗(32)✍第2课时〖JY。〗(36)✍
第3课时〖JY。〗(40)✍第4课时〖JY。〗(43)〖ZK)〗✍
〖HTH〗第五〖ZK(〗课▄中华文化与民族精神〖HT〗〖JY。〗(47)✍
第1课时〖JY。〗(47)✍第2课时〖JY。〗(50)〖ZK)〗〖ZK)〗✍
〖HTXBS〗第三〖ZK(〗单元▄融入社会　肩负使命〖HT〗〖JY。〗(54)✍
〖HTH〗第六〖ZK(〗课▄参与政治生活〖HT〗〖JY。〗(54)✍
第1课时〖JY。〗(54)✍第2课时〖JY。〗(57)✍
第3课时〖JY。〗(62)〖ZK)〗✍
〖HTH〗第七〖ZK(〗课▄关注经济发展〖HT〗〖JY。〗(66)✍
第1课时〖JY。〗(66)✍第2课时〖JY。〗(70)✍
第3课时〖JY。〗(74)〖ZK)〗✍
〖HTH〗第八〖ZK(〗课▄投身于精神文明建设〖HT〗〖JY。〗(79)✍
第1课时〖JY。〗(79)✍第2课时〖JY。〗(83)〖ZK)〗〖ZK)〗✍
〖HTXBS〗第四〖ZK(〗单元▄满怀希望　迎接明天〖HT〗〖JY。〗(87)✍
〖HTH〗第九〖ZK(〗课▄实现我们的共同理想〖HT〗〖JY。〗(87)✍
第1课时〖JY。〗(87)✍第2课时〖JY。〗(91)〖ZK)〗✍
〖HTH〗第十〖ZK(〗课▄选择希望人生〖HT〗〖JY。〗(96)✍
第1课时〖JY。〗(96)✍第2课时〖JY。〗(100)✍
第3课时〖JY。〗(103)✍第4课时〖JY。〗(106)〖ZK)〗〖ZK)〗〖FL)〗Ω

定义 PRO 文件：

〔BX5,5SS&BZ&BZ,40。42,*2〕Ω

大样文件显示：

目　录

提示：本实例为一个目录，主要应用了自控注解(ZK)、居右注解(JY)等。

参 考 答 案

第 1 章

填空题

(1) 主程序　宋体　黑体
(2) 主程序　外文　中文　校对　繁体字
(3) 字库　程序
(4) 后端符号
(5) 源　目标

选择题

(1) D　(2) C　(3) B　(4) A

判断题

(1) ×　(2) ✓　(3) ×　(4) ✓

第 2 章

填空题

(1) 参见图 2.30
(2) 文件　编辑　排版　工具

选择题

(1) B　(2) C　(3) A

判断题

(1) ✓　(2) ×

第 3 章

无

第 4 章

填空题

(1) 录入排版　修改
(2) Ctrl+O
(3) 符号　Shift　任意
(4) Ctrl　Alt　/

(5) 12　8

选择题

(1) B　(2) A　(3) C　(4) B　(5) C

判断题

(1) ✓　(2) ×　(3) ×

第 5 章

填空题

(1) 整体　版心书眉　脚注　标题　图文　边边
(2) 若干　排版
(3) 删除排版参数　排版
(4) 注解　属性
(5) 说明性　格式　要求

选择题

(1) A　(2) D　(3) C　(4) B　(5) A

判断题

(1) ✓　(2) ×　(3) ×

第 6 章

填空题

(1) NPS　S10
(2) 一扫查错　发排
(3) 平铺　预览窗口　对照　图片
(4) 水平　竖直
(5) 字符　花边　表格

选择题

(1) A　(2) B　(3) C

判断题

(1) ✓　(2) ×　(3) ✓

第7章

填空题

(1) 正文　PRO　(2) 简单　页码

(3) 输出选项　(4) 偏移　版心　横向　纵向

(5) 748　GBK

选择题

(1) C　(2) A

判断题

(1) ✓　(2) ×　(3) ✓　(4) ×　(5) ✓

第8章

填空题

(1) 书宋　疏密　疲劳　(2) 端正　匀称

(3) 仿宋体　印刷体　(4) 相同　等线黑体

(5) 横细竖粗　标题

选择题

(1) A　(2) B　(3) C　(4) A

判断题

(1) ✓　(2) ✓

第9章

填空题

(1) 开本大小　(2) 图文部分　空白部

(3) 标题　背题

选择题

(1) B　(2) B　(3) A

判断题

(1) ×　(2) ✓　(3) ✓

第10章

填空题

(1) 外文　(2) 换行　换段

(3) 1~15　(4) 比例　(5) 换行　换段

选择题

(1) A　(2) B　(3) D　(4) C　(5) D

判断题

(1) ✓　✓　×　(2) ✓　×　✓

第11章

填空题

(1) 表序　题文　栏头　小　内容　行格　栏目

(2) 内容　形式　排版工艺

(3) 单层　双层　等于　大于

选择题

(1) C　(2) A　(3) D

判断题

(1) ✓　(2) ✓

第12章

填空题

(1) 居中　左端

(2) 方程号　左部　右部

选择题

(1) A　(2) D

判断题

(1) ✓　(2) ✓

第13章

填空题

六角　邻边　连接　自动

选择题

C

第14章

填空题

(1) GBK　784

(2) 书宋　小标宋　宋一　准圆　隶变

(3) Windows 内码　动态键盘　后端字库

(4) 88到92　93到94　GBK 内码

(5) G+内码值

选择题

(1) B　(2) A　(3) D

判断题

(1) ✓　×　×　×

(2) ✓　✓　×　✓

第15章

填空题

(1) 解释　解释

(2) S10　当前页打印　拼页

(3) 修改

选择题

(1) C　(2) D　(3) A

判断题

(1) ×　(2) ✓　(3) ×　(4) ✓　(5) ×

1. 汉字字体输入格式及效果

字体名称	输入格式	简体示例	繁体示例	字体名称	输入格式	简体示例	繁体示例
报宋	[HTBS]	报宋	報宋	大黑	[HTDH]	大黑	大黑
书宋	[HTSS]	书宋	書宋	舒体	[HTST]	舒体	舒體
仿宋	[HTFS]	仿宋	仿宋	琥珀	[HTHP]	琥珀	琥珀
楷体	[HTK]	楷体	楷體	姚体	[HTY]	姚体	姚體
黑体	[HTH]	黑体	黑體	细圆	[HTY1]	细圆	細圓
小标宋	[HTXBS]	小标宋	小標宋	中圆	[HTY2]	中圆	中圓
行楷	[HTXK]	行楷	行楷	准圆	[HTY3]	准圆	準圓
魏碑	[HTW]	魏碑	魏碑	粗圆	[HTY4]	粗圆	粗圓
隶书	[HTL]	隶书	隸書	细等线	[HTXDX]	细等线	細等綫
隶变	[HTLB]	隶变	隸變	中等线	[HTZDX]	中等线	中等綫
隶二	[HTL2]	隶二	隸二	综艺	[HTZY]	综艺	綜藝
平黑	[HTPH]	平黑	平黑	细黑一	[HTXH1]	细黑一	細黑一
黑变	[HTHB]	黑变	黑变	粗黑	[HTCH]	粗黑	粗黑
宋三	[HTS3]	宋三	宋三	超粗黑	[HTCCH]	超粗黑	超粗黑
水柱	[HTSZ]	水柱	水柱	幼线	[HTYX]	幼线	幼綫
日文	[HTRW]	日文	日文	彩云	[HTCY]	彩云	彩雲
日文黑	[HTRWH]	日文黑	日文黑	宋黑	[HTSH]	宋黑	宋黑
日文明	[HTRWM]	日文明	日文明	大标宋	[HTDBS]	大标宋	大標宋
秀丽	[HTXL]	秀丽	秀麗	新舒体	[HTNST]	新舒体	新舒體
新秀丽	[HTXXL]	新秀丽	新秀麗	康体	[HTKANG]	康体	康體
美黑	[HTMH]	美黑	美黑	瘦金书	[HTSJS]	瘦金书	瘦金書

字体名称	输入格式	简体示例	繁体示例	字体名称	输入格式	简体示例	繁体示例
中楷	[HTZK]	中楷	中楷	少儿	[HTSE]	少儿	少兒
华隶	[HTHL]	华隶	華隶	稚艺	[HTZHY]	稚艺	稚藝
黄草	[HTHC]	黄草	黄草	胖娃	[HTPW]	胖娃	胖娃
平和体	[HTPH]	平和体	平和體	细倩	[HTXQ]	细倩	細倩
细珊瑚	[HTXSH]	细珊瑚	細珊瑚	中倩	[HTZQ]	中倩	中倩
新报宋	[HTNBS]	新报宋	新報宋	粗倩	[HTCQ]	粗倩	粗倩
宋一	[HTS1]	宋一	宋一	粗宋	[HTCS]	粗宋	粗宋

2. 数字字体输入格式及效果

字体名称	输入格式	示例	字体名称	输入格式	示例
白正	[STBZ]	0123456789	白六正	[STB6]	0123456789
白斜	[STBX]	0123456789	白六斜	[STB6X]	0123456789
白一正	[STB1]	0123456789	白七正	[STB7]	0123456789
白一斜	[STB1X]	0123456789	白七斜	[STB7X]	0123456789
白二正	[STB2]	0123456789	白八正	[STB8]	0123456789
白二斜	[STB2X]	0123456789	白八斜	[STB8X]	0123456789
白三正	[STB3]	0123456789	黑正	[STHZ]	0123456789
白三斜	[STB3X]	0123456789	黑斜	[STHX]	0123456789
白四正	[STB4]	0123456789	黑一正	[STH1]	0123456789
白四斜	[STB4X]	0123456789	黑一斜	[STH1X]	0123456789
白五正	[STB5]	0123456789	黑二正	[STH2]	0123456789
白五斜	[STB5X]	0123456789	黑二斜	[STH2X]	0123456789
黑三正	[STH3]	0123456789	方黑七正	[STF7]	0123456789
黑三斜	[STH3X]	0123456789	方黑七斜	[STF7X]	0123456789
黑四正	[STH4]	0123456789	方黑八正	[STF8]	0123456789
黑四斜	[STH4X]	0123456789	方黑八斜	[STF8X]	0123456789
黑五正	[STH5]	0123456789	方黑九正	[STF9]	0123456789
黑五斜	[STH5X]	0123456789	方黑九斜	[STF9X]	0123456789
黑六正	[STH6]	0123456789	白歌德	[STBD]	0123456789
黑六斜	[STH6X]	0123456789	黑歌德	[STHD]	0123456789
黑七正	[STH7]	0123456789	花体	[STHT]	0123456789
黑七斜	[STH7X]	0123456789	花一体	[STHT1]	0123456789
方头正	[STFZ]	0123456789	花二体	[STHT2]	0123456789
方头斜	[STFX]	0123456789	细圆	[STXY]	0123456789
细方头正	[STXFZ]	0123456789	大圆	[STDY]	0123456789
细方头斜	[STXFX]	0123456789	空圆	[STKY]	0123456789
方黑一正	[STF1]	0123456789	圆一体	[STYT1]	0123456789
方黑一斜	[STF1X]	0123456789	圆二体	[STYT2]	0123456789

续表

字体名称	输入格式	示 例	字体名称	输入格式	示 例
方黑二正	[STF2]	0123456789	细体	[STXT]	0123456789
方黑二斜	[STF2X]	*0123456789*	细一正	[STX1]	0123456789
方黑三正	[STF3]	0123456789	细一斜	[STX1X]	*0123456789*
方黑三斜	[STF3X]	*0123456789*	特体	[STTT]	0123456789
方黑四正	[STF4]	0123456789	半宽白	[STBKB]	0123456789
方黑四斜	[STF4X]	*0123456789*	半宽白斜	[STBKBX]	*0123456789*
方黑五正	[STF5]	**0123456789**	半宽黑	[STBKH]	**0123456789**
方黑五斜	[STF5X]	***0123456789***	半宽黑斜	[STBKBX]	***0123456789***
方黑六正	[STF6]	**0123456789**	音标	[STYB]	0123456789
方黑六斜	[STF6X]	***0123456789***	数学体	[STSX]	0123456789

3. 外文字体输入格式及效果

字体名称	输入格式	示 例	字体名称	输入格式	示 例
白正	BZ	ABCDEFGHIJKLMNOPQRSTUVWXYZ abcdefghijklmnopqrstuvwxyz	为了节省版面，表中的"输入格式"栏目下，缺省了 [WT] 注解格式，完整的输入格式如：[WTBZ]。		
白斜	BX	*ABCDEFGHIJKLMNOPQRSTUVWXYZ abcdefghijklmnopqrstuvwxyz*	白一正	B1	ABCDEFGHIJKLMNOPQRSTUVWXYZ abcdefghijklmnopqrstuvwxyz
白一斜	B1X	*ABCDEFGHIJKLMNOPQRSTUVWXYZ abcdefghijklmnopqrstuvwxyz*	黑四斜	H4X	***ABCDEFGHIJKLMNOPQRSTUVWXYZ abcdefghijklmnopqrstuvwxyz***
白二正	B2	ABCDEFGHIJKLMNOPQRSTUVWXYZ abcdefghijklmnopqrstuvwxyz	黑五正	H5	ABCDEFGHIJKLMNOPQRSTUVWXYZ abcdefghijklmnopqrstuvwxyz
白二斜	B2X	*ABCDEFGHIJKLMNOPQRSTUVWXYZ abcdefghijklmnopqrstuvwxyz*	黑五斜	H5X	***ABCDEFGHIJKLMNOPQRSTUVWXYZ abcdefghijklmnopqrstuvwxyz***
白三正	B3	ABCDEFGHIJKLMNOPQRSTUVWXYZ abcdefghijklmnopqrstuvwxyz	黑六正	H6	**ABCDEFGHIJKLMNOPQRSTUVWXYZ abcdefghijklmnopqrstuvwxyz**
白三斜	B3X	*ABCDEFGHIJKLMNOPQRSTUVWXYZ abcdefghijklmnopqrstuvwxyz*	黑六斜	H6X	***ABCDEFGHIJKLMNOPQRSTUVWXYZ abcdefghijklmnopqrstuvwxyz***
白四正	B4	ABCDEFGHIJKLMNOPQRSTUVWXYZ abcdefghijklmnopqrstuvwxyz	黑七正	H7	**ABCDEFGHIJKLMNOPQRSTUVWXYZ abcdefghijklmnopqrstuvwxyz**
白四斜	B4X	*ABCDEFGHIJKLMNOPQRSTUVWXYZ abcdefghijklmnopqrstuvwxyz*	黑七斜	H7X	***ABCDEFGHIJKLMNOPQRSTUVWXYZ abcdefghijklmnopqrstuvwxyz***
白五正	B5	ABCDEFGHIJKLMNOPQRSTUVWXYZ abcdefghijklmnopqrstuvwxyz	方黑一正	F1	ABCDEFGHIJKLMNOPQRSTUVWXYZ abcdefghijklmnopqrstuvwxyz
白五斜	B5X	*ABCDEFGHIJKLMNOPQRSTUVWXYZ abcdefghijklmnopqrstuvwxyz*	方黑一斜	F1X	*ABCDEFGHIJKLMNOPQRSTUVWXYZ abcdefghijklmnopqrstuvwxyz*
白六正	B6	ABCDEFGHIJKLMNOPQRSTUVWXYZ abcdefghijklmnopqrstuvwxyz	方黑二正	F2	ABCDEFGHIJKLMNOPQRSTUVWXYZ abcdefghijklmnopqrstuvwxyz
白六斜	B6X	*ABCDEFGHIJKLMNOPQRSTUVWXYZ abcdefghijklmnopqrstuvwxyz*	方黑二斜	F2X	*ABCDEFGHIJKLMNOPQRSTUVWXYZ abcdefghijklmnopqrstuvwxyz*
白七正	B7	**ABCDEFGHIJKLMNOPQRSTUVWXYZ abcdefghijklmnopqrstuvwxyz**	方黑三正	F3	ABCDEFGHIJKLMNOPQRSTUVWXYZ abcdefghijklmnopqrstuvwxyz

字体名称	输入格式	示 例	字体名称	输入格式	示 例
白七斜	B7X	ABCDEFGHIJKLMNOPQRSTUVWXYZ abcdefghijklmnopqrstuvwxyz	方黑三斜	F3X	ABCDEFGHIJKLMNOPQRSTUVWXYZ abcdefghijklmnopqrstuvwxyz
白八正	B8	ABCDEFGHIJKLMNOPQRSTUVWXYZ abcdefghijklmnopqrstuvwxyz	方黑四正	F4	ABCDEFGHIJKLMNOPQRSTUVWXYZ abcdefghijklmnopqrstuvwxyz
白八斜	B8X	ABCDEFGHIJKLMNOPQRSTUVWXYZ abcdefghijklmnopqrstuvwxyz	方黑四斜	F4X	ABCDEFGHIJKLMNOPQRSTUVWXYZ abcdefghijklmnopqrstuvwxyz
黑一正	H1	ABCDEFGHIJKLMNOPQRSTUVWXYZ abcdefghijklmnopqrstuvwxyz	方黑五正	F5	ABCDEFGHIJKLMNOPQRSTUVWXYZ abcdefghijklmnopqrstuvwxyz
黑一斜	H1X	ABCDEFGHIJKLMNOPQRSTUVWXYZ abcdefghijklmnopqrstuvwxyz	方黑五斜	F5X	ABCDEFGHIJKLMNOPQRSTUVWXYZ abcdefghijklmnopqrstuvwxyz
黑二正	H2	ABCDEFGHIJKLMNOPQRSTUVWXYZ abcdefghijklmnopqrstuvwxyz	方黑六正	F6	ABCDEFGHIJKLMNOPQRSTUVWXYZ abcdefghijklmnopqrstuvwxyz
黑二斜	H2X	ABCDEFGHIJKLMNOPQRSTUVWXYZ abcdefghijklmnopqrstuvwxyz	方黑六斜	F6X	ABCDEFGHIJKLMNOPQRSTUVWXYZ abcdefghijklmnopqrstuvwxyz
黑三正	H3	ABCDEFGHIJKLMNOPQRSTUVWXYZ abcdefghijklmnopqrstuvwxyz	方黑七正	F7	ABCDEFGHIJKLMNOPQRSTUVWXYZ abcdefghijklmnopqrstuvwxyz
黑三斜	H3X	ABCDEFGHIJKLMNOPQRSTUVWXYZ abcdefghijklmnopqrstuvwxyz	方黑七斜	F7X	ABCDEFGHIJKLMNOPQRSTUVWXYZ abcdefghijklmnopqrstuvwxyz
黑四正	H4	ABCDEFGHIJKLMNOPQRSTUVWXYZ abcdefghijklmnopqrstuvwxyz	方黑八正	F8	ABCDEFGHIJKLMNOPQRSTUVWXYZ abcdefghijklmnopqrstuvwxyz
方黑八斜	F8X	ABCDEFGHIJKLMNOPQRSTUVWXYZ abcdefghijklmnopqrstuvwxyz	细圆	XY	ABCDEFGHIJKLMNOPQRSTUVWXYZ abcdefghijklmnopqrstuvwxyz
方黑九正	F9	ABCDEFGHIJKLMNOPQRSTUVWXYZ abcdefghijklmnopqrstuvwxyz	大圆	DY	ABCDEFGHIJKLMNOPQRSTUVWXYZ abcdefghijklmnopqrstuvwxyz
方黑九斜	F9X	ABCDEFGHIJKLMNOPQRSTUVWXYZ abcdefghijklmnopqrstuvwxyz	空圆	KY	ABCDEFGHIJKLMNOPQRSTUVWXYZ abcdefghijklmnopqrstuvwxyz
方头正	FZ	ABCDEFGHIJKLMNOPQRSTUVWXYZ abcdefghijklmnopqrstuvwxyz	圆一体	YT1	ABCDEFGHIJKLMNOPQRSTUVWXYZ abcdefghijklmnopqrstuvwxyz
方头斜	FX	ABCDEFGHIJKLMNOPQRSTUVWXYZ abcdefghijklmnopqrstuvwxyz	圆二体	YT2	ABCDEFGHIJKLMNOPQRSTUVWXYZ abcdefghijklmnopqrstuvwxyz
细方头正	XFZ	ABCDEFGHIJKLMNOPQRSTUVWXYZ abcdefghijklmnopqrstuvwxyz	细体	XT	ABCDEFGHIJKLMNOPQRSTUVWXYZ abcdefghijklmnopqrstuvwxyz
细方头斜	XFX	ABCDEFGHIJKLMNOPQRSTUVWXYZ abcdefghijklmnopqrstuvwxyz	细一正	X1	ABCDEFGHIJKLMNOPQRSTUVWXYZ abcdefghijklmnopqrstuvwxyz
白歌德	BD	ABCDEFGHIJKLMNOPQRSTUVWXYZ abcdefghijklmnopqrstuvwxyz	细一斜	X1X	ABCDEFGHIJKLMNOPQRSTUVWXYZ abcdefghijklmnopqrstuvwxyz
黑歌德	HD	ABCDEFGHIJKLMNOPQRSTUVWXYZ abcdefghijklmnopqrstuvwxyz	半宽白	BKB	ABCDEFGHIJKLMNOPQRSTUVWXYZ abcdefghijklmnopqrstuvwxyz
花体	HT	ABCDEFGHIJKLMNOPQRSTUVWXYZ abcdefghijklmnopqrstuvwxyz	半宽白斜	BKBX	ABCDEFGHIJKLMNOPQRSTUVWXYZ abcdefghijklmnopqrstuvwxyz
花一体	HT1	ABCDEFGHIJKLMNOPQRSTUVWXYZ abcdefghijklmnopqrstuvwxyz	半宽黑	BKH	ABCDEFGHIJKLMNOPQRSTUVWXYZ abcdefghijklmnopqrstuvwxyz
花二体	HT2	ABCDEFGHIJKLMNOPQRSTUVWXYZ abcdefghijklmnopqrstuvwxyz	半宽黑斜	BKHX	ABCDEFGHIJKLMNOPQRSTUVWXYZ abcdefghijklmnopqrstuvwxyz
特体	TT	ABCDEFGHIJKLMNOPQRSTUVWXYZ abcdefghijklmnopqrstuvwxyz	音标	YB	ABCDEFGHIJKLMNOPQRSTUVWXYZ abcdefghijklmnopqrstuvwxyz

附录C 常用字号样例

7" 方正书版排版基础教程

7 方正书版排版基础教程

6" 方正书版排版基础教程

6 方正书版排版基础教程

5" 方正书版排版基础教程

5 方正书版排版基础教程

4" 方正书版排版基础教程

4 方正书版排版基础教程

3 方正书版排版基础教程

2" 方正书版排版基础教程

2 方正书版排版基础教程

1" 方正书版排版基础教程

1 方正书版排版基础教程

0" 方正书版排版基础教程

0 方正书版排版基础教程

10" 方正书版排版基础

10 方正书版排版基础

方正书版

11

方正书版

63

方正书版

72

方正书版

84

方正书版

96

附录 **D**

常用花边样张

001 002 003 004 005 006 007 008 009

010 011 012 013 014 015 016 017 018

019 020 021 022 023 024 025 026 027

028 029 030 031 032 033 034 035 036

037 038 039 040 041 042 043 044 045

046 047 048 049 050 051 052 053 054

055 056 057 058 059 060 061 062 063

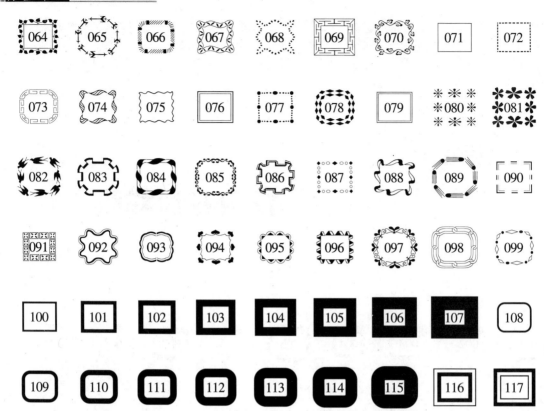

附录 E

常用底纹样例

0001	1001	2001	3001	4001	5001	6001	7001	8001	0002	1002	2002	3002	4002	5002	6002	7002	8002
0003	1003	2003	3003	4003	5003	6003	7003	8003	0004	1004	2004	3004	4004	5004	6004	7004	8004
0005	1005	2005	3005	4005	5005	6005	7005	8005	0006	1006	2006	3006	4006	5006	6006	7006	8006
0007	1007	2007	3007	4007	5007	6007	7007	8007	0008	1008	2008	3008	4008	5008	6008	7008	8008
0009	1009	2009	3009	4009	5009	6009	7009	8009	0010	1010	2010	3010	4010	5010	6010	7010	8010
0011	1011	2011	3011	4011	5011	6011	7011	8011	0012	1012	2012	3012	4012	5012	6012	7012	8012
0013	1013	2013	3013	4013	5013	6013	7013	8013	0014	1014	2014	3014	4014	5014	6014	7014	8014
0015	1015	2015	3015	4015	5015	6015	7015	8015	0016	1016	2016	3016	4016	5016	6016	7016	8016
0017	1017	2017	3017	4017	5017	6017	7017	8017	0018	1018	2018	3018	4018	5018	6018	7018	8018
0019	1019	2019	3019	4019	5019	6019	7019	8019	0020	1020	2020	3020	4020	5020	6020	7020	8020
0021	1021	2021	3021	4021	5021	6021	7021	8021	0022	1022	2022	3022	4022	5022	6022	7022	8022

0023	1023	2023	3023	4023	5023	6023	7023	8023	0024	1024	2024	3024	4024	5024	6024	7024	8024
0025	1025	2025	3025	4025	5025	6025	7025	8025	0026	1026	2026	3026	4026	5026	6026	7026	8026
0027	1027	2027	3027	4027	5027	6027	7027	8027	0028	1028	2028	3028	4028	5028	6028	7028	8028
0029	1029	2029	3029	4029	5029	6029	7029	8029	0030	1030	2030	3030	4030	5030	6030	7030	8030
0031	1031	2031	3031	4031	5031	6031	7031	8031	0032	1032	2032	3032	4032	5032	6032	7032	8032
0033	1033	2033	3033	4033	5033	6033	7033	8033	0034	1034	2034	3034	4034	5034	6034	7034	8034
0035	1035	2035	3035	4035	5035	6035	7035	8035	0036	1036	2036	3036	4036	5036	6036	7036	8036
0037	1037	2037	3037	4037	5037	6037	7037	8037	0038	1038	2038	3038	4038	5038	6038	7038	8038
0039	1039	2039	3039	4039	5039	6039	7039	8039	0040	1040	2040	3040	4040	5040	6040	7040	8040
0041	1041	2041	3041	4041	5041	6041	7041	8041	0042	1042	2042	3042	4042	5042	6042	7042	8042
0043	1043	2043	3043	4043	5043	6043	7043	8043	0044	1044	2044	3044	4044	5044	6044	7044	8044
0045	1045	2045	3045	4045	5045	6045	7045	8045	0046	1046	2046	3046	4046	5046	6046	7046	8046
0047	1047	2047	3047	4047	5047	6047	7047	8047	0048	1048	2048	3048	4048	5048	6048	7048	8048
0049	1049	2049	3049	4049	5049	6049	7049	8049	0050	1050	2050	3050	4050	5050	6050	7050	8050
0051	1051	2051	3051	4051	5051	6051	7051	8051	0052	1052	2052	3052	4052	5052	6052	7052	8052
0053	1053	2053	3053	4053	5053	6053	7053	8053	0054	1054	2054	3054	4054	5054	6054	7054	8054
0055	1055	2055	3055	4055	5055	6055	7055	8055	0056	1056	2056	3056	4056	5056	6056	7056	8056
0057	1057	2057	3057	4057	5057	6057	7057	8057	0058	1058	2058	3058	4058	5058	6058	7058	8058

0059	1059	2059	3059	4059	5059	6059	7059	8059	0060	1060	2060	3060	4060	5060	6060	7060	8060
0061	1061	2061	3061	4061	5061	6061	7061	8061	0062	1062	2062	3062	4062	5062	6062	7062	8062
0063	1063	2063	3063	4063	5063	6063	7063	8063	0064	1064	2064	3064	4064	5064	6064	7064	8064
0065	1065	2065	3065	4065	5065	6065	7065	8065	0066	1066	2066	3066	4066	5066	6066	7066	8066
0067	1067	2067	3067	4067	5067	6067	7067	8067	0068	1068	2068	3068	4068	5068	6068	7068	8068
0069	1069	2069	3069	4069	5069	6069	7069	8069	0070	1070	2070	3070	4070	5070	6070	7070	8070
0071	1071	2071	3071	4071	5071	6071	7071	8071	0072	1072	2072	3072	4072	5072	6072	7072	8072
0073	1073	2073	3073	4073	5073	6073	7073	8073	0074	1074	2074	3074	4074	5074	6074	7074	8074
0075	1075	2075	3075	4075	5075	6075	7075	8075	0076	1076	2076	3076	4076	5076	6076	7076	8076
0077	1077	2077	3077	4077	5077	6077	7077	8077	0078	1078	2078	3078	4078	5078	6078	7078	8078
0079	1079	2079	3079	4079	5079	6079	7079	8079	0080	1080	2080	3080	4080	5080	6080	7080	8080
0081	1081	2081	3081	4081	5081	6081	7081	8081	0082	1082	2082	3082	4082	5082	6082	7082	8082
0083	1083	2083	3083	4083	5083	6083	7083	8083	0084	1084	2084	3084	4084	5084	6084	7084	8084
0085	1085	2085	3085	4085	5085	6085	7085	8085	0086	1086	2086	3086	4086	5086	6086	7086	8086
0087	1087	2087	3087	4087	5087	6087	7087	8087	0088	1088	2088	3088	4088	5088	6088	7088	8088
0089	1089	2089	3089	4089	5089	6089	7089	8089	0090	1090	2090	3090	4090	5090	6090	7090	8090
0091	1091	2091	3091	4091	5091	6091	7091	8091	0092	1092	2092	3092	4092	5092	6092	7092	8092
0093	1093	2093	3093	4093	5093	6093	7093	8093	0094	1094	2094	3094	4094	5094	6094	7094	8094
0095	1095	2095	3095	4095	5095	6095	7095	8095	0096	1096	2096	3096	4096	5096	6096	7096	8096

0097	1097	2097	3097	4097	5097	6097	7097	8097	0098	1098	2098	3098	4098	5098	6098	7098	8098
0099	1099	2099	3099	4099	5099	6099	7099	8099	0100	1100	2100	3100	4100	5100	6100	7100	8100
0101	1101	2101	3101	4101	5101	6101	7101	8101	0102	1102	2102	3102	4102	5102	6102	7102	8102
0103	1103	2103	3103	4103	5103	6103	7103	8103	0104	1104	2104	3104	4104	5104	6104	7104	8104
0105	1105	2105	3105	4105	5105	6105	7105	8105	0106	1106	2106	3106	4106	5106	6106	7106	8106
0107	1107	2107	3107	4107	5107	6107	7107	8107	0108	1108	2108	3108	4108	5108	6108	7108	8108
0109	1109	2109	3109	4109	5109	6109	7109	8109	0110	1110	2110	3110	4110	5110	6110	7110	8110
0111	1111	2111	3111	4111	5111	6111	7111	8111	0112	1112	2112	3112	4112	5112	6112	7112	8112
0113	1111	2111	3111	4111	5111	6111	7111	8111	0114	1114	2114	3114	4114	5114	6114	7114	8114
0115	1115	2115	3115	4115	5115	6115	7115	8115	0116	1116	2116	3116	4116	5116	6116	7116	8116
0117	1117	2117	3117	4117	5117	6117	7117	8117	0118	1118	2118	3118	4118	5118	6118	7118	8118
0119	1119	2119	3119	4119	5119	6119	7119	8119	0120	1120	2120	3120	4120	5120	6120	7120	8120
0121	1121	2121	3121	4121	5121	6121	7121	8121	0122	1122	2122	3122	4122	5122	6122	7122	8122
0123	1123	2123	3123	4123	5123	6123	7123	8123	0124	1124	2124	3124	4124	5124	6124	7124	8124
0125	1125	2125	3125	4125	5125	6125	7125	8125	0126	1126	2126	3126	4126	5126	6126	7126	8126
0127	1127	2127	3127	4127	5127	6127	7127	8127	0128	1128	2128	3128	4128	5128	6128	7128	8128
0129	1129	2129	3129	4129	5129	6129	7129	8129	0130	1130	2130	3130	4130	5130	6130	7130	8130
0131	1131	2131	3131	4131	5131	6131	7131	8131	0132	1132	2132	3132	4132	5132	6132	7132	8132

0133	1133	2133	3133	4133	5133	6133	7133	8133	0134	1134	2134	3134	4134	5134	6134	7134	8134
0135	1135	2135	3135	4135	5135	6135	7135	8135	0136	1136	2136	3136	4136	5136	6136	7136	8136
0137	1137	2137	3137	4137	5137	6137	7137	8137	0138	1138	2138	3138	4138	5138	6138	7138	8138
0139	1139	2139	3139	4139	5139	6139	7139	8139	0140	1140	2140	3140	4140	5140	6140	7140	8140
0141	1141	2141	3141	4141	5141	6141	7141	8141	0142	1142	2142	3142	4142	5142	6142	7142	8142
0143	1143	2143	3143	4143	5143	6143	7143	8143	0144	1144	2144	3144	4144	5144	6144	7144	8144
0145	1145	2145	3145	4145	5145	6145	7145	8145	0146	1146	2146	3146	4146	5146	6146	7146	8146
0147	1147	2147	3147	4147	5147	6147	7147	8147	0148	1148	2148	3148	4148	5148	6148	7148	8148
0149	1149	2149	3149	4149	5149	6149	7149	8149	0150	1150	2150	3150	4150	5150	6150	7150	8150
0151	1151	2151	3151	4151	5151	6151	7151	8151	0152	1152	2152	3152	4152	5152	6152	7152	8152
0153	1153	2153	3153	4153	5153	6153	7153	8153	0154	1154	2154	3154	4154	5154	6154	7154	8154
0155	1155	2155	3155	4155	5155	6155	7155	8155	0156	1156	2156	3156	4156	5156	6156	7156	8156
0157	1157	2157	3157	4157	5157	6157	7157	8157	0158	1158	2158	3158	4158	5158	6158	7158	8158
0159	1159	2159	3159	4159	5159	6159	7159	8159	0160	1160	2160	3160	4160	5160	6160	7160	8160
0161	1161	2161	3161	4161	5161	6161	7161	8161	0162	1162	2162	3162	4162	5162	6162	7162	8162
0163	1163	2163	3163	4163	5163	6163	7163	8163	0164	1164	2164	3164	4164	5164	6164	7164	8164
0165	1165	2165	3165	4165	5165	6165	7165	8165	0166	1166	2166	3166	4166	5166	6166	7166	8166
0167	1167	2167	3167	4167	5167	6167	7167	8167	0168	1168	2168	3168	4168	5168	6168	7168	8168
0169	1169	2169	3169	4169	5169	6169	7169	8169	0170	1170	2170	3170	4170	5170	6170	7170	8170

0171	1171	2171	3171	4171	5171	6171	7171	8171	0172	1172	2172	3172	4172	5172	6172	7172	8172
0173	1173	2173	3173	4173	5173	6173	7173	8173	0174	1174	2174	3174	4174	5174	6174	7174	8174
0175	1175	2175	3175	4175	5175	6175	7175	8175	0176	1176	2176	3176	4176	5176	6176	7176	8176
0177	1177	2177	3177	4177	5177	6177	7177	8177	0178	1178	2178	3178	4178	5178	6178	7178	8178
0179	1179	2179	3179	4179	5179	6179	7179	8179	0180	1180	2180	3180	4180	5180	6180	7180	8180
0181	1181	2181	3181	4181	5181	6181	7181	8181	0182	1182	2182	3182	4182	5182	6182	7182	8182
0183	1183	2183	3183	4183	5183	6183	7183	8183	0184	1184	2184	3184	4184	5184	6184	7184	8184
0185	1185	2185	3185	4185	5185	6185	7185	8185	0186	1186	2186	3186	4186	5186	6186	7186	8186
0187	1187	2187	3187	4187	5187	6187	7187	8187	0188	1188	2188	3188	4188	5188	6188	7188	8188
0189	1189	2189	3189	4189	5189	6189	7189	8189	0190	1190	2190	3190	4190	5190	6190	7190	8190
0191	1191	2191	3191	4191	5191	6191	7191	8191	0192	1192	2192	3192	4192	5192	6192	7192	8192
0193	1193	2193	3193	4193	5193	6193	7193	8193	0194	1194	2194	3194	4194	5194	6194	7194	8194
0195	1195	2195	3195	4195	5195	6195	7195	8195	0196	1196	2196	3196	4196	5196	6196	7196	8196
0197	1197	2197	3197	4197	5197	6197	7197	8197	0198	1198	2198	3198	4198	5198	6198	7198	8198
0199	1199	2199	3199	4199	5199	6199	7199	8199	0200	1200	2200	3200	4200	5200	6200	7200	8200
0201	1201	2201	3201	4201	5201	6201	7201	8201	0202	1202	2202	3202	4202	5202	6202	7202	8202
0203	1203	2203	3203	4203	5203	6203	7203	8203	0204	1204	2204	3204	4204	5204	6204	7204	8204
0205	1205	2205	3205	4205	5205	6205	7205	8205	0206	1206	2206	3206	4206	5206	6206	7206	8206

0207	1207	2207	3207	4207	5207	6207	7207	8207	0208	1208	2208	3208	4208	5208	6208	7208	8208
0209	1209	2209	3209	4209	5209	6209	7209	8209	0210	1210	2210	3210	4210	5210	6210	7210	8210
0211	1211	2211	3211	4211	5211	6211	7211	8211	0212	1212	2212	3212	4212	5212	6212	7212	8212
0213	1213	2213	3213	4213	5213	6213	7213	8213	0214	1214	2214	3214	4214	5214	6214	7214	8214
0215	1215	2215	3215	4215	5215	6215	7215	8215	0216	1216	2216	3216	4216	5216	6216	7216	8216
0217	1217	2217	3217	4217	5217	6217	7217	8217	0218	1218	2218	3218	4218	5218	6218	7218	8218
0219	1219	2219	3219	4219	5219	6219	7219	8219	0220	1220	2220	3220	4220	5220	6220	7220	8220
0221	1221	2221	3221	4221	5221	6221	7221	8221	0222	1222	2222	3222	4222	5222	6222	7222	8222
0223	1223	2223	3223	4223	5223	6223	7223	8223	0224	1224	2224	3224	4224	5224	6224	7224	8224
0225	1225	2225	3225	4225	5225	6225	7225	8225	0226	1226	2226	3226	4226	5226	6226	7226	8226
0227	1227	2227	3227	4227	5227	6227	7227	8227	0228	1228	2228	3228	4228	5228	6228	7228	8228
0229	1229	2229	3229	4229	5229	6229	7229	8229	0230	1230	2230	3230	4230	5230	6230	7230	8230
0231	1231	2231	3231	4231	5231	6231	7231	8231	0232	1232	2232	3232	4232	5232	6232	7232	8232
0233	1233	2233	3233	4233	5233	6233	7233	8233	0234	1234	2234	3234	4234	5234	6234	7234	8234
0235	1235	2235	3235	4235	5235	6235	7235	8235	0236	1236	2236	3236	4236	5236	6236	7236	8236
0237	1237	2237	3237	4237	5237	6237	7237	8237	0238	1238	2238	3238	4238	5238	6238	7238	8238
0239	1239	2239	3239	4239	5239	6239	7239	8239	0240	1240	2240	3240	4240	5240	6240	7240	8240
0241	1241	2241	3241	4241	5241	6241	7241	8241	0242	1242	2242	3242	4242	5242	6242	7242	8242
0243	1243	2243	3243	4243	5243	6243	7243	8243	0244	1244	2244	3244	4244	5244	6244	7244	8244

0245	1245	2245	3245	4245	5245	6245	7245	8245	0246	1246	2246	3246	4246	5246	6246	7246	8246
0247	1247	2247	3247	4247	5247	6247	7247	8247	0248	1248	2248	3248	4248	5248	6248	7248	8248
0249	1249	2249	3249	4249	5249	6249	7249	8249	0250	1250	2250	3250	4250	5250	6250	7250	8250
0251	1251	2251	3251	4251	5251	6251	7251	8251	0252	1252	2252	3252	4252	5252	6252	7252	8252
0253	1253	2253	3253	4253	5253	6253	7253	8253	0254	1254	2254	3254	4254	5254	6254	7254	8254
0255	1255	2255	3255	4255	5255	6255	7255	8255	0256	1256	2256	3256	4256	5256	6256	7256	8256
0257	1257	2257	3257	4257	5257	6257	7257	8257	0258	1258	2258	3258	4258	5258	6258	7258	8258
0259	1259	2259	3259	4259	5259	6259	7259	8259	0260	1260	2260	3260	4260	5260	6260	7260	8260
0261	1261	2261	3261	4261	5261	6261	7261	8261	0262	1262	2262	3262	4262	5262	6262	7262	8262
0263	1263	2263	3263	4263	5263	6263	7263	8263	0264	1264	2264	3264	4264	5264	6264	7264	8264
0265	1265	2265	3265	4265	5265	6265	7265	8265	0266	1266	2266	3266	4266	5266	6266	7266	8266
0267	1267	2267	3267	4267	5267	6267	7267	8267	0268	1268	2268	3268	4268	5268	6268	7268	8268
0269	1269	2269	3269	4269	5269	6269	7269	8269	0270	1270	2270	3270	4270	5270	6270	7270	8270
0271	1271	2271	3271	4271	5271	6271	7271	8271	0272	1272	2272	3272	4272	5272	6272	7272	8272
0273	1273	2273	3273	4273	5273	6273	7273	8273	0274	1274	2274	3274	4274	5274	6274	7274	8274
0275	1275	2275	3275	4275	5275	6275	7275	8275	0276	1276	2276	3276	4276	5276	6276	7276	8276
0277	1277	2277	3277	4277	5277	6277	7277	8277	0278	1278	2278	3278	4278	5278	6278	7278	8278
0279	1279	2279	3279	4279	5279	6279	7279	8279	0280	1280	2280	3280	4280	5280	6280	7280	8280

0281	1281	2281	3281	4281	5281	6281	7281	8281	0282	1282	2282	3282	4282	5282	6282	7282	8282
0283	1283	2283	3283	4283	5283	6283	7283	8283	0284	1284	2284	3284	4284	5284	6284	7284	8284
0285	1285	2285	3285	4285	5285	6285	7285	8285	0286	1286	2286	3286	4286	5286	6286	7286	8286
0287	1287	2287	3287	4287	5287	6287	7287	8287	0288	1288	2288	3288	4288	5288	6288	7288	8288
0289	1289	2289	3289	4289	5289	6289	7289	8289	0290	1290	2290	3290	4290	5290	6290	7290	8290
0291	1291	2291	3291	4291	5291	6291	7291	8291	0292	1292	2292	3292	4292	5292	6292	7292	8292
0293	1293	2293	3293	4293	5293	6293	7293	8293	0294	1294	2294	3294	4294	5294	6294	7294	8294
0295	1295	2295	3295	4295	5295	6295	7295	8295	0296	1296	2296	3296	4296	5296	6296	7296	8296
0297	1297	2297	3297	4297	5297	6297	7297	8297	0298	1298	2298	3298	4298	5298	6298	7298	8298
0299	1299	2299	3299	4299	5299	6299	7299	8299	0300	1300	2300	3300	4300	5300	6300	7300	8300
0301	1301	2301	3301	4301	5301	6301	7301	8301	0302	1302	2302	3302	4302	5302	6302	7302	8302
0303	1303	2303	3303	4303	5303	6303	7303	8303	0304	1304	2304	3304	4304	5304	6304	7304	8304
0305	1305	2305	3305	4305	5305	6305	7305	8305	0306	1306	2306	3306	4306	5306	6306	7306	8306
0307	1307	2307	3307	4307	5307	6307	7307	8307	0308	1308	2308	3308	4308	5308	6308	7308	8308
0309	1309	2309	3309	4309	5309	6309	7309	8309	0310	1310	2310	3310	4310	5310	6310	7310	8310
0311	1311	2311	3311	4311	5311	6311	7311	8311	0312	1312	2312	3312	4312	5312	6312	7312	8312
0313	1313	2313	3313	4313	5313	6313	7313	8313	0314	1314	2314	3314	4314	5314	6314	7314	8314
0315	1315	2315	3315	4315	5315	6315	7315	8315	0316	1316	2316	3316	4316	5316	6316	7316	8316
0317	1317	2317	3317	4317	5317	6317	7317	8317	0318	1318	2318	3318	4318	5318	6318	7318	8318

0319	1319	2319	3319	4319	5319	6319	7319	8319	0320	1320	2320	3320	4320	5320	6320	7320	8320
0321	1321	2321	3321	4321	5321	6321	7321	8321	0322	1322	2322	3322	4322	5322	6322	7322	8322
0323	1323	2323	3323	4323	5323	6323	7323	8323	0324	1324	2324	3324	4324	5324	6324	7324	8324
0325	1325	2325	3325	4325	5325	6325	7325	8325	0326	1326	2326	3326	4326	5326	6326	7326	8326
0327	1327	2327	3327	4327	5327	6327	7327	8327	0328	1328	2328	3328	4328	5328	6328	7328	8328
0329	1329	2329	3329	4329	5329	6329	7329	8329	0330	1330	2330	3330	4330	5330	6330	7330	8330
0331	1331	2331	3331	4331	5331	6331	7331	8331	0332	1332	2332	3332	4332	5332	6332	7332	8332
0333	1333	2333	3333	4333	5333	6333	7333	8333	0334	1334	2334	3334	4334	5334	6334	7334	8334
0335	1335	2335	3335	4335	5335	6335	7335	8335	0336	1336	2336	3336	4336	5336	6336	7336	8336
0337	1337	2337	3337	4337	5337	6337	7337	8337	0338	1338	2338	3338	4338	5338	6338	7338	8338
0339	1339	2339	3339	4339	5339	6339	7339	8339	0340	1340	2340	3340	4340	5340	6340	7340	8340
0341	1341	2341	3341	4341	5341	6341	7341	8341	0342	1342	2342	3342	4342	5342	6342	7342	8342
0343	1343	2343	3343	4343	5343	6343	7343	8343	0344	1344	2344	3344	4344	5344	6344	7344	8344
0345	1345	2345	3345	4345	5345	6345	7345	8345	0346	1346	2346	3346	4346	5346	6346	7346	8346
0347	1347	2347	3347	4347	5347	6347	7347	8347	0348	1348	2348	3348	4348	5348	6348	7348	8348
0349	1349	2349	3349	4349	5349	6349	7349	8349	0350	1350	2350	3350	4350	5350	6350	7350	8350
0351	1351	2351	3351	4351	5351	6351	7351	8351	0352	1352	2352	3352	4352	5352	6352	7352	8352

附录 F

方正书版 10.0 注解索引

序号	注解名称	页码	序号	注解名称	页码	序号	注解名称	页码
1	阿克生注解(AK)	286	21	词条注解(CT)	168	41	改宽注解(GK)	204
2	暗码注解(AM)	161	22	粗细注解(CX)	224	42	改排注解(GP)	271
3	标题定义注解(BD)	164	23	参照注解(CZ)	259	43	表格跨项位标注解(GW)	275
4	标点符号注解(BF)	145	24	顶底注解(DD)	288	44	割注注解(GZ)	179
5	表格注解(BG)	268	25	对开注解(DK)	147	45	行距注解(HJ)	197
6	表行注解(BH)	269	26	单眉注解(DM)	166	46	行宽注解(HK)	198
7	背景注解(BJ)	251	27	对齐注解(DQ)	190	47	行列注解(HL)	293
8	边栏注解(BL)	237	28	段首注解(DS)	229	48	行齐注解(HQ)	196
9	边码注解(BM)	253	29	对位注解(DW)	188	49	行数注解(HS)	293
10	不排注解(BP)	235	30	单页码注解(DY)	161	50	汉体注解(HT)	135
11	表首注解(BS)	274	31	对照注解(DZ)	246	51	画线注解(HX)	207
12	标题注解(BT)	164	32	方程组注解(FC)	291	52	行移注解(HY)	203
13	边文注解(BW)	253	33	方程号注解(FH)	292	53	行中注解(HZ)	202
14	版心注解(BX)	159	34	繁简注解(FJ)	141	54	界标注解(JB)	294
15	边注注解(BZ)	239	35	方框注解(FK)	209	55	加底注解(JD)	244
16	长扁注解(CB)	221	36	分栏注解(FL)	235	56	结点注解(JD)	299
17	长度注解(CD)	206	37	分区注解(FQ)	241	57	结构注解(JG)	299
18	撑满注解(CM)	193	38	反应注解(FY)	297	58	角键注解(JJ)	309
19	插入注解(CR)	214	39	勾边注解(GB)	224	59	紧排注解(JP)	194
20	彩色注解(CS)	231	40	表格跨项对位注解(GD)	275	60	基线注解(JX)	205

序号	注解名称	页码	序号	注解名称	页码	序号	注解名称	页码
61	居右注解(JY)	186	91	段首缩进注解(SJ)	229	121	页码注解(YM)	160
62	居中注解(JZ)	185	92	双眉注解(SM)	167	122	阴阳注解(YY)	223
63	外挂字体名定义注解(KD)	143	93	竖排注解(SP)	304	123	子表注解(ZB)	271
64	开方注解(KF)	291	94	上齐注解(SQ)	245	124	自定义注解(ZD)	249
65	空格注解(KG)	190	95	角标大小设置注解(SS)	285	125	自换注解(ZH)	192
66	空行注解(KH)	199	96	外体数体搭配注解(ST+)	139	126	字键注解(ZJ)	301
67	空眉注解(KM)	167	97	数体注解(ST)	140	127	自控注解(ZK)	191
68	空心注解(KX)	221	98	上下注解(SX)	288	128	自定义文件名注解(ZM)	251
69	邻边注解(LB)	309	99	双页码注解(SY)	162	129	左齐注解(ZQ)	289
70	连到注解(LD)	303	100	数字注解(SZ)	140	130	注文说明注解(ZS)	178
71	六角环注解(LJ)	306	101	图片注解(TP)	211	131	整体注解(ZT)	248
72	另栏注解(LL)	237	102	图说注解(TS)	212	132	注文注解(ZW)	176
73	另面注解(LM)	164	103	添线注解(TX)	287	133	注音注解(ZY)	234
74	相联(始)终点注解(LS,LZ)	310	104	位标注解(WB)	188			
75	自动目录定义注解(MD)	173	105	无码注解(WM)	161			
76	目录登记注解(ML+)	170	106	外排注解(WP)	139		以下为符号形式类注解	
77	目录定义注解(ML)	170	107	外体注解(WT)	137			
78	单双眉注解(MM)	167	108	汉体、外体自动搭配注解(WT+)	138	134	上下角标注解(↑、↓)	282
79	多页分区注解(MQ)	256	109	外文注解(WW)	147	135	盒子注解(↿↾)	283
80	眉说注解(MS)	165	110	无线表格注解(WX)	276	136	转字体注解(Ⓩ)	283
81	自动目录登记注解(MZ)	173	111	文种注解(WZ)	141	137	状态切换注解(Ⓢ)	284
82	页号注解(PN)	162	112	新插注解(XC)	215			
83	插入 EPS 注解(PS)	217	113	清除单字行注解(XD)	203			
84	拼音注解(PY)	232	114	线字号注解(XH)	209			
85	前后注解(QH)	194	115	相联注解(XL)	310			
86	全身注解(QS)	146	116	线末注解(XM)	305			
87	倾斜注解(QX)	222	117	索引注解(XP)	175			
88	日文注解(RW)	142	118	线始注解(XS)	305			
89	书版注解(SB)	159	119	表格斜线注解(XX)	272			
90	始点注解(SD)	195	120	旋转注解(XZ)	227			

附录G

排 版 常 识

随着现代读物的进一步发展,排版设计已经成为非常重要且不可忽视的一个环节。好的排版设计人员能够自由灵活地创作出漂亮的版面,从而让读者通过阅读产生美的遐想与共鸣。

排版设计人员不仅要把美的感觉和设计理念传播给读者,更重要的是要广泛调动读者的兴趣,使读者在接受版面信息的同时,得到艺术的熏陶。

排版的基本常识

排版是指在有限的版面空间内,将版面构成要素——文字、图形、线条和颜色等根据特定的需要进行排列组合,并运用造型要素及形式原理,把构思与计划以视觉形式表达出来。排版人员需利用艺术手段正确地表现版面信息,也需要直觉和创造性。

一、书刊的组成

书刊由封面和书芯组成。封面又包括封一、封二、封三和封四。

封面的正面称为封一,又称为前封面、封皮,是印有书名、作者和出版社名称的书面;封面底下朝外的一面称为封四,又称封底。一般用于印书号、定价或系列书介绍;封面的背面称为封二,封四的背面称为封三,封二和封三一般都是空白,有些书籍或期刊利用它来印刷插图或广告。在封一和封四的连接处称为书脊,或称为封脊,一般印书名、册名、作者、出版社名,将书置于书架时方便查找。

书芯是指除了封面以外的所有内页:包括扉页、版权页、前言、目录、正文、附录等。

扉页又称内封,在一本书封面之后、正文之前的一页。一般印有丛书名、书名、著译者姓名、出版社社标、出版地等。

版权页一般在扉页的背面,通常印有内容简介、图书在版编目(CIP)数据、书名、著译者姓名、出版者、发行者、印刷者、版次、印次、印数、开本、印张、字数、出版年月、定价、书号等。

前言一般在版权页的后面,从奇数页起,一般是著译者对全书的说明性文件。

目录在版权页的后面,从奇数页起,将书刊的篇名、章名、节名按次序排列,并注明页码,以供读者查阅。

正文是书刊的主体部分,从第一章开始。每一章的标题从一级开始递增,级别越大,该标题的字体和占行越小,居中标题的空法一般统一为:两个字的标题中间空二个汉字的距离;三个字的标题中间空一个汉字的距离;四个字的标题中间空半个汉字的距离。每一章需另起页,页码顺连,双页码排书名,单页码排章名。如遇到篇或部分页,则篇或部分页从单页起且背白,即占两个页码。

附录排在正文之后,包括与正文有关的、作为论证的文章或补充性的文件,以供读者参考。

后记又称跋,排在附录之后,无附录则排在正文之后,常用于说明写作目的、经过或补充其他内容。

二、开本尺寸

常见的开本是 16 开本、32 开本和 64 开本。16 开本常用于期刊杂志和专业性较强的科技书及某些大专院校的教科书;32 开本常用于文学书籍、古典文学书籍;64 开本常用于字典、词典、手册等工具书。但随着现代出版物的进一步发展,开本的应用已没有限制。

三、常用字体的选择

对书籍进行排版时,经常需要选择字体。不同的字体各有特色,在选用字体时应把字体的特色与书刊的内容性质以及读者的爱好和阅读效果结合起来。下面简单介绍最常用的一些字体的特点,以供读者参考。

- 宋体:该字体端正、横细直粗,刚柔有力,浓淡适中,适合于排书籍的正文,而且这种字体令人清晰爽目,久读亦不易疲劳。
- 黑体:该字体横直都是粗笔画,浓重厚实,粗壮醒目,适合于排书籍的标题和重点突出词句。
- 楷体:该字体笔触柔和、华丽、挺秀、悦目,给人一种清爽的感觉,虽排列成行时不如宋体整齐醒目,但仍适合于排小学课本、儿童读物、通俗读物。
- 仿宋体:该字体的笔画较其他各种字体都清秀,适合于排书籍的标题、诗歌、短文,以及内部文件。而长仿宋体因瘦长又被称为长仿,是仿宋体的一种变形,多用于科技书刊中作者和出版单位名称的排版。
- 小标宋:该字体笔画横细竖粗,刚劲有力,适于排标题和封面字及红头文件的标题。

排版的规则

由于现代出版物的版式不受传统排版规则的束缚,因此花样繁多,各具特色。但最基本的排法还是应该保留的。下面就简单说明排版的基本规则。

一、版式的设计规则

一名合格的排版人员不仅要学会如何排版,也应该学会如何将版面排得漂亮,这实际是版式设计的问题。以前,很多出版单位把排版与美编分设部门,他们从事的工作分别叫制作和设计。现在,众多出版单位取消了这种机构分割,而对排版人员进行设计、制作的总体培训,然后将两个过程合并到同一个部门进行。

出版物正文的设计以内容为基础,不同性质的出版物应该有不同的特点。

以下建议仅供参考。

- 内容比较严谨的出版物,如政治性的书籍报刊等,版式要端庄大方。
- 内容比较轻松休闲的出版物,如文艺的出版物或生活消遣的出版物,要清新高雅,具有时代感。
- 对于不同的读者定位,出版物版式也要有区别。如:给儿童或老人看的出版物,要字大行疏,即采用疏排的方法;给青年人看的书可以字小行密。

二、行文的类型

行文是指出版物正文排版的方式,基本可分以下几类:

- 横排和竖排:横排的字序是自左而右,行序是自上而下;竖排的字序是自上而下,行序是自右而左,通常用于仿古书的排版,现在比较少见。
- 密排和疏排:密排是字与字之间没有空隙的排法,一般书刊正文多采用密排;疏排是字与字之间有一些空隙的排法,多用于低年级教科书及通俗读物,排版时应放大行距。
- 通栏和分栏:通栏就是以版心的整个宽度为每一行的长度,这是书籍通常排版的方法。有些出版物,特别是报纸、杂志或者开本较大的书籍及工具书,版心宽度较大,为了缩短过长的字行,正文往往设置分栏排版。

三、正文的排版要求

正文排版要以版式为标准,要符合整体统一的原则,具体要求如下:

- 每段首行必须空两格,特殊的版式做特殊处理。
- 行首禁则,即每行开始不能是句号、分号、逗号、顿号、冒号、感叹号,或者是引号、括号、模量号以及矩阵号等的后半个。
- 段落的行末必须版口平齐,行末不能排引号、括号、模量号以及矩阵号等的前半个。
- 对于双栏排的版面,若能排在一栏,则按一栏排版;若不能排一栏,则采取破栏的方式。

1. 目录的排版要求

目录一般提取至三级标题,但杂志通常采用二级目录。目录版式应注意以下事项:

- 目录中一级标题顶格排。
- 目录通常为通栏排,如果提取的标题级数较多,则可以用双栏排。
- 除杂志外,一般的图书目录上不冠书名。
- 篇、章、节名与页码之间加的连接符多为点线。
- 目录中章节与页码之间至少要有两个连点,否则应另起一行排版。
- 非正文部分页码可用罗马数码,而正文部分一般均用阿拉伯数码。章、节、目录如用不同大小字号排时,页码可用不同大小字号排。

2.页码、书眉的排版要求

- 出版物的页码通常在切口,一般在版心的下方。但杂志的要求一般比较宽松。对于扉页、版权页、篇章首页、插页等,一般采用暗码编排。
- 横排页的书眉一般位于书页上方,单页上的书眉排章名或者节名,双页排书名或章名。对于未超过版心的插图、插表应排书眉,而超过版心的(不论横超、直超)则一律不排书眉。

3.标点的排版要求

- 行首禁则和行末禁则,前面已经讲过,这里不再赘述。
- 破折号和省略号不能从中间分开排版。

现在很多排版软件为了适应中文排版的需要,都在中文排版功能上增加了这些规则,只要在对应的设置项目中进行设置即可解决这些问题。

4.标题的排版要求

标题由题序号和题文组成,一般排版中应该遵从以下规则:

- 题序和题文一般排在同一行,题序和题文之间空一字(或一字半)。
- 题文的中间可以穿插标点号,而标题末除问号以外,一般不排标点符号。
- 每一行标题不宜排得过长,最多不超过版心的五分之四,排不下时可以转行,下面一行比上面一行应略短些,同时照应语气和词汇的结构,不要故意割裂,当因词不能分割时,也可以下行长于上行。有题序的标题在转行时,次行要与上行的题文对齐,超过两行的,行尾也要对齐(行末除外)。
- 禁止背题,即必须避免标题排在页末与正文分排在两面上的情况。而且各种出版物对背题的要求也有所不同,例如,有的出版物要求二级标题下少于三行正文即算做背题,三级标题少于一行正文就算做背题。
- 对于居中标题,图书、报纸采用的比较多。而对于不居中的标题,一般称为边题,通常有两种排法:其一是顶格排;其二是缩进两格排。

5.插图的排法

插图一般是指以文字为主的图书、杂志、报纸等出版物中的图片或者图形。画册、画报之类的出版物除外。

插图有很多种排版方式,例如,按相对位置,可排成串文图(卧文图)和非串文图(非卧文图);按版心尺寸来分,可排成版内图(不超过版心)、超版心图(超过版心尺寸但小于开本的图)和出血图;按跨栏与否来分,可排成短栏图、通栏图以及跨栏图(破栏图)。

6.表格的排版规则

表格是排版中最为复杂的部分之一。操作时需要有熟练的技巧,使排出的表格美观。

表格通常分为表题、表头、表身和表注四个部分。其中表题由表序与题文组成,采用比正文字号小一字号的黑体字排。表头由各栏组成,文字用比正文小 1~2 个字号排。表身以表格的内空为主体,由若干行、栏组成,栏的内容有项目栏、数据栏及备注栏等,各栏中的文字要求比正文小 1~2 个字号排版。表注是表的说明,要求采用比表格内容小 1 个字号排版。

- 表格的风格、规格(例如表格的用线、表头的形式、计算单位等)应力求全书统一。
- 表格线的规则:反线(较粗)用做表格框架,正线(较细)用在表格中间;双线用做表格转行标志。
- 表题一般居中排。若表题太长,只在能停处转行,转行的文字可左右居中,题末不加标点。

排版中的相关要素

一、出版物的概念

对于出版物,一般有两种理解:一是指由国家新闻出版总署合法认定的具有出版书号的图书、报纸、杂志等教育、传媒印刷品;另一种就是在排版设计与制作的工作角度,凡是正在设计的用于印刷、喷绘、写真、打印的文件均可叫做出版物。

二、正式出版物的构成

基于上面对出版物这个词的理解,本书约定,对于具有传媒性质的经新闻、出版机构核定的出版物,将其称为正式出版物。下面介绍正式出版物的组成。由于杂志的构成与图书基本相同,而报纸的构成也比较简单,这里不详述。

一本书通常由封面、扉页、版权页(包括内容提要及版权)、前言、目录、正文、后记、参考文献、附录等部分构成。

扉页又称内封,其构成通常与封面基本相同,常加上丛书名、副书名、全部著译者姓名、出版社和出版地点等。扉页一般没有图案,与正文一起排印。

版权页又叫版本记录和版本说明页,是一本书刊诞生以来历史的介绍,供读者了解这本书的出版情况,附印在扉页背面的下部、全书最末面的下部或封四的右下部(指横开本),它的上部排印内容提要。版权页上印有书名、作者、出版者、印刷厂、发行者、印版者,还有开本、版次、印次、印张、印数、字数、日期、定期、书号等。其中印张是印刷厂用来计算一本书排版、印刷、纸张的基本单位,一般将一张全张纸印刷一面叫一个印张,一张对开张双面也称一个印张。字数是以每个版面为计算单位的,每个版面字数等于每个版面每行的字数乘以行数,全书字数等于每个版面字数乘以页码数,在版面上图、表、公式、空行都以满版计算,因此"字数"并不是指全书的实际字数。

三、版面构成要素

1. 版面及其组成部分

版面指在书刊、报纸的一面中图文部分和空白部分总和,即包括版心和版心周围的空白部分,占书刊一页纸的幅面。通过版面可以看到版式的全部设计,主要由下面几个必要部分组成。

- 版心:位于版面中央、排有正文文字的部分。

- 书眉：排在版心上部的文字及符号统称为书眉。它包括页码、文字和书眉线。一般用于检索篇章。
- 页码：书刊正文每一面都排有页码，一般页码排于书籍切口一侧。印刷行业中将一个页码称为一面，正反面两个页码称为一页。
- 注文：又称注释，对正文内容或对某一字词所作的解释和补充说明。排在字行中的称夹注，排在每面下端的称脚注或面后注、页后注，排在每篇文章之后的称篇后注，排在全书后面的称书后注。在正文中标识注文的号码称注码。

2. 版面设计的内容

版面设计主要包括以下内容。

- 书籍的开本、版心和图片尺寸是否协调；设计风格是否贯穿全书始终，包括扉页和附录版面是否易读、是否和书籍内容相适应（具体到字号、行距、行长之间的关系，左右两边整齐或者只有左边整齐等）。
- 字体是否适应书籍的内容和风格。
- 设计方案的执行情况如何（文字与图片的关系、注释和脚注等是否便于查找）。
- 版面的文字安排是否一目了然、合适和符合目的（文字的醒目、不同字体的混合是否恰当、标题/页码/书眉等的安排）。

3. 常用的排版术语

排版设计过程中经常涉及一些专用术语，尽快掌握这些术语对于刚从事出版及设计工作的人来说尤为重要。

(1) 封面（又称封一、前封面、封皮、书面）：封面印有书名、作者、译者姓名和出版社的名称。封面起着美化书刊和保护书芯的作用。

(2) 封二（又称封里）：指封面的背面。封里一般是空白的，但在期刊中常用它来印目录或广告。

(3) 封三（又称封底里）：指封底的里面一页。封底里一般与封二一样，为空白页，但期刊中常用它来印正文或其他正文以外的文字、图片。

(4) 封底（又称封四）：图书在封底右下方印统一书号和定价。另外，现在流行的设计一般还有一些图书卖点说明等，期刊在封底一般印广告。

(5) 书脊（又称封脊）：指连接封面和封底的脊背部。书脊上一般印有书名、册次（卷、集、册）、作者、译者姓名和出版社名，以便于查找。

(6) 书冠：指封面上方印书名文字部分。

(7) 书脚：指封面下方印图书的出版单位名称的部分。

(8) 扉页（又称里封面或副封面）：指在书籍封面或衬页之后、正文之前的一页。扉页上一般印有书名、作者或译者姓名、出版社和出版地等。扉页也起装饰作用，增加书籍的观赏性。

(9) 插页：指凡版面超过开本范围的、单独印刷插装在书刊内、印有图或表的单页。有时也指版面不超过开本，纸张与开本尺寸相同，但用不同于正文的纸张颜色印刷的杂志广告页。

(10) 篇、章首页(又称中扉页、标题页或隔页)：指在正文各篇、章起始前排的,印有篇、编或章名称的一面单页。篇、章首页一般只利用单码,双码留为背白(见后)。篇章页插在双码之后,一般设为暗码,有时还用带色的纸来印刷以示区别。

(11) 版权页：指版本的记录页。版权页中,按有关规定记录有书名、作者或译者姓名、出版社、发行者、印刷者、版次、印次、印数、开本、印张、字数、出版年月、定价、书号等项目。图书版权页一般印在扉页背页。版权页主要供读者了解图书的出版情况,常附印于书刊的正文前后。

(12) 索引：索引分为主题索引、内容索引、名词索引、学名索引、人名索引等多种。索引属于正文以外部分的文字记载, 一般以较小字号排于正文之后。索引中标有页码以便读者查找。在科技书中索引作用十分重要,它能使读者迅速找到需要查找的资料。

(13) 版式：指书刊正文部分的全部格式,包括正文和标题的字体、字号、版心大小、通栏、双栏、每页的行数、每行字数、行距及表格、图片的排版位置等。现在版式一词常用来指版面的整体设计。

(14) 版心：前面已有介绍,是指每面书页上的文字部分,包括章、节标题、正文以及图、表、公式等。

(15) 刊头：又称"题花"、"头花",用于表示文章或版别的性质,也作为一种点缀性的装饰。刊头一般排在报纸、杂志、诗歌、散文的大标题的上边或左上角。

(16) 破栏：又称跨栏。报刊、杂志大多是用分栏排的,在一栏之内排不下的图或表延伸到另一栏去而占多栏的排法称为破栏排。

(17) 天头：指每面书页的上端空白处。

(18) 地脚：指每面书页的下端空白处。

(19) 暗页码：又称暗码,是指不排页码而又占页码的书页。一般用于超版心的插图、插表、空白页或隔页等。

(20) 页：严格来说,页与面的意义不同,一页即两面(书页正、反两个印面),我们通常所说的页码实际上是"面码"才对。不过,一般只是在印刷时才对页和面有严格的区分。

(21) 另页起：又称背白,是指一篇文章的后面留出一个双码的空白面,即放一个空码,就形成了背白页。

(22) 另面起：指一篇文章可从单、双码开始起排,但须另起一面,不能与上篇文章接排。

(23) 表题：指对表格整体说明,有序号编排。一般排在表的上方。

(24) 图题：指对插图的整体说明,有序号编排。

(25) 图注：一般排在图题下面,少数排在图题之后,用于对图中内容进行说明和解释。

(26) 背题：指排在当前页的末尾,并且其后无正文相随的标题。排印规范中禁止背题出现,当出现背题时,解决的办法是在本页内加行、缩行或留下尾空而将标题移到下页。

四、关于开本和成品尺寸

出版物的大小称为开本,开本以全张纸(又称为整度纸或 0 度纸)为计算单位,每全张纸裁切和折叠多少小张就称多少开本。因此,对于不同的开本,最后形成的出版物成品尺寸也不相同。而且由于纸张生产规格不同,整度纸的尺寸有几个不同的标准,因此,即使是相同的开本,成品也有可能不同。

排版注解格式的公用参数

一、字号

格式: <常用字号>|<磅字号>|<级字号>

参数:<常用字号>:7",7,6",6,5",5,4",4,3,2",2,1",1,0",0,10",10,11,63,72,84,96

    <磅字号>:<磅数>.〔<磅分数>〕

    <磅分数>:25|50|75   <级字号>:<数字>〔<数字>〕〔<数字>〕〔<数字>〕j

解释:<级字号>:每一级为 0.25 毫米。

二、行距

格式:〔<字号>:〕〔<倍数>〕*<分数>|〔<字号>:〕<倍数>〔*<分数>〕|<数字>〔.〔<数字>〕〕mm|<数字>x|<数字>〔.〔<数字>〕〕p

解释:<字号>:指定则以几号字的长度为单位,不指定则以当前字号的字高为单位。

    <倍数>:表示是单位的几倍,如省略此项则表示由<分数>指定,即小于一字宽。

    *<分数>:表示是单位的几分之几,如果分子是 1 可直接使用 *<数字>(如 *4)表示,否则就必须写全,如 *3/4。如果省略这一项,表示由<倍数>指定,即为单位的整数倍。

    mm:以毫米为单位,可以使用多位小数。

    x:以线为单位。p:以磅为单位,可以使用多位小数。

三、字距

格式:〔<字号>:〕〔<倍数>〕*<分数>|〔<字号>:〕<倍数>〔*<分数>〕|<数字>〔.〔<数字>〕〕mm|<数字>x|<数字>〔.〔<数字>〕〕p

解释:<字号>:指定以几号字的长度为单位,不指定则以当前字号的字宽为单位。

    <倍数>:表示是单位的几倍,如省略此项则表示由<分数>指定,即小于一字宽。

    *<分数>:表示是单位的几分之几,如果分子是 1 可直接使用 *<数字>(如 *4)表示,否则就必须写完全,如 *3/4。如果省略这一项,表示由<倍数>指定,即为单位的整倍数。

    mm:以毫米为单位,可以使用多位小数。

    x:以线为单位。

    p:以磅为单位,可以使用多位小数。

四、空行参数

格式:<行数>|〔<行数>〕+<行距>|〔<行数>〕*<分数>

解释:<行数>:表示以行为单位,即取一行的整数倍。当指定 1 行时,实际高度通常是当前字高加当前的行距。

    <行距>:见行距参数的解释。

<分数>:小于一字高,表示是字高的几分之几。

五、起点

格式:(〔<空行参数>〕,<字距>)|,ZS|,ZX|,YS|,YX|,S|,X|,Z|,Y

解释:ZS:当前行左上角。ZX:当前行左下角。YS:当前行右上角。YX:当前行右下角。
S:当前行上部左右居中。X:当前行下部左右居中。Z:当前行左边。Y:当前行右边。

六、尺寸

格式:<高度>。<宽度>

参数:<高度>:<空行参数>

　　　<宽度>:<字距>

七、外挂字体

格式:<汉字外挂字体>:#|《H<汉字外挂字体名>〔<外挂字体效果>〕》

　　　<外文外挂字体>:#|《W<外文外挂字体名>〔<外挂字体效果>〕》

　　　<外挂字体效果>:〔B〕〔I〕

解释:<汉字外挂字体名>:任何合法的平台 GB2312 字体的字面名或别名。其中:《<汉字
外挂字体名>》表示对该注解之后的 GBK 字符设置该外挂字体。该名字可以是
在 KD 注解中定义过的名字（别名），也可以直接指定字体的字面名（别名优
先）。对非 GBK 字符(748 的盘外符、拼接符、GBK 补字区中的 748 字符),仍然
使用<汉字字体>中指定的字体。

　　　#:表示该注解之后的 GBK 字符不再使用外挂字体,恢复使用<汉字字体>中指定
的字体。

　　　<外文外挂字体名>:任何合法的平台 ANSI 字体或 GBK 字体的字面名或别名。其
中:《<外文外挂字体名>》表示对该注解之后的单字节字符设置该外挂字体。该
名字可以是在 KD 注解中定义过的名字(别名),也可以直接指定字体的字面名
(别名优先)。由于很多 GBK 字体也支持 ASCII 码,所以此处既可以是 ANSI 字
体也可以是 GBK 字体。对其他符号,仍然使用<外文字体>中指定的字体。

　　　#:表示该注解之后的单字节字符不再使用外挂字体,恢复使用<外文字体>中指定
的字体。

　　　B:粗体。

　　　I:斜体。

八、颜色

格式:@〔%〕(<C 值>,<M 值>,<Y 值>,<K 值>)

解释:%:表示按百分比设颜色值。此时 C、M、Y、K 的取值范围是 0~100;缺省%时,表示
按实际值设颜色,此时 C、M、Y、K 的取值范围是 0~255。

出版物的生产过程

一、确定版心尺寸、成品尺寸和出血

1. 设置文档尺寸

这个尺寸是不能带出血的成品尺寸,出血是另加的。

2. 边距和出血的设定

边距就是版心到页面边缘的距离,具体的设置方法在每个排版软件中基本都相同。在后面的软件讲解中,几乎每个排版软件的使用过程都有边距的设定。

出血设计是最初为了配合印刷装订时的切纸而在封面设计中使用的由来已久的方法。由于封面通常是带有图形和色彩或底纹的,所以,只要色块或图案紧贴页边,为了在裁切时不会留下白边,通常会将图形或者色块溢出页边(通常为天头、地脚、切口各溢出 3mm),这种方法就叫出血。之后,出血设计发展到书籍、杂志等桌面印刷设计的内页中,并作为比较流行却实用的版式风格发展了起来。

下面以图 G.1 为例来说明"出血"在版面中的位置。

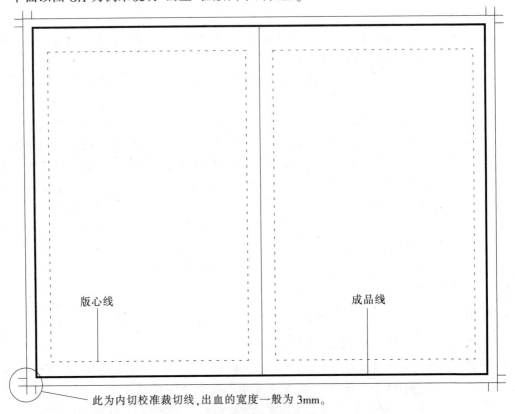

版心线　　　　　　　　　　　　　　　　成品线

此为内切校准裁切线,出血的宽度一般为 3mm。

图 G.1　校准裁切线

说明:设计时将要出血的图形或颜色拖放到页边之外,通常各边的出血量为3mm,也就是为印厂装订留3mm的切纸量,这样才不会使出血边露白。并于文字的出血也一样,如果不想出血,需将它放在版心之内。

3. 折线的设置

关于折线,通常用在一些宣传印刷品的设计当中,而不会用在图书、杂志、报纸等出版物中。例如,要设计一个三折页的宣传单,首先需要计算出三折页每一页的长度(净尺寸除以3),如265mm÷3=85mm,然后用辅助线按计算的位置拉出三折页的两个折线。

设置完以上内容后,将得到一个明显的中间区域,称为版心。很多杂志或报纸及海报、印刷品都会有很明显的版心。无论是否有出血元素,版心是必有的。有版心,作品才会形成有序合理的空间整体感。

二、处理文字

确定了版心之后,需要在版心中添加需要的文字,然后对文字进行版式处理。如标题、正文、图题、表格文字等将各自以相同字号、字体、字距、字宽的统一规格出现。关于文字处理,在印刷上还有以下需要注意的事项。

- 通常标题应为无衬线字,如黑体。但大标题也可以使用有衬线字,如标宋产生强烈的装饰性。正文应用有衬线的字,宋体最宜。
- 整篇使用的字体不应超过5种,字号也不超过5种。因为过多的字体和字号容易产生杂乱感。
- 几种不同字号使用时应注意统一,小标题应使用相同大小,正文也应用同一字号。
- 文字色彩不宜变化过多,正文一定要使用黑色,最好不要在正式出版物的正文中使用反白字,否则在一些质量不高的纸或印刷机上会印得不清楚,可读性不强。当然,也有某些印刷品例外。
- 正文中对关键语句和词可适当加入一些变化,如采用斜字体、彩色字等,这些可以通过字符样式来实现,但不能过于复杂。

三、处理图片图形

对于图片或图形的处理主要有格式和版式两部分。格式方面,首先要确认色彩模式,如果是黑白,均转为Grayscale(黑白256色阶)模式;如果是彩色,则均转为CMYK(印刷四色)模式使用。对于图片的色彩模式,可在最后输出时使用的图形处理软件中进行统一批处理。另外,图片的格式还涉及图片文件格式(一般为CMYK的TIF和CMYK的EPS)和文件大小的问题,尽量将图像尺寸设定为实际使用尺寸或稍大,且用于印刷的分辨率为300像素/英寸(pixels/inch)。

四、存盘输出初样

排版完毕之后,可将电脑文档存盘,然后在打印机上输出纸样(我们通常也叫初样),之后编辑可进行加工处理。

五、编辑加工

编辑加工虽然不是版式设计或制作人员的工作,但其中有一个重要事项,就是如果对编辑加工过的稿件进行修改,需能看懂编辑红笔标示的意义。因为编辑通常按照新闻出版署发布的叫做"校对符号"的文件标准要求进行修改,但排版人员要对编辑的校样进行电子文档修改,因此,如果公司不进行专门的业务培训,很多刚入行的人对此会不懂,这些符号及其用法在附录 H 列出。

六、修改并输出一校样

编辑加工完,通常会将经过标示的初样交还给排版处,此时的初样又叫做毛样。排版人员要对照这些标示在电子文档仔细进行修改。之后,再次用打印机输出清样,连同毛样一起交给校对人员进行校对。

七、校对与修改

校对通常在出版行业是一个独立的工作岗位,也是一个重要的查漏补缺环节。校对完的清样称为校样,里面标有校对人员发现的错误,还要返还给排版人员进行再次的电子文档修改。

八、定稿、打样、出片

排版人员对校对送来的校样进行修改之后,就可以定稿。此时,出清样交编辑签字确认要出片。之后排版人员先要对电子稿进行定稿检查,具体包括以下几项。

- 检查图片文字是否错位、缺少,间距、大小是否已对齐。
- 检查出血是否留足、净尺寸边框和出血位边框是否存在。
- 对于大多数排版软件来说,要检查文件是否已经全部放入、检查图片是否做好链接、文件是否都在此文件夹内,以杜绝丢图、少图现象。
- 最后,确认无误即可打包文件,送输出部门或输出公司进行打样和出片。

输出公司的工作主要是用照排机输出成 4 张胶片,分别对应青、洋红、黄、黑 4 色。印刷时,胶片经冲洗后成为负片。用负片制成印刷版后上机印刷。

附录 H

编辑校对符号一览表

编号	符号形态	符号作用	符号在文中和页边用法示例	说明
本标准规定的符号及用法，适用于出版印刷业中文(包括各少数民族文字)各类校样的校对工作				
一、字符的改动				
1		改正	⃝增⃝ 高出版物质量。 ⃝提⃝	
2		删除	提高出版⃝物⃝质量。	
3		增补	要搞好∧对工作。 ⃝校⃝	增补的字符较多，圈起来有困难时，可用线画清增补的范围
4		换损污字	坏字和模糊的字⃝要⃝调换。 ✕	
5		改正上下角	$16=4^{2}$ H_2SO_4 尼古拉·费欣 $0.25+0.25=0.5$ 举例：$2\times3=6$ $X:Y=1:2$	
二、字符方向位置的移动				
6		转正	字符颠⃝倒⃝要转正。	
7		对调	认真\经验\总结\ 认真\经\结\总\验。	
8		转移	∨校对工作，提高出 版物质量⃝要重视⃝	
9		接排	要重视校对工作， 提高出版物质量。	
10		另起段	完成了任务。明年……	

编号	符号形态	符号作用	符号在文中和页边用法示例	说明
			二、字符方向位置的移动	
11	或	上下移	序号 名称 数量 01 ××× 2	字符上移到缺口左右水平线处。 字符下移到箭头所指的短线处。
12	或	左右移	要重视校对工作,提高出版物质量。 3 4　5 6　5 欢呼　歌　唱	字符左移到箭头所指的短线处。 字符左移到缺口上下垂直线处。 符号圈得太小时,要在页边重标。
13		排齐	校对工作非常重要 必须提高印刷质量,缩短印刷周期。	
14		排阶梯形	RH_2	
15		正图		符号横线表示水平位置,竖线表示垂直位置,箭头表示上方。
			三、字符间空距的改动	
16	∨ ≥	加大空距	一、校对程序 校对胶印读物、影印书刊的注意事项:	表示适当加大空距。
17	∧ ＜	减小空距	一、校 对 程 序 校对胶印读物、影印书刊的注意事项:	表示适当减小空距。
18	＃ ≠ ≢ ≣	空 1 字距 空 1/2 字距 空 1/3 字距 空 1/4 字距	第 1 章方正书版的安装与卸载 1.安装卸载	当多个空距相同时,可用引线连出,标示一个符号即可。
19	Y	分开	See you later!	一般用于外文。

编号	符号形态	符号作用	符号在文中和页边用法示例	说明
			四、其他	
20		保留	校对胶印读物 影印书刊的注意事项：	表示保留标有删除符号的内容。
21	○ ═	代替	女人可已胆怯,女人可已一事无成,女人可已美容化妆,…而男人… ○═ 以	
22	○○○	说明	改小标宋体 第一篇 男人和女人	

附录 I

方正书版 10.0 动态键盘码表

一、动态键盘快捷键表

序号	键盘名称	快捷组合键	序号	键盘名称	快捷组合键
1	控制、标点	Ctrl+Alt+A	14	多国外文(二)	Ctrl+Alt+N
2	数学符号	Ctrl+Alt+B	15	多国外文(三)	Ctrl+Alt+O
3	科技符号	Ctrl+Alt+C	16	国际音标(一)	Ctrl+Alt+P
4	逻辑符号	Ctrl+Alt+D	17	国际音标(二)	Ctrl+Alt+Q
5	增补符号	Ctrl+Alt+E	18	国际音标(三)	Ctrl+Alt+R
6	汉语拼音	Ctrl+Alt+F	19	多国外文和国际音标增补	Ctrl+Alt+S
7	数字(一)	Ctrl+Alt+G	20	括号、注意符	Ctrl+Alt+T
8	数字(二)	Ctrl+Alt+H	21	日文片假名	Ctrl+Alt+U
9	数字(三)	Ctrl+Alt+I	22	日文平假名	Ctrl+Alt+V
10	箭头、多角形	Ctrl+Alt+J	23	制表符	Ctrl+Alt+W
11	希腊字母	Ctrl+Alt+K	24	八卦符	Ctrl+Alt+X
12	俄文、新蒙文	Ctrl+Alt+L	25	其他符号	Ctrl+Alt+Y
13	多国外文(一)	Ctrl+Alt+M	26	书版 6.0 补充	Ctrl+Alt+Z

二、动态键盘码表

控制、标点键盘码表

数学符号键盘码表

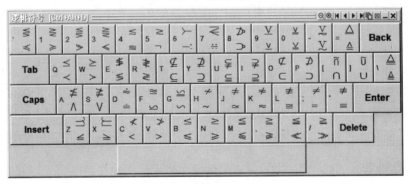

科技符号键盘码表

逻辑符号键盘码表

增补符号键盘码表

汉语拼音键盘码表

数字(一)键盘码表

数字(二)键盘码表

数字(三)键盘码表

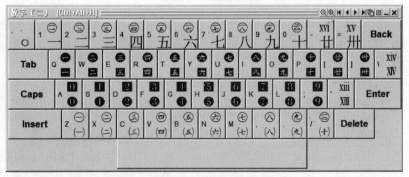

箭头、多角形键盘码表

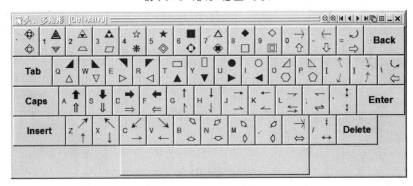

希腊字母键盘码表

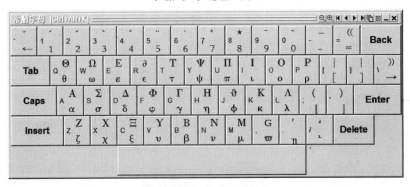

俄文、新蒙文键盘码表

多国外文(一)键盘码表

多国外文(二)键盘码表

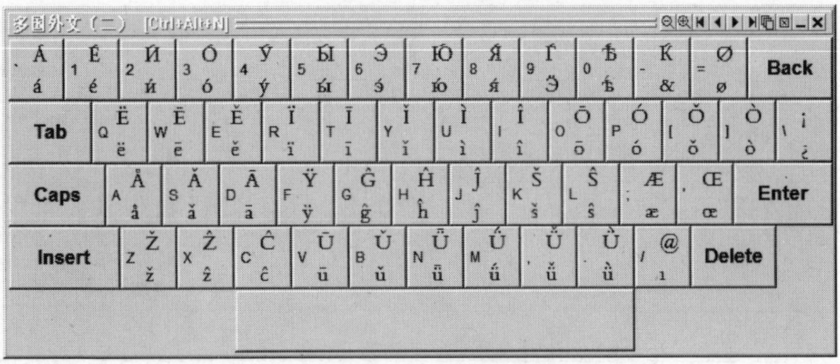

多国外文(三)键盘码表

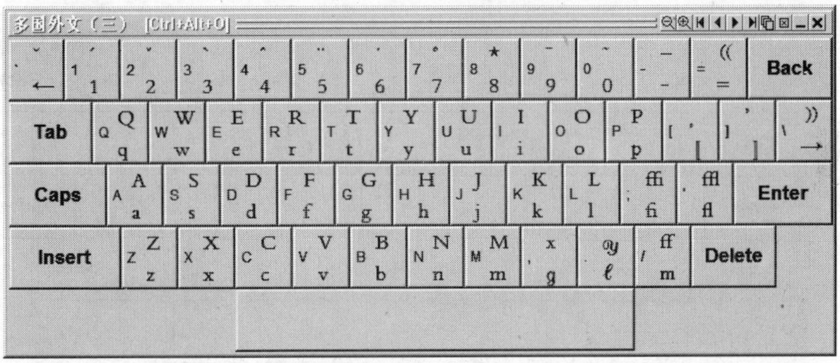

国际音标(一)键盘码表

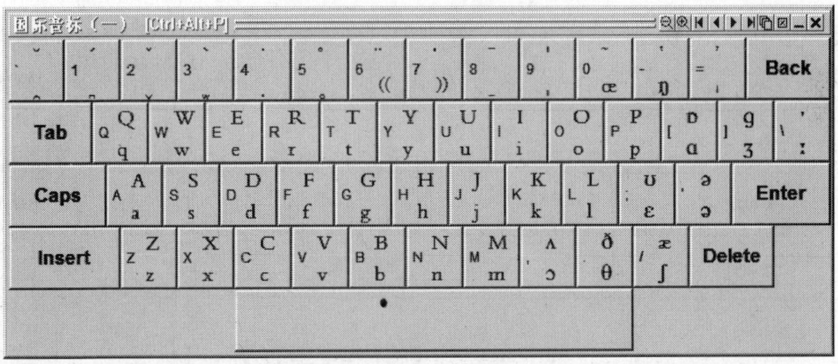

国际音标(二)键盘码表

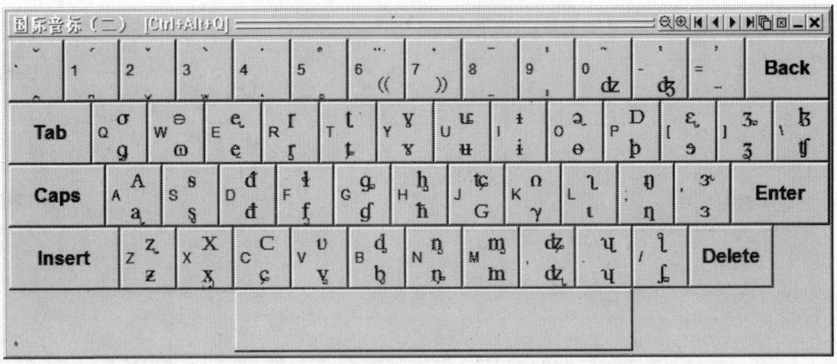

国际音标(三)键盘码表

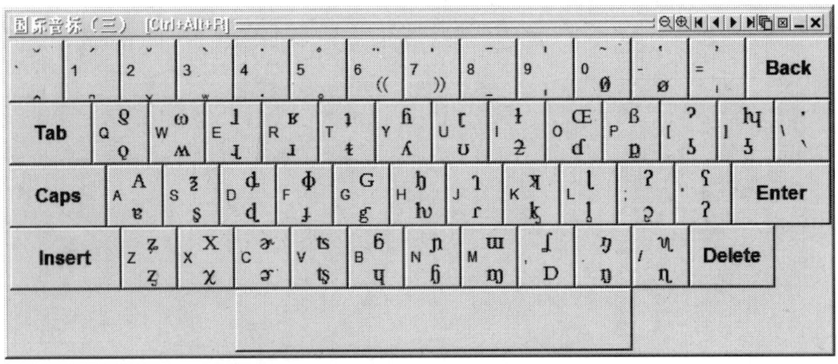

多国外文和国际音标增补键盘码表

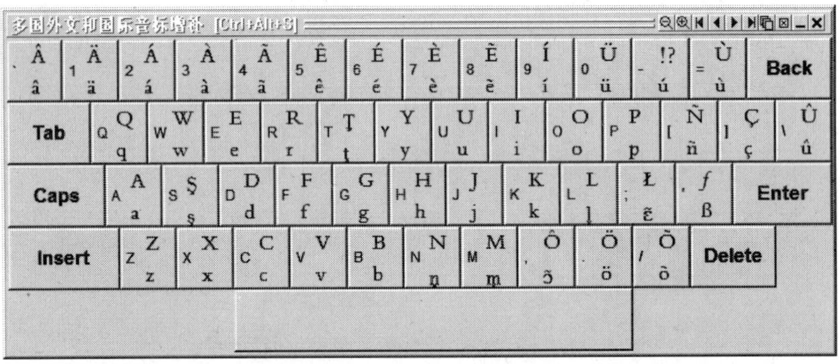

括号、注音符键盘码表

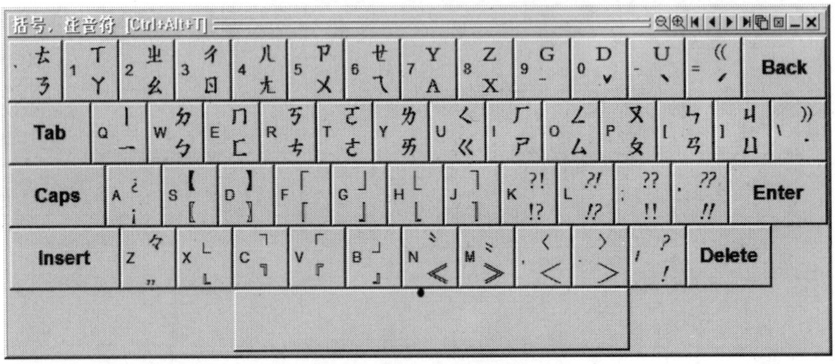

日文片假名键盘码表

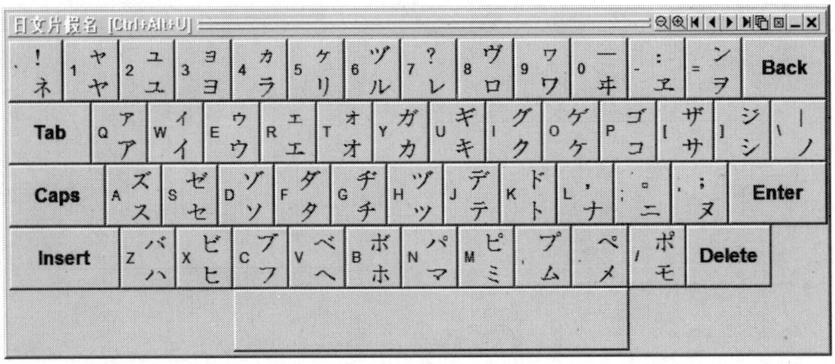

日文平假名键盘码表

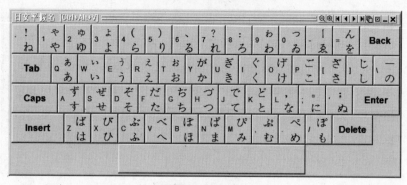

制表符键盘码表

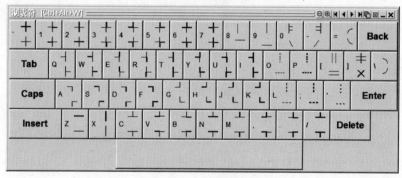

八卦符号键盘码表

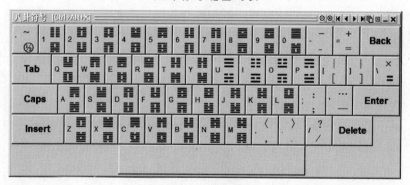

其他符号键盘码表

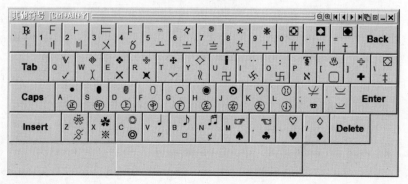

书版 6.0 补充键盘码表

读者回执卡

欢迎您立即填妥回函

您好！感谢您购买本书，请您抽出宝贵的时间填写这份回执卡，并将此页剪下寄回我公司读者服务部。我们会在以后的工作中充分考虑您的意见和建议，并将您的信息加入公司的客户档案中，以便向您提供全程的一体化服务。您享有的权益：

★ 免费获得我公司的新书资料；
★ 寻求解答阅读中遇到的问题；

★ 免费参加我公司组织的技术交流会及讲座；
★ 可参加不定期的促销活动，免费获取赠品；

读者基本资料

姓　名＿＿＿＿＿＿＿　性　别□男　□女　年　龄＿＿＿＿＿＿＿
电　话＿＿＿＿＿＿＿　职　业＿＿＿＿＿　文化程度＿＿＿＿＿＿
E-mail＿＿＿＿＿＿＿　邮　编＿＿＿＿＿
通讯地址＿＿＿＿＿＿＿＿＿＿＿＿＿＿＿＿＿＿＿＿＿

请在您认可处打√（6至10题可多选）

1、您购买的图书名称是什么：＿＿＿＿＿＿＿＿＿＿＿＿＿＿＿＿
2、您在何处购买的此书：＿＿＿＿＿＿＿＿＿＿＿＿＿＿＿＿
3、您对电脑的掌握程度：　□不懂　□基本掌握　□熟练应用　□精通某一领域
4、您学习此书的主要目的是：□工作需要　□个人爱好　□获得证书
5、您希望通过学习达到何种程度：□基本掌握　□熟练应用　□专业水平
6、您想学习的其他电脑知识有：□电脑入门　□操作系统　□办公软件　□多媒体设计
　　　　　　　　　　　　　　□编程知识　□图像设计　□网页设计　□互联网知识
7、影响您购买图书的因素：　□书名　　　□作者　　　□出版机构　□印刷、装帧质量
　　　　　　　　　　　　　　□内容简介　□网络宣传　□图书定价　□书店宣传
　　　　　　　　　　　　　　□封面，插图及版式　□知名作家（学者）的推荐或书评　□其他
8、您比较喜欢哪些形式的学习方式：□看图书　□上网学习　□用教学光盘　□参加培训班
9、您可以接受的图书的价格是：□20元以内　□30元以内　□50元以内　□100元以内
10、您从何处获知本公司产品信息：□报纸、杂志　□广播、电视　□同事或朋友推荐　□网站
11、您对本书的满意度：　□很满意　□较满意　□一般　□不满意
12、您对我们的建议：＿＿＿＿＿＿＿＿＿＿＿＿＿＿＿＿＿＿＿

请剪下本页填写清楚，放入信封寄回，谢谢！

| 1 | 0 | 0 | 0 | 8 | 4 |

贴　邮
票　处

北京100084—157信箱

读者服务部　　　　　收

邮政编码：□□□□□□

技术支持与资源下载：http://www.tup.com.cn　http://www.wenyuan.com.cn

读 者 服 务 邮 箱：service@wenyuan.com.cn

邮 　购 　电 　话：(010)62791865　(010)62791863　(010)62792097-220

组 　稿 　编 　辑：黄 飞

投 　稿 　电 　话：(010)62788562-314

投 　稿 　邮 　箱：tupress03@163.com